Die Bücher

In *Der doppelte Lothar* ist Anne mit Sparkassenfilialleiter Lothar verheiratet und Mutter fünfjähriger Zwillingsmädchen. Doch sie hält dieses spießige Reihenhausleben nicht mehr aus. Mit ihren Töchtern zieht sie kurzerhand in das Haus ihrer Schulfreundin Alex. Deren bewegtes Leben spielt sich in der High Society ab und sie lädt Anne zu einer Opernpremiere mit Newcomer Mark Daniel ein. Anne fällt aus allen Wolken: Der Weltklasse-Star ist ihrem spießigen Lothar wie aus dem Gesicht geschnitten!
Bei *Karlas Umweg* ist der Name Programm: Eigentlich träumt die unscheinbare Musikstudentin Karla Umweg von einer Karriere als Pianistin. Doch dann lernt sie die faszinierende Sängerin Marie Pfefferkorn und deren geheimnisvolles Liebesleben kennen – und schon bald ist in ihrem Leben kein Platz mehr für die ursprünglichen Pläne. Ungünstigerweise verliebt sie sich auch noch ausgerechnet in Maries Ehemann Willem. Der will von dem Mauerblümchen aber zunächst gar nichts wissen. Doch erstens kommt alles anders und zweitens als man denkt . . .

Die Autorin

Hera Lind, geboren 1957, ist Deutschlands erfolgreichste Romanautorin. Nach dem Studium der Germanistik, Musik und Theologie begann sie eine Karriere als Konzertsängerin, ehe ihr gleich mit ihrem ersten Roman *Ein Mann für jede Tonart* ein sensationeller Beststeller gelang.

Von Hera Lind sind in unserem Hause bereits erschienen:

Mord an Bord
Hochglanzweiber
Der doppelte Lothar
Karlas Umweg

Hera Lind

Der doppelte Lothar
Karlas Umweg

Zwei Romane in einem Band

Ullstein

Besuchen Sie uns im Internet:
www.ullstein-taschenbuch.de

Umwelthinweis:
Dieses Buch wurde auf chlor- und säurefreiem Papier gedruckt.

Ungekürzte Ausgabe im Ullstein Taschenbuch
1. Auflage November 2006

Umschlaggestaltung: Büro Hamburg
Titelabbildung: © Delicatessen/Kate Larkworthy
Druck und Bindearbeiten: Ebner & Spiegel, Ulm
Printed in Germany
ISBN-13: 978-3-548-26629-9
ISBN-10: 3-548-26629-0

Der doppelte Lothar

Für Gabi W. und Eberhard B., denen ich die schönen Momente meiner Schulzeit verdanke.

Und für Ulla K., deren E-Mails mich aus jeder Krise reißen.

Nebenan tönt gerade wieder die Pausenglocke …

Plattstadt, 4. September 2001

Liebe Alex,
hoffentlich erreicht dich diese Mail. Ich habe ein bisschen recherchiert, um deine E-Mail-Adresse rauszukriegen. Zum Glück ist deine Firma im Handelsregister eingetragen.

Sicher wunderst du dich, dass ich dir nach fast 16 Jahren schreibe.

Leider muss ich dir mitteilen, dass unser guter alter Heinrich Seelig gestorben ist. Als ehemalige Klassensprecherin versuche ich, einige Leute aus unserer Klasse für die Beerdigung zusammenzutrommeln. Die Beisetzung findet am 8. September auf dem Waldfriedhof statt.

Ich würde dich gar nicht damit belästigen, weil ich ja weiß, wie wahnsinnig beschäftigt du bist (man muss ja nur die Klatschblätter aufschlagen), wenn ich nicht folgenden Artikel in einer alten Schülerzeitung gefunden hätte. Ich schicke ihn dir im Anhang.

Vielleicht sehen wir uns bei dieser Gelegenheit mal wieder! Ich würde mich wahnsinnig darüber freuen!
Mit besten Grüßen
Anne Pistrulla (geborene Klein)

Anhang

Auszug aus der Schülerzeitung von 1999 – Interview des Zehntklässlers Malte Quademechels mit Oberstudienrat Heinrich Seelig zum 50. Schuljubiläum

SZ: Herr Seelig, Sie sind mit heute 81 Jahren das älteste ehemalige Mitglied des Schulkollegiums der Gesamtschule Plattstadt. Wann wurden Sie pensioniert?

GS: Vor sechzehn Jahren, mit 66. Ich musste noch meine Lieblingsklasse durch das Abitur führen. Dann habe ich aufgehört.

SZ: Schade, denn man hört nur Gutes über Sie. Sie haben Deutsch, Philosophie und Musik unterrichtet. Vermissen Sie die Schule?
GS: Die Schule an sich eigentlich nicht. Heute ist es kein Zuckerschlecken mehr, Lehrer zu sein. Aber manche Schüler vermisse ich. Die sind mir im Laufe der Jahre ans Herz gewachsen.

SZ: An welches Erlebnis in Ihrer Amtszeit erinnern Sie sich besonders gern?
GS: (lacht) An den Heiratsantrag, den mir Anne Klein und Alexandra Knoppke bei ihrem Abiturfest gemacht haben! (Abiturjahrgang 1986, Anm. d. Red.)

SZ: Wie kam es dazu?
GS: Es ging, glaube ich, um eine Wette. Diejenige der beiden, die den besseren Abiturdurchschnitt haben würde, musste mir auf dem Abiturfest öffentlich einen Heiratsantrag machen. Sie hatten aber auf den Punkt genau den gleichen Notendurchschnitt. Da machten sie ihn mir gemeinsam. Die Aula hat vor Begeisterung getobt.

SZ: Ja, von der Geschichte spricht man heute noch. Aber, unter uns, welche von beiden haben Sie geheiratet?
GS: Leider keine! Erstens hab ich das natürlich nicht ernst genommen, zweitens konnte ich mich für keine entscheiden und drittens wäre der Altersunterschied wohl etwas zu groß gewesen (lacht wieder).

SZ: Haben Sie eine Ahnung, was aus den beiden Damen geworden ist?
GS: Alexandra Knoppke hat den berühmten Dirigenten Leo von

Merz geheiratet und ist, wie man der Presse entnehmen kann, auch seine Managerin. Sie lebt irgendwo bei Salzburg und hat eine international erfolgreiche Künstleragentur.

Anne Klein hat Lothar Pistrulla geheiratet (Schüler der Jahrgangsstufe 81, die Red.), der jetzt Leiter der örtlichen Stadtsparkasse ist. Sie selbst ist Personalleiterin bei »Kaufglück«, also gleich nebenan. Manchmal schaue ich bei ihr vorbei, dann plaudern wir ein wenig. Sie ist Mutter von Zwillingen und anscheinend sehr glücklich.

SZ: Wissen Sie, ob die beiden Schulfreundinnen noch Kontakt haben?
GS: Leider nicht, was ich persönlich sehr bedauere. Ich muss zugeben, dass die beiden meine absoluten Lieblingsschülerinnen waren. Sie haben zusammengehalten wie Pech und Schwefel und waren so unzertrennliche Freundinnen, wie ich es in meiner ganzen Lehrerlaufbahn nie sonst erlebt habe.

SZ: Wenn Sie sich zu Ihrem 50. Schuljubiläum etwas wünschen dürften, was wäre das?
GS: Dass Anne und Alex mir noch mal einen Heiratsantrag machen (lacht). Heute würde ich sie beide nehmen.

SZ: Herr Seelig, wir danken Ihnen für das Gespräch.

Mondsee, Agentur Drehscheibe der Stars,
Salzburg, 6. September

Hallo, Kleinchen!!
Es ist ja völlig ungewohnt, dich mit »Anne« anzusprechen, und dass du jetzt »Pistrulla« heißt, ist erst recht gewöhnungsbedürftig. Nix für ungut, Süße, aber hast du das nicht verhindern können? Ich hab dich immer Kleinchen genannt, darf ich das noch weiter tun? Aber, egal wie du auch angesprochen werden willst: Mir sind die Tränen gekommen, als ich deine Mail gelesen habe!

Erst mal freut es mich riesig, wieder von meiner einzigen besten Freundin Kleinchen zu hören, und zweitens ist dieses Interview ja wohl bezaubernd!

Ich konnte mich nur noch ganz schwach erinnern – leider sind alle meine Fotos von der Zeit irgendwo verloren gegangen. Hast du noch welche?? Könntest du sie mir mailen?? Weißt du noch, unsere erste Schulfibel? Wie war der erste Satz? Irgendwas mit Peter und Flocki.

Ja, warte mal, ich erinnere mich! »Peter ruft Flocki. Flocki kommt nicht. Da kommt Flocki.«

Ist das nicht genial? Das fällt mir JETZT wieder ein, wo ich an dich denke, du meine treue Sitznachbarin über dreizehn Jahre Schulzeit!! Bohnerwachsgeruch auf braunem Linoleumfußboden, zuerst vier Jahre Frau Blusenich, dann der Backenkneifer Herr Knesemechels in Religion, und wie hieß noch die Alte, bei der wir »Nadelarbeit« hatten? Brückmeier? Boh, Nadelarbeit! Dicke Stopfnadeln drängelten sich schmerzend in Pappe, um hässliche krumme Wollfädenspuren für immer auf ihr zu hinterlassen. Mein erster Bommel! Ich seh mich noch mit schwitzenden Fingern die feuchte Wolle – Farbe: Altbleu! – um den doppelten

Pappekringel friemeln und die Alte stand über mir und roch so streng nach Eukalyptus und sagte: »So wird das aber kein anständiger Bommel!« Also habe ich einen unanständigen Bommel geschaffen, was blieb mir auch übrig!

Wenn wir alle mit Friemeln beschäftigt waren, hat die Alte – wie HIESS die denn noch? Brüggemann, Brüggemeier, Brügge…, Brück… – uns immerhin Pippi Langstrumpf vorgelesen oder auch »Die kleine Hexe«, was sowieso besser zu ihr passte. Jetzt hab ich mir das alte Poesiealbum rausgesucht, in dem du, Kleinchen, gleich auf der dritten Seite auftauchst mit folgendem originellen Spruch: »Rede viel, aber wahr. Viel Reden bringt Gefahr.«

Wahrscheinlich hast du dich in der Aufregung nur verschrieben, aber Teil eins deines Ratschlages habe ich angenommen. Viel reden!! Teil zwei nicht so sehr. Wär ja langweilig. Allerdings: Meine lose Klappe hat mir schon so manchen Ärger eingebracht!! Aber missen möchte ich den nicht, den Ärger. Hat mein Leben ziemlich kunterbunt gemacht. Jetzt, wo ich so blättere, kommt's mir wieder!

Was macht eigentlich Marion Studier? Oder Jutta Beckstette? Sie schreibt: »Rosen, Tulpen, Nelken, alle Blumen welken, nur die eine nicht, die heißt Vergissmeinnicht.«

War ihr Vater nicht Anstreicher? Und hatte sie nicht eine Schwester, die immer auf dem Dreirad vor ihrem Haus auf dem Rasen hin- und herquietschte, wenn wir aus der Schule kamen? Und liebte sie nicht bis zur Selbstaufgabe »Daniel Gerard« mit dem unvergesslichen Song »Butterfly«?? Was ist mit Uwe Rohner und Uwe Mertens? (Beide haben nicht in mein Poesiealbum geschrieben, obwohl für sie je eine Seite reserviert ist – bis heute!!) »Morgenstund hat Gold im Mund«, hat Detlev Brüseke geschrieben. Ob er dazu heute noch steht? Vielleicht ist er ja Gastwirt oder Rausschmeißer in einer Disco geworden und pennt jeden Tag bis eins. War das nicht so ein Dicker? Der immer seinen völlig uncoolen Lederranzen auf dem Rücken trug? Und aussah, als hätte er einen Kleiderbügel geschluckt?

JETZT habe ich auch die alte Nadelarbeitslehrerin gefunden: Frau Brückmann.

»Man ist reich, wenn man ein freundliches Herz hat!«, schrieb sie vor hundert Jahren in mein Poesiealbum. Hat die eine Ahnung! Also, wenn ich jemals einem Mädel ins Poesiealbum schreiben darf, dann werde ich die ungeschminkte Wahrheit schreiben: »Man ist reich, wenn man von seinen Zinsen leben kann!«

Und daran arbeite ich gerade feste, meine Liebe.

Frau Blusenich! Hurra, weißt du, was die schreibt? »Bete und arbeite!« Thea Blusenich.

Teil eins: Null. Teil zwei: Ja! Klar!! Hätte sie geschrieben »Arbeite und kassiere!«, hätte ich ihren Ratschlag hundertprozentig angenommen.

Und wer war noch mal »Deine Lehrerin G. Solitssek«? War das nicht die, die später mit dem Biologielehrer was angefangen hat und deshalb versetzt wurde? Der Biologielehrer hieß jedenfalls Herr Timmermanns und war sauer auf mich, weil ich die Sache mit der Solitssek in die Welt gesetzt hatte.

Mensch, Kleinchen! Wie geht es dir denn so?? Was hast du all die Jahre gemacht? Es ist eine Schande, dass wir uns so aus den Augen verloren haben, aber ich war einfach wahnsinnig beschäftigt mit Geld verdienen! Bitte entschuldige! Im Laufe der Jahre habe ich mir angewöhnt, nur noch Dinge zu tun, die mir Geld einbringen. Und dazu gehört leider nicht, mit alten Schulfreundinnen E-Mails zu tauschen. Schande über mich. Ich will mich bessern!

Leider kann ich zur Beerdigung von unserem guten alten Heinrich Seelig nicht kommen! Muss nämlich zur Hochzeit von Dick Price. Als seine Managerin darf ich auf diesem Fest nicht fehlen, zumal ich die gesamte Hochzeit an die Bild-Internetseite verkauft habe, für 80000 Euro! Ich kriege von jedem Deal, den ich für meine Künstler aushandele, zwanzig Prozent. Die ich, unter uns gesagt, nur in den seltensten Fällen versteuere!

Ich sage dir, Kleinchen, das Geld liegt auf der Straße.

Trotzdem schade, dass ich Heinrich nicht auf seinem letzten Weg begleiten kann! Ich wusste nicht, dass wir beide ihm so viel bedeutet haben, dass er uns sogar sein letztes Interview gewidmet hat! Er war ein feiner Kerl. Hart, aber gerecht. Seinetwegen habe ich in Salzburg immerhin Musik studiert, auch wenn ich heute nur passiv mit Musik zu tun habe – als Managerin eines berühmten Dirigenten und einiger international gefragter Sänger. Die Salzburger Festspiele sind mein Zuhause. Und ansonsten habe ich einige erstklassige Schauspieler unter Vertrag. Mir geht es gut, Anne!! Ich kann mich nicht beklagen!

Was ist eigentlich mit deiner Musik? Du wolltest doch immer Sängerin werden. Damals jedenfalls hattest du eine tolle Stimme. Weißt du noch, wie wir mittwochs zusammen bei Heinrich Seelig im Chor gesungen haben? Es würde ihn freuen, dass wir beide wegen ihm wieder Kontakt aufgenommen haben! Vielleicht freut ihn das mehr, als wenn ich auf seiner Beerdigung rumgestanden hätte. Du weißt ja, dass ich solche Veranstaltungen hasse.

Mensch, Anne Pistrulla, geborene Klein! (Konntest du dich gegen diesen Namen gar nicht wehren? Allerdings hätte ein Doppelname das Ganze auch nicht wesentlich aufgepeppt. »Klein-Piss-Trulla… nichts für ungut, aber lästern dürfen wir noch wie damals, oder?) Dem Interview entnehme ich, dass du Personalleiterin bei »Kaufglück« bist. Weißt du noch, wie wir damals unseren ersten Bikini dort gekauft haben? Du brauchtest oben Größe vierzig und unten Größe achtunddreißig, bei mir war es umgekehrt. Ich hatte schon immer den dickeren Hintern und du den größeren Busen.

Da waren wir fünfzehn… So alt ist jetzt mein Sohn Adrian. Er hat mich als Mutter in ein tiefes Sorgenloch gestürzt, aber vielleicht tun das alle Jungs in der Pubertät. Du hast also Zwillinge, kleine Mädchen? Wie süß! Mail mir Fotos!

So, das war die längste private E-Mail, die ich je geschrieben habe. Sonst hacke ich nur zu Businesszwecken in die Tasten. Hat aber Spaß gemacht!

Muss jetzt zum Flughafen, fliege über Zürich nach Basel. Die Bunte will ein Interview über meinen ehemaligen Klienten Joachim Jarnach. Ich weiß nicht, inwieweit du die Yellow Press liest, aber sie ist meine Altersversorgung. Sicher ist dir nicht entgangen, dass Joachim Jarnach, früher begnadeter Opernsänger, heute in einem Altenheim vor sich hin modert. Die Bunte würde 40000 Euro zahlen, wenn sie aktuelle Fotos von ihm kriegen – sie wollen ihn in der Nervenheilanstalt fotografieren lassen, am liebsten mit einem Brummkreisel, auf dem Teppich spielend. So was fressen die Leute. Da erhöht sich die Auflage eines solchen Blattes sprunghaft. Man muss in diesem Business cool sein. Ich sag dir, das Geld liegt auf der Straße. Mal sehen, was zu machen ist.

Servus, sei herzlich gegrüßt und melde dich wieder!
Deine Alex von Merz, geb. Knoppke

PS: Kleinchen, bist du eigentlich glücklich mit deinem Kerl?
PPS: Alle Männer sind gleich – mir jedenfalls.

Kaufglück, Personalbüro, 15. September

Liebe Alexandra,
es hat mich echt total gefreut, wieder von dir zu hören! Also halte ich mich an meinen Vorsatz von heute Morgen und haue schnell zwischen Personalversammlung und Mittagessen in der Kantine eine E-Mail in die Tasten. Hoffentlich entdeckt mich hier keiner. Ich sollte nämlich eigentlich unten in der Wäscheabteilung sein. Der Mitarbeiter, den ich letzte Woche eingestellt habe, scheint die Höschen und BHs nicht wirklich verkaufen zu wollen. Frau Schnatzke aus der Wurst und Fleisch hat mir gesteckt, dass er die kostbaren Dessous zu ganz anderen Tätigkeiten zweckentfremdet, in der Umkleidekabine für Behinderte! Die kann man nämlich als Einzige abschließen. Was der neue Mitarbeiter wahrscheinlich nicht weiß: dass eine Kamera darin installiert ist. Ich sag dir, Alexandra, mein Job ist das, was ich mir immer erträumt habe! Dafür hab ich Hölderlin gelesen und Zwölftonmusik analysiert und komplizierte Brüche gekürzt – um als Personalchefin von Kaufglück perverse Mitarbeiter aufzuspüren, während sie auf die neu eingetroffenen Spitzenhöschen masturbieren! Nein, mit dem Gesangsstudium ist es nichts geworden. Das war nur ein schöner Traum.

Ich habe kurz nach dem Abitur Lothar kennen gelernt und bin den »bürgerlichen, geregelten Weg« gegangen: Reihenhaus, Bausparvertrag, zwei Einkommen, Zwillinge, zwei Omas fürs Grobe. Doch ich will mich nicht beklagen! Es geht mir gut! Mein Mann hat nichts dagegen, dass ich arbeite, und die beiden Omas unterstützen mich im Haushalt, so gut sie können.

Du würdest sagen, dass es durchschnittlicher gar nicht mehr

geht. Bieder, spießig, langweilig. Aber ich habe einfach keine Zeit für große Träume.

Dass DU die deinen verwirklicht hast, daran habe ich nicht eine Sekunde gezweifelt. Super – Managerin von international gefragten Sängern und Schauspielern! Joachim Jarnach! Dick Price! Wow!! Du kommst rum in der Welt und verdienst 'ne Menge Knete, während ich mich mit kleinen Idioten in einem Spießer-Kaufhaus rumschlage und noch nie über Plattstadts Grenzen hinweggekommen bin. Außer mal nach Reit im Winkl oder nach Grömitz. Früher im VW Käfer von meinem Vater. Da saßen außer meiner Mutter Margot auch noch Tante Emmi und Onkel Kurt mit drin (Freunde aus dem Wandervogel-Verein), wenn wir in Urlaub fuhren. Ich lag hinten auf der Hutablage und schlief. In der Zeit kannten wir uns ja schon. Ja, du hast zu meinem Leben gehört wie eine Zwillingsschwester.

Natürlich habe ich mein Poesiealbum auch rausgesucht.

Du schreibst: »Erfolg hat im Leben und Treiben der Welt, wer Nerven, Humor und Ruhe behält.« Find ich stark. Passt zu dir. Vielleicht würdest du den Spruch heute nur geringfügig ändern: »Erfolg hat im Leben und Treiben der Welt, wer seine Knete für sich behält.« Jedenfalls nach dem, was ich über deinen wichtigsten Lebensinhalt gelesen habe, meine ich.

Nix für ungut, Alex. Der Dicke mit dem Schulranzen hieß Ulrich Zehler und wohnte neben dem Zahnarzt in diesen besseren Bungalows am Nordring. Mir schrieb er: »Vergesse nie die Heimat, wo deine Wiege stand, denn du findest in der Ferne kein zweites Heimatland.« Und der Zahnarzt von nebenan hat gleich noch hinzugefügt: »Zweimal täglich Zähneputzen, zweimal jährlich zum Zahnarzt. Dieses schrieb dir, liebe Anne Klein, dein Dr. Missbach.«

Das habe ich sehr wörtlich genommen und artig befolgt. Bis heute gehe ich zweimal jährlich in den Zahnarztbungalow. Der dicke Ulrich Zehler ist Rechtsanwalt geworden.

Aber ich will mich nicht beklagen, Alex. Jeder ist seines Glückes Schmied. Und ich bin wirklich zufrieden. Meine Mädchen sind hellwach, gesund und mit süßen fünf wirklich meine Wonneproppen, mein Mann ist pünktlich, fleißig und zuverlässig, einen besseren Mann könnte ich gar nicht kriegen! Das Reihenhaus ist in knapp dreißig Jahren abbezahlt. Was will man mehr?!

Ich fand es wunderbar, nach sechzehn Jahren wieder von dir zu hören! Meine Güte, mir erscheint es wie gestern, dass wir zusammen zur Abiturfeier gegangen sind! Ich hatte dieses schreckliche Kostüm an, das meine Mutter von ihrer Schwester geerbt hatte, und schämte mich den ganzen Abend, wie immer. Grobstrick mit beige-roten Karos, wadenlang mit Plissee. Tante Erika. Reine Schurwolle. Nicht runtergesetzt. Und du kamst natürlich im Miniröckchen! Mein Vater hätte mir nie erlaubt, mit so einem Fähnchen das Reifezeugnis entgegenzunehmen, aber du hast dich ja noch nie um so was geschert. Weißt du, was meine Eltern damals über dich gesagt haben? Jetzt kann ich es dir ja sagen. Die Alex ist ein Flittchen, aus der wird nichts werden. Doch nein. Wieder mal daneben. Von wegen Alex Knoppke, das Proletenkind. Alexandra von Merz, Inhaberin einer internationalen Künstleragentur, Villa im Landhausstil, Jahreseinkommen schätzungsweise eine Million Euro, 'ne Menge Schwarzgeld in der Schweiz ... Oder geht jetzt meine Fantasie mit mir durch?

Apropos, was mir aufgefallen ist: Geld scheint in deinem Leben eine ziemliche Rolle zu spielen. Mein Mann Lothar würde begeistert sein. Er redet doch so gern über Geld.

Sein großer Traum ist es, selbständiger Finanzberater zu sein und riesige Firmen zu managen. Stattdessen hockt er seit zwölf Jahren in der Plattstädter Sparkassenfiliale und berät höchstens Omas, die ihre siebenundzwanzig Euro aus dem Strickstrumpf anlegen wollen. Immerhin hat er es zum Filialleiter gebracht. Der Job ist aber wahnsinnig stressig für ihn und er hat fast keine Zeit für seine Familie.

Bist du immer noch so fleißig? Ich weiß noch, wie du geackert hast, um dir ein Motorrad kaufen zu können. Du hast immer gespart wie verrückt, um dir was leisten zu können, was dich von der Masse abhob. Außerdem hattest du, im Gegensatz zu mir, immer die angesagtesten Klamotten an. Ich habe heute noch das alte Holland-Fahrrad, mit dem ich damals durch Plattstadt gefahren bin. Und das steht jetzt bei uns im Keller.

Komisch, bei uns in Plattstadt liegt das Geld überhaupt nicht auf der Straße! Stell dir mich vor, Alex: Anne Pistrulla, geborene Klein, in einem runtergesetzten Zweiteiler von Kaufglück, auf Mitarbeiterrabatt. Gerne trage ich Twinsets in Pink, Bleu und Beige. Monatseinkommen: zwei sechs. Euro. Immerhin. Brutto. Plus Kindergeld. Dafür hab ich alle Leistungen der Firma Kaufglück inklusive der flotten Föhnwelle von Ariane, unserer Friseurin im Haus, der nicht mehr ganz frischen Lebensmittel von gestern und der Bücher und Zeitschriften der Vorwoche.

Aber ich will mich nicht beklagen. Es könnte mir wirklich schlechter gehen. Andere Frauen haben nicht so einen sicheren Arbeitsplatz und zwei so zauberhafte Kinder und einen so fleißigen Ehemann und ein so hübsches Reihenhaus und noch die unentgeldliche Hilfe zweier tüchtiger Omas.

Das sagt meine Mutter immer. Kannst du dich noch an sie erinnern? Oma Margot. Mein Vater ist leider vor sieben Jahren gestorben.

Eines scheint sich zwischen uns nicht geändert zu haben: mein leiser Neid auf dich! Wie schaffst du es nur, mir immer das Gefühl zu geben, ich sei ein Versehen der Natur, während du offensichtlich überall »Hier!« geschrien hast?

Nein, nein, ich bin schon sehr zufrieden.

Muss los, die Schnatzke aus der Wurst- und Fleischabteilung sucht mich und will schon wieder petzen.

Mit leise neidischen Grüßen
deine alte Anne Klein

PS: Meinetwegen nenn mich weiter Kleinchen. Du hast mich sowieso nie Anne genannt.

Anlage: ein Foto von den Zwillingen, Lothar und mir bei uns im Vorgarten

Frankfurt, Flughafen, Senator-Lounge,
19. September, morgens um halb sechs

Hallo, Kleinchen,
bin in der Senator-Lounge und tue so, als würde ich arbeiten, habe mich mit meinem Laptop in eine sichtgeschützte Kabine verschanzt. Hinter mir stehen mindestens vier fette Business-Burschen, unrasiert und übellaunig, die warten alle auf meinen Arbeitsplatz. Quarz mir eine, obwohl Nichtraucherzone. Aber wie lautete unser Lieblingsspruch, als wir fünfzehn, sechzehn waren? Gesetze sind dazu da, übertreten zu werden. Ey, hömma. Hast du auch beim Beten bei Backenkneifer Knesemechels immer so einen Unsinn verstanden? »Wie auch wir vergeben unseren Chewing-Gum.« Ich dachte, ein wahrer Christ muss auch mal seinen Kaugummi mit seinem Nebenmann teilen. Oder, ganz früh, noch bei Frau Blusenich, bei »Macht hoch die Tür«: »Mein Schlüpfer reicht am Rad.« Ich dachte, anständige Mädchen checken erst mal, ob man nix sieht, wenn sie radeln. Weißt du noch, der Blockflötenkreis bei Frau Wedekind? Ich seh uns noch in das spuckedurchtränkte Gerät pusten, bei »Es kommt ein Schiff gelahahaden«. Oder: »Kehrt mit einem Segel heim in jedes Land!« Ich dachte, das arme Schiff, hat nur noch ein Segel.

Ach, Erinnerungen!! Weißt du noch: »Frère Schacke, Frère Schacke« – ich hatte erst verstanden: »Schwere Jacke, schwere Jacke!« Der hat uns tatsächlich noch gehauen, der alte Knabe. War aber schon über neunzig, jedenfalls noch einer, der im Ersten Weltkrieg seinen Mann gestanden hatte. Bei dem mussten wir uns doch jeden Morgen der Größe nach aufstellen, an der Heizung, und dann rief er unsere Namen auf und wir mussten

»Hier!« schreien. »Klein?« – »Hier!« – »Knafflar?« – »Hier!« – »Knoppke?« – »Hier!«

Einmal, als Knut Knafflar seine Hausaufgaben nicht gemacht hatte (die hatte er aber nie gemacht!), hat Herr Freudenberg die gesamte Klasse mitgenommen zum Haus von Knut Knafflar und den armen Jungen vor den Augen seiner blinden Mutter verhauen. Makaber, aber wahr!!

Sehe gerade: Meine Maschine nach New York hat Verspätung. Also: Liebste Anne Klein, also du hast ja echt einen Vogel. Jetzt hab ich dir sechzehn Jahre Zeit gegeben und du hast deine blödsinnigen Wahnvorstellungen immer noch nicht abgelegt?

Wie kommst du drauf, dass du

a) hässlicher
b) blöder
c) spießiger
d) glückloser

bist als ich?

Du siehst doch okay aus, also ich meine, du könntest mehr aus deinen Haaren machen. Ich wollte, ich hätte so blonde Naturlocken wie du! Lass sie doch einfach wachsen und hör mit diesen Föhnwellen auf! Aber wahrscheinlich brauchst du so ein Outfit in deinem Job. Jedenfalls hast du rein äußerlich alle Voraussetzungen für eine modische Topfrau: Du bist schlank, hast nach wie vor die längsten Beine der Klasse, dein Gesicht ist so bildhübsch wie damals – warum schminkst du dich immer noch nicht? Will das dein Lothar nicht? Geh doch mal runter in die Kosmetikabteilung und frag die zuständige Yvonne oder Jasmin, was sie dir empfiehlt, selbstverständlich zum Mitarbeiterrabatt. Ich könnte mich totlachen. Zu mir nach Hause kommt zweimal in der Woche Rico, mein persönlicher Stylist. Er stammt aus dem tiefsten Ostberlin und ist schwul. Der kann die beste Fußmassage der Welt, ist top in Maniküre und Pediküre und macht mir auch die Haare. Ich kann dabei arbeiten, das ist ganz praktisch. Meistens häng ich ja am Telefon oder am Computer. Rico kriegt alles mit, ist aber standhaft, duldsam und verschwiegen. Er stylt auch alle Künstlerinnen, die ich vertrete.

Also Iris, Senta, Uschi, Hannelore und die gesamte Riege. Die schwören alle auf ihn.

Den Haushalt besorgt mir übrigens auch eine Schwuchtel. Er heißt Jaime und kommt aus Argentinien. Eigentlich ist er der Au-pair-Junge von Adrian, aber Adrian findet ihn »voll Scheiße« und treibt sich lieber mit den Jugendlichen aus dem Dorf herum.

Macht mir ziemlich viel Sorgen, der Bengel, ist in der Schule schlecht und hat sich laut Auskunft von Jaime letztens mal meinen BMW ausgeliehen für eine nächtliche Spritztour. Mit fünfzehn!!

Solche Probleme hast du mit deinen süßen Zwillingen ja wohl nicht. Ich stell mir deine heile Welt so richtig bildlich vor: Wenn du nach Feierabend heimkommst, haben die Omas das Haus geputzt, die Kinder gehütet und das Essen gekocht. Dann sitzt ihr alle in der netten Essecke und macht: »Widdewiddewitt, guten Appetit.«

Ich hätte dir auch gern Fotos von meinem Sohn gezeigt, aber Adrian ist voll in der Pubertät und will nicht fotografiert werden. Hat auch Pickel, der arme Kerl. Und einen »Bart«, wie er sich auszudrücken beliebt, der allerdings noch nicht für die Öffentlichkeit freigegeben wird, da er nur aus einem Dutzend verschieden langer Stoppeln besteht. Schule findet er voll ungeil und alle seine Lehrer sind blöde Wichser. Hätten wir mal über Herrn Freudenberg sagen sollen! Was der uns gehauen hätte! Hausaufgaben macht Adrian, wenn überhaupt, mit dem Füller direkt ins Schulbuch, aber in Arabisch. Jedenfalls Hieroglyphen, die keiner lesen kann, auch er nicht. Na und? Ist doch nicht mein Problem, bläht er mich an, wenn ich ihn sanft darauf hinweise. Am Wochenende ist er meistens bei Leo. Seit wir geschieden sind, verstehen wir uns wieder richtig gut. Seine jetzige Frau Olga muss einiges aushalten. Letztens hat Adrian ausgerechnet in ihrem hochheiligen Badezimmer mit dem Hockeyschläger den antiken Spiegel zerdeppert. Angeblich ein Original von Kaiserin Maria Theresia. Daraufhin hat Adrian ganz cool gesagt, hoffentlich war Maria Theresia Allianz-versichert. Das musst du dir mal vorstellen!

Also ich beneide dich um deine blond gelockten Prinzessinnen.

Und wie süß du sie anziehst! Ganz in Pink! Lass mich raten! Kaufglück? Kinderabteilung? Mitarbeiterrabatt? War ein Sche-heerz! Liebe eilige Grüße, werde gerade aufgerufen – muss nach New York an die Met, einen Tenor anhören, der sich großartig findet. Er will von mir gemanagt werden. Anscheinend hat sich bis nach Amerika rumgesprochen, dass ich die beste Künstleragentur der Welt betreibe! Oder sagen wir so: Ich hau für meine Klienten am meisten Knete raus. Freue mich auf deine nächste Mail. Deine Welt ist so wunderschön harmlos heil – gib mir mehr davon! Das tröstet mich in meinem ganzen Chaos!
Deine Alex

PS: Das Geld liegt wirklich auf der Straße! Aber vielleicht nicht in Plattstadt, das gebe ich zu. Ich hab da jedenfalls nie welches liegen sehen. Außer einmal, die fünfzig Pfennig, erinnerst du dich noch? Wir haben sie in den Eisautomaten an der Bushaltestelle geschmissen und wie blöd daran gerüttelt und dann kamen vierhundert gelbe »Capri«-Eis rausgeflutscht. Weißt du noch, wie die »Zweipfennigoma« blöd guckte, als die alle auf der Straße lagen und der Bus drüberfuhr? Die hatten wir deshalb so genannt, weil sie im Bus mit zwei Pfennig bezahlen wollte. Erinnerst du dich?? MEHR AUS PLATTSTADT!!!
PPS: Wie war eigentlich die Beerdigung? Hat Heinrich ein schönes Plätzchen bekommen? Wie Herr von Ribbeck auf Ribbeck im Havelland, unter einem Birnbaum? Es wäre ihm zu gönnen.
PPPS: Wie die Kerle hinter mir drängeln! Männer sind auch nicht mehr das, was sie nie waren. Jetzt muss ich aber wirklich los.

Plattstadt, Kaufglück, im fensterlosen Kämmerchen neben dem Personalbüro, 25. September

Liebe Alex,
nein, was hab ich gelacht!! Die Zweipfennigoma! Für ihren wirklich nicht überhöhten Fahrpreis verlangte sie auch noch, vorne direkt hinter dem Fahrer zu sitzen. Die ist schon lange tot (der Fahrer bestimmt auch).

Und erinnerst du dich noch an die Klau-Frau? So eine alte verwirrte Frau, die immer durch das gefährliche (!!) Bullerbachtal eilte und von den Büschen Blätter abriss und in ihre schwarzgrün gemusterte Nylon-Einkaufstasche stopfte? Wir hatten so einen Schiss vor ihr, dass wir um unser Leben rannten, wenn wir sie gesehen haben.

Oder die dicken Brätschhöfe-Zwillinge aus der Sozialsiedlung! Mänsch, waren die dick, Mann!! Und die Mutter von denen! O-ber-fett!!! Ich sehe noch ihre losen Strümpfe von den wabbelnden Waden rutschen, wenn sie in ihren ausgelatschten Puschen hinter den dicken Zwillingen herrannte, um ihnen eine zu hauen.

Sie waren die Einzigen, die nicht zugereist waren, sondern wirklich aus Hessen stammten, und beim Vaterunser bei unserem gerne erwähnten Backenkneifer Herrn Knesemechels standen sie neben mir und sagten: »Vater unser, gell, du bist im Himmel!«

Zu deiner Mail: Ach komm. Wer hat wohl wen zu beneiden? Gestern, Wochenende. Denk bloß nicht, Mama konnte mal ausschlafen. Ich hab die Zeitverschiebung genau berechnet. Während du im Chanel-Fummel mit einem willigen Tenor beim Dinner weiltest und wahrscheinlich gerade den Kaviar mit deinem dritten Glas Champagner runterspültest, hab ich mit Carla und Greta einen Nahkampf geführt. Natürlich, ich geb's ja zu. Als Töchter der Personalchefin eines sehr frequentierten Kaufhauses in einer dicht besiedelten Kleinstadt besitzen meine Mädels etwa fünfhundert Stofftiere. Stichwort Mitarbeiterrabatt. Und Bestechungsversuche von jenen Mitarbeitern, denen ich schon eine Abmahnung geschickt habe. Du weißt ja, die Entlassungen laufen über meinen Tisch. Auf meinen liebevollen mütterlichen Ratschlag hin, doch das ein oder andere Plüschwesen auszurangieren, um es »armen Kindern« zu schenken, gab es wüstes Geschrei und empörte Zornestränen. Na gut. Sie hatten die Müllsäcke entdeckt, in die ich die Viecher bereits gestopft hatte. Heulend haben sie alles wieder ausgekippt, was schon drin war. Auch den Badezimmermüll und die leeren Hundefutterdosen, die die ahnungslose Oma Helga auch noch dazugetan hatte. Oma Helga ist schon ein bisschen tüddelig und sieht nicht mehr so gut. Während ich also in der Küche Frühstück machte, hat Erwin, die Ratte, all die Hundefutter-besprenkelten Viecher im Maul hin und her geschleudert, über den schönen neuen pinkfarbenen Teppich im Kinderzimmer, durch das gesamte Treppenhaus (graue Auslegeware aus der Teppichabteilung), in Lothars Arbeitszimmer (hellblaue, daher runtergesetzter Filzteppich) bis ins Elternschlafzimmer (türkis, daher besonders pflegeleicht). Er braucht immer Lob, der Erwin, deshalb apportiert er gerne interessante Gegenstände zur Schlafstatt der Herrschaft. Er weiß, dass er dann immer Aufmerksamkeit bekommt, der kluge Hund. Jedes Mal wenn Lothar zum Bowling gehen will, apportiert Erwin einen seiner Bowlingschuhe. Allerdings in den Nachbargarten. Schon hat er die Aufmerksamkeit, die er braucht! Und zwar sowohl von Lothar als auch von unserem Nachbarn. Einem grauenhaften Spießer und VW-Passat-im-Carport-Absteller, falls du mich fragst. Also, statt meines verdienten Sonntagsspaziergangs mit Carla und Greta durch die Fußgängerzone von Plattstadt war dann Teppichscheuern angesagt, im ganzen Haus. Lothar, mein soeben erwachter Gatte (er schläft sonntags immer gern aus), kommentierte das Ganze: »Das war ja vorherzusehen.

Das hätte ich dir gleich sagen können, dass man Plüschtiere nicht mit Hundefutterdosen in einen Müllsack stopft. Der Hund riecht das ja, ein Wunder, dass er die Tüten nicht schon vorher aufgerissen hat. Außerdem habe ich dir seit Jahren erklärt, wie man den Müll trennt usw.« Ich wollte Oma Helga nicht verpetzen, denn sie tut nur ihr Bestes.

Dann kam Lothar, der Wanderprediger im Pyjama, mir mit diversen Scheuermitteln aus der Haushaltswarenabteilung und erklärte mir deren Handhabung.

Lothar ist nämlich ein Erklärer. Aber das ist sein Job, dafür kann er nichts.

Sorry, muss weg, wurde schon zweimal ausgerufen: »Vier, bitte die neun!«

Das heißt: Frau PISTRULLA, bitte in die Herrenober! Jürgen Böhser will mich sprechen. (Ich glaub, der mag mich ein bisschen, hat mir jedenfalls schon mal die Hand aufs Knie gelegt, als er mich im Auto mitgenommen hat.) Sonst tut sich in meinem aufregenden Sexualleben nicht viel, meine liebe alte Alex Knoppke!

Liebe eilige Grüße
deine Anne Klein

PS: Die Beerdigung war okay. Es waren mindestens zweihundert Ehemalige da. Der Heinrich war echt beliebt. Liegt nicht unter einem Birnbaum, sondern neben der Friedhofsmauer, direkt an der Darmstädter Straße. Da kriegt er wenigstens noch was vom Leben mit.

New York, Flughafen, Arrival –
was haben wir denn für ein Datum? Ende September

Kriege das mit der Zeitverschiebung wie immer nicht gebacken.

Endlose Schlange vor der Immigration. Habe gerade den Purser angewiesen, mich bei »Crew« durchzuschleusen, kann schließlich nicht ewig warten. Sitze nun im Büro des Chefpursers und tue wieder wahnsinnig busy.

Liebe Anne, ach was, hallo, Kleinchen,

was hast du denn für einen Stinkstiefel zu Hause sitzen? Wie ist denn DER drauf? Erklärt dir die Handhabung von Putzmitteln?? Also, habe ich das richtig verstanden? Du liegst auf Knien und scheuerst die Auslegeware und er steht im Schlafanzug daneben und predigt?

Was kann denn da passiert sein? Ich meine, dass du den geheiratet hast? Gab es in deiner Altersklasse in Plattstadt denn sonst gar nichts im Sonderangebot oder zum Mitarbeiterrabatt? Kenne ich diesen Lothar eigentlich? Wenn er auf unserer Schule war, müsste ich ihn zumindest mal gestreift haben, wenn schon nicht getroffen oder gar versenkt. Bring mich mal drauf! War er gut im Sport oder hat man ihn eher im Blockflötenkreis getroffen? Wie sah er aus? Auf dem Foto macht er einen manierlichen Eindruck, aber das Äußere täuscht ja oft. Außerdem sieht man ja vor lauter Bart den Lothar nicht. Normalerweise finde ich ja Bärte bei Männern wunderschön; man erspart sich einen Teil ihres Anblicks.

Sag ehrlich, Kleinchen. Von wem hast du dich da schwängern lassen? Ist er ein ganzer Kerl oder ein Hirtenspieler?

Oh, bin schon dran. Na bitte, man muss sich bloß rühren. Die anderen Passagiere stehen mit einer Engelsgeduld in der Schlange.

Ich geh jetzt mit der Crew raus. Very important person. Melde mich später.
Alex Knoppke

PS: Zeit ist Geld und das Geld liegt auf der Straße.
PPS: Ich mag männliche Gesellschaft, aber sie muss ja nicht immer gleich in Ehe ausarten.
PPPS: Ein Mann mit einem dicken Bankkonto kann gar nicht hässlich sein.

Kaufglück, Plattstadt, in meinem kleinen Personalbüro,
28. September

Ach Alex!
Wie du mal eben im Rennen die Sprüche in den Computer haust! Genial!

So wie du dich schon durch die Schule gemogelt hast, scheinst du dich auch durchs Leben zu mogeln. Ich würde mich nie trauen, mich an einer Warteschlange vorbeizudrängeln. Die gucken doch alle so strafend! Lieber stehe ich drei Stunden in der Schlange, als mir böse Bemerkungen anzuhören. Ich habe mir nämlich den Poesiealbumsspruch von Gerlinde Rothermund zu Herzen genommen: »Sei wie das Veilchen im Moose, bescheiden, sittsam und rein, und nicht wie die stolze Rose, die stets bewundert will sein!« Ich weiß, was du zu dem Thema in mein Poesiealbum schreiben würdest: »Bescheidenheit ist eine Zier, doch weiter kommt man ohne ihr.«

Also, Lothar. Er war vier Klassen über uns, hat aber »nur« die mittlere Reife gemacht – er sagt, das lag alles an dem buckligen und für sein Alter viel zu früh verschiedenen Herrn Placke, der ihn in Französisch und Spanisch hat durchfallen lassen! – und dann eine Banklehre bei der Kreissparkasse absolviert. Meine und seine Eltern kannten sich schon lange, so dass ich Lothar immer wieder getroffen habe. Er war übrigens auch mein Tanzstunden-»Herr«, als wir vierzehn waren. Du hast ja bei so einem Scheiß gar nicht erst mitgemacht. Deshalb ist er dir nie begegnet. Aber er ist ein prima Kerl. Ich kann froh sein, dass ich ihn habe. Na ja, es hat sich halt vieles … sagen wir, relativiert im Laufe der Jahre.

Erst machte er mir den Hof, jetzt mache ich ihm das Bett.

Meine Mutter sagt, nach einem so zuverlässigen Mann kann man sich nur alle zehn Finger lecken. Und fleißig ist er. Arbeitet von morgens um halb acht bis tief in die Nacht. Damit wir unser Reihenhaus abbezahlen können. Er hat da einen genialen Finanzierungsplan ausgetüftelt. Auch die ganzen Versicherungen und Steuersparmodelle sind auf seinem Mist gewachsen. In diesem Gebiet ist er echt gut. Ungeschlagen. Er sagt oft, er könnte mit seinem Wissen auf internationaler Ebene arbeiten, aber mit Frau und zwei Kleinkindern geht das ja nicht. Zumal wir noch die beiden Omas im Hause haben. Und Opa Karl-Heinz haben wir auch noch an der Backe. Meinen Schwiegervater, der leider auch nicht sterben will. Er ist schon achtundachtzig und so wahnsinnig rüstig, dass man ihn schon mit dem Auto überfahren müsste, um der Natur ein bisschen nachzuhelfen. Aber keiner macht sich die Mühe. Und ich hab schon gar keine (Über)fahr-Praxis mehr. Lothar lässt mich nicht an seinen Opel.

Wenn ich mir so die Männer betrachte: Es gibt Erklärer und Handler. Lothar und Opa Karl-Heinz sind eindeutig den Erklärern zuzuordnen. Klar, als Leiter der Stadtsparkasse muss Lothar ja auch den ganzen Tag erklären. Opa Karl-Heinz war übrigens Inspektor, wie er nicht müde wird zu betonen.

Ich weiß, das langweilt dich total, aber ich muss es erwähnen, weil Opa Karl-Heinz in meinem Leben (leider) eine so große Rolle spielt. Wenn ich damals gewusst hätte, dass ich ihn mit heiraten muss, hätte ich es mir wirklich noch mal überlegt. Seit Oma Helga so tüddelig ist (ich hab sie nie anders kennen gelernt), findet Opa Karl-Heinz, dass ich mehr seinem Frauenideal entspreche: Er liebt mich total. Ich bin auch die Einzige, die ihm zuhört. Alles, was Opa Karl-Heinz mir erzählt, kann ich schon auswendig.

Aber zurück zu meinem wirklichen Ehemann. Lothar ist echt nicht zu beneiden. Er ist eine Koryphäe in Sachen Geldanlage und Steuersparmodelle und muss sich mit solchen Peanuts herumschlagen, von denen er regelmäßig Pickel kriegt. Deshalb auch der Bart.

Aber er tut es für seine Familie, sagt er. Und das muss ich ihm hoch anrechnen.

Ich bin froh, dass ich einen so kurzweiligen Job habe. Gut, dass ich nicht nur zu Hause sitze, wie so viele meiner Altersgenossinnen! Gerade auf der Beerdigung von Heinrich habe ich so viele Ehemalige getroffen, die jetzt einfach Hausfrau und Mutter sind! Da kann ich mich ja noch glücklich preisen mit meinem interessanten Job. Erstens habe ich eine leitende Position und zweitens kann mich im Hause Kaufglück frei bewegen. Du wirst lachen, aber ich bin ganz froh, wenn ich mal von meiner Mutter weg bin. Oma Margot ist, wie du dich vielleicht erinnern kannst, milde gesagt, dominant. Sie hat mir übrigens »Ohne Fleiß kein Preis!« ins Poesiealbum geschrieben, und zwar mit dem Lineal unterstrichen und mit drei Ausrufezeichen versehen (die sie auch noch unterstrichen hat).

Da fällt mir ein, dass ich selbst nur dann in anderer Leute Poesiealben schreiben durfte, wenn meine Mutter mir vorher mit Bleistift Linien reingezogen hatte, die sie dann später wieder ausradierte! Sie wollte, dass ich in jedes Poesiealbum schreibe: »Nichts wissen ist keine Schande, aber nichts lernen wollen!« Irgendwann weigerte ich mich, so ein Kameradenschwein zu sein. Einmal, es war ausgerechnet das Poesiealbum von der dicken Lea-Lotte Krautschneider, schrieb ich, zitternd vor Stress: »Die Liebe ist ein Omnibus, auf den man lange warten muss, und kommt er endlich angehetzt, dann ruft der Schaffner: Schon besetzt!«

Ich fand den Spruch wahnsinnig toll, aber meine Mutter fand ihn nicht passend für Lea-Lotte Krautschneider, denn deren Vater war Vorbeter und Weihrauchfass-Schwinger bei uns in Sankt Kunigunde, und da riss sie einfach die Seite raus!

Obwohl Lea-Lotte Krautschneider zu Beginn des Büchleins selbst geschrieben hatte: »Reiß mir keine Seiten raus, sonst ist es mit der Freundschaft aus!«

Ich hab geheult ohne Ende und Mutter Margot hat mir ein paar geknallt und mich in den Keller geschickt, zum Nachdenken. Lea-Lotte Krautschneider ist auch nicht mehr meine Freundin. Das hab ich jetzt davon. Meine Mutter allerdings auch nicht mehr. (Das hat sie jetzt davon.)

Ich bin aber froh, dass sie bei uns das Zepter schwingt, so

nimmt sie mir einen Großteil aller Entscheidungen im Hause ab. Oma Helga, meine Schwiegermutter, ist schon ein bisschen tüddelig (habe ich das schon erwähnt?), Opa Karl-Heinz behauptet sogar, sie sei senil. Das klingt richtig gemein aus dem Munde eines 88-jährigen, aber leider rüstigen Schwiegervaters, der alle zehn Minuten wortwörtlich wieder den gleichen Scheiß erzählt. Sie kriegt dann immer feuchte Augen und geht aus dem Zimmer. Aber mit den Kindern spielt sie mit einer Engelsgeduld. Meistens Memory. Ihr Kurzzeitgedächtnis funktioniert tatsächlich nicht mehr, und so haben die Mädchen mit ihr eine Menge Spaß.

Opa Karl-Heinz erledigt alle Einkäufe. Er ist so nervtötend rüstig! Alle unsere Sonderangebote kennt er auswendig. Und gibt damit an. Er sagt sie mir vor wie ein kleiner Junge, der seiner Mama stolz seine Rechenaufgaben vorsagt. Trotzdem, ich kann mich glücklich preisen, eine solche Familie zu haben, sagt Oma Margot. Ihr hat niemand den Haushalt gemacht und die Kinder erzogen. Sie musste auf eine berufliche Karriere verzichten. Ich seh sie noch in ihrem türkisfarbenen Acrylkittel in der Nullachtfuffzehn-Einbauküche stehen, die ich so ziemlich völlig mit Pril-Blumen überklebt hatte, und mit dem schönen Scheuermittel »Der General« die ganze Schweinerei wieder abknibbeln. Damals sah ich ihr auf den Kittelschultern schon vier Streifen wachsen und ich fand, das beliebte Putzmittel passt überhaupt gut zu ihrem Wesen. Sie hatte aber auch noch einige großblumige orangefarbene Kittel und ich musste, sobald ich aus der Schule kam, auch so einen anziehen. Wenn nicht, gab's sofort was hintendrauf. Denn nur was richtig sauber ist, kann richtig glääääzen! Jawoll! Wo kämen wir denn da hin! Wenn das alle machen wollten! Ohne Kittel in die Küche kommen! Heute muss ich so ein verhasstes Teil nie mehr anziehen.

Ich bin schon sehr zufrieden mit meinem Leben. Es hätte schlimmer kommen können. Und freue mich, dass es dir auch so gut geht. Lass wieder von dir hören, erzähl mir aus der großen weiten Welt!
Deine Anne

PS: Erinnerst du dich noch an die Werbung: »Siehst du, jetzt hast du ein schlechtes Gewissen«? So ein Geist ist meine Mutter. Aber ich sollte mich nicht beklagen.

New York Plaza, Suite 608, Whirlpool, September

Liebes Aschenbrödel,
nein, ich hab niemals ein schlechtes Gewissen. Auch nicht hier in meinem Whirlpool. Komm mal für einen kurzen Moment aus deiner Asche und mach dir die Kittelschürze sauber, bevor du meine Mail liest.

Nein, was hab ich gelacht! Du hast mich richtig wieder aufgebaut. Ich stelle mir euer Familienleben ein bisschen so vor wie eine Vorabendserie. Lindenstraße oder so. Alles hat seine Ordnung, jeder hat seinen Rang und seinen Platz, Mama und Papa tun schaffen, der Bausparvertrag wird langsam abbezahlt, die Omas versorgen die Kinder und der Opa hält die Garage sauber und dafür leider nicht den Mund. Damit kann man ganze Heerscharen von deutschen Fernsehzuschauern begeistern!

Mir persönlich wär's zu langweilig, ehrlich gesagt, und ein bisschen amüsiert es mich, dass du, unsere ehemalige Klassensprecherin, die in Philosophie Referate gehalten und im Schulchor Solo gesungen hat, auf einmal so ein angepasstes Leben führst. Aber wenn es dir Spaß macht – warum nicht! Du schreibst, dass du zufrieden bist. Und das glaube ich dir sogar. Du kennst es ja nicht anders, hähähä! Aber das wird sich ändern!

Ab sofort überhäufe ich dich mit Mails, die dich so neidisch machen, dass du Plattstadt und seine Reize augenblicklich in Frage stellst.

Also los! Ich bin im feinsten Hotel New Yorks und liege im Whirlpool. Rechts neben mir steht ein Glas Champagner, links eine Schale mit Erdbeeren, deren Spitzen mit Zartbitter-Schokolade überzogen sind. Am Fußende steht ein halb nackter Sklave und massiert mir die Füße – nein, Quatsch. Stimmt nicht. Er hat was an. Einen Kittel. Allerdings keinen orangefarbenen aus Acryl. Einen weißen. Ich gebe auch zu, dass es eine Frau ist. Ich wollte dich nur ein bisschen schocken.

Alex! Jetzt werde doch mal ein bisschen sachlich! Die dicke Bademeisterin wundert sich schon, warum ich beim Schreiben kichere. Eben hab ich nämlich noch behauptet, ich müsste arbeiten, damit sie nicht auf die Idee kommt, das Wort an mich zu richten. Die soll mir die Füße massieren und ansonsten »shut up«.

Gestern Abend war ich in der Met – also in der Oper, um mir diesen Tenor anzuhören. Er war leider eine Katastrophe. Ziegenbock im letzten Stadium der Kastration ohne Betäubung. Stell dir vor, dreieinhalb Stunden Puccini, ich hänge da mit meinem Jetlag in meinem superengen Taftfummel in der Loge (kämpfe ständig mit meinen fünf Kilo Übergewicht, indem ich vermeide, einzuatmen) und möchte nur noch schlafen, denke ständig an Adrian und seine Sechs in Französisch und dass Adrian findet, dass das doch nicht sein Problem ist, aber dieser Tenor hört einfach nicht auf zu schreien! Neben mir ein fetter Texaner im Flanellhemd, der laut schmatzend Kaugummi kaut, bringt mich auch nicht wirklich in Stimmung. Ich fühlte mich wieder mal so einsam! Keiner hat mich lieb! In keinem Reihenhaus wartet man mit dem Essen auf mich! Niemandem kann ich von meinen inneren Qualen erzählen! Wenn der Tenor wenigstens hätte spielen können! Er hat in jeder Hinsicht einen miserablen, schlechten Rudolfo gegeben, hölzern gespielt, blechern gesungen. Dazu war er noch klein und fett wie eine Regentonne – genau so sah er auch aus in seinem schmierigen speckigen Ledermantel, unter dem er so schwitzte, dass seine fettigen Haare zu triefen begannen. In solchen Situationen sage ich immer, es gibt Tausende von Agenten und Managern, aber ausgerechnet MIR passiert so was! Meine schöne Zeit, mein schönes Geld! Gilbert Sowieso, klassischer Gernegroß, leidet an Selbstüberschätzung, verstehe nicht, wieso der an der Met singt – hat sein Vater den Intendanten mit dem Gewehr bedroht, falls er den Jungen nicht singen lässt?

Während der schaurig-langen Oper überleg ich die ganze Zeit, wie ich mich davor drücken kann, mit Gilbert, dem Schmierigen, essen zu gehen, und wie ich es schaffe, ihm meine Spesen von seiner Gage abzuziehen. Du kennst ja mein Lebensmotto: Zeit ist Geld und das Geld liegt auf der Straße. Beides lass ich mir nicht von so einem Knödel-Tenor klauen!

Aber dann! Alex hat immer Glück im Unglück! Pass auf! In der Pause schreite ich forsch durch den Bühneneingang, um dem Kerl beim Pförtner eine Nachricht zu hinterlassen.

Ich schleiche so an den Garderoben vorbei, überall trällert's und singt's und summt's, da höre ich einen Bass in seiner Garderobe Tonleitern singen. Und bin auf der Stelle wieder wach. Tolle Stimme! Riesig, samtig, weich und schwarz. Wie lange gereifter Rotwein. Ich lausch und drücke mein Ohr an die Garderobentür und beschließe, mir den dritten Akt auf jeden Fall noch reinzuziehen – da reißt der besagte Bass plötzlich die Tür auf! Peng, ich pralle an sein Philosophen-Wams und gucke erstaunt in ein höchst attraktives männliches Gesicht.

»Can I help you, Ma'am?«, fragt er mit dieser Zuchtbullenstimme, und ich hätte am liebsten gesagt, ja, Sie können mir die Füße massieren und dabei singen. Da fragt dieser Bass, ob ich etwa die berühmte Mrs von Merz aus der Mozartstadt Salzburg sei – na ja, langer Rede kurzer Unsinn, rate mal, mit WEM ich dann im Plumroom gelandet bin! Bei Kaviar und Champagner! Und mit wem ich einen wirklich unterhaltsamen Abend hatte! Mit Mark D. Martini! Klingt wie eine Szene aus einem James-Bond-Film, ich weiß.

Ich hab ihn aber weder geschüttelt noch berührt, diesen Martini. Weil ich mit dem viel Geld verdienen kann. Bin ziemlich glücklich, dieser Bass ist ein Hit, als Stimme und als Mann. Den werde ich managen. Ich schwöre dir, ich bringe ihn ganz groß raus. Er hat alle Voraussetzungen, ein Star zu werden, und das Beste dabei: Er weiß es noch nicht!

Versuche, ihn auf den nächsten Salzburger Festspielen unterzubringen. Sie suchen noch einen König Phillip für den »Don Carlos« und für die »Norma« einen Orovese. Beide Rollen sind dem Kerl wie auf den Leib geschrieben. Wahrscheinlich war er in seinem früheren Leben ein Saufkumpan von Verdi und Bellini und hat mit ihnen in den Kneipen von Verona gesessen und in fröhlicher Runde Sechsämtertropfen in die sangesfrohe Kehle geschüttet!!

Wetten, dass er im Sommer in Salzburg singt? Top! Die Fette quillt (aus ihrem Kleid, ich).

Kenne die Intendantin gut, und mein Exmann Leo von Merz wird die Opern dirigieren. Beste Beziehungen also! Ich sage dir, das Geld liegt auf der Straße und Beziehungen sind alles. Jetzt ist das Badewasser kalt und der Champagner leer und die Masseurin müde. Wo ist meine Reitpeitsche von Hermès?

Aber es war wieder mal nett, mit dir zu plaudern. Daran könnte ich mich gewöhnen.

Servus, und lass mir auch noch ein paar Linsen in der Asche! Muss ab sofort Diät machen!
Deine ziemlich angetörnte Alex (Puccini ist geil!)

PS: Adrian hat mir ein Fax geschickt: Es gibt Ärger mit der Polizei. Muss mich kümmern. Ich glaub, er hat irgendwas angefahren, ein Reh oder eine Oma oder so.
PPS: Jetzt hab ich schon wieder Lust auf Eiscreme, obwohl ich – abgesehen von dem Champagner und den Schokoglasur-Erdbeeren – heute noch nichts gegessen habe! Muss echt abnehmen! Weißt du noch, unsere »Ed von Schleck«-Orgien? Wie wir diesen »Eis-Lümmel« immer in den Mund geschoben haben, na Wahnsinn. Ohne an was Böses zu denken.

Wie komme ich da nur jetzt drauf…

Plattstadt, Kaufglück, in meinem engen Personalbüro mit Blick auf die Schule, Ende September

Alex Knoppke,
ich hasse dich. Warum hab ich nur wieder Kontakt zu dir aufgenommen? Schon damals hattest du ein Moped und ich nicht, du durftest Miniröcke tragen und ich nicht, du hast dir Snickers oder Mars gekauft und ich hatte Möhren im Ranzen, du durftest in die Disco und ich in den Kirchenchor, du durftest nach Paris und ich mit meinen Eltern in den Taunus, du hattest einen Wellensittich und ich nicht, du hattest einen Verehrer und ich nicht!!!

Jetzt hast du auch noch einen Liebhaber! Mich interessiert brennend, ob dein Philosoph mit dir im Whirlpool saß, während du mir die Mail geschrieben hast! Deine sexuellen Fantasien haben dich verraten.

Komm, gib's zu. Und? Ist sein Puccini sehenswert? O Gott, bin sexuell frustriert! Habe Halluzinationen vor Neid! Da sitzt du in der Met in der Loge und der erste beste Kerl, dem du dich – buchstäblich! – an die Brust schmeißt, ist ein megamännlicher Held mit Zuchtbullenstimme, der auch noch von dir gemanagt werden will!

Warum passiert mir das nie? Als ich letztens an einer Tür lauschte, bekam ich die Klinke ins Auge! (Alles nichts dagegen, dass meine Zwillinge unsere Familie vor einem Jahr fast in den kollektiven Selbstmord getrieben haben, als Greta durchs Schlüsselloch guckte und Carla von der anderen Seite ein Mikadostäbchen durch selbiges rammte! Das, was wir danach hatten, war, milde ausgedrückt, eine Meinungsverschiedenheit über die Anwesenheitspflicht der zuständigen Aufsichtsperson. Was in diesem Fall die leicht tüddelige Oma Helga war. Greta trug monatelang eine schwarze Piratenklappe auf dem Auge, was Lothar allerdings begrüßte, weil er die Zwillinge wenigstens einmal auseinander halten konnte.) Seufz!!

Wann war ich das letzte Mal in der Oper? Irgendwann in Bremerhaven, als Lothar auf einem Sparkassen-Filialleiter-Treffen war. Er musste einen Vortrag halten zum Thema: »Der Euro kommt«. (Wenigstens der!) Wir begleitenden Ehefrauen hatten »Damenprogramm« und als solche die Wahl zwischen Standardtänze-Gucken in der Stadthalle und »Der Bettelstudent« im Stadttheater. Weil ich nicht sicher war, ob ich es schaffen würde, keiner der Tänzerinnen ihren Kerl zu entreißen, bin ich, bescheiden und sittsam und rein, lieber in den wesentlich besser zu mir passenden Bettelstudenten gegangen, in der Hoffnung, dass der mittellose Bursche mich etwas aufheitert. Aber ich hab die Oper sowieso nicht verstanden.

Nach jahrelangem geistigen Nirvana durch ausschließliches Beruhigungs-Sauger-vom-Teppich-Abknibbeln und Weder-Kinder-noch-Brüste-verwechseln-Wollen konnte ich mich in Bremerhaven einfach nicht richtig konzentrieren.

Also, was meine einmalige Opernerfahrung damals in Bremerhaven anbelangt: Ich bin tatsächlich nach dem ersten Akt gegangen, aber kein samtweicher Bass hat mich gegen sein Gewand gepresst und mich mit Zuchtbullenstimme gefragt, ob ich etwa die berühmte Anne Pistrulla aus Plattstadt bin und mich fürderhin seiner Stimmbänder und/oder Samenstränge annehmen will. Schon gar nicht hat er mich in Bremerhaven in den »Bürgerstuben« zum Essen eingeladen! Ich bin frustriert und allein ins Hotel »Zum Anker« gegangen, wo Lothar immer noch mit seinen Sparkassenhengsten beim Bier saß, hab mir dort mit eiskalten Füßen, die keiner massieren wollte, auf dem klammen Bett zwei Asbach Uralt reingezogen, mich auch so gefühlt, und dann auf Lothar gewartet, dessen Eintreffen ich aber dank erwähntem Asbach Uralt verschlief. Wenn einem soo viel Gutes widerfährt...

Da du immer beim Schreiben säufst: Ich gebe zu, ich hab jetzt etwas Wein getrunken. Aus dem Sonderangebot in der Lebensmittelabteilung. Wir haben gerade italienische Herbstwochen und der Chef hat mir eine kleine Kiste mitgegeben. Sechs fuffzig die Flasche.

»Trinken Sie ihn mit Ihrem Gatten«, hat er gesagt und dabei gönnerhaft gelächelt. »Und schön' Ahmt noch.«

Muss ins Bett.

Dein Kleinchen

PS: WARUM hast du immer den Hauptgewinn und ich die Arschkarte?

PPS: Oma Margot sacht immer: Nimm die Männer, wie sie sind. Es gibt keine anderen.

New York, Plaza Hotel, 6. Oktober

Mensch, Kleinchen!
Weißt du noch? Wir hatten diese kilometerlangen Schals, meiner war gelb und deiner bunt. Da konnte man einen Menschen komplett drin einwickeln oder gelegenheitsbedingt sich auch relativ unkompliziert damit erhängen. Und das wolltest du auf dieser Klassenfahrt nach Tübingen!

Du warst damals in diesen Martin aus der Parallelklasse verknallt, der aber mit Gabi Gärtner »ging«. (Wohin eigentlich?) Jedenfalls haben wir uns alle kollektiv an diese langen Schals gekettet und laut grölend die Gegend unsicher gemacht. Matthias Möppel konnte ja immerhin die Klampfe schlagen, obwohl er viel lieber Lieder wie »Dannnke, für diesen guten Morgen, dannnke für jeden neuen Tag« damit begleitet hat. Was wohl aus dem geworden ist... Bestimmt Pastor. Der hatte als Einziger keine »Nietenhosen« an, sondern Bügelfaltenhosen im Kommunionsanzugdesign. Aber sein Parka war so versifft, dass man ihn irgendwann in die Ecke stellen konnte. Wo der wohl gelandet ist? In der Waschmaschine jedenfalls nicht. Die wäre sofort explodiert wegen der Freisetzung von Giftgasen. Was unsere Jungs gestunken haben... Hat uns damals aber nicht sonderlich gestört.

Ach Anne Klein. Seufz. Wie kommst du darauf, dass du die Arschkarte hast??

Du lebst in geordneten Verhältnissen, hast zwei Omas, die dir den Haushalt schmeißen, zwei süße kleine Mädchen und einen Gatten, der fürs monatliche Einkommen sorgt. Bei dir kommt immer am Ersten des Monats das Geld rein. Bei mir ist das reine Glückssache.

MEIN Gatte Leo hat niemals für mich einen Bausparvertrag abgeschlossen. Außerdem hat er sich nicht um Adrian gekümmert. Verletzliche Künstlerseele, egozentrisch bis in die Knochen. Leider noch einer von der Generation, die ihren Neugeborenen »Kinder sind Frauensache« auf die Stirn gestempelt haben. Und das mir!! Er war zwar ein genialer Musiker, der echt viel Geld verdient hat, aber ich hätte ihn, glaube ich, nicht heiraten müssen, um an sein Geld zu kommen. Die Ehe ist eine Bühne, auf der alle Tage das gleiche Stück gespielt wird. Umso mehr sollten sich die Männer ab und zu einmal eine Neuinszenierung einfallen lassen.

Seit wir geschieden sind, verstehen wir uns bestens. Besonders, seit eine Stunde Autofahrt zwischen unseren Wohnsitzen liegt.

Glaub ja nicht, ich hätte für mein Leben nicht hart gearbeitet! Mit was für eisenharten Typen ich mich manchmal rumschlagen muss, um Geld zu verdienen!

Glaub mir, ich fühle mich oftmals sehr einsam. Mit wem kann ich denn über mein Innerstes reden? Mit Rico, meinem schwulen Stylisten, war ich bisher ganz inniglich befreundet, aber seit er sich in Adrians argentinischen Au-pair-Boy Jaime verliebt hat, spiele ich auch nur noch die zweite Geige für ihn. Ich bin so beleidigt, dass ich ihn nicht mal mehr in mein Poesiealbum schreiben lassen würde!

Gut, dass ich jetzt dich (wieder) habe, Anne. Natürlich habe ich viele »Freundinnen« und »Freunde« in der High Society. Aber glaube mir, Anne, denen darfst du nur dein faltenfreies, perfekt geschminktes, lächelndes Gesicht zeigen. Meinst du, sie sind immer noch deine Freunde, wenn du zugibst, dass dein Sohn nach dem Genuss eines Joints ohne Führerschein gefahren ist, eine Oma angefahren und Fahrerflucht begangen hat? Ach, wenn es doch ein Reh gewesen wäre! Oder ein Igel! Aber nein, es musste eine Oma sein. Als wenn ich nicht schon genug Probleme hätte.

Nein, dann lassen sie dich fallen wie eine heiße Kartoffel. Deshalb darf ich nie Schwächen zeigen. Ich bin eine perfekte Schauspielerin geworden. Immer gestylt, immer perfekt. Dir muss ich nichts vorspielen. Du hast damals schon immer durchschaut, wenn ich nur ein bisschen angeben wollte. Und hast mich trotzdem noch gemocht. Das werde ich dir nie vergessen. Um Adrian mache ich mir Sorgen. Er ist total unzugänglich, launisch, schweigsam. Natürlich habe ich ihn mit Hilfe eines sauteuren Anwalts rausgehauen und er hat ein Alibi für die besagte Tatzeit. Er war bei seinem Vater Leo am Hallstädter See. Leo hat natürlich nicht gern mitgespielt. So was stinkt ihm, er will in Ruhe seine Festspiele vorbereiten. Schließt sich tage- und nächtelang in seinem Studio ein. Leo sagt, Adrian gehöre in ein Internat. Aber ich will den Jungen nicht einfach abschieben. Sterbe manchmal vor schlechtem Gewissen. Nach außen tue ich immer so, als ob ich eine supertolle Mutter wäre. Aber ich fühle mich unzulänglich und total auf der Versagerschiene, jedenfalls was die Mutterrolle anbelangt. Adrian hat seine sensible Seele vom Vater geerbt. Ich glaube, im Internat bringt der sich um.

Und was mich anbelangt, du weißt ja, ich bin eine Pferdenatur. Jedenfalls nach außen hin. Immer Strahlefrau, immer Sonnenschein. Wenn mich einer fragt, wie es mir geht, dann kriegt er meine Standardantwort: »Nur super.« Muss mich auch viel zu sehr mit den Problemen anderer Leute herumschlagen, als dass ich Zeit und Raum für eigene hätte. In meinem Job musst du funktionieren, lächeln und strahlen, klasse aussehen und darfst keine Sorgenfalten auf der Stirn haben. Soll ich dir was sagen? Mein einziger guter Freund war eigentlich Rico.

Rico ist mit mir ausgegangen, wenn ich mal einen Kerl zum Repräsentieren brauchte. Der tanzt wie ein Gott, sage ich dir. Er hat mich zu allen Business-Trips begleitet und ich konnte in Ruhe meine Connections machen. Rico ist ein Bild von Mann: Wir waren in allen Klatschblättern auf Seite eins. Aber Jaime, der argentinische Au-pair-Junge, ist mir dazwischengekommen. Das Groteske an der Situation ist, dass ich ihn noch nicht mal für viel Geld wieder loswerde! Letztens hat er mir eine richtige Szene gemacht, mit allem Drum und Dran. Inklusive Heulen und Zittern und Tassen schmeißen. Mein gutes Gmundener Porzellan, handbemalt! Diese Tucken können ganz schön anstrengend sein. Seit

Jaime mit Rico verlobt ist, will er noch nicht mal mehr bügeln. Und Fußmassagen sind auch nicht mehr drin. Weil Jaime so eifersüchtig ist.

Ach Anne, du bist die Einzige, der ich solche Sorgen anvertrauen kann!

Übrigens hatte ich einen traumhaften Abend mit Mark D. Martini! Das ist ja mal ein bemerkenswerter Mann. Völlig seltenes Exemplar einer aussterbenden Spezies! Leider scheint er aus unerfindlichen Gründen nicht auf mich abzufahren. Du siehst, für Geld kann man nicht alles kaufen.

Sei getröstet und umarmt von deiner chaotischen, egozentrischen und launischen
Alex

PS: Gibt es in Plattstadt eigentlich immer noch den Kiosk, an dem wir uns damals verbotenerweise die Bravo gekauft haben?

Plattstadt, Kaufglück, 10. Oktober,
in meinem kleinen Personalbüro in der Ecke,
mit Blick auf unsere alte Gesamtschule und die Bäume, die sich
im Herbststurm davor biegen

Ach Alex! Dass Erinnerungen so süchtig machen!

Einerseits sind sie zum Brüllen komisch und dann hab ich plötzlich Tränen in den Augen. Blöd, was? Weißt du noch, die Katze, die wir »Solei« genannt haben? Die uns zugelaufen ist?

Irgendwann ist sie uns auch wieder weggelaufen. Wie so viele Kerls später auch.

Was ist eigentlich aus deinem gelben Wellensittich geworden? Blöde Frage eigentlich, ich kann mir schon denken, dass er nicht mehr lebt, aber weißt du noch, wie er immer zärtlich seinen Schnabel an unserem Daumen rieb und sich dann so aufblähte, dass die ganze Hand unter seinem Gefieder verschwunden war? Kann es sein, dass er es mit unserem Daumen getrieben hat, ohne dass wir das mitgekriegt haben? Weißt du noch, wie er immer durch eure kleine Wohnung geflattert ist, bis er auf dem Zahnputzglas vor dem Badezimmerspiegel landete, wo er sich selbst mit heißen Küssen überschüttete?

So begnadet naiv müssten wir Menschen auch sein dürfen! Sein Spiegelbild abküssen und dabei in höchste Euphorie geraten! Ich rege mich beim Anblick meines Spiegelbildes höchstens deshalb auf, weil ich schon wieder ein Fältchen um die Augen finde, und du wahrscheinlich, weil du schon wieder ein Gramm Fett an dir entdeckt hast.

Also gut, ich geb's zu: Meine Welt ist NICHT so in Ordnung, wie ich dir anfangs geschrieben habe.

Mein größtes Freizeitvergnügen ist, mit Erwin, dem Köter von

Oma Helga, Gassi gehen. Sie ist schon etwas tüddelig und verläuft sich mit Erwin beziehungsweise er wickelt sie an der endlos langen Ausziehleine um die Laterne und dann reißt er sich los und Oma Helga hängt an der Laterne und kommt nicht vor und nicht zurück. Ehrlich, das mache ich lieber, als zu Hause in dem engen Reihenhaus zu sitzen, wo Oma Margot und Opa Karl-Heinz sich täglich ausbreiten. Ich habe keine einzige Ecke im Haus für mich! Lothar hat immerhin ein Arbeitszimmer, aber das darf ich mir nur »ausleihen«, so wie damals das Arbeitszimmer von meinem Vater.

Ach Alex! Du bist so frei und ungebunden! Du kannst über alles, was du tust, selbst entscheiden. Du kannst verreisen, wohin du willst, du kannst schlafen, mit wem du willst, du kannst tun und lassen, was du willst. Dir redet keiner rein und du bist niemandem Rechenschaft schuldig.

Auch wenn Adrian ein bisschen pubertiert: Er ist doch wenigstens schon aus dem Gröbsten raus, kann sich alleine an- und ausziehen und braucht beim Essen kein Lätzchen mehr. Er streitet nicht beim Baden, wer die Brause halten darf, und heult nicht, weil er Seife im Auge hat. Beim Spazierengehen will er nicht getragen werden und er fällt nicht mehr in einen Bach. Er kotzt dir nicht mehr das Auto voll, du musst ihm abends keine Gutenachtgeschichte mehr erzählen und sonntags morgens lässt er dich schlafen – ach, wie ich dich um deinen Sohn beneide!

Muss jetzt in die Porzellanabteilung, Mitarbeiter Schwidetzki von der Warenannahme ist mit dem Gabelstapler dort rückwärts eingeparkt. Er hat wohl die Villeroy-und-Boch-Stapel für eine Parklücke gehalten. Tschau, melde dich, falls dein Eselsmilch-Vollbad im New-York-Plaza es zeitlich zulässt!

Deine jeden Tag stärker alternde
Anne

PS: Wofür steht das D.?

New York, J.-F-K.-Flughafen, Lufthansa-Lounge,
10. Oktober

Hallo, Kleinchen,
bin ziemlich bematscht, weil schlaflos in Seattle, versuche, zwischen Geschäftsmännern im Zweireiher in Ruhe eine Bloody Mary zu trinken, obwohl es noch früh am Morgen ist. Aber was soll's. Mich fragt keiner, warum ich getrunken hab. Der Talk mit dir taugt mir jetzt.

Habe viel erledigt in den Staaten. Mit einigen Filmproduzenten gesprochen, zwei meiner Schauspieler in Nebenrollen untergebracht, mir ansonsten eine Menge Filme und Werbespots angesehen und mit einigen alten Knaben aus der Branche essen gegangen.

Man besetzt gerade einen neuen James-Bond-Film. Aber das ist alles topsecret.

Jetzt muss ich dringend heim, nach meiner Agentur sehen, nach Rico und Jaime, die auf meine Mails überhaupt nicht mehr reagieren, und natürlich nach meinem missratenen Sohn. Mark D. Martini ist fest liiert. Und zwar mit einem schwedischen Topmodel, das blond ist und lange Beine hat. Darauf einen Dujardin.

Na ja. Männer sind wie Straßenbahnen. Man sollte ihnen nicht hinterherlaufen. Es kommen immer wieder neue. Das hättest du der dicken Lea-Lotte Krautschneider auch ins Poesiealbum schreiben können. Kannst du dich noch an ihren dicken Bruder erinnern? Wie der einmal die Fürbitten vorlas, wirbittendicherhöreuns, und du hast spontan gereimt: »Von diesem Schenkel träumt noch mein Enkel.« Da hattest du echt noch was Frivoles, Freches. Wo ist es gebliehiehieben?

D. steht für Daniel. Mark Daniel Martini. Das ist noch nicht mal sein Künstlername, so heißt der wirklich. Seine Eltern stammen übrigens aus der Nähe von Nürnberg, deswegen spricht er auch noch perfekt Deutsch. Mit einem winzigen amerikanischen Akzent.

Übrigens, Aschenbrödel: Unser Landhaus liegt recht einsam am See. Wir haben einen eigenen Badestrand mit Strandhäuschen und am Steg liegt ein Boot vertäut, das jahrelang schon nicht mehr benutzt wurde. Früher hatten wir auch ein Pferd für Adrian, aber leider kommt der Bengel auf seinen Vater. Will nicht reiten, nicht rennen, nicht an die frische Luft. Hockt nur vor seinem Computer und spielt Playstation. Ist schon ganz bleich und isst nur noch Fast Food und Chips – putzt sich nur dann die Zähne, wenn ich ihn unter Androhung von Gewalt dazu zwinge...

Auch ich muss viel öfter raus, setze Fett an. Dabei wohnen wir mitten in der wunderschönsten Natur! Wanderwege, Berge, Seen und im Winter haben wir die Skipisten vor der Tür! Schande über mich – ich weiß. Aber die Arbeit hat aus mir einen anderen Menschen gemacht. Ich hetze nur noch von Geldquelle zu Geldquelle und ein Tag in der Natur ist für mich verlorene Zeit – also rausgeschmissenes Geld.

Kleinchen, du wärest nicht zu bremsen, wenn du so eine Gegend vor der Nase hättest.

Weißt du noch, wie wir zwei verrückten Hühner früher immer gewandert sind? Einmal waren es fünfunddreißig Kilometer, die wir auf unseren abgelatschten Boots gelaufen sind, nur weil wir kein Geld für die Busfahrkarte hatten. Und weil du nicht trampen durftest.

Ich hab noch zwanzig Minuten. Du willst wissen, wie es mit Mark Daniel war. Um dir den Neidfaktor ein für alle Mal zu nehmen: Ich habe seinen Puccini nicht gesehen! Er war auch nicht mit mir im Whirlpool. Leider. Ich KANN keine Klienten mit ins Badewasser nehmen, Mensch, Mädchen! Von dem Kerl will ich nichts, nur sein Geld.

Der hätt mir echt gefallen. Aber abgesehen davon, dass er für mich materiell viel zu wichtig ist, hat er halt auch noch das schwedische Topmodel. Beim Digestif hat er mir ein Foto gezeigt und ich habe sofort ein Taxi gerufen.

Jemand sagte mir mal zum Trost: Mit den schlanken Frauen geben die Männer an, die Dicken nehmen sie mit nach Hause. Und ich sage mir: Diese Weiber machen sich nur deshalb hübsch, weil das Auge des Mannes besser entwickelt ist als sein Verstand. Ist ein Ausspruch von Doris Day. Aber jetzt kommt ein Ausspruch von Alexandra von Merz: Wenn ich ihn groß rausbringe, springen für mich Hunderttausende raus. Mark Daniel Martini! Der neue Mann bei den Salzburger Festspielen! Wenn Mark den König Phillip im »Don Carlos« kriegt, bin ich rentenversichert. Statt an sexuelle Abenteuer zu denken, habe ich mit ihm einen Vertrag gemacht, der beinhaltet, dass er für alles, aber auch ALLES, was für ihn an Angeboten noch kommen wird, zwanzig Prozent an mich zahlen muss! Er hat sofort unterschrieben! Der weiß gar nicht, wie viel Geld er mir überweisen wird!

Kleinchen, ich kann dir nur immer wieder predigen: Das Geld liegt auf der Straße! Übrigens sagt er, in seiner Familie sei keiner musikalisch. Der Vater hat einen Verlag in Los Angeles, die Mutter war früher Lektorin. Gerade weil er nicht auch ein Stubenhocker werden sollte, schickten ihn die Eltern zum Militär. Er war in einer knallharten Einheit, Spionageabwehrdienst – deshalb hat er auch so einen gestählten Body und ist überhaupt so gut drauf. Ganz nebenbei hat er noch Gesangsstunden genommen und bildet sich überhaupt nichts darauf ein. Der Kerl ist ein absolut seltenes Exemplar. So ein fröhlicher Naturbursche, der gar nicht weiß, was er wert ist! Kommst du mich nächsten Sommer zu den Festspielen besuchen? Vielleicht siehst du ihn! Du weißt, ich bin auf jeder Premiere eingeladen. Dann kriegst du mal was anderes zu sehen als »Der Bettelstudent« in Bremerhaven. Jetzt hab ich zwei Bloody Mary intus und genehmige mir die dritte.

Wo ich mich gerade so in Fahrt geschrieben habe: Wie ist eigentlich dein Lothar? Wenn ich so lese: Stadtsparkasse, Filialleiter, Omas und Ausländer anschreien, Putzmittel erklären,

Bowling spielen und in Bremerhaven Vorträge zum Euro halten, dann stelle ich mir einen grässlichen Spießer vor.

Hast du so was verdient?

’tschuldige meine Offenheit – aber du bist ein Phänomen, das mich schon immer fasziniert hat. Du hättest ein Topstar werden können – na ja, sagen wir ein Star. Bei deinem Aussehen, deiner Intelligenz, deiner Stimme und deiner Ausstrahlung. Und natürlich bei meinem Management. Beispielsweise. Aber du hast dich mit einem Drei-minus-Leben abgefunden. (Vier minus? Fünf plus?)

Und ich? Ich musste mich immer durchs Leben mogeln, wie du richtig bemerkt hast. Meine Mutter war Putzfrau, mein Vater ein Säufer. Aber jetzt hab ich ein Eins-plus-Leben. Na gut, Eins minus. Der rechte Kerl wär schon nett. Andererseits, wenn man’s recht bedenkt, ist ein Mann lediglich das Ergebnis eines verkrüppelten Chromosoms. Also, was soll’s. Geld ist ein viel reellerer Wert.

Muss rennen, sie boarden schon. Will unbedingt noch upgegradet werden – natürlich gratis.

Sei mir nicht bös für meine Offenheit und fühl dich immer umarmt
von deiner bloody Alex

PS: Wie kannst du so ein angepasstes Leben führen? Für WEN? Kriegst du das bezahlt??

Plattstadt, Einwegstraße 4, im Arbeitszimmer von Lothar (der zum Bowling ist), 16. Oktober. Wieder mal geht ein langer, herbstlicher Sonntag zu Ende…

Liebste Alex,
danke für deine letzte Mail aus New York.

Ja, ja, rede mir nur ins Gewissen. Das bringt mich wieder nach vorn! Ich will dir was sagen: Bevor wir anfingen, uns zu mailen, war ich ein zwar gelangweilter, aber doch zufriedener Mensch! Und jetzt fängst du an, mich aufzustacheln und Gelüste in mir zu wecken, die ich nie kannte! Du gehörst auf dem Scheiterhaufen verbrannt!

Hier kommt die nächste Folge aus meiner Vorabendserie: In meinem »Drei-minus-Leben« gibt's nichts Neues. Die Mädchen spielen mit Erwin. Sie haben ihm einen Schlafanzug angezogen und ein Stirnband aufgesetzt – außerdem haben sie ihm Haarspangen in die Ohren gesteckt. Er sieht zugegebenermaßen bescheuert aus und das weiß er auch.

Um auf deine Frage bezüglich Lothar einzugehen: Wie kommst du drauf, dass er ein grässlicher Spießer ist? Meinst du wirklich? Hab ich das denn im Laufe der Jahre gar nicht bemerkt? Okay, wir sind natürlich nicht mehr so wahnsinnig verliebt. Aber ist das nicht normal? Jetzt sitze ich an seinem Schreibtisch in seinem Arbeitszimmer, obwohl das streng verboten ist. Wenn er jetzt nach Hause käme, würde ich schwer Ärger kriegen.

Als ich ihn kennen lernte, war er eigentlich sehr nett. Groß, schwarzhaarig, schlank. Knackiger Hintern. Na ja, das viele Sitzen am Bankschalter hat ihm ein Bäuchlein beschert, die vielen Sorgen und Fragen um den Euro haben ihn schon leicht ergrauen lassen und außerdem ist er dauernd erkältet. Wegen der Klimaanlage in seinem Großraumbüro hat er chronisch verschleimte Nebenhöhlen, die er durch ständiges Rotzraufziehen vergeblich zu befreien versucht. Nicht gerade appetitlich, das Geräusch. Ehrlich gesagt, ich kann es nicht mehr hören. Ich muss den Raum verlassen, wenn er das tut. Vielleicht bin ich in letzter Zeit auch überempfindlich geworden. Dummerweise hat er sich auch angewöhnt, an seiner Oberlippe zu kauen. Durch den vielen Stress leidet er an ständigem Hautausschlag und kein Arzt kann ihm helfen. Alle sagen, das sei seine angeknackste Psyche. Er hat einfach zu viel Stress.

Aber wann hat der schleichende Verfall meines Gatten eigentlich eingesetzt? Leider treibt er keinen Sport mehr, außer Bowling. Früher war er sehr athletisch. Seit Jahren trägt er Bart – obwohl das ziemlich out ist. Ich würde gern wissen, wie er ohne aussieht, aber er weigert sich, ihn abzunehmen. Lothar sagt, sein Vater Karl-Heinz will, dass er sich den Bart abnimmt, und deshalb tut er's nicht. Aus Protest. Ja, das ist ziemlich kindisch, wenn man bedenkt, dass er neununddreißig ist. Aber mit seinem Vater Karl-Heinz ficht er heftige innere Kämpfe aus. In Wirklichkeit fürchte ich, dass ihm sein Vaterverhältnis arg zusetzt. Opa Karl-Heinz ist so ein Übervater, immer korrekt, immer pünktlich, stets ein Vorbild. Ich glaube, das macht Lothar zu schaffen. Deswegen versucht er, sich gegen ihn abzusetzen. Sein zweites Markenzeichen beispielsweise ist seine Fliege. Er trägt nur Fliegen. Hat schätzungsweise dreihundert Stück. Alle Mitarbeiter und Kunden schenken ihm Fliegen. Ich finde sie albern und lächerlich, aber ich kann ihn nicht ändern. Button-down-Hemden trägt er auch, altrosa und hellblau-weiß gestreifte. Dazu karierte Jacketts. Und Bügelfaltenhosen aus dem Kaufglück, Sonderangebot – Mitarbeiterrabatt. Habe gute Beziehungen zum Abteilungsleiter Herren-Ober. Netter Mann. Jürgen Böhser. Hat auch einen Hund. Treffen uns manchmal im Park, rein zufällig natürlich. Ich glaube, er findet mich auch nett. Er ist zwar ein alter, dicker Kerl mit Pomade im Haar, aber es tut mir gut, dass er mich mag. Einfach so. Aber ich schweife ab. Gegen deine sexuellen Abenteuer ist das natürlich alles nur peinlich.

Muss die Mädchen ins Bett bringen – und wehe, ich vergesse, ihnen die Fluortablette zu geben! Da schaut Lothar genau nach! Er ist nämlich ein vorbildlicher Vater, der mir immer exakt erklärt, was ich zu tun habe.

Du meinst, ich bin selber schuld, dass ich in ein so kleinbürgerliches, langweiliges Leben hineingeraten bin? – Tja. Mag sein. Es hat sich einfach nicht anders ergeben.

Ich sollte dankbar sein. Es hätte doch schlimmer kommen können.

Melde dich baldmöglichst aus der großen weiten Welt – es hilft mir durch mein Jammertal!

Deine dich wie immer sehr bewundernde Anne

PS: Was mich echt quält: Wie hießen noch mal die Brüder von Hoss Cartwright? Du weißt doch, dass ich nicht fernsehen durfte.

Dafür stell ich dir auch 'ne Quizfrage. Die Erde ist ein ödes Jammertal und angefüllt mit Elend, Angst und Qual. Nur selten lächelt uns ein stilles Glück…

Na, wie geht's weiter?

Drehscheibe der Stars, Salzburg, von Merz und Partner,
20. Oktober

... und gönnt uns mal 'nen richtig guten Fick. Ich weiß nicht, wie es im Original hieß, aber diese Version ist doch sehr aktuell!

Hoss Cartwright hatte gar keine Brüder. Wenn du von Adam und Little Joe sprichst, das waren der schwule Au-pair-Boy und der Stylist vom alten Ben Cartwright, der die beiden nur als seine Söhne ausgab, weil er sich nicht traute, zuzugeben, dass auch er schwul war.

Also, liebes Kleinchen,
bin wieder zu Hause und hatte eigentlich den ganzen Tag nur Stress, weshalb mich deine Mail auch sehr erheitert hat. Wieder eine nette Folge der Vorabendserie.

Inzwischen habe ich Lothar und Opa Karl-Heinz und Oma Margot schon richtig ins Herz geschlossen. Und nun taucht im Park auch noch ein potenzieller Lover auf? Jürgen Böhser?

Ein alter Dicker, der dir aber wenigstens ab und zu Komplimente macht? Ein Schmieriger, mit Pomade im Haar? Ich könnte mich abrollen vor Begeisterung, wenn ich mir vor Augen führe, wie klasse DU aussiehst! Aber: Wer einer Frau unvergesslich bleiben will, muss ihr nur ein schönes Kompliment machen. Da kann er so alt und dick sein, wie er will.

Na ja, tröste dich. Nur im Tierreich sind die Männchen schöner als die Weibchen. Diesen Fehler hat Gott bei den Menschen korrigiert. Ein Mann muss nicht schön sein, nur intelligent, humorvoll, fürsorglich, liebevoll, witzig, spontan, erotisch, warmherzig, originell und gut im Bett. Wenn Jürgen Böhser diesen Ansprüchen genügt – warum nicht!

Gönn dir auch mal was, Kleinchen.

Habe im hintersten Regal im Keller ein altes Schulheft gefunden, worin wir zwei heftig miteinander korrespondiert haben. Muss wohl in der 11. Klasse gewesen sein.

Eine Eintragung aus dem Chemieunterricht: Ich: »Herr Wilms schneidet Lithium wie meine Mutter Zwiebeln.«

Du: »Wasserstoff brennt selbst, unterhält aber keine Verbrennung. Sauerstoff unterhält jede Verbrennung, brennt aber nicht selbst.«

Ich: »Herr Wilms erstickt jede Unterhaltung, unterhält aber nicht selbst.« Dann: Deutsch. Leistungskursus.

Du: »Hallo, Alex, was denkst du gerade oder passt du etwa auf?«

Ich: »Das Haar macht wohlgebildete Männer schöner, hässliche aber noch fürchterlicher.«

Du: »Von wem redest du?«

Ich: »Heinrich.«

Mensch, was haben wir den Kerl geliebt!

Warum bin ich nur nicht auf seine Beerdigung geflogen? Ich hätte doch auch abends noch zur Hochzeit von Dick Price gehen können! Du wirst es nicht glauben, Kleinchen, aber manchmal liege ich nachts wach und entschuldige mich bei Heinrich. Dabei hätte ich nie wieder an ihn gedacht, wenn du nicht mit dieser Mailerei angefangen hättest.

Kommen wir zur heutigen Realität der Alexandra von Merz: Diese nämlich hatte heute einen heftigen Streit mit dem Chefredakteur von der »Panorama«, weil er wieder mal sehr negativ über Nackedei berichtet hat. Ich weiß nicht, ob ich dir erzählt habe, dass ich sie seit ihrer Trennung von Boddel manage. Alwin Znob, der Chefredakteur dieses 9-Millionen-Auflage-Blattes, blökt mich heute am Telefon an: »Warum soll ich über Nackedei Loblieder singen, Frau von Merz? Was leistet dieses schlichte Geschöpf denn, außer dass sie bei ›Wetten, dass…‹ auf der Couch gesessen hat? Sie hat noch nicht mal die Saalwette kapiert! Singen kann sie nicht, tanzen kann sie nicht, kochen kann sie nicht, moderieren kann sie nicht – richtig Deutsch sprechen kann sie nicht! Außer ihren Silikon-Titten hat sie nichts zu bieten, dumm im Kopf wie Bohnenstroh! Da hat ja Inge Meysel mehr natürliche Jugendfrische! Haben Sie das gesehen, wie Inge sich an die Brüste gegriffen und gesagt hat: Bei mir ist alles echt? Ja, DIE hatte das Publikum auf ihrer Seite. Was soll ich denn da anderes schreiben, Frau von Merz, bitte sehr?«

Ich, die Füße im Schoß meines neuen Fußmasseurs, die Fluppe im Mund, den Schampus im Eiskübel, ganz lässig: »Natürlich ist sie keine Künstlerin, keine Schauspielerin oder gar geistig Schaffende. Aber Nackedei ist Kult! Sie ist sozusagen ein Gesamtkunstwerk! Sie fasziniert Millionen von Menschen! Ohne Nackedei kein Tag in der Panorama! Nackedei ist aus dem Nichts erstanden! Ihr Marktwert, mein Lieber, liegt inzwischen bei 100 000 Euro pro Auftritt! Allein durch ihre Werbeeinnahmen verdient sie acht Millionen Euro im Jahr! Die Einschaltquoten ihres Werbespots für Rotkohl liegen bei dreiundzwanzig Prozent Marktanteil!«

Erst hat Alwin Znob noch ein bisschen rumgeblökt, dass die deutsche Kultur am Arsch sei, wenn jetzt ein Nackedei höhere Einschaltquoten habe als der Ostersegen vom Papst, aber ich hab nur gesagt: »Mensch, Alwin Znob, tu doch nicht so, als würde dir beim Anblick von dem zitternden Greis die Hose aufgehen! Lass uns doch realistisch bleiben und an das glauben, was wir sehen!«

Ja, ich weiß, Kleinchen, jetzt zuckst du zusammen. Du hattest Religion als Wahlpflichtfach und deine Mutter ist sehr fromm. Aber unsere Branche ist so. Knallhart und unfromm.

Da hat er gelacht und gesagt: »Okay, Frau von Merz, Sie haben bei mir einen gut.« Und ich das Eisen geschmiedet, solange es heiß ist: »Wenn Oliver Palmitos jetzt seine Nadine heiratet, dann biete ich Ihnen die Hochzeit exklusiv an.«

Pause in der Leitung. Dann: »Oliver Palmitos. Seit wann managen Sie den denn?«

Ich: »Also, was bieten Sie?«

Er: »Tja, in Anbetracht der Umstände, dass Nadine aus dem

Königshaus eines Zwergstaates stammt, in dem noch gefoltert wird, und schon drei Kinder mit in die Ehe bringt, dürfte das keine uninteressante Geschichte werden.«

Ich: »Also?«

Er: »Andererseits: Wenn Oliver heiratet, kriegen wir sowieso Fotos. Außer er heiratet im Busch von Neuguinea oder in einem Heißluftballon.«

Ich: »Sie kriegen nicht nur die Hochzeit, sondern auch noch Interviews mit den drei Vätern der vorehelichen Kinder von Nadine, außerdem könnt ihr das schäbige Wohnviertel fotografieren, in dem Oliver Palmitos groß geworden ist, in Palermo. Samt fetter Mutter, alkoholabhängigem Vater und tätowiertem Bruder.«

Er: »Hm. Fetter Brocken.«

Und ich: »100 000 Euro. Dafür könnt ihr die Hochzeit live ins Internet übertragen, über eure Homepage.«

Er: »Was ist mit dem Vater der Braut? Der Fußball in seinem Land verboten hat?«

»Den kriegen Sie nicht. Den kriegt keiner. Der wird noch nicht mal auf die Hochzeit eingeladen. Da würden alle Fußballfans streiken.«

Er: »Aber der Kerl wäre natürlich sein Geld wert…«

Ich: »Sie müssen nicht, mein Lieber. Die Bunte ist wahnsinnig heiß auf die Story. Ich hab sie nur deshalb für Sie aufgehoben, weil ich Sie mag.« Was gelogen ist. Ich hasse den Kerl.

Er daraufhin: »Okay. Sie sind eine Hexe. Aber das wissen Sie.«

Tja. War ein guter Bluff. Ich manage Oliver Palmitos überhaupt nicht, aber ich werde seinem Manager zwanzig Prozent anbieten, damit er sich nicht übergangen fühlt. Wir Frauen haben in solchen Fällen das gewisse Etwas. In meinem Fall: weibliche List, gepaart mit Geldgier und Frechheit. Danach fühlte ich mich stark für meinen zweiten Streit, den mit Adrian. Er bleibt sitzen. Fünf Fünfen, eine Sechs. Hoffnungslos.

Ich: »Du bist nicht dumm, mein Sohn. Nur faul.«

Er: »Na und? Ist doch nicht mein Problem!«

Ich: »O doch, mein Schatz. Das ist einzig und allein dein Problem.«

Er: »Na und?«

Ich: »Ja wie, na und? DU musst die Klasse wiederholen und verlierst ein Jahr. Nicht ich!«

Er: »Na und?«

Ich: »Wie konnte es denn nur dazu kommen, Adrian?«

Er: »Das weißt du genau. Die Trennung von Papa. Wie soll man sich da noch konzentrieren.«

Ich: »Die Trennung von Papa ist fünf Jahre her.«

Er: »Und die Scheidung? Meinst du, ich lasse mich verarschen?«

Ich: »Okay, die Scheidung ist erst zwei Jahre her. Wie lange willst du die noch als Grund für deine schlechten Leistungen vorschieben?«

Er (grinst): »Solange es mir Spaß macht.«

Ich: »Okay, ich stelle dir frei, in ein Topinternat zu gehen. Da wird nicht nur die Schule, sondern auch die Freizeit sinnvoll gestaltet. Du kannst wählen zwischen einem Golfinternat auf Gut Ising am Chiemsee, dem Werkschulheim in Grabenau, da kannst du neben dem Abitur noch ein komplettes Handwerk lernen und kommst mit dem Gesellenbrief in der Hand da raus, und einem Spitzensportinternat, in dem die Ski-Asse trainieren. Außerdem stelle ich dir frei, ein Jahr nach Amerika zu gehen. Ich unterstütze dich finanziell und Papa auch.«

Er: »Vergiss es.«

Ich: »Wir danken Ihnen für das Gespräch.«

Du siehst, ich langweile mich genauso wenig wie du. Warst du heute schon im Stadtpark, hast du den dicklichen alten Herrn Böhser schon getroffen? Und was machen Carla und Greta, wenn sie nicht gerade Mikadostäbchen durchs Schlüsselloch stecken? Warum gehen sie eigentlich nicht in den Kindergarten, wie anderer Leute Kinder auch?

Apropos Mikadostäbchen: Weißt du noch, wie wir dem miesen hessischen Hausmeister »Pansäknaggä« das Mikadostäbchen ins Türschloss seines Kadetts gesteckt haben? Weil er den

Fahrradkeller abgeschlossen hatte? Und wie er sich vergebens bemüht hat, seine alte Mühle aufzuknacken?
In heiterer Altweibersommerlaune
deine Alex

PS: Schmeiße mich jetzt in mein feinstes Dirndl und gehe zum Dinner zu Fürstin Sayn-Wittgenstein-Sayn auf ihr Schloss.
PPS: Was mir noch zum Thema Lothar einfällt: Wenn ein Mädchen heiratet, tauscht es die Aufmerksamkeit vieler Männer gegen die Unaufmerksamkeit eines einzigen ein.

Plattstadt, 29. Oktober, Kaufglück, in meiner Kaschemme, die sich Personalbüro nennt

Liebste Gräfin Alex von Tut- und Taugt-Nix!
Deine PSe und besonders deine PPSe hauen mir zum Schluss immer noch eine rein!

Wieso musst du mich darauf bringen, dass mein Lothar mir gegenüber unaufmerksam ist? Wieso redest du immer über Geld?? Wieso kannst du so locker auf Kerle verzichten? Wieso gehst du bei der Fürstin dinieren und ich sitze in der Kantine von Kaufglück?

Zum Dinner gehe ich zu keiner Fürstin, sondern nur mit Frau Schnatzke von der Wurst- und Fleischabteilung in die Personalkantine. Dort höre ich mir ihre Probleme mit ihrem Mann an, der keinen mehr hochkriegt.

Heute gab's Sauerkraut, Würstchen und Püree. Und den Anblick von Frau Schnatzkes blutverschmiertem Metzgerkittel. Zum Thema Impotenz hatte sie 'ne Menge zu erzählen.

Muss los, in der Schuhabteilung gibt's Ärger mit diesem vorlauten Abteilungsleiter Koszinski, der nur über die Kollegen hetzt. Kann ihn nicht feuern, hat einen bombensicheren Vertrag. Ein totales Arschloch, wenn du mich fragst. Böswillig und hirnkrank. Neidisch und arm. – Ich lass ihn noch zehn Minuten warten. Das gibt mir ein Gefühl von Erhabenheit.

Ach Alex! Erlauchte Gräfin! Diese Leute sind mein Schicksal!

Eine letzte Meldung aus der Vorabendserie: Lothar will in der nächsten Folge einen Überraschungsausflug mit uns machen!

Freue mich auf deine nächste Mail – große weite Welt in meine muffige Bude!
Deine Anne

PS: Wegen Jürgen Böhser hast du Recht: Eine Frau kann tagelang von nichts anderem leben als von einem schönen Kompliment.
PPS: Große Freude für Lothar: Da Greta Carla diesmal den Vorderzahn ausgeschlagen hat, kann er die beiden wieder unterscheiden!

München, Hotel Bayrischer Hof, Suite 136–140,
2. November, kurz nach Mitternacht

Hallo, Kleinchen,
danke für die netten Zeilen aus Plattstadt. Du holst mich immer wieder ins wahre Leben zurück. Ziehe mir gerade noch aus der Minibar einen kleinen Schampus rein, weil ich noch nicht müde genug bin. Hab die Beine auf den Tisch gelegt und den Fernseher angestellt – fühle mich hier seit Jahren wie zu Hause. Allerdings wäre ich lieber auf dem Filmball gewesen als auf dieser Zeitverschwendungsveranstaltung.

Komme gerade von einer Preisverleihung in der Residenz auf Einladung von Edmund Stoiber. Literaturpreis des Jahres. Ich war sehr gespannt auf die angekündigten Preisträgerinnen, Rosamunde Pilcher und Joanne K. Rowling. Zum einen wollte ich sie einfach mal sehen, und zweitens hätte es ja sein können, dass die Damen zufällig einen Manager brauchen. Sind ja zwei Goldgruben auf Beinen.

Mein Platz war neben dem von Günther Jauch reserviert und der daneben für Mario Adorf.

Auf meiner Einladung stand: »DdSS – Drehscheibe der Stars, Salzburg, Frau Alexandra von Merz und Begl.« Der linke Stuhl neben mir war dann auch für »Begl.« reserviert, aber »Begl.« erschien den ganzen Abend nicht. »Begl.« wäre nämlich, wenn es nach mir gegangen wäre, Adrian gewesen, schließlich ist er ein potenzieller Harry-Potter-Leser, und ich dachte, ich mache ihm eine Freude. Außerdem muss der Junge doch endlich mal mit dem Lesen anfangen. Das Einzige, was er freiwillig liest, ist die Rückseite der Cornflakes-Packung morgens beim Löffeln seiner Cerealien, und natürlich die Bravo. Ich dachte, wenn er Joanne

K. Rowling persönlich begegnet, dann fängt er Feuer und verschlingt alle ihre Werke wie Millionen anderer Kinder auch. Aber er sagte »Vergiss es«, als ich ihn einlud mitzukommen, und stöhnte: »Was, so 'n schwachsinniger Scheiß? Ich hasse Harry Potter!«

Auch Rico wollte diesmal nicht mit. Seit er mit Jaime verlobt ist, interessiert er sich nicht mehr für Literatur. Leider auch nicht mehr für mich. Opportunist.

Also bin ich allein gefahren, was okay für mich ist. Ich mach solche Sachen eigentlich viel lieber allein als mit »Begl.«, weil ich dann Augen und Ohren viel weiter offen halten kann für wichtige Kontakte. Obwohl ich Katja Flint um ihren Sohn Oskar beneide, der anscheinend häufig und gern im Smoking auf Abendveranstaltungen geht und sich mit seiner schönen Mama, ohne das Gesicht zu verziehen, fotografieren lässt – jedes Kind ist anders!

Aber irgendwie war diese Literaturpreisverleihung nicht der Publikumsrenner. Als fünf Minuten vor der Live-Übertragung im Bayerischen Fernsehen die Hälfte der Plätze noch nicht eingenommen worden war, besetzte man die leeren Stühle mit Leuten von der Straße. Neben mir saß so ein Typ, der aus deiner Kaufglück-Kantine entlaufen sein könnte: Statt Günther Jauch saß da nämlich ein pensionierter Oberlehrer neben mir, der Mundgeruch hatte.

Wie zu befürchten war, moderierte Roger Willemsen den intellektuellen Abend. Die ersten Preisträger waren völlig unbekannte Autoren, ein indischer, in Amerika lebender Turbanträger, der einen Essay über ein Mietshaus in Bombay verfasst hat und mit dem Kopf wackelte wie der Kerl in der Werbung für Twix, eine blinde Finnin, die über das Leben eines taubstummen Beduinen geschrieben hat, der sich in einen gelähmten Delphin verliebt und daraufhin wieder seine Zehen bewegen kann, während der Delphin das absolute Gehör verliert oder so ähnlich. Im Publikum wurde man langsam ungehalten, die Laudatios schleppten sich so dahin, alles war kein bisschen witzig, und alle warteten auf die Pilcher und die Rowling. Leider kam weder die eine noch die andere. Voll die Abzocke, hätte Adrian gesagt.

Bei der After-Show-Party hab ich ein bisschen mit meinem Freund Florian Langenscheidt geplaudert, der wieder mal blendend aussah und wie üblich gerade von einer exotischen Reise zurückgekehrt war, auf der er vermutlich wieder ein Milliardengeschäft abgeschlossen hat.

»Du bist im Moment für einige ein rotes Tuch«, hat er mir bei asiatischem Finger-Food und Chablis aus dem mundgeblasenen Kristallglas zugeflüstert.

»Wieso, weil ich zu laut über den einzigen Witz gelacht habe, den Roger heute Abend gerissen hat?«

»Nein, weil du das Management von Nackedei übernommen hast.«

»Aber Florian, das Mädchen ist Kult!«

»Das mag sein, aber sie schadet dem guten Ruf deiner ansonsten seriösen Agentur. Du hast bis jetzt nur Topkünstler gemanagt.«

»Na und?«, hab ich gegrinst, wie Adrian. »Ist doch nicht mein Problem!«

Da hat Florian gelacht und seine prachtvollen Locken geschüttelt und dann gleich Jessica Stockmann-Stich begrüßt, die wegen des indischen Autors im Sari gekommen war.

Ich bin dann noch so rumgegangen zwischen Verlegern und Feuilletonisten und ich hab's wirklich gespürt: Man grüßt mich nicht mehr, und wenn, dann eisig. Ja, okay, ich stand früher für Kultur und heute für Kult. Na und, würde Adrian sagen. Die zwei Buchstaben!

Na gut, ich hab mich unter die Geldgeier gemischt, aber Qualität zahlt sich nicht aus. Das wissen doch alle!

Das ist für mich erst recht ein Ansporn. Ihr Spießer. Tut doch nicht so, als wäret ihr Heilige. Ich werde Nackedei ganz nach oben bringen. Das Geld liegt auf der Straße.

Auf der nächsten Literaturpreisverleihung kriegt sie den Ehrenpreis. Für ihre Blondinenwitze-Sammlung. Von Stoiber persönlich. Und Biolek wird die Laudatio halten.

Liebe Grüße von deiner sich heute wieder mal total einsam fühlenden
Alex

PS: Bin heute Abend etwas geknickt. Bin es nicht gewohnt, auf Empfängen übersehen zu werden.
PPS: Karriere ist etwas Herrliches, aber man kann sich nicht in einer kalten Nacht an ihr wärmen.

Plattstadt, Kaufglück, 12. November

Liebste Alex,
lass dich bloß nicht unterkriegen! Die sind alle nur neidisch! Vielleicht erheitert dich das: Seit heute Morgen ist das ganze Kaufhaus voller riesiger Plakate, auf denen Nackedei zusammen mit dieser Nervensäge Volker Dohle abgebildet ist! Das muss ja ein riesen Reibach für dich sein! Daran verdienst du doch auch zwanzig Prozent, oder?

Nackedei im rosa Fummel, mit Federn am Hintern (na ja, hmpf), Volker Dohle in seinem üblichen unappetitlichen, lappigen Oberhemd.

Aber die Sprüche!! Diese Kaufglück-Werbung!

Genial! Wer denkt sich so was aus! Oder besser noch, wer verdient an solchen Wortschöpfungen Millionen?

»Kauf los geht's los!« Darauf muss man erst mal kommen!

»Kaufgepasst, zugefasst!«

»Kauftrag erhalten!« Geniale Wortspiele!

Am besten find ich persönlich: »Willst du mich kaufreißen?« von Nackedei als Trinktüte.

Heute Mittag in der Personalversammlung haben sich einige Mitarbeiter darüber beschwert, dass sie nun einen ganzen Monat lang auf diese Plakate schauen müssen, das sei eine extreme Verschlechterung der bisherigen Arbeitsbedingungen und psychisch nicht zumutbar.

Fräulein Vokke aus der Näh und Strick hat geweint. Sie kann das nicht ertragen, hat sie gesagt, sie sei eine Ästhetin, und das sei für sie ein Kündigungsgrund. Die Gewerkschaftsmitglieder haben mit Streik gedroht, wenn diese Plakate nicht wieder abgenommen werden. Der neue Werbeleiter, Herr Mennecken, der extra für diese geniale Aktion aus der Filiale Rhein-Main-Park gekommen ist, hat aber gesagt, diese Aktion hätte Kaufglück vier Millionen Mark gekostet und er appelliere an die Solidarität der Mitarbeiter ihrem Arbeitgeber gegenüber. Die Plakate würden den Kundenansturm gerade jetzt im Herbst verdreifachen. Man solle doch bitte bedenken, dass jetzt die dunkle Jahreszeit beginne und der Kunde an sich auf was Nettes, Buntes, Riesiges schauen wolle – und wenn es wieder genug Kunden gebe, müsse man auch keine Arbeitsplätze mehr abbauen, also sei die Aktion ganz im Sinne der Mitarbeiter!

Aber er hatte nicht viele Mitstreiter. Der Gewerkschaftsvorsitzende, Dirk Determann aus der Filiale Viernheim bei Mannheim, wurde richtig laut. Wir seien doch kei Awwestall! Des könne mer uns net biede lasse! Man muss uns doch frage! Mer henn doch Auge im Kopp! Des is untragbar!

Die Versammlung dauerte über drei Stunden und ich hätte mich so gern verdrückt. Aber als Personalchefin musste ich bis zum bitteren Ende ausharren. Jürgen Böhser aus der Herren-Ober guckte ein paarmal so nett zu mir rüber. Ich glaube, der mag mich. Jürgen Böhser und ich, wir haben uns aus den erhitzten Diskussionen komplett rausgehalten. Ich hab mir alle meine männlichen Kollegen mal betrachtet, unter modischen Aspekten. Sie sehen alle gleich aus. Außer Jürgen Böhser, der ist dick und alt und humpelt und lispelt.

Aber die anderen: kariertes Sakko, Bügelfaltenhose, entweder rosa oder blauweiß gestreiftes Hemd. Oberlippenbart. Rauchen alle Ernte 23, fahren VW Passat, wenn sie Kinder haben, und Opel Vectra, wenn sie noch bei ihrer Mutter wohnen. Die Rasantesten leisten sich auf Kredit einen Audi 80 und brettern damit am Wochenende über die Autobahn, ohne ein einziges Mal von der linken Spur zu gehen. Meistens fahren sie nur zu einem Fußballspiel oder am Ende doch zu ihrer Mama, zu Kaffee und Kuchen. Viele fahren auch zu ihren geschiedenen Frauen, um die Scheidungswaise in den Zoo/Kino/McDonald's/Rollschuhbahn oder zu ihrer Mutter zu bringen. Während die Oma dann mit dem Kind spielt und es mit Keksen voll stopft, ziehen sich die

Scheidungsväter bei Mutters deftigem Eintopf und Bier die Sportschau rein. Dann bringen sie das Scheidungskind wieder mit 180 Sachen über die Autobahn zu ihren geschiedenen Frauen, die ihnen noch nicht mal die Tür aufmachen. Das Scheidungskind rennt ohne zu grüßen durch den Vorgarten des ehemaligen gemeinsamen Reihenhauses davon. Der Scheidungsvater rast mit 180 Sachen in seinem Audi zurück nach Plattstadt, geht noch ein Bierchen trinken, reißt noch ein Fräulein auf und steht montags morgens um neun wieder bei Kaufglück, in seinem karierten Sakko. Alle unsere Mitarbeiter riechen nach demselben aufdringlichen Rasierwasser. Nämlich immer nach dem, das gerade im Angebot ist. Es ist schrecklich, aber ich kann keinen Einzigen mehr leiden, nach zwölfjähriger täglicher Zusammenarbeit! Weder die Männer noch die Frauen! Nur Jürgen Böhser scheint ganz nett zu sein, aber er ist dafür auch extrem hässlich. Wahrscheinlich hat er auch Haarbüschel im Ohr, eingewachsene Zehennägel und trägt graue Pyjamas aus Flanell. Ich glaube nicht, dass ich ihn näher kennen lernen möchte. Schade, dass man sich hier in Plattstadt nicht mal unauffällig einen Neger bestellen kann, für eine Nacht. Der neue Werbeleiter, Siegwulf Mennecken, sieht zwar ganz nett aus, aber er hält sich für Gott.

Am Schluss gab es mehrere geheime Abstimmungen. Traudi Mann und Anke Wiebeke, unsere übereifrigen sozialen Fürsorgerinnen, die seit der Grundschule nur für Fleißkärtchen arbeiten, falteten in drei Abstimmungsgängen immer neu kleine gelbe Zettel und sammelten sie mit wichtigtuerischer Miene wieder ein.

In solchen Momenten habe ich solche Sehnsucht nach meinen Mädchen, dass ich heulen könnte. Warum sitz ich hier? Warum mache ich das? Warum tue ich mir das an?

Meine Kinder werden zu Hause von Oma Margot und Oma Helga verzogen und ich verplempere mein Leben mit solchen spießigen Kleingeistern, die zum Lachen in den Keller gehen! Nur um innerhalb von dreißig Jahren ein Reihenhaus abzubezahlen, das ich nicht will.

Das Ergebnis der Abstimmung war, dass wir einstimmig bereit

sind, Nackedei und Volker Dohle zu ertragen, dafür aber ab sofort die Kassette ausgewechselt wird, die seit drei Monaten täglich alle halbe Stunde dasselbe Musikprogramm spielt. Fräulein Vokke hatte einen nicht enden wollenden Weinkrampf. Schätze, ich muss ihr kündigen. Zu labil für den Job.

Am Mittwochnachmittag hat Lothar frei und will mit uns einen Ausflug machen. Das erste Mal in diesem Jahr! Wo wir doch gerade erst November haben! Ich kann es kaum erwarten vor Glück.

In Erwartung baldiger spannender Nachrichten aus der großen weiten Welt
deine Panne-Anne

PS: Habe selber keine Ahnung, was Lothar vorhat. Er sagt, es ist eine Überraschung. Wie kaufregend! Vielleicht ist er heute mal gut kaufgelegt!
PPS: Hättest du auf Anhieb gewusst, dass Bleioxyd und Kohlenstoff Blei und Kohlendioxyd ergeben? Also ich hatte das vollkommen verdrängt.

Hamburg, Hotel Élysée, Suite 343–345, 10. November

Hallo, Kleinchen,
wenn du Panne-Anne bist, bin ich Alex im Pech.

Nachdem nun Nadine, die Fürstentochter aus dem Zwergstaat, Oliver Palmitos zwei Tage vor der Hochzeit verlassen hat, platzt natürlich mein sensationeller Deal mit der exklusiv verkauften Hochzeit an »Panorama«. 100 000 Euro! Das Geld liegt nicht auf der Straße, sondern im Gully! Wegen dieser launischen Schlampe! Ich darf gar nicht drüber nachdenken! Abgesehen davon, dass ich fürchte, ihr Vater lässt sie steinigen und wir kriegen noch nicht mal einen Live-Mitschnitt davon, hab ich natürlich den Ärger mit dem Chefredakteur, Alwin Znob. Aus lauter Rache über den geplatzten Vertrag mit der exklusiven Hochzeit schreibt er seit drei Tagen in Folge dummes Zeug über Nackedei: »Ja, ich schäme mich, ein Flittchen zu sein« und »Ich bereue zutiefst, Boddel verlassen zu haben« und »Nein, mein Abitur habe ich nicht geschafft«.

Nackedei voll auf der Verliererschiene! Das wollte ich doch um jeden Preis vermeiden! Fehlt nur noch, dass sie zugibt, Silikon gefressen zu haben! Die Schweine von »Panorama« bohren ja so penetrant, dass man gar nicht genug aufpassen kann. Nackedei ist jetzt in einer labilen Phase und schafft es nicht, den Reportern den Stinkefinger zu zeigen. Ich sag immer: Mädchen, das Telefon kann man auflegen. Leg doch AUF! Aber die ist so blöd, die legt dann BEI MIR auf. Hach. Warum hab ich diese dummi Tussi nur übernommen.

Ich mich also heute Morgen in den ersten Flieger gesetzt, nachdem Adrian das Wochenende endlich mal wieder bei Leo und Olga verbringt, und bin nach Hamburg geflogen. Zum Glück hatte Alwin Znob sofort einen Termin für mich. Ich bin schließlich in der Oberliga der Künstleragenturen und außerdem die einzige Frau im Geschäft.

»Frau von Merz, ich würde sagen, gut sehen Sie aus, wenn Sie wirklich gut aussehen würden«, schleudert mir das Arschgesicht als Erstes entgegen. Er trägt nur Gucci und Armani, ist eng mit Joop befreundet und lässt sich von Bogner die Skianzüge maßschneidern.

»Wie darf ich das verstehen, Herr Znob?«

»Sie scheinen mir um zwanzig Jahre gealtert! Wie kommt's? So viele Probleme?«

Mir blieb die Antwort im Halse stecken. Frechheit! Alwin Znob ist selber nicht gerade ein Ausbund an männlicher Frische, hängt ja auch Tag und Nacht rauchend in seiner Redaktion herum und verbreitet peinliche Schweinereien über seine Mitmenschen. So was macht blass.

»Sollten Sie an der Problemlösung interessiert sein, kommen wir ins Gespräch. Also. Wie holen wir jetzt die Kuh vom Eis?«

Ich setzte mich mit einer Pobacke auf die Kante seines Schreibtisches und klaute mir eine Fluppe aus seinem goldenen Etui. Er raucht Benson und Hedges, was mich an einen meiner besten Liebhaber von früher erinnert.

Und siehe da: Meine Körpersprache war stärker als seine pubertäre Pöbelei!

»Nehmen Sie doch bitte Platz«, sagte er mit zynischem Grinsen. »Dann holen wir die Kuh vom Eis.«

»Was machen wir denn nun mit Nackedei?«, kam ich gleich zum Thema, nachdem ich ihm meinen Rauch ins Gesicht geblasen hatte.

»Sie hat einfach Sympathien verloren«, bedauerte der Heuchler Alwin Znob. Als wenn nicht ER einzig und allein dafür verantwortlich wäre! »Da kann ich gar nichts machen! Volkes Stimme macht Stars groß und lässt sie auch wieder fallen! Ganz wie das Barometer im Hamburger Pieselwetter!« Er lächelte fies.

Ich betrachtete das riesige Kaufglück-Hauswand-Gemälde, das hinter seinem Fenster zu sehen ist. Nackedei und Volker

Dohle. Er sagt laut Sprechblase zu ihr: »Hast du dir die Brüste kaufspritzen lassen?«, und sie antwortet neckisch: »Willst du sie kauffressen?«

Kein Wunder, dass Alwin Znob Lust an sadistischen Handlungen hat, wenn er sich das den ganzen Tag angucken muss. »Hören Sie auf, Alwin Znob, SIE sind die Stimme des Volkes und das wissen Sie ganz genau!«

»Welche … Aktion … schlagen Sie denn vor, um Nackedeis Image zu verbessern?«

»Sie ist ein Glamourgirl, ein Luder der Extraklasse! Laden Sie sie auf ein Fünfsternekreuzfahrtschiff ein. Und setzen Sie sie auf die Titelseite.«

»Ich will Nackedei nackt«, sagte Alwin Znob kalt. »Sie muss mit ihren Brüsten die Scheiben von einem LKW waschen. Dann kommt sie auf die Titelseite.«

»Das könnte Ihnen so passen!« Ich warf ihm meine Fluppe ins Gesicht und sprang auf.

Er lachte. »Wieso diese Kaufregung? (Folge der Gehirnwäsche auf der Hauswand!) Bisher hat sie doch genau das im Playboy gemacht!«

»Das ging noch nicht auf meine Kappe. Da wurde sie noch von Boddel gemanagt. Nackt kriegen Sie Nackedei nicht.«

»Wieso heißt sie dann Nackedei?«

»Verdammt, Znob! Ich arbeite gerade an ihrer Imageverbesserung! Was SOLIDES!«

»Und wie soll es dann ein Hingucker werden, hm? Was schlagen Sie vor?«

Alwin Znob stand auf und im Vorübergehen pustete er mir frech in den Ausschnitt. »Sie könnten auch mal eine Vorher-nachher-Behandlung gebrauchen!«

Blitzschnell hob ich meinen Fuß, an dem ein hochhackiger Pumps baumelte.

»Huch!«

»Keine weiteren Unverschämtheiten mehr, ist das klar?«

»Aber liebe Frau von Merz, wer wird denn gleich so emotional reagieren? Ich wollte Sie gerade auf eine Sonderbehandlung bei Schamir's einladen. Der ist gerade bei älteren Damen sehr gefragt.«

Ich überhörte die ältere Dame und fragte ungehalten: »Wer ist Schamir?«

»Unser Topstylist in Hamburg. Bekannt für seine ungewöhnlichen, extrem teuren, aber wirkungsvollen Behandlungsmethoden. Er verwöhnt Frauen mit lauter dekadentem Zeug, Kaviar und so. Vom Feinsten. Macht auch klasse Frisuren. Testen Sie ihn. Wenn Sie mit seiner Arbeit zufrieden sind, können wir Nackedei zu einem Fototermin dorthin schicken. Dann gibt es eine Super-Glamour-Glanz-und-Glitter-Story über Deutschlands Superluder Nummer eins, das verspreche ich Ihnen.«

Er stand auf und bückte sich, um in die Sprechanlage zu rufen: »Frollein Elke, machen Sie einen Termin bei Schamir, exklusiv für Frau von Merz, soll sich sechs Stunden Zeit nehmen und keine anderen Pappnasen heute drannehmen, den ganzen Nachmittag.«

»Und wenn er schon Termine hat?«

»Soll er sie wieder absagen. Frau von Merz ist Super-VIP.« Er lächelte fies.

»Ich kann mir selber einen Termin machen«, brummte ich ungehalten. Schließlich war ich noch nie bei einem anderen Stylisten als meinem geliebten Rico.

Als ich gerade gehen wollte und »Frollein Elke« mir bereits in den Mantel half, hob Alwin Znob plötzlich mein Kinn an, eine Geste der Vertrautheit einerseits und geradezu unverschämte Machohaftigkeit andererseits: »Und wenn Sie heute Abend ganz schön sind, dann gehen Sie mit mir ins Valentino's. Ich lass uns einen Tisch reservieren. Dann reden wir weiter.«

Oh, dieser Mistkerl, dieser elende widerwärtige Macho, dieser miese, selbstgefällige!!

Frollein Elke schob mich so abrupt in meinen Mantel, dass ich fast umgekippt wäre.

»Und wenn ich schon was anderes vorhabe?«

»Sagen Sie es wieder ab. Oder wie wichtig ist Ihnen Nackedeis Image?«

Jetzt hab ich mir was eingebrockt. Werde gleich abgeholt zu

diesem Schamir und muss heute Abend auch noch mit dem Kotzbrocken essen gehen! Seufz.

Beneide dich um deinen harmlosen Familienausflug mit Lothar im Opel!
Deine Alex

PS: Das Geld liegt zwar auf der Straße, aber manchmal muss man sich richtig tief danach bücken.
PPS: Hättest du auf Anhieb noch gewusst, dass das Ziel einer agitatorischen Rede die Erweckung einer Tatbereitschaft ist?

Plattstadt, Einwegstraße 4, am PC von Lothar (der beim Bowling ist), 15. November

Erlauchteste Gräfin Alex!
Ach, du Bejammernswerte! Da musst du dich von Hamburgs begehrtestem Topstylisten verwöhnen lassen, während ich zum »Beischneiden« zu Jasmin in den Salon hetze, in meiner Mittagspause! Nein, das tut mir ja alles schrecklich Leid für dich. Du Arme aber auch. Womit du so deine Zeit verplempern musst, nur um ein bisschen Geld zu verdienen!

Lass dir zum Trost berichten, wie unser Familienausflug am Mittwoch war.

Lothar erschien um »Punkt vier«, wie er angesagt hatte. Er kommt nie »nachmittags« oder »so um die Kaffeezeit«, sondern er kündigt sein Nachhausekommen mit exakten Zeitvorgaben an. Als wäre er ein Intercity.

»Punkt vier stehe ich vor dem Haus. Bitte stehe mit den ANGEZOGENEN Kindern im Hauseingang, aber setz ihnen die Mützen auf und zieh ihnen die Windjacken an!«

Lothar ist da exakt wie sein Vater, Opa Karl-Heinz. »Auf die Sekunde«. »Exakt«. »Peinlich genau«. »Wie vereinbart«. »Präzise« und »Punkt«. Das sind ihre Lieblingsfloskeln.

Lothar ist immer schnell beleidigt, wenn etwas nicht »exakt« genug ist, dann zieht er seine chronisch entzündeten Racheninhalte hoch.

»Trotz meiner deutlich formulierten Ansage hast du dich nicht an meine vorgegebenen Arbeitsbedingungen gehalten.« Das passiert eigentlich ständig. Er ist immer irgendwie beleidigt. Jedenfalls, der Ausflug. Um »Punkt« vier fuhr der Opel vor, unser Vati in Ausflugslaune!

Oma Helga spricht von Lothar als »Vati«, was die Kinder leider übernommen haben. »Vadi«, sagt sie ganz sächsisch. An dem Tag, wo sie mich »Muddi« nennen, lasse ich mir eine Dauerwelle machen.

»Vadi« jedenfalls riss sich die Fliege vom Hals und öffnete den Hemdkragen. Das hieß: Freizeit! Jetzt! Sofort! Schaut mich an! Ich bin locker!

»Warum haben die Kinder ihre Mützen nicht auf?« Beleidigter Blick. »Wir hatten doch AUSFÜHRLICH besprochen, was die Kinder heute anziehen!« Oma Helga in der Haustür dackelte pflichtschuldigst nach oben und kramte die Mützen aus den Schubladen.

Währenddessen schnallte ich hinten die Kinder an. Lothar prüfte derweil sehr genau den Reifendruck und schaute mit Hilfe seiner stets mitgeführten Küchenrolle nach dem Öl.

Dann schubste er mich nachdrücklich beiseite und kontrollierte, ob die Kinder auch vorschriftsmäßig angeschnallt waren.

»Der Gurt ist überhaupt nicht IM MINDESTEN fest genug angezogen!« Beleidigtes Nasehochziehen. »Ist dir KLAR, wie viele Unfälle genau DESWEGEN passieren?«

Er kanzelt mich ständig vor den Kindern ab. Ich schlucke es meistens runter, weil ich denke, er kann nicht anders, er ist eben so. Schließlich meint er es nur gut und ich bin eben eine Schlampe, wenn ich die Kinder nicht richtig anschnalle. Er hat ja Recht. Lieber einmal zu gründlich als einmal zu wenig. Sagt Oma Margot immer.

»Erwin kann nicht mit. Aus hygienischen Gründen.« Unser aller Rattentier musste zu seinem Bedauern wieder aussteigen und verkroch sich leise weinend bei Oma Helga unter der Kittelschürze.

»Wo fahren wir denn hin?«, wagte ich zu fragen.

»Überraschung«, antwortete Lothar entschieden. »KEIN Wort vor den Kindern!«

Wir stiegen ein und Lothar wollte rückwärts aus der Einfahrt wieder raus, aber da hatte inzwischen eine Polofahrerin ihr Fahrzeug abgestellt.

Es war dieselbe, die vorgestern zu mir ins Küchenfenster geschrien hat: »Ihr Mann hat mit seinem Wagen unsere Zufahrt dreckig gemacht!« Ich habe daraufhin die Zufahrt der Nachbarin geputzt. Sie schaute mir dabei zu. Das habe ich Lothar leider erzählt und nun hat er panische Angst vor der Polofahrerin.

»Mutti! So hilf doch! Gib doch Zeichen!«, schrie Lothar seitlich aus seinem Fenster.

Mutti Helga rannte auf ihren strammen Beinchen mit Pantoffeln auf die Straße und winkte wüst. Sie ist schon ein bisschen tüddelig, behaupten jedenfalls alle. Natürlich rannte auch Erwin auf die Straße. Er kläffte zwischen den parkenden Autos herum.

»HACH!«, griff Lothar sich völlig genervt mit beiden Händen an den Kopf.

Hastig drehte ich mich zu den Kleinen und machte »Scht! Der Vati muss sich konzentrieren!« Dabei hatten die beiden keinen Mucks von sich gegeben.

Oma Helga ruderte mit den Armen, als wollte sie eine Boeing 707 aus einer Parklücke winken, und Lothar pirschte sich zentimeterweise aus der Einfahrt, wobei er zweimal den Motor abwürgte. Erwin kläffte ununterbrochen um unsere Hinterräder herum.

»Vati! Du überfährst Erwin!!«

»Psssst! Vati konzentriert sich!«

Mitten im ausladenden Rudern donnerte Oma Helga plötzlich mit beiden Handflächen auf den Kofferraum. »Halt! Stopp! Geht nich' mehr!!«

»Anne, wann steigst du endlich aus und hilfst ihr?« Beleidigtes Nasehochziehen. »Du siehst doch, dass Mutti damit überfordert ist! Und hol endlich das Tier von der Straße!«

Tja, und dann wurde der Ausflug doch noch sehr schön. Lothar hatte nämlich als Überraschung beschlossen, dass wir zum Hallenbad fuhren!

Als er dort einparkte, fragte ich: »Gehen wir etwa schwimmen?«

Schweigen. Nasehochziehen. Dann: »Ich sagte doch MIN-

DESTENS schon dreimal vernehmlich das Wort Überraschung! KANNST du dich denn nicht daran halten?«

Die Kinder hinten: »Wir gehen schwimmen, au ja, wir gehen schwimmen!«

»Hast du denn die Schwimmflügelchen eingepackt?«, fragte ich vorsichtig.

»Wieso denn ICH?«, herrschte er mich an. »Ich habe doch EINDEUTIG ANWEISUNGEN gegeben, den Kindern Badesachen einzupacken!«

»Aber nicht mir«, widersprach ich widerborstig.

»Das ist doch ein GRAVIERENDES Kommunikationsproblem zwischen dir und meiner Mutter!«, schrie er mich an. »Wann schafft ihr es endlich, die WICHTIGEN Dinge zu besprechen und die UNWICHTIGEN nicht?«

Die Kinder zappelten und jubelten auf ihren TÜV-geprüften Rücksitzen. »Wir gehen schwimmen, hurra, wir gehen schwimmen!«

Ich drehte mich um und fauchte: »SCHSCHSCHSCHTTT!«

»Wenn ich nicht ALLES alleine mache«, sagte Lothar, als er mit großer Geste seinen Anschnallgurt löste. »Kommt, Kinder. Ihr könnt ja nichts dafür. Der Vati fährt jetzt noch mal heim und holt die Badesachen. Der hat ja sonst nichts zu tun in seiner Freizeit.« Er zog die Nase hoch und zerrte die Mädchen aus ihren Sitzen. »Ihr könnt ja drinnen warten. Es dauert sicher nicht länger als exakt vierzig Minuten, zumal ich jetzt VOLL in den Berufsverkehr komme. Und zusätzlich ZWEIMAL an der Baustelle Ludgeristraße vorbeimuss. Aber es ist ja MEINE Freizeit.«

Er warf mir einen Blick zu, als hätte ich ihm ein paniertes Telefonbuch zum Essen angeboten. Wütend stieg er in seinen Opel und drehte die Scheibe runter: »Wenn du im Vorraum der Schwimmhalle wartest, musst du die Mädchen ausziehen und der RAUMTEMPERATUR angleichen! Wenn ihr draußen wartet, müssen sie jetzt die KAPUZE aufziehen! Aber achtet auf die ABGASE! Jetzt ist Berufsverkehr, da gehören Kleinkinder überhaupt nicht auf die Straße! Hach! Das ist dir ja mal wieder sensationell gelungen!« Dann fuhr er davon.

Die Mädchen wollten sowieso nicht draußen warten, weil sie sich so sehr aufs Schwimmen freuten.

Ich rief von einem Münzfernsprecher in der Vorhalle aus Frau Hagenböck aus der Sport und Freizeit an und sagte, sie solle mir zwei von den runtergesetzten Kinderbadeanzügen Größe 128, einen Badeanzug Größe 38 von denen im Spaß-und-Sport-Aktions-Angebot, zwei Paar Schwimmflügelchen und drei von den Sonderangebot-Kaufglück-Aktion-Badehandtüchern schicken, und zwar zum Mitarbeiterrabatt. Unser Auslieferer brachte mir den Krempel sofort. Zwanzig Minuten später waren wir im Wasser und hatten über eine Stunde Spaß, bis Lothar endlich HOCH beleidigt in seiner unkleidsamen Badehose, die seinen weißen Speckbauch und seine mit Hautausschlag verunzierten Beine auf erschreckende Weise freigibt, am Beckenrand erschien. Er hätte uns jetzt »exakt geschlagene zwanzig Minuten außerhalb des Barfußbereiches« gesucht, so wie wir das »definitiv vereinbart« hätten. Es sei KEINE Rede davon gewesen, dass wir entgegen unserer Abmachungen bereits den Barfußbereich betreten. Er käme sich vor wie ein Idiot. Im Übrigen könne er sich umbringen vor Wut, weil Oma Helga natürlich alle Badesachen »korrekt wie vereinbart« in den Kofferraum gesteckt hätte, und zwar schon heute Morgen. Er sei also »völlig überflüssigerweise dreifach durch die Abgase« gefahren, nur um festzustellen, dass wir uns »anscheinend völlig hemmungslos« seit einer Stunde ohne ihn amüsierten. Die Kinder müssten jetzt »sofort aus dem Chlorwasser raus«, weil sie doch »deutlich blaue Lippen« hätten und »mit Sicherheit inzwischen völlige Untertemperatur«.

Er zog die Nase hoch und angelte die bis dahin vergnügten Mädchen aus dem Wasser.

»Kommt, Kinder, ihr könnt ja nichts dafür, dass eure Mutti so verantwortungslos ist. Der Vati trocknet euch jetzt ab. So, feste rubbeln, damit ihr nicht völlig auskühlt und morgen eine Lungenentzündung habt …«

Habe ich schon erwähnt, dass Lothar immer alles erklärt, was er macht? Er moderiert quasi jeden Handgriff, damit die Umwelt das auch wahrnimmt. Er würde nie schweigend die Mädchen einfach abtrocknen oder gar MIR ein Handtuch reichen! »Und außerdem hat die kleine zarte Kinderhaut einen viel zu hohen Anteil an Chlor mitbekommen, das wird euch der Vati nachher ganz schön abduschen und dann wird euch Vati mit viel rückfettender Creme eincremen, damit sich eure Hautzellen erholen können ...« Du glaubst nicht, wie mitleidig ein Badehauben-Pensionist mich angeguckt hat, der gerade des Weges schwamm. So als wolle er sagen: Früher haben wir Väter uns zwar nicht um unsere Kinder gekümmert, aber wir haben auch nicht so einen Scheiß dahergeredet.

Muss aufhören, Lothar kommt zurück, er will nicht, dass ich an seinem PC arbeite, weil er denkt, ich mache ihn kaputt. Tschüss, Liebste, und denk bei Schamir unter der Eselsmilchmaske, dass es noch schlimmere Schicksale gibt als das Image von Nackedei verbessern zu müssen.
Deine chlorverseuchte Anne

PS: Der runtergesetzte Badeanzug ist wirklich eine Wucht! Hab mir seit Jahren nicht mehr so ein sexy Teil geleistet.

Hamburg, Hotel Élysée, in meiner Suite am Schreibtisch,
Blick auf den Bahnhof Dammtor

Liebe Meerjungfrau im Chlorbecken von Plattstadt,
deine Schilderungen vom städtischen Hallenbad haben mich sehr erheitert. Weißt du noch, wie wir immer Schwimmunterricht in dieser Badeanstalt hatten?

Und Wasserballett hatten wir immer montags. Bei Fräulein Wittmoser. Hast du noch die Nasenklammer, mit der wir immer aussahen, als hätten wir einen Riesenrotz an der Nase? Übrigens, das Wasserballett hat mich für viele Situationen in meinem Leben gestärkt. Wenn wir die Füße am Kinn der Kollegin eingehakt hatten und untertauchten, haben wir immer die anderen mitgezogen. Wenn wir auftauchten ebenso.

Wirklich, Anne. Vorabendserie vom Feinsten. Interessanten Kerl hast du dir da geangelt! Aber das, was er da macht, ist doch der reinste Psychoterror! Wieso lässt du dir das gefallen? Ich begreife das nicht!! Kriegst du das bezahlt? Seit wann ist der so? Schon immer? Das kann ich mir gar nicht vorstellen.

WIESO hast du ihn geheiratet, Anne? Wieso? Aus Mitleid? Weil deine Mutter es dir befohlen hat? Oder weil du glaubtest, du kriegst keinen mehr ab? Nein, Anne. Sag, dass das nicht wahr ist.

Also, ich habe Leo wegen des Geldes, seiner Macht und seinem Einfluss geheiratet. Und als ich genug davon hatte, hab ich mich scheiden lassen. Mit Hilfe einer genialen Anwältin. Deswegen habe ich nie bereut, Leo geheiratet zu haben.

Hoffe, dich aufzuheitern, wenn ich dir meinen Nachmittag bei Schamir schildere.

Um »exakt« sechzehn Uhr wurde auch ich abgeholt, allerdings nicht von einem spießigen Opelfahrer, sondern von einem Chauffeur in einem goldfarbenen Cadillac von etwa dreißig Meter Länge. Vorne hockte der Chauffeur, hinten ich. Auf einem von ungefähr achtzehn Sitzplätzen. Vor einer Bar mit verschiedenen Drinks und einem Fernseher.

Der Schönheitstempel von Schamir konnte sich sehen lassen! Alles Gold, Marmor, Stuck. An der Decke sinnliche Malereien. Die Wände zierten riesige goldgerahmte Spiegel.

Im Saal selbst mehrere Springbrunnen, riesige Schalen, aus denen Flammen züngeln, Champagnerkelche neben edelsten Tiegeln und Tuben in den goldverzierten Regalen.

Eine sonnenbankverglühte, dicke Alte mit chilibohnenfarbenen Locken begrüßte mich mit rauchiger Stimme: »Herzlich willkommen in unserem Schönheitstempel, Frau von Merz!«

Sie nahm mir meine Jil-Sander-Jacke und den Burberry-Schal ab und verschwand damit im Hinterzimmer. An der Bar hockte ein Araber mit hüftlangen Haaren, die oben schwarz und unten tiefblau waren. Er hatte sie zu hundert feinen Zöpfchen geflochten. Sein sehniger Körper steckte in einem leuchtend violetten Seidenhemd und eng anliegenden schwarz glänzenden Lederhosen. An den Füßen trug er spitz zulaufende Lackstiefel. Seine Ohrläppchen waren von zwanzig bis dreißig Büroklammern durchstochen. Er hatte sich eine blauschwarz-silbern gestrasste Sonnenbrille auf die Stirn geschoben. Rico und Jaime hätten sofort ihre Verlobung gelöst!

»Hallo«, sagte ich freundlich und reichte ihm die Hand. »Sie sind sicher Schamir.«

»Nein, ich bin Kai Müller.«

Und warum sehen Sie aus wie ein schwuler Aal, der zu lange in der Backröhre gesteckt hat?, wollte ich ihn fragen, aber ich fühlte mich seltsam eingeschüchtert. Der ganze Salon war mit Kaviardosen dekoriert.

»Mit dem Material kann ich aber nicht arbeiten«, mäkelte Kai Müller, indem er meine Haare zwischen den Fingern rieb wie welkes Laub. »Das ist ja total abgebrochen in den Spitzen.«

Ich hatte vorsichtshalber meinen Skalp im Hotel gelassen, weil ich mal testen wollte, was so ein Schönheitspapst mit meinen Haaren so anfängt. Hab ich den überhaupt schon erwähnt?

Rico hat ihn mir kreiert. Ich setze ihn immer auf, wenn's schnell gehen muss.

Einmal hatte ich ihn in der Eile verkehrt herum aufgesetzt, und als mir immer mehr schwarze Locken ins Gesicht fielen bei einem Geschäftsessen, hab ich gesagt: »Verzeihung.« Und das Ding richtig gerückt. Da sind den Kerlen fast die Augen aus dem Kopf gefallen.

Na ja, wenn ich mir vorstelle, dass einer beim Geschäftsessen die Krawatte auf dem Rücken hängen hat und mit dem lapidaren Wort »Verzeihung« seinen Hänger nach vorne rückt, dann würde ich auch blöd gucken.

Ach Anne, ich zieh mir schon wieder einen Sherry rein. Bin so gefrustet! Auch die weibliche Leber hat ein Recht auf einen Rausch! Also, weiter von meiner Schmach im Schönheitssalon. Da erschien auch schon Schamir, der wahre Meister des Tempels. Ein rundgesichtiges Jüngelchen um die eins fünfundsechzig, in Kaschmirpullover und Seidenhalstuch. Ein merklich anderes Outfit also als Kai Müller, sein Vasall. Er reichte mir seine manikürte Rechte, an dessen kleinem Finger ein Lapislazuli-Ring prangte.

»Wir freuen uns aufrichtig, Sie heute mal ein paar Stunden in unserer Oase der Entspannung verwöhnen zu dürfen. Dürfen wir Ihnen zur Einstimmung erst einmal ein Gläschen Champagner anbieten?«

Da ich sicher war, dass ich diese geballte Ladung schwuler Dekadenz nur mit sehr viel Alkohol würde ertragen können, sagte ich dankend zu.

»Wir dachten an das komplette Verwöhnprogramm«, säuselte das makellose Schmusetier.

Och nöö, dachte ich.

»Zuerst eine schöne entspannende Gesichtsmaske, dann ein komplettes Facial mit Massage und dann kümmern wir uns mal um Ihre Füßchen und Händchen und dabei kann Ihnen Kai dann eine wunderschöne Frisur zaubern. Am Schluss mache ich Ihnen ein perfektes Abend-Make-up. Wie ich hörte, sind Sie heute Abend zum Dinner verabredet? Dann richten wir Sie dafür passend her.«

»Da freue ich mich aber mächtig«, sagte ich und kippte das erste Glas Champagner auf ex.

Die dicke Rotlockige führte mich in einen separaten Raum. Auf einem riesigen weißen Ledersessel durfte ich Platz nehmen. Überall riesige Spiegel, goldverzierte Rahmen, Marmor, warmer Glanz. Champagnerflaschen, Kaviardosen, feinste Kristallgläser, flauschige Handtücher.

Die Dicke füllte mein Champagnerglas noch einmal auf.

Man fuhr den Sessel in die Horizontale und bedeckte mich mit weißen Damastlaken, auf denen in goldener Schrift »Schamir's« eingestickt war.

»Bitte jetzt mal die Äuglein schließen«, hauchte Schamir. Er legte mir behutsam Wattepads auf die Augen. Ich begann mich wohl zu fühlen. Der Champagner breitete sich wohlig in meinem verspannten Inneren aus und Schamir begann mich sanft an den Schläfen zu massieren. Als einmal die Tür aufging, hörte ich ihn leise sagen: »Bitte jetzt keine Störung!«

Er stellte die asiatische Entspannungsmusik an. Sofort hüllten mich sanfte Panflötenklänge, gepaart mit Vogelgezwitscher, ein. So entspannte ich mich mehr und mehr und Schamir trug eine kühle Creme auf die bereits von heißem Wasserdampf geöffneten Poren. Sie roch nach Luxus und Champagner, nach Candle-light-Dinner in einem Sternerestaurant, nach Vollmond und Erinnerung. Ich versank in einem angenehmen Halbschlaf, dachte noch etwas an Adrian und seine schulische Zukunft und beschloss gerade, dass dieses im Moment nicht mein Problem sei, als es direkt über meinem Gesicht sehr eindeutig klickte.

»Was war das?«

»Oh, das war nur mein Freund. Ganz privat und nur für mein kleines Familienalbum.«

»He, was soll der Scheiß!« Abrupt setzte ich mich auf. Schamir drückte mich sanft, aber bestimmt in meinen Sessel zurück.

»Pscht, Aufregung schadet jetzt der heilenden und beruhigenden Wirkung dieser Maske! Bleiben Sie ganz entspannt.« Er kicherte selbstgefällig. »Ich hab ihn weggejagt, den schlimmen Voyeur…«

»Machen Sie sofort das Zeug ab«, sagte ich. Es roch jetzt ganz penetrant und eindeutig. »Was ist das überhaupt?«

»Kaviar. Reiner, echter, original russischer Beluga-Kaviar. Da. Lecken Sie mal. Fünfhundert Gramm zweihundertfünfzig Euro.«

»Spinnt ihr?? Macht das Zeug ab! Verarschen kann ich mich allein!«

»Bitte! Sie müssen jetzt ganz ruhig liegen bleiben! Der Kaviar muss seine volle Wirkung erst noch entfalten! Bitte, entspannen Sie sich wieder. Gönnen Sie sich doch mal was Besonderes! Geht doch auf Kosten von Panorama der Woche!«

Na, okay. Alwin Znob soll ruhig blechen, dachte ich, wütend wie ich war.

»Ich lasse Sie jetzt mal ein Weilchen allein.«

Ich schmollte vor mich hin und stellte mir vor, dass ich jetzt echten Kaviar im Gesicht hatte.

Schließlich kam Schamir wieder und kratzte mir die schwarze Pampe ab.

»Wenn ich dieses Foto irgendwo in der Öffentlichkeit sehe, sind Sie ein toter Mann«, sagte ich, als ich endlich wieder sprechen konnte.

»Aber liebe Frau von Merz, was denken Sie denn? Und was sehe ich da: Wenn Sie so streng schauen, dann haben Sie um die Mundwinkel herum ganz hässliche kleine Fältchen.«

Er reichte mir einen goldenen Handspiegel. Leider konnte ich nicht so euphorisch reagieren wie mein gelber Wellensittich damals im Badezimmer. Was ich erblickte, war eine böse blickende Alte mit vereinzelten Fischeiern in den Haaren.

Und er hatte Recht: um den Mund herum mindestens ein Dutzend gravierender Falten! Gott ist leider nicht galant, sonst hätte er uns die Falten an die Fußsohlen gemacht und nicht ins Gesicht.

»Und da Sie noch nicht mal vierzig sind, wie ich mal annehmen darf, würde ich an Ihrer Stelle dringend mit ganz leichten Korrekturen anfangen.«

»Natürlich bin ich noch lange nicht vierzig! Was für Korrekturen?«

»Ein ganz kleines bisschen, kaum merklich natürlich, die Lippenpartie unterspritzen.«

Ich schwieg.

»Also? Weil ich Sie so mag, mache ich es für Sie gratis. Das kostet sonst tausend Euro. Pro Gesichtshälfte.«

Da wurde ich natürlich hellhörig. Du weißt ja, dass ich gerne spare.

»Aber… das tut doch weh!«

»Nur ein bisschen. Ich mache mir das oft morgens selbst vor dem Badezimmerspiegel.«

Ich wusste es. So sah der aus.

»Dauert höchstens zehn Minuten. Dann haben Sie ein glattes, faltenloses Gesicht. Und Ihr Mund lächelt automatisch, weil ich die Lippen ganz leicht nach oben ziehe.«

Es tat höllisch weh und ich hätte den miesen kleinen Sack gerne in die Eier getreten.

Schließlich hielt er mir den Spiegel hin. Abgesehen davon, dass Dutzende dünne Blutrinnsaale von meinen Lippen Richtung Kinn flossen, war meine ganze Mund- und Wangen-Partie geschwollen, als wäre ich mit dem Gesicht gegen eine Glastür gerannt.

»Ich habe Ihnen doch gesagt, dass ich heute Abend einen wichtigen Termin habe!«

»Wir machen Ihnen ein Make-up, dass Sie sich selbst nicht wiedererkennen.«

Und das hat er auch gemacht, Kleinchen. Er hat sich an sein Versprechen gehalten.

Als ich drei Stunden später mit schmerzenden Wangen und Blutgeschmack im Mund seinen Salon verließ, sah ich aus wie eine Mischung aus Iris Berben und Kai Müller. Jetzt sitze ich hier in meiner Luxussuite mit einer Hochsteckfrisur, die noch nicht mal durch einen herabfallenden Dachziegel ins Wanken gebracht werden könnte, und warte auf diesen bescheuerten Cadillac, in dem mich Schamirs Chauffeur gleich ins »Valerio« fahren wird.

Du weißt, Anne, ich liebe große Auftritte, aber nur, wenn ich selbst in meinem Kleid stecke. Habe noch eine halbe Stunde. Da ich weder duschen noch Haare waschen kann, geschweige denn Zähne putzen oder weinen, werde ich jetzt, so wie ich bin, mal in Élysée ein wenig auf und ab gehen und schauen, wie ich auf die Männer wirke. Wie ich normalerweise auf sie wirke, weiß ich ja schon.

Deine Alex Müller-Berben

PS: Schläfst du eigentlich noch mit Lothar?

PPS: Hab ich irgendwo gelesen: Eine Frau braucht drei Liebhaber, um glücklich zu sein: einen älteren für den Scheck, einen mittleren für den Chic und einen jüngeren für den Schock.

Plattstadt, Kaufglück, Personalbüro, 18. November, halb acht abends – eine Minute vor Feierabend

Liebste Alex,
es hat mich wirklich beeindruckt zu erfahren, dass auch du in Situationen gerätst, wo du nicht mehr Frau deiner selbst bist. Ich weiß nicht, ob ich lachen oder weinen soll, wenn ich das lese, aber das geht dir ja mit meinen E-Mails genauso. Was sind wir doch für unterschiedliche Frauen geworden! Nein, falsch! Was führen wir doch für unterschiedliche Leben!

Gestern Abend habe ich mich noch amüsiert über unseren Briefwechsel in der grünen Kladde von Klasse zwölf. Kleines Zitat, ich krame die Kladde hervor:

Du: »Heute passe ich in Bio mal echt auf.«

Ich: »Streber!«

Du: »Sonst krieg ich nicht genug Punkte für die Zulassung zum Abi zusammen!«

Ich: »Okay, aber langweil bitte nur dich selbst.«

Du: »Polypeptidketten! Hast du 'ne Ahnung davon?«

Ich, altklug: » Ist nichts zum Um-den-Hals-Hängen, sondern hat was mit Erbanlagen zu tun. Zwanzig verschiedene Aminosäuren im Eiweiß – immense Kombinationsmöglichkeiten.«

Du: »Jetzt mal für Doofe: Wie erfolgt die Erbinformation?«

Ich: »Je eine Base liefert die Sequenz für vier Aminosäuren.«

Du: »Wie erfolgt denn diese Scheiß-Protein-Bio-Synthese im Einzelnen?«

Ich: »Ich hab doch gesagt, du sollst mich nicht langweilen!«

Du: »Scheiß-Bio. Hast du eigentlich davon gehört, dass Herr Arste in Prag auf die Straße gepinkelt haben soll? Sagt Tilmann.«

Ich: »Tilmann sagt auch: ›Es sind doch immer die Götter, die befruchtend durch die Lande ziehen und dann ihre Spuren hinterlassen.‹«

Du: »O Gott, hoffentlich bin ich nicht schwanger!«

Ich: »Und wenn doch, dann pass jetzt wenigstens wegen der Erbanlagen auf.«

Ja, Alex. Uns hat damals eine heiße Liebe verbunden. Trotzdem oder gerade deshalb: Toll, dich zu kennen.
Deine Anne

PS: Alternde Frauen sollten bedenken, dass ein Apfel nichts von seinem Wohlgeschmack verliert, wenn ein paar Fältchen die Schale kräuseln. Hab ich auch mal irgendwo gelesen. Ist aber auch Quatsch, denn wenn der olle Appel erst mal fault, will eh kein Kerl mehr reinbeißen, auch wenn er selbst schon lange auf dem Komposthaufen liegt.
PPS: Muss leider weg, Kassensturz beaufsichtigen. Es fehlen jeden Abend vierstellige Beträge.

Hamburg, im Vorzimmer meines Anwalts, 19. November

Liebste Anne,
danke für deine Versuche, mich zu trösten. Ich hab heute die Mehrfach-Arschkarte: Bin alt, dick, hässlich, einsam, meine schmerzhaft weggespritzten Falten sind an anderer Stelle wieder aufgetaucht. Irgendwo mussten sie ja hin. Und KEINER bemitleidet mich! Nur du!

Nett, dass du mir Stellen aus unserer Kladde mailst. Mehr davon. Lenkt ab.

Versuche, eine einstweilige Verfügung gegen die Panorama zu erwirken. Werde nicht lange schreiben können, da die Sekretärin mir schon zugesagt hat, dass ich nicht länger als eine Minute warten muss, habe mit der Faust auf den Tisch gehauen und gesagt, dass es ein absoluter Notfall ist. Diesmal geht's nicht um eine Richtigstellung oder Schadensersatz für einen meiner Klienten, sondern um MICH!! Ich will, dass dieses verdammte Kaviar-Foto gar nicht erst erscheint! Der Fotograf gestern war von der Panorama! Und kam im Auftrag von meinem Lieblingsfeind Alwin Znob! Ich bin voll reingefallen!! Danke, dass ich mich mit den E-Mails an dich und von dir immer ablenken kann!

Du hast meine letzte Frage nicht beantw… – sorry. Bin dran. Drück mir die Daumen. Schäume vor Wut.
Alex

Plattstadt, Kaufglück, 19. November, in der Mittagspause

Liebe brüskierte Gräfin,
ich persönlich jubele natürlich vor Wonne, wenn ich so etwas lese. Was du für Sorgen und Probleme hast! Endlich mal ein Fältchen auf der Herrin Wange!

Um deine Frage von vorletzter Mail zu beantworten: Nein, schon lange nicht mehr. Ehrlich gesagt, seit sieben Jahren nicht mehr. Ich hab einfach keine Lust mehr auf ihn. Um ganz ehrlich zu sein: Ich muss mich schütteln, wenn ich nur dran denke. Geht das wohl vielen Frauen so? Also, ich kenne einige.

Jetzt wirst du fragen: Und wieso habt ihr fünfjährige Zwillinge? Also, ich habe die ersten Jahre lang tapfer meine Ehepflichten erledigt. Allerdings nur, weil ich unbedingt ein Kind wollte. Es hat aber einfach nicht geklappt. Lothar meinte, es läge an mir, aber ich bin überzeugt, dass jemand, der sich vor Stress die Lippe blutig beißt und zwischen den Fingern Ausschlag hat, nur weil er allergisch auf eine Klimaanlage reagiert, auch keine gesunde Samenproduktion hat. Vielleicht haben seine Spermien alle Neurodermitis. Oder sie sind einfach nicht so exakt und präzise und pünktlich und fleißig, wie sie sein sollten. Ich weiß es nicht.

Nachdem die Methoden der künstlichen Befruchtung endlich von der Krankenkasse wenigstens teilweise übernommen wurden, haben wir mit Hormonen ein bisschen nachgeholfen. Lothar hat mir seine Samensfrucht freundlicherweise in einen Plastikbecher tropfen lassen. »Tröpfeln« träfe die Sache schon eher. Ausgerechnet in unserem katholischen Krankenhaus, das von Schwestern geleitet wird. Die Geschichte erzählt er immer wieder gern:

»HERR Pistrulla, Sie können jetzt durchgehen! Brauchen Sie

ein Heft?«, schreit die dicke Nonne mit der Warze auf dem Kinn quer durch das Wartezimmer.

»Wie – Heft?«

»Ein ... Sie wissen schon. Ein Stimulantium.«

»Bitte?«

»Sti-mu-la-tions-lek-tü-re!! Mit Pornofilmen können wir leider nicht dienen, Herr Pistrulla!«

»Natürlich nicht.« Lothar beschließt, niemals mit einer Nonne einen Bausparvertrag abzuschließen oder sie sonst wie in Steuerdingen zu beraten.

Lothar durchquerte das Labor mit festem Schritt und ließ die Zellentür hinter sich zuschnappen. Drinnen war es gemütlich wie in einer Besenkammer, scherzt er gern, wenn er die Geschichte erzählt. Nur leider weit und breit kein russisches Callgirl. Nach zwanzig Minuten hämmerte die robuste Nonne an seine Tür: »Herr Pistrulla? Will's nicht klappen?«

Lothar behauptet, das sei der Moment gewesen, wo er beschlossen habe, aus der Kirche auszutreten.

»Wo ist der Becher?«

»Hier.«

»Da ist ja nichts drin!!«

»Wie denn auch. Bei der anregenden Atmosphäre!«

»WAS? Wie lange wollen Sie hier noch unsere Einrichtung blockieren?«

Wortlos streckte er seinen Unterarm durch die Zellentür.

»Geben Sie schon her«, murmelte er verdrossen.

»Was – ICH? SIE müssen hier schon was leisten, wenn Sie von Gott was geschenkt haben wollen!«, schnauzte die grantige Nonne. Aber dann reichte sie ihm doch gütigst mit verächtlicher Geste einen »Playboy« aus dem Jahre 1912.

Fünfundsiebzig Minuten später muss Lothar mit einem Becher in der Hand die Zelle verlassen haben, gesenkten Hauptes, betend, keinen Kunden, keinen Kollegen und erst recht nicht mehr Schwester Robusta zu treffen.

Wortlos stellte er sein Ejakulat auf den Tresen, auf dem bereits das Schild »geschlossen« stand. Er hoffte, diese Einrichtung unbemerkt verlassen zu können, und zog sich den Mantelkragen ins Gesicht.

»MO-ment!« Er zuckte zusammen und blieb wie ertappt stehen. Schwester Robusta tauchte hinter dem Tresen auf wie ein Springteufel aus einem Scherzartikel. Sie begutachtete den Inhalt des Bechers.

»Soll das etwa alles sein? Nach ANDERTHALB STUNDEN??«

Lothar, der wirklich Blut und Wasser geschwitzt hatte bei der Erwägung, dem geringfügigen Resultat seiner Bemühungen noch etwas Sputum beizumischen, den Gedanken jedoch aus Furcht vor einem möglicherweise missgebildeten Kind verworfen hatte, lief rot an. »Reicht das nicht?«

»O doch, Herr Pistrulla!«, schrie die Fromme grausam. »Unser Allmächtiger kann Wasser in Wein verwandeln. Also auch das hier in ein gesundes Menschenkind!«

Jedenfalls hat der Allmächtige wahrscheinlich aus lauter Mitleid mit Lothar gleich zwei Menschenkinder draus werden lassen, denn selig sind die Mühseligen. Und die Menschenkinder sind inzwischen fünf und wirklich prima Mädchen.

Zurück zur Gegenwart: Nein, wir haben seit langem keinen Sex mehr. Aber ist das nicht normal nach dreizehn Jahren Ehe?
Mit lieben Grüßen und dem unverhohlenen Interesse,
über dein Sexualleben Genaueres zu erfahren,
dein Kleinchen

PS: So nennt mich wirklich seit dreizehn Jahren niemand mehr. Ich wünschte, es wäre so, denn mein heutiger Name lässt sich in wesentlich liebloserer Weise verunstalten. Immer wenn ich die Kundentoiletten kontrollieren muss, schreibt jemand »Piss-Trulla« auf den Plan.

Hamburg, Hotel Élysée, im Spa –
kriege gerade eine Fußmassage

Ach Kleinchen, 19. November, siebzehn Uhr,
ich kann dir gar nicht sagen, wie sehr mich deine letzte Mail erheitert hat! Du bringst – wie damals, als wir uns ständig Botschaften in die grüne Kladde schrieben – wieder Frohsinn in mein abgehärtetes Herz!

Soso, da stammen deine Zwillinge aus einer künstlichen Befruchtung. Stelle mir gerade euren Dialog beim Frühstück vor. »Schatz, wie magst du dein Ei am liebsten?« – »Unbefruchtet!«

Das ist wirklich interessant. Der arme Lothar. Der muss ja wirklich in jeder Hinsicht an sich zweifeln. Trotzdem behaupte ich, nichts facht die Leidenschaft einer Frau so sehr an wie ein Liebhaber, der sich in ihren Armen als impotent erweist. Ich hatte mehrere von der Sorte und bei allen habe ich mir eingebildet, sie würden mich einfach so doll lieben, dass sie an so was Profanes wie einen Orgasmus nicht einmal denken würden.

Was hat der arme Kerl nur an sich, dass er so ein trauriger Verlierer ist? Liegt so was an den Genen oder am sozialen Umfeld? Was du so über seine Eltern schreibst, hört sich nicht gut an. Du schreibst, er widmet sein ganzes Interesse nur dem Geld anderer Leute. Das könnte mir nie passieren. Ich widme mein ganzes Interesse nur meinem eigenen Geld.

Und das vermehrt sich stündlich. Mein Anwalt versucht nun, diesen Artikel in »Panorama« zu verhindern, aber er sagt, wesentlich günstiger sei es für mich, wenn der Artikel erscheint und wir dann auf Schadensersatz klagen. Da kommen im Bestfalle 100 000 Euro für mich raus, und zwar steuerfrei! Schmerzensgeld-Einnahmen sind immer steuerfrei.

Jetzt habe ich zwei Stunden Bedenkzeit, ob ich mich nicht besser dafür entscheide. Eigentlich ist die Entscheidung schon längst gefallen. Soll das Foto doch erscheinen.

Von dem Schmerzensgeld kauf ich mir ein Mercedes Coupé. Oder siebzigtausend Fußmassagen. Oder ich renoviere meine Villa. Oder ich kaufe den weißen Flügel, an dem Udo Jürgens im Bademantel sitzt. Dafür nehm ich das Kaviar-Foto in Kauf. Man erkennt mich eh nicht.

Kleinchen, du fragst nach meinem Sexualleben. Süß. Wie damals.

Nur so viel: Seit der Scheidung von Leo, mit dem ich nur anfangs ein ausgesprochen unterhaltsames Sexualleben hatte, leiste ich mir dann und wann einen kurzweiligen Liebhaber. Manchmal auch zwei oder drei. Aber sie müssen gut bei Kasse sein. Sonst denke ich immer, sie wollen nur mein Geld. Ich bin eine geschiedene Frau aus Überzeugung: eine Frau, die geheiratet hat, um nicht mehr arbeiten zu müssen, und jetzt arbeitet, um nicht mehr heiraten zu müssen. Ich bin eine notorische Flirterin: Mein letzter Tag im Business wird der sein, an dem der Liftboy nicht mehr rot wird, wenn er mit mir im Fahrstuhl alleine ist.

Mein Problem ist halt nur, dass ich niemals mit einem Klienten was anfangen kann. Ein Flirt mit einem Klienten ist wie eine Tablette: Niemand kann die Nebenwirkungen voraussagen. Auch wenn süße Burschen dabei sind. Ich hatte mal eine Phase, in der ich auf sehr viel Jüngere stand. Aber die haben niemals Knete und ich muss immer das Abendessen bezahlen. Mein jüngster Liebhaber war siebzehn. Ein goldiger Kerl. So ungestüm – aber leider auch ungewaschen. Meinen Traummann muss ich mir noch backen: zwischen vierzig und fünfzig, sehr gut verdienend und trotzdem körperlich topfit. Natürlich muss man die Männer nehmen, wie sie sind. Aber man darf sie nicht so sein lassen.

Mal schauen, was der große Intendant da oben noch auf dem Spielplan hat.

Die große Liebe gibt's sowieso nicht. Meine einzige große Liebe ist das Geld. Darauf kann man sich wenigstens verlassen.

Oh, mein Handy: der Anwalt.

Liebe eilige Gr…

Plattstadt, Kaufglück, Personalbüro, 20. November, kurz vor Feierabend

Liebe Alex,
über deine Ausführungen zum Thema Liebe und Geld habe ich schon den ganzen Tag nachgedacht. Also, mir ist die Liebe allemal wichtiger als das Geld, aber, um ehrlich zu sein, ich habe keins von beidem.

In meinen Kreisen ist das aber absolut üblich. Keiner von meinen Kollegen hat Geld und keiner von ihnen hat eine glückliche Beziehung. Gestern sagte die dicke Frau Vogelsang mit der altmodischen Brille: »Eine Zeitung am Frühstückstisch hat auch was Gutes: Man sieht den Kopf des Ehemannes nicht.«

In meinem Bekanntenkreis gibt es jedenfalls kein einziges Paar, das noch miteinander schläft. Die dicke Frau Vogelsang aus der Buch und Schreibwaren sagt, sie arbeitet mir ihrem Mann jetzt gemeinsam an der Erneuerung ihrer Sexualität. Ich mag die Frau total gern, die ist so offen und unverkrampft.

»Und wie machen Sie das?«, fragte ich sie heute Mittag beim Einsortieren der pastellfarbenen Briefumschläge, gefüttert, DIN A3. Wegen Personalknappheit musste ich da heute aushelfen und wir gerieten so nett ins Plaudern.

»Es gibt ein ganz tolles Buch von einer amerikanischen Autorin: ›Wie man eine Frau befriedigt‹. Zwölf Euro fünfzig.«

»Aha«, sagte ich und kramte das Geschenkpapier mit den Stiefmütterchen aus der Kiste.

»Wohin?«

»Drittes Regal rechts. Geben Sie mir bitte mal die Hellgrünen?«

»Und wie befriedigt man eine Frau?«

»Einfach nicht reinstecken. Jetzt die Rosafarbenen bitte.«

»Kein schlechter Tipp für zwölf Euro fünfzig. Die Gelben hier?«

»Das mit dem Spargel gleich neben die Krokusse. Und dann die Veilchen. Aber mit dem Gesicht nach vorn.«

Jetzt im Herbst müssen wir den Frühling in unsere Abteilung zaubern. Sagt unser neuer Werbeleiter, Siegwulf Mennecken. Der guckt mich immer so merkwürdig an. Das nur nebenbei.

Wir arbeiteten eine Weile schweigend weiter, die dicke Frau Vogelsang und ich. Dann wurde ich doch zu neugierig. Normalerweise spreche ich über solche Sachen nicht, aber die E-Mailerei mit dir löst mir die Zunge, die freche. »Also reines Petting.«

»Nein, nein, nicht dass Sie mich da falsch verstehen. Schon mit Penis, wenn Sie verstehen, was ich meine.«

»Also Petting mit Penis, aber nicht wirklich«, sagte ich, während ich die Kugelschreiber von Lamy hinter Glas platzierte. Du hättest dich wahrscheinlich totgelacht.

»Nein, also jetzt muss ich Ihnen das mal ganz genau erklären«, sagte Frau Vogelsang, kam aus der Hocke hoch und schrie: »Frau Lamprecht? Gibt es noch eine befriedigte Frau in unserer Abteilung? – Die geht nämlich ab wie warme Semmeln«, fügte sie erklärend hinzu.

Frau Lamprecht tauchte hinter einem Drehständer mit Taschenbüchern auf und rief: »Ich hab heute hundert befriedigte Frauen nachbestellt; soll ich mal im Lager gucken, ob sie da schon liegen?«

»Ist schon gut, unter der Kasse liegt noch eine!«, schrie Frau Vogelsang zurück. »Die war reserviert, aber keiner hat se abgeholt!«

Ich stieg von meiner Stehleiter, wischte mir die Hände an meinem Kaufglück-Kittel ab und starrte Frau Vogelsang wissbegierig an.

»Kapitel drei, Vers vier«, sagte sie andächtig. »Sie dürfen mit Ihrem Penis nicht ganz in sie eindringen, weil es dann einen Schlag auf ihre Klitoris gibt.« Sie betonte das »o«, aber ich hab sie nicht verbessert.

Ich nickte wissend. »Klar«, sagte ich und zog die Nase hoch, wie Lothar das immer tut.

»Nur so können Sie ihre Begierde wecken. Die sie halb wahnsinnig macht und letztlich zum Orgasmus kommen lässt.«

»Also ich hab das jetzt ein paarmal mit Rudi versucht, aber ich bin nicht halb wahnsinnig geworden!«, rief Frau Lamprecht von ihrem Drehständer zu uns herüber. »Letztens fragt mich mein Sohn: ›Mama, was ist ein Orgasmus?‹ Da hab ich gesagt: ›Weiß ich nicht, frag Papa!‹«

»Wahrscheinlich kann er sich nur nicht beherrschen«, mischte sich eine ältere Kundin im grauen Flanellmantel ein. Sie hatte hinter einer Säule an den Zeitschriften gestanden und lugte nun besserwisserisch hervor.

»Immer wollen die Kerle gleich mit der Tür ins Haus fallen.«

Ärgerlich schwenkte sie ihre Lektüre – »Echo der Frau«.

»Sie wird Sie anflehen, in sie einzudringen, aber tun Sie das? NEIN!«, zitierte Frau Vogelsang ungerührt weiter aus ihrem Buch. »Sie lassen ihn nur ungefähr einen Zentimeter weit in sie hineingleiten und dann ziehen sie ihn ganz langsam wieder heraus. Jetzt wird sie vermutlich vollkommen wahnsinnig werden …« Sie stammt aus dem Rheinland. Also: »vermutlich vollkommen wahnsinnisch!«

»Kann ich mir nicht vorstellen«, sagte Frau Lamprecht. »Wir haben echt alles gemacht, was da drinsteht. Aber als der Rudi einfach nicht zu Rande kam, hab ich den Fernseher angeschaltet.«

»Wir hatten damals keinen Fernseher, mit dem wir uns ein bisschen nett ablenken konnten«, mischte sich »Echo der Frau« wieder ein. »Wir ham anne Decke gekuckt, das sarich Ihnen!«

»Ja, eben, ich auch, was glaubt ihr, wie viele Filme ich bei solchen Gelegenheiten schon ohne Ton gesehen habe!«, rief nun Frau Vogelsang ganz aufgebracht.

»Echo der Frau« grinste. »Macht man ja nich', den Ton mitlaufen lassen. Das stört die Kerls inne Konzentration. Wissen Sie, was bei meinem Ernst das Vorspiel war? Der Satz: ›Schatz, bist du wach?‹«

»Immerhin redet der noch beim Sex mit Ihnen!«, brummte Frau Lamprecht.

»Aber WORAUF haben sie sich konzentriert?«, schrie Frau Vogelsang aufgebracht. »Hier steht's. Bumsbums, bangbang – und das war's.«

»Na, dann war's doch wenigstens vorbei«, sagte »Echo der Frau« mit verächtlichem Blick auf den Kurzwarenverkäufer. »Dann dreht er ab und gibt Ruhe.«

Der Abteilungsleiter von Kurzwaren und Nähutensilien kam herbei und schaute uns verwundert an. »Ist das ein Verkaufsgespräch?«

»Natürlich! Was denken Sie denn!«

»Dann geht's vielleicht auch etwas leiser.«

»So war's ja auch bei Heiner und mir«, nahm Frau Vogelsang ihren Faden wieder auf. »Aber seit wir gemeinsam das Buch erarbeitet haben – Schritt für Schritt –, ist unser Sex fantastisch geworden. Es ist ein Wunder.«

»Wie, und jetzt haben Sie … einen richtigen Orgasmus?«, fragte Frau Lamprecht mit offenem Mund. »So richtig? Vaginal?«

»Meine Damen! Bitte!!«

»Einen nach dem anderen!«, rief Frau Vogelsang erhitzt. »Auf sechsunddreißig steht: Normalerweise sollten Sie innerhalb der nächsten Minute einen weiteren Höhepunkt haben und dann noch einen und dann noch einen, solange Sie es eben durchhalten. Meistens so zwischen drei und fünf …«

»Glaupichnich«, schnaubte »Echo der Frau« verächtlich. »Alles gelogen. Da glaub ich lieber, was hier drinsteht«, sie schwenkte ihre Zeitschrift. »Sogar Uschi Glas wurde von ihrem Kerl betrogen. So sieht's doch inne Realität aus. Wenn du nicht mehr schön und knackig bist, dann nehmen sich die Kerls eine Neue.«

»Aber Uschi Glas IST doch schön und knackig!«, rief ich erstaunt.

»Kannste Ananas-Diät machen, so viel de willz«, maulte die Alte. »Die Männer stehen auf junges Gemüse. Dat war schon inne Steinzeit so. Und dat wird in tausend Jahren noch so sein. Hörn Se mir doch auf mit dem Orgasmus-Gequatsche. Schönen Tach noch.« Sie watschelte davon.

»Frau Vogelsang, die Geschäftsleitung freut sich über Ihren persönlichen Einsatz, aber als Buchverkäuferin sollten Sie Ihr Engagement nicht so übertreiben!«

Der Geschäftsleiter, Joachim Dickmann, war plötzlich aus dem Nichts aufgetaucht. Wahrscheinlich hatte die Kurzware gepetzt.

Jetzt weißt du, warum ich nicht mehr in die Kantine gehe. Ich kann sie alle nicht mehr ertragen. Und ich will natürlich auch schön und knackig bleiben. Das BIN ich nämlich, Alex! Fast würde ich sagen, LEIDER!!

Jedenfalls habe ich mir – rein interessehalber – das letzte Exemplar von »Wie man eine Frau befriedigt – jedes Mal – wie es wirklich klappt – wie sie nach noch mehr verlangt – das erste und einzige Buch, das Ihnen alles sagt« unter den Nagel gerissen und werde es heute Abend im Bett lesen. Natürlich unter der Bettdecke. Nicht dass Lothar glaubt, ich wollte ihn zu längst ausdiskutierten Aktivitäten verleiten. Aber der ist eh beim Kunden heute Abend. Wie immer. Ich schlafe sowieso fest, wenn der nach Hause kommt. Ist mir auch lieber so.

Muss heim, Oma Margot ablösen. Hoffentlich geht sie sofort.
Anne

PS: Die Erde ist ein ödes Jammertal…

Hamburg, Flughafen, Senator-Lounge, 21. November

… und angefüllt mit Elend, Angst und Qual!
Ach Anne! Die Menschen sind schlecht! Sie denken an sich! Nur ich denk an mich! Kaum wage ich den Blick zu heben, alle Geschäftsmänner hier in der Senator-Lounge lesen die verdammte Panorama! Obwohl ich gehofft hatte, Menschen mit einem gewissen Bildungsstand würden von diesem Salatkopf-Einpackpapier Abstand nehmen! Kann nur hoffen, dass man mich nach wie vor mit meiner einbetonierten Hochsteckfrisur und dem Permanent-Make-up Marke Schuhcreme von Schamir nicht erkennt! Alex Müller-Berben hat jetzt leider noch einen guten Schuss Yvonne Wussow abgekriegt, das macht die durchzechte Nacht. Mit festem Blick auf mein Bankkonto kann ich es ertragen. Das gibt Knete! Außerdem denk ich mir tapfer: Morgen wird eine andere Sau geschlachtet!

Auf der letzten Seite – meine kaviarverschmierte Peinlichkeit!! Der kleine schwule Sack hatte die »Panorama« bestellt, um selber Werbung für seinen Schönheitstempel zu haben! Alles war ein abgekartetes Spiel. Alwin Znob, die Ratte, hatte mir nur deshalb diesen Nachmittag im Beauty-Tempel »geschenkt«, damit er mich vor sieben Millionen Lesern bloßstellen kann. Und damit ich von meinem hohen Ross runterkomme. Die Bildunterschrift hat mir den Rest gegeben: »Während Krieg in Afghanistan herrscht, badet die Managerin von Deutschlands namhaftesten Künstlern in Kaviar – na, wir ham's ja, Frau von Merz!«

Also, wenn demnächst das große Verlagshaus an der Alster explodiert: Ich war's!

Entsetzt, gedemütigt und von aller Welt verkannt
Alex

PS: Bitte mail mir wieder was Harmlos-Heiteres aus Plattstadt. Man sollte wirklich eine Vorabendserie aus deinen Kaufhausgeschichten machen. Die hätte Millionen von Einschaltquoten. Das meine ich ganz im Ernst. Das Geld liegt auf der Straße.
PPS: Jetzt hat mein Nebenmann im Flieger auch noch einen fahren lassen. Auch das noch. Ich kann noch nicht mal ein Fenster öffnen. Mir bleibt auch nichts erspart.

Plattstadt, 21. 11., mittags, im Personalbüro von Kaufglück

Liebste Alex,
hau den Schweinen eine Schadensersatzklage um die Ohren, von denen sie sich nie wieder erholen! Stampf das Blatt ein! Ich boykottiere es ab sofort!

Hab mir das Bild angesehen – du bist ja wirklich nicht zu erkennen. Die Bildunterschrift ist allerdings eine verdammte Schweinerei. Ob die »Panorama«-Leser so blöd sind, dass sie die Willkür nicht bemerken?

Meinst du nicht, dass manche seelischen Wunden mit Geld nicht zu heilen sind? Kann nur versuchen, dich jetzt ein bisschen aufzuheitern.

Kennst du noch folgenden Poesiealbumspruch?

Wenn über eine dumme Sache
Mal endlich Gras gewachsen ist
Kommt sicher ein Kamel gelaufen
Das alles wieder runterfrisst.
(von meinem Cousin Axel)
Oder, auch passend zu deiner Situation:

Die Flöhe und Wanzen
Gehören auch zum Ganzen.
(immerhin Goethe)
(von dessen Bruder Stefan)

Deine Anne

PS: Ich liebe dich immer, mit und ohne Kaviar im Gesicht.
PPS: Muss Kundentoiletten kontrollieren. Mein Lieblingsjob.

Frankfurt, Senator-Lounge, immer noch 21. November,
immer noch auf dem Rückflug

Ach Kleinchen,
lieben Dank für deine moralische Unterstützung. Ich liebe dich auch immer. Mit oder ohne Kaufhauskittel. Hau einen Knick in dein Sofakissen und stell dir dabei vor, es sei der Kopf von Alwin Znob.

Zum Thema »Hast du eigentlich noch Sex und mit wem« – gibt's jetzt zur Belohnung eine nette Geschichte. Alles wahr. Hat sich vor einer Stunde in Hamburg zugetragen.

Nachdem ich vorhin über eine Stunde mit meinem Anwalt telefoniert habe, habe ich in Hamburg fast den Flug verpasst und musste mit dreißig anderen Gestalten beim Boarding brav warten, bis sie die Warteliste aufriefen. Man hatte meinen Platz bereits vergeben! An einen dicken fetten Kerl mit strähnigem Haar! Der ebenfalls gerade die Rückseite der Panorama gelesen hatte! So viel Demütigung auf einmal!

Stell dir vor, was mir schon wieder passiert ist. Folgende Szene: Dreißig genervte Wartelistler, darunter zwei Ehepaare mit Kleinkindern, drängeln sich am Schalter. Jeder hat einen anderen Grund, warum es bei ihm dringend ist. Die mit den Kleinkindern sind schon seit sechsundzwanzig Stunden unterwegs und wollen nur noch heim. Einer hat ein Bewerbungsgespräch in Wien, und wenn er diesen Platz im Flieger nicht kriegt, bekommt ein anderer seinen Job. Der Dritte muss zur Beerdigung seines Erbonkels nach Darmstadt und es würde einen ganz miesen Eindruck machen, wenn er dort nicht erschiene, der Vierte ist ein Scheidungsvater und muss sein Kind in München von der Schule abholen, sonst verliert er das Sorgerecht. Keiner will sechs Stunden auf die nächste Maschine warten. Alle starren böse.

Dann wird MEIN Name aufgerufen: »Frau von Merz, Sie haben die Senator-Card, Sie kriegen den letzten freien Platz!« Ich fühle dreißig Dolche im Rücken. Natürlich haben ALLE die Panorama gelesen. Ärgerliches Gemurmel: »Na ja, wer sich Kaviar ins Gesicht schmiert, der kommt natürlich auch noch ins Flugzeug« und »Wir haben's ja, Frau von Merz«, »Da soll einer sagen, bei der Lufthansa kennt man keine Korruption«.

Nach mir die Sintflut, denke ich, schnappe mir meinen Koffer und schaue keinen von diesen Leuten mehr in die Augen. Da pfeift so ein Zöllner-Bürschchen hinter mir her: »He, so geht das aber nicht! Lassen Sie den Koffer stehen!«

Ich denke aus alter Gewohnheit, dass mir der Bengel beim Tragen behilflich sein will, und bemerke zuckersüß: »Sehr freundlich von Ihnen, junger Mann.«

»Nun werden Sie mal nicht gleich zynisch«, blökt der Kerl mich an.

Und dann: »Aufmachen.«

»Wie – aufmachen?«

»Den Koffer. Was sonst.«

Ich stehe da, zur Salzsäule erstarrt. Im Flieger warten 149 Passagiere und sieben Mann Besatzung auf mich, und hier stehen dreißig Leute, die mich alle per se schon hassen, und starren mich an.

»Ich? Ich soll den Koffer aufmachen? Wieso denn?«

»Da ist 'ne Nagelschere drin.«

»Ja. Na und?«

»Sie nehmen den Koffer als Handgepäck mit.«

»Nicht freiwillig. SIE haben sich geweigert, den Koffer einzuchecken, nicht ich.«

»SIE sind zu spät zum Gate gekommen. Wenn Sie den Koffer nicht öffnen, bekommt jemand anderes ihren Platz.«

Raunen in der Menge. Die Kleinkinder nörgeln, die jungen Eltern glotzen mich aus übermüdeten Augen an. Die Geschäftsmänner drängeln schon wieder. Der Scheidungsvater hat Schaum vor dem Mund, der Erbschleicher reißt sich die Krawatte vom Hals, der mit dem Job in Wien wird unschön laut.

Die folgende Minute erlebe ich immer und immer wieder in Zeitlupe: Ich gehe in die Hocke, öffne den Koffer, und ALLE starren auf mein Haarteil, das ganz obenauf liegt. Dann muss ich das geklaute Hotelhandtuch beiseite schieben, mit der Aufschrift »Élysée«, auf dem sich deutliche Spuren von Schamirs Schuhcreme-Make-up befinden, da kommen meine benutzten Spitzenstrings zutage, in die ich die geklauten Salz- und Pfefferstreuer eingerollt habe, dann kullert die ganze Kollektion von Schamir raus, Schönheitsartikel im Werte von mehreren tausend Euro, leider auch zwei verdammte Dosen Kaviar!! Neben den verschwitzten Fitnessklamotten liegt mein Kulturbeutel. Und da drin ist die Nagelschere. Aber nicht nur die. Meine Finger zittern leicht, als ich dem jungen Kerl den Kulturbeutel überreiche.

Ich schaue nach oben: dreißig Augenpaare. Man hat einen Kreis um mich gebildet.

»Aufmachen!«

Okay, denke ich. Du willst es so.

Leider steckt die Nagelschere noch in einem Nagelnecessaire, und um dieses zu finden, muss ich meinen Vibrator rausnehmen. Ein ziemlich fetter Bursche, mit Noppen drauf.

»Halten Sie mal.«

Da hat er aber geguckt, der junge Bengel mit seiner Wichtigwichtig-Uniform.

Keiner interessierte sich mehr für meine Nagelschere. Jedenfalls traten alle einen Schritt zurück, um mich durchzulassen, als ich mit hoch erhobenem Haupt in die Maschine ging.

Muss mich auf die Socken machen, der Salzburg-Flieger ist immer bei B 8 und die Senator-Lounge ist im anderen Winkel des Frankfurter Flughafens. Habe immer noch meinen Haarturm auf, kriege die Nadeln allein nicht raus. Schätze, ich brauche Hammer und Meißel. Muss mal zu Hause in der Garage in den Werkzeugkasten gucken.

Ohne Rico bin ich ein hilfloses Weibchen. Fühle mich heute wieder sehr einsam.

Melde mich, wenn ich zu Hause bin.

Eilige Grüße
Alex

PS: Nicht dass du den Eindruck hast, ich hätte nur noch Sex mit meinem Vibrator. Aber besser einen Vibrator in der Hand als einen Opernsänger auf dem Dach. Hast du übrigens auch einen? Ich meine, Liebhaber mit Noppen …

Plattstadt, Einwegstraße 4, spätabends in Lothars Arbeitszimmer, an seinem PC (er ist beim Kunden)

Mensch, Alex,
was denkst du denn von mir! Natürlich NICHT! Wahrscheinlich deshalb nicht, weil Kaufglück solche Artikel nicht führt. Sonst hätte ich einen. Zum Mitarbeiterrabatt.

Aber ich habe eine Bekanntschaft gemacht! Du weißt schon! Einen Mann! Und zwar nicht Jürgen Böhser (ich hatte dir ja geschrieben, dass der bei gar nichts »Hier« geschrien hat), sondern einen richtigen Mann! Er sieht noch nicht mal schlecht aus. Gut allerdings auch nicht, bei ganz objektiver Betrachtungsweise. Aber seit wann kommt es bei den Männern aufs Aussehen an? Frauen sind einfach vernünftiger als Männer.

Oder hast du schon mal eine Frau erlebt, die einem Mann wegen seiner Beine nachrennt?

Ich hab ihn schon mal erwähnt, er ist unser neuer Werbeleiter bei Kaufglück und ihm verdanken wir die Plakat-Aktion mit Nackedei. Er hatte bis jetzt nur Ärger mit den Kollegen, aber weil ich Mitleid mit ihm zeigte, hat er mir heute Blumen geschenkt.

»Ich könnte dich kauf-fressen!« ist der neueste Slogan. Und das hat er eben auch zu mir gesagt! Ist er nicht witzig? Lothar würde so etwas nie einfallen. Das größte Kompliment, das er mir je gemacht hat, lautete: »Mit dir könnte ich Pferde stehlen.« Aber erstens hat er noch nie eines gestohlen und zweitens mag er überhaupt keine Pferde.

Also. Der Werbeleiter. Siegwulf Mennecken. Mitte vierzig, Schnauzbart, Cabriolet.

Besonders pikant ist es, diese Nachricht in Lothars PC zu schreiben. Ich bete, dass ich nachher die richtige Taste drücke, um das hier zu löschen. Es gibt ja diese hinterhältige Einrichtung namens »Papierkorb« im PC. Dann fragt mich dieses Männchen, das am oberen rechten Bildrand lauert und aussieht wie eine Heftklammer: »Wollen Sie das wirklich löschen?«; und ich haue auf »enter« und dann macht das Männchen »plopp« und verwandelt sich in ein Fahrrad und haut über ein hügeliges gewelltes Textblatt ab. Dabei lacht es hämisch. Aber kann ich sicher sein, dass das hinterhältige Heftklammermännchen meine intimen Bekenntnisse wirklich gelöscht hat?

Wir – also Siegwulf Mennecken und ich – haben uns interessanterweise beim Paarungsakt unserer Hunde näher kennen gelernt, in den städtischen Parkanlagen von Plattstadt. Er hat einen Mischling namens »Mona«, der von Oma Helgas Erwin im Hundumdrehen entjungfert wurde.

Ich konnte gar nichts mehr machen – der kleine haarige rattenähnliche Erwin brachte dieses staksbeinige Tier zu Fall –, ehrlich gesagt legte sich die kleine Schlampe ohne mit der Wimper zu zucken auf den Rücken, als der Irrwisch von Bettvorleger hysterisch kläffend nahte – und Erwin hatte leichtes Spiel. Während ich noch keuchend zur Stätte der Schande rannte und meine »Erwin – sitz!«-Rufe ungehört verhallten, zuckte der kurzbeinige kleine Macho ein paarmal in Windeseile über der dämlich daliegenden Mona und ging dann angelegentlich seiner Wege. Er hob sein Bein, pinkelte an die nächste Parkbank und tat so, als hätte es diese kleine Schlampe Mona nie gegeben. Als ich mir die Bescherung ansah, kam Siegwulf durchs Gestrüpp: »Sieh da, unsere Personalchefin!«

Ich erkannte ihn erst gar nicht, weil er Cordhosen, Lederjacke und einen grauen Pulli anhatte. Richtig lässig! Sonst steckt er, wie alle meine Kollegen, immer in einem karierten Jackett, Bügelfaltenhosen, Button-down-Hemd und Krawatte in Schrill gemustert. Krokodile, Delphine, aber auch Golfschläger, Pferde, Schlümpfe, Geigen, und so was hat er stets am Halse baumeln. Seine schrillste Krawatte ist die mit den Karotten. Große, kleine, dicke, krumme, lange, gebogene, rötliche, bräunliche, angebissene..., alles Möhren.

Wann wird die erste Krawatte designt, auf der nur Schwänze sind? Große, kleine, dicke, krumme, lange, gebogene, haarige, grünliche, bläuliche, faltige, bräunliche, schlappe, erigierte... ach, du erkennst meinen sexuellen Notstand. Ich fantasiere.

Der Siegwulf hat auch schon viel einstecken müssen. Aber er kämpft. Er ist überzeugt vom Erfolg seiner Plakat-Aktion. Ich finde, er sieht ganz nett aus. Einer der wenigen Kollegen, der seinem Haarwuchs freien Lauf lässt. Na ja, so ganz viel wächst da allerdings nicht mehr. Ein paar kahle Stellen hat er schon. An seinem Kinn sprießen einige blonde Barthaare, ansonsten hat er ein nettes Lächeln. Leider kennt er offensichtlich weit und breit keinen Zahnarzt. Vielleicht empfehle ich ihm mal einen.

Wir hatten noch nie persönlich miteinander zu tun, weil er nicht immer in unserer Filiale arbeitet. Er ist im Außendienst. Aber nun, nach dem Paarungsakt unserer geliebten kleinen Vierbeiner, da konnte ich natürlich nichts anderes tun, als nett mit ihm zu plaudern.

Wir spazierten dann noch ein ganzes Stück gemeinsam durch den Stadtpark und unsere Hunde trippelten mit der Schnauze am Boden vor uns her. Ab und zu machte mal einer Pipi, dann blieben wir stehen und schauten versonnen auf unsere Lieblinge.

»Ich habe immer gedacht, dass Sie meine hübscheste Kollegin sind, aber privat sehen Sie ja noch viel hübscher aus«, hat Siegwulf dann gesagt und mir den Anblick seiner unregelmäßig platzierten Zähne gegönnt. Sie sind auch unregelmäßig in der Farbe, von bräunlich gelb bis teerfarben.

Ich war völlig erstaunt. »Meinen Sie mich?«

»Ja natürlich! Haben Sie sich denn Ihre Kolleginnen noch nie angesehen?«

»Doch, aber nicht nach den von Ihnen erwähnten Kriterien! Ich beurteile sie nach Leistung und Können.« Ich war total verunsichert. Noch nie im Leben hat mir jemand so ein Kompliment gemacht.

Er plauderte sehr beschwingt von seinem Vater im Altersheim, der jetzt nicht mehr mit Mona spazieren gehen kann, so dass Siegwulf diesen Job abends für ihn erledigt.

So ein netter Mann! Für sein Aussehen kann er nichts, aber er hat Sozialverhalten!!

Jedenfalls kam ich ganz beglückt und beschwingt zu Hause an, nachdem mich Siegwulf noch auf ein Eis im Stadtcafé eingeladen und immer wieder beteuert hatte, dass ich hübsch bin – was ich nicht ein einziges Mal erwidern konnte.

Als ich nach Hause kam, schaute ich ziemlich lange in den Flurspiegel. Ich muss sagen, Siegwulf ist ein aufmerksamer Beobachter.

Oma Margot stand in der Küche und machte den Kindern Abendbrot. Sie bekommen die Neurodermitis-Diät von Lothar. Vorbeugend, sozusagen.

»Wo kommst du jetzt her?« Sie vergisst manchmal, dass ich schon sechsunddreißig bin und nicht mehr sechzehn. Leider vergesse ich es auch!

»Stell dir vor, ich habe einen ganz netten Mann kennen gelernt.«

»Du HAST schon einen Mann«, sagte Oma Margot. »Und der IST nett.«

»Er findet mich hübsch«, sagte ich dummerweise. Ich lächelte immer noch, wie ich den ganzen Abend gelächelt hatte.

»Hübsch ist man mit Anfang zwanzig, nicht mit Ende dreißig«, sagte Oma Margot.

Sie knallte die Reformhausmargarine auf die Anrichte und schnitt mit vielen kleinen heftigen Bewegungen penibel den Schnittlauch klein.

»Warum gönnst du mir nicht, dass mir mal einer ein Kompliment gemacht hat?«

»Lass diese Albernheiten und deck endlich den Tisch«, sagte Oma Margot. »So, und jetzt will ich kein Wort mehr hören. Mir hat auch keiner ein Kompliment gemacht.«

Oma Margot ist in der Nachkriegszeit jung gewesen und da gab es keine Männer. Nur tote und verstümmelte, sagt sie immer. Und durchgedrehte. Sie musste nehmen, was übrig blieb.

Ich hörte auf zu lächeln und ging ins Kinderzimmer. Oma Helga spielte auf dem Fußboden mit den Kindern Memory. Obwohl sie schon ziemlich gebrechlich ist, sitzt sie immer auf dem Fußboden.

»Findet ihr mich hübsch?«, fragte ich die Kinder.

Oma Helga schaute nur kurz auf und sagte: »Ich weiß, wo der Hase liegt.«

Carla und Greta sprangen auf, umarmten mich und sagten: »Du bist die hübscheste Mama der Welt!«

Und Oma Helga sagte: »Bin ich dran? Dann deck ich jetzt den Hasen auf!« Sie klaubte mit ihren alten, krummen, rheumatischen Fingern eine Karte auf, hielt sie sich ganz nahe an die dicke Brille und legte sie wieder hin. Versonnen sagte sie: »Der blinde Maulwurf war's. Nicht der flinke Hase.«

Morgen sehe ich Siegwulf!

Muss Schluss machen, die Kinder wollen »Sandmännchen« gucken. Wir haben nur in Lothars Arbeitszimmer einen Fernseher, aus pädagogischen Gründen. Er meint, er muss alles kontrollieren, was seine Familie im Fernsehen konsumiert. Deswegen schauen wir immer dann Fernsehen, wenn Lothar nicht da ist. Dann kann es richtig gemütlich werden.

Alles etwas kompliziert bei uns.

Grüße dich für heute aufs Innigste und schicke jetzt das Heftklammermännchen in die Wüste.
Deine heute etwas aufgekratzte Anne

PS: JA, das will ich wirklich löschen. Verschwinde, Heftklammer.
PPS: Wo du immer so neunmalkluge Sprüche über den Unterschied zwischen Mann und Frau hinterherschickst, ich hab auch einen: Eine Frau braucht einen Spiegel. Ein Mann ist sein eigener Spiegel. Wahrscheinlich geht Siegwulf deshalb nicht zum Zahnarzt und Jürgen Böhser nicht zum Friseur.

Salzburg, Drehscheibe der Stars,
inzwischen Dezember

Draußen schneit's in dicken Flocken, drinnen knistert der Kamin. Neben mir steht ein gutes bauchiges Glas Rotwein, die Katze liegt auf meinem Schoß.

O Gott, Kleinchen!
Sag bloß, du hast keine anderen Erlebnisse als den von dir erwähnten Spaziergang mit Siegwulf Mennecken, dem faulzahnigen Werbeleiter vom Außendienst, mit euren Hunden!

Ich hab dir doch gesagt, dass du hübsch bist!! Du bist sogar sehr hübsch! Du warst immer die Hübscheste in der Klasse und es ist mir unergründlich, warum du in so eine Tretmühle aus deprimierenden Alltags-Einheiten und grauhirnigen Menschen geraten konntest.

Darf ich dir das ehrlich sagen, Kleinchen? Oder bist du mir dann böse??

Such dir endlich mal einen muskulösen, nett anzusehenden Kerl und vögel mal so richtig mit ihm!! Vielleicht arbeiten bei euch im Lager ein paar feurige Italiener oder Griechen!

Man muss ja nicht gleich mit ihnen reden!

Wenn du meine Meinung zu deiner Misere hören willst: Du hattest noch nie Zeit für dich selbst. Du hast dir noch nie den Luxus gegönnt, mal über dich nachzudenken. Fahr doch mal alleine in Urlaub! Was meinst du, was du da für Kerle triffst! Weit über dem gängigen Werbeleiter-Niveau!

Weißt du was? Besuch mich doch mal! Wir werden dich schon aufmuntern!! Ich pack dich in meinen BMW und dann fetzen wir mal übers Wochenende zum Skifahren nach Kitzbühel oder

Bad Gastein. Du brauchst dringend ein paar Streicheleinheiten, Kleinchen!

Die kannst du auf einer Kuschelfarm kaufen oder dich einfach mal mit deinem runtergesetzten Kaufglück-Badeanzug in den nächsten Flieger setzen, falls du nicht Ski fahren kannst. Wie ich dich einschätze, kannst du nicht Ski fahren.

Ja, sag mal, wie ist denn deine Oma Margot drauf???

Meine Mutter hat mir täglich dreimal gesagt, dass ich hübsch bin! Obwohl ich immer ein bisschen stämmig war und einen Hintern hatte wie ein Brauereipferd. Aber sie hat es nie erwähnt. Nie. Sie hat immer gesagt, der Kerl, der mich mal kriegt, kann sich glücklich preisen. Das gehört sich so für eine Mutter. Sogar meinem Adrian sage ich das. Also nicht: Der Kerl, der dich mal kriegt…, sondern: das Frollein, das dich mal kriegt. Obwohl er wochenlang in seinem ausgeleierten Kapuzen-Sweatshirt rumläuft und sich nie die Zähne putzt und daherlatscht wie ein angeschossener Gaul und auch so riecht.

»Du siehst super aus, Adrian«, sage ich jeden Morgen, wenn er als einzige Verschönerungsmaßnahme etwas Haargel in den vordersten Zipfel gegeben hat. »Richtig cool.«

Dann latscht er in seinen offenen Turnschuhen – Duftmarke krankes Pferd – an mir vorbei zum Kühlschrank, nimmt sich seinen Trink-Fruchtzwerg und kippt ihn runter. Und ich spüre ganz genau, dass er rot wird vor Freude unter seinen Bartstoppeln und seinen Pickeln. Das braucht doch so 'n Menschenkind! Gerade, wenn es mit sich selbst überhaupt nicht im Reinen ist!

»Du auch, für dein Alter«, krächzt er dann, und bevor er mit seinem Roller das Haus verlässt, haut er mir noch mit der Pranke auf die Schulter.

Abends, wenn er sich einsam fühlt, wird er noch viel liebevoller. Er hängt sich immer mit seinem vollen Gewicht an mich und sagt: »Schmusen, hm, geil, mit Mamas Busen schmusen!« Dann tätschelt er mir genüsslich die Brust und legt seinen Kopf daran. Ich streiche ihm über das streng riechende Borstenhaar und genieße es wahnsinnig, seine Mama zu sein. Ach Anne. Der Adrian. Der ist ein Kapitel für sich. Mache mir große Sorgen um ihn.

Ich hab viel zu wenig Zeit für den Jungen. Aber ich weiß, dass ich bald was für ihn tun muss. So kann das nicht weitergehen, mit der Schule und seinem Desinteresse an der ganzen Welt.
Für heute einen selbstkritischen Gruß von Mutter zu Mutter!
Alex

PS: Weißt du noch, wie wir in den Ferien zu meinen Großeltern aufs Land fuhren??

An die Sonntage kann ich mich am besten erinnern. Zuerst ging's mit Hut und Mantel (Oma und Opa) und weißen Kniestrümpfen (wir) in die Kirche. (Boh, gähn, langweilig!) Dann durften wir im Garten auf die Schaukel – die hing im Baum –, während die Oma die besten Knödel aller Zeiten machte und der Opa mit seiner Zigarre im Schaukelstuhl Zeitung las. Nach dem Essen hielten die Alten ein Nickerchen und wir schlichen uns in den Hühnerstall und mischten das Federvieh auf. Erinnerst du dich an diesen hysterischen Gockel, den wir schon aus Gründen der Frauensolidarität würgten? Er hatte so offensichtlich sexuelle Belästigung am Arbeitsplatz begangen, dass wir ihn mit Wonne folterten. Aber als der Gockel dann eines Tages sonntags auf dem Tisch stand, mochten wir ihn nicht essen.
PPS: Tu endlich mal was für dich! Geh fremd!

Plattstadt, Kaufglück, 7. Dezember

Liebe Alex,
ja, an den Gockel erinnere ich mich oft und gern. Hieß der nicht Franz?

Was waren wir doch für sadistische Monster! Aber was noch viel angenehmer war, als den Hahn zu peitschen, war der selbst gemachte Himbeersaft von deiner Oma. Er war genau so rot wie ihre runden Wangen, die wiederum aussahen wie ein gut abgelegenes Äpfelchen.

Dein Opa hatte doch so einen Aschenbecher, wo man auf einen Knopf drücken konnte und dann kreiselte die ganze stinkende Asche ins Unterirdische – aber wehe, man drückte zu heftig, dann flog einem die Schweinerei um die Ohren. Deinen Opa sehe ich immer noch an seinem großen dunkelbraunen wurmstichigen Schreibtisch sitzen, wo er sorgfältig mit Tinte seinen Schreibkram erledigte. Und diese Rolle mit Löschpapier, die er nach jedem Satz über sein Geschreibsel rollte! Die hat mich immer wahnsinnig fasziniert.

Müßig die Frage, ob deine Großeltern noch leben.

Danke für deine guten Ratschläge. Also, die gute Nachricht zuerst! Ich habe ihn wiedergesehen! Natürlich haben wir uns heute Morgen bei der Personalversammlung ab und zu mal angeschaut. Jetzt habe ich zwei Verehrer, Jürgen Böhser von der Herren-Oberbekleidung und Siegwulf Mennecken, unseren Werbeleiter! Heute Abend, als ich mit Erwin im Stadtpark war, hat Siegwulf doch exakt an der gleichen Stelle auf mich gewartet wie letztes Mal! Prickelnde Situation, sage ich dir, schließlich geht Jürgen Böhser um diese Zeit auch immer mit seinem Hund raus! Uiuiui! Der Plattstädter Stadtpark wird noch zum Brennpunkt sozialer Konflikte werden! Endlich tut sich mal was! Erwin, das liebe Tier, ist sofort wieder auf Mona zugeschossen und sie haben die Sache zur Sicherheit gleich noch mal wiederholt. Siegwulf und ich haben lächelnd zugeschaut – wie ein Elternpaar, das seinen Kindern beim Spielen zusieht. Es herrschte eine Harmonie und Übereinkunft zwischen uns, die keiner Worte bedurfte. Er hat meine Hand gehalten!

Nachher sind wir durch die Dunkelheit spaziert. Da kann er mich anlächeln, so viel er will. In der Dunkelheit sind alle Zähne grau.

Siegwulf sagt, dass er es jetzt mal so einrichten wird, dass er zwischendurch mittags in die Kantine kommt, dann können wir doch mal zusammen essen! Sein Vater im Altersheim, sagt er, merkt es sowieso nicht, wenn er ihn besucht. Er hat Alzheimer.

Jetzt habe ich natürlich ein schlechtes Gewissen gegenüber Siegwulfs Vater, wenn Siegwulf seine Zeit lieber mit mir verbringt als mit ihm. Als wenn ich nicht schon genug Menschen hätte, denen gegenüber ich ein schlechtes Gewissen habe! Ist das nicht verrückt? Nicht nur meine engsten Familienmitglieder, nicht nur meine Nachbarn und Kollegen, sogar die Verwandten meiner Kollegen beziehe ich inzwischen in den Kreis derer ein, denen gegenüber ich mich schuldig fühle. Ich habe vorgeschlagen, dass wir vielleicht mal gemeinsam seinen Vater besuchen könnten, und da hat Siegwulf den Arm um meine Schultern gelegt und gesagt: »Das ist wahnsinnig lieb von Ihnen, Anne, aber das wird nicht nötig sein.«

Wir siezen uns noch, aber wir nennen uns beim Vornamen. Das hat was total Prickelndes.

Manchmal stelle ich mir vor, wir würden miteinander schlafen und uns dabei immer noch siezen. Nachher müsste er mir in den Mantel helfen und sagen: »Vielen Dank und meine besten Grüße an Ihren Herrn Gemahl.«

Und ich würde sagen: »Keine Ursache, es war mir eine Freude, und richten Sie auch meinerseits die besten Grüße bei Ihren Eltern aus, besonders bei Vater und Mutter.«

Glaubst du, ich spinne schon total, Alex?

Er hat mir dann angeboten, mich nach Hause zu bringen, weil es schon dunkel war. Aber ich hab mich nicht getraut, wegen Oma Margot. Sie hat nämlich vor Jahren einmal mitgekriegt, wie mich Jürgen Böhser nach Hause gebracht hat nach einer Weihnachtsfeier, und dann war aber was los in unserer Einbauküche! Die hat mich angeschrien, dass unsere Nachbarn von rechts mit dem Besen an die Verbindungswand geklopft haben.

Was gibt's sonst Neues aus der Vorabendserie »Plattstadt, deine Spießer«?

Gestern hat Oma Helga wieder mal die Herdplatte angelassen. Opa Karl-Heinz holt sie immer um neunzehn Uhr dreißig (Punkt!) ab, und da Oma Margot die Kinder bereits ins Bett gebracht hatte, als ich nach Hause kam, war ich sofort nach oben an den Schreibtisch geflüchtet, um ihr nicht mehr zu begegnen.

Ich saß gerade am Computer und schrieb eine E-Mail an dich, als Lothar unbemerkt nach Hause kam und plötzlich losschrie:

»Ja Herrgottszeiten, merkt denn niemand von den idiotischen Weibern hier im Haus, dass gleich das ganze Haus abbrennt?«

Ich musste erst noch meine Mail an dich abschicken und dann löschen, deswegen kam ich nicht sofort angerannt.

Als ich in die Küche kam, hatte er einen Eimer kaltes Wasser über den Herd geschüttet. Das war vielleicht etwas übertrieben. Es qualmte und zischte ganz fürchterlich.

»Ja, bist du noch bei Trost?«, schrie er mich an. »Ich wollte gerade die Feuerwehr rufen!«

Ich habe dann die Küche aufgewischt und er rief Oma Margot an und schrie in den Hörer, dass sie mich viel stärker kontrollieren müsse! Er glaubt, ich sei so zerstreut wie Oma Helga. Er traut mir überhaupt ziemlich wenig zu.

Deswegen erklärt er mir auch immer lautstark jeden Handgriff. Sogar, wie man den Staubsauger ein- und ausschaltet. Und wie man die Tür von der Waschmaschine schließt. Alles im Schreiton, weil er zusätzlich glaubt, ich sei schwerhörig. Er traut mir einfach gar nichts zu!

Genauso, wie er mir das Autofahren nicht zutraut. Tja, das habe ich dir noch gar nicht erzählt: Ich bin seit unserer gemeinsamen Führerscheinprüfung vor siebzehn Jahren nie wieder Auto gefahren! Nur ein einziges Mal, aber daran erinnere ich mich nur ungern.

Lothar sagt, wer wiederholt eine Herdplatte brennen lässt, den darf man nicht ans Steuer eines Kraftfahrzeugs lassen. Schon gar nicht, wenn Kinder mit im Auto sind.

Tja, macht nichts, ich habe mich an all das schon lange gewöhnt. Und ich vermisse nichts. Hier in Plattstadt gibt es gute Straßenbahnverbindungen. Autofahren ist bloß teuer und belastet die Umwelt. Und selbst das Fahrradfahren ist zu gefährlich, sagt Lothar. Jedenfalls wenn man so wackelig fährt wie ich.

Was ich ganz vergessen habe zu fragen: Wie ist es eigentlich mit dem Opernsänger weitergegangen? Mark Daniel Martini. Nimm mir diese Heldenfigur nicht wieder weg! Hast du ihn inzwischen wieder getroffen? Was macht eure Zusammenarbeit? Kriegt er die Rolle auf den Salzburger Festspielen? Oder schläfst du doch mit ihm?

Neugierig auf weitere Geschichten aus der großen weiten Welt
deine Anne

PS: In der letzten »Panorama« stand nichts über Nackedei. Was kann denn da passiert sein?

PPS: Weißt du noch, der Hosenrock von Fräulein Piezonka, passend zu ihrer Föhnwelle? Beides fanden wir so schick, dass wir immer wieder Zeichnungen davon machten.

Heute ist mir Fräulein Piezonka im Stadtpark begegnet. Sie hat graue kurze Haare und geht am Stock. Ohne Hosenrock.

Berlin, Hotel Adlon, Suite 218–222, 6. Dezember

Ach Kleinchen!
Klar erinnere ich mich an Fräulein Piezonka. Sie war unsere Kindergärtnerin. Du hast dich ja wirklich kein bisschen weiterentwickelt! Am liebsten würdest du mit einer selbst gebastelten Laterne zu ihr hinrennen, damit sie dich lobt. Anne! Du bist Mitte dreißig!

Sag Siegwulf, er soll mit dir Autofahren üben!!

Bin geladen. Was du schreibst, macht mich fertig. Gibt es wirklich heutzutage und hierzulande noch Frauen, die sich dermaßen von ihren Männern und Müttern bevormunden lassen? Was hast du denn für ein Scheißleben? Ich kann es gar nicht fassen!

Wann hörst du endlich auf, dich gängeln zu lassen?

Wann fängst du an, dein Leben selbst in die Hand zu nehmen, Anne? Willst du, dass deine Mädchen genauso solche Wattebäuschchen werden wie du?

Na gut. Ich sollte mich nicht aufregen. Es ist DEIN Leben. Aber du bist MEINE Freundin. Und du warst mal völlig anders, Kleinchen. Ich habe dich bewundert! Du hattest doch mal einen Willen, eine Persönlichkeit! Wo ist die denn lebendig begraben??

Um deine Frage zu beantworten: Klar, ich habe Mark Daniel wieder getroffen. Auf einer Premierenfeier im Hotel Adlon, in Berlin, wo ich gerade bin. Das Adlon ist der feinste Fünfsterneschuppen Europas. Kenne den Hoteldirektor und seine Frau ganz gut. Sie ist Amerikanerin, er Schweizer. Beides reizende Leute. Kriege im Adlon immer die beste Kammer, weil alle meine Stars bei ihnen absteigen. Diesmal hatte ich sogar die Suite, die für Meg Ryan reserviert war, weil die für die »goldene Kamera« abgesagt hatte. Mochte Meg schon immer, jetzt erst recht. War lustig, »Welcome, Ms Meg Ryan« auf Büttenpapier zu lesen, während ich an ihren schokoladeüberzogenen Erdbeeren knabberte und mir ihren Champagner reinzog.

Dann habe ich in ihrer Badewanne gelegen und mir ihre Orgasmus-Szene durch den Kopf gehen lassen. Wie leicht man zu Weltruhm gelangen kann! Das Geld liegt auf der Straße!

Ziemlich aufgebrezelt bin ich danach auf die Adlon-Party gegangen, leider wieder mal ohne Rico, dafür aber mit Haarteil. In der Hotelhalle hockten die Herrschaften beim Cocktail oder beim Tee. Ich wandelte ein bisschen auf und ab, um zu checken, wer so alles da war und welche Kontakte ich machen könnte für meine Stars. Die fünfhundert Köche und Kellner hatten riesige Landschaften aus dekadenten Fressalien aufgebaut – in allen Sälen war ein anderes kulinarisches Thema. Unter der japanischen Flagge bogen sich Sushi-Berge, unter der österreichischen schmorte der Schweinebraten und in Schweden gab's Smörrebröd.

Ich schlendere also auf meinen hochhackigen Pumps in meinem sensationellen schwarzen Dinnerkleid mit Hochsteckfrisur inklusive eingearbeitetem Skalp und einer Pelzstola von Rico zwischen China und Thailand herum, schaue mir die Promis an, die alle selbst herumschauen, wen sie Wichtiges treffen könnten, winke hier und grüße da, und plötzlich entdecke ich ihn: Mark Daniel Martini!

Er stand bei den Frühlingsröllchen mit Krabbenfleisch und Sushi-Variationen, also genau zwischen China und Japan. »Hello, nice to see you!«

Küsschen rechts, Küsschen links. Er sah noch besser aus als beim letzten Mal und er roch gut. Ach Anne, das ist mal ein Mann zum Verlieben! Aber was soll's. Business geht vor. Jedenfalls stellte Mark mir seine Eltern vor – reizende, gut aussehende Leute, die in Santa Barbara leben und Mark zur Zeit in Berlin besuchen. Er singt hier den König in »Aida«. »What a nice surprise!«, riefen die Eltern und luden mich gleich zum Champagner ein. Anscheinend hatte er ihnen schon von unserem Zusammentreffen erzählt. Ich schüttelte ringsum Hände, schaute in freundliche Gesichter, plauderte über die Salzburger

Festspiele und machte ihnen den Mund wässrig – und mich wichtig.

Dann stellte Mark Daniel Martini mir seine Freundin vor. Leider. Ich hatte sie ja schon auf dem Foto gesehen. Ein dürres blondes Supermodell, das nur aus Haut und Knochen besteht. Ziemlich jung noch, ich schätze sie um die Anfang zwanzig. Sieht aus wie Daryl Hannah nach vierzig Tagen Nulldiät. Kaum Busen unter dem hervorstehenden Schlüsselbein. Weiße Haut, unter der blaue Äderchen zu sehen sind. Ihr graues Seidenkleid war genauso durchsichtig wie sie selbst. Ich hatte das Gefühl, in ihrer Anwesenheit nicht laut sprechen zu dürfen, weil sie sonst in hundert einzelne Knochen zusammenfallen würde.

Sie reichte mir ihre schlaffe, eiskalte Hand und schaute mich aus stark geschminkten Augen mit langen künstlichen Wimpern ausdruckslos an: »Nice to meet you.«

»Wollen Sie morgen mit in die Oper gehen?«, fragte mich Mark. »Kim möchte sowieso nicht mit, sie kann Verdi nichts abgewinnen.«

Die verhungerte Kim warf ihm einen eiskalten Blick zu, während seine Eltern freudestrahlend zustimmten. »Ja! Dann hören Sie Mark mal in einer Hauptrolle, da können Sie sich noch einen viel besseren Eindruck von seiner Stimme machen!«

Na ja, und das habe ich dann auch gemacht. Er singt göttlich. Und sieht auch so aus. Ich könnte mir stundenlang selbst auf die Schulter hauen und mir gratulieren.

Er und Nackedei – ich schwöre dir, ich bringe sie beide ganz groß raus. Die beiden sind meine Altersvorsorge, meine Sozialversicherung. In einem halben Jahr stehen sie in allen Zeitungen und sitzen in jeder Talkshow.

Muss leider weg, will nicht wieder den Flieger fast verpassen und neben einem furzenden Proleten in der Economy sitzen müssen.

Deine Alex

PS: Meinst du, mein oberflächlicher Job färbt auf Adrian ab? Ist er deshalb in dieser Null-Bock-Stimmung?

PPS: Was du vergessen hast zu erwähnen, war Oma Eddas selbst gemachte Himbeermarmelade.

Plattstadt, Kaufglück, Dezember

Mensch, Alex!
Und die »blinden Fische«! Das waren in Eigelb gewälzte Zwiebacke, die sie anschließend in heißer Butter briet! Darüber goss sie »rote Sauce«, das war besagter Sirup aus Himbeeren.

Was haben wir damals geschlemmt! Wie du jetzt über das Super-Luxus-Büfett berichtest, das ist im Vergleich zu Oma Eddas Gaumenkitzeln alles recht emotionslos.

Trotzdem. Wie ich das alles mit dir erlebe! Ich finde es wunderbar, dass du mich an deinen ganzen gesellschaftlichen Highlights teilnehmen lässt. Dadurch wird mir überhaupt erst klar, was für ein besch… eidenes Leben ich führe!

Vielleicht hätten wir uns nie E-Mails schicken dürfen. Aber was soll das Jammern. Schließlich hab ich selbst damit angefangen.

Ach Alex, ich beneide dich so. Auch wenn du natürlich zwischendurch Ärger hast.

Ich sauge alle deine Erlebnisse in mich auf – obwohl ich nicht mit dir tauschen möchte. Ich hätte ständig Angst, etwas falsch zu machen, mich zu blamieren oder von jemandem übervorteilt zu werden, das Falsche anzuhaben, das Falsche zu sagen oder zu essen. Dein Leben wäre einfach ein paar Nummern zu groß für mich. Ich möchte gar nicht für die anderen leben, niemandem imponieren.

Meiner Mutter konnte und kann ich es sowieso niemals recht machen. Dein Ratschlag, hier doch einfach mal abzuhauen, hat sich natürlich in meinem Hinterkopf festgesetzt. Ab und zu gestatte ich mir, wenigstens davon zu träumen.

Ich wünsche mir ein stilles bescheidenes Dasein mit meinen

Kindern, an einem sonnigen friedlichen Ort, wo uns niemand bevormundet, wo wir drei unsere Ruhe haben. Wenn ich es mir so recht überlege, dann würde ich gerne so leben: ein Häuschen im Grünen, irgendwo in der freien Natur. Nicht in Plattstadt, wo die Straßen alle schnurgerade sind und alle Häuser gleich aussehen, wo ständig neu gebaut wird und die S-Bahnen über die Schnellstraßen brettern. Man kann die Kinder ja gar nicht vor die Tür lassen! Nein, es müsste ein Ort wie aus unserer Kindheitserinnerung bei Oma Edda sein.

Einen kleinen Teich oder ein Bächlein im Garten, an dem die Mädchen spielen könnten. Eine Schaukel im Baum. Ein kleiner Sandkasten. Eine Hecke, an der im Sommer die prallen Hagebutten hängen. Vogelgezwitscher vor dem Küchenfenster. Ein Meisenring am Zweig. Das sind so Kleinigkeiten, mit denen man mich wunschlos glücklich machen könnte, selbst gebackenes Brot, einen Dorfladen, in dem man mich kennt, stundenlange Spaziergänge mit dem Hund, auf immer anderen Wegen, nicht täglich dieselbe Runde im tausendmal abgelatschten Stadtpark. Wälder und Wiesen, die es zu entdecken gäbe!

Und dann: einen Job, in dem ich mein eigener Herr wäre. Keine Kollegen, die mich mit ihrem Geschwätz langweilen, mich mit ihren grauen, müden Gesichtern runterziehen und mir ständig Schuldgefühle machen. Alex, mein Leben besteht aus Schuldgefühlen. Obwohl ich mich zerreiße. Den Kindern gegenüber, den Omas gegenüber, Lothar gegenüber und in meinem Job sowieso. Ich träume von einer Beschäftigung, die ich selbständig ausüben könnte. Etwas, was ich selbst organisieren könnte. Aber ich traue mich natürlich nicht. Dazu bin ich zu schusselig. Ich kann nicht Auto fahren und lasse immer die Herdplatte an.

Und natürlich – aber das ist weit in die Sterne gegriffen – einen Mann, der Humor hätte. Ich will Lothar gar nicht schlecht machen, er ist im Grunde seines Herzens ein ehrlicher und feiner Mensch. Aber er steht sich selbst so schrecklich im Wege, dass er leider auch mir und den Kindern im Wege steht. Oft denke ich, er ist mein drittes, aber schwierigstes Kind.

Tja, Alex, und jetzt, wo du mich drauf bringst, könnte ich mir auch ein Leben ohne Oma Margot und Opa Karl-Heinz vorstellen. Ich glaube, ich würde mich ohne sie wesentlich wohler fühlen. Nee aber auch! Was bin ich undankbar! Andere Frauen würden sich alle zehn Finger lecken nach einem so zuverlässigen Mann und so arbeitswilligen Großeltern!!

Der Einzige, der mich im Moment aufrecht erhält, ist Siegwulf Mennecken, unser Werbeleiter. Er schickt mir täglich kleine Botschaften in mein Personalleiterbüro, auch schon mal ein Blümchen oder ein Gedicht. Heute fand ich folgendes:

An besonders schönen Tagen
Ist der Himmel sozusagen
Wie aus blauem Porzellan
Und die Federwolken gleichen
Weißen zart getünchten Zeichen
Wie wir sie auf Schalen sahn.

Ich glaube, das ist Kästner. Ist Siegwulf nicht ein seelenvoller Mann? Auch er scheint gar nicht in diese Welt zu gehören…
In wechselhafter Stimmung
deine Anne

PS: Ich würde dich wirklich schrecklich gern mal besuchen – aber ich habe auch ziemliche Angst vor unserem Wiedersehen. Ich glaube, du machst mich sofort platt.

Wien, Ana-Hotel, Suite 445–449

Aber Kleinchen,
ich tu dir doch nichts! Wie könnte ich dich platt machen! Ich halte dir nur den Spiegel vor die Nase! Aber davor hast du Angst. Dass du dich selbst kritisch siehst. Dann müsstest du nämlich die Ärmel hochkrempeln und anfangen aufzuräumen in deinem Leben. Und dass das ein ganz schönes Stück Arbeit wäre, hast du längst begriffen.

Kleinchen, was du mir da über deine Familienverhältnisse schreibst, besorgt mich sehr. Einerseits wunderst du dich, dass man dich wie eine Sechzehnjährige behandelt, andererseits benimmst du dich auch so! Werde doch mal erwachsen!

Sag mir ruhig, Schnauze, Alex, das steht dir nicht zu. Dann bin ich sofort still. Aber ich glaube, du willst feste geschüttelt werden. Geschüttelt, nicht gerührt.

Genug gemotzt. Nimm es mir nicht übel, Anne. Ich will dich nur liebevoll anstupsen. Wie früher. Kritik war bei uns immer erlaubt. Du kannst mir ja auch sagen, wenn dir was stinkt. Wahrscheinlich findest du es blöd, wie oberflächlich ich lebe. Nur für Geld und schönen Schein, denkst du dir sicher. »Du führst ein Champagnerleben!«, hat mir mal ein alter Moralapostel vorgeworfen. Ich hab's gar nicht als Vorwurf aufgefasst, sondern als Kompliment. Klar führe ich ein Champagnerleben. Wer täte das nicht gern! Wenn einem das Leben Spaß macht, kann man nicht so viel verkehrt gemacht haben.

Bin gerade beim Fototermin mit Nackedei für die Bunte. Seit ich mit Alwin Znob von der »Panorama« verkracht bin, arbeite ich wieder verstärkt mit dem anderen angesagten Blatt. Alwin Znob bekommt von mir keinen einzigen Promi mehr! Ich verhökere sie alle an die Bunte oder an die Gala. Er wird schon sehen, was er davon hat, der Idiot.

Nackedei kommt jedenfalls in der nächsten Ausgabe auf »Leute von morgen«! Und in der übernächsten Nummer sogar auf den Titel! Also, mit Nackedei geht's steil bergauf. Mein Management, meine Strategie, meine Planung, meine Kopfarbeit.

Ich habe mein Okay gegeben und nehme für die Story ausnahmsweise nur 20000 Euro, aber nur unter der Bedingung, dass man sie jetzt als Gesamtkunstwerk ernst nimmt.

Meine Forderungen sind hart: kein Satz, in dem ein Dativ vorkommt, kein Wort über Boddel und keine Frage nach Silikon. Außerdem will ich das Ganze gegenlesen.

Übrigens heißt Nackedei in Wirklichkeit Kerstin Schöller und kommt aus Mörsenbroich bei Düsseldorf. Ich denke in letzter Zeit ernsthaft darüber nach, ihr einen neuen Künstlernamen zu verpassen. Ist aber eine Gratwanderung – meine geniale Kultfigur könnte auch zusammenbrechen!

Der Fotograf ruft mich, ich muss rein. Kein einziger Schuss wird ohne mein Beisein getan!
Very busy, deine Alex

PS: Denkst du manchmal an die Frikadellen, die es in der Kneipe an der Wendeschleife vom Bus Nr. 15 gab? Wenn die S-Bahn schon weg war, konnte man dort drinnen warten und sich für siebzig Pfennig so ein wundervoll duftendes, krosses, fetttriefendes Teil mit Senf reinziehen.
PPS: Übrigens, ich hatte eine sehr nette Nacht mit dem Fotografen. Nur, weil du letztens fragtest.

Plattstadt, Kaufglück, Dezember

Liebe Alex,
endlich kann ich auch mal was Kritisches anmerken und dich zum Nachdenken anregen: »Nackedei« ist ein Scheißname. Besonders für ein Gesamtkunstwerk.

Das sollte deine erste Aktion sein, der armen Kerstin Schöller zu einem vernünftigen Künstlernamen zu verhelfen. Tina Mörsenbroich. Wie findest du den? Zu sexistisch, hm? Wenn du sie allerdings seriös möchtest, darf sie nicht mehr auf auf diese albernen Kaufglück-Plakate. Ich bin vielleicht befangen, aber ich KANN SIE NICHT MEHR SEHEN!! Und ihre albernen Sprüche nicht mehr HÖREN! »Kauf die Plätze, fertig, los!«, schreit sie alle fünf Minuten durch den Kaufglück-Lautsprecher. Und dann lacht sie so schrill wie damals auf deiner Schallplatte die »Kleine Hexe«. Ich würde gern einen spitzen Gegenstand danach werfen. Meinst du, ich bin einfach nur neidisch?

Überhaupt habe ich in letzter Zeit Probleme mit Neid. Besonders, seit du mir die üblichen Gagen mitgeteilt hast. Und dass ihr alle dauernd in Champagner badet, erster Klasse reist, in 1000-Dollar-Suiten in der Badewanne rumlungert und euch Haarteile einarbeiten lasst, bevor ihr in Fünfsternerestaurants geht.

Seit ich von dir so viele Einzelheiten erfahre, finde ich vieles nur noch ungerecht.

Wieso fahre ich jeden Abend in der überfüllten S-Bahn und kriege noch nicht mal einen Sitzplatz? Wieso pöbeln mich arbeitslose Punks an, wieso sagt keiner »gnädige Frau« zu mir und hilft mir aus dem Mantel? Wieso lässt Meg Ryan nie für mich ihren Schampus stehen? Wieso verdiene ich pro Stunde umgerechnet vier Euro zwanzig netto?

Auf einmal kann ich keinen einzigen »Star« mehr sehen, ohne mir insgeheim sofort auszurechnen, was er pro Minute verdient und wo er übernachtet und wer ihm die Haare macht.

Ich habe eine viel bessere Figur als die meisten, habe lange blonde Haare und meterlange Beine! Wieso interessiert das keinen, noch nicht mal Lothar? Wieso muss ich mit dieser Kaufglück-Föhnfrisur und einem rosafarbenen Kaufglück-Kittel rumlaufen, an dem auch noch mein Namensschild »Piss-Trulla« steckt? Wieso habe ich schreckliche Schuldgefühle, weil ich tagsüber nicht bei meinen Töchtern bin, und muss mir von den Omas täglich vorhalten lassen, was ich für eine schlechte Mutter bin? Ich habe einen akuten Anfall von widerlichem grünen Neid, der tiefe Falten in mein Gesicht gräbt und Verstopfung verursacht. Ich bin nicht besser als meine neidischen Kollegen, deren Geschwätz ich nicht mehr hören kann. Wo ist denn auf dieser Welt noch Gerechtigkeit?? Ich schufte mir den Rücken krumm, um das Reihenhaus abbezahlen zu können, das ich in Wirklichkeit hasse, und die Promis dieser Welt liegen in Meg Ryans Badewanne und trinken Champagner!

Muss in die Kleingarten und Hobby. Irgendjemand hat die Rasenmäher falsch etikettiert. Ich hab keine LUST mehr!! Ich will hier raus!! Man hat mich falsch besetzt, ich will eine andere Rolle!

Heiter mich auf! Mit irgendeiner Geschichte!

Deine Anne

PS: Entschuldige meinen Anfall von Missgunst, aber als ich eben die Kundentoiletten kontrollierte, fand ich eine »Gala«. Da war diese mollige Vreni drin mit einem Zweiseiter über ihre jüngste Heldentat: Sie hat sich das Rauchen abgewöhnt!! ICH hab noch nie geraucht! Warum schreibt die Gala nichts darüber?

PPS: Walleweißt dullewu nollewoch diellewie Gellewehaleeweimsprachllewachellewee?

Salzburg, in der Bar des Hotels Sacher, Dezember

Liebe Anne,
Bullewums dollewoch mallewal!! Dallewas hillewilft!!

Aaah, endlich glüht das Feuer!! Mein altes Kleinchen setzt Energie frei! Nur an der falschen Stelle!

»Neid ist verschenkte Energie!«

Guter Spruch, was?? Stell dir vor, die Energie, die du den Promis schenkst, indem du sie so intensiv beneidest, könntest du dir für deinen nächsten Orgasmus aufheben!

Vielleicht heitert es dich auf, von meinem heutigen Tag zu hören. Sei ruhig neidisch, aber lies das Ganze bis zum bitteren Ende!

Während die viel beschäftigte Intendantin der Salzburger Festspiele noch mit Placido Domingo beim Dessert weilt, sitze ich hier mit einem kleinen Martini on the rocks in der edel eingerichteten Bar dieses exklusiven Etablissements. An den Wänden hängen schwere Bilder in Gold gerahmt, Wände, Teppiche und Sessel sind in rotem Samt gehalten, ein Pianospieler perlt leise Chopin-Etüden vor sich hin und der junge Kellner hat mich gerade mit »Grüß Gott, Frau von Merz« angesprochen, während er mir den Nerz abgenommen hat. Die Welt könnte so in Ordnung sein!

Ist sie aber nicht! Heute Morgen, als ich mich gerade mit meinem üblichen Glas Champagner und der Freisprechanlage in meine ovale Riesenbadewanne verzogen hatte, um ein bisschen zu arbeiten, klingelte das Haustelefon.

»Grüß Gott, Frau von Merz, das altsprachliche Bubengymnasium in Nonntal, der Herr Direktor wünscht Sie zu sprechen!«

Mir schwante nichts Gutes, und die große Frau von Merz, die

so weltfrauisch in ihrer Wanne weilte, schrumpfte augenblicklich zu einem ängstlichen Mütterchen zusammen.

Ich guckte nur noch mit der Nase aus meinem Schaum heraus, als ich kleinlaut die Tiraden des Direktors über mich ergehen ließ.

Weißt du, was der Bengel nun wieder angestellt hat?

Er hat die Zierfische im Aquarium des Herrn Direktors zusammengebunden! Gehöre natürlich nicht zu den Tierschützern, trage mit Begeisterung Nerz und esse Fleisch, Fisch und Eier von Hühnern ohne Wahlrecht. Aber darum geht es ja auch nicht. Es geht um die Gedankengänge von Adrian.

Was geht in dem Jungen nur vor? Der Direktor hat fast geweint, weil die Zierfische sein ganzer Stolz waren. Auch meine Beteuerung, die Viecher sofort zu ersetzen, hat nichts geholfen. Der Direktor sagte: »Gnä' Frau, das ist jetzt wirklich die letzte Verwarnung. Wir haben uns noch nicht von dem Vorfall erholt, wo der Junge das ganze Kollegium in die Turnhalle eingeschlossen und den Schülern über Lautsprecher mitgeteilt hat, dass heute wegen einer Lehrerversammlung schulfrei ist.«

Als ich Adrian damals angeschnauzt habe, wie er auf so einen Schwachsinn kommt, hat er die Schultern gezuckt und gegrinst: »Wieso, die Lehrer waren doch versammelt!«

Ach Anne, was habe ich als Mutter nur falsch gemacht?

Nun also die letzte Verwarnung wegen der Goldfische. Ich finde, der Direktor soll sich nicht so anstellen, denn die Zierfische sind höchstens einen Tausender wert, aber er sagt, es geht ihm um den ideellen Wert und vor allen Dingen ums Prinzip.

Mich besorgt, dass Adrian mit fünfzehn noch solche Kinderstreiche macht. Goldfische zusammenbinden, das tut man mit sieben oder acht. Oder wann waren wir in so einer Phase? Ich erinnere mich nur daran, dass wir Regenwürmer aufgespießt haben, auf Zahnstocher. Und Maggi draufgespritzt haben. Aber wer sie letztlich gegessen hat, ist mir entfallen.

Da kommt die Intendantin. Muss Schluss machen. Wenigstens noch kurz Placido begrüßen.

Liebe Grüße
von Alex

PS: Placido hat mir die Hand geküsst und gesagt, er hätte unseren Abend in Turin vor zehn Jahren nicht vergessen. Stark, was?

Plattstadt, Kaufglück, zwischen Personalversammlung und Kunden-WC-Kontrolle

Liebste Alex,
Placido Domingo! Die Hand geküsst! Mir hat noch nie im Leben jemand die Hand geküsst! Noch nicht mal ein Hausmeister oder ein Lagerarbeiter! Und erst recht kein Weltstar!

Ich bin schon wieder neidisch! Und mir drängt sich die indiskrete Frage auf: Was habt ihr an dem Abend in Turin gemacht??

Ich brenne vor Neid und Neugier! Tut mir Leid, aber die Energie schenke ich lieber dir, als sie für einen sowieso nicht stattfindenden Orgasmus aufzuheben.

Deine netten kleinen Geschichten über Adrian haben mich wirklich zum Lachen gebracht.

Das sind ja kleine Sorgen! Dein Adrian ist doch ein ganz normaler Lausbub, das macht ihn sehr sympathisch. Er hat Fantasie und Ideen! Und du behauptest, er habe null Bock und hängt immer nur vor dem Computer. Stimmt doch gar nicht! Er ist doch ein kreativer, fantasievoller Junge, erinnert mich an die »Lümmel«-Filme mit Hansi Kraus und Theo Lingen. Erinnerst du dich noch an unsere ersten Kinobesuche in Plattstadt? Weißt du noch, dass wir kein Geld für die Straßenbahn hatten und den ganzen weiten Weg in die Stadt zu Fuß gemacht haben? Oder anders: Wir haben das Geld für die Straßenbahn lieber gespart und uns diese unvergleichlichen säuerlichen Lutschbonbons von »Sugus« gekauft. Oder für'n Groschen Esspapier. Das war immer noch drin.

Auf dem Nachhauseweg hatten wir dann das Vergnügen mit besagter fetttriefender Frikadelle an der Wendeschleife. Ach Alex, seit wir beide uns e-mailen, denke ich viel nach.

Über unsere Vergangenheit, bei der wir alles gleich gemacht

haben, und über unsere Gegenwart, die verschiedener nicht sein könnte.

Irgendwie danke ich Heinrich Seelig, dass er gestorben ist. Sonst hätte ich mich nie getraut, Verbindung mit dir aufzunehmen. Meinst du, dass Heinrich aus lauter Rücksichtnahme und Zuneigung zu uns beiden gerade jetzt entschlafen ist? Das bringt der fertig, der alte Knabe.

Deine Fragen, was meine Wenigkeit angeht, beunruhigen mich zutiefst. Du meinst, ich bin selber schuld, wenn ich mich von Oma Margot und Lothar und Opa Karl-Heinz so behandeln lasse? Und von meinen Kollegen, Kunden und Vorgesetzten? Selbst von fremden Kindergartenleiterinnen lasse ich mich abkanzeln und entschuldige mich noch fürs Anfragen.

Habe ich dir schon berichtet, dass ich seit dem siebten Schwangerschaftsmonat versuche, für die Zwillinge einen Kindergartenplatz zu bekommen? Aber die einschlägige Antwort von Jugendamt, Sozialamt, Pfarramt und in allen Kindergärten ist: »WAS? Gleich zwei? Da hätten Sie sich vor sieben Jahren spätestens anmelden müssen!«

Du weißt, dass ich eher mit dem Kopf unterm Arm durchs Leben laufe, als ihn ganz oben auf den Schultern zu lassen. Ich bin eine einzige lebende Entschuldigung geworden.

Nun ist mir auch noch Jürger Böhser böse, das merke ich deutlich. Er hat mich jetzt mehrmals nicht gegrüßt und in der Kantine nie mehr einen Platz für mich freigehalten. Nur weil ich ein paarmal bei Siegwulf stand. Keiner mag mich mehr. Nur Siegwulf. Und die Kinder natürlich.

Aber die sehe ich viel zu selten. An langen Arbeitstagen kommt es vor, dass ich meine Töchterchen über Wochen nur schlafend sehe. Wie ein überarbeiteter Vater. Ist das der Sinn meines Lebens? Und das alles nur, um ein Reihenhaus abzubezahlen, das ich, unter uns gesagt, richtig Scheiße finde?

Ich glaube, Alex, dass mein Leben sich ändern wird. Irgendwie spüre ich, dass es so nicht weitergeht.

Lass mich noch von gestern Abend weiter berichten.

Lothar saß in seinem Arbeitszimmer und hackte Zahlen und

Listen in seinen Computer. Ich steckte noch meinen Kopf zu ihm rein: »Ich bin da!«

Er hat überhaupt nicht reagiert. Er hätte ja wenigstens mal »Na und?« sagen können oder »Ist doch nicht mein Problem«. Aber er hat nur die Nase hochgezogen. Wie immer, wenn er beleidigt ist. Da bin ich ins Bett gegangen. Mit dem Buch »Wie man eine Frau befriedigt«.

Ach Alex, wie soll das nur weitergehen?

Ziemlich ratlos
deine Anne

PS: Diese Schuldgefühle!
PPS: Was ist denn nun mit Mark Daniel?

Salzburg, Drehscheibe der Stars,
in meiner Galerie am Mondsee

Anne, mein liebes Luder!
Was treibst du da abends heimlich unter der Bettdecke? Das nur zum Stichwort Energie.

Aber immerhin, es tut sich was in deinem Leben. Du denkst nach.

Meinst du, es ist was Ernstes mit Siegwulf? Aber lass dir doch Zeit, Mädchen! Nimm dir mal ein Maßband und öffne es bis achtzig. Das dürfte deine Lebenserwartung sein. Mach bei 36 einen Strich – dann siehst du, was du alles noch vor dir hast!

Was Mark Daniel anbelangt: Wir sehen uns jetzt regelmäßig. Ich habe mir vor kurzem nach einem Geschäftsessen in Berlin mit zwei Filmbossen im Borchart's noch den vierten Akt der Aida in der Staatsoper reingezogen. Nach der Oper bin ich süchtig!

Kennst du eigentlich »Aida«? Ich schaue sie mir jedes Jahr in der Arena von Verona an, bekomme immer Freikarten für die erste Reihe. Dann leiste ich mir ein Glas Champagner für 25 000 Lire: Man gönnt sich ja sonst nichts. Die Handlung der Oper dürfte dich interessieren: Radames, Tenor, wird lebendig eingemauert, weil er Aida, Sopran, ägyptische Sklavin, liebt. Amneris, die Radames auch liebt, steht in der Ecke und heult, aber sie unternimmt nichts dagegen. Auch wieder so eine tragische Geschichte. Stell dir vor, jemanden so sehr zu lieben, dass du dich freiwillig mit ihm einmauern lässt.

Kleinchen, wenn man es genau betrachtet, und ich weiß, das tut jetzt weh, also in meinen Augen hast du dich längst lebendig mit Lothar einmauern lassen. Und ich, Amneris, stehe in der Ecke und heule.

Wir jammern nur in einem nicht enden wollenden Duett. Ich finde, wenn unsere E-Mails einen Sinn haben sollen, dann muss sich jetzt was ändern. Also: Ändere dich und dein Leben!

Zurück zur »Aida«-Premiere in Berlin: Nachher gab es minutenlang Standing Ovations. Das Publikum war hingerissen und verzaubert. Es war eine wundervolle Premierenfeier. Ich habe mich lange mit Mark Daniels Eltern unterhalten. Der Vater ist Verleger, die Mutter war früher seine Cheflektorin und hat den Verlag mit ihm gemeinsam ganz groß aufgebaut. Inzwischen haben sie mehrere kleinere Verlage aufgekauft und sitzen nun mit einem riesigen internationalen Konzern in Amerika. Die haben natürlich Knete wie Heu.

Endlich kam Mark Daniel dann aus seiner Garderobe, abgeschminkt, frisch geduscht und wahnsinnig gut gelaunt. Ich sage dir, wenn einer richtig singen kann, das ist Sport für die Seele. Warum hast du eigentlich deine Singerei aufgegeben? Für einen Job, bei dem du stündlich öffentliche Toiletten kontrollieren musst? Auweia, ich stänkere ja schon wieder.

Mark Daniel meinte jedenfalls, er fühle sich wunderbar, wie wenn er einen Marathon gelaufen wäre. Er strahlte über das ganze Gesicht und zog sich mit Genuss ein Bier aus der Flasche rein. Er verzückt mich immer mehr. Ein Mann zum Stehlen!

Die Intendantin der Salzburger Festspiele sagt, er soll sofort vorsingen, die Bass-Partie ist noch nicht vergeben. Ich habe ihr versichert, Mark ist perfekt für den König Phillip in »Don Carlos«.

Nächste Woche fliege ich rüber nach Los Angeles. Mark Daniels Eltern haben mich eingeladen. Das sind so unkomplizierte, herzliche Leute. Sie sind natürlich begeistert von dem Gedanken, dass Mark Daniel in Salzburg bei den Festspielen singt! Kannst du dir die giftigen Blicke vorstellen, die mir die dürre Kim zugeworfen hat?

Dabei müssen unsere Beziehungen rein geschäftlich bleiben. Ich will nämlich Geld von ihm. Viel, viel Geld.

Vielleicht nehme ich Adrian mit. Er braucht mal was anderes als seine Computerspiele und sein frustrierendes altsprachliches

Gymnasium hinter dicken Klostermauern. Ich muss mich jedenfalls dringend um den Jungen kümmern.
Sei fest umarmt von
deiner Freundin Alex

PS: Warum setzt du dich nicht einfach in Lothars Opel und kommst her? Wir könnten uns wunderschöne Weihnachten machen!

Plattstadt, Kaufglück

Ach Alex, du Glückliche!
Was du für ein abwechslungsreiches Leben hast! Immer passieren bei dir so interessante Dinge! Selbst dein Adrian sorgt stets für Unterhaltung und mein Alltag ist einfach nur grau, langweilig und zäh. Oft denke ich, die Tage gehen einfach nicht rum! Ich gucke auf die Uhr und dann sind wieder erst fünf Minuten vorbei. Besonders jetzt, wo es so früh dunkel wird, schleppen sich die letzten Stunden vor dem Feierabend so zäh dahin, dass ich weinen möchte. In solchen Situationen fühle ich mich schwer wie Blei – ich kann kaum noch ein Bein vor das andere setzen.

Gerade war wieder Personalversammlung – schrecklich. Als wenn wir nicht schon genug Negativenergie im Hause hätten, mit unseren ganzen schlecht gelaunten Kunden, den anspruchsvollen Käufern, die glauben, für jedes Sonderangebot vom Wühltisch auch noch ein Umtauschrecht zu bekommen. Heute war ich bestimmt mit zwanzig Umtausch-Kunden bei der Zentralkasse und habe mit denen Schlange gestanden und mir derweil ihr Genörgel angehört. Alle machen mich persönlich für ihren Fehlkauf verantwortlich.

Wir haben ein unglaubliches Aggressionspotenzial unter den Kollegen. In den letzten Wochen musste ich mehrere Mitarbeiter entlassen, du erinnerst dich an den Neuen mit der Spitzenwäsche in der Behindertenkabine? Das löste eine richtige Welle von Denunziantentum aus: Jeder schwärzte jeden an, weil sich herumgesprochen hatte, dass Kaufglück dreißig Prozent der Mitarbeiter innerhalb dieses Jahres entlassen muss. Es sieht schlecht aus mit unserem Laden. Jeder denkt, wenn mein Nebenmann fliegt, fliege ich nicht. Und alle diese Anschwärzer kommen zu mir, der

Personalleiterin. Frau Pistrulla, werfen Sie mal ein Auge auf Frau Sowieso aus der Kinderbekleidung.

Inzwischen ertappe ich mich dabei, dass ich nach Feierabend lieber mit Siegwulf im dunklen Stadtpark spazieren gehe, als meine S-Bahn nach Hause zu nehmen. Du hast Recht, ich benehme mich wie sechzehn. Und werde auch so behandelt.

»Wo bist du gewesen?«, schreit mich Oma Margot gestern Abend an.

»Ich bin sechsunddreißig«, sage ich und versuche, ins Kinderzimmer zu gelangen.

Oma Margot hält mich am Arm fest: »Wenn du glaubst, dass du in deinem Alter und bei deinem Familienstand anfangen kannst zu turteln, während dein Ehemann sich den Rücken krumm schuftet, damit er dieses Eigenheim abbezahlen kann, dann hast du nicht verdient, wie eine Sechsunddreißigjährige behandelt zu werden! Oma Helga und ich ziehen dir deine Kinder groß, damit du ARBEITEST und GELD VERDIENST, um Lothar beim Abzahlen eures Reihenhauses zu unterstützen, und nicht, damit du mit einem Kollegen auf dem Weihnachtsmarkt Glühwein trinkst!« Tja, unsere Kleinstadt ist ein einziges Sprachrohr.

Ach, wenn ich doch endlich Kindergartenplätze für die Carla und Greta bekommen würde! Dann könnte ich auf die Omas verzichten!

Als ich gestern versuchte, mit Lothar darüber zu sprechen, hatten wir schon wieder Streit. »Erst benutzt du die Omas für die Drecksarbeit und dann willst du sie abschieben! Sie haben konkret und präzise ... (er griff zu seinem Taschenrechner und hackte wie gewohnt Zahlen in die Tastatur) ... vierzehntausendsechshundert Stunden in deinen Diensten gestanden! Dafür müsstest du ihnen ... (er rechnete wieder, begleitet von dem typischen kleinen, aber geräuschvollen Nasehochziehen) hunderttausenddreihundertsiebenunddreißig Euro Gehalt bezahlen, wohlgemerkt, NETTO! Und zwar, konkret gesagt, JEDER von ihnen! Bei einem durchaus üblichen Stundenlohn von sieben Euro sechzig Cent pro Stunde! Dazu kämen dann für dich noch Sozialversicherung und Steuer!«

»Wieso in MEINEN Diensten, wieso muss ICH sie bezahlen?«

»Ja wer denn sonst? DU bist schließlich die Mutter!«

»Und du der Vater!«

»O nein, so lasse ich mich verbal nicht ins Abseits treiben. Ich weiß sehr genau, dass du stets versuchst, mich rhetorisch auszutricksen, weil du Abitur hast und ich nicht, aber darauf falle ich nicht herein.«

Er bezieht sich in solchen Fällen gern auf unseren Deutsch-Leistungskursus beim guten alten Heinrich, während er nach der mittleren Reife bereits in die Banklehre gegangen ist.

»Wer versucht denn hier wen verbal ins Abseits zu treiben? Ich habe nicht damit angefangen, auszurechnen, wie viel Geld sich die Omas hier schon zusammengearbeitet hätten.«

»Was ich ganz simpel zu erklären versuche ist, dass die Omas für dich unentbehrlich sind, und zwar alle beide! DU willst doch nicht waschen und putzen und bügeln und kochen, DU doch nicht!«

»Nein, denn ich habe einen Achtstundenarbeitstag in einem Kaufhaus, und das, was ich da leiste, ist sicher nicht weniger als das, was du in deiner Sparkasse leistest!«

Das ist ein rotes Tuch für Lothar. Seine Filiale der Sparkasse. Er fühlt sich zu Höherem berufen.

»Wenn ich nicht an dich und die Kinder gebunden wäre, hätte ich niemals dieses Reihenhaus erworben und wäre ein freier Mensch!«, schreit er mich an. »Ich könnte freier Finanzberater sein, würde Großkonzerne beraten und wäre ständig auf Reisen! Aber aus Rücksicht auf dich und die Kinder hocke ich jeden Tag an diesem Vorstadtschreibtisch und berate insolvente Rentner!«

»Über den Inhalt unserer Jobs möchte ich mit dir nicht streiten!«, schreie ich zurück. »Tatsache ist, dass ich genauso acht Stunden am Tag arbeite wie du! Zwei Pausen von exakt dreißig Minuten abgezogen! Die Kantinenhockerei kommt noch unentgeltlich dazu!«

Wenn ich mit Lothar streite, werde ich genauso pingelig und förmlich wie er.

»Dann frage ich mich, woher du konkret noch die Zeit findest, mit einem deiner Mitarbeiter im Stadtpark spazieren zu gehen!!« Aha, hat Oma Margot also gepetzt.

»Ich kümmere mich um den Hund, wie DU es nicht tust! Einer MUSS ja mit ihm spazieren gehen!«

Lothar überhörte meinen Spott. »An VIER Abenden von FÜNF gehe ich noch abends zu Kunden, um ihnen Sparverträge aufzuschwatzen. Meine Provisionen sind so jämmerlich, dass ich davon noch nicht mal einen neuen Anzug kaufen kann.«

Wir haben uns vor Jahren mal versprochen, nie vor den Kindern zu streiten. Aber das ist schon lange nicht mehr durchzuhalten. Er wirft mir vor, ich würde mich nicht an diese Abmachung halten, und ich werfe ihm das Gleiche vor. Ach Alex, ich bin einfach ziemlich am Ende mit meinem Leben da in Plattstadt.

Aber was soll ich machen? Ich kann mich nicht einfach von Lothar trennen. Er hat mir schon mal ausgerechnet, wie viel Überstunden er zusätzlich machen müsste, wenn er mir und den Kindern auch noch drei Siebtel Unterhalt zahlen müsste. Das Haus können wir nicht verkaufen. Wir haben nach irgendeinem ausgeklügelten Steuersparmodell Kredite darauf aufgenommen, die uns beide umbringen würden, sagt Lothar.

Wir müssen auf Gedeih und Verderb zusammenbleiben. Du hast Recht. Ich habe mich lebendig mit ihm einmauern lassen.

Heute sehr hoffnungslos, und der Dezember mit seinen nassgrauen Stürmen kann mir auch nicht aus der Krise helfen!

Da hilft auch nicht der Poesiealbumspruch von Klavierlehrer Edgar Ellerhoff, an den ich mich sonst gern klammere:

Wer morgens nüchtern dreimal schmunzelt,
wenn's regnet, nicht die Stirne runzelt,
wer Frohsinn zeigt in ernster Zeit,
der ist ein Held im Werktagskleid.

Deine unheldenhafte Werktags-Anne

PS: Meinst du, ich soll Siegwulf fragen, ob er mich mal mit seinem Auto fahren lässt? Ich trau mich nur nicht! Wenn etwas passiert! Was ich dann für Ärger kriege!

Frankfurt, Flughafen, Senator-Lounge,
unterwegs nach Kalifornien

Mensch, Anne,
da läuten bei mir aber alle Alarmglocken! Nach allem, was ich jetzt über deinen Lothar gelesen habe, kann ich dir als deine erste und älteste Freundin nur raten, ihn sofort in den Wind zu schießen. Kein Bausparvertrag der Welt kann dich zwingen, weiter mit ihm unter einem Dach zu leben!

Du bist keine tragische Figur einer Oper! Du bist selbst Regisseurin in deinem Leben. Du darfst jetzt noch nicht resignieren. Wähle nicht den Weg des geringsten Widerstandes. Du wirst dich später dafür hassen. Wenn du es nicht jetzt schon tust.

Du musst jetzt was ändern. Für dich und für deine Kinder. Sie fangen jetzt an, Zusammenhänge zu begreifen. Sei ihnen ein Vorbild, eine starke, selbstbestimmte Mutter.

Habe übrigens inzwischen zu Hause ebenfalls in unseren alten Schulheften geblättert und einen sehr interessanten Briefwechsel zwischen uns gefunden, der während des Musikunterrichts entstand. Ich hatte gerade mit meinem ersten Kerl geschlafen, Heinrich quälte uns mit Zwölftonmusik und wir langweilten uns ganz schrecklich. Ich versuchte das Ganze philosophisch zu verarbeiten. Du warst natürlich die eiserne Jungfrau.

Du: »Habe nun ach, Harmonie,
Notenbild und Linien ziehen
Und leider auch Melodie
Durchaus studiert in heißem Bemühn
Da steh ich nun ich armer Tor
Und hasse Schönberg wie zuvor.«

Ich: »Ist die Liebe vielleicht doch fatalistisch?«

Du: »Fatalistisch oder fantastisch?«

Ich: »Fatalistisch. Schicksalsgebunden. Wie bei Fräulein Julie.«

Du: »Was ist los? War's nicht der Hit?«

Ich: »Ich bereue es zwar nicht, aber ich mache mir Gedanken. Übrigens ist nichts völlig perfekt und irgendwann musst auch du diesen Schritt wagen.«

Du: »Muss ich nicht!«

Ich: »Man kann nicht baden, ohne nass zu werden!«

Du: »Dann bade ich eben nicht. Hier stinken sowieso alle.«

Ich: »Man kann nicht leben, ohne zu leben. Aber wenn man lebt, muss man Schritte tun, die einmalig und nicht rückgängig zu machen sind.«

Da siehst du mal, was wir damals schon für ernsthafte Dialoge hatten! Da waren wir sechzehn!

Ich muss los, das Boarding für Los Angeles hat begonnen. Weg mit den trüben Gedanken.

Ich freue mich auf Kalifornien, auf die Sonne und das Meer. Den grauen nasskalten Winter muss ich nicht länger haben. Adrian wollte erst nicht mit, aber ich habe ihn überredet. Wir schwänzen einfach eine Woche sein altsprachliches Gymnasium. Er hasst Griechisch und Latein, findet es Schwachsinn, dass er seine Zeit mit diesem Krempel verbringen muss. Ich will, dass er sich an seine Jugend mit guten Gefühlen erinnert, nicht mit Grausen.

Servus, tschau, sei umarmt, ich melde mich aus L.A.

Deine Alex, die sich große Sorgen um dich macht.

PS: Weißt du noch, wie wir Horst Janson anhimmelten, in »Dieser Bastian«? Karin Anselm war die blonde Freundin von ihm, die aber älter war und ihn deshalb immer ein bisschen von oben herab behandelte. Die Dritte im Bunde war eine resolute Oma, bei der »Dieser Bastian« immer mit seiner Ente vorfuhr. Dann sprang er langbeinig aus seinem Gefährt und schüttelte dabei seine langen Haare. Gestern bin ich Horst in München beim Italiener begegnet. Er sieht immer noch sehr gut aus.

Plattstadt, Kaufglück, Personalbüro, 4. Dezember, nach Feierabend

Liebste Alex,
jau, jau, jau!! Und diese andere Familienserie mit Inge Meysel und Monika Peitsch in »Die Unverbesserlichen«! DAS war ja noch heile Welt! Wir haben uns die Serie bei dir zu Hause reingezogen, wenn deine Mutter putzen war und dein Vater in der Kneipe. Wir naschten immer irgendwelches Zeug; erinnerst du dich an diese unvergleichlich klebrigen Karamellstangen namens »Leckerschmecker«, auch »Plombenzieher« genannt? Dein Wellensittich saß auf der Stange und schaute auch zu, wie das pausbackige Töchterchen zu spät nach Hause kam und der Vater – so ein halb strenger, halb sehr menschlicher kleiner Typ – mit seinem Sohn auf dem Fußballplatz war; und dann brach sich der Sohn ein Bein und das pausbackige Töchterchen war entweder unglücklich verliebt oder brachte sogar ein uneheliches Kind nach Hause; und der Sohn von Monika Peitsch war ungefähr sieben und machte in der Küche seine Hausaufgaben, wobei die resolute Inge Meysel an ihm rumzerrte und Gottfried John auch noch seine platte Nase zur Tür reinsteckte. Und eine Oma – so ähnlich wie Oma Helga, leicht verwirrt, aber nicht totzukriegen – gehörte auch noch dazu, und die rief immer mit nervtötender Stimme: »Keete!« durch den Flur. Dann verdrehte Inge Meysel die Augen, wischte sich die Hände an der Kittelschürze ab und kam auf kurzen energischen Beinchen angelaufen: »Ja, Mutter!«

Hahaha! Schon Inge hatte die gleichen Probleme wie ich! Du siehst, ich hab mal wieder zu viel Zeit. Außer dem Nachtwächter ist niemand mehr im Haus. Zu Hause schiebt Oma Margot Wache. Ich mag einfach nicht nach Hause gehen. Die Mädchen schlafen sowieso schon. Ich drücke mich wie ein Teenager hier herum, um nicht in unserem Reihenhaus vor dem Fernseher sitzen zu müssen. Die Schreiberei mit dir bedeutet mir viel und weckt mich geistig wieder auf. Lothar ist heute Abend wieder mal bei einem »Beratungsgespräch«.

Sein Denkansatz ist gar nicht so schlecht: Die komplette Verantwortung für alle Vermögenswerte eines Kunden schwebt ihm vor, also umfasst seine Beratung das gesamte aktive und passive Vermögen, beinhaltet steuerliche und rechtliche Sachverhaltsaufklärung sowie Familiennachfolge- und Lebensmittelpunktfragen. Ich weiß das so genau, weil ich seine Broschüre mit entworfen habe. Er bräuchte internationale Großkunden, die sein Angebot nutzen müssten! Dann würde er richtig Geld verdienen mit seinem Konzept.

Nur dass es hier in Plattstadt und Umgebung kaum jemanden gibt, der seinem Financial-planning-Ansatz folgen kann! Aber er gibt nicht auf. Statt abends nach Feierabend heimzukommen, sucht er immer noch nach Menschen, die seinen finanziellen Rat brauchen.

Du schreibst, ich soll mich von ihm trennen. Als wenn das so einfach wäre! Was soll denn aus den Kindern werden? Oma Margot und Oma Helga lassen durchblicken, dass es heutzutage viel zu viele allein erziehende Mütter gibt, die ihre Kinder vaterlos und ohne Werte aufwachsen lassen. Außerdem wäre ich finanziell völlig am Boden. Wir können uns keine zweite Wohnung leisten! Du magst es als stark und selbstbestimmt empfinden, dich von einem Mann zu trennen. Du hast es einfach getan. Und warst selbständig, hast 'ne Menge Geld verdient und dir dein Leben so gestaltet, wie du es dir vorgestellt hast. Vielleicht bist du auch so stark. Aber ich sehe mich als verwahrloste Sozialhilfeempfängerin in einer Zweizimmerwohnung hausen. Schreckliche Alpträume jede Nacht!

Seit du mir diesen Floh ins Ohr gesetzt hast, kann ich sowieso nicht mehr schlafen. Eine innere Stimme in mir rumort und stichelt: Los, gib dir einen Ruck, ändere dein Leben!

Aber dann höre ich wieder Oma Margot spötteln: »Das Leben

ist kein Zuckerschlecken! Das war es bei mir nicht und bei anderen Frauen nicht, wieso sollte es bei dir so sein!«

Sie alle finden, dass ich mich glücklich preisen darf, einen so perfekten Mann zu haben. Ihn verlassen? Einfach so? Er hat mich und die Kinder nie geschlagen, er trinkt nicht, er raucht nicht, er verspielt nicht sein Geld. Er ist fleißig und redlich und – was Oma Margot und Oma Helga immer wieder betonen – er ist ZUVERLÄSSIG wie die Uhr. Wenn er sagt, er kommt um Punkt acht, dann kann man um eine Minute vor acht die Suppe auf den Teller tun. Wenn er sagt, er mäht am Samstag den Rasen, dann geht um Punkt drei der Rasenmäher an. Wenn der Tagesschausprecher sagt, morgen ist mit überfrierender Nässe zu rechnen, dann streut er um Punkt sieben in der Früh die Einfahrt. Er ist einfach perfekt!

Lothar verliert nichts und verlegt nichts. Er bewahrt die Winterreifen im Plastiksack in der Garage auf. Alles hat seine Ordnung. Sein Werkzeugkasten ist so picobello, dass man daraus essen kann. Pünktlich, fleißig, zuverlässig!

So einen Mann verlässt man doch nicht! Ich krieg doch keinen besseren mehr, in meinem Alter! (Sagt Oma Margot und sie hat bestimmt Recht.)

Wenn ich mir Lothars Vater ansehe, dann kann ich ermessen, wie Lothar mit neunzig sein wird. Nämlich pünktlich, fleißig, zuverlässig. Das sind die Eigenschaften, die Karl-Heinz Pistrulla für die wichtigsten überhaupt hält. Karl-Heinz Pistrulla war Inspektor. Er hat eine große Menschenkenntnis, wie er immer sagt.

Im Moment beschäftigt er sich mit einem Prozess, den er seinem Nachbarn an den Hals gehängt hat. Dieser lässt nämlich seit Jahren die Nadeln seiner Lärche auf das Gras meines Schwiegervaters fallen. Also nicht die ganzen Nadeln, aber etwa ein Drittel. Dieses Drittel der Lärche hängt in meines Schwiegervaters Garten, und wenn es Herbst wird, dann nadelt der Baum, wie jüngst wieder geschehen. Mein Schwiegervater hat mit Hilfe von Fotos und Videos dem Richter beweisen können, dass sein Rasen deshalb an dieser Stelle nicht mehr wächst. Da der Nachbar sich weigert, die Lärche fällen zu lassen, fordert mein Schwiegervater von dem Nachbarn Schadensersatz. Das sind so die Themen, die uns beim Abendbrot beschäftigen, wenn Opa Karl-Heinz Oma Helga von der Arbeit abholt. Dann lässt er mich seine Briefe an das Gericht lesen und will dafür gelobt werden. Oft kommt er zu mir ins Kaufglück und zeigt mir wieder eins seiner neuesten Amtsschreiben, alle mit penibler Handschrift verfasst. Er will sogar von mir für seine Schrift gelobt werden.

Dann kommt immer dieselbe Leier: dass er selber früher Inspektor war und Menschenkenntnis hat und über die Schicksale von vielen Menschen entschieden hat mit seinen korrekten Schreiben an Ämter und Behörden. Ich weiß nicht so genau, was er eigentlich gemacht hat, er macht ein Geheimnis daraus. Aber die Wahrheit ist: Ich habe nicht nur Lothar, sondern auch noch Opa Karl-Heinz geheiratet!

Wie hast du es eigentlich geschafft, dich von Leo zu trennen?

Und wie war eure Ehe überhaupt?

Ich fahre jetzt nach Hause und geh sofort ins Bett. Bin mit der Lektüre von »Wie man eine Frau befriedigt« fast fertig.

Muss sagen, ich bin enttäuscht. Warum steht in dem Buch kein einziges Mal, dass das Befriedigen von Frauen mit Humor, Fröhlichkeit und guter Laune zu tun hat?

Viel Spaß in Los Angeles, ich freue mich wahnsinnig auf deinen nächsten Bericht! Für Adrian wird das doch super sein! Eine Highschool in Los Angeles! WOW! Womöglich mit Meeresblick?

Wir hatten nur die Gesamtschule Plattstadt mit Blick auf riesige Müllcontainer und eine Schnellstraße mit S-Bahn-Baustelle …

Neidisch, müde und mit null Bock auf Zukunft
deine Anne

PS: Weißt du noch »Ferien auf Saltkrokan«? Ich erinnere mich nur noch an dieses dicke Mädchen, das einen großen Hund hatte, mit dem stand sie auf einem Anlegesteg und schrie altkluge Sprüche in die Gegend.

Los Angeles, International Airport, Lost and found – Office

O Gott, Anne,
ausgerechnet Adrians Koffer ist nicht dabei! Du glaubst gar nicht, wie lang sein Gesicht ist! Er kämpft mit den Tränen, ist nicht ansprechbar. Irgendwie habe ich bei ihm immer das Gefühl, ich sei an allem schuld.

Mütter machen Männer!

Der Junge ist das lebende Selbstmitleid! Als wäre der Krieg ausgebrochen! Ich will, dass aus Adrian ein MANN wird! Wie soll ich das nur anstellen, ohne ihn zu hauen!

Ich wünschte, es wären meine drei Koffer mit allen Beautycases, Businesskostümen, Abendkleidern, mit meiner Strandgarderobe, meinem Laptop mitsamt all meinen Dateien und Terminen, die verloren gegangen wären! Aber es ist Adrians halb voller, alter, speckiger Koffer. Mit seinen zwei Kapuzen-Shirts, seinen zwei oder drei ausgebeulten Hosen, seinen zwei Paar Socken, seinen Turnschuhen und seinem Haargel! Letzteres jetzt nicht griffbereit zu haben, ist für ihn so ein schreckliches Unheil, als wären wir im sibirischen Busch notgelandet. Auch seine Bravo-Hefte und seine Computerspiele gehen ihm so ab, dass das Leben nicht mehr lebenswert ist. Und ich bin an allem schuld. Findet er.

Nachdem der Flug sechzehn Stunden gedauert hat und Adrian noch nicht mal in der Businessclass fliegen konnte, mein armer Prinz auf der Erbse!, haben wir fast drei Stunden in der Immigrationschlange gestanden. Das übersteigt Adrians Toleranzschwelle bei weitem. Ständig wirft er mir bitterböse Blicke zu, als wenn ich das alles aus reiner Schikane erfunden hätte. Und dann am Gepäckband, zwischen Suchhunden und schwer bewaffneten Polizisten, fanden wir noch nicht mal seinen Koffer!

Nun sitzen wir hier mit mindestens zwanzig anderen Passagieren, denen ebenfalls das Gepäck fehlt, und warten darauf, dass jemand Zeit für uns hat.

Als ich eben versuchte zu scherzen: »Dann kannst du ja gleich dein Englisch ausprobieren«, hat Adrian mich fast erwürgt. Seitdem steht er mit dem Gesicht zur Wand in der Ecke und schmollt. Er schämt sich so schrecklich wegen seiner Frisur. Daran hängt sein ganzes Selbstbild. Ich habe versucht, ihm zu erklären, dass ihn hier sowieso keiner kennt, aber er ist stinksauer. An seinen Stirnfransen hängt sein ganzes Lebensglück.

Wie ist eigentlich deine eigene Meinung von dir? Aus deinen Mails lese ich heraus, dass sie nicht besonders hoch ist. Dort würde ich zuerst mal den Hebel ansetzen.

Ich selber, die ich die Plattstädter Sprachrohre nicht (mehr) kenne, würde sagen, mir ist die Meinung dieser Leute völlig wurscht. Wenn sie mit ihrer Pünktlichkeit, Zuverlässigkeit und ... was war das Dritte? ... glücklich sind, na bitte! Für mich bedeutet »Lebensqualität« noch was anderes. Kennst du die pawlowsche Pyramide noch? Haben wir in Psychologie gelernt. Siehst du, alles, was wir beim guten alten Heinrich Seelig gelernt haben, ist irgendwie hängen geblieben. Ich seh ihn noch vor mir, wie er an der Tafel steht und die Pyramide malt. Die Bedürfnisse des Menschen. Ganz unten steht »Essen, Trinken, Sex«. (Weißt du noch, wie wir gekichert haben? Und Heinrich ist ganz rot geworden über seinen Flanellhemdkragen.) Dann kommt »soziales Gefüge, Liebe, Zugehörigkeit, Sicherheit«. Weiter oben dann »Erfolg, Anerkennung« und ganz oben »Selbstverwirklichung«.

Dein Gatte Lothar würde das Grundbedürfnis »Sex« vermutlich schon mal gegen »Rasenmähen« und das böse Wort »Selbstverwirklichung« gegen »saubere Garage« und »aufgeräumter Werkzeugkasten« eintauschen. Ich finde, jeder soll nach seiner Fasson glücklich werden. Sagte schon Friedrich der Zweite. Aber um Himmels willen nicht dem anderen seine eigene Bedürfnispyramide überstülpen! Und das womöglich ein Leben lang! Mit welchem Recht denn überhaupt? Das macht nämlich deine Oma Margot. Aber du lässt es zu! Deshalb kannst du auch Oma Margot keinen Vorwurf machen, sondern nur dir selbst.

Meine eigene Pyramide sieht so aus: Grundbedürfnisse, unten: »Selbstverwirklichung, Spaß, Sex, tägliche Fußmassage«.

Weiter oben: »Essen, Trinken, Rauchen, bei Erhaltung der Idealfigur«. An dritter Stelle: »soziales Gefüge mit meinem Sohn, was gleichbedeutend ist mit: drei zusammenhängende Sätze pro Tag« und ganz oben: »perfekte Frisur bei zwölfstündigem nächtlichen Tiefschlaf«.

Aha, die Schlange kommt in Bewegung. Next, please.

Melde mich später.

Alex

PS: Irgendwo in der Pyramide ist noch das Bedürfnis, Alwin Znob dreimal täglich in die Eier zu treten. Ich glaube, ziemlich weit unten.

Plattstadt, Kaufglück – wo sonst?!, 49. Kalenderwoche
Das Jahr neigt sich …

Ach Alex, geliebtes Ego-Weib,
komme gerade von unserem Adventsbasar – graue Mäntel drängeln sich an den Sonderangeboten mit Lebkuchen, Weihnachtsschmuck, Knusperhäusern, Girlanden. Musste drei Aushilfen einstellen und einen zusätzlichen Warenhausdetektiv.

Im Moment wird bei uns geklaut wie verrückt. Es geht den Leuten einfach nicht so gut. Mir allerdings auch nicht. In dem Gewühl aus hustenden, schniefenden und niesenden Leuten habe ich mir die alljährliche Grippe zugezogen. Aber nach Hause gehen und mich ins Bett legen will ich nicht, solange Oma Margot und Oma Helga dort das Zepter schwingen.

Deine Bedürfnispyramide ist sehr interessant. Versuche, meine eigene aufzustellen.

Ganz unten: »Ich sein dürfen. Zeit für die Kinder.« An zweiter Stelle: »Kollegen-freie, Kunden-freie, Oma-freie und Ehegatten-freie Zone.« An dritter Stelle: »Essen, Trinken, Heizdecke im Bett, da niemand mir die Füße wärmt.« Und ganz oben: »Auto fahren können – wann und wohin ich immer will.« Muss wieder runter, der Bär tobt. Hoffe, du hast inzwischen deinen bzw. Adrians Koffer.

Gib dem Bengel einen dicken Kuss von mir. Ich finde ihn zauberhaft.

Schick mir Energie.
Anne

PS: In der Weihnachtssaison komme ich nie vor acht Uhr abends aus dieser Anstalt. Ich werde wahnsinnig, wenn ich daran denke, dass ich meine Mädchen nur noch am Wochenende sehe und sie diese frauenfeindliche Erziehung »genießen«.

Soll ich zum städtischen Kindergarten gehen, an den Gitterstäben rütteln und schreien: »Ich will hier rein!!«??

Los Angeles, immer noch Flughafen

Hi, Anne,
schön, dass du so schnell geantwortet hast. Du wirst es nicht glauben: Wir stehen immer noch in der Schlange – inzwischen ist es neun Uhr morgens nach hiesiger Zeit und Spätnachmittag bei euch. Wahrscheinlich ist es schon wieder dunkel und du liebäugelst mit Siegwulf. Hast ihn lange nicht erwähnt. Gibt es den dichtenden Schwärmer noch?

So ein Liebhaber kann einen über so manche Lebenskrise tragen, das sage ich dir!

Wir sind an fünfzehnter Stelle. Kann dir also, da Adrian sowieso nicht mit mir zu sprechen bereit ist, in aller Ruhe schildern, wie die Ehe mit Leo war.

Dass er ein berühmter Dirigent ist, dürfte dir nicht entgangen sein. Denn selbst wenn du nur in Bremerhaven einmal eine Operette besucht hast, ist dir der Name Leo von Merz sicherlich schon begegnet. Leo war einer der besten Schüler von Herbert von Karajan und als seinen Assistenten habe ich ihn während des Studiums in Salzburg kennen gelernt. Allerdings war Leo achtzehn Jahre älter als ich. Er nahm mich mit zu den tollsten Opernaufführungen und Konzerten. Ich betete ihn an. Durch ihn kam ich schlagartig an den Duft der großen weiten Welt. Er kaufte mir mein erstes Abendkleid, ein festliches Dirndl, bei Tostmann, das kostete damals schon 2000 Mark. Von einer Gage für einen Liederabend mit Elisabeth Schwarzkopf, den er begleiten durfte. Von da an ging's mit Leo bergauf. Keine Abendgage mehr unter 5000 DM. Ich war schlagartig in den höchsten Kreisen. Bei einigen Aufführungen der nächsten Jahre durfte Leo schon selbst dirigieren. Er arbeitete mit den ganz großen Stars –

Dietrich Fischer-Dieskau, René Kollo, Hermann Prey, Montserrat Caballé, Grace Bumbry. Mirella Freni, Katia Riciarelli, Mara Zampieri, Leontine Price, Jessye Norman, Sena Jurinac, Renata Scotto, um nur einige zu nennen. Und da sprangen dann bereits fünfstellige Summen pro Abend für ihn raus. Es gibt keine Oper, die ich noch nicht gehört habe, und keinen Star, den ich noch nicht getroffen habe. Leo von Merz war so versunken in seiner Kunst, dass er Gefahr lief, in diesem Haifischbecken zu ertrinken. Besonders, als sein Ziehvater Karajan nicht mehr war, verzettelte er sich oft, machte Versprechungen, die er nicht halten konnte, kam in Terminschwierigkeiten. Vor allen Dingen konnte er überhaupt nicht mit Geld umgehen. Wenn es nach ihm gegangen wäre, hätte er seine Tausender in den Strumpf und auf diese Weise in die Waschmaschine gesteckt. Ich organisierte mehr und mehr für ihn, um ihm den Rücken freizuhalten. Tja, und so wurde ich Leos Managerin.

Mir machte die Sache viel Spaß und ich verdiente natürlich ein Schweinegeld. Zwanzig Prozent von allem, was Leo verdiente. Eigentlich hätten wir gar nicht mehr heiraten müssen, aber ich hatte damals einen guten Riecher: Erstens garantierte mir die Ehe mit Leo den Zugang zu allerhöchsten Kreisen und zweitens war es meine finanzielle Absicherung. Trotzdem: Ich leistete gute Arbeit, das sprach sich herum, und dann stürmten die Opernsänger und Solomusiker meine Agentur. Ich handelte mit ihnen wie mit Orientteppichen. Wenn du den engagierst, kriegst du den noch dazu, wenn du diesen nicht wieder verpflichtest, kriegst du auch jenen nicht mehr. Inzwischen habe ich mein Management auf Künstler anderer Bereiche ausgeweitet – meine Erfahrung im künstlerisch seriösen Bereich hilft mir da immens. Ich kann mich auf jedem Parkett bewegen, das heißt, ich laufe offene Türen ein, wenn ich populäre Schauspieler vertrete. Irgendwann wurde »Cross over« modern und ich konnte Stars wie Udo Jürgens auf den Salzburger Festspielen anbieten und klassische Sänger wie Placido Domingo für ein Openairfestival in Berlin. So hab ich mich mehr und mehr gemausert.

Dabei war ich längst von Leo von Merz geschieden.

Meine neueste Herausforderung ist Nackedei. In dieses profane Milieu habe ich mich noch nie begeben, aber genau hier liegt das meiste Geld auf der Straße.

Es fasziniert mich ungeheuer, dass es Menschen wie Nackedei schaffen, sich ohne eine nennenswerte Leistung, weder Gesang noch Schauspiel noch darstellende Kunst, selbst zur Kultfigur zu machen.

Aber glaube mir, ohne einen genialen Manager im Hintergrund würde das niemandem gelingen. Erst gestern habe ich für Nackedei wieder einen Werbevertrag ausgehandelt, für Sahne-Kräuter-Streichkäse. Drehort für diesen Spot ist Kanada, Gage: 300 000 Euro. Davon bekomme ich zwanzig Prozent. Jetzt werde nicht gleich wieder neidisch. Neid ist verschenkte Energie, weißt du ja.

Aber ich schweife ab. Du wolltest ja was über Leo und unsere Trennung wissen. Natürlich ist Leo, wie alle hochkonzentriert arbeitenden Künstler, schwierig. Egonzentrisch und elitär bis auf die Knochen, oft launisch, unfreundlich, abweisend. Das musste ich mir nicht länger geben.

Leo hatte, da er die Salzburger Festspiele zu seinen Lebensmittelpunkt erklärt hat, ein wunderschönes Landhaus am Mondsee bei Salzburg gekauft, wo ich auch meine Agentur angesiedelt habe. Bei der Scheidung bekam ich das Haus und die Firma zugesprochen. Und Adrian natürlich.

Meine Anwältin wäre übrigens was für dich! Sag mir Bescheid, wenn du dich durchgerungen hast.

Du musst mich einfach mal besuchen! Meine Villa würde dir so gut gefallen! Du träumst doch von Bächlein und Wiesen für deine Mädchen. Alles vor der Haustür.

Von meinem Dachatelier aus habe ich einen traumhaften Blick auf den Schafberg und den Mondsee. Bei blauem Himmel kann ich mich von diesem Anblick gar nicht losreißen. Bis Mitte Mai ist der Berg noch schneebedeckt, und wenn er in der Sonne leuchtet, wünschte ich, fotografieren zu können! Wenn Rico mir dann noch die Füße massiert, während ich meine Kontoauszüge durcharbeite, bin ich auf meiner Bedürfnispyramide ganz, ganz oben.

Aber zurück zu Leo. Unsere Ehe war am Anfang aufregend, dann nervten mich zunehmend Leos Macken. Ich kann nicht mit einem egozentrischen Menschen zusammenleben. Dazu bin ich selber zu egozentrisch. Ich hatte ein paar Affären, zum Teil mit heute sehr berühmten Persönlichkeiten. Ist aber nie etwas ans Licht, sprich, an die Presse gekommen.

Leo hat sich dann zum Glück einer tschechischen Sängerin namens Olga Schellongova zugewendet, die bei »Jenufa« die Titelpartie gesungen hat. Sie war damals schon Ende vierzig. Aber sie spielte noch völlig überzeugend und unglaublich anrührend das junge Mädchen, dessen uneheliches Neugeborenes von der eigenen Mutter unter dem Eis ertränkt wird. Auch so eine Oper, die du dir unbedingt mal reinziehen musst! Die herrische Mutter handelt »nur zum Besten ihrer Tochter«, wie so oft im Leben. Jenufa soll noch einen Mann abkriegen, was ihr mit unehelichem Kind nicht gelingen würde. Ich frage mich, wann der Wert einer Frau nicht mehr daran gemessen wird, ob sie »einen Mann abkriegt«. Jenufa beugt sich dem Willen ihrer Mutter und verzeiht ihr. Stell dir das mal vor! Sie verzeiht der Mutter, ihr Kind ertränkt zu haben! Sie heiratet einen Kerl aus der Nachbarschaft, den die Mutter für sie ausgesucht hat. Natürlich liebt sie ihn nicht, aber das Argument der Mutter zählt: »Redlich und zuverlässig« ist er. Finden sich nicht auch bei »Jenufa« Parallelen zu deinem Leben? Olga Schellongova hatte ein hartes Leben, bevor sie bei Leo von Merz ihren Unterschlupf fand. Sie hat angeblich mal längere Zeit im Knast gesessen, damals, vor dem Mauerfall. Es ging um irgendeine Devisensache.

Ist Adrian schon dran? Nein. Er hockt immer noch in der Ecke und schmollt. Vor uns noch sieben. Kann ich also noch etwas über Olga berichten, sie ist eine erwähnenswerte Person. Mit siebzehn hat sie schon als Pamina in der »Zauberflöte« debütiert, in Ostberlin. Sie wurde gefeiert, hatte private Empfänge bei Ullbricht und Honecker, war der Liebling der DDR, aber sie sagt von sich, sie war der einsamste Mensch der Welt. Ihre Zeit im Knast muss eine grauenhafte Zeit für sie gewesen sein. Sie hat sich immer zurückgezogen, bis sie Leo traf. Olga hat ein

Faible für Pfauen. Ihr Haus, das sie mit den kostbarsten, aber auch kuriosesten Sammelstücken von ihren Weltreisen ausgerüstet hat, ist ein Museum. Abends liegt Olga in ihrer Badewanne aus dem 17. Jahrhundert und streichelt die Pfauenfedern, die in einer riesigen Bodenvase stehen.

Endlich! Er ist dran! Wütende Blicke wirft er mir zu: »Mamaa! Willst du wohl endlich kommen! Der Typ redet ja nur englisch!« Also, ich muss dann wohl. Melde mich aus Beverly Hills wieder, wenn wir angekommen sind.

Kann dich noch nicht mal mehr grü…

Plattstadt, Sonntagnachmittag, 2. Advent,
an Lothars Schreibtisch

Keine Oma weit und breit! Ich bin völlig allein im Reihenhaus! Welch ein Fest!

Lothar ist mit den Kindern im Zoo. Und das kam so: Heute Morgen um sechs ging wie üblich die Schlafzimmertür auf und Carla und Greta polterten schlaftrunken in unser Bett. Lothar warf wie immer beleidigt und theatralisch die Bettdecke beiseite und sagte: »Noch nicht mal am Wochenende kann man in diesem Hause ein Mal ausschlafen.«

Er ging dann in den Hobbykeller und haute sich dort auf sein abgewetztes Studentensofa, von dem er sich nicht trennen mag. Dabei hat er unentwegt beleidigt die Nase hochgezogen.

Wir kamen dann um elf aus dem Stadtpark zurück (in dem ich zugegebenermaßen Siegwulf getroffen habe). Lothar war gerade aufgestanden und sehr übellaunig. Er kratzte sich wieder heftig und demonstrativ überall.

»Der Vati muss jetzt mal eine Stunde laufen gehen, weil der Vati sonst ganz krank wird«, erklärte er den Zwillingen. »Der Vati hat nämlich sehr schlecht geschlafen, und da unten im Keller sind vermutlich Pestizide an der Wand, die der Vati nun seit vier Stunden eingeatmet hat.« Böser Blick auf mich. »Wenn der Vati dann wiederkommt, dann kümmert sich der Vati mal um euch und hat sich eine Überraschung ausgedacht.«

»Wie darf die Mutti das verstehen?«, fragte ich.

»Der Vati macht heute einen Kindertag. Beim Joggen werde ich das Wetter einschätzen, und danach entscheide ich, was wir machen.« Er zog die Nase hoch.

»Okay«, sagte ich. »Nichts dagegen.«

Und so kam es, dass »der Vati« nach langem Duschen und Umziehen und Frühstücken irgendwann gegen Mittag mit den Kindern in den Zoo abgezogen ist.

Die herrliche Stille im Haus und das Gefühl der grenzenlosen Freiheit haben mich fast umgehauen. Das ist seit Jahren nicht mehr passiert, dass niemand mich kontrollierte!

Ich habe erwogen, Siegwulf anzurufen, aber ich traue mich nicht. Es war auch eben ein bisschen peinlich. Soll ich dir das überhaupt anvertrauen? Du lachst mich bestimmt aus.

Wir saßen auf einer kalten nassen Bank und sahen den Kindern und Hunden beim Spielen zu. Er legte den Arm um mich, was ich ziemlich aufregend fand, aber plötzlich krabbelte seine Rechte unter meine Jacke und auf einmal lag seine Hand auf meiner nackten Brust!

Ich war wie erstarrt! Was sollte ich tun? Vor den Kindern?

Er spielte genüsslich an meiner Brustwarze rum, die natürlich stand wie eine Reisszwecke.

O Gott, Alex, so was habe ich noch nie erlebt. Ich hätte auf der Stelle mit ihm schlafen können, mitten im Park, auf der nassen kalten Bank. Wie tief bin ich gesunken.

Zum Glück fiel Greta in eine Pfütze und ich musste aufspringen und sie schnellstens nach Hause bringen. Jetzt sitze ich hier mit meiner Pawlow'schen Pyramide und stelle fest, dass »Sex« zu meinen Grundbedürfnissen gehört! Du liebe Zeit, Alex, das macht dein herrlicher verdammter schlechter Einfluss.

Soll ich mich trauen, ihn anzurufen? Hm. Ich denke darüber nach.

Dir die besten Grüße nach Los Angeles – mach alles wie immer gut!
Deine Anne

PS: Du sagst zwar, Neid ist verschenkte Energie – aber ich schenke sie dir gerne!
PPS: Fragen Sie Dr. Sommer.

Pacific Palisades, sieben Uhr morgens...
das Datum ist mir entfallen; irgendwann kurz vor
Weihnachten – aber hier ist es herrlich warm und sonnig

Gerade im Moment ist deine E-Mail gekommen!

Ja, Anne, ruf ihn an! Dieser Siegwulf ist ein gutes Trainingsobjekt. Übe ruhig an ihm und mit ihm.

Das ist der erste Schritt in die Befreiung! Aber schlafe nicht mit ihm im Auto, bei diesem Wetter. Gönnt euch ruhig mal ein nettes, kleines Hotelzimmer. Tante Alex hat's erlaubt.

Muss mit Adrian in die Stadt, Klamotten kaufen.

Nein, sein Koffer ist nicht aufgetaucht. Adrian weigert sich, geliehene Sachen von Mark Daniel anzuziehen. Dabei hat dieser gut aussehende Mann so fesche Klamotten im Schrank! Liz, die sympathische Mutter, hat alles aufgehoben. Feinste Clubblazer, Tuchhosen, Golfklamotten, Tennisdress. Allerdings sind die Sachen schon fünfzehn Jahre alt. Nicht mehr ganz der neueste modische Schrei. Adrian sagt, er muss kotzen, wenn er das sieht. Entweder ich fahre jetzt sofort mit ihm in einen Diesel-Store oder er schließt sich in sein Zimmer ein und kommt dieses Jahr nicht mehr raus.

Ich weiß, der konsequente Pädagoge würde jetzt sagen: Dann kommst du eben nicht wieder raus. Wenn du Hunger hast, kommst du schon. Aber BIN ich ein konsequenter Pädagoge?

Nein! Ich bin seine ihn verhätschelnde und über alles liebende Mama! Und wie dankt er es mir? Gar nicht. »Reg dich ab, Mama.« Seine Laune war noch nie schlechter.

»Mamaa! Kommst du jetzt endlich!!« Er bollert sauer an meine Tür.

Also, ich muss los! Hoffentlich kann ich Adrian für diese

Highschool erwärmen. Ich müsste zwar eine Menge Schulgeld bezahlen, aber die Investition wäre es wert!

Ach Anne, diese Eltern von Mark Daniel sind so cool! Sie haben Adrian und mir ihr Ferienhaus am Strand angeboten! Es liegt wunderschön auf einem Felsen, mit Blick über die Bucht von Malibu. Das Leben kann so schön sein.

Carpe diem, meine Liebe!
Ziemlich aufgekratzt, deine Alex

PS: Dr. Sommer sagt, fahr ruhig Auto mit dem netten Kollegen, gönn dir auch mal ein kleines nettes sexuelles Abenteuer, aber stürz dich nicht gleich wieder in eine neue emotionale Abhängigkeit.

Plattstadt, Kaufglück, 12. Dezember

Liebste Alex!
Ich FLIEGE!! Es ist so wunderbar! Ich KANN es noch!! Es war ganz leicht!

Wusstest du, dass Automatic zu fahren kinderleicht ist? Man muss ja gar nicht mehr kuppeln und schalten! Davor hatte ich nämlich jahrelang Angst. Ich weiß noch, wie Lothar mich anfangs angeschrien hat: »Kuppeln, schalten, aber langsam, mit Gefühl!« Vor ungefähr fünfzehn Jahren ließ er mich auf der Autobahn fahren, es war dunkel und es schneite.

Ich wollte im vierten Gang einen Lastwagen überholen. Der fuhr höchstens vierzig und ich hatte Angst, bald völlig stehen zu bleiben. Also setzte ich den Blinker und wechselte die Spur. Mein Herz raste dabei, dass ich dachte, es würde zerspringen. Nie wieder war ich so in Panik! Lothar schrie: »Du kannst doch nicht mit vierzig Sachen auf die linke Spur! Bist du wahnsinnig?« Von hinten schossen bereits wütend blinkende PKWs heran. Ich klammerte mich am Lenkrad fest. Lothar schrie: »So gib doch Gas!« Und ich schrie zurück: »Was meinst du, was ich hier tue? Fliegen tottreten oder was?« Das Gaspedal war bis zum Anschlag runtergedrückt. Kein Schwein sagte mir, dass man runterschalten muss, um zu beschleunigen! Hinter mir entstand ein empörtes Hupkonzert. Der Laster zog rechts an mir vorbei. Er war endlos lang, mit seinem Anhänger. Schneematsch spritzte mir auf die Scheibe. Ich fand den Scheibenwischer nicht. Außerdem war alles von innen beschlagen. Es war der totale Horror! Lothar schrie: »Schalt doch endlich runter, du dämliche Kuh!« Ich schrie zurück: »Halt dein verdammtes Maul oder ich parke hier!«

Ja, Alex. So blöd war ich. Ich glaubte, runterschalten bedeutet langsamer fahren.

Auf einmal ruckelte der Opel. Der Motor spuckte noch ein bisschen, dann ging nichts mehr. Das Auto machte einen Hüpfer gegen die Leitplanke, Lothar schrie mich an und hieb auf die Gangschaltung ein. Er versuchte, mit dem Fuß die Kupplung zu erreichen, aber er trat mich nur sehr schmerzhaft gegen das Schienbein. Ich bin damals wie in Trance einfach ausgestiegen, unter dem Hupkonzert und Lichthupengeblinke über die Leitplanke auf die Gegenfahrbahn geklettert und durch das Lichtermeer der entgegenkommenden Autos getaumelt. Die Schneeflocken tanzten vor meinen Augen, ich dachte, dass es ein guter Augenblick wäre zu sterben, aber ich erreichte damals unverletzt ein Stoppelfeld.

Lothar hat den Opel wieder flottgekriegt und ist weitergefahren.

Ich bin an diesem Abend sehr spät nach Hause gekommen, mit Blasen an den Füßen und fast erfrorenen Händen. Lothar hatte schon die beiden Omas und Opa Karl-Heinz verständigt und alle saßen im Wohnzimmer und waren sehr böse auf mich. »Dass du uns nie wieder ein Lenkrad anrührst!«

»Ich hab schließlich auch keinen Führerschein!«, hat Oma Margot gesagt. »Du kannst genauso gut Straßenbahn fahren wie ich!«

Muss runter in die Kurzwarenabteilung. Erstens, um nach dem Rechten zu sehen, und zweitens, weil Siegwulf dort gerade mit den Dekorateuren arbeitet…
Deine Anne

PS: Meinst du, es hat eine Bedeutung, dass Siegwulf heute bei der Personalversammlung eine rote Rose neben meine Kaffeetasse gelegt hat?

Pacific Palisades, auf meiner Terrasse,
mit Blick auf die Bucht von Malibu …

Liebste Anne,
das sind ja aufregende Entwicklungen!! Nun kannst du also Auto fahren. Mein Gott, wenn ich mir vorstelle, über welche Kleinigkeiten du dich wie ein Kind freuen kannst!

Hier ist alles paradiesisch. Gestern haben wir Adrian die feinsten Klamotten gekauft. Mark Daniel ist höchstpersönlich mit uns zum angesagtesten Herrenausstatter gefahren, nach West-Hollywood. Bei Brooks Brothers wurde mein goldiger Sohn von Kopf bis Fuß eingekleidet. Zuerst wollte er sich weigern, den Laden überhaupt zu betreten, nachdem er die Schaufensterdekoration gesehen hatte. Er lief knallrot an, verzog sich in einen Häusereingang und zischte: »Vergiss es, Mama! Solche scheißaltmodischen Streberklamotten zieh ich nie und nimmer an!« Aber Mark Daniel hat mit seiner heiteren, lässigen Art erreicht, dass mein Adrian immerhin bereit war, das Geschäft zu betreten.

Er stand mit knallrotem Schädel vor dem riesigen Spiegel und betrachtete sich fassungslos. Ich hab ihn zum ersten Mal im Leben mit einem Oberhemd gesehen! Dann erschien ein scheues Grinsen auf seinem Gesicht und seinem Munde entrang sich das Wort »geil!«.

Abends waren wir bei Marks Eltern zum Dinner eingeladen. Adrian hatte zum ersten Mal im Leben ein Jackett mit Krawatte an und ich hätte fast vor Stolz geheult. Zur Vorspeise gab es Kaviar und ich fürchtete schon, Adrian würde mir wieder ein verächtliches »Vergiss es!« zuzischen, aber er hat sehr manierlich und mit sichtbarem Genuss seinen Toast mit Kaviar, Eigelb und Sauerrahm bestrichen. Die Daniels sind wunderbare, feine Leute, mit einem so warmherzigen Humor, einer solchen Großzügigkeit und Toleranz, dass sogar mein Adrian ganz hingerissen ist. Er ist richtig aufgetaut, hat angefangen, auf Englisch zu plaudern, und siehe da, er kann es, wenn er will! Ich verstehe nicht, warum er in Englisch eine Sechs auf dem Zeugnis bekommen soll. Er spricht fließend und hat sich auch gleich den amerikanischen Akzent angeeignet! Mr und Mrs Martini sagten später, er sei genau wie Mark Daniel damals mit fünfzehn: wie eine kleine Blume, die noch nicht genau weiß, in welche Richtung sie ihren Kopf drehen soll, um blühen zu können. Und man müsse so einer kleinen Blume die Möglichkeit geben, an einem anderen Ort Wurzeln zu schlagen, wenn sie an ihrem jetzigen Ort nicht blühen könne. Die Wurzeln seien noch so fein und zart, dass man sie nicht beschädige, wenn man sie ganz vorsichtig ausgraben und woanders wieder einpflanzen würde. Sie sagten, er bekommt vielleicht nicht genug Sonne in seinem altsprachlichen Gymnasium mit den dicken, feuchten Mauern.

Ich habe noch nie erlebt, dass ältere Leute so liebevoll über ein pubertäres Kalb mit Pickeln und schiefen Zähnen reden. Sie bringen ihm und mir so viel Respekt entgegen, obwohl ich offensichtlich Fehler in der Erziehung gemacht habe. Sie sind so ganz ohne Überheblichkeit und Belehrenwollen, wie man das sonst von Leuten dieser Generation kennt.

Eigentlich muss ich dir gestehen, dass ich Adrian schon fast aufgegeben hatte! Bei dem Gedanken könnte ich heulen. Man darf nie sein Kind aufgeben. Und wenn die Situation noch so verzwickt erscheint: Man muss dem Jungen nur wieder die Steigbügel reichen. Dann kann er eine neue Richtung einschlagen.

Was ich völlig vergessen habe, dir zu sagen: Mark Daniel singt in den nächsten Tagen im Salzburger Festspielhaus für den König Phillip im »Don Carlos« vor!

Das Fax mit der Zusage der Intendantin hat mich heute erreicht. Es macht mich schon stolz, für Mark diese Chance an Land zu ziehen! Wir fliegen in zwei Tagen zurück nach Salzburg. Nun habe ich Mark Daniel unter Exklusivvertrag! Er wird mir zwar nicht so viel Knete einbringen wie Nackedei, aber dafür wird die Zusammenarbeit mit ihm bestimmt interessanter. Nach dem Vorsingen komme ich mit Mark Daniel zurück und dann werde ich ein paar Filmproduzenten ansprechen. Mister Martini hat vorgeschlagen, mich mit einigen von ihnen auf einer Kreuzfahrt bekannt zu machen. Auf Kreuzfahrten, sagt er, haben die Leute immer viel Zeit und können dir nicht weglaufen. Er selbst hat alle seine Geschäftsbeziehungen auf Kreuzfahrten geknüpft.

Ein wunderbarer alter Knabe! Bei so einem Vater soll wohl der Sohn ein Prachtexemplar werden! Darüber mache ich mir oft Gedanken: ob wohl beispielsweise dein Lothar anders geworden wäre, wenn er nicht bei einem solchen Oberspießer wie Opa Karl-Heinz aufgewachsen wäre.

So gut es mit der Karriere läuft: Mit der Liebe will es nun seit Jahren überhaupt nicht mehr klappen. Das liegt sicher daran, dass ich bei »Geld oder Liebe« immer das Geld wähle.

Der Fotograf der Bunten war ein One-Night-Stand, und davor streifte ein bekannter Filmproduzent mein Leben, dessen Namen ich aber niemals verraten werde.

Du siehst ihn in jeder zweiten Ausgabe der Bunten und der Gala, allerdings an der Seite einer namhaften deutschen Schauspielerin. Als wir uns trennten, habe ich ein Schweigeabkommen unterschrieben. Und richtig Kohle damit gemacht.

Mit den besten Grüßen aus Hollywood, dem Land, in dem Träume wahr werden!
Deine Alex

PS: Eine rote Rose neben der Kaffeetasse! In der Personalversammlung! Ts, ts, tss!!
PPS: Stürz dich BITTE nicht sofort wieder in eine neue Abhängigkeit!!

Warst du denn nun mit im Altersheim?? Hm! Musstest du es so weit kommen lassen?

Plattstadt, Einbahnstraße 4, nachts um drei,
in Lothars Arbeitszimmer, 15. Dezember

O Alex,
die Ereignisse überschlagen sich! Lothar hat einen anonymen Brief gekriegt! Ich weiß gar nicht, wo ich anfangen soll! Wir haben eine schwere Ehekrise. Lothar ist mit seinem Kram in seinen Hobbykeller umgezogen, liegt dort auf seinem Studentenwohnheimsofa und schmollt. Trotz der Pestizide an der Wand. Seine Neurodermitis blüht am ganzen Körper. Und ich bin schuld.

Wir hatten schrecklichen Krach. Unser Ehedrama spitzt sich zu!

Irgendein Idiot hat Lothar einen anonymen Brief geschrieben, den er gestern auf seinem Schreibtisch in der Filiale der Plattstadter Kreissparkasse fand: »Sehr geehrter Herr Pistrulla, auch wenn und gerade weil bald Weihnachten ist: Sie sollten sich nicht so viel um Sparverträge und Rentenversicherungen kümmern.

Ihre Frau fährt mit offenem Dach im Cabriolet eines Kollegen durch die Gegend! Am Sonntag war sie mit ihm sogar am Plattstädter Baggersee, wo sie Glühwein trank.

Wenn Sie Interesse haben, werde ich Sie auch noch über andere Details informieren.
Hochachtungsvoll
ein Freund, der es gut mit Ihnen meint.«

Lothar hat mir diesen Brief vor seinen Eltern und – schlimmer noch! – vor den Kindern auf den Abendbrottisch geknallt.

Ich habe geschrien: »Nicht vor den Kindern!«

Und er hat geschrien: »Das sollen die Kinder ruhig wissen!«

Carla und Greta haben fürchterlich geweint, aber er hat sich nicht beruhigen wollen.

»Die Leute lachen auf der Straße hinter mir her! Die ganze Stadt weiß, dass sich meine Frau tagsüber mit einem anderen Kerl herumtreibt!«

»Aber Lothar, ich habe nur Autofahren geübt! Er gibt mir Fahrstunden! Das ist alles!«

»So, Fahrstunden nennt man das also, ja?«

»Nenn es, wie du willst! Er glaubt wenigstens an mich!«

»Und du meinst, er macht das aus purer Freundlichkeit, ja? Du meinst, er erwartet keinerlei Gegenleistung, ja?«

»Ach, hör doch auf damit!«

»Und was habt ihr am Baggersee zu suchen gehabt? Am Sonntag? Während ich Idiot mit den Blagen im überfüllten, nasskalten Scheißzoo rumgelatscht bin? In meiner EINZIGEN Freizeit, die ich mir seit MONATEN gestattet habe?«

Lothar hat die Abendbrotteller gegen die Einbauküchenschränke gepfeffert.

»Nanana«, hat Oma Margot gesagt. »Jetzt geht aber das Temperament mit dir durch.«

Schließlich kam Opa Karl-Heinz und hat die beiden Omas kopfschüttelnd abgeholt. »In jeder Familie gibt es mal Streit«, hat er gesagt. »Nach Regen kommt Sonnenschein.«

Sogar der Chef hat so eine Nachricht auf seinem Schreibtisch gefunden: »Statt ihrer Verantwortung als Personalchefin nachzukommen, fährt Ihre saubere Frau Pistrulla mit einem Ihrer Angestellten im Cabrio spazieren! Sie sollten sich überlegen, welche Mitarbeiter Sie mit Verantwortung betrauen! Ein Freund, der es gut mit Ihnen meint.«

Der Chef zeigte mir schweigend diesen Brief, als ich ihm die Liste mit den neuesten Entlassungen brachte. Er runzelte die Stirn und sagte dann: »Ihr Privatleben geht mich nichts an. Aber ich möchte so was nicht noch einmal erleben.«

Ich nickte und versicherte ihm mit brüchiger Stimme, nie wieder solche Dummheiten zu machen. Damit konnte ich gehen. Wie eine Schülerin, die einen Verweis beim Direktor erhalten hat.

Warum werde ich immer noch wie ein dummes Kind behandelt?

Während dir die ganze Welt zu Füßen liegt!

Sehr bedrückt und von Selbstzweifeln zerfressen
deine Anne

PS: Eines muss ich trotzdem noch bemerken: Siegwulf ist mein Lebensglück. Er ist der einzige Mensch, der mich versteht. Außer dir natürlich!
PPS: Wir waren übrigens immer noch nicht bei seinem Vater. Siegwulf sagte, der fühlt sich im Moment nicht wohl.

Beverly Hills, Sunset Boulevard, Hotel Bel Air, am Pool

Ach liebste Anne!
Wenn ich dir doch helfen könnte! Anonyme Briefe sind das Letzte. Vergiss es einfach.

Du musst dein Leben grundlegend ändern.

Ich weiß nur nicht, ob du das wirklich willst. Du jammerst zwar, aber du unternimmst nichts. Du hast dir, seit wir nicht mehr zusammen sind, Sachen gefallen lassen, die ich mir nie gefallen lassen würde. Deshalb fasse es bitte nicht als Belehrung auf, sondern als nüchterne Feststellung, was ich dir jetzt sage: Du hast es versäumt, rechtzeitig Grenzen zu setzen. Und jetzt ist es verdammt schwer, plötzlich damit anzufangen. Ich schätze, bei dir hilft nur noch etwas sehr Radikales. Abhauen zum Beispiel.

Mensch, Anne! Deine Selbstzweifel fressen dich auf! Warum nimmst du nicht einfach deine Mädchen und haust ab?

Ach ja, geht ja nicht. Du liebst ja Siegwulf. Und außerdem hast du Angst vor deiner Mutter. Also musst du diese Sache auch noch hinter dich bringen. Ich werde dich nicht drängen, schaue dir nur gespannt zu. Die Vorabendserie wird ja richtig spannend! Du kannst immer auf meine Hilfe rechnen. Mein Haus steht dir jederzeit offen. Mehr kann ich dir nicht dazu sagen.

Themawechsel.

Adrian plantscht im Pool wie ein kleiner Junge. Es ist schon verrückt: Oft tut er so cool und unnahbar, und letztens beim Herrenausstatter wurde mir schlagartig klar, dass er schon ein junger Mann ist: groß und schlank geworden – anscheinend über Nacht! Aber jetzt ist er wieder mein kleines Baby. Eben habe ich ihm noch die Schultern eingecremt und ich habe mich gefragt, wie lange er mich das noch tun lässt. Jetzt spielt er selbstvergessen und kindlich mit seinem Schlauchboot. Die Martinis haben Recht: Er ist eine Blume, die im Begriff ist zu blühen. Wir müssen ihr nur den richtigen Platz dafür besorgen. Amerika tut ihm gut. Unverkrampft und freundlich sind hier die Menschen. Unvoreingenommen. Hilfsbereit. Heiter und unkompliziert. Es stimmt schon: In seinem altsprachlichen Gymnasium war nicht genug Sonne für ihn.

Mister Martini hat einen Blick auf Adrians dentale Großbaustelle geworfen. Natürlich kennt Mister Martini auch einen fantastischen Kieferorthopäden hier in L. A., bei dem wir nächste Woche einen Termin haben. Brennan Newsom, eine Koryphäe auf seinem Gebiet, ein alter Knabe, zu dem ganz Hollywood wegen strahlend schöner Zähne pilgert. Mark Daniel war dort auch jahrelang in Behandlung. Also, wenn sein fantastisches Strahlegebiss die Visitenkarte dieses Zahnarztes ist, dann kann ich mich für Adrian nur freuen.

Er hängt im Moment an mir wie ein kleiner Junge. Als ich gestern das Thema »Heimkehr nach Salzburg« anschnitt, fing er fast an zu weinen.

»Immer denkst du bloß ans Geldverdienen und nie denkst du an mich!«

»Also, Adrian, jetzt mach aber mal 'nen Punkt. Du bist es doch, der es genießt, in einem Landhaus mit eigenem Badestrand zu wohnen, ein eigenes Moped zu haben, eine Hängematte im Garten, die Berge vor dem Fenster, den Skilift vor der Haustür …«

»Na und? Ist doch nicht MEIN Problem!«

»Adrian, du kannst nicht immer alles haben …«

»Wieso denn nicht! Du willst doch selber immer alles haben!«

Für so eine Bemerkung hätten unsere Eltern uns früher eine reingehauen, ich weiß. Ich aber musste leider grinsen und sagte: »Will ich auch. Und daran arbeite ich.«

Ich strich dem Bengel über seine nassen Haarfransen. »Sollen wir einfach hier bleiben, Adrian? Du und ich?« Er zuckte wieder die Schultern. »Klar.« Das war schon echt viel!

»Aber was wird aus unserem Haus am Mondsee?«

Drittes Schulterzucken. »Ist doch nicht mein Problem!«

Tja, Anne. Aber meins. Wenn ich eine Zeit lang hier bleibe, was ich wirklich gerne tun würde, dann müsste ich jemanden haben, der mir auf das Haus schaut.

ALSO WORAUF WARTEST DU NOCH???

Warum setzt du dich nicht einfach ins Auto und fährst mit deinen Mädchen zu mir? Es würde uns doch beiden helfen, Anne. Bitte, überleg es dir. Es ist mehr als eine Einladung. Es ist eine Riesenbitte. Nein, es ist ein Befehl!! Alle unsere Probleme wären mit einem Schlag gelöst.

Melde mich von unterwegs.

Pass auf dich auf, Anne, und sei fest umarmt von
deiner Alex

PS: Mache mir Sorgen wegen dieses anonymen Briefeschreibers. Wer könnte das sein?

Plattstadt, Kaufglück im totalen Weihnachtsstress,
vierter langer Samstag vor Heiligabend

Liebste Alex,
wie stellst du dir das vor, so einfach abhauen? Ich sitze hier mitten in der tiefsten Scheiße! Stell dir vor, was heute schon wieder passiert ist. Morgen ist der vierte Advent und wir alle, sämtliche Mitarbeiter, gehen seelisch und nervlich am Stock.

Um kurz nach neun, die Personalversammlung war gerade zu Ende, kam Jürgen Böhser nach kurzem Anklopfen noch mal in mein Büro. Er war ganz komisch, hatte rote Flecken im Gesicht und sein Schnurrbart zitterte.

»Hallo, Jürgen«, sagte ich, »was gibt's? Hast du was vergessen?«

»Ich schau mir das nicht länger an«, platzte Jürgen heraus. Die Stimmung ist, wie ich schon erwähnte, in unserem Hause zur Zeit sehr aufgeladen.

Ich stutzte. »Was ist los, Jürgen?«

»Ich kann diesen oberpeinlichen Siegwulf Mennecken nicht mehr sehen!«

»Komm, Jürgen, reiß dich zusammen. Ich weiß, wir sind alle nervös, aber bald ist das Jahr vorbei und du hast doch auch noch Resturlaub zu bekommen…« Ich blätterte in meinen Unterlagen. »Nimm dir einfach die letzte Woche des Jahres frei. Das geht auf meine Verantwortung.«

»Das könnte dir so passen!«

»Bitte??«

»Dass du mit deinem Siegwulf freie Bahn hast!«

»Ich denke, eine solche Äußerung steht dir nicht zu.« Dabei habe ich innerlich gebebt vor Stress!

»Und DIR steht es nicht zu, einen Kollegen bevorzugt zu behandeln, nur weil du mit ihm ins Bett gehst!«

»Spinnst du, Jürgen?« Ich stand auf, wusste nicht wohin mit meinen Händen, steckte sie in die Kitteltasche. Drinnen habe ich sie zu Fäusten geballt.

»Nein. Aber DU spinnst! Du bist verheiratet und hast zwei Kinder!«

»Was geht dich das an?«

»Viel geht mich das an!«

»Das geht dich einen Scheißdreck an!«

»Du verlogenes Luder. Hier in der Firma immer schön die Saubere spielen, weiße Bluse, glatter Rock, perfekte Frisur, immer unantastbar, aber auf der Dachgarage, da bumst du den schmierigen Werbeplakateankleber in der Mittagspause, und der wiederum gibt vor, zu seinem senilen Vater ins Altersheim zu fahren, den es gar nicht gibt!«

»Natürlich gibt es den! Und jetzt raus!«

»Was seid ihr doch alle für verkommene, durchtriebene Schweine!« Er zitterte vor Erregung, dass sein Schnäuzer über der Oberlippe bebte.

»Du hast für den Rest des Tages frei.« Ich wies ihm die Tür.

»DAS wird noch Folgen haben, Anne, das verspreche ich dir ...«

Wutschnaubend verzog sich der liebe Jürgen, ein hasserfülltes Glühen in den Augen. Im Türspalt blieb er stehen und gab mir den Rest: »Ich habe Mittel und Wege, meine Liebe, dir diese Romanze zu versauern ...«

Damit knallte er die Tür zu. Jürgen Böhser. Herren-Oberbekleidung. Fachspezialist für Über- und Zwischengrößen. Für kurzbeinige Dicke, wie er selber einer ist.

Ich saß lange untätig da.

Als das Telefon klingelte, hoffte ich, es wäre Jürgen Böhser, um sich zu entschuldigen. Es war aber Siegwulf. Und jetzt halt dich fest: Sein seniler Vater im Altersheim hat AUCH einen anonymen Brief bekommen!

»Ihr sauberer Herr Sohn, der immer vorgibt, Sie zu besuchen

usw., vögelt auf der Dachterrasse die Personalchefin seiner Firma, obwohl diese verheiratet ist und zwei Kinder hat! Bei Interesse lasse ich Ihnen gerne detailliertere Informationen zukommen!«

Zum Glück konnte der Alte den Brief gar nicht mehr lesen und hätte auch den Sinn des Schreibens gar nicht mehr begriffen. Die Altenpflegerin hat Siegwulf den Brief also per Post zugeschickt.

Jedenfalls weiß ich jetzt sicher, dass es den Vater wirklich gibt.

Muss los, unser Detektiv hat einen Azubi beim Klauen erwischt. Es ist alles so NEGATIV!!

Eilig, hektisch, erkältet, frustriert und kein bisschen in Weihnachtsstimmung.
Deine Anne

PS: Für das Vorsingen deines neuen Stars toi, toi, toi!
PPS: Hier im Kaufglück-Lautsprecher leiert seit vier Wochen die gleiche schnulzige Weihnachts-CD. O du ölige, o du mehlige, fade schmeckende Weihnachtsgans…

Salzburg, Drehscheibe der Stars, eine Nacht zu Hause

Uiuiui, Anne!

Bin wieder zu Hause – in MEINEM REICH. Im Gästebad duscht Mark und ich sitze irgendwie nervös am Laptop. Kann mir gar nicht vorstellen, dass da gar nichts laufen soll … ist doch sonst nicht meine Art, einen so feschen Kerl vornehm zu ignorieren! Ich hab ihm das blaue Gästezimmer gegeben, mit Zugang zum Saunabereich … weiß auch nicht, warum. DOCH!! Schließlich bin ich auch nur eine Frau!

Draußen liegt alles tief verschneit und völlig friedlich – Bäume, See und Wiesen. Der Vollmond leuchtet, als wäre es Tag. Meine Hormone schlagen Purzelbäume.

Trotz inneren Bebens: zuerst zu dir und deinen Plattstädter Problemen. Mein Gott, ich wollte, ich hätte sie. Ich würde sie mit einem Kinnhaken lösen. Anne, es ist doch völlig klar, dass dieser schmierige kleine Wichser Jürgen Böhser die anonymen Briefe geschrieben hat!

Pack ihn dir, tritt ihm in die Eier und feuere ihn hochkantig!

Wo liegt das Problem?? Der geht schon nicht zur Plattstädter Presse. Und wenn, ist es auch egal! Denunzianten disqualifizieren sich immer selbst.

Er ist immer noch im Bad. Er duscht. O Gott. Was? Wen? Ich darf gar nicht daran denken … Zur Sache, Schätzchen.

Anne! Tauch doch mal auf aus deinem Piranhabecken! Es gibt noch ein anderes Leben als Plattstadt und Kaufglück! Es tut mir so Leid um deinen Horizont!

Warum gehst du auf mein Angebot nicht ein? Pack deinen Kram und komm her! Nimm dir eine Auszeit! Du hast eine riesige Landhausvilla mit eigenem Seegrundstück für dich!

Als Gegenleistung erwarte ich nur ein bisschen Blumen gießen, Post durchschauen und Faxe nachsenden!

Bitte, Anne! Tu dir und mir doch den Gefallen! Um unserer alten Freundschaft will…

O Gott! Jetzt kommt er raus. Was macht er? Geht tatsächlich in die Sauna!!

Muss mich ablenken. Hole mir ein Glas Rotwein. Aah, seufz. Gut. Bin entspannter.

Um zur Sache zu kommen: Er hat die Rolle! Er singt den König Phillip im »Don Carlos«! Ich hätte auch nichts anderes von ihm erwartet! Trotzdem: Selten war ich bei einem Casting so aufgeregt. Habe mir fast die Fingernägel abgeknibbelt. Anders Mark. Er war die Ruhe selbst.

Die Intendantin war auch ganz verzückt, und sogar die alte Fürstin hatte es sich nicht nehmen lassen, dem gesamten Vorsingen beizuwohnen. Es steht völlig außer Frage, dass Mark der neue Favorit des Salzburger-Festspiel-Publikums sein wird, da sind sich alle einig. Ich könnte mir dauernd selbst auf die Schulter hauen! Was das langfristig für Knete einbringen wird! Ich könnte Mark Daniel küssen und ihm zärtlich sagen: »Du meine Altersvorsorge!«

Wir waren noch zusammen essen, im Goldenen Hirschen, am Nachbartisch saß zufällig Caroline von Monaco, mitsamt ihrem Gemahl Ernst August, der diesmal mit Mozartkugeln auf ahnungslose Gäste warf. Es gab Ente à la Grand Marnier mit Bordeaux-Rotkraut und Pommes Croquettes, dazu einen kalifornischen Merlot, samtig schwer und betörend wie Mark Daniels Stimme, wenn er singt: »Sie hat mich nie geliebt!«

Ach, was war das schon wieder für ein hinreißender Tag! Ich sage dir, Anne: Den Mann muss man sich gar nicht schöntrinken! Gott, Anne, es ist so hinreißend! Ach Anne, ich könnte ihm verfallen!

Ob er schon schläft? Ob ich einmal nach ihm schauen soll?

Uups – Sie haben Post…

Plattstadt, Kaufglück, Montag vor Heiligabend –
im Laden ist die Hölle los

Hallo, Alex,
ich bin's schon wieder. Konnte deine Antwort nicht abwarten, muss mir meinen Ärger von der Seele schreiben. Als ich in der Mittagspause nach Hause kam, stand plötzlich Oma Margot auf der Matte.

Sie hielt mir einen Wisch unter die Nase, bevor ich überhaupt nur die Schuhe ausgezogen hatte, und keifte auf mich ein. »Kannst du mir mal erklären, was DAS hier soll?«

Wirklich, Alex, ich schwöre dir: Jeden Moment rechnete ich mit einer Ohrfeige, wie früher!

»Keine Ahnung, was ist das denn?«

»Das ist ein ANONYMER BRIEF!«, schnauzte mich Oma Margot an. »An MICH!«

Ich nahm ihr das Schreiben aus der Hand und ging ins Licht. Tatsächlich. Der gleiche Schmierfink. »Ihre saubere Frau Tochter trifft sich mit … und … während Sie ihr den Haushalt machen und die Kinder hüten.«

Es muss also jemand sein, der unsere Familie wirklich gut kennt. Ich stammelte zwar unter Tränen, dass auch ich ein Opfer dieses Schreiberlings sei, aber das konnte ihren Zorn nicht mildern. Im Gegenteil. »Das hast alles du unserer intakten, harmonischen Familie angetan! Du Schlampe!!«

Damit hat sie sich umgedreht und die Tür hinter sich zugeknallt.

Der Weihnachtsstern auf der Fensterbank wackelte noch lange bedenklich mit dem schamroten Köpfchen.

Wenn ich doch wäre wie du! Aber die Kraft habe ich nicht.

Ich trau mich nicht, hier einfach abzuhauen. Das käme einem solchen Skandal gleich, das kann ich dir gar nicht beschreiben. Lieber ertrage ich diese Krise und warte, bis sie vorbei ist. Halte es mit der Vogel-Strauß-Technik. Kopf in den Sand und warten, bis der Sturm vorbei ist. Werde hier wohl versauern bis ans Ende meiner Tage. Habe es einfach nicht anders verdient.

Traurig, einsam und verfroren
Anne

PS: Hoffe inständig, dass Siegwulf vor Weihnachten noch mal mit mir Auto fährt. Er ist zur Zeit ständig im Altersheim bei seinem Vater. Sagt, er muss ihn über die Feiertage nach Hause holen und da kann er nicht mit mir telefonieren.
PPS: Wie ich dich um deinen muskulösen Kerl in der Sauna beneide… Was hat denn nun gesiegt? Geld oder Liebe?

Santa Barbara, 20. Dezember …

Ach Anne!

Bin wieder in Kalifornien. Unser Trip nach Europa war kurz, aber ereignisreich.

Was mach ich nur mit dir? Wie gern würde ich dir zu Weihnachten deine Freiheit schenken! Unter deinem Weihnachtsbaum sollte ein Päckchen liegen mit der Aufschrift »Freiheit«.

Aber wenn du das Päckchen doch nicht greifst!

Weißt du noch, deine ersten E-Mails? Da hast du mir geschrieben, wie gut es dir geht und wie glücklich du bist. Hast du dich denn so sehr selbst getäuscht?

Oder bin ich womöglich schuld daran, dass du auf einmal nicht mehr glücklich bist?

Stelle besorgt fest: Dein Leiden ist noch nicht stark genug, als dass du alle Kräfte mobilisierst. Also: Leide noch ein bisschen. Ich kann dir nur meine ganze Energie rüberschicken.

Liege mit Adrian in der Sonne am Strand – es ist herrlich!

Adrian hat seine Zeit ohne mich hier sehr gut rumgekriegt. Mrs Martini hat ihm das Surfbrett von Mark Daniel ausgeliehen und mein Süßer hat tatsächlich eifrig in den Wellen des Pazifiks geübt! Natürlich will er mir noch nicht zeigen, wie gut er schon auf dem Brett steht. »Mama! Das ist echt voll peinlich!« Aber wenn ich so tue, als würde ich schlafen, dann stiehlt er sich davon und kämpft wild entschlossen gegen die Wellen. Und dann blinzele ich heimlich und könnte vor Stolz und Freude heulen. Endlich wacht dieses kleine Stinktier aus seinem Winterschlaf auf! Ich glaube, ich bin selbst schuld daran, dass er so ein Rumhänger war. Hab ihm ja schließlich alles vorne und hinten reingesteckt – und das kannst du wörtlich nehmen! – aus lauter Schuldgefühlen, ihn zu einer »Scheidungswaisen« gemacht zu haben. Und auch noch berufstätig zu sein. Dabei hat der Bengel das voll durchschaut und ausgenutzt.

Also, Anne: Unser plötzlicher Ortswechsel öffnet Mutter und Sohn die Augen, Herz und Sinne. Ich kann nur für dich hoffen, dass dir irgendwann das Gleiche passiert.

Die Steigbügel will ich dir gerne halten, aber aufsteigen musst du allein.

Jetzt packe ich mal meine Siebensachen zusammen und geh rauf in das Ferienhaus, duschen. Heute Nachmittag haben wir den Termin beim Kieferorthopäden. Die Amerikaner arbeiten wie die Tiere – selbst kurz vor Weihnachten. Aber sie sind alle froh dabei!

Ach Anne, alles wird gut! Wünsche dasselbe auch dir!
Deine aufgekratzte, zu allen Schandtaten bereite
Alex

PS: Was machst du eigentlich über die Feiertage? Sag nicht, du feierst mit deinen Lieben zu Hause unterm Weihnachtsbaum.
PPS: Mein Angebot steht immer noch!!

Plattstadt, Einbahnstraße 4, vierter Advent, abends um zehn, an Lothars Schreibtisch

Liebste Alex!
DU bist ja gut drauf! Wie ich dich beneide!! Alles läuft so genial bei dir!

Finde es wunderbar, dass du deine Mutterrolle so ausfüllst! Kann ja sein, dass Adrian dich nur für eine kurze Übergangszeit so sehr braucht, aber auf jeden Fall braucht er dich jetzt. Und, sag es doch ehrlich, er ist schließlich der einzige Mensch in deinem Leben, der dir wirklich was bedeutet und bei dem du nicht an Geld denkst! Genieße deine Zeit mit ihm! Deine ganzen Pferdchen laufen schon eine Weile allein! Gestern stand Nackedei schon wieder in der Panorama: gemeinsam mit dem Außenminister auf einem Foto. Nackedei sah klasse aus: hochgesteckte Haare, klassisch-elegantes Ballkleid, tanzte mit allen namhaften Politikern. Bildunterschrift: »Gern gesehene Gäste beim Adventsball im Bundestag…« Donnerwetter. Du hast wirklich ganze Arbeit geleistet.

Im Stern war ein sehr guter Artikel über »Promis, die wir unterschätzt haben«. Da war auch Nackedei erwähnt, mit dem Kommentar: »Liegt es an der neuen Managerin oder ist sie selbst so schlau? Nackedei arbeitet hart und zielstrebig an ihrem Imagewechsel. Sie will nicht mehr Everybody's Pin-up-Girl sein. Sollte sie etwa außer ihrer ansehnlichen Verpackung noch mehr zu bieten haben? Deutschland darf gespannt sein!«

Mir geht's dafür gar nicht so toll. Inzwischen pfeifen es die Spatzen von den Dächern. In der Kantine sprachen mich sogar die Aushilfen darauf an: »Na, Frau Pistrulla? Fahrstunden auf dem Parkdeck?«

Ich habe das Gefühl, gemobbt zu werden.

Die dicke Frau Fischer aus der Frischbackwaren, die selber wahnsinnig gern einmal einen Flirt haben würde, schob mich sogar ganz unverfroren bei der Personalversammlung zu einem leeren Stuhl neben Siegwulf: »Da wollen Sie doch bestimmt gerne sitzen, nicht wahr, Frau Pistrulla? Sind Sie doch jetzt so daran gewöhnt!«

Ich hätte ihr gern eine geklebt.

Mit Siegwulf ist alles romantisch. Er hat mir ein Handy geschenkt, stell dir vor!

Mit Lothar nach wie vor Eiseskälte.

Aber einfach abhauen und nach Mondsee fahren, wie du mir so lapidar vorschlägst, das geht natürlich nicht. Ich habe zwei kleine Kinder! Und Verantwortung!

Was glaubst du, was hier los wäre, wenn ich einfach ginge!

Hohoho! Nicht vorzustellen! Wie sie REDEN würden!

Außerdem muss ich natürlich dazu beitragen, dass unser verklinkertes Reihenhaus abbezahlt wird.

Frag mich nicht, wie ich mich fühle.

Es grüßt dich aus dem seelischen Niemandsland
deine fast leer geträumte
Anne

PS: Die Erde ist ein ödes Jammertal
Und angefüllt mit Elend, Angst und Qual
Nur selten lächelt uns ein stilles Glück
Und füllt mit Freude unsern düstren Blick.

Los Angeles, im Wartezimmer von Dr. Brennan Newsom, dem Kieferorthopäden, 22. Dezember. Da kennen die nix, die Amis. Es wird gebohrt, bis die Knete stimmt…

Liebste Anne,
deine Vorabendserie wird mir langsam zu traurig. Du wirst gemoppt? Von der dicken Frau Fischer aus der Frischbackwaren? WEHR DICH!!

Gibt's nichts Aufregenderes aus »Plattstadt – deine Spießer« zu berichten? Siegwulf, Lothar, Oma Margot, Opa Karl-Heinz und Jürgen Böhser: Das sind alles keine Brüller! Alles Negativfiguren. Und du mittendrin! Das färbt doch ab!! Wenn wir wirklich 'ne Vorabendserie draus machen wollen, muss jetzt endlich ein strahlender Held erscheinen. Oder ein Mörder oder so was. Sonst wird's langweilig.

O Gott, warum tust du dir und mir das alles immer weiter an?

Zappen wir also zu mir, ins Wartezimmer des Kiefernorthopäden.

Adrian hat mir verboten, an dieser peinlichen Sitzung teilzunehmen. Brennan ist ein hinreißender alter Knabe, der mit viel Galgenhumor die Situation in Adrians Mund als gegeben, aber nicht hinzunehmen kommentiert hat. Er sagt, Gott gab Adrian einen verkorksten Kiefer, damit er, Brennan, an ihm Geld verdienen kann. Damit war Brennan mir auf Anhieb sympathisch. Der alte Kerl denkt auch nur an das eine. In sechs Monaten hat er die Großbaustelle Kabul nach dem Bombenangriff unter Kontrolle, sagt er. Im Juli wird Adrian mit der Sonne um die Wette strahlen. Einzige Bedingung: Ich muss aufpassen wie ein Luchs, dass der Bengel die neue Zahnspange Tag und Nacht trägt. Was mag der Sinn an Adrians Katastrophenkiefer sein? Dass ich jetzt ein halbes Jahr in Amerika bleiben muss? Der Gedanke erschreckt mich keinesfalls. Ich liebe dieses Land der unbegrenzten Möglichkeiten.

Brennan sagt, er arbeitet mit hochmoderner Ultraschalltechnik, die in Europa noch gar nicht zugelassen ist. Er selbst hat das Patent auf diese Methode und es sei noch nichts verloren. Wir mussten nur unterschreiben, dass wir ihn niemals wegen eines Kunstfehlers verklagen.

Erinnerst du dich an unsere Zahnspangenzeit, Anne? Meine dauerte sieben Jahre! Wir gingen einmal in der Woche zu dem alten Dr. Miesbach an der Ecke mit den etwas schickeren Klinkerbungalows. Seine Frau mit der Hochsteckfrisur im weißen Kittel machte auf. Im Wartezimmer roch es so schrecklich! Wir lasen immer »Karius und Baktus«, und wenn wir drinnen waren, drehte der gute alte Doktor mit einem kleinen Stift, mit dem man sonst Thunfischdosen öffnet, die Zahnklammer etwas enger und wir konnten wieder gehen. Das war unsere kleine, begrenzte, regelmäßige Welt!

Lebt der alte Dr. Miesbach noch?

Gestern habe ich Adrian im College vorgestellt. Am Montag nach Neujahr kann er anfangen! Damit ist mir meine Hauptsorge genommen.

Leider ist Mark Daniel gestern abgereist, er hat über Weihnachten ein Engagement in Boston. Wir vermissen ihn. Besonders Adrian. Ich hatte das Gefühl, er hätte einen großen Bruder gefunden.

Wir freuen uns jedenfalls sehr auf die Kreuzfahrt. Es geht in die Karibik!

Aus Mondsee melden sie Rekordminustemperaturen! Hoffentlich frieren die Wasserleitungen nicht ein. Schade, dass du dich nicht aufraffen kannst, mir das Haus zu hüten. Es wäre so praktisch gewesen.

Jetzt kommt Adrian aus dem Sprechzimmer. Ich soll sofort reinkommen und mit dem Doktor reden. »Mamaaa!!! Soll ich hier Wurzeln schlagen oder was!«

Also dann, ich muss Schlu…

Plattstadt, 24. Dezember – im Laden ist die Hölle los, habe noch Dienst bis siebzehn Uhr

Liebste Alex,
na, das ist ja ein Heiligabend! Der schlimmste meines Lebens! Statt friedvoller segensreicher Stimmung fliegen hier die Pfeile des Neides, des Hasses und der Eifersucht.

Ich kapiere das alles nicht. Siegwulf ist zum Werwolf geworden! Nachdem alles so wunderschön und romantisch angefangen hatte, entpuppte sich mein heimlicher Schwarm als total eifersüchtiger, besitzergreifender Macho.

Ich könnte mich schütteln vor Ekel!

Gerade eben ließ er mich sogar ausrufen, nachdem er über die Kaufhaus-Videoüberwachungsanlage beobachtet hatte, dass ich mit einem Kunden ein längeres Gespräch hatte! Ich Blöde habe alles liegen und stehen lassen, bin in den Personalraum geflitzt, weil ich dachte, es sei ein Notfall, und da saß er da fett und breitbeinig hinter dem Monitor und sagte:

»Volle zwölf Minuten! Was habt ihr zu bereden?« Dabei bin ICH seine Chefin!! Ich fasse das alles nicht! Muss weinen, bin einfach rauf in mein Kabuff, um dir schnell zu e-mailen.

Inzwischen glaubt Siegwulf, ich gehöre ihm ganz allein.

Was hab ich nur wieder falsch gemacht?

Wieso triffst du, Alex, immer die Interessanten, Netten, Schönen und ich die verklemmten Idioten! Ich fürchte, ich bin vom Regen in die Traufe gekommen!

Schätze, ich fühle mich ziemlich genau wie dein Adrian in seinem altsprachlichen Schattendasein.

Ich habe keine Lust mehr. Arbeite zur Zeit sechzehn Stunden am Tag. Für WAS?? Ist doch nicht MEIN Problem!

Wenn ich mich doch trauen würde, einfach zu dir zu fahren! Aber ich trau mich nicht!

Könnte heulen, aber werde schon wieder ausgerufen. Wenn ER das jetzt ist, bringe ich ihn um!

Deine Anne

PS: Vor Weihnachten graut es mir! Vor Silvester auch! Diese schrecklichen Feiertage!

PPS: Diesmal war's wirklich was Dringendes: Jemand ist auf der Rolltreppe verunglückt. Muss die Rettung alarmie…

Fort Lauderdale, an Bord der QE 2, Suite 817–819

Frohe Weihnachten, liebe Anne!
Und beste Grüße von diesem alten, feudalen Schiff. Die Queen Elizabeth II hat Tradition.

Wow! Sehr stilvoll alles, sehr luxuriös, gediegen und durch und durch englisch. Überall in den Treppenhäusern hängen lebensgroße Porträts von der Queen.

Das Publikum ist von höchster Qualität. Es wimmelt von Millionären und Milliardären! Vielleicht treffe ich hier einen geeigneten Kerl. Einen, der nicht immer nur ans Geld denkt, weil er selbst genug davon hat.

Wir schleppen uns von einem Feiertagsdinner zum anderen. Wenn ich das Wort »bombastisch« gebrauche, untertreibe ich noch!

Das ganze Schiff ist weihnachtlich geschmückt: bestimmt hundert Weihnachtsbäume an Bord, alle schwer behangen mit goldenen Kugeln und verziert mit meterlangen Girlanden. Die Dekorateure haben tagelang an riesigen Lebkuchenlandschaften gebastelt. Ganze Dörfer haben sie aufgebaut, mit Puderzucker überstreuten Dächern. Im Foyer fährt sogar eine elektrische Eisenbahn durch den Puderzuckerschnee. Überall duftet es nach Vanille und Rum und Zimt. An jeder Ecke wird Glühwein in silbernen Kelchen serviert.

Na denn prost, meine liebste alte Schulfreundin!

Noch ’n bisschen mehr aus MEINER Vorabendserie?

In jedem Foyer und in jedem Restaurant sitzen Musiker, die Weihnachtslieder spielen. Das alles mutet sehr seltsam an, denn wir fahren in die Karibik, wo wir bis zu vierzig Grad Hitze erwarten! Die Gäste hier an Bord: vorwiegend feiner englischer

Adel, aber auch viele reiche Amerikaner. Fast alle dick und alt, leider. Dick bin ich ja selber, besonders nach dieser Reise werde ich es sein, aber alt?? Noch lange nicht!

Die Martinis machen die Weihnachtsreise traditionell jedes Jahr und treffen hier alljährlich ihre guten Freunde, so auch einige Filmproduzenten, die Walter mir gerne vorstellen will. Du weißt ja, ich denke an Nackedei und ihren großen Durchbruch.

Adrian findet es »geil«, dass wir einen eigenen Butler haben. Der heißt Gordon, ist Mitte sechzig und serviert Adrian morgens um zehn das Frühstück ans Bett. Ham and eggs, cheese, salmon und toast. Frisch gepresster Orangensaft, Honigmilch, Tee.

Gordon zieht Adrian die Vorhänge auf und sagt: »Good morning, Master von Merz. How are you today?«

Und Adrian reckt sich gähnend und murmelt: »Hm, okay!« Dann nimmt Gordon vorsichtig Adrians Klamotten vom Boden, die stinkenden Socken und die Unterhosen, und trägt sie mit spitzen Fingern fort.

Ich wünschte, er würde ihm auch die Zähne putzen und ihm seine Zahnspange mit Kukident reinigen, aber das gehört nicht zu seinen Aufgaben als Butler.

Meinst du, ich verwöhne den Kerl schon wieder? Sollte er nicht lieber in ein Pfadfinderlager, wo er mit vierzehn anderen Stinkfüßlern ein klammes Zelt teilt und sich sein Essen selber schießen muss? Ach Anne, ich bin so unsicher.

Vielleicht habe ich als Mutter schon wieder voll versagt. Aber lass dir weiter schildern. Hier oben auf Deck acht sind die exklusiven Suiten. Wir haben unser eigenes Restaurant, den Queens-Grill, und unsere eigene Cocktailbar, um nicht den Pauschaltouristen von Deck vier und fünf begegnen zu müssen, die noch nicht mal 8 000 Dollar für diese Reise bezahlt haben. Mit denen kann man ja keinerlei geschäftliche Beziehungen knüpfen – völlig langweilige Leute also. Wenn das Schiff sinkt, würde diese Klientel sowieso hinter den Gittern der dritten Klasse eingesperrt, damit wir Suitenbewohner die Rettungsboote für uns haben. – Also, das war ein Scherz, Anne. Die QU II sinkt nämlich nicht. Und wenn doch, dann könnte man die Reederei auf Abermilliarden verklagen – Mensch, Anne, das wäre ein Spaß! Fast denke ich, ein paar Stündchen im warmen Karibikwasser herumzutreiben, bis man von Hubschraubern gerettet wird, wären kein schlechter Deal für das anschließende Schmerzensgeld. Die Amis sind ja die besten Verklager der Welt. Was die mir hier schon für Geschichten zu dem Thema erzählt haben! Die Dame aus der Suite unter mir hat ihren Schönheitschirurgen auf fünfundsiebzig Millionen Dollar Schmerzensgeld verklagt. Weil er ihr das Gesicht verschandelt hat. Ich finde, sie hat Recht, a) ihn zu verklagen und b) dass er ihr tatsächlich das Gesicht verschandelt hat. Sie sieht aus wie ein zu prall aufgepumpter Fahrradschlauch mit Augen. Aber egal!! Für DAS Geld!!

Also, unsere Lounge. Die exklusive, nur für Deck acht reservierte. Jeden Nachmittag sitzen hier einige jüdische Familien um Punkt fünf Uhr zum Tee. Die haben so viel Geld, dass sie gar nicht mehr wissen wie viel. Die meisten Familien reisen nicht nur mit ihrem Personal, ihren eigenen Butlern, Kindermädchen, Zofen und Bodyguards, sondern sie haben auch noch ihre eigenen Finanzmanager dabei. Hier oben auf Deck acht werden die wahren Geschäftsverbindungen hergestellt, sagt Walter. Die Finanzmanager der verschiedenen Familien sitzen in ihren Nadelstreifenanzügen an der Bar oder hocken in den Sitzgruppen, beäugen einander und fangen dann an zu verhandeln. Man muss sich einfach mit seinem Gin Tonic in die Lounge setzen. Walter wird mir die richtigen Leute vorstellen. Ich liebe den alten Knaben. Und Liz auch. Beides sehr feine, humorvolle und warmherzige Leute.

Mir wird immer mehr klar, warum Mark Daniel so gut geraten ist.

Die Reise ist völlig ausgebucht. Ich fragte Gordon, den Butler, warum meine Nachbarsuite trotzdem leer steht. Er sagte: »Sie steht nicht leer, Ma'am, sie ist gebucht!«

»Von wem denn?«

Gordon beugte sich vor, so weit das seine Höflichkeit zuließ, und raunte mir über seinem Silbertablett mit Kaviarcanapés zu: »Die Familie Rosenzweig macht seit dreißig Jahren jedes Jahr die

Weihnachtsreise mit. Der Onkel der Familie, Samuel Rosenzweig, ist nun im Herbst verstorben, aber die Familie hat seine Suite gebucht und bezahlt. Sein Bild steht darin und ich wische dort jeden Tag Staub.«

Die Suite kostet 2000 Dollar am Tag! Für das Foto eines Verblichenen!!

Du glaubst gar nicht, was es hier für Leute gibt. Wenn ich von meiner Dachterrasse aus auf das Running-Deck schaue, dann kann ich außer einigen gestählten Sportlern, die verbissen ihre hundert Runden rennen, auch die fettesten Menschen der Welt sehen. Die haben Sportschuhe und Shorts an und quälen ihre Fettmassen im Watschelgang um das Promenadendeck. Die sind so fett, dass die Jogger sie kaum überholen können! Ich amüsiere mich besser als im Kino, wenn ich beobachte, mit welcher Herablassung und innerer Wut die Gestählten die Fetten überholen. Einige Fette latschen ihre Pflichtrunden mit einem Walkman in den Ohren ab und hören nicht, wenn von hinten ein Jogger naht. Manche Fette gehen auch noch nebeneinander und unterhalten sich. Alle reden über Fat-reducing und Low-calorie-products. Wenig später sitzen sie wieder an der 24-hour-open-Waffle-Bar und ziehen sich die Waffeln mit Eis, Eierlikör, heißen Kirschen und Sahne rein. Trotzdem scheut sich nicht ein einziger Fetter, in Shorts, T-Shirts und Leggins in den Restaurants zu erscheinen.

Allerdings gibt's auch ein paar extrem Magere. Die bestehen nur aus Haut und Knochen, balancieren eine Pampelmusenhälfte vom Frühstücksbüfett zu ihrem Liegestuhl und machen vor aller Augen zwei Stunden Gymnastik. Ein berühmter Schönheitschirurg ist auch an Bord, er hält hier Vorträge über das Fettabsaugen, das Lifting und natürlich über Silikon-Busen. Ich werde ihn mal wegen Nackedei ansprechen – vielleicht macht er mir Sonderkonditionen. Er hat ein Mädel dabei, gegen das Claudia Schiffer alt und schwach aussieht. Wenn das seine Mutter ist, hat er gute Arbeit geleistet. Hahaha. Alex scherzt. Im Spielkasino werden täglich 100 000 Dollar verspielt, an Seetagen das Doppelte.

Ich freue mich auf die Silvestergala. Stargast wird Liza Minelli sein. Die kommt aber erst in Barbados an Bord, mit dem Hubschrauber landet sie auf Deck zehn, wo sonst die alten Golfer am Golfsimulator ihren Abschlag und das Putten üben.

In der letzten Suite auf dem Achterdeck wohnt übrigens Sabine Christiansen. Wir haben gestern auf dem Sonnendeck zusammen einen Drink genommen. Sie möchte natürlich ihre Ruhe haben, aber sie hat in Erfahrung gebracht, dass Fotografen von »People Image« dem Schiff nachreisen, von Hafen zu Hafen! Nur um herauszufinden, ob sie schon einen neuen Kerl hat. Sie reist mit ihrem Friseur und dessen Freund. Ich habe ihr angeboten, sich beim Landgang doch einfach meinen Adrian auszuleihen. Als Mutti mit pubertärem Bengel erkennt man sie nicht so schnell.

Adrian war natürlich nicht begeistert von der Idee. Rate, was er gesagt hat, als ich ihm von Sabines Situation berichtet habe.

»Na und? Ist doch nicht mein Problem!«

So, nun muss ich runter ins Spa, zur Massage und anschließend zur Pediküre. Heute Abend ist großes Galadinner. Schrecklich, dieser viele Kaviar.

Bin gespannt zu erfahren, wie du Weihnachten verbracht hast.

Schätze, es war kein Fest der Liebe??

Bin in Gedanken immer bei dir!

Melde dich im alten Jahr noch mal!
Herzlichst – deine Alex

PS: Habe leider jetzt Kleidergröße vierundvierzig. Muss was machen.
PPS: Ab morgen watschele ich auch über das Promenadendeck und überhole die noch viel Dickeren!

Silvester, Plattstadt, an Lothars Schreibtisch

Liebe Alex,
wie ich dich beneide!! Auch wenn du Kleidergröße vierundvierzig hast: Das kann man ja ändern!

Während du mit Kaviar und Champagner auf deinem Sonnendeck liegst, friste ich hier mein trübes Dasein in schmuddelgrauer Schneematschsuppe. Die Tage wälzen sich wie zähes Leder einer nach dem anderen gnädigst vorbei. Natürlich hatte ich keinen Tag Urlaub. Selbst heute, am Silvestertag, musste ich bis achtzehn Uhr im Laden stehen.

Nun ist endlich dieses Jahr zu Ende!

Lothar kehrt gerade die Einfahrt, weil wir zum Abendessen die Alten erwarten. Die Mädchen sitzen im Schlafzimmer auf dem Bett und schauen die Sendung mit der Maus. Lothar ist genau so frustriert wie ich. Er fühlt sich einerseits unterfordert, andererseits ständig überarbeitet. Wo du immer von Energie redest: Er scheint seine gesamte Energie in die falschen Dinge zu stecken. Er arbeitet sich halb tot, aber er kommt mir vor wie eine Ameise, die krabbelt und krabbelt und nicht wirklich vom Fleck kommt.

Deshalb ist er krank und kratzt sich und ist übellaunig und gereizt und kann nicht schlafen und wird immer unausstehlicher und hat an nichts auf der Welt mehr Spaß. Wenn er doch ein Mal im Leben in so einer Luxuslounge auf einem Kreuzfahrtschiff mit jüdischen Milliardären Gin Tonic trinken und sie in finanziellen Dingen beraten dürfte! Wie das seiner Gesundheit zugute käme! Aber es ist weder Lothar noch mir bestimmt, aus unserem Ameisenhaufen Plattstadt herauszukrabbeln. Wir rennen so lange im Hamsterrad im Kreis, bis wir sterben. Das ist unser Schicksal.

Ich darbe hier so vor mich hin. Die letzte Woche war schrecklich: Hektik in der Firma, brechend voll das Geschäft, unzufriedene Gesichter, überfüllte Straßenbahnen, Schneematsch, nasskalt, alles ätzend. Ich fühle mich, als hätte ich eine Kette um den Hals.

Und jetzt kommen wir zur Folge einundzwanzig unserer beliebten Vorabendserie: »Plattstadt – deine Spießer«.

Rate mal, wer die anonymen Briefe geschrieben hat! Nicht Jürgen Böhser, wie wir beide glaubten!

Siegwulf Menneckens Ehefrau!!

Ja, du liest richtig. Der Kerl ist verheiratet!

Es existiert überhaupt kein seniler Vater im Altersheim!! Jürgen Böhser hatte also Recht. Niemand anderes als Siegwulfs Frau ist Insassin dieses Heimes für pflegebedürftige Menschen. Siegwulf hat seine Frau vor Jahren nach einem Unfall, den übrigens er selbst mit seinem Cabriolet verschuldet hat (!), in dieses Heim gesteckt. Es findet natürlich nix mehr statt, seit die Frau vom Nabel abwärts gelähmt ist. Siegwulf hatte anscheinend sexuellen Notstand, als er anfing, mich anzubaggern.

Die Frau, die geistig völlig fit ist, hat keinen anderen Lebensinhalt, als hinter ihrem Gatten herzuspionieren. Man kann es ihr noch nicht mal verübeln. Ich glaube, sie hat einen Detektiv auf ihn angesetzt. Jedenfalls war sie perfekt im Bilde über unsere »Affäre«, die ja letztendlich keine war, und weil die arme Frau so viel Zeit übrig hat, hat sie die besagten Briefe selbst geschrieben. An Lothar, an meine Mutter, an Opa Karl-Heinz, an meinen Chef, an verschiedene Kollegen. Auf dem Computer. Schrecklich, sich vorzustellen, dass sie in ihrer Zelle hockt, im Rollstuhl, und diese Briefe schreibt – ihre einzige Beschäftigung, wie es scheint! Tatsächlich ein bisschen wie das Skelett aus »Psycho«...

Mir tut die arme Frau so Leid und ich fühle mich so schuldig! Wieder eine Person mehr, der gegenüber ich mich schuldig fühle. Natürlich musste ich Siegwulf sofort entlassen und Jürgen Böhser gleich mit.

Hab sie noch vor Jahresende rausgeschmissen. Fristlos. Das

hat mich in neue Schuldgefühle gestürzt, denn schließlich haben beide Familie!

Mein Chef ist sauer: Seine besten Leute müssen gehen, weil sie angeblich ein privates Verhältnis mit der Personalchefin hatten! Dabei war nichts. Nur das Gerede der Kollegen.

Und dann kam's: Abmahnung!! An mich! Schriftlich!

Vom Chef persönlich! Einen Tag vor Silvester. Danke schön. Ich hab geheult wie ein kleines Mädchen. Und hatte keinen Menschen, der mich getröstet hätte. Oma Margot, der ich natürlich nichts erzählen wollte, ließ sich nur zu der Bemerkung herab: »Wenn du in der Firma Ärger hast, wirst du es wohl verdient haben!« Und als ich heulend im Gästeklo verschwand – dem einzigen Raum in diesem Reihenhaus, in dem ich mich einschließen kann –, rief sie noch durch die Tür: »Wenn Lothar was von der Angelegenheit erfährt, dann kriegt er wieder seine Neurodermitis! Also reiß dich zusammen und hör auf zu heulen!«

Heiligabend habe ich noch bis siebzehn Uhr präzise geschuftet (jetzt rede ich schon wie Lothar!), dann bin ich mit der Straßenbahn nach Hause, wo schon Oma Margot und Oma Helga den Baum mit viel goldenem Lametta behangen hatten. Als ich das Haus betrat, schlossen sie demonstrativ die Wohnzimmertür ab. Oma Margot versetzte mir mit steinernem Gesicht eine weitere Handgranate: »DU hast ja hier nicht mitgeholfen, also bring uns jetzt auch nichts mehr durcheinander!«

Ich schlich mich ins Esszimmer, wo Opa Karl-Heinz im weißen Oberhemd mit Fliege unter beige-brauner Strickweste bereits am gedeckten Tisch lauerte. Er hat mir einen grauenhaften Vortrag über Pünktlichkeit, Zuverlässigkeit und Fleiß gehalten, während Lothar mit den Zwillingen das Bad blockierte. (»Der Vati badet!«)

Der Heilige Abend selbst war eine einzige Farce. Oma Margot hatte eine CD mit Weihnachtsliedern aufgelegt und versuchte, uns zum Mitsingen zu bewegen, während Opa Karl-Heinz nicht aufhören wollte, mir über seine Menschenkenntnis und seine Tätigkeit als Inspektor zu erzählen. Er riecht immer schrecklich penetrant nach Knoblauch, ist ganz stolz darauf, dass er »geistig noch so fit« ist durch die überdosierte Einnahme von Knoblauchpillen. Erinnerst du dich noch an diesen Alten aus der Werbung, den es früher in den Schaufenstern der Apotheken gab: ein Männchen, das sich langsam an einer Stange hochzieht und schließlich einen Überschlag macht? Dann baumeln seine Beine heftig hin und her, bis er sich zu neuen Klimmzügen aufschwingt. Genau so ist Opa Karl-Heinz. Knapp neunzig und topfit. Geistig. Meint er. Allerdings wiederholt sich sein Repertoire von Selbstbeweihräucherungen jeden Tag zehnmal. Wie oft er mir schon erzählt hat, dass er als Vierzehnjähriger zwischen den beiden Weltkriegen der Beste im Turmspringen war! Oder dass er als Pfadfinder in der DDR-Jugend mit Auszeichnungen für Tapferkeit überhäuft wurde! Hab ich dir schon geschrieben, dass Karl-Heinz und Helga ursprünglich aus Lutzkow stammen? Sie sächseln ziemlich penetrant, sagen »födderlich« und »votteilhaft« und »Vadi« und »Muddi« und »Loddar«. Und »Kalla« und »Greda«. Nur »Anne« können sie nicht versächseln. Hab ich dir auch noch nicht geschrieben, dass sie erst kurz nach »Loddars« Geburt in den Westen gekommen sind?

Auf welche Weise, will Opa Karl-Heinz mir allerdings nicht sagen. Das wundert mich, da er doch sonst mit seinen Heldentaten nicht hinter dem Berg hält. Wahrscheinlich ist er durch die Spree geschwommen oder hat aus Bettlaken einen Ballon genäht und hat sein Neugeborenes samt »Muddi« auf dem Luftweg nach Plattstadt geholt... Aber da ist er eisern: Das ist ein »Gabiddel«, zu dem er schweigt.

Also weiter die Vorabendserie »Plattstadt – deine Spießer«.

Oma Helga hatte zur Feier des Tages kochen dürfen – schließlich waren ja Lothar und Opa Karl-Heinz als Aufsichtspersonen dabei – und so gab es thüringische Weihnachtsgans mit Rotkohl und Kartoffeln und zum Nachtisch »Eingewecktes«. Weißt du noch, was das ist?

Pflaumen und Birnen aus dem Einmachglas, von Oma Helga vor zwanzig Jahren eigenhändig »eingeweckt«. Und jetzt wieder aufgeweckt. Ach, würde man mich doch jetzt einwecken!! In einem großen Glas mit Gummiring! Man könnte mich getrost in

Lothars Hobbykeller stellen und mit Spinnweben überziehen lassen! Eines Jahres käme ein Prinz, würde mich verwundert, aber hoch entzückt betrachten, an dem Gummiring ziehen, dann würde es zischen und – plopp! – heraus käme: ich!

Natürlich dürfte der Abreißnippel des Gummiringes nicht kaputtgehen, wie so oft bei solchen Einweckgläsern. Dann würde der Prinz blöd gucken und ich würde von drinnen an das Glas hämmern und brüllen: »Hol mich hier raus, du Idiot!«

Kommen wir zurück zu Oma Helgas thüringischer Weihnachtsgans mit Klößen.

Solche Stichworte greift Opa Karl-Heinz gerne auf, um von den Gefangenen damals im Knast zu berichten, die so ausgehungert waren, dass sie das Futter der Wachhunde gegessen haben.

Was allerdings unter Strafe stand. Unter welcher, wollte er Heiligabend nicht sagen.

Kommen wir zu den gigantischen Weihnachtsgeschenken, die einem die Tränen in die Augen treiben: Die Mädchen bekamen von den Großeltern ein Sparbuch – sie sind jetzt fünf, sagt Oma Margot, und da müssen sie lernen, mit Geld umzugehen.

Geschenke hätten sie schließlich genug, sagt Lothar, weil ich sie ja mit Mitbringseln aus dem Kaufhaus überhäufe. Lothar hat ihnen einen Bausparvertrag eingerichtet. Mir hat er ein elektronisches Zeitplanbuch geschenkt, in das er schon alle Daten (Weltspartag, Wüstenrot-Tag usw.) einprogrammiert hatte.

Kurz und gut: Es war ein brillantes Fest der Liebe. Jetzt müssen wir noch die Silvesternacht rumkriegen. Aber das schaffen wir auch noch. Wahrscheinlich gehe ich um neun mit den Zwillingen zu Bett.

Bei dir ist es erst Mittag – wahrscheinlich liegst du zwischen Liza Minelli und Sabine Christiansen am Strand unter Palmen und lässt dir von einem karibischen Schönling die Füße massieren.

Ich hasse dich. Schreib mir nie wieder und fahr zur Hölle.

Deine Anne

PS: Wenn du mir weiter schreibst, werde ich immer unglücklicher.
PPS: Wenn du mir aber nicht mehr schreibst, werde ich noch unglücklicher!

Auf See, zwischen Barbados und Martinique, Neujahr,
auf der QE 2, Suite 817–819

Frohes neues Jahr, meine liebe Anne!
Ich schreibe dir weiter! Je unglücklicher du wirst, desto schneller änderst du dein Leben!

Elf Uhr vormittags. Nach einer ausschweifenden Silvesterparty.

Nein, was habe ich wieder gelacht über deine Vorabendserie!

Ich überlege ernsthaft, dieses Sendeformat bei Sat.1 oder RTL unterzubringen. Ich kenne da ein paar wichtige Produzenten – solche Stoffe werden immer gesucht.

Bitte schreib tapfer weiter! Irgendwie mache ich noch Kohle aus deinen E-Mails!!

Meine Augen schmerzen noch immer, so viele Gin Tonics hab ich mir gegönnt.

Liza Minelli hat eine phänomenale Show gemacht. Der Saal hat getobt. Sie sah fantastisch aus. Ein Paket aus Power, Energie und Lebensfreude. Frisch verheiratet, strahlte aus allen Knopflöchern, konnte ihre Glückshormone gar nicht für sich behalten. Echt ansteckend. Sie war übrigens vor zwei Jahren noch richtig fett, nach einem Zeckenbiss und anschließender Hirnhautentzündung, saß im Rollstuhl und war nur noch eine Karikatur ihrer selbst. Dann trat ihr Produzent und jetziger Ehemann in ihr Leben und alles nahm eine dramatische Wende zum Guten!! Man hat sie in eine sensationelle Abspeckklinik geschickt und heute sieht sie aus wie neu! Vielleicht gehe ich auch mal in diese Klinik. Bin ganz ohne Zeckenbiss so fett geworden. Von lauter Kaviar, Champagner, Gin Tonic und Salzburger Nockerln.

Leider hat Liza schon einen Manager. Die Alte würde ich mir

gern unter den Nagel reißen. Aber was soll ich mit der Taube auf dem Dach! Apropos Spatz in der Hand: Mark Daniel Martini ist gestern in Barbados zugestiegen! Er kam mit Liza Minelli im selben Hubschrauber. Auf einmal stand er da, lachend und braun gebrannt, in seinem schwarzen Polohemd und weckte mich aus meinem Liegestuhl-Dämmerschlaf. Seine ausgemergelte Kim hatte er zum Glück nicht mitgebracht. Das war ja eine freudige Überraschung!

Er musste über Weihnachten in Boston singen, aber seit gestern hat er frei. Er verbreitet gute Laune und freut sich über alles hier – man kann den Kerl schon verdammt gern haben, das sage ich dir. Und wie der aussieht! – Ach, ich wiederhole mich. Sorry.

Zur Silvesterfeier erschien er im Smoking, ab Mitternacht trug er, wie alle Herren hier an Bord, einen Zylinder. Für die Damen hatte man Krönchen und Girlanden verteilt. Es war eine sensationelle Party. Sogar Adrian hatte einen Zylinder auf und es war ihm keineswegs peinlich. »Voll geil« fand er alles und »echt super abgefahren, die Party«.

Um drei Uhr nachts fing Mark Daniel an zu singen, im großen Saal, nachdem Liza schon im Bett war. Ein Häufchen hartgesottener Fans war im Saal geblieben und das Unterhaltungsorchester spielte noch mal auf. Mark war wieder mal hinreißend.

Wie lässig er dastand, in seinem Smoking, eine Hand in der Tasche, die andere am Mikro, sang er unter anderem »My way« von Frank Sinatra. »I did it my way.« Das ist es, was Mark und Frank Sinatra und Harald Juhnke und mich verbindet: Wir haben es einfach auf unsere Weise gemacht. Egal was die Leute von uns erwarten oder denken oder über uns sprechen.

»My way« solltest auch du dir zum neuen Lebensmotto machen, Anne.

Zurück zum gestrigen Abend: Die Leute waren hingerissen. Adrian auch. Er steckte zum ersten Mal im Leben in einem schwarzen Anzug mit Krawatte, allerdings mochte er auf seine ausgelatschten Turnschuhe, Duftmarke »Krankes Pferd«, nicht verzichten. Seine Augen leuchteten, er war richtig stolz auf »unseren« Mark Daniel. Was ich mit dem für einen Hauptgewinn gezogen habe!! Als das Saalorchester seine Brocken zusammenpackte, sind wir alle noch hinaus aufs Sonnen-, in diesem Fall »Mond«deck. Du wirst mich erdolchen wollen, aber der riesige, goldene Vollmond stand wie bestellt über der Karibik, die Sterne leuchteten zu Tausenden und Mark sang, begleitet von der Band, die draußen stand, noch weiter, während die nimmermüden Paare in festlicher Garderobe tanzten oder mit ihrem Champagner an der Reling standen. Es war ein Silvester wie im Werbeprospekt. Ich musste zwischendurch lachen, weil ich an dich dachte, wie du jetzt wahrscheinlich mit den Zwillingen im Bett liegst und ihnen ein Kapitel aus »Aschenputtel« vorliest. Schick mir tausend kleine vergiftete Dolche, wenn dir das hilft.

Aber du weißt ja: Neid ist verschenkte Energie. Die kannst du für dich selber einsetzen.

Um neunzehn Uhr am Silvesterabend bin ich übrigens mit der ersten Champagnerflasche zu den Martinis gegangen. Ein paar andere Deutsche waren auch dabei und wir haben alle auf dem großen Balkon des Achterdecks bei einem gigantischen Sonnenuntergang auf unsere Freunde und Exmänner in Deutschland angestoßen, bei denen es jetzt schon Mitternacht war. Und Nieselregen, Sturm und Graupelschauer. Nachdem alle auf einen bestimmten Freund getrunken hatten – ich natürlich auf dich –, sagte ich sehr feierlich: »Auf meine Feinde!«

Zuerst waren die anderen ganz verdutzt und haben gelacht und da sagte ich stolz: »Alle meine Feinde habe ich mir redlich verdient!«

Anne, ich trinke auf dich und darauf, dass du am nächsten Silvester viele Feinde hast!

Bin immer noch nicht wieder ganz nüchtern. Gordon, der Butler, hat ein »Katerfrühstück« gebracht. Hering, Käseomelett, Lachs, Eier, Toast, Kaviar und Champagner. Kinder, nein, was GEHT'S uns gut!! Ob Mark Daniel schon wach ist?

Jetzt werde ich runtergehen aufs Sportdeck, schauen, was mein Adrian macht. Er hat sich mit ein paar Jugendlichen angefreundet, deren Hosen bis in die Kniekehlen hängen, mit denen er Tennis und Shuffle-Bord spielt. Alle haben diese coole angesagte »Queen Elisabeth II«-Baseballkappe auf, natürlich verkehrt rum, und megageile Sonnenbrillen. Nachher gibt's Weißwürste, Brezeln und bayrisches Bier auf Deck fünf, als Neujahrs-Brunch.

Liza Minelli will auch vorbeischauen.

Liebe Anne, sieh dem neuen Jahr gelassen entgegen. Du hast so viel Power und Energie, so viel Kraft und Lebensfreude! Die mag durch deine Erlebnisse in den letzten Jahren verschüttet sein – vielleicht steckt sie auch in dem von dir erwähnten Einweckglas –, aber wir werden sie schon wieder ans Tageslicht buddeln! Ich bin sicher, dass dein Leben nicht so weitergeht. Weil du kein passiver Mensch bist. Und Selbstmitleid nicht zu deinen bezeichnenden Eigenschaften gehört.

In freundschaftlicher Liebe
deine Alex

PS: Klar bin ich ein Ego-Weib. Aber was willst du? Ich LACHE doch!

Plattstadt, Kaufglück, 10. Januar des neuen Jahres

Liebste Alex,
danke für deine Neujahrs-Mail. Ich musste mich erst Mal ein paar Tage sammeln, bevor ich wieder die Kraft fand, »Neues aus Plattstadt« für deine Vorabendserie zu schreiben.

Die Kollegen mobben mich kräftig. Überall hässliche Bemerkungen: »Da kommt ja unsere liebe Kollegin Frau Pistrulla. Was haben Sie sich aber heute wieder schick gemacht! Wen wollen Sie denn diesmal beglücken?«

»Ging der Rock nicht noch ein bisschen enger, liebe Kollegin?«

»Die glücklich verheiratete Frau Pistrulla trägt in letzter Zeit immer ihre Haare offen!«

»Na, Frau Pistrulla, welchen Kollegen baggern Sie denn als Nächstes an – am Baggersee? Oder ist er zugefroren? Keine Fahrstunden mehr?«

Die freche Hexe Jacoby von der Damen-Oberbekleidung wedelte mit einem knallroten Fummel vor meinen Augen: »Probieren Sie doch das mal an, Frau Pistrulla, das macht sich gut beim Cabriofahren!«

Mein Ruf eilt mir voraus. Ausgerechnet mir passiert das! Ich gelte als Schlampe! Du wärest wahrscheinlich mächtig stolz darauf und würdest darüber lachen. Aber ich, ich bin einfach anders gestrickt. Ich glaube, ich habe »Schämen« in meine Festplatte einprogrammiert, lange vor »Lachen«.

Flüchte mich in mein Kämmerlein und verschlinge deine E-Mails. Habe alle unsere Mails seit dem vierten September noch einmal durchgelesen. Und weißt du, was ich festgestellt habe? Am Anfang war ich mit meinem Leben hier ganz zufrieden! Und jetzt finde ich kein Loch, in dem ich mich verkriechen könnte, weder zu Hause noch in der Firma! Dieser kleine Raum hier ist meine Zuflucht. Und der PC.

Mein Fenster zur Welt. Dabei sitze ich weder im Rollstuhl noch bin ich gefesselt! Nur im Kopf! In Gedanken war ich mit dir auf dem Schiff. Ich habe alles genau vor mir gesehen. Ich selbst war natürlich noch nie auf so einem Dampfer. Hätte viel zu viel Schiss – hab doch schließlich »Titanic« gesehen. Was, wenn der Kahn einen Eisberg rammt? Na gut, wirst du sagen, in der Karibik gibt's keine Eisberge. Du Abgebrühte spielst sogar mit dem Gedanken, freiwillig zu kentern, um die Reederei zu verklagen.

Und selbst wenn nix passiert: Muss man sich nicht dauernd übergeben? Ich sehe mich schon über der Reling hängen, weiß im Gesicht, mit schlotternden Knien, und all das von mir geben, was ich vorher im Fünfsternerestaurant zu mir genommen habe… Sag, ist das Lothars Schwarzmalerei, die ich da schon an den Tag lege? Sein Pessimismus, sein Teufel-an-die-Wand-Malen, sein Freudeverderben? Ich fürchte, ich bin ein Chamäleon. Habe alle seine Eigenschaften schon angenommen. Wie kann ich selbst Feuer fangen, wenn ich mit einem Feuerlöscher verheiratet bin?

Gestern in der Post: wieder eine Absage vom Jugendamt. Nein, in der ganzen Stadt und Umgebung kein Kindergartenplatz. Oma Margot führt wieder das Regiment. Mit eiserner Miene stand sie am 2. Januar wieder auf der Matte: Von der ganzen unerfreulichen Sache wolle sie »kein Wort mehr hören«. Damit griff sie energisch zum Wischmopp. Oma Helga verzog sich derweil mit den Zwillingen ins Kinderzimmer. Memory. Wie gehabt.

Lothar war »zwischen den Jahren« einmal mit uns unterwegs. Soll ich dir das überhaupt noch schildern? Oder kriegst du Brechreiz?

»Plattstadt – deine Spießer«, Folge fünfundzwanzig.

Wir gehen rodeln, sagte der Vati.

Die Muddi fügte sich in ihr Schicksal.

Bis die Kinder »witterungsgemäß korrekt angezogen« waren,

verging eine Stunde. Oma Helga und Oma Margot stopften die Mädchen in lange Unterhosen, langärmlige Unterhemden, rosafarbene Skianzüge, die ich noch aus dem Sonderangebot mitgebracht hatte. Dazu Fäustlinge aus Wasser abweisendem Material, Mützen mit Sonnenschutz (!), dicke Socken aus dem Reformhaus und Matschstiefel, innen gefüttert. Dann lud Lothar mit einem Gesichtsausdruck, als müsste er Hundekacke aus seinem Bett putzen, den Schlitten in den Kofferraum. »Das sperrige Ding beschädigt mir den Lack! Konntest du keinen Kleineren bekommen?«

Während die Zwillinge schon wie Heringe in der Dose in ihren Kindersitzen klemmten, prüfte er noch penibel das Profil seiner Winterreifen und zog dann vor unser aller gespannter Augen Schneeketten auf, schließlich plante er einen Ausflug in den Taunus! Und da sind ja bekanntermaßen gefährliche Schluchten und Untiefen im ewigen Eis.

Wir standen die ganze Zeit dabei und schauten ihm schweigend zu. Als Lothar endlich bereit war, sich aus dem Carport winken zu lassen, mussten Greta und Carla Pipi. Da mussten wir sie wieder aus ihren Sitzen klauben und aus ihren Anzügen schälen.

»Konntest du das nicht zweckmäßigerweise erledigen, während ich mich um die Sicherheit des Fahrzeugs kümmere?«, schnaubte Lothar beleidigt und zog die Nase hoch.

»Tja, unsere Anne musste den Mädchen ja noch Fanta geben«, petzte Oma Margot.

Ich war mal wieder schuld an der Verzögerung unseres Familienausflugs.

Endlich fuhren wir los. Lothar machte auf der Hauptstraße, die zur Autobahn führt, mehrmals heftige »Bremsproben« – weshalb der Opel anfing zu schlingern und die Mädchen und ich vor Schreck zu schreien anfingen. Erwin hinten auf seiner Hutablage brach sich fast die Hinterbeine und bekam Schüttelfrost vor Angst. Dann fuhr »der Vati« noch auf eine Tankstelle, um das Scheibenwischwasser mit Frostschutzmittel aufzufüllen – was er alles den Mädchen erklärte –, und dabei stellte er fest, dass die

Wischblätter der Scheibenwischer nicht mehr ganz schlierenfrei arbeiteten, weshalb sie ausgetauscht werden mussten. Ich spare mir und dir die restlichen Schilderungen. »Der Vati tauscht jetzt die Wischblätter aus«, »Der Vati prüft jetzt die Bremsbeläge« und »Der Vati führt jetzt den Hund hinter die Waschanlage, damit er nicht ins Auto Pipi macht«. (Böser beleidigter Blick auf »die Muddi«, die einfach faul und tatenlos auf ihrem Beifahrersitz hocken bleibt.)

Gegen frühen Nachmittag kamen wir endlich im Taunus an, da hatte sich die Sonne schon verzogen, die Mädchen waren nass geschwitzt unter ihren Anzügen, heulten und hatten Durst. Lothar gab mir die Schuld. »Das ist erklärtermaßen DEINE Aufgabe, für die angemessene Körpertemperatur der Kinder zu sorgen, während es MEINE Aufgabe ist, für die Sicherheit des Fahrzeuges Sorge zu tragen...

Wir mussten in einem überfüllten, stickigen Café einkehren, weil die Mädchen was trinken wollten. Der Tee in der Thermoskanne war aus unerfindlichen Gründen im Kofferraum ausgelaufen – das beleidigte Gesicht von Lothar inklusive Nasehochziehen kannst du dir ja vorstellen, als er am Schraubverschluss rumdrehte.»Der Vati muss jetzt mal feststellen, wer daran SCHULD ist!« Als hätte ich mutwillig Ketchup auf seinen Schonbezügen verschmiert oder Margarine in seinen Ersatzkanister gestopft.

Das »Rodeln« fand dann zwischen fünfzehn Uhr dreißig und sechzehn Uhr statt, Lothar bestand darauf, immer nur mit einem Mädchen auf dem Schlitten zu sitzen, da er sonst »die Kontrolle über das Fahrzeug« verlieren würde. Leider gibt es ja keine Schlitten mit Dreipunktanschnallgurten und Airbag. Es gab Gerangel und Streiterei, Tränen und Trotz.

Weißt du was, Alex? Ich habe einfach dagestanden unter dem bewölkten trüben Himmel, auf dem grauen, überfüllten Hang, und laut mit mir selbst geredet. »Es wird Abend, auch dieser Tag geht vorbei, morgen ist wieder Montag, da kehrt wieder der Alltag ein; bitte, lieber Gott, lass Abend werden. Das denke ich oft. Lieber Gott, lass es dunkel werden. Heute und morgen und übermorgen wieder.

Ja, Alex. Ich bin reif für Veränderungen. Aber wie? Mein Reservetank ist leer!

Mit meinem letzten bisschen Kraft hasse ich dich von Herzen, aber ich bin süchtig nach deinen E-Mails. Sie sind wie vereinzelte Sonnenstrahlen im nasskalten Januar. – Auweia!, ich habe mich zu lange verdrückt. Der Chef ist stinksauer auf mich. Muss mich um unseren neuen Werbeleiter kümmern. Herr Sporitz aus der Filiale Hannover. Die Mädels aus der Dekoration haben den ganzen Weihnachtsschmuck abgebaut und kramen schon die Karnevalsdekoration aus dem Lager.

Das Leben geht unerbittlich weiter.

Deine Anne

PS: Wieso eigentlich?

Los Angeles, 16. Januar, auf dem Campus
der Beverly Hills Highschool

Liebste Anne,
das sind ja wieder prickelnde Neuigkeiten aus Trübland! Ich hab mich abgerollt vor Lachen.

»Plattstadt – deine Spießer« wird ein Riesenerfolg! Wenn ich wieder in Europa bin, spreche ich sofort den Programmchef von Sat.1 und den Vorabendtypen aus der ARD an.

Lass dich mitreißen ins sonnige Kalifornien, lehn dich zurück und genieße folgende Szene.

Adrian ist mit seinen neuen Studienkollegen unterwegs. Ich habe mich mit meinem Laptop in den Schatten verzogen. Um mich herum junge Menschen, die zu ihren Kursen laufen. Zu zweit, zu dritt, plaudernd, lachend. Einige sitzen unter den Bäumen im Schatten, lesen, lernen oder knutschen. Ach, das erinnert mich an meine eigene Studienzeit in Salzburg! Wir haben im Mirabellgarten unsere Freistunden verbracht oder sind an der Salzach entlanggeschlendert. Mit meinem alten Fahrrad habe ich Touren in die wunderschöne Umgebung gemacht. Schon damals war mir nichts so wichtig wie meine Freiheit. Kein Mensch auf der ganzen Welt durfte mir mehr Vorschriften machen. Gott, was habe ich da intensiv gelebt! Obwohl das alles fünfzehn Jahre her ist, habe ich das Gefühl, keinen einzigen Moment vergessen zu haben. So muss das Leben sein, Anne! Und nicht: Lieber Gott, mach, dass es dunkel wird!

Lieber Gott, lass mich diesen Augenblick festhalten! Und den nächsten und den übernächsten! So muss ein Stoßgebet lauten, wenn man überhaupt den großen Intendanten da oben für seine eigene Tragikomödie verantwortlich machen will. Damals haben wir im Café Bazaar nach prominenten Schauspielern oder Musikern Ausschau gehalten, nur um ein Mal in ihrem Dunstkreis zu atmen. Ich habe damals schon genau gespürt, dass es diese Menschen geschafft hatten, und genau das wollte ich auch. In diese Sphären gelangen. Auf welche Weise auch immer. Singen konnte ich nicht, tanzen konnte ich nicht, Klavier spielen konnte ich nicht. Ich sah noch nicht mal besonders gut aus: Du weißt ja: klein, drall, ein Hintern wie ein Brauereipferd. Aber ich wusste, dass ich da oben hin WOLLTE! Einmal beobachteten wir Götz George, wie er da unter den Kastanien saß und seinen verlängerten Braunen trank. In dem Moment erschien Senta Berger, die damals im »Jedermann« die Buhlschaft spielte, und setzte sich zu ihm. Wir sind vor Ehrfurcht und Bewunderung fast gestorben. Wenn ich daran zurückdenke, muss ich milde lächeln. Heute manage ich Leute wie Götz George und schlage für sie Werbe- und Filmverträge für Hunderttausende von Euro heraus. Damals haben wir Senta Berger beim »Jedermann« als Buhlschaft bewundert! Wir hatten Stehplätze auf dem Domplatz und waren überglücklich, einen Zipfel von ihr zu Gesicht zu bekommen! Heute grüßt sie mich in der Damentoilette des Berliner Schauspielhauses mit Namen und fragt mich, welchen Lippenstift ich benutze.

Heute sitze ich, wenn ich überhaupt noch zum »Jedermann« komme, in der ersten Reihe Mitte auf dem reservierten Platz mit der Aufschrift »Festspielleitung«. Man muss nur die richtigen Leute kennen. Beziehungen sind alles. Ja, meine Liebe, die Zeiten ändern sich. Auch für dich. Verabschiede dich von Plattstadt.

Bitte übernimm mein verwaistes Büro, mein verwaistes Haus, mein verwaistes Bett, meinen verwaisten Wintergarten, mein verwaistes Faxgerät, meinen verwaisten Computer, meinen verwaisten Kühlschrank ... meinetwegen auch noch meine schwulen Mitarbeiter. Du tätest mir einen Riesengefallen!!

Liebste Anne, fass dir ein Herz! Pack deine Zwillinge ins Auto und fahr in die Festspielstadt! Wenn du zurückmailst, sage ich dir, wo der Schlüssel liegt.

Adrian kommt zurück. Er will mir was zei ...

Plattstadt, Kaufglück, 21. Januar

Ach Alex!
Ich denke so viel über dein Angebot nach! Ich danke dir auch für dein Vertrauen. Aber ich fürchte, du schätzt mich völlig falsch ein. Das KANN ich doch gar nicht!!

Erstens war ich noch nie im Leben allein. Noch keine einzige Nacht meines Lebens. Ich würde in deiner knarrenden Villa vor Angst vergehen. Schon der Gedanke, alleine so eine weite Fahrt zu machen, ohne Lothar, der mir sagt, wie man die Kinder anschnallt, wie man tankt und wie man bremst, stürzt mich gelinde gesagt in Panik. Ich trau mich doch nicht ins AUSLAND! Brauche ich da nicht einen gültigen Pass? Und Kinderausweise? Und einen internationalen Führerschein??

Und wie könnte ich – ohne die Omas – mit zwei Kleinkindern allein in deinem Haus zurechtkommen?? Wenn der Herd nicht funktioniert! Oder der Kachelofen! Bestimmt ist die Heizung eingefroren, hast du selbst gesagt! Im Garten liegt meterhoch Schnee! Wie soll ich den beseitigen, allein, schwach und zittrig, wie ich bin?

Und dann die Gefahren! Auf dem See ist bestimmt Eis, in das die Kinder einbrechen können. Ich würde sie keine Sekunde aus den Augen lassen können!

Wir würden uns nicht auskennen. Wo ist der Supermarkt, wo der Kinderarzt, wo kriege ich Streusalz für die Einfahrt? Was tun, wenn die Garagentür klemmt?

Tausende von Unwägbarkeiten hindern mich daran, deinen lieb gemeinten Vorschlag anzunehmen.

Aber so warst du früher schon in der Schule. Alex hat eine Idee und die muss dann sofort in die Tat umgesetzt werden. Du hast schon immer gern für andere mitgedacht und alles umorganisiert. Darum bist du ja auch Managerin geworden. Aber ich hab einfach nicht den Mut, Plattstadt zu verlassen. Ich war hier sechsunddreißig Jahre lang! Hier kenne ich mich aus.

Ich habe Angst vor deinem leeren großen Haus.

Nein, ich glaube nicht, dass das eine gute Idee ist. Ich glaube, das ist eine bescheuerte Idee.

Nein, ich möchte eigentlich nicht meine Energie daran verschwenden. Nachher sitzt da so ein Stachel in meinem Herzen, den du gepflanzt hast, meine Liebe!

Gott, wie ich dich hasse. Warum bist du nur wieder in mein Leben getreten? Warum hab ich Idiot dir das Interview mit Heinrich und seiner Schülerzeitung gemailt?

Für mich ist Plattstadt und Kaufglück der Nabel der Welt, da kann ich mich festhalten. Du bist schon immer ohne Angst im Meer geschwommen, ich nur immer im Schwimmbad. Weil ich einen Rand zum Festhalten brauche. Und Grund unter den Füßen.

Es wird wohl so bleiben, wie es ist.

Jetzt muss ich zum Chef. Es gibt Ärger. Ich glaube, der mag mich nicht mehr.

Drück mir die Daumen. Ich glaube, ich höre auf dir, zu schreiben. Ich ertrage das nicht mehr.
Deine zerknirschte Anne

PS: Früher hast du mich immer darum beneidet, dass ich hübsch bin. Und ich habe immer gesagt, hübsch sein ist noch nicht mal die halbe Miete.

Hollywood, Sunset Boulevard, Hotel Bel Air – im Spa

Hallo, Kleinchen,
nein, hör nicht auf, mir zu mailen. Ich brauche dich. Du bist mein letztes Zipfelchen Heimat, Kindheitserinnerung und Geborgenheit. Lass uns bloß nicht aufgeben. Auch wenn wir mal Meinungsverschiedenheiten haben.

Lasse mir gerade eine Pediküre machen, kann vor der Maniküre noch zurückmailen.

Du kennst mich ja: Ich rede viel ins Unreine, träume, plane, organisiere. Manches geht auch schief. Aber ich habe mich nie gelangweilt, Anne. Nie auf das Ende eines Tages gewartet. Nie die Stunden gezählt, bis ich nach Hause gehen darf.

Erinnerst du dich noch an unseren Spaziergang, damals im Winter, um den viel besungenen Plattstädter Baggersee? Das war ja unser einziges Highlight, dieser Tümpel! Es wurde schon dunkel und wir mussten uns entscheiden, ob wir zurückgehen oder es wagen sollen, den See ganz zu umrunden. Du warst für Zurückgehen. Das war für dich der sicherste Weg. Ich war für Weitergehen – in ein neues kleines Abenteuer. Wir haben gestritten. Du sagtest, du willst unbedingt noch bei Dämmerung wieder am Parkplatz sein, wo unsere Räder standen. Ich nannte dich einen jämmerlichen Feigling, du mich einen chaotischen Idioten.

»Okay«, habe ich gesagt. »Ich werde noch vor der Dunkelheit wieder am Parkplatz sein!« Da bin ich einfach quer über den See gelaufen. Als ich einsackte, war ich schon zehn Meter vom Ufer entfernt.

Du standest da und hast um Hilfe geschrien. Die Waldarbeiter sind mit ihrer Leiter gekommen und haben mich rausgezogen.

Ich wäre da alleine nicht wieder rausgekommen. Plump und schwer, wie ich war.

Du hast mir das Leben gerettet, Anne. Deshalb hast du bei mir noch einen gut.

Solche und ähnliche Erfahrungen habe ich noch ein paarmal gemacht im Leben. Einige Bauchlandungen habe ich zu verzeichnen, über die ich heute lache.

Du bist diesen Erfahrungen immer ausgewichen. Aber dieses Mal werde ich dich keinen Feigling nennen. Bin ja auch reifer geworden und höflicher im Umgang. Ich habe gelernt, die Entscheidungen anderer Menschen zu akzeptieren.

Leb und stirb in Plattstadt, wenn es dich glücklich macht, unglücklich zu sein.

Hier tut sich viel: Adrian ist seit Jahresbeginn begeistert in seiner neuen Schule.

Im Fußballspielen ist er ein Ass, im Tischtennisspielen auch. Er konnte gleich gute Punkte sammeln, als er sich anbot, mit den anderen zu trainieren. Dafür bringen ihm die anderen Baseball und Kricket bei. Außerdem bekommt er Intensivkurse in Englisch und Spanisch. Dafür durfte er sein verhasstes Latein und Griechisch vergessen.

Sein Zimmer muss er mit drei anderen Guys teilen, ein Umstand, den er in Salzburg nie und nimmer akzeptiert hätte. »Vergiss es«, hätte er gesagt und die Tür hinter sich zugeschlagen. Jetzt freut er sich wie ein kleiner Junge, dass er oben schlafen darf. Die Neuen müssen immer für ein halbes Jahr oben ins Stockbett. Seine Kumpels sind sehr rücksichtsvoll und nett mit ihm. Hier in Amerika herrscht ein ganz anderer sozialer Umgang. Alle sind so freundlich und hilfsbereit, jeder hat ein Lächeln auf dem Gesicht – so auch diese reizende Dame, die jetzt schon seit fünf Minuten geduldig wartet, bis meine Hände frei werden, damit sie mit der Maniküre beginnen kann.

Wie es wohl Mark Daniel jetzt ergeht? Seine Proben in Salzburg müssen schon begonnen haben. Gleich werde ich Liz und Walter anrufen, um zu fragen, ob alles okay ist.

Schade. Wenn du dich entschlossen hättest, nach Salzburg zu

gehen, dann hättest du ihn bestimmt kennen gelernt. Ich glaube, er hätte dir gefallen.

Vielleicht wäre er der Prinz gewesen, der an dem Einmachglasgummiring zieht?

Mein Angebot gilt!

Deine Alex – mit den schönsten Füßen der Welt!

PS: Nachher hab ich einen Termin bei Jeff Miles, dem Oberoberboss der Filmproduktionsgesellschaft »Miles and more«, einer Tochterfirma von Warner Brothers, die ein neues Bond-Girl sucht! Sein Partner war auf dem Schiff und wir haben uns in jeder Hinsicht näher kennen gelernt…

Plattstadt, Kaufglück, 24. Februar

Liebste Alex,
bitte gib mir Zeit. Ich kann im Moment nicht mehr mailen und ertrage es auch nicht, immer zu lesen, wie gut es dir geht. Bleib mir aber gewogen – ich muss einfach nachdenken, dann melde ich mich wieder!

Danke, dass es dich gibt.
Anne

Kein PS.

Hollywood, Hotel Bel Air, am Pool

Liebste Anne,
kein Problem. Du weißt, ich bin nie beleidigt.

Ich denke an dich und wünsche dir nur das Allerbeste.

Mach's gut.

Alex

Auch kein PS.

Plattstadt, Kaufglück, 17. März

Liebste Alex,
entschuldige, dass ich so lange nichts mehr von mir habe hören lassen, aber ich habe eine grauenvolle Zeit hinter mir. Irgendwann hatte ich noch nicht mal mehr den Mut, dir von meinen ganzen Niederlagen zu berichten, und »Plattstadt – deine Spießer« war wirklich nicht mehr zum Lachen.

Heute ist mein letzter Arbeitstag – ich muss meine Sachen packen. Sie haben mich entlassen.

Siegwulf Mennecken und Jürgen Böhser haben beide beim Arbeitsgericht geklagt. Sie haben übereinstimmend ausgesagt, ich hätte sie sexuell belästigt, was auch im Plattstädter Anzeiger stand. Sie haben zu Protokoll gegeben, ich hätte sie zum Sex gezwungen!! Wenn sie nicht mit mir schlafen würden, hätte ich ihnen mit Entlassung gedroht. Siegwulf Mennecken hat schluchzend von seiner kranken Frau im Behindertenheim gesprochen, die er doch ernähren müsse – deshalb hätte er wohl oder übel mit mir geschlafen.

Was nicht stimmt, Alex!

Jürgen Böhser sagte, er hätte Angst vor Arbeitslosigkeit, in seinem Alter bekäme er doch nie wieder eine Festanstellung, und auch er hätte Frau und Kinder zu ernähren. Also hätte auch er wohl oder übel mit mir geschlafen.

Ihre Geschichten haben in markanten Details übereingestimmt.

Angefangen hat das Ganze damit, dass man Siegwulf Mennecken in seiner neuen Firma beim Klauen erwischt hat. Er hat elektronische Geräte entwendet und bei sich zu Hause gestapelt. Bei einer Hausdurchsuchung fand man dann auch Gegenstände, die er aus unserer Kaufglück-Filiale gestohlen hatte: Videokameras, Digitalkameras, Lautsprecheranlagen und all so einen Kram, von dem ich nichts verstehe. Siegwulf Mennecken wurde in Handschellen abgeführt und landete im Knast. Das alles hat man zwar hinter vorgehaltener Hand bei uns in der Firma erzählt, aber mir war der Kerl ja schnuppe. Ich wurde zwar wegen diesem Mann gemobbt, aber ich habe bewusst weggehört.

Und jetzt rate mal, von wem Siegwulf im Knast Besuch bekam: von Jürgen Böhser!

Die beiden müssen sich gründlich unterhalten haben, denn auf einmal wurde Siegwulf auf Bewährung freigelassen. Er gab zu Protokoll, ich, Anne Pistrulla, Personalchefin bei Kaufglück, hätte ihm die Gegenstände aus der Elektronikabteilung geschenkt.

GESCHENKT! »Für sein Schweigen«.

Man hat mich vor Gericht mit diesem Protokoll konfrontiert und es mir Wort für Wort vorgelesen. Siegwulf Mennecken saß oben im Zeugenstand und hat mir frech ins Gesicht gegrinst. Die Sitzung war öffentlich und alle Plattstädter Spießer hingen in den Rängen!

»Für sein Schweigen? Aber worüber?«

»Darüber, dass Sie regelmäßig mit dem Zeugen Mennecken intimen Verkehr hatten.«

»Aber das stimmt nicht!«

»Sie sind von verschiedenen Kolleginnen und Kollegen mit dem Zeugen Mennecken während der Arbeitszeit auf dem Parkdeck in dessen Cabriolet beim Vollzug intimer Zärtlichkeiten beobachtet worden!«

»Das ist nicht wahr! Wir haben nur ... Fahrtechniken geübt!«

»Bitte genauer. Was für ... Fahrtechniken?«

»Einparken und ausparken!«

Tosendes Gelächter im Saal. Der Richter haute mit dem Hammer auf sein Pult.

»Abgesehen von Ihren kollegialen ... Weiterbildungsmaßnahmen kam es aber laut Protokoll zu nächtelangen ... sexuellen Orgien ... in der Bettenabteilung!«

»WAS?« Ich hatte eine knallrote Birne und schaute mich Hilfe suchend im Saal um.

Wie sehr hätte ich mir gewünscht, dass Oma Margot aufspringen und rufen würde: »Lassen Sie meine Tochter in Ruhe! Die kann schlafen, mit wem sie will!«

Aber es ging ja nicht um den Tatbestand des Beischlafes, sondern um den Tatbestand des erkauften Schweigens mit Hilfe von gestohlenem Diebesgut aus meinem Laden!

Ich drehte mich wie ein aufgeschrecktes Kaninchen im Kreise und rief hilflos: »Das ist nicht wahr! Das stimmt nicht!«

»Verschiedene Zeugen haben das übereinstimmend zu Protokoll gegeben!«

Alex, sie haben bis ins Detail identische Dinge ausgesagt! Für jedes »Mal« hätte ich den alten fetten Säcken elektronische Geräte geschenkt! Sie haben sich abgesprochen und gegen mich verbündet! Sie haben sogar die Kollegin aus der Bettenwarenabteilung, die ich vor zwei Monaten entlassen hatte, dazu gebracht zu behaupten, morgens seien immer die Kissen zerwühlt gewesen! Das alles stand auch detailgetreu im Plattstädter Anzeiger. Mit Bild. Von mir.

Oma Margot hat im Gerichtssaal einen hysterischen Schreikrampf gekriegt, Opa Karl-Heinz hat gebrüllt, dass so etwas in der DDR mit Zuchthaus bestraft worden wäre, und Oma Helga hat geweint und Selbstgespräche geführt.

Lothar mussten sie mit einem akuten Anfall von Stressneurodermitis in die Klinik bringen, wo ich ihn nicht besuchen darf.

Man hat mir einen Vergleich angeboten aus Mangel an Beweisen, und bei Kaufglück bekam ich eine Entschädigung von sechs Monatsgehältern, wenn ich die Entlassung akzeptiere.

Was sollte ich denn machen, Alex? Kämpfen? Auf meiner Anstellung beharren? Den Mut und die Nerven habe ich nicht.

Jetzt pack ich diesen Computer ein und überspiele mir unsere sämtlichen Mails auf Diskette.

Ein letzter Blick auf unsere Schule, deren Pausenzeichen soeben ertönt.

Wenn dein Angebot noch gilt, Alex: WO LIEGT DER SCHLÜSSEL?
Anne

Hollywood, Hotel Bel Air – im Spa

Anne!
Ich kann's nicht fassen! Du BIST SO WEIT!!!

ALSO: Wenn du die Einfahrt rauffährst, findest du rechts eine mit Wein bewachsene Pergola. Unter der vierten Sprosse klebt ein blaues Kästchen. Das ist die Fernbedienung für das Gartentor. Du kannst sie vom Auto aus greifen. Fahr den Kiesweg ganz hinauf, das Tor schließt sich automatisch wieder. Die Fernbedienung kannst du im Auto lassen und weiterhin benutzen.

Du solltest direkt vor der großen Freitreppe parken, um deinen Kram auszuladen. Später kannst du in die Garage fahren, die automatisch aufgeht, wenn du den schwarzen Knopf an der rechten Regenrinne drückst. Nicht den roten! Das ist die Alarmanlage!

Vor der Haustür steht ein blauer, handbemalter Bauernschrank. Drinnen findest du Besen, Mistkübel, Gummistiefel und allerlei Gartenwerkzeug. Im zweituntersten Fach links steht ein Paar rosa Skischuhe. Im rechten Schuh liegt ein Schlüssel unter der Wärmesohle. Ganz vorn, am großen Zeh.

Dieser Schlüssel ist für das dritte Schubfach rechts oben. Darin sind alte Kassetten von Adrian, die wir früher immer im Auto gehört haben. In der fünften Kassettenhülle – Aufschrift: »Die Doofen« – findest du einen Schlüssel.

Das ist der Hausschlüssel.

Vorher musst du die Alarmanlage entsichern. Der Code ist: 11.211.5657.

War doch ganz einfach, oder?

Sobald du da bist, sende mir eine Mail! Mein Computer steht oben auf der Galerie, das Kennwort ist »adrian«!

Gute Reise, Hals- und Beinbruch,
und: Du schaffst das, Anne!!
Deine Alex

PS: Ich bin stolz auf dich!

Mondsee, im Frühling

Liebste Alex,
ich bin drin! War doch ganz einfach! Kann es alles gar nicht fassen. Wo soll ich anfangen?

Danke für die fantastische Wegbeschreibung, die ich noch als Letztes auf meinem Computer fand, bevor ich meine Siebensachen packte. Habe alle unsere Mails überspielt und dann gelöscht, nur die Wegbeschreibung noch schnell ausgedruckt.

Abends habe ich in Ruhe gepackt und Lothar einen Brief hinterlassen:

Lieber Lothar,
glaube über die Sache, was du willst – es ist mir egal.

Ich will jedenfalls nicht länger schuld an deinem schrecklichen Leben sein. Sei du nicht mehr schuld an meinem! Wir führen keine Ehe, sondern eine Stressgemeinschaft, die uns beide zerstört.

Die Kinder nehme ich mit. Sie sind wichtiger als der Bausparvertrag.

Behalte ihn und alles hier – ich fange neu an.

Versuche nicht mich zu finden – ich melde mich, wenn ich so weit bin.

Gute Besserung!
Anne

Was Besseres fiel mir in der Eile nicht ein.

Morgens um fünf hab ich mir die schlafenden Mädels gepackt, sie in aller Eile in den Opel verfrachtet und bin im Leerlauf rückwärts auf die Straße gerollt, um niemanden durch das Starten des Motors zu wecken.

Um neun war ich schon bei Nürnberg, wo wir an einem Rastplatz gefrühstückt haben.

Für die Mädchen ist es ein genauso großes Abenteuer wie für mich!

Aber alles funktioniert! Ich kann Auto fahren, ich kann tanken, ich kann einen Autoatlas lesen, ich kann meine Mädchen aus- und anziehen, ich kann … mein Leben selbst bestimmen!

Während der ganzen Fahrt war ich so euphorisch, als hätte ich Drogen genommen. Wir haben laut gesungen und waren übermütig vor Glück. Aber die Droge heißt FREIHEIT!!

Gegen sechzehn Uhr bin ich in deine Einfahrt gerollt – mein lieber Schwan!! So ein tolles Anwesen!! WOW!!

Habe alles leicht gefunden. Man muss ja nur die Leute im Dorf nach dir fragen – sie geben bereitwillig Auskunft. Die Frau mit dem Garten voller Schneeglöckchen, Krokus und Narzissen hat nach dir gefragt. Ich habe gesagt, es geht dir blendend und du kommst bald zurück.

Die Kinder spielen draußen im Garten, ich kann sie von hier aus durch die riesigen Panoramafenster sehen. Deine Galerie ist ja eine Wucht! Man fühlt sich wie im Traum, wenn man hier oben über dem Wintergarten am Schreibtisch sitzt, mit Blick auf die Berge, den See und den riesigen Garten: Ist ja toll, was du für deinen Adrian alles hast anschaffen lassen! Die Schaukel, die Rutsche, der Sandkasten – das ist alles ein Paradies. Und das riesige Seegrundstück! Gehört das Pferd hinter dem Zaun auch dir? Es schaut immer so rüber, als wollte es sagen: Nett, dass wieder jemand zu Hause ist.

Schön, dass du eine Kindersicherung im Gartentor angebracht hast. So muss ich mir keine Sorgen machen. Hier ist herrlicher Frühling, die Berge ringsum sind noch schneebedeckt, aber in der Sonne sind es achtzehn Grad. Ganz ohne schlechtes Gewissen habe ich den Mädchen ihre Anoraks ausgezogen. Sie haben KEINE Mütze auf!! Und keinen Sonnenschutz! Hurra!!

Mensch, Alex. Ich kann das alles noch gar nicht fassen. Das riesige Haus ist leer und still. Nur meine zwei wunderbaren Kinder, die seltsamerweise ganz allein spielen können.

Wenn jetzt Lothar da wäre, der würde mich anherrschen, dass der Jägerzaun noch lange kein Garant dafür sei, dass die Mädchen nicht innerhalb der nächsten zwanzig Sekunden ertrunken sein werden. Und wie ich es mit meinem Gewissen vereinbaren könne, dass die Fünfjährigen ganz unbeaufsichtigt auf der gefährlichen Rutsche spielen, ganz zu schweigen von der Schaukel, deren Gefahren sie ja noch gar nicht abschätzen können. Lothar würde sich jetzt nach der anstrengenden Fahrt, deren Dauer er mir auf die Minute vorrechnen würde, zum Schlafen ins Bett verziehen und sich ausbedingen, dass absolute Ruhe herrscht für wenigstens zwei Stunden! Dann würde er mit beleidigter Miene die Rollläden runterlassen und dabei die Nase hochziehen. Und zum Kofferauspacken würde er sich einschließen. Damit die Kinder ihm nicht zwischen die Klamotten laufen.

Komisch, dass allein alles viel einfacher geht. Ich habe unser Gepäck in das Vorhaus gestellt und werde gleich mal schauen, wo das Gästezimmer ist.

Jetzt werde ich in aller Ruhe dein Haus inspizieren. Es ist noch alles drin – wenn ich das richtig beurteile. Du hast mir ja schon von dem traumhaften Wintergarten erzählt, aber so habe ich ihn mir nicht vorgestellt. Ich dachte an ein paar Topfblumen vor einer Glasscheibe!

Richtige Palmen! Riesige Zierpflanzen! Ganze Landschaften von Blättern, Kletterpflanzen und Blüten! In der Galerie oben fängt sich viel Sonnenlicht. Die Topfblumen müssen dringend gegossen werden. Ziemlich viel Staub liegt auf den alten Bauernmöbeln. Es wird mir eine Freude sein, hier mit Meister Proper durchzuwirbeln! Eine Katze ist gleich an mir vorbeigeflitzt und hat sich im Haushaltsraum verzogen, wo sie sich über das Trockenfutter hergemacht hat. Im Kühlschrank stehen noch zwei Flaschen Bier und eine Dauerwurst.

Ich fühl mich gleich so österreichisch! Schmankerl oder wie nennt man das hier?

Bleibe du in Amerika, so lange du willst. Ich hüte dir dein Haus und bringe dir alles wieder auf Vordermann. Und um dein Büro werde ich mich auch kümmern.

Grenzenlos glücklich und erstaunt über meinen eigenen Mut, den Lothar bestimmt »Wahnsinn« nennen würde, sei fest umarmt von deiner
wahnsinnig glücklichen Anne

PS: Dürfen die Mädchen in Adrians Zimmer? Sonst können wir auch alle drei im Gästebett schlafen, das macht uns nichts aus.
PPS: Kostet es wirklich so wenig, sein eigenes Glücksrad ein bisschen zu drehen?

Hollywood, auf dem Gelände der Filmproduktion
»Miles and more«, 20. März

Liebe Anne,
na, hast du's gemerkt? Ich nenne dich nicht mehr Kleinchen. Du bist erwachsen! Ich umarme dich und drücke dich und gratuliere dir!!

Und ich freue mich so doll mit dir, dass ich hier rumhüpfen könnte!!

Ganz schnell, während der große Meister noch mit Steven Spielberg verhandelt – ich sitze in seinem pompösen Vorzimmer, seine Sekretärin hat sich gerade entschuldigt, dass es eventuell noch einen Moment dauern könnte, aber ich bin ja immer so wahnsinnig busy mit meinem Laptop; kein Schwein merkt, dass ich meiner besten Freundin E-Mails schreibe, alle denken, ich arbeite in jeder freien Minute – also, WILLKOMMEN im Paradies! My home is your castle!!

Es war wirklich eine Frage der Zeit, und dass du dir den Frühling ausgesucht hast, ist klar.

Der Frühling DEINES Lebens, Anne!!

Natürlich schläfst du in MEINEM Bett, das Schlafzimmer ist oben rechts, das hast du inzwischen sicher gefunden. Da hast du auch ein eigenes Bad und ein Ankleidezimmer. Frische Bettwäsche findest du ganz hinten links im blauen Bauernschrank. Alles, was du findest, gehört dir, fühl dich wie zu Hause! Und natürlich schlafen die Mädchen in Adrians Zimmer! Die Schlafcouch kannst du ausklappen, Adrian hatte auch immer Freunde zum Übernachten da.

Die unanständigen Poster von Nackedei kannst du abreißen, wenn sie euch stören.

Bitte kümmere dich auch um die Post! Ich habe ein Postfach im Dorf, sei so lieb und hol den Krempel. Ich war inzwischen einige Male zu Hause, aber wegen Adrian und Nackedei musste ich immer sofort wieder rüber in die Staaten. Jetzt war ich seit letzter Woche Freitag nicht mehr da und Rico und Jaime haben kein Lebenszeichen hinterlassen. Die Nachbarin müsste allerdings da gewesen sein, schon wegen der Blumen. Sie fährt nicht Polo, sondern Trecker, und ihre Straße darf man ruhig schmutzig machen. Liegen eh viele Pferdeäpfel drauf.

Also, die Post. Reiß ruhig alles auf und mail mir die wichtigsten Sachen. Im Haushaltsraum findest du Gefriertruhe und Waschmaschine, Trockner und so weiter. Die Katze heißt Pizza. Adrian hat sie mal so genannt. Sie ist uns zugelaufen und sie kommt durch einen Spalt im Kellerfenster rein und raus. Bitte hör auch den Anrufbeantworter ab. Mail mir die wichtigsten Dinge. Putzen brauchst du nicht selbst. Meine Putzfrau heißt Frau Koberlechner und hat die Nummer 1642. Ich hatte sie vor meiner Reise abbestellt, aber sie kommt, sobald du sie anrufst. Die Frau mit dem blumenverwachsenen Garten ist die Kathi Seegreiner, deren Mann macht uns immer das Boot klar, wenn wir rausrudern wollen.

Dann ist mir noch was eingefallen: Der Kindergarten von der Liesi Hinterleitner ist keine dreihundert Meter vom Haus entfernt. Soviel ich weiß, nehmen die immer Kinder auf, auch mitten im Jahr. Geh einfach mal schauen und grüße die Liesi von mir.

Kommen deine Mädchen nicht im Sommer in die Schule? Wir haben eine bezaubernde knallgelbe Volksschule, die ist schon über 150 Jahre alt, sie liegt drüben am Berg und hat immer Morgensonne. Die Kinder sagen noch »Frau Lehrerin« und machen einen Knicks.

Wenn du willst, kommt jeden Morgen die Antonia mit dem frischen Holzofenbrot. Du musst sie nur anrufen: 2578. Ihr Holzofenbrot ist sensationell. Sie ist die Wirtin von der Erlachmühle, wo du auch mit den Kindern zur Jause gehen kannst. Man kann herrlich draußen sitzen am Bach und dem Mühlrad zuschauen, wie es sich dreht. Der See ist übrigens nicht gefährlich: Es geht ganz seicht ins Wasser hinein und wir haben ein besonders schönes Stück Seegrund; auch der Sandstrand, den du vom Haus aus gar nicht siehst, gehört dazu. Die Kinder müssten schon dreißig Meter weit ins Wasser laufen, bis sie nicht mehr stehen könnten! Nebenan ist das öffentliche Strandbad mit Rutschen und Schaukeln, da ist im Sommer immer was los.

Ach, du Arme, was hat dein Lothar immer schwarz gemalt!

Jetzt kannst du dein Feuer entfachen – wo du den Feuerlöscher los bist!

Genieße nun deine Freiheit und ... Die Sekretärin sagt, Mister Miles erwartet mich!

Ich werde Steven Spielberg noch schnell die Hand drücken!

Servus, mach's gut!

Ein bisschen aufgeregt – Alex

PS: Ich weiß nicht, ob ich dir schon berichtet habe, dass wir auch zwei Hunde haben! Du musst sie bei der Nachb...

Mondsee, abends um elf an deinem Schreibtisch

Liebste Alex,
puh, ich bin geschafft! Die Kinder schlafen selig und süß – haben auch den ganzen Tag draußen gespielt und waren so dreckig wie noch nie! Ich habe sie in die Badewanne von Adrians Bad gesetzt, war das okay? Wir haben auch Adrians Duschgel benutzt, kaufen aber morgen eigenes.

Wenn ich darf, schlafe ich tatsächlich in deinem Zimmer. Das ist ja wunderschön!

Dieses riesige ovale Bett! Und wie du alles in zartem Apricot gehalten hast – von den Wänden, über die Vorhänge, über den Teppich! Als vorhin die Abendsonne reinschien, fühlte ich mich in Gold getaucht. Und dann habe ich erst deinen blumengeschmückten hölzernen Schlafzimmerbalkon entdeckt! Du hättest mich schreien hören sollen! Dieser bombastische, schneebedeckte Berg, von der Abendsonne beschienen! Wie heißt der? Ist das der Schafberg?

Sag mal, Alex, ist DAS deine Aussicht?? Vom BETT aus? Ich habe bestimmt zwanzig Minuten dagestanden, mit dem Bettzeug in der Hand, und habe »aah« und »ooh« und »Wahnsinn« und »Das glaub ich nicht!« gestammelt, während die Sonne rückwärts über dem See unterging und einen blutroten Strahl über das matt schimmernde Wasser sandte.

Wie in einem kitschigen Film sind mir die Tränen über die Wangen gekullert und auf deine apricotfarbene Damastbettwäsche getropft.

Nein, was ist das wunderschön!! Weißt du, welche Aussicht ich in Plattstadt vom Schlafzimmerfenster aus hatte? Das grau verklinkerte Haus gegenüber mit dem vergitterten Küchenfenster und dem Carport, in dem ab Punkt achtzehn Uhr fünfunddreißig ein VW Passat stand!

Und weil bei uns die Häuser so eng beieinander stehen, fiel auch nie ein bisschen Sonne herein. Wohl aber konnte man genau hören, wenn die Pentschkes mal wieder miteinander stritten. Dann machte er den Fernseher laut und Lothar regte sich darüber auf.

Die absolute Ruhe hier wird nur vom Vogelgezwitscher unterbrochen! Hinten am Waldrand, wo es so hügelig wird, habe ich drei Rehe äsen sehen!

Ja, den Kindergarten werde ich gerne morgen aufsuchen. Kaum zu fassen, wenn die Liesi tatsächlich meine Mädels nehmen würde! Nein, das kann ich alles gar nicht glauben.

Dein Rasen müsste gemäht werden. Erklär mir bitte, wie ich mit diesem Traktor umgehen muss, der in der Garage steht. Und wie kriege ich den Kamin an? Nicht dass es sehr kalt wäre, aber ich möchte nichts falsch machen. Habe noch nie im Leben einen Kamin angezündet.

Dein Faxgerät schreit »Papier her oder ich fall um!« und dein Anrufbeantworter quillt über. Ich werde ihn morgen in Ruhe abhören. Bin im Moment zu müde, um mich mit der Technik abzugeben. Habe auch Angst, ich könnte aus Versehen alles löschen. Im Vorhaus haben sich die Zeitungen und auch Briefe gestapelt. Morgen fahre ich ins Dorf zur Post und frage nach Paketen und Nachnahmesendungen.

Was ist mit den Hunden? Bei welcher Nachbarin muss ich sie abholen? Wie groß sind die Viecher denn? Ach, es ist ein Abenteuer! Ich freue mich wahnsinnig, hier zu sein!

Jetzt werde ich mich in deine riesige ovale Badewanne legen, durch dein verglastes Dach auf den Mond und die Sterne schauen und, wenn du erlaubst, die angebrochene Flasche Champagner aus dem Getränkekühlschrank im Haushaltsraum mit raufnehmen!

Soo fühlst du dich also immer! Fehlt nur noch Rico mit der Fußmassage! Und Jaime, der mir die Bettwäsche aufbügelt.

Kein Wunder, dass dir alle Menschen mit Respekt begegnen – du begegnest dir ja selber mit Respekt!

Liebe Grüße nach Hollywood! Hoffentlich hattest du Erfolg!
Deine hundemüde, aber glückliche
Anne

PS: Habe ich dir eigentlich schon DANKE gesagt??
PPS: DANKE DANKE DANKE DANKE DANKE DANKE DANKE DANKE DANKE

Los Angeles, Universal Studios, 26. März

Liebste Anne,
ich müsste DIR danke sagen! Schließlich nimmst du mir die große Sorge um mein Haus, um die Tiere, den Garten und die Pflanzen drinnen. Was hätte ich ohne dich gemacht?

Ich hätte die Bude vermieten müssen! Oder verkaufen, damit sie nicht verfällt. Klar sorgen die lieben Nachbarsfrauen und das halbe Dorf irgendwie für mich und das Haus, aber es ist wirklich besser, wenn jemand drin WOHNT!! Und dann noch jemand mit so liebevoller Hand. Und mit solch begeisterter Freude.

Auch dass deine beiden Kleinchen jetzt hüpfen und springen wie frisch geborene Frühlings-Rehlein, erfüllt mich mit geradezu mütterlicher Freude.

Bei mir hat sich tatsächlich Sensationelles ergeben: Mister Miles machte mich mit dem Producer und mit dem Regisseur des neuen Bond-Films bekannt und wir redeten fast zwei Stunden.

Wie das Leben so spielt, ist Jeff ein begeisterter Fan von Opern und klassischer Musik und hat schon viele Aufführungen unter der Leitung von Leo von Merz besucht.

Er hat mir beim Essen mit der Gabel ständig was vordirigiert, Schuberts Unvollendete und »Ein Sommernachtstraum« von Mendelssohn. Er erinnerte sich ganz genau an Tempo und Dynamik in einem Konzert in Boston, das Leo vor zwölf Jahren mit den Boston Symphonics gegeben hat. Als er erfuhr, dass ich Leos Geschiedene bin, hat er sich gar nicht mehr eingekriegt vor Glück!

Nun produziert er also den neuen Bond-Film, und das Casting läuft gerade. Jeff zeigte mir eine Mappe mit Fotos der aktuellen Bewerberinnen – traumhafte Girls sind dabei, sagt er, aber er konnte sich bisher noch für keine entscheiden.

Mit anderen Worten, Anne, er will Nackedei sofort sehen!! Sie dreht gerade ihren Werbespot in Kanada für Streichkäse; habe dir, glaube ich, davon berichtet. Wir lassen sie morgen per Privatjet einfliegen. Ich muss bei dem Casting unbedingt dabei sein. Sie kann sich natürlich kaum artikulieren, ihr Englisch ist grauenvoll und ihre Stimme sowieso. Aber ich werde das schon hinkriegen. Jeff meint, es ist nicht wichtig, dass sie spricht. Wir können sie nachsynchronisieren lassen, das machen viele.

Nun habe ich hier also noch eine Weile zu tun. Für die Rolle des James Bond sind George Clooney, Brad Pitt und Tom Cruise im Gespräch.

Heute Abend ist eine Gala, zu der auch Tommy Gottschalk mit Thea kommt, und Til Schweiger und seine Frau Dana stehen auch auf der Gästeliste.

Bin mal gespannt auf unser Wiedersehen. Kenne sie alle schon seit Jahren.

Am Wochenende fahre ich auf jeden Fall ins College und besuche Adrian. Von ihm kommen nur positive E-Mails – wenn auch wesentlich knappere als von dir.

»Hi, Mom, alles okay« ist schon viel, oder »brauche Geld«, aber auch »alles geil«.

Genieße deine Freiheit am Mondsee – und melde dich immer, wenn du was brauchst.

Schon wieder im Begriff, einen fetten Fisch an Land zu ziehen,
und deshalb in Champagnerlaune
deine Alex

PS: Die Hunde sind bei Frau Koberlechner, meiner Putzfrau! Ruf sie an, dann kommt sie und bringt die Viecher gleich mit!

Mondsee, an deinem Schreibtisch, 30. März

Liebste Alex,
wo soll ich anfangen? Bei dem gigantischen Sonnenaufgang heute früh, den ich mir wie einen Film vom Balkon aus angesehen habe? Bei dem Milchmann, der um sieben mit frischer Kuhmilch vorbeikam? Oder bei Antonia, die tatsächlich noch warmes, duftendes Steinofenbrot brachte? Das ist ja eine ganz süße, quirlige Herzliche, und auch wenn ich kein Wort verstanden habe, so habe ich doch begriffen, dass ich jederzeit mit den Kindern zur Jause vorbeikommen kann. Bei unserem Frühstück auf der Morgensonnenterrasse? Wir saßen alle im Schlafanzug draußen und ich habe fast vor Freude geweint. Weit und breit keine Menschenseele um diese frühlingshafte Zeit!

Wie heißt der schneebedeckte Berg mit dem senkrechten Zacken, den man vom Balkon aus sehen kann? Die Morgensonne blinkte dort oben, als würde sie sich in etwas spiegeln!

Ein Hotel? Eine Almhütte? Eine gute Fee? Der Spiegel zu meiner Seele?

Später bin ich mit den Mädchen zu dem Kindergarten geschlendert – es sind gerade mal dreihundert Meter, für unsere Verhältnisse durch eine wahnsinnig steile Schlucht! Die Liesi kam mir gleich lächelnd entgegen, und als ich unter Tränen stammelte, die beiden seien schon fünf und sie hätten in Plattstadt trotz rechtzeitiger Anmeldung (nämlich schon vor ihrer Geburt) keinen Kindergartenplatz gekriegt, fragte sie: »Wolln's heit scho kimma oder langt's moagn?«

Mir fiel die Kinnlade runter! Bei ihr war es keine Frage von »dieses Jahr« oder »nächstes Jahr«, sondern heute oder morgen!! Die Mädchen bettelten, dass sie gleich bleiben wollten –

und schwups, waren sie in dem schmucken gelb getünchten Haus mit den grünen Fensterläden verschwunden. Die Liesi meinte noch, es reiche, wenn ich sie um fünfzehn Uhr abhole, und wenn's später würde, wär's auch kein Problem. Sie wohnt gleich nebenan und nimmt die »Schlusslichter« immer mit heim. Alex, du weißt gar nicht, was das für eine göttliche Gnade ist!! Zwei Kinder im Kindergarten!

Bis fünfzehn Uhr!! Ich stand geschlagene fünf Minuten präzise und exakt vor ihrer Tür und versuchte, ruhig weiterzuatmen und nicht laut zu jodeln vor Glück!! Mir liefen schon wieder die Tränen. Hab nah am Wasser gebaut im Moment. War wohl alles ein bisschen viel in letzter Zeit.

Ich bin dann leichten Schrittes wieder nach Hause gegangen, vorbei an Schäfchen und Kälbchen und Schweinchen, die mich erstaunt anblickten, und da stand eine dralle Alte mit zwei wunderschönen Golden Retrievern an der Leine in der Hauseinfahrt.

»Sie müssen Frau Koberlechner sein!«, rief ich verbindlich aus. Frau Koberlechner hat etwas zurückgeschrien, was ich nicht verstanden habe, zumal die Hunde anfingen zu bellen. Die Hunde sind gleich an mir hochgesprungen und haben mir ihre Pfoten auf die Schulter gelegt. Sie haben an meinem Ohr geschnüffelt und erfreut daran geleckt. Schöne weiche warme Schnauzen.

Frau Koberlechner hat gegen den Lärm angeschrien, dass es »eh scho fei fad« gewesen sei für die »Hunderl« ohne dich und dass sich »die Viecherl ganz damisch freia wie verruckt«.

Wir sind dann rein ins Haus und Frau Koberlechner hat sich sofort ans Werk gemacht.

Die Hunde haben sich auf die Katze gestürzt, aber was zuerst aussah wie kollektives Auffressen, war nur eine herzliche Begrüßung. Alle drei liegen jetzt schlafend nebeneinander im Haushaltsraum, nachdem sie das Katzenfutter zu dritt alle gemacht haben.

Ich bin dann mit einer Tasse Kaffee rauf an deinen Schreibtisch, um deine Post und deine Faxe durchzusehen, da schreit die Frau Koberlechner von unten in höchsten Tönen: »Gehn's, Frrau

Pistrulla, i brraach an Putzfetzn für die Fenster, hom's on oids Laiberl von die Dirndln, wos nimmer braucha?«

Ich musste dreimal »Wie bitte?« fragen, bis ich begriffen hatte, dass sie ein altes T-Shirt oder so was von den Mädchen will, um damit die Fenster zu putzen.

Jetzt putzt sie und ich arbeite mich durch deine Faxe.

Du hast viele Einladungen, Vernissagen, Konzerte, Ausstellungen, Filmpremieren. Zum Teil ist das schon vorbei. Aber einige persönliche Sachen, die man, glaube ich, beantworten sollte.

Zum Beispiel von der Fürstin zu Sayn-Wittgenstein-Sayn, zum Mittagessen in ihrem Garten. Es ist eine handschriftliche Einladung mit einem netten Foto von euch beiden.

Das wäre genau in einem Monat. Bist du bis dahin zurück? Was soll ich schreiben?

Frau Koberlechner schreit: »Frau Pistrulla, gehn's, bittschön, an der Tür wär der Rauchfangkehrer! Und der Briefträger wär auch scho do!«

Muss mich kümmern. Bin glücklich.

Anne

PS: Was bedeutet Rauchfangkehrer? Ist das was zum Fürchten?

Hollywood, beim Stylisten, 18. April

Liebste Anne,
ein Rauchfangkehrer ist ein Schornsteinfeger – hast du wahrscheinlich inzwischen selbst rausgefunden. Der bringt dir Glück!

Sitze mit Nackedei beim Friseur – Jeff rief mich noch mal an und sagte, dass das Bond-Girl knielange Haare haben muss! Es gibt nämlich eine Szene im Film, wo James Bond und sein Bond-Girl es im Freien treiben – und wegen der Prüderie der Amerikaner müssen sie mit irgendwas zugedeckt sein! Nackedei lässt sich also Extensions machen – Haarverlängerung bis zum Knie. Strähne für Strähne wird ihr mit Ultraschall feinstes Echthaar an ihr Eigenhaar gelötet, das dauert zwölf bis vierzehn Stunden.

Nackedei ist wahnsinnig aufgeregt wegen ihres Castings morgen. Ich übe mit ihr die wenigen Sätze auf Englisch, die sie sagen muss. Auch wenn man sie nachsynchronisiert: Die Lippenbewegungen müssen stimmen. Ansonsten muss sie im Film einfach nur wahnsinnig erotisch sein.

Ich weiß nicht, ob ich es schon erwähnt habe: Nackedei heißt eigentlich Kerstin Schöller, stammt aus Mörsenbroich und ist gelernte Fleischereifachverkäuferin. Sie hat ihre Prüfung gemacht in den Disziplinen »Schlachten«, »Selchen« und »Blut kochen«. Davon hat sie mir gerade ausführlich erzählt. Hättest du auch nicht gedacht, was? Jedenfalls ist sie über ihrem Job zur Vegetarierin geworden. In einer Disco in Düsseldorf hat man sie entdeckt, als sie die Wahl zur »Miss Mörsenbroicher Ei« gewann. Sie wurde als Partygirl nach Hamburg ins Valerio eingeladen, dort traf sie Boddel, der ja bekanntermaßen der Sohn eines Haushaltswarengroßmarktkettenbesitzers ist, und von dem hat sie sich auf einer Großpackung Haushaltsrollen – im Schaufenster einer väterlichen Filiale – flachlegen lassen. Der Rest der Geschichte dürfte dir bekannt sein – das gehört zur Allgemeinbildung, mehr als Schillers »Glocke« oder Goethes »Faust«.

Im Grunde ihres Herzens ist Kerstin – Nackedei – Schöller ein einsames, kleines, schutzbedürftiges Mädel, das sich immer in den Falschen verliebt.

Aber zugegeben: Ich habe gerade daraus eine Riesenmarketingnummer gemacht.

Als sie einmal auf der Verleihung der goldenen Gans neben dem Texteschreiber Holger Reimann saß, habe ich gleich eine große Love-Story an die Bunte exklusiv verkauft. Vielleicht erinnerst du dich: Nackedei und Holger waren auf dem Titel, Überschrift: »Ja, es ist Liebe!« Obwohl die beiden sich heute noch siezen. Ein bisschen mogeln gehört halt zum Geschäft, meine liebe Anne. Wir haben 60000 Euro für die Story gekriegt. Du weißt ja, ich kriege für alles zwanzig Prozent. Und wie allgemein bekannt ist, hat die Kampagne niemandem geschadet, und Nackedeis Marktwert stieg um dreihundert Prozent. Was meinst du, warum sie jetzt das Bond-Girl wird.

Jetzt reichen ihr die ersten Haare schon bis zu den Fußknöcheln. Der italienische Meister hier sagte gerade, er wolle das nachher noch ein bisschen beischneiden. Damit sie nicht stolpert.

Jetzt aber zu dir, liebe Anne. Danke für die ganzen Mails im Anhang. Ich werde sie gleich der Reihe nach beantworten. Die Einladung bei der Fürstin ist wichtig! Sie ist eine ganz liebe alte Freundin von Leo von Merz und mir, fast ein bisschen Mutterersatz! Geh bitte unbedingt hin! Sie hat, im Gegensatz zu deinem Schwiegervater Karl-Heinz, WIRKLICH Menschenkenntnis. Man kann sehr viel von ihr lernen. Eine tolle Frau!

Ihre Gartenfeste sind ein Muss!! Sie kocht noch selbst, mit viel Liebe deckt sie die Tische unter den schattigen Bäumen, und du triffst bei ihr die ganze Salzburger-Festspiel-Prominenz!

Bestimmt hat sie auch den hoffnungsvollen Neuzugang Mark Daniel Martini eingeladen! Mist, ich habe ganz versäumt, seinen Eltern mitzuteilen, dass ich selbst noch gar nicht wieder zurück in Salzburg bin. Ich hatte ihm nämlich ausrichten lassen, dass er mich unbedingt mal besuchen soll. Falls du ihn kennen lernst: Grüße ihn herzlich von mir! Vielleicht begegnest du auch Leo und Olga. Dieses Event lassen sogar die beiden sich nicht entgehen und reisen extra aus Hallstadt an.

Muss Nackedei einen Vegetable-Burger holen.

Liebe Grüße nach Mondsee!

Deine Alex

PS: Vergiss nicht, die Bananenbäume und Strelizien im Wintergarten zu gießen! Sie brauchen nächtelang leichte Berieselung aus der Sprenganlage unter der Balustrade! Temperiere das Wasser bitte auf siebenunddreißig Grad! Exakt, hörst du! Körpertemperatur! Präzise sechs Stunden! Und vergiss nicht, ihnen tagsüber die Sonnenmützen aufzusetzen. Aua. Nicht hauen.

PPS: Beim Dinner bei der Fürstin ist Dirndlzwang! Schau mal in meinen Kleiderschrank, da findest du Dirndl für alle Gegenheiten, von Größe achtunddreißig bis zweiundvierzig! Oder hast du etwa sechsunddreißig, du miese Freundin?

Mondsee … Frühling!

Liebe Alex,
habe Größe sechsunddreißig! Aber bitte nicht hauen! Ich fresse mir auch wieder was an!

Die Kinder sind im Kindergarten bei der Liesi. Als ich sie gestern abholte, waren sie ganz begeistert. Greta meinte allerdings bedauernd: »Hier sprechen alle Kinder italienisch!«

Aber die Liesi sagt, sie werden den Dialekt schon bald lernen. Carla sagte abends beim Baden: »Dreckige Dirndln sind was Schiachs!«

Und da antwortete Greta: »Und was is mit dreckige Buam?« »Aah, geh, dreckige Buam sind eh normal!«

Also, sie sind auf dem besten Wege, die Sprache zu lernen. Ich selbst habe damit noch so meine Schwierigkeiten. Gibt es eigentlich von deinem Freund Florian Langenscheidt einen Sprachführer Deutsch – Österreichisch/Österreichisch – Deutsch? Dann soll er mal ein Werbeexemplar rüberwachsen lassen!

Als ich im Dorf beim Metzger »dreiviertel Pfund Gehacktes« bestellte, da guckte er mich fassungslos an. Schließlich sagte seine rotwangige Frau: »Siehme Deka faschierts Laiberl wülls!«

Und auch beim Bäcker darf man ja nicht ungestraft sagen: »Vier Brötchen.«

Die gucken, als hätte man russisch gesprochen. »A Weckerl, a Hörnderl, a Stangerl, a Kornspitzlaiberl oder a ganz normales Semmerl?«, hat mich die Verkäuferin freundlich gefragt, und ich hätte vor Scham vergehen mögen. »Einfach nur was zum Essen«, habe ich gesagt. Da haben sie mir die Backwaren eingepackt und rübergereicht und mitleidig gelächelt.

Ansonsten erstaunt mich am meisten, dass die Leute hier

kaum mit dem Auto fahren, sondern hauptsächlich mit dem Trecker. Und während sie so ihre Besorgungen machen, lassen sie eine unglaublich stinkende Flüssigkeit hinten aus dem Trecker auf die Wiesen und Äcker spritzen. Deine Hunde sind ganz begeistert von der würzigen Delikatesse. Sie reißen sich von der Leine los und stürzen sich schwanzwedelnd darauf, um den Kuhmist zu verzehren. Ich weiß nicht – ob sie davon sterben…? Jedenfalls haben sie eine Verdauung wie die Postrosse. Leider auch in deinen Wintergarten. Erwarte weitere Anweisungen von dir zu dem Thema!

Gestern habe ich fast zwanzig Minuten (exakt und präzise!) mitten im Dorf auf der Straße gewartet, bis eine Gruppe Kühe die Straßenseite gewechselt hat. Sie wirkten so wie eine Busladung voller alter Touristenweiber – gemächlich, desinteressiert, überfressen. Sie trotteten in Reih und Glied ganz gelassen über den Zebrastreifen. Einige von ihnen kackten ungeniert auf die Straße. Ganz am Ende ging ein kaum achtjähriger kleiner Reiseleiter mit einem Stock und haute seine Schützlinge auf den Arsch, wenn sie nicht schnell genug gingen. Stell dir vor, alle Reiseleiter würden ihre Touristen auf den Arsch hauen, wenn sie nicht schnell genug gehen! Was das ein Spaß wäre!

Mitten in diesem Abenteuer habe ich mir plötzlich eingebildet, Lothar im Rückspiegel in einem anderen wartenden Auto zu sehen. Ich hab zweimal hingeguckt, die Augen zusammengekniffen und mir überlegt, ob ich aussteigen und hingehen soll. Aber das ist natürlich Quatsch. Lothar liegt in Plattstadt im Krankenhaus, und wenn sie ihn schon wieder rausgelassen haben, dann sitzt er a) pünktlich und präzise wieder in seiner Filiale, b) weiß er gar nicht, wo wir sind, und c) hat er ja gar keinen Opel mehr, höhöhö!!

Dieser freudlose Gänseblümchenzertreter soll nicht in unser sonniges Paradies eindringen. Ich werde mich bei ihm melden, wenn ich die Kraft dazu finde. Du hast mir doch was von einer tollen Anwältin geschrieben. Her damit! Ich schätze, ich werde ihre Hilfe in Anspruch nehmen.

Alles Liebe – muss mich sputen, die Mädchen von der Liesi abholen. Liesi fragte mich heute Morgen, ob ich was dagegen habe, wenn sie den Kindern lesen und schreiben beibringt. Alle ihre Kindergartenkinder lernen bei ihr Lesen und Schreiben. Rate, was ich gesagt habe! Nein, ich bestehe darauf, dass ihr Bommel bastelt!

Ich war noch nie so glücklich!

Deine Anne

PS: WELCHES von den dreihundert Dirndln soll ich mir enger machen lassen, wenn ich zur Fürstin gehe?

PPS: Schnappe mir jetzt die Hunde und laufe einmal um den See herum. Das muss einfach sein.

Hollywood, Universal Studios, 20. April

Anne, halt dich fest!!

Wir HABEN die Rolle! Kerstin Schöller aus Mörsenbroich ist das neue Bond-Girl! Jeff, Steve und Carlo haben gesagt, sie sei haargenau der Typ, den sie gesucht hätten!

Bei »haar-genau« haben wir uns angegrinst.

Nackedei ist jetzt vor lauter Haaren nicht mehr zu sehen, wenn sie sie offen trägt. Sechzehn Stunden hat die Haarverlängerung und Haarverdichtung gedauert und Nackedei hat jetzt vierhundertsechsundvierzig kleine Plastiknoppen an der Kopfhaut. Ich muss ihr noch verbieten, sich ständig am Kopf zu kratzen. Sie sagt, es sei nicht auszuhalten, besonders nachts. Sie hat das Gefühl, tausend Haarnadeln in der Kopfhaut stecken zu haben, aber ich habe ihr gesagt, erstens sind es nur vierhundertsechsundvierzig, und zweitens, wer im Leben Erfolg haben will, der muss auch mal ein Opfer bringen.

Es geht ja nicht allen Promis so wie Iris, die nur dreieinhalb Liter Wasser am Tag trinken muss, um mit sechsundfünfzig noch so schön auszusehen. Unter uns, Iris trinkt auch jeden Tag einen Liter Rotwein. Sie hat eben einfach fantastische Gene.

Ich handele hartnäckig und zäh um die Gage. Wenn Leute wie Cameron Diaz für eine Rolle zwanzig Millionen Dollar bekommen und Julia Roberts fünfundvierzig Millionen Dollar, dann können wir unsere Messlatte getrost bei zwölf Millionen Dollar ansetzen. Oder was meinst du? Soll ich mich mit acht begnügen? Für den Anfang? Sie wollen Nackedei. Dann müssen sie auch blechen. In Hollywood liegt das Geld sowieso auf der Straße. Da muss man sich noch nicht mal tief bücken.

Zusätzlich habe ich für Nackedei einige andere Bedingungen

ausgehandelt: einen Riesen-Super-Luxus-Wohnwagen am Set, natürlich mit eigener Maskenbildnerin, eigener Stylistin, eigenem Coach und eigenem Masseur. Dazu einen Fitnesstrainer, einen Ernährungsberater, einen Dolmetscher und ein halbes Dutzend Bodyguards. Wer hier ohne Bodyguards rumläuft, setzt automatisch seinen Marktwert herab. Und den setze ich ja gerade fest.

Außerdem die besagte Schönheitsoperation bei dem Chirurgen, den ich auf dem Schiff kennen gelernt habe. Er ist der Angesagteste seiner Branche im Moment. Augenlidstraffung, Busenvergrößerung, Bauchstraffung, Fettabsaugung.

Nackedei ist jetzt nervlich ganz fertig, sie sagt, sie kann diesen Erfolg gar nicht ohne meine Hilfe verkraften. Das soll sie auch gar nicht, die kleine Ratte! Wer hat sie da hingebracht, wo sie jetzt ist, hm?? Ich, Alex von Merz, die begnadete Chancen-Wittererin und beinharte Verhandlerin! Ich werde mich jetzt um das Mädel kümmern und dafür sorgen, dass sie sich in Ruhe auf ihre Rolle vorbereiten kann.

Ach Anne! Wir können unser Glück immer noch nicht fassen. Das Geld purzelt nur so rein! Kerstin Schöller braucht ab sofort einen Finanzmanager. Ich versteh ja so viel vom Geld, dass ich weiß, dass es auf der Straße liegt, aber wie man jetzt mit Steuervorteilen und Ausländersteuer und langfristigen Anlagen und Schwarzgelddepots in der Schweiz oder Liechtenstein umgeht, weiß ich nicht. So viel Geld kann man gar nicht unter die Matratze stopfen, wie dieses Mädchen in den letzten Wochen »verdient« hat.

Ich kann das Mädel übers Wochenende jedenfalls nicht allein lassen. Die ist so hilflos wie ein Fisch an Land. Entwickle mehr und mehr Muttergefühle für das junge Ding. Werde sie wohl mitnehmen müssen, wenn ich Adrian im College besuche. Hoffentlich flippen die jungen Bengels dann nicht aus.

Ich muss bestimmt ein Jahr hier in Amiland bleiben. Deshalb trifft es sich wahnsinnig gut, dass du dich jetzt um meine Firma und mein Haus kümmerst! Was täte ich nur ohne dich!

Also, meine liebe Anne: Breite dich ungeniert aus, mach's dir gemütlich, nimm alle Veränderungen vor, die dir das Leben noch lebenswerter machen, benutze mein BMW Cabrio, meine Wanderschuhe und meine Dirndlsammlung, gehe auf meine Einladungen und räume bei den Festspielen die Premierenkarten ab!! Genieße dein neues Leben in vollen Zügen!!

Zur Fürstin zum Dinner musst du perfekt erscheinen. Wenn ich perfekt sage, dann meine ich perfekt. Das geht nicht mit einem enger gemachten Teil aus meinem Schrank. Also, lass dir beim Tostmann in Seewalchen am Attersee eines an den Leib hängen. Da kennt man mich, da habe ich alle meine Dirndl gekauft. Frau Hertha zieht dich perfekt an, von den Haferlschuhen bis zum Halstuch, und zeigt dir auch, wie man das Mascherl bindet. Das ist eine Philosophie im Salzkammergut, damit darf man nicht spaßen!

Lass dir auch gleich ein festliches Trachtengewand für die »Don Carlos«-Premiere geben! Rechnung bitte an meine Agentur, das setz ich voll von der Steuer ab.

Du musst unbedingt dahin! Die Karten liegen bei der Intendanz im Büro.

Nächster Punkt: Lothar. Darüber mache ich mir auch so meine Gedanken. Ich habe mich hier mit meinem Freund Walter unterhalten. Er sagt, du musst dem Vater deiner Kinder schon deine Adresse mitteilen, sonst kann er dich wegen Kindesentführung anzeigen.

Also, verhalte dich korrekt, aber sei stark bei dem, was du tust. Einen Anwalt brauchst du in dieser Situation allerdings.

Ich empfehle dir meine Anwältin, die mich schon bei meiner Scheidung bestens beraten hat: Kyllikki von Homburg. Durch ihre Kompetenz habe ich die komplette Villa behalten, den Jungen UND meine gesamte Firma. Dafür habe ich auf Unterhalt verzichtet, was mir nicht schwer fiel, und auf Zugewinnausgleich. Das war sehr geschickt von Kyllikki, denn im Ernstfall hätte ich Leo noch was draufzahlen müssen: Meine Firma war nämlich während unserer Ehe gewinnbringender als seine künstlerischen Auftritte. So hat Leo, der von der ganzen Materie nichts versteht, mir noch froh und dankbar die Villa für meine »Drehscheibe der Stars« überlassen – und natürlich Adrian. Mit dem hätte er sowieso nichts anfangen können. Er lebt ja jetzt mit Olga in Hallstadt, ganz zurückgezogen, mit seinen Pfauen.

Durch ihre ausgleichende und kluge Art hat Kyllikki es außerdem geschafft, dass Leo und ich Freunde geblieben sind. Das ist das Allerwichtigste bei einer Scheidung. Der Hass, den man nach einer Trennung oft empfindet, kostet einen so viel Energie, dass man damit eine Firma gründen, ein Haus bauen oder ein Kind großziehen könnte.

Deswegen ist es unumgänglich, jemand Kompetenten mit der Trennung zu beauftragen. Du brauchst deine Energie jetzt für dich selbst, meine Liebe. Und für deine Mädchen.

Kyllikki sitzt in Frankfurt und kommt auch runter nach Salzburg. Ich schick ihr eine Mail, dass sie sich um dich kümmern soll.

Mach Lothar klar, dass du Zeit brauchst und dass er dich in Ruhe lassen soll, wenn er eine friedliche Scheidung will.

Ich sage dir, die Kerle drehen alle durch und sehen rot, wenn sie ihre Felle davonschwimmen sehen. Und deiner kriegt noch Asthma vor lauter Stress! Ersparen wir ihm das.
Deine Alex – in Gedanken immer bei dir

PS: Mit Kyllikki wirst du Spaß haben. Sie hat selbst vier Kinder – und strahlt viel Power aus. Du wirst sie mögen.
PPS: Das wahre Gesicht eines Mannes erblickt man erst dann, wenn man mit ihm bricht.

Mondsee, 2. Mai

Liebe Alex,
bin in Panik!

Er ist hier! Als ich heute Nachmittag mit den Mädchen auf dem See ruderte, sah ich Lothar aus einem Taxi steigen. Mir krampfte sich das Herz zusammen. Plötzlich schienen die ganze Idylle und unser Frieden wie eine Seifenblase zu zerplatzen!

Wir waren ziemlich weit draußen, an der Anlegestelle für Ausflugsdampfer, also sicherlich hundert Meter weit weg. Aber ich habe ihn genau erkannt! Er zahlte das Taxi, sprach mit dem Taxifahrer und ging suchend die Einfahrt hinauf. Ich habe die Mädels abgelenkt. Ich wollte nicht, dass sie ihn sehen und uns womöglich durch lautes Schreien verraten.

Zum Glück hatte ich die Haustür abgeschlossen, aber Lothar ging noch einmal in den Garten und schaute sich überall um. Die Hunde schnüffelten an ihm und er bückte sich, redete mit ihnen und streichelte sie. Das hat mich erstaunt. Normalerweise findet er fremde Hunde gefährlich und unhygienisch. Als er uns nicht fand, ist er wieder in das Taxi gestiegen und weggefahren. Ich konnte mich eine ganze Zeit lang nicht rühren in meinem Boot. Erst als ich ganz sicher war, dass er weg ist, sind wir wieder zum Ufer gerudert.

Im Nachhinein erstaunt mich eines: Er hat seinen Opel keines Blickes gewürdigt.

Dass er sich einfach so von seiner Sparkasse freigemacht hat! Normalerweise rechnete er mir jede Stunde vor, die er sich »für die Familie freigeschaufelt« hatte! Und nun schlendert er hier herum! Er machte keinen eiligen oder nervösen Eindruck. Er wirkte richtig entspannt. Und hatte, soweit ich das bei dem Abstand erkennen konnte, ungewohnt coole Klamotten an. Er war sogar braun gebrannt und die Haare schienen mir voller. Als wenn er sich hier schon prima erholt hätte.

Was soll ich bloß tun, Alex? Die Polizei rufen? Die lachen mich doch aus, die Burschen.

Was soll ich machen? Erbitte dringend Mail!

Zittrige Grüße

Anne

PS: Deine Katze macht einen schwangeren Eindruck!

Hollywood, Universal Studios, 3. Mai, total im Stress,
zwischen zwei Interviews mit Nackedei

Liebe Anne,
ganz schnell, in aller Eile: keine Panik auf der Titanic!

Du kannst die Toreinfahrt mit der Alarmanlage sichern, das blaue Kästchen, mit der du sie aktivieren musst, liegt im Briefkasten! Der Code ist 11.211.5657 – habe ich dir schon mal geschrieben.

Alle Fenster sind ebenfalls mit einem Alarmsignal versehen, dazu gibt es Scheinwerfer rund ums Haus, die automatisch angehen, wenn sich heimlich jemand nähert.

Im Weinkeller, hinter dem Beaujolais, liegt eine geladene Knarre! Die hat Adrian mal bei Leo und Olga geklaut – trag sie rauf ins Vorhaus und lass sie dort griffbereit liegen, am besten auf der Hutablage, damit die Kinder nicht rankommen.

Tut mir wahnsinnig Leid, muss schon wieder runter ins Studio. Lass mich schnellstens wissen, was sich tut!

Drücke dir alle Daumen und sei tapf…

Mondsee, 7. Mai, Sonntag früh um sieben,
in deiner morgensonnendurchfluteten Galerie

Liebste Alex,
vielleicht hab ich ja nur Gespenster gesehen. Seit drei Tagen ist alles ruhig und friedlich. Ich hab mich und die Kinder hier verschanzt wie in einer Festung, aber inzwischen finde ich das lächerlich. Sorry, dass ich dich so in Aufregung versetzt habe.

Wir haben in den letzten Tagen – obwohl gerade mal Anfang Mai – im Badeanzug im Garten gelegen! Bin aus Vorsicht nicht mehr rausgegangen, aber tagsüber haben wir zumindest die Alarmanlage ausgeschaltet. Sie geht ja schon an, wenn eine Ziege am Zaun schnuppert!

Die Kinder haben »Zirkus« gespielt mit den Ziegen vom Nachbargrundstück! Es war so köstlich, wie sie versucht haben, die dämlichen Biester dazu zu bringen, durch ihre Reifen zu springen! Ich hab mir erlaubt, deine Videokamera herzunehmen. Wir haben uns zwischendurch gekugelt vor Lachen. Die Nachbarskinder kamen auch angerannt und die jungen Hunde mischten sich noch dazwischen. Ein Gebell, Geschrei und Gemecker!

Die Mädchen sind so süß! Sie haben Ideen, sind kreativ, unternehmungslustig, mutig! Lothar soll und darf uns diese »Zeit des Erwachens« nicht wieder zerstören!

Alex, ich schäme mich, es zuzugeben, aber dies ist unsere erste intensive Zeit zusammen. Ich sehe meine Mädels mit ganz anderen Augen, ich genieße sie zum ersten Mal im Leben! Ich habe noch nie so zärtliche Gefühle für sie gehabt, noch nie so innig mit ihnen Abends am Bett gesessen, noch nie so intensiv mit ihnen gesprochen, noch nie so herzlich mit ihnen gelacht. Was die für köstliche Dinge von sich geben! Ich hab angefangen, ein Kindermundtagebuch zu schreiben. Sie entdecken diese spannende abenteuerliche Welt mit solch einer unbefangenen Freude! Sie dürfen lachen, toben, rummatschen und plantschen. Sie dürfen sich schmutzig machen und die Hunde anfassen. Sie dürfen die Katze mit ins Bett nehmen! Sie strahlen und lachen den ganzen Tag. Sie sind so zufrieden! Sie werden endlich gefordert. Nicht nur »beschäfigt« und »belehrt«.

Sie schreiben mir ihre ersten kleinen krakeligen Briefchen! »Mami, du bisst meine beste Mami!«

Neuerdings singen sie die Lieder, die sie im Kindergarten lernen. »Januar, Februar, März, April … die Jahresuhr steht niemals still. Mai, Juni, Juli, August – wecken in uns die Lebenslust«, tönt es gerade von unten aus dem Kinderzimmer. Sie sitzen da und malen ihre Bilder, ganz versunken.

Sie lernen so viel in ihrem neuen Kindergarten! Können schon alle Wochentage, Monatsnamen, Jahreszeiten aufsagen, zeigen mir Pflanzen und Blumen, die ich nie beachtet hätte. »Bärlauch« und so was! Vierblättrige Kleeblätter bringen sie mir an, Feldblumensträuße und gestern auch einen Mistkübel voller Froschlaich. Den haben sie in deinem Swimmingpool gefunden. Bei näherem Hinsehen haben wir dann etwa zwei Dutzend fette Kröten in deinem Pool entdeckt, die in der grünlichen Pampe vor sich hin trieben. Die Weibchen, die schon gelaicht hatten, waren alle tot. Zum Teil vom Wasser aufgeschwemmt, handtellergroße Wasserleichen! Die Männchen hielten sie von hinten umklammert und lebten noch.

Carla und Greta wussten genau, was es auf sich hatte mit der Krötenwanderung. »Die haben es nicht mehr bis zum See geschafft, da haben sie in unserem Swimmingpool eine Pause gemacht und die Weibchen haben ihre Eier gelegt und dann sind sie gestorben. Das ist normal bei den Kröten, Mami, mach dir keine Sorgen.«

Wir haben mit Hilfe eines Keschers die fetten Viecher eingesammelt und runter zum See gebracht. Dein Swimmingpool wird professionell gereinigt werden müssen. Ach, was für Abenteuer!

Hier auf dem Lande bekommt man wenigstens was mit von der Natur! Ich habe noch niemals einen Frühling so intensiv empfunden!

Diese Weite! Diese Stille! Diese klare Luft! Diese Gerüche, die der Wind vom See herüberbringt!

Oft stehe ich da auf deinem Balkon und schaue mir stundenlang die Eberesche an, die soeben rote Blüten treibt. Und die Narzissen, die in deinem Garten sprießen. Und die Schwäne, die Junge bekommen haben und täglich an unserer Bootsanlegestelle vorbeigleiten.

Deine Katze, Pizza, scheint auch jeden Moment niederzukommen. Ihr Bauch wölbt sich verdächtig und sie umschnurrt uns ständig, als wollte sie sagen, jetzt brauche ich doppelt und dreifach Liebe. Und die bekommt sie auch! Wenn die Hunde sich auf sie stürzen, springt sie nicht mehr wie sonst behände auf einen Baum, sondern rollt sich auf dem Pflaster zusammen. Schätze, uns steht bald eine Geburt ins Haus!

Die Mädchen sehen das alles zum ersten Mal.

Wir haben uns ganz neu ineinander verliebt, die Mädchen und ich. Gestern Abend haben wir zu dritt in deiner Riesenbadewanne rumgeplantscht, danach haben wir uns in deine flauschigen Badelaken gehüllt, in dein Bett geflätzt und dann habe ich ihnen aus dem großen dicken Märchenbuch vorgelesen, das in Adrians Bücherregal stand.

Natürlich das Märchen vom Froschkönig. Jetzt, wo wir die ekligen fetten Kröten im Pool gefunden haben.

Unterbrechung.

Gerade kam in RTL Exklusiv die sensationelle Neuigkeit, dass Nackedei das neue Bond-Girl ist. Ach, was bin ich stolz auf dich, Alex!!

Frauke Ludowig moderierte den Bericht an und meinte, dass Nackedei nicht mehr Nackedei heißen will und dass man ein Preisausschreiben ausgesetzt hat! Wer Nackedeis neuen Namen findet, gewinnt eine Kreuzfahrt! Stimmt das? Frauke Ludowig meinte mit einem leichten Anflug von Spott, dass Nackedei eigentlich Kerstin Schöller heißt und in einer Diskothek in Mörsenbroich entdeckt worden ist – alles Dinge, die zur Allgemeinbildung gehören – und dass George Clooney als ihr Partner bestimmt einen interessanten Dreh vor sich hat. Auch die Sache mit der schnellen Nummer auf den Haushaltsrollen im Schaufenster der Boddel'schen väterlichen Filiale wurde als kurzer Einspieler gesendet, von Frauke natürlich gesalzen kommentiert. Man hat auch Boddel interviewt, der gerade sturzbetrunken auf einer Düne auf Sylt saß, mit einer dunkelhäutigen Nabelfreien im Arm. Er hat nur gelallt, dass Nackedei doch ein geiler Name sei. Er selbst hat ihn nämlich erfunden und was anderes passt doch gar nicht zu Kerstin, hat er gesagt. Zum Abschluss hat er noch gemeint, er hofft, dass sie irgendwann kochen lernt.

Sogar den alten Texteschreiber Holger Reimann hat man bemüht. Er war gerade im Studio mit der blinden Schlagersängerin Yvonne beschäftigt, die einen neuen Text von ihm lernt:

»Hört den Kindern zu – sie erzählen euch ihre Sorgen – seid zu den Kindern nett – denn Kinder sind Menschen von morgen!«

Der Text ist ja schon wieder Grand-Prix-verdächtig! So viel Genius! Jedenfalls hat der greise Dichter seine Brille in die Stirn geschoben und gefragt: »Wer ist Nackedei?«

Und die blinde Yvonne hat gesagt: »Aber Liebling! Das ist das neue Bond-Girl!«

Du siehst, deine Erfolge pfeift man hier schon von den Dächern! Ich bin sehr stolz auf dich!

Danke für den Tipp mit Kyllikki. Was is'n das für'n Name? Hört sich an wie ein Kanarienvogel. Soll ich ihn anrufen oder fliegt er von selbst vorbei?

Trotz aller Befürchtungen, Lothar betreffend, irgendwie sehr glücklich und relaxed
deine Freundin Anne

PS: Schönes Wochenende mit Nackedei im Bubeninternat. Grüße Adrian und sag ihm, wir genießen es wahnsinnig, in eurem Haus zu sein!
PPS: Heiner Lauterbach hat angerufen. Er wollte mit Viktoria

und dem Kind zum Grillen vorbeikommen. Ich hab gesagt, er kann gerne kommen, aber als er merkte, dass ich nicht du bin, meinte er, es eilt nicht.

Santa Barbara, im Haus von Walter und Liz, 9. Mai

Liebe Anne,
Kyllikki meldet sich nächste Woche bei dir. Ich mache mir große Sorgen wegen Lothar.

Hast du inzwischen rausgefunden, wo er logiert? Lass dich bloß nicht von ihm überrumpeln! Keine Tricks! Lass ihn nicht ins Haus!

Fühl dich nicht immer schuldig, Anne!! Es ist dein Recht, ein freies und selbstbestimmtes Leben zu führen. Du bist erwachsen und kannst allein über dich entscheiden!

Wenn ich doch schnell nach Europa fliegen könnte, um dir beizustehen! Aber ich komme hier beim besten Willen nicht weg. Nackedei wird rumgereicht von einem Fototermin zum anderen, die Zeitungen zahlen sechsstellige Summen für ein Interview mit ihr.

Heute Abend hatte ich ein tolles Gespräch mit Liz und Walter beim Dinner. Es sind wunderbare Menschen, aufgeschlossen, weltoffen, tolerant. Gebildet und klug, aber nicht eingebildet und elitär. Sie müssen Mark Daniel wirklich gute Eltern gewesen sein – und sind es noch! Sie sind ja so stolz auf ihn! Sie haben mir stundenlang von seinen Streichen erzählt – und irgendwie erinnern mich diese ganzen Geschichten an Adrian. Die Lässigkeit und Großzügigkeit, mit der sie auf Mark Daniels Missetaten eingegangen sind, werden mir ein Beispiel sein. Ich will Adrian nie mehr anschreien oder losheulen, wenn er mal wieder in seinem neuen Smoking Fußball spielt oder seine neue Zahnspange dazu verwendet, Mäuse zu erwürgen.

Ich habe Walter und Liz heute so viel von den Salzburger Festspielen vorgeschwärmt, dass sie beschlossen haben, zu einer der späteren Aufführungen zu reisen. Bis Ende Juli hat Walter noch hier mit seinem Verlag zu tun. Er stampft schon wieder einen riesigen Neubau aus dem Boden. Mit Geldern aus Immobilienfonds und langfristig angelegten Wertpapieren – hochinteressant. Er sagt, sein Geld vermehrt sich von selbst und er und Liz könnten schon lange von den Zinsen leben. Ich wünschte, ich verstünde mehr von der Materie.

Jetzt werde ich Schluss machen und schlafen gehen. Stell dir vor, ich bewohne hier Mark Daniels Zimmer! Kerstin, also Nackedei, die sowieso nicht an unserer Unterhaltung teilgenommen hat, schläft schon lange im Gästezimmer. Sie interessiert sich nicht für Konversation, wenn es nicht um Silikon-Busen, Haarverlängerung, Nasenverkleinerung oder Fettabsaugen geht. Morgen nehme ich sie mit zum College. Ich freue mich auf Adrian!

Sei lieb gegrüßt und mach alles gut!!
Deine Alex

PS: Du hast mich gefragt, wie der Berg heißt, den man vom Balkon aus sehen kann. Es ist der Schafberg! Es fährt eine Zahnradbahn rauf. Du kannst aber auch zu Fuß raufgehen – vier bis fünf Stunden, je nachdem, welche Route du nimmst! Oben hast du einen sensationellen Blick über acht Seen und hundertfünfzig schneebedeckte Berge!

Mondsee, in deiner Galerie, 12. Mai, nachmittags halb fünf – die Sonne steht schräg über dem Wald, die Amseln zwitschern und auf dem Nachbargrundstück verteilt ein Bagger Kuhmist…

Liebe Alex,
ich hab's gemacht!! Bin überglücklich, todmüde und voll von wunderschönen Eindrücken.

Nachdem ich heute Morgen schon um halb sieben die Mädchen in den Kindergarten bringen durfte, bin ich mit dem Opel nach Bad Süß gefahren und von dort zu Fuß auf den Schafberg gestiegen! Die Hunde habe ich mitgenommen, sie waren zwei treue und geduldige Wandergefährten.

So früh am Morgen war noch kein Mensch unterwegs, ich hatte die herrlichen Wälder und Schluchten noch ganz für mich allein. Hab mir erlaubt, deine Wanderschuhe aus dem blau bemalten Bauernschrank zu nehmen. Im Gegensatz zu deinen Dirndln passen sie genau. Und den kleinen Rucksack. Zur Sicherheit hatte ich das Handy mit, das Siegwulf mir mal geschenkt hat, weil ich natürlich bange war, dass mir was passieren könnte. Eigentlich war ich am Anfang schrecklich ängstlich. Aber dann überwog die Begeisterung. Dieser Duft eines erwachenden Waldes! Die Geräusche, wenn die eigenen Schritte über trockenes Gehölz gehen! Das Zwitschern der Vögel! Das Rauschen der vielen kleinen Wasserfälle, die zu Tal plätschern! Alex, war das hier schon IMMER?? Und ich war in der Zeit in Plattstadt?? Und habe das alles versäumt? Ich war so berührt, dass mir die Tränen kamen. Die Hunde rannten ihrer eigenen Nase nach, die immer dicht am Boden war. Sie waren total begeistert von den verschiedenen Fährten. Manchmal buddelten sie minutenlang an einem Fuchsbau oder unter einem Gehölz, aber wenn ich ein paarmal gepfiffen hatte, kamen sie immer mit angelegten Ohren angewetzt. Das sind ja so liebe Viecher! Wie heißen sie eigentlich? Jedenfalls fühlte ich mich sicher mit ihnen, hatte fast keine Angst. Früher hätte ich mich im Leben nicht getraut, einfach allein in einen Wald zu gehen.

Als ich zwei Stunden gewandert war, kam ich an die Baumgrenze. Da fuhr gerade die erste Zahnradbahn rauf, voll gestopft mit Touristen. Ich habe auf einem Baumstumpf an der Lichtung Rast gemacht, die Hunde hechelten zu meinen Füßen.

Dann musste ich mich entscheiden: Der rechte Weg führte weiter an den Bahngleisen entlang, in sanften Serpentinen über freie Buckelwiesen bergauf, vorbei an Ziegen und Kühen, die hier oben weideten. Der andere Weg führte verschlungen in ein felsiges Gebiet, er machte mir den interessanteren Eindruck. Auf dem Wegweiser stand »Nur für Geübte!«. Ich habe mindestens zehn Minuten gebraucht (präzise und exakt), bis ich den Mut gefasst hatte, den schwierigeren Weg zu nehmen. Habe im Moment eine Phase, in der niemand und nichts mich aufhalten kann! Irgendwie war es ein symbolischer Akt, den schwierigeren, unbekannten Weg ins Geröll zu nehmen. Ich erinnerte mich an deine vorweihnachtlichen Mails und dachte, das schulde ich dir, dass ich den schwierigen Weg nehme.

Tatsächlich war der Pfad recht schmal, mitunter rutschte der Tritt etwas ab, aber wenn es sehr steil wurde, gab es in der Felswand einen festen Draht, an dem ich mich festhalten konnte. Ich stieg und stieg, stetig bergauf. Hinter jeder Kurve öffnete sich mir ein neuer, atemberaubender Blick. Die Hunde liefen dicht vor mir. Wenn ich zurückblieb, warteten sie mit hängender Zunge auf mich. Unser Keuchen war das einzige Geräusch, was hier oben noch zu hören war. Ich hatte mir vorgenommen, bis drei Uhr wieder am Kindergarten zu sein, aber für alle Fälle hatte ich die Nummer von der Liesi eingespeichert. Hier im Dorf ist alles so einfach, so leicht! Wenn man um drei Uhr anruft, dass man noch nicht kommen kann, nimmt die Kindergärtnerin die Kleinen mit zu sich nach Hause und macht mit ihnen Palatschinken.

Das ist völlig selbstverständlich. In Plattstadt hätte es vermutlich einen schriftlichen Verweis gegeben und der Elternrat hätte sich zu einem Krisengespräch getroffen und beim zweiten Mal wäre man rausgeflogen. Ach Alex!

Während der Wanderung habe ich über so vieles nachgedacht. Warum habe ich mir mein halbes Leben von anderen Leuten Vorschriften machen lassen! Warum dauerte es sechsunddreißig Jahre, bis ich durch einen Scheißkerl wie Siegwulf Mennecken zum ersten Mal die Chance bekam, mein eigenes Leben zu leben! An den Kerl muss ich viel denken. Und so mies und feige der ist: Ich verdanke ihm meine Freiheit!

Ich liebe es, einfach zu wandern, stundenlang, und keiner Menschenseele zu begegnen. Aber ich musste so alt werden, um diese Leidenschaft an mir zu entdecken. Wie viele Leidenschaften ich wohl noch entdecken werde?? Ich freu mich so darauf!

Fühle mich wie eine Sandburg, die jahrelang zugeweht war und die ich jetzt ganz allmählich, Sandkorn für Sandkorn, wieder freilegen darf. Sie hat noch viele Gänge und Tunnels und alle sind unerforscht, aber völlig intakt! Wie spannend! Um zehn Uhr dreißig – präzise und exakt!! – stand ich auf einem Felsvorsprung und sah hinunter ins Tal. Es war atemberaubend! Ich musste mich an einem überhängenden Strauch festhalten, weil mir schwindelig wurde. Vor Glück? Vor Angst? Ich weiß es nicht.

Drunten lag der See, glitzerten die Boote in der Sonne. Ich kam an einem kleinen Bergsee vorbei – dunkelgrün und geheimnisvoll.

Und plötzlich tat ich etwas, was ich mich früher nie getraut hätte!

Ich schlüpfte aus meinen durchgeschwitzten Klamotten, legte sie alle auf den Rucksack und ließ mich ganz langsam ins eiskalte, undurchsichtige Wasser gleiten. Es war so eisig, dass ich die messerscharfen Schmerzen der Kälte nach drei Sekunden nicht mehr spürte. Ein atemberaubendes, unheimliches Gefühl! Die Hunde winselten erst erschrocken am Ufer, dann tapsten sie ebenfalls ins Wasser. Sie sind wahrscheinlich den seichten Mondsee gewöhnt, in dem man noch meterlang herumlaufen kann. Hier gingen sie sofort bis zur Schnauze unter. Etwas erschrocken schwammen sie auf mich zu. Ich genoss dieses leichte Gruseln, nicht zu wissen, wie tief der See unter meinen Füßen ist. Aber die Panik vor dem Wasser, die ich sonst immer hatte, war weg! Du weißt ja, ich habe mich nie getraut, in einem offenen Gewässer zu schwimmen. Ich brauchte immer einen Rand zum Festhalten oder einen Grund, den man sehen konnte. Jetzt aber genoss ich die Erfrischung, die Einsamkeit, die Stille.

Mir wurde plötzlich eines klar und das war so eine Überraschung wie Weihnachten: Ich langweile mich mit mir nie, sondern bin mir selbst die beste Freundin!

Als ich wieder auf dem glitschigen Felsboden stand und mich mit meinem T-Shirt abtrocknete, hörte ich plötzlich ein Knacken. Die Hunde spitzten die Ohren und fingen an zu bellen. Mir schlotterten die Knie. Bereit, mich sofort wieder in den alles verdeckenden See zu stürzen, wartete ich ab. Ich hörte Lothar schimpfen: Wie kannst du denn auch als FRAU ALLEIN eine solch GEFÄHRLICHE Bergtour machen!

Da näherte sich eine Gestalt den steilen Pfad herauf. Ich kniff die Augen zusammen. Die Umrisse waren nicht zu erkennen, weil ich gegen die Sonne blinzeln musste!

Auf jeden Fall hielt ich mir schützend das nasse Leiberl vor den Busen, bis er vor mir stand: ein fremder Mann, bärtig, mit langen gelockten durchgeschwitzten Haaren. Ein Mountainbiker, der sein Fahrrad im Laufschritt den Berg hinauftrug!

Ich starrte ihn peinlich berührt an, er schenkte mir im Rennen nur einen kurzen Seitenblick: »Griass di!«

»Griass di«, antwortete ich fassungslos, aber da war der Kerl schon weg.

Ich zog mich wieder an, kicherte etwas über meine eigene Bangigkeit und nahm die letzten sechshundert Höhenmeter in Angriff. Nach einem längeren Steig kam ich über eine Felskuppe, sah tief unter mir meinen kleinen Bergsee, umrundete ihn diesmal auf dem angezeigten Pfad, und dann stand ich plötzlich unterhalb dieses Zinkens, den man von deinem Balkon aus so gut sehen kann! Er sieht aus wie ein großes »L«, aber er ist höher als das Empire State Building!

Es ging senkrecht rauf; diese Schlucht, in der ich stand, kam mir vor wie ein riesiges Freilufttheater. Ich stellte mir vor, dass hier Tausende von Menschen in der steinernen Arena sitzen würden und dass man unten auf dem Bergsee eine schwimmende Bühne errichtet hätte, auf der fünfhundert Mitwirkende »AIDA« spielen würden! Es war gigantisch! Weit hinten in der Felswand erspähte ich den Mountainbiker, der jetzt sein Fahrrad senkrecht den Felsen hinauftrug. Irgendwie hat mich das angestachelt. Ich nahm allen Mut zusammen und machte mich auf das letzte Stück des Weges. Unter einem Totenkopf im Fels stand noch einmal »Nur für Geübte!«. Ich wusste, dass ich jetzt nicht aufgeben, nicht zurückgehen durfte.

Ich wollte es mir selbst beweisen, dass ich es schaffe.

Während ich Schritt für Schritt vor mich hin keuchte und mir der Schweiß in Bächen von der Stirn tropfte, hörte ich Oma Margot, Lothar, Oma Helga und Opa Karl-Heinz in meinem inneren Ohr durcheinander schimpfen: »Sie überschätzt sich völlig! Um drei hat der Kindergarten Schluss, und es ist NACH elf!! Präzise vier Stunden! Kein Sonnenschutzmittel! Ozonschicht in den Bergen! Völlig blauäugig! Keine Wanderkarte dabei! Kein Pickel und kein Seil! Orientierungslos! Ohne Verstand! VERANTWORTUNGSLOS!«

Auch die Kollegen hörte ich sticheln und lästern: »Na Frau Pistrulla? Neue Abenteuer? Reicht Ihnen unser kleines Leben im Kaufglück nicht mehr? Darf's ein bisschen mehr sein?«

Dieses Gezeter trieb mich an. Ich zeig's euch allen! Ich schaffe es!

Ich klammerte mich mit den Händen an die Haltegriffe, die im Felsen angebracht waren. Ganz oben, vor einer Bergkuppe, balancierte der Mountainbiker herum. Nach einer Weile erreichte auch ich diese Kuppe. Mich umdrehen und runterschauen konnte ich nicht. Nur immer einen Schritt vor den anderen setzen, dachte ich. Die Hunde krabbelten auch mit Mühe bergan, aber sie schienen noch Spaß an der Sache zu haben.

Und dann stand ich unter einem Felsdurchgang, auf dem »Himmelspforte« steht. Wie bezeichnend!

Ich hatte es geschafft! Keuchend und erschöpft durchschritt

ich diesen steinernen Torbogen und plötzlich öffnete sich der Blick! Ich stand auf der großen Buckelwiese, über die auch die Zahnradbahn von der anderen Seite aus nach oben gefahren war. Gerade ergoss sich ein neuer Strom von Touristen auf den asphaltierten Bahnsteig und nahm die fünfzig Meter seichten Anstiegs zur Aussichtsterrasse in Angriff. Mir gelang es noch mit letzter Kraft, sie alle zu überholen. Mit einem Gefühl des Triumphes bestieg ich die Aussichtsterrasse. Und siehe da, der bärtige Mountainbiker saß mit nacktem Oberkörper in der Sonne und zog sich einen gespritzten Apfelsaft rein.

»Griass di«, sagte er wieder.

»Hallo«, antwortete ich, immer noch keuchend. Ich wischte mir den Schweiß mit dem Handrücken von der Stirn. Mir zitterten die Beine. Jetzt sah ich erst, wie hoch ich gestiegen war! Die Hunde stürzten sich sofort zu dem Wassertrog, der für Vierbeiner bereitstand.

»Mogst an Schluck?!« Der Mountainbiker reichte mir sein Halbliterglas.

»Danke.« Ich stürzte mindestens die Hälfte davon in mich rein.

Er lachte. »Host koa Wasser mit g'hobt?«

Ich entschuldigte mich: »War meine erste Bergbesteigung!«

»Is eh a Leistung«, sagte er. Er streckte mir den behaarten Arm entgegen: »Hannes.«

»Anne«, sagte ich.

»Bist auf Urlaub?«

»Nicht wirklich. Ich … hüte einer Freundin das Haus. Und du?«

»I wohn da.« Er zeigte in eine Richtung, irgendwo da unten, zwischen den vielen Seen und Bergen. »Wenn i Zeit hab, dann laufi g'schwind vor dem Mittagessen auf'n Schafberg und radle wieder obi. Dann kann i besser arbeiten.«

»Aha«, sagte ich. »Was arbeitest du denn?«

»Finanzberater«, sagte der braun gebrannte, muskelgestählte Hannes.

Mir blieb der Mund offen stehen. Wenn doch Lothar jeden

Tag auf so einen Berg flitzen würde! Dann hätte er bestimmt keine Stressneurodermitis und könnte nachts gut schlafen. Inzwischen waren alle Touristen mit ihren Fotoapparaten vor den dicken Bäuchen bei uns oben angekommen. Überall sächsische, westfälische, rheinische und holländische Töne zu hören.

Hannes erklärte mir noch, wie die Seen heißen, die man von oben sehen kann.

»Der große da, das ist der Attersee, schau, und wo der endet, da beginnt der Mondsee. Der kloane da hinten, das ist der Irrsee. Da soll eine ganze Stadt drin versunken sein. Rechts hinterwärts, das ist der Wolfgangsee, kennst eh. Und rechts der schmalere, das ist der Fuschlsee.«

Ich wollte ihm gerade voller Stolz erklären, dass ich dort wohne, nämlich in der Villa von der berühmten Alexandra von Merz, aber da murmelte er was von »Jetz wird's ungmiatlich«, schwang sich auf seinen bananenschmalen Sattel, rief noch »Servus, besuch mich mal!« über die Schulter und weg war er.

»Du mich auch«, murmelte ich.

Ich blieb noch eine Weile oben stehen, genoss die sensationelle Aussicht, bildete mir sogar ein, deine Villa und die Zwiebelturmkirche und den Kindergarten zu erkennen, und zog mir einen Liter gespritzten Apfelsaft rein.

Dann war es zwölf und ich hatte die Wahl, mit den plappernden Touristen mich in die Zahnradbahn zu zwängen und eine Stunde unter Gerumpel wieder talwärts zu fahren oder auch den Rückweg zu Fuß in Angriff zu nehmen.

Obwohl ich fürchten musste, dass ich es dann bis drei nicht zum Kindergarten schaffen würde, habe ich das gemacht. Ach Alex, es war so herrlich, über die sattgrüne Buckelpiste wieder talwärts zu laufen! Ich fühlte mich so leicht, so frei, so glücklich wie noch nie im Leben. Die Hunde und ich, wir liefen um die Wette. Und wir haben auf diese Weise den Abstieg in zweieinhalb Stunden geschafft! Um PUNKT drei war ich am Kindergarten, präzise, auf die SEKUNDE!! Ich hab das Gefühl, der liebe Gott wollte mir heute ein ganz besonderes Geschenk machen.

Jetzt sitze ich an deinem Schreibtisch, die Mädchen spielen

mit Steinen und Stöcken im Garten, ganz selbstvergessen, ganz versunken. Sie spüren, dass ihre Mama zufrieden ist.

Also sind sie es auch. Die Hunde liegen schachmatt unter dem Pfirsichbaum. Sie haben eben eine Fünfliterschüssel Wasser leer gesoffen. Ich habe ein eiskaltes Bier neben mir stehen und trinke aus der Flasche. Und bin der glücklichste Mensch der Welt.
Sei fest umarmt von deiner Anne

PS: Lothar ist nicht mehr aufgetaucht und hat auch sonst kein Lebenszeichen hinterlassen. Aber von Kyllikki, dem Kanarienvogel, war eine Nachricht im Briefkasten: Sie hat sich in der »Sonne« angemeldet und wartet dort nächsten Sonntag auf meinen Anruf. Super. Danke.
PPS: Der muskelgestählte Hannes hat mir sehr gefallen. Vielleicht trägt er mal sein Fahrrad zu mir und dann gönnen wir uns einen Liter gespritzten Apfelsaft!

St. John's College, Santa Barbara, 21. Mai

Liebe Anne,
glaub jaa nicht, dass ich diesen Tag vergessen habe!

Herzlichen Glückwunsch zum Geburtstag!!

Na, hättest du dir letztes Jahr um diese Zeit träumen lassen, dass es dir mit siebenunddreißig so gut gehen würde?? Du hast es gemacht, Anne. Du hast es gewagt!! Ein größerer Wunsch hätte für dich nicht in Erfüllung gehen können.

Ich freue mich wahnsinnig. Glückwunsch auch zu deiner Bergbesteigung! Wie du dir sicher denken kannst, war ich noch nie auf dem Schafberg, weder zu Fuß noch mit der Zahnradbahn. Das sind alles Sachen für Touristen. Wenn man da arbeitet, kommt man nicht mehr dazu, solche Dinge zu tun. Eigentlich schade. Nach deinem schwärmerischen Brief habe ich Blut geleckt: Sobald ich wieder zu Hause bin, mache ich mich auf den Weg! Und zwar zu Fuß! Du kennst ja meinen Ehrgeiz: Ich konnte es noch nie verwinden, wenn jemand anderes besser war als ich. Das hat ja früher unsere Freundschaft so aufgeheizt.

Als ich letztens mit Nackedei hier im College auftauchte, fielen den Buben erst mal die Augen aus dem Kopf. Adrian wurde knallrot und zischte: »Mamaaa! Willst du mich blamieren oder was!!«

Ich habe ihm erklärt, dass Nackedei kein Englisch kann und ohne mich ganz verloren wäre, da fühlte er sich augenblicklich besser. Er übernahm sogar die Führung durch die Schule und die Sportanlagen! Seine Augen leuchteten. Er war stolz und rührend schüchtern zugleich.

Jetzt ist er fast sechzehn und will unbedingt den Führerschein machen. Alle seine Kumpels hier nehmen bereits Fahrstunden.

Ich habe es ihm erlaubt unter der Bedingung, dass er jetzt regelmäßig seine Zahnspange trägt. Er hat mich umarmt wie seit vielen Jahren nicht mehr.

In der kurzen Zeit hat er immense Fortschritte gemacht. Erst mal ist er jetzt eindeutig einen Kopf größer als ich, zweitens ist seine Stimme jetzt gleichmäßig tief und drittens hat er fast keine Pickel mehr. Als wir so über den Campus schlenderten, fing ich einige Blicke von Mädchen auf, die ihm galten. Er tat so, als hätte er es nicht bemerkt, aber bei einem Mädchen wurde er so flammend rot, dass ich wusste, ihr gehört sein Herz.

Er läuft auch nicht mehr in den ewig gleichen verwaschenen Kapuzen-Sweatshirts rum und trägt nicht mehr die ausgelatschten, nach krankem Panther riechenden Turnschuhe. Die Kids hier haben einheitliche Schulkleidung: genau die Klamotten, die Mark Daniel ihm vor drei Monaten gekauft hat. Er ist ein Großer, Schlanker, Hübscher geworden. Ich bin wahnsinnig stolz auf ihn.

Wie Recht die Martinis doch hatten: Er musste nur seine Wurzeln an einem Ort schlagen, wo die Sonne auf ihn scheint. Jetzt blüht er.

Nackedei hat natürlich alle Blicke auf sich gezogen, wie sie mit ihren knöchellangen blonden Haaren, dem nabelfreien Top, dem überquillenden Busen und den zwanzig Zentimeter hohen Sandaletten über den Campus stolziert ist.

Einige Schüler kamen sofort an und wollten ein Autogramm von ihr. Es hat sich also auch hier in Amerika schon herumgesprochen, dass sie das neue Bond-Girl ist.

Als die Kumpels von Adrian das mitkriegten, hatte Adrian gleich einen noch viel höheren Stellenwert. Ich glaube, er handelt jetzt mit Nackedei-Postern und Autogrammkarten.

Der Direktor der Schule sagte mir, dass Adrian ein großes Potenzial hat, dass sein Englisch von Tag zu Tag besser wird und dass er sich ganz prima eingelebt hat. Er hat noch keine Fische aneinander gebunden und erst recht noch keine Lehrer. Mir fällt ein Riesenstein vom Herzen!

Bei uns ist es seit Wochen stressig. Nackedei hat ein Presse-

Shooting nach dem anderen. Sie wird rumgereicht wie eine Trophäe. Ich sage dir, Anne, mein Klingelbeutel klingelt und klingelt! Für jedes Interview, jedes Shooting, jeden TV-Beitrag, in dem sie auftritt, kassiert Nackedei zwischen 20 000 und 100 000 Dollar. Und ich kriege davon zwanzig Prozent. Das Geld liegt auf der Straße! Da wollen wir es nur nicht liegen lassen. Nackedei braucht für ihr Geld einen eigenen Finanzberater. Das Geld soll ja nicht rumliegen, sondern sich fleißig vermehren, so dass Nackedei und ich bald auch von den Zinsen leben können. Von der Materie verstehe ich gar nichts. Leider. Sonst hätte ich meine Knete vermutlich schon verdoppelt und die von Nackedei auch. Ganz Amerika beteiligt sich inzwischen am Nackedei-Umtauffieber. Wer findet den besten Künstlernamen für Kerstin Schöller? Zu gewinnen ist eine Weltreise mit dem Traumschiff »Millennium« für zwei Personen.
Viele liebe Grüße nach Mondsee!

Grüße die Fürstin von mir, wenn du zu ihr zum Dinner gehst!

Deine viel beschäftigte, steinreiche und ziemlich zufriedene Alex

PS: Und falls Mark Daniel auftaucht: Gib ihm ein Busserl von mir!
PPS: Ich brauche keinen Mann, um meine Existenz zu rechtfertigen. Die tief gehendste Beziehung, die wir jemals haben werden, ist die zu uns selbst.

Mondsee, 26. Mai

Liebe Alex,
danke für den Glückwunsch! Dass du meinen Geburtstag nicht vergessen hast!

Ich hatte tatsächlich den schönsten Geburtstag meines Lebens! Meine Wunschpyramide hat sich erfüllt: Margot-freie, Karl-Heinz-freie, Lothar-freie, Kollegen-freie Zone, Zeit für die Kinder und mich, Ruhe, Frieden und selbstbestimmtes Leben. Eine Arbeit, die mir Spaß macht – in deinem Büro bin ich mein eigener Herr!

Danke für dein Vertrauen. Ich hoffe, ich erledige alles so, wie du dir das vorstellst.

Die wichtigsten Mails schicke ich dir alphabetisch geordnet im Anhang, die andere Post bearbeite ich selbst.

Ein Immobilienmakler hat hier rumgeschnüffelt und sagt, er habe Interessenten, die dein Haus kaufen wollen. Ich habe ihm gesagt, er soll sich verziehen, war doch hoffentlich in deinem Sinne! Die Einladungen sortiere ich nach wichtig – unwichtig – schon gelaufen.

Die Presseanfragen für Interviews im Inland leite ich, wie du gesagt hast, direkt an deine Künstler weiter, die Einladungen zu Talkshows, Quizshows usw. ebenso. Für alles habe ich Rechnungen über zwanzig Prozent geschrieben und sechzehn Prozent Mwst. dazugerechnet. Mit deinen wichtigsten Partnern telefonierst du ja sowieso jeden Tag.

Eigentlich verrückt, dass wir beide noch nie telefoniert haben, was? Aber inzwischen ist unsere Mailerei ein Ritual geworden, das ich nicht mehr missen möchte.

Komm also bloß nicht auf die Idee und ruf mich an! Und steh

hier erst recht nicht plötzlich auf der Matte! Erst muss ich noch alles auf Vordermann bringen!

Nachdem es einige Tage geregnet hat und ich die Zeit für dein Büro genutzt habe, scheint jetzt wieder die herrliche Frühlingssonne mit einer Intensität, dass man oben in der Galerie einen Sonnenbrand kriegen würde. Also habe ich meine Arbeit nach draußen verlegt.

Seit Montag bin ich schwer im Garten beschäftigt. Ich habe alle Sträucher geschnitten, besonders die japanischen Ziersträucher vor der Wohnzimmerterrasse. Herr Koberlechner hat mir das Wasserhochdruckreinigungsgerät erklärt. Ich habe damit deine Garpa-Holzgartenmöbel gereinigt. Die Kissen und Sitzbezüge habe ich alle in die Reinigung gebracht, ebenso deine ganze Wintergarderobe, die im Ankleidezimmer verstreut herumlag.

Du bist ja letztens so eilig aufgebrochen, hattest wohl keine Zeit mehr, alles in Ordnung zu bringen. Macht nichts. Dein Haus auf Vordermann zu bringen, macht mir riesigen Spaß. Auch in der Küche habe ich ein bisschen aufgeräumt: Die ganzen alten Pflanzen habe ich rausgeschmissen – sie waren eingegangen – und habe ein paar neue Clivia-Stöcke aus der Gärtnerei Steiniger bringen lassen. Der Preis war in Ordnung, mach dir keine Sorgen. Der kleine Sohn von den Steinigers geht mit Carla und Greta in den Kindergarten und kommt nachmittags öfter zum Spielen. Da hat der Vater gleich ein großes Arrangement aus Clivia und Hibiscus rangeschleppt. Außerdem hat er aus seiner Dekoration vier riesige Bourgainvilleas mitgebracht. »Helen Johnson« und »Double delight« nennen sich die Blüten. Herr Koberlechner hat die üppigen Blumenkübel, die aussehen wie Kronleuchter, kurzerhand an der Decke über dem Wintergarten angedübelt. Es sieht gigantisch aus.

Auch deine Küchenschränke mussten mal ausgewaschen werden und bei der Gelegenheit habe ich das Geschirr neu geordnet. Das Besteck habe ich poliert, wie ich das bei Oma Margot gelernt habe. Sicher hältst du mich jetzt für ein schreckliches Hausmütterchen, aber es ist das erste Mal, dass ich in einem Haushalt etwas ganz alleine tun darf! Niemand macht mir Vorschriften, niemand schließt mich aus meiner eigenen Küche aus, niemand weist mich darauf hin, dass ich zwei linke Hände habe!

Die Kinder machen alles eifrig mit. Wir drei Mädchen sind ein eingeschworener Weiberhaushalt. Nachdem das Regenwetter von letzter Woche vorbei war, habe ich mich mal auf dein Dach getraut und alle Abwasserrinnen vom Winterdreck befreit. Es waren Unmengen von Blättern und Moder drinnen, die Herr Koberlechner und ich mit vereinten Kräften mit Hilfe der Schubkarre weggeschleppt haben. Als wir alle Dachrinnen sauber hatten, haben wir dein sonnengelbes Haus, zumindest von der Eingangsseite her, mit dem Hochdruckreiniger abgespritzt. Koberlechners sind begeistert: Die Fassade blitzt wie neu! Auch die Fensterläden wurden wieder schön saftig grün. Zum Schluss habe ich mit diesem Wunderreinigungsgerät die Terrasse abgesprüht. Ich bin so richtig in Rage gekommen – wahrscheinlich war es ein symbolischer Akt, diese Aufräumwut, dieses Säubern.

Zwischendurch habe ich mir schon wieder eingebildet, Lothar stünde am Gartenzaun und würde mich beobachten. Aber als ich das Gerät ausgeschaltet hatte und vom Dach gestiegen war, um nachzusehen, hatte er sich in Luft aufgelöst. Ich sehe wahrscheinlich Gespenster.

Ach Alex, ich fühle mich um zwanzig Kilo Ballast befreit! Das ganze Unkraut ist weg. Ich habe mir erlaubt, die Pflanzen, die in der Garage überwintert haben, alle wieder hervorzuholen und bei der Gelegenheit umzutopfen.

Jetzt werde ich mir mal den Swimmingpool vornehmen. Die Reinigungsfirma war gestern da und hat die Kacheln gesäubert. Ich putze trotzdem noch mal hinterher. Es war doch okay, dass ich sie angerufen habe? Die ganzen Adressen der Firmen habe ich in deiner Computerkartei gefunden. Morgen lassen sie neues Wasser ein. Das wird die Mädchen freuen! (Lothar würde vor Panik vergehen!!)

Frau Koberlechner putzt deine Riesenscheiben oben in der Galerie. Das ganze Haus riecht nach Sidolin. Die schwangere Katze aalt sich auf dem weißen Sofa in der Sonne.

Die Mädchen polieren mit Hingabe die Palmenblätter. Die Hunde knabbern draußen an der alten Blockflöte von Adrian. Manchmal kommt ein schauerlicher Quietschton raus, dann stellen die Hunde die Ohren auf und springen erschrocken zur Seite. Ich hoffe, Adrian wird den Verlust verschmerzen.

Im Radio läuft wie immer österreichische Volksmusik – »Herzerl, komm her zum Zaun, lass dir in die Äugerl schaun…« Hätte nie gedacht, dass mich so was mal begeistern würde!

Hast du was dagegen, wenn ich das Kinderzimmer neu streiche? Mir ist im Baumarkt ein Sonderangebot aufgefallen, hellgelbe Farbe für die Wand, dazu passend eine zartrosa Tapete und aus den gleichen Farbtönen Vorhänge und Bettwäsche!

Ich weiß, dass Adrian das Scheiße finden würde, aber sobald ihr wiederkommt, mache ich's wieder ab. Bitte, erlaube es mir! Ich möchte diese Dinge einfach mal ausprobieren!

Alles zum ersten Mal im Leben! Was hab ich bisher alles verpasst!!

Deine glückliche Anne

PS: Wie findest du »Jane Blond«?

Hollywood, Universal Studios, Ende Mai

Mensch, Anne!
Das IST es!! Du bist genial!! Gerade habe ich deine Mail gelesen und den Namen SOFORT Jeff ins Ohr geflüstert, der hier gerade völlig aufgelöst mit dem Intendanten von CNN verhandelt. Alle sind begeistert, nicken: That's it! Das Mörsenbroicher Ei der Anne Pistrulla!

JANE BLOND!

Einfacher geht's nicht! Wieso ist darauf bisher nur keiner gekommen!

Es sind Hunderttausende von Vorschlägen eingegangen, aber die Herrschaften konnten sich für keinen Namen entscheiden. Dabei liegt er doch auf der Hand! Im Mund! Und wird noch auf Dollarnoten aufgedruckt werden! Auf Briefmarken! Auf Straßenschildern! Auf Badelaken!

JANE BLOND!

Deine Mail ist gerade auf die Sekunde richtig angekommen. Wir sind unmittelbar vor der öffentlichen Ziehung des besten Namens! Natürlich wird das getürkt. Der Name »Jane Blond« wird gezogen werden. Wie fast alles im Fernsehen – wir nennen das »fake«.

In drei Minuten geht Nack… Jane Blond auf Sendung! Ihr großes Outing wird in der Talkshow von Oprah Winfrey sein. Das ist übrigens die reichste Frau Amerikas. Die hat NBC gekauft! Werde mich nachher mal mit ihr unterhalten über Geldanlagen und so was.

Honorar für Janes dreiminütigen Auftritt: 25 000 Dollar. Davon kriege ich zwanzig Prozent.

Das Geld liegt auf der Straße! (Habe ich das eigentlich schon mal erwähnt?)

DU hast die Kreuzfahrt gewonnen, meine Liebe! Auf der Millennium, dem Jahrtausendschiff! Eine Weltreise! Zu einem Zeitpunkt deiner Wahl!

Nimmst du mich mit??

Muss Na… muss Jane dolmetschen. Die versteht kein Wort.

Werde abgepudert, gehe mit ins Studio.

Sehr aufgeregt und glücklich,
deine Alex

PS: George Clooney kriegt auch schon ein Doppelkinn – für wen soll man denn noch schwärmen?
PPS: Ja, was stellst du denn mit meiner Villa an? Werde ich sie noch wiedererkennen?

Aber mach ruhig. Das steigert ihren Wert. Falls ich doch mal verkaufe.

Mondsee, an deinem Schreibtisch, 5. Juni

Mensch, Alex,
du hast Recht: Das Geld liegt auf der Straße. Dass man mit so einer einfachen kleinen Idee gleich eine Kreuzfahrt gewinnt... KLAR nehme ich dich mit! Wie ich mich freue!

Und irgendwie habe ich das Gefühl, wir erfüllen damit Heinrich Seeligs letzten Willen.

Es gibt so viele Neuigkeiten aus deiner Heimat, ich weiß gar nicht, wo ich anfangen soll. Mark Daniel Martini hat mehrmals auf den Anrufbeantworter gesprochen, mit einer Stimme, dass ich eine Gänsehaut bekam. So tief, so rund, so profund ... kurz, wie du beschrieben hast.

Er sei im Lande, die Proben verliefen prima und er möchte dich besuchen. Er hätte es schon zwei-, dreimal probiert, aber niemanden angetroffen. Süß irgendwie: Er sagt, er hätte eine Idee für die Gestaltung deines Wintergartens. Die Kulisse von »Carmen« wäre für einen Appel und ein Ei zu verkaufen! Soll ich ihn zurückrufen? Er hat seine Nummer hinterlassen.

Ich soll dich herzlich von Günther und Ingrid grüßen. Die zwei sind ja wirklich liab!

Heute, Sonntag, bin ich einfach mit den Mädchen zum Hotel »Zur Sonne« gegangen. Wir wanderten mitsamt den Hunden den kleinen Uferweg entlang, freuten uns an den entzückenden bunten Holzhäuschen, deren Fensterläden alle einladend offen standen, warfen Stöckchen und Steinchen in den See und ließen die Hunde danach schwimmen. Greta und Carla sind ganz verliebt in die Hunde. Jede hat ihren eigenen Liebling, der abgerichtet und streng erzogen wird. Du hast mir immer noch nicht gesagt, wie sie heißen. Wie ich dich kenne, hast du sie »Dollar« und »Euro« genannt.

Die Kinder haben sie »Maggi« und »Ketchup« getauft, nachdem die Katze ja schon »Pizza« heißt. Ich weiß, das ist sicher Blasphemie bei so teuren Rassehunden, aber Frau Koberlechner hat mit ihrer Messersschneidestimme im dreigestrichenen Oktavbereich gerufen: »Wie's hoassn, woas i aa net, aber des zwoa Weiberl san, dös is sicher! Dös oane is scho kastriert, dös andere net! Also tun's besser aufpassen, wenn a Manderl daherkimmt!«

Wir passen also auf, wenn »a Manderl« daherkimmt, ob nun Hund oder Kerl.

In der »Sonne« war der Bär los! Jetzt beginnt die Hochsaison, da ist sonntags kein Platz mehr auf der Terrasse zu finden. Als ich der netten Chefin des Hauses aber sagte, dass ich sie von dir grüßen soll, machte sie uns sofort einen reservierten Tisch auf dem Steg frei. Wie sagst du immer? Beziehungen sind alles!

Die Kinder bekamen einen Kaiserschmarren und ich habe mich an einer Mondsee-Forelle erfreut. Greta meinte bedauernd: »Die hat der Koch totgebraten.« Aber sie schmeckte so frisch, wie ich noch nie eine Forelle bekommen habe! Ingrid, die bezaubernde junge Wirtin im hellblauen Dirndl, setzte sich trotz Hetze und Stress ein wenig zu uns auf die hölzerne Bank, und später kam auch Günther, ihr Mann, der Maggi und Ketchup eigenhändig zwei Knochen aus der Küche brachte. Sie sind genau so, wie du sie beschrieben hast, herzlich, freundlich und trotz der vielen Arbeit gelassen. Und es stimmt: Überall wuseln die Geschwister von Ingrid rum, die haben alle Ähnlichkeit mit ihr. Das gleiche strahlende, zuvorkommende Lächeln. Also, Alex, ob du es glaubst oder nicht: Ich habe noch nie im Leben so viele lächelnde Gesichter auf einmal gesehen. Liegt das an der Landschaft, an der Natur, an der Weite, der Stille, der Großzügigkeit, mit der der liebe Gott diese Gegend bedacht hat? Wenn ich da an die verkniffenen, unzufriedenen und ausdruckslosen Gesichter denke, die einem in Plattstadt täglich begegneten…

Ich habe Ingrid vorsichtig gefragt, ob ein Herr Lothar Pistrulla sich bei ihnen eingeschrieben hat, und sie rannte sofort in die Rezeption, um im Computer nachzusehen. Aber sie sagte: Nein, weder angemeldet noch unangemeldet sei er aufgetaucht.

Nur Kyllikki von Homburg hat sich angemeldet. Für kommenden Sonntag.

Jetzt bin ich wirklich beruhigt. Vielleicht ist Lothar tatsächlich wieder abgereist, weil er glaubte, wir sind nicht hier. Oder war er es womöglich doch nicht? Manchmal zweifle ich an mir. Vielleicht halluziniere ich schon! Aber ich hätte schwören können, dass er es war.

Ingrid und Günther haben gesagt, wenn ich irgendwas brauche, soll ich mich nur immer an sie wenden. Deine Freunde seien auch ihre Freunde. Das fand ich ganz bezaubernd.

Weil gerade wieder drei volle Busse vorfuhren, habe ich mich mit den Mädchen und den Hunden dann verdrückt. In unserer Euphorie haben wir den ganzen Mondsee umwandert, immerhin zwölf Kilometer! Ich hätte nie gedacht, dass die Mädchen so weit laufen können. Aber sie rennen einfach immer mit Maggi und Ketchup mit! Als es bergauf ging, habe ich den Mädchen die Leinen um die Hüften gebunden und die wackeren Hunde haben sie gezogen. Im Schloss haben wir noch einmal Rast gemacht und auf der Schlossterrasse ein riesengroßes Eis mit Himbeeren gegessen. Am Nachbartisch saßen ganz feine Herrschaften, alle im feinsten Tuch und Trachtengewand. Eine alte Dame war offensichtlich der Mittelpunkt der Gesellschaft. Alle Herren begrüßten sie mit Handkuss und die Kinder machten einen Knicks oder Diener. Ich glaube fast, das könnte die Fürstin gewesen sein! Habe mich aber nicht getraut, sie anzusprechen, denn erstens hatte ich nur Shorts und Turnschuhe an und zweitens hatte ich zwei himbeereisverschmierte Mädchen mit schmutzigen Knien und zwei himbeereisverschmierte Hunde mit schmutzigen Pfoten dabei. Außerdem bin ich ja von Natur aus schrecklich schüchtern. Weißt du ja. Aber ich meine, die Schauspieler vom »Jedermann« erkannt zu haben. Meinst du, ich könnte auch für den »Jedermann« noch eine Karte bekommen? Kann auch gerne ein Stehplatz sein! Ich würde es so genießen wie du damals vor fünfzehn Jahren. Ach, es ist alles so aufregend! Jetzt sind wir alle todmüde. Eine Fußmassage von Rico wäre gerade recht.

Die Kinder sitzen in der Badewanne. Muss sie vor dem Ertrinken retten.

Sei umarmt von deiner glücklichen, müden
Anne

PS: Wie KONNTE ich diese Schauspielerin jemals beneiden?? Soll ich dir was sagen? Ich finde, ich sehe besser aus. Hundertmal besser.

Hollywood, Universal Studios, 8. Juni

Liebste Anne,
Jane Blond ist der ganz große Renner. Sie hat in Amerika eingeschlagen wie eine Bombe! Jeff sagt, seit Marylin Monroe sei keine weibliche Gestalt mehr so ein Mythos schon zu Lebzeiten gewesen. Es gibt schon Jane-Blond-Badelaken, Jane-Blond-Sonnenmützen, Jane-Blond-T-Shirts (mit eingebautem Schaumstoffbusen), Jane-Blond-Frühstücksflocken, Jane-Blond-Vitamindrinks und so weiter und so weiter. Du hast auf den Namen das Urheberrecht, das habe ich durchgesetzt. Bist du damit einverstanden, wenn ich zwanzig Prozent dafür nehme?

Ich maile dir im Anhang den Vertrag. Es werden sowieso Millionenbeträge werden. Kannst du gar nicht mit zwei Händen eingraben, so viel Geld. Also, mach dir keine Sorgen: Wenn deine sechs Monatsgehälter vom Kaufglück aufgebraucht sind, kannst du dir trotzdem noch eine Villa und eine Yacht kaufen.

Ich hoffe, das freut dich. Aber wie ich dich kenne, ist dir das ziemlich wurscht.

Hörst du, Mädchen? Du bist finanziell unabhängig! Du bist frei!!

Magst du vielleicht MEINE Villa kaufen?? Schenken kann ich sie dir nämlich leider nicht. Bei aller Liebe.

Du kannst auch Lothar einen kleinen Teil davon geben, dann ist endlich euer verdammtes Reihenhaus abbezahlt. Und deinen Opel kannst du gegen ein Mercedes Coupé eintauschen.

Jedenfalls sollst du eines begreifen, Anne: DU BIST REICH!!

Ich hab dir doch gesagt, das Geld liegt auf der Straße!

Endlich hast du es begriffen!! Aber wahrscheinlich interessiert dich viel mehr, wo du einen preiswerten Wanderführer für die restlichen fünfhundert zu besteigenden Berge herkriegst. Aus der Buchhandlung Engelschall, unten im Dorf. Die Besitzerin ist eine Freundin von mir. Grüße sie und sag ihr, sie soll dir Prozente geben.

Ab sofort muss nicht nur ich jede Million zweimal umdrehen!!

Kann ich dir inzwischen irgendwie aushelfen? Du brauchst doch Cash! Zur Sicherheit mal meine Kreditkartengeheimnummer: 4377. Bei der Sparkasse Mondsee. Die Karte klebt mit Tesafilm unter der Schreibtischauflage. Auf dem Geschäftskonto müssten noch ein paar hunderttausend Euro sein. Mach dir keine Sorgen. Du kannst mir das eines Tages mit Zins und Zinseszins zurückzahlen. Du weißt ja, dass ich kein Geld verschenke.

Muss Schluss machen, Jane Blond ist müde. Morgen anstrengender Dreh!

Liebe Grüße nach Mondsee!

Deine Alex

Drehscheibe der Stars, Mondsee, 12. Juni

Hilfe, Alex!!
Er ist doch hier.

Heute, Samstag früh um zehn, klingelte er vorne am Gartentor. Ich gebe zu, wir waren noch im Bett, wir drei, weil es gestern Abend so spät geworden ist. (Wir waren bei Antonia von der Erlachmühle, die immer das Steinofenbrot noch warm serviert, und hatten uns bei einem bis drei Krügen Most unter dem Kastanienbaum festgequatscht.)

Ich krabbelte also zum Schlafzimmerfenster und lugte durch den Vorhang. Da stand er! Braun gebrannt, als käme er gerade aus dem Urlaub. Die Hunde bellten, er tätschelte ihnen über den Zaun hinweg den Kopf und redete mit ihnen. Er hat sich die Haare wachsen lassen! Sah irgendwie überraschend gut aus, so, als würde ihm unsere Trennung richtig gut tun. Ich hatte schreckliches Herzklopfen. Aber ich wollte ihn ums Verrecken nicht in unser Stückchen Paradies lassen!!

Er klingelte wieder, betrachtete das Haus, kam aber zum Glück nicht zum Gartentor rein, wie beim letzten Mal. Als ich nicht öffnete, zog er wieder ab. Sogar sein Gang hat sich verändert. Er ging so gerade, aufrecht und zielstrebig, die Hände in den Taschen, weg. Und pfiff dabei. Total unheimlich. Seit ich Lothar kenne, hat er noch nie beim Gehen gepfiffen. Was mich auch völlig verunsichert: Er hat wieder seinem Opel keinen Blick gegönnt! Weder den Reifendruck geprüft noch mit dem Finger über die Türleiste gestrichen, um zu schauen, ob der Wagen gewaschen werden muss, noch hat er die Scheibenwischer weggeklappt. Nichts. Er ließ seinen Opel einfach unbeachtet da stehen.

Er hat auch keinen Zettel bekritzelt und in den Briefkasten gestopft, wie er das sonst immer tat, wenn er mich nicht angetroffen hat: »Habe präzise zehn Minuten am verabredeten Treffpunkt gewartet, aber du hast dich nicht an die Vereinbarung gehalten...«

Nein. Nichts. Er ist so anders geworden! Wie gewaschen und geschleudert! Und schon-getrocknet!

Ich habe noch mindestens zehn Minuten unbeweglich hinter dem Schlafzimmervorhang gestanden, weil ich nicht sicher war, ob er zurückkommen würde. Aber er blieb verschwunden. Mein Herzklopfen habe ich immer noch nicht unter Kontrolle.

Alex, was soll ich tun? Die Polizei rufen? Aber mit welcher Begründung? Was soll ich denn sagen? Mein Mann hat angeklopft? Das kann ich doch nicht bringen!

Auf jeden Fall muss ich die Mädchen in Sicherheit bringen. Glaubst du, er will sie einfach zurückholen?

Ausgerechnet morgen ist diese Einladung zur Fürstin zum Mittagessen. Da kann ich die Mädchen nicht mitnehmen. Aber ich will unbedingt hingehen! Dein viel besungener Mark Daniel steht auch auf der Gästeliste! Ich bin so gespannt auf ihn!!

Bin ich eine Rabenmutter, wenn ich Greta und Carla zur Liesi Hinterleitner bringe?

So ein Mist. Jetzt freue ich mich gar nicht mehr richtig auf das Fest.

Aber da ich zugesagt habe, werde ich hingehen.

Gut, dass Kyllikki Montag früh kommt. Auf diese Rechtsanwältin baue ich. Dann fühle ich mich nicht mehr so allein.

Liebe Grüße
Anne

PS: Danke für das Angebot mit dem Geld. Aber mit meiner Abfindung vom Kaufglück komme ich erst mal über die Runden.

PPS: Das mit dem Namen und dem Urheberrecht, das war doch bestimmt ein Scherz, oder??

Ich bin doch nicht wirklich reich...?

Hollywood, Hotel Bel Air, in meiner Suite, 18. Juni

Liebe Anne,
nein, ausnahmsweise habe ich nicht gescherzt! Du bist REICH! Deine Gelder fließen schneller als alle Wasserfälle Österreichs! Du hast die Anteile an Jane Blonds Markenartikeln! Du hast das Urheberrecht auf ihren Namen und damit auf alles, was sich unter diesem Namen verkauft! Täglich kommen Millionenbeträge rein! Ich weiß nicht genau, zu wie viel Prozent du beteiligt bist, da verhandele ich noch. Bin inzwischen bei acht.

Davon kriege ich noch mal zwanzig Prozent. Aber das ist für dich trotzdem ein sensationeller Gewinn!

Es dauert nur, bis das ganze Geld auseinander geklaubt ist. Bräuchte einen Fachmann, der sich mit so was auskennt und liebend gern über Kontoauszügen brütet. Komme selber vorerst nicht dazu – aber du schreibst ja, im Moment kommst du über die Runden.

Habe Nackedei soeben ins Bett gebracht – ihre Suite ist nebenan. Vor der Tür stehen zwei Bodyguards und unten vor der Auffahrt sind noch mal vier.

So glatzköpfige, bullige Typen, die immer mit ihrem Hemdsärmel reden. Wie im Film.

Wir haben eine Verbindungstür und gerade habe ich meinem Schützling noch eine heiße Milch ans Bett gebracht, mit Honig. Wenn sie privat ist, benimmt sie sich wie ein kleines Mädchen. Sie braucht so viel Liebe und Zuwendung! Unten in der Lobby lauern Brad Pitt und George Clooney in der Hoffnung, dass Jane noch mal runterkommt. Aber sie fühlt sich erkältet. Habe ihr den Rücken mit Wick eingecremt und jetzt schläft sie. Ich fürchte, sie nimmt noch nicht mal die Pille.

Mein Gott, ist das anstrengend, plötzlich einen wirklichen Star zu managen!

Alle anderen konnten sich doch wenigstens selbst an- und ausziehen und sich die Zähne putzen. Nack… Jane Blond kann das alles nicht. Kerstin. Immer wenn sie abgeschminkt ist und mit ihrem weißen T-Shirt barfuß herumläuft, ist sie wieder Kerstin. Sie heult mir vor, wie trostlos ihre Kindheit war, die Mutter hatte immer andere Kerle, der Vater hat sie angegrabscht, die Mutter hat getrunken… Eben fing sie an zu heulen, weil noch niemand ihr je den Rücken mit Wick eingecremt hat. Ich hab sie in den Arm genommen und hin und her gewiegt, bis sie sich beruhigt hatte. Das ist ein armes Hascherl, sage ich dir!

Aber Tagesgagen von 60 000 Dollar.

Gerade habe ich deine letzte Mail gelesen. Das mit Lothar besorgt mich allerdings sehr.

Mensch, lass dich scheiden und bleib für immer in Mondsee!! Kauf mein Haus! Ich mach dir ein freundschaftliches Angebot – 1,6 Millionen Euro, so um den Dreh.

Denk mal darüber nach! Wenn Rico und Jaime mich im Stich lassen, brauche ich sowieso jemanden, der die Firma organisiert, während ich auf Reisen bin. Das mit Jane Blond war ja alles nicht absehbar und schon wegen Adrian und seiner Zahnregulierung muss ich noch eine Weile in den Staaten bleiben. Wir sollten darüber reden, wenn wir uns sehen.

Es ist schon verrückt: Wir haben uns jetzt fast siebzehn Jahre nicht mehr gesehen und trotzdem bist du meine engste Freundin und mein vertrautester Mensch. Und ich habe das Gefühl, dass es dir mit mir genauso geht.

Jetzt gehe ich auch schlafen. Wann genau gehst du zum Lunch zur Fürstin? Bin gespannt, was du berichtest!

Halte dir alle Daumen und schicke dir positive Energie.
Deine Alex

PS: Bin so gespannt, wie du Mark Daniel findest!

Mondsee, 20. Juni, elf Uhr vormittags

Liebe Alex,
heute geh ich zur Fürstin! Ich bin aufgeregt und freue mich wie ein kleines Mädchen!

Nachdem ich die Kinder bei der süßen Liesi Hinterleitner abgegeben hatte, bin ich erst mal an deinen Kleiderschrank und habe mir die von dir beschriebenen Dirndl rausgeholt.

Ich fühlte mich so lächerlich verkleidet. Außerdem hing die Bluse an mir runter wie ein Bettlaken und die Schürze sah aus wie ein alter Aufnehmer. Ich wusste nicht, ob ich lachen oder weinen sollte. Zum Glück fiel mir ein, dass du mir gemailt hast, ich soll zur Chefin dieses Trachtengeschäftes gehen, die mir zeigt, wie man ein Mascherl bindet.

An einem noch ungetragenen Dirndl hing zum Glück noch das Preisschild mitsamt Adresse und Telefonnummer des Ladens. Ich fasste mir ein Herz und rief an.

Eine halbe Stunde später stand ich in diesem Geschäft. Tostmann am Attersee.

Frau Hertha, eine gestrenge Dame im perfekt sitzenden Dirndl, empfing mich kopfschüttelnd. Das hatte sie noch nie erlebt, dass jemand ein Dirndl nicht allein anziehen kann. Sie zwängte mich in ein apricotfarbenes mit spitzenbesetzter Schürze, stopfte die Bluse mit energischen Griffen in die Korsage, schnürte mich dann ein, wie damals im Film Sissi von der Kammerzofe eingeschnürt wurde, und band mit flinken Händen die Schürze einmal um mich herum, um vorne über dem Bauch eine perfekte Schleife zu machen. Das Mascherl war frisch gestärkt und knisterte. Dann band sie mir noch ein schwarzes Samtband mit Silberanhänger um den Hals und steckte mich in passende schwarze Wildlederschuhe mit handgesticktem Silberbesatz.

Als sie mich dann vor den Spiegel schob, wurde ich ganz rot vor Verlegenheit. Ich wusste gar nicht, wie gut mir die hiesige Tracht steht.

»So gehen Sie zur Fürstin und nicht anders!«

»Ich kann das nicht bezahlen«, stammelte ich.

»Dann bezahlen Sie es nicht.« Frau Hertha schien keine Widerworte akzeptieren zu wollen.

»Ja, wie…?«

»Wenn Sie eine Freundin von Alexandra von Merz sind, dann passt's schon.«

Sie gab mir noch ein wunderschönes Schultertuch aus gleichfarbiger Seide mit und schob mich zur Tür.

»Viel Spaß!« Damit war ich entlassen!

Ja, Alex, Beziehungen sind alles! Und das Geld liegt auf der Straße!

Liebe übermütige glückliche Grüße
von deiner Trachten-Anne

PS: Kyllikki musste den Termin verschieben – sie kann erst nächsten Sonntag kommen.

PPS: Sagt heute Morgen die Carla zur Greta, während sie aus der Badewanne steigt: »Das Leben könnte so weitergehen, da habe ich echt nix dagegen!«

Los Angeles, Universal Studios, 21. Juni

Liebe Anne,
im Moment bereitet man gerade ein Jane-Blond-Fotoshooting vor und Kerstin steht im Marylin-Monroe-Kleid auf einem Luftschacht, wo sie sich sowohl Rock als auch Haare um die Beine wehen lässt. Kommt gigantisch gut. Alle sind völlig begeistert. George Clooney streitet sich mit Brad Pitt um Jane Blonds Gunst. Brad spielt den Bösewicht. Gestern waren wir auf einer Party in Malibu. Till Schweiger hatte uns eingeladen. Wir trafen auch Julia Roberts und Tom Cruise. Ich habe mich sofort mit deren Managern unterhalten. Wir waren alle einer Meinung: Das Geld liegt auf der Straße. Allein für die Scheidung von Tom und Nicole Kidman, sagt der Manager, kann er sich einen Privatjet kaufen. Ein stiernackiger fetter alter Kerl ist das, unrasiert, im pinkfarbenen Hemd, das über dem Bauch spannte. Sah aus wie Danni de Vito. Hätte sein Zwillingsbruder sein können.

John Duffy hieß er. Ich fragte ihn, ob er denn den Pilotenschein habe. Er lachte fett: Nein, das Geld brauche er für seine eigene Scheidung!! Dann zeigte er mir das Püppchen, mit dem er jetzt verbandelt ist, und ich stutzte: Die kenne ich doch!

Ich brauchte einige Augenblicke, bis ich das Girl erkannte: Es war die Freundin von Mark Daniel, die dürre Kim, die aussieht wie Daryl Hannah nach vierzig Tagen Nulldiät!

»Hi«, sagte sie schmallippig grinsend zu mir. Ich schüttelte ihr die knochige eiskalte Hand und bemerkte höflich, dass sie einen leicht kränklichen Eindruck machte!

»I'm pregnant«, hauchte sie.

»Schwanger! Von WEM??« Ich konnte meine Neugier kaum verbergen.

»John Duffy!«

Ups! Von dem milliardenschweren Fettsack wär ich auch gern noch mal schwanger.

Dann drehte sie sich um und wackelte mit dem werdenden Vater davon. Hat sie sich also auch für die wahren Werte im Leben entschieden.

Schönheit vergeht, Geld vermehrt sich. Wenn man es richtig anlegt natürlich. Apropos vergehende Schönheit: Arnold war natürlich auch da. Wir kennen uns noch von früher, er ist ja auch Österreicher. Ihn habe ich übrigens auch beim Mittagessen bei der Fürstin kennen gelernt, vor hundert Jahren!

Jane Blond ist auf jeder Party der unumstrittene Mittelpunkt. Das merke ich daran, dass die Weiber vor Neid erblassen, während die Kerls sich wie Ameisenbären um den Honigtopf rotten. Köstlich. Ich bin so froh, dass ich in diesem Fegefeuer der Eitelkeiten nur eine beobachtende Rolle spiele! Immer wenn ich dabeistehe und die Szene beobachte, zähle ich heimlich mein Geld. Eigentlich bin ich eine Reinkarnation von Dagobert Duck.

Jeden Morgen springe ich vom Fünfmeterbrett in meinen Dollarberg.

Nun aber zu dir, meine liebe Anne im Glück: Es freut mich, dass es dir so gut geht. Trotzdem mache ich mir große Sorgen wegen Lothar. Ist doch klar, dass der nicht kampflos das Feld räumt! Der hat sich nur zurückgezogen, um mit viel dickeren Geschützen zurückzukehren! Einer wie Lothar lässt seine Frau und seine Kinder nicht so einfach ziehen.

Deswegen: Sei wachsam, schließe abends ordentlich das Tor, geh nach zwanzig Uhr nicht ans Telefon, schließe deine Kinder ein und hole sie immer persönlich vom Kindergarten ab. Ziehe die Liesi ins Vertrauen und unbedingt auch Ingrid und Günther, die für dich durchs Feuer gehen werden, wenn es hart auf hart kommt.

Muss Schluss machen, man braucht mich am Set.

Viel Spaß bei der Fürstin!!

Deine Alex

PS: Und? Wie FINDEST DU MARK DANIEL???

Mondsee, abends in deiner Galerie,
Datum ist mir entfallen

Liebste Alex,
er verfolgt mich. Lothar war bei der Fürstin!!

Ich zwinge mich, alles der Reihe nach zu erzählen.

In der Gärtnerei unten im Dorf besorgte ich noch einen Riesenblumenstrauß, und so ausgestattet, fuhr ich mittags zur Fürstin. An einer Lichtung standen schon viele parkende Wagen, hauptsächlich Rolls-Royce und so was, und da stellte ich den Opel einfach ab. Mit dem bombastischen Rosenstrauß im Arm wackelte ich auf meinen Samtschuhen den Waldweg hinauf hinter den anderen Herrschaften her, die alle in angesagte Trachten gehüllt zur Fürstin eilten. Mein Gott, Alex, so fühlst du dich immer! Da kann man ja süchtig werden!

Mitten auf einer Waldlichtung steht das Anwesen der Fürstin, kennst du ja. Es besteht aus mehreren uralten Holzhäusern, deren Balkone sich von Blumen biegen. In das größte strömten die Gäste. Ich folgte den Leuten neugierig. Drinnen in der kostbar eingerichteten Wohnstube hingen alle Wände voll mit Fotos, die die Fürstin selbst gemacht hat. Gracia Patricia von Monaco, noch in Schwarzweiß, gemeinsam mit der Fürstin (noch in Jung), dann Lady Di und Prinz Charles, weiter links die Königin von Schweden, vorne an der Anrichte entdeckte ich noch Caroline und Stephanie von Monaco, die mit der Fürstin verwandt sind. Viele andere erlauchte Hoheiten befanden sich noch dabei. Selbst Prinzessin Maxima und ihr Willem Alexander waren schon dabei! Ich erkannte die Callas mit Onassis, ebenfalls mit einer noch sehr jungen Fürstin, und dann entdeckte ich DICH!! Du stehst neben Karajan und seiner Frau Eliette und einem weiteren

Mann. Da dieser den Arm um dich legt, nehme ich mal an, dass es Leo von Merz ist! Während ich dich noch so voller Stolz betrachtete, kam ein Diener und reichte mir ein Glas eisgekühlten Holundersekt. Ich schaute mich um. Alle Gäste waren in edle Trachten gekleidet, wovon keine der anderen glich.

Alle schienen heiter, freundlich, lächelten mich an. Eine junge Frau im ockerfarbenen Brokatdirndl nahm mir die Blumen ab und führte mich zur Fürstin, die gerade mal im Nebenzimmer gewesen war, um ein Autorennen anzuschauen. Da sie Ralf Schumacher am Arm hatte, wollte ich nicht stören, aber sie hakte sich gleich bei mir unter und rief: »Knips mal, Eleonore, das sind meine neuen Gesichter heute!« Jetzt bin ich auf einem Foto mit Ralf Schumacher und der Fürstin zu Sayn-Wittgenstein-Sayn und komme auch an die Wand in ihrem Wohnzimmer. Wenn ich das in meinem Club erzähle...

Die Fürstin plauderte sehr lieb über dich – du seiest ihr eine ganz liebe treue Freundin mit einem fantastischen Kunstgeschmack und einem phänomenalen Gespür für angesagte Künstler, hat sie gesagt. Weil neue Gäste eintrafen, wollte ich nicht stören. Bin sehr entspannt im Garten umherspaziert, habe mit diesem und jenem ein bisschen geplaudert und ziemlich deutliche Blicke aufgefangen – von den Frauen kritische, von den Männern erfreute.

Eine Malerin, die ihre Bilder gerade in Salzburg in den Räumen der Burg ausstellt, erklärte mir, dass ich, da ich zum ersten Mal hier sei, neben der Fürstin sitzen würde. Und Ralf Schumacher an ihrer anderen Seite. Eine andere Dame wollte wissen, in welcher Beziehung ich zur Fürstin stehe. Als ich deinen Namen erwähnte, ging sofort ein breites Lächeln über ihr Gesicht. Sie erzählte mir, sie sei jahrelang die Chefredakteurin der Bunten gewesen und kenne dich schon lange. Ihr beide hättet gemeinsam Stars groß gemacht. Das letzte Mal, sagt sie, hätte sie dich bei der Verleihung der Goldenen Kamera in Berlin getroffen, als Joopie Heesters für sein Lebenswerk geehrt wurde. Sie nahm mich ganz nett beim Arm und brachte mich zu meinem Sitzplatz am größten Tisch in der Mitte des Rasens. Es grünte und blühte überall wie in einem Heimatfilm, die Vögel sangen, die Grillen zirpten. Kleine weiße Wolken zogen am blauen Himmel vorüber. Ich war einfach bezaubert von diesem traumhaften Ambiente!

Die Tische waren großzügig im ganzen Garten aufgestellt, mit rosa Tischdecken und wunderschönem alten Tafelsilber eingedeckt. Die riesigen gelben Sonnenschirme leuchteten wie überdimensionale Butterblumen durch den Garten. Auf jedem Tisch standen bunte Garten-Blumensträuße in handbemalten Tonkrügen, von der Fürstin selbst gepflückt und arrangiert. Überall liefen junge Mädchen und Burschen in Trachten herum, schenkten Wein und Holundersekt nach und baten die Herrschaften zu Tisch. Ein Bub in Lederhosen spielte Ziehharmonika. Mir wackelten die Knie vor Freude und Aufregung, als ich mich niedersetzte!

Jetzt rate, wer mir direkt gegenübersaß! Dein Exmann, Leo von Merz, mit seiner reizenden, rundlichen Frau Olga Schellongova. Die füllte ihr violettes Dirndl aber wirklich bis zur letzten spannenden Naht aus. Ihr üppiger Busen lugte freundlich aus dem Ausschnitt und wogte vor Wonne. Sie lächelte mich gleich sehr freundlich an, ohne zu wissen, wer ich bin, reichte mir über den Tisch ihre warme, weiche Hand und sagte mit ihrem tschechischen Akzent: »Wir müssen plaudern! Wenn Sie in diesem Kreis neu sind, werde ich Ihnen helfen! Ich war auch mal neu, wissen Sie, und es braucht seine Zeit, bis man seine Schüchternheit abgelegt hat!«

Dein Leo dagegen sieht streng aus. Man wagt kein überflüssiges Wort in seiner Nähe zu sagen. Er hat eine ziemlich spitze Nase in einem kantigen Gesicht, schmale Lippen und schütteres graues Haar. Ich kann mir gar nicht vorstellen, dass du mit ihm verheiratet warst!

Er redete ziemlich viel und machte nicht den Eindruck, als würde er sich sonderlich für andere interessieren. Mit der Fürstin und einigen anderen, die am Tisch saßen, diskutierte er fast verbissen über das Tempo des dritten Satzes einer Mozart-Symphonie und dirigierte mit seiner Gabel über dem Brotkörberl herum. Während die Schellongova immer wieder versuchte, mit mir ein paar freundliche Sätze zu wechseln, um mich nicht völlig auszuschließen, dominierte dein Herr Exgemahl in weiten Teilen die Tischrunde.

Ich wechselte ein paarmal einen Blick mit Ralf Schumacher, den die Mozart-Symphonie auch nicht so sonderlich zu interessieren schien. Aber Herr von Merz duldet keine anderen Götter neben sich, kann das sein? Olga legte ihm ganz mütterlich die Speisen vor und zupfte ihm seine Serviette zurecht. Wir lobten alle das köstliche Essen. Die Fürstin hatte wirklich selber gekocht! Mit dreiundachtzig Jahren kocht sie mal eben für sechzig Gäste, sieht fantastisch aus und parliert dann noch lächelnd und fachkundig in mehreren Sprachen über Musik und Kunst!

Wenn ich da an den selbstherrlichen Opa Karl-Heinz denke, der niemals anderen zuhören kann und kein anderes Thema drauf hat als sich selbst! Von wegen Menschenkenntnis!

Natürlich kam das Gespräch irgendwann auf den großen Star der Salzburger Festspiele, deinen viel versprechenden Mark Daniel Martini. Ich war ja schon so gespannt auf ihn!!

»Eine fantastische Neuentdeckung«, sagte Leo von Merz. »Für große Talente hat Alex schon immer einen fantastischen Riecher gehabt.« Er grinste und zitierte dann deinen Lieblingssatz: »Das Geld liegt auf der Straße!«

Schallendes Gelächter am Tisch!

»Unsere hochverehrte liebe Alexandra von Merz weilt gerade beruflich in den Staaten«, sagte die Fürstin liebenswürdig, »deshalb hat sie uns ihre reizende Freundin Anne Pistrulla als Vertreterin geschickt.«

Ich lächelte scheu in die Runde und alle hoben mir ihr Glas zu. Ich musste den Blick senken, weil ich so ein Getue um mich einfach nicht gewöhnt bin.

Dann wurde über Mark Daniel gesprochen. »Diese Stimme« und »diese Ausstrahlung« und »diese Musikalität« und »seine Interpretation des alternden König Phillip mit gebrochenem Herzen« und so weiter. Alle waren sich einig, dass er der unumstrittene Höhepunkt der Festspiele ist, jetzt schon, zwei Tage vor der Premiere. Die Generalprobe war öffentlich und jeder hier auf dem Fest schien bereits dort gewesen zu sein.

»Und Sie kommen doch sicher auch zur Premiere, meine Liebe«, sagte die Fürstin und legte ihre schöne, alte, gepflegte Hand auf meine.

»Ja ... klar.« Meine Antwort war vermutlich nicht so originell. »Ich hab ja zwei Karten von Alex.«

»Und wirklich fantastische Plätze«, sagte die Fürstin. »Direkt in der Intendantenloge!«

Meine Güte, ich wurde ganz rot, als mich alle neidisch taxierten.

»Ein normaler Sterblicher kann die gar nicht bezahlen«, sagte jemand, und »Beziehungen sind alles!«, grinste dein Exmann, »Alex' zweiter Lieblingssatz!«

Ich musste auch grinsen.

»Sie kennen doch sicher den ›Don Carlos‹?«

»Ähm ... persönlich eigentlich noch nicht«, sagte ich verlegen. »Aber ich habe schon viel von ihm gehört! Alex hat ihn schon oft in ihren E-Mails erwähnt.«

Alle lachten mich aus. »Ich spreche doch von der Oper, Liebes, und nicht von unserem Solisten!« Die Fürstin tätschelte mir aufmunternd die Hand, die eiskalte.

»Ja, also ... doch, im ... Musikunterricht, da haben wir, die Alex und ich ... Also wir hatten so ein Projekt große Oper und unser Lehrer, der leider inzwischen verstorben ist, hat uns den ›Don Carlos‹ nahe gebracht ...« Ich schaute irritiert in die Runde, weil ich spürte, wie lächerlich ich mich machte mit jedem Wort, das ich noch mehr sagte. »Also damals noch per Schallplatte, CDs gab's ja noch nicht ...« Mein Geschwätz versickerte in einer plötzlichen Welle der Aufmerksamkeit, die ein Neuankömmling erregte. Keiner hörte mir mehr zu, alle schauten zum Gartenaufgang hin, wo ein schwarzer Mercedes vorgefahren war.

Der Mann, der nun den Weg hinaufkam, hatte zwar einen ähnlich großen Blumenstrauß dabei wie ich, weshalb man sein Gesicht nicht sofort sehen konnte, aber alle hörten auf zu essen und erhoben sich halb von ihren Bänken, die Gräfin sprang erstaunlich behände auf und lief ihm entgegen, sogar Leo von

Merz tupfte sich mit der Serviette den Mund ab und stand auf. Olga Schellongova rief entzückt: »Da ist ja unser junger Held! Schauen Sie, Anne!«

»Das ist er! König Phillip!«

Ich schaute. Meine Beine wackelten. Meine Hände waren eiskalt und klamm.

Obwohl es im Garten so heiß war.

Ich erlebte alles wie in Zeitlupe: die aufspringenden Leute, die ungeteilte Aufmerksamkeit für den Ankömmling, die Sekunde, wo er die Blumen der Fürstin überreicht und ihr die Hand küsst, sie hakt ihn unter, genau wie sie vorher mich untergehakt hat, und schreitet mit ihm über den Kiesweg hinauf zur Wiese, auf der die Tische stehen, ich sehe alle Gesichter ihm zugewendet, dann klatscht jemand Beifall, alle stimmen ein, die ganze Gesellschaft klatscht, er winkt ab, lacht, so wie er noch nie gelacht hat, so... tief und profund. »Keine Vorschusslorbeeren!«, ruft er, und dann begegnen sich unsere Blicke.

Er hat einen hellbraunen Leinentrachtenanzug an, grün eingefasst, der perfekt sitzt. Dazu ein schneeweißes Hemd mit einer himmelblauen Seidenkrawatte. Er sieht unbeschreiblich gut aus. Wie kann sich ein Mensch so verändern? Ich kenne ihn nur mit seinen runtergesetzten grob karierten Kombinationen! Mit seiner lächerlichen schmalen Fliege und seinen blank geputzten schwarzen Troddelschuhen.

Ich starre ihn an wie eine Fata Morgana, er starrt mich auch an, ich spüre das Nasse unter der Zunge nicht mehr, meine Knie flattern, dass ich mich kaum erheben kann, mein erster Gedanke ist: »Weg hier!«

Ich stoße fast den Tisch um, der Stuhl hinter mir fällt ins Gras, ich schlage einen Haken und renne in meinem Dirndl quer über die Wiese, mitten durch die festliche Gesellschaft, verliere dabei mein Tuch, das wie ein Schatten hinter mir ins Gras fällt, ich bücke mich nicht danach, sondern hetze weiter wie ein aufgeschrecktes Tier, alle sind erstaunt und machen »aah« und »ooh«, ich knicke um und verliere noch einen von diesen schwarzen Wildlederschuhen im hohen Gras, krame im Rennen nach meinem Autoschlüssel, hinke den Waldweg hinauf, höre noch erschrockene Rufe: »Was hat sie denn?« und »Vielleicht ist ihr nicht wohl?« und »So lauf ihr doch jemand nach!«, aber ich renne, als ginge es um mein Leben, auf einem Schuh und einem Strumpf, erreiche meinen – seinen – Opel, schließe ihn mit so zitternden Fingern auf, dass der ganze Lack verkratzt, werfe den Motor an, der heult, als hätte ihm jemand auf den Schwanz getreten, und schieße aus meiner Parklücke, krache rückwärts an einen Baum, ein großer Ast bricht ab und fällt polternd auf die Heckscheibe, ich sehe noch den ganzen Abgasqualm, den ich verursacht habe, im Rückspiegel und presche den Waldweg hinunter bis ins Dorf. Erst am Ufer des Sees kann ich mich ein bisschen beruhigen, lenke den Wagen immer noch zitternd auf einen Wanderparkplatz, mache den Motor aus. Ganz langsam entkrampfen sich meine Finger, die das Lenkrad umfassen, mein Kopf sinkt auf das Lenkrad und ich heule los.

Lothar!

Er will mich seelisch zermürben!

Er hat sich eine Perücke aufgesetzt oder was! Und ganz andere Klamotten an als sonst.

Das Unheimliche an dieser ganzen Aktion ist: Er tut so, als hätte er mich noch nie gesehen. Aber es ist nun schon das vierte Mal, dass wir uns begegnet sind. Das erste Mal im Dorf, als die Kühe über den Zebrastreifen gingen. Dann am Haus, als ich mit den Kindern im Boot draußen war. Das dritte Mal, als er morgens am Gartentor klingelte. Und jetzt bei der Fürstin.

Ich begreife das alles nicht.

Er hätte sogar am Tisch neben mir gesessen, wenn ich nicht geflüchtet wäre.

Alex, hilf mir. Sag, was ich machen soll.

Schreib mir, so schnell du kannst.

In Panik
Anne

PS: Ich warte auf den Moment, wo Oma Margot im Dorfladen an der Kasse sitzt oder Opa Karl-Heinz als Briefträger vorbeikommt.

Los Angeles, im Schneideraum der Miles-and-more-Film,
26. Juni – wir schauen erste Proben an

Beruhige dich, Anne!!
Cool down, darling.

Meine Güte, nun hab ich hier in L. A. mein kleines hysterisches Sorgenkind und jetzt drehst du mir dahinten in Salzburg auch noch durch.

Bist du SICHER, dass es Lothar ist? Vielleicht sieht ihm irgendjemand nur ähnlich!! Meine Güte, es gibt doch Doppelgänger oder so was!

Aber wer in aller Welt sollte sich was davon versprechen, als Lothar rumzulaufen?

Du schreibst, er hat dich angestarrt. Aber so, wie du dich verhalten hast, hätte ich dich auch angestarrt.

Hals über Kopf abhauen, die Hälfte der Klamotten verlieren, gegen einen Baum fahren und dann abdüsen. Mädchen, Mädchen. Kann man dich denn nicht sechzehn Jahre allein lassen!

Ich bin sicher, deine Nerven spielen dir einen Streich. Was hast du alles erlebt in letzter Zeit? Das war ja auch zum Verrücktwerden. Der ganze Psychoterror daheim. Und gegessen hast du auch nichts mehr, wie du schreibst. Du siehst kleine grüne Männchen.

Schade, dass du weggerannt bist. Sonst hättest du der Sache auf den Grund gehen können.

Außerdem hast du jetzt Mark Daniel verpasst!

Also, bleib jetzt ganz ruhig, schließ das Haus anständig ab und setz dich morgen sofort mit Kyllikki in Verbindung. Mist, dass sie noch nicht kommen konnte.

Ich mach mir wirklich große Sorgen.

Die Hunde sind ja leider alles andere als Wachhunde. Die lecken noch jedem Einbrecher erfreut die Hand. Sorry, dass ich keine besseren Nachrichten für dich habe.

Mail mir, sobald es dir wieder besser geht.

Deine Alex

PS: Dabei hab ich den totalen Stress wegen Jane Blond!! Was mach ich nur mit der ganzen Kohle?

Mondsee, Landhaus Merz, an deinem Schreibtisch,
2. Juli, morgens um fünf

Liebste Alex,
danke für deine aufmunternden Worte. Aber was jetzt wieder passiert ist, kannst du dir überhaupt nicht vorstellen. Der Reihe nach. Hoffe, du kannst es ertragen, wenn ich die Spannung langsam steigere.

Jedenfalls war ich am Abend ganz allein im Haus. Ich hatte noch Maggi und Ketchup rausgelassen in der Hoffnung, dass sie mich eventuell bewachen.

Ich also zurück ins Haus, die Hunde gefüttert, die übliche Riesenschüssel Wasser ins Vorhaus, und dann habe ich alles abgeschlossen, Tür, Gartentor, Einfahrtstor, Garage, beide Terrassentüren, sogar die Balkontür und das Kinderzimmerfenster habe ich verrammelt.

Allerdings habe ich die Alarmanlage nicht angeschaltet. Die Katze läuft nämlich so unruhig rein und raus, ich glaube, die will bald niederkommen.

Mit bangem Herzen bin ich so gegen Mitternacht rauf in dein Schlafzimmer gegangen. Natürlich konnte ich überhaupt nicht schlafen.

Vielleicht bin ich dann doch eingenickt, aber plötzlich war ich wieder hellwach. Überall knackte es im Gebälk. Bald darauf bildete ich mir ein, Schritte zu hören.

Draußen ist es ja nachts geradezu totenstill. Kein Auto von ferne, keine Stimme, kein Tritt. Aber im Hause selbst, da kracht's. Dann hörte ich eine Tür zuschnappen. Nicht die Katze. Ein sehr menschliches Geräusch. Da kam jemand zur Tür rein!

Mein Herz setzte aus. Lothar. Die nächste Attacke.

Die Hunde schlugen nicht an. Ich verkrampfte mich vor lauter Angst, lag reglos im Bett, zog mir die Decke über die Nase, starrte mit weit aufgerissenen Augen in die Dunkelheit.

Erst mal lange nichts. Eine Stille, die man anfassen konnte. Plötzlich Scheinwerfer! Von einem Auto! Dann alles wieder brettdunkel. Meine Finger tasten sich schweißnass zur Nachttischlampe.

Ich schiele angestrengt auf die Uhr. Halb drei. Die richtige Zeit für einen Einbrecher. Mein Herz rast. Warum bellen die Hunde nicht? Sonst bellen sie doch wegen jeder Fliege an der Wand! Vielleicht sind sie schon tot?

Also raus, Beine aus dem Bett, LOS!

Ach Alex! Ich hab gelitten wie ein Schwein. Kennst du das Gefühl, wenn man glaubt, man wird wirklich verrückt?

Schritte! Ich höre doch deutlich Schritte! Hin und her gehen sie unten, wieder klappt eine Tür.

Tritte von einem Mann. Der geht da unten zwischen Küche und Esszimmer hin und her.

Als wenn meine Beine noch nicht genug gezittert hätten, taste ich mich barfuß aus dem Bett, schleiche über den Teppich ins Bad, schaue mich mit irrem Blick nach einer geeigneten Waffe um.

Mit dem Klobesen in der Hand taste ich mich Zentimeter für Zentimeter aus dem Schlafzimmerflur. Im Treppenhaus brennt wirklich Licht!

Ich bleibe wie erstarrt auf dem obersten Treppenabsatz stehen. Lausche. In meinen Ohren pulsiert das Blut.

Stimmen.

Sie kommen aus der Küche. Ich kann nicht mehr stehen vor Angst.

Geschäftiges Klappern. Jemand öffnet eine Flasche. Leises Klirren.

Ich schleiche mich noch ein paar Stufen weiter runter, fühle plötzlich etwas Weiches, Warmes, Nasses an meinen nackten Beinen, erstarre!

Es sind die Hunde, die mich entdeckt haben und schwanzwedelnd begrüßen. Sie lecken mir die Hand und wollen in die Klobürste beißen.

»Aus!«, sage ich leise mit belegter Stimme. »Aus! Sitz! Platz!« Natürlich gehorchen die Viecher nicht, rangeln und knurren um die Klobürste, die sie für ein gut riechendes totes Karnickel halten.

In dem Moment öffnet sich die Küchentür. Starr vor Schreck starre ich in das plötzliche Licht.

»Ist da jemand?«, fragt eine Männerstimme.

Ich räuspere mich. »Ich…!«

»Wer ist ICH?«

Plötzlich geht das Flurlicht an. Ich sehe mich einem braun gebrannten Jüngling gegenüber, der pechschwarze lange Haare hat. Er steckt in engen schwarzen Lederhosen und einem fliederfarbenen Seidenhemd, das bis zum Bauchnabel geöffnet ist. In der einen Hand hat er eine Zigarette und in der anderen ein Bier.

»Jaime, wir haben Damenbesuch«, näselt er, und dann erscheint noch ein braun gebrannter Jüngling, diesmal blond. Auch er hat eine Bierflasche in der Hand. Die beiden sehen aus wie Siegfried und Roy für Arme.

»Sie müssen Rico sein«, stottere ich mit belegter Stimme.

»Ja, genau, der bin ich«, kichert der fliederfarbene Jüngling. »Woher wissen Sie das nur?«

»Ich bin Anne, die Freundin von Alex.«

Jaime, der blond Gesträhnte, schiebt Rico zur Seite und reicht mir die Hand.

»Willkommen in unserer Hütte!«

»Ja. Ebenfalls willkommen«, sage ich. Schließlich wohne ICH hier.

Dann laden sie mich in die Küche ein auf ein Bier.

Ich setze mir die Flasche an die Lippen und kippe das kalte Zeug in mich hinein.

Noch nie hat mir ein Bier so gut geschmeckt, Alex, noch nie!

Jedenfalls, langer Rede, kurzer Unsinn: Die zwei wohnen jetzt wieder hier, wollen sich wieder um den Haushalt kümmern und haben nix dagegen, dass ich noch ein bisschen bleibe.

Jetzt werde ich endlich müde. Habe mir drei Baldriantabletten mit Bier reingezogen. Draußen zwitschern schon die Vögel, und ein gigantischer dunkelroter Sonnenstreif beleuchtet den Schafberg, der sich langsam vor dem Grau eines erwachenden Morgens abzeichnet.

Werde mich noch ein bisschen auf deinen Balkon stellen und die Morgenluft inhalieren.

Sehr müde, verwirrt, aber doch erleichtert
grüßt dich
deine Anne

PS: Heute sehe ich endlich Kyllikki und morgen ist Premiere »Don Carlos«. Muss schlafen, sonst schaffe ich dieses Pensum nicht.

Hollywood, Fatburn-Wonder-Private Clinic,
in meiner Zelle, 5. Juli

Liebe Anne,
durch die vielen Partys sind Kerstin und ich so fett geworden, dass wir für zwei Wochen in eine Fastenklinik müssen. Das heißt, wirklich nötig habe nur ich es, denn Jane hat ihre Rundungen an den richtigen Stellen, aber wegen des Anschlussdrehs darf sie kein Gramm mehr auf den Rippen haben als vor zwei Wochen. Sie war die ganzen Drinks und das Fast Food überhaupt nicht gewöhnt, sagt, sie hätte früher für Boddel immer vegetarisch gekocht, und hier gab's hauptsächlich nachts nach Drehschluss immer die fetten Burger an den Wohnwagen gebracht. Außerdem stand überall Knabberzeug herum und die Colas schüttet man sich hier literweise rein. Ich selber habe nun schon eher Größe sechsundvierzig als vierundvierzig, und das bei meiner Körpergröße von eins fünfundsechzig! Umhülle mich nur noch mit schwarzen Sackkleidern.

Gemerkt habe ich es aber eigentlich erst, als Adrian bei meinem Wochenendbesuch unumwunden sagte: »Mami, du bist ein Tönnchen geworden!«

Kurz und ungut: Wir sitzen jetzt hier in einer Fastenklinik. Sitzen ist noch milde ausgedrückt. Denn abgesehen von unseren Schlafenszeiten müssen wir uns immerfort bewegen, bei einem genau vorgeschriebenen Puls, bei dem angeblich optimal viel Fett verbrannt wird.

Morgens um sechs geht das hier schon los: Dauerlauf durch die Prärie, mit einer tierisch nervenden Trainerin, die vor guter Laune schon bald explodiert. So eine blonde aufgeblasene Barbie-Puppe, der der Busen fast aus dem Sport-BH fällt, die aber eine Taille wie eine Wespe hat und so brutzelbraun ist, dass man denkt, sie ist gerade aus dem Toaster gehüpft. Ich pfeife aus dem letzten Loch, wenn ich da hinter meiner Gruppe hertrabe, kann es kaum glauben, dass dieses Rumgehetze helfen soll. Der Speck sitzt doch nicht unter den Fußsohlen! Habe mir gestern als Erstes zwei dicke Blasen gelaufen, weil ich das Laufen ja sowieso nicht mehr gewöhnt bin. Jane taut aber richtig auf, sie ist ja noch ein junger Hüpfer und hat Spaß daran, endlich mal wieder ungeschminkt durch die Wiesen rennen zu dürfen. Ihre meterlangen Haare habe ich ihr zu einer Gretchenfrisur hochgebunden, damit sie sich besser bewegen kann.

Zum Frühstück gibt es ein leckeres Abführwässerchen, dann darf man sich in der Nähe seines privaten Örtchens aufhalten (was ich gerade tue!), dann ab elf Uhr ist Aerobic nach Jane Fonda, die diese Klinik besitzt. Um zwölf haben wir so eine Art Selbsterfahrung auf der Wiese, mit Urschreien und Baum umarmen und Wurzeln betasten und so 'n überflüssigen Blödsinn, dann dürfen wir mit einem Strohsack auf dem leeren Magen einen Mittagsschlaf halten (unumstritten die beliebteste Disziplin hier in dem Laden!). Nachmittags geht's an die Geräte, pro Problemzone ein Gerät, also mein Privatcoach hat mir sieben Geräte verordnet. Glücklicherweise laufen auf großen Leinwänden immer die neuesten Hollywoodstreifen.

Jane war total unglücklich, als Jeff ihr sagte, sie muss mindestens drei Pfund abnehmen. Einziger Trost: George Clooney ist auch hier. Leider nicht der Requisiten-Assi, in den sie sich verguckt hat. Der ist eh mager, außerdem hätte der das nötige Kleingeld für diesen Schuppen hier nicht. Schließlich kostet es ein Vermögen, nichts zu essen zu kriegen.

Einige andere amerikanische Oberpromis sind auch hier. Gestern sah ich John Travolta auf der Massageliege. Der Bursche neigt ja auch zu Adiposi…

Entschuldige mich …

Puh. Da bin ich wieder. Uiuiui. Hab mich noch nie so leer gefühlt. Aber gut. Ich meine, ich habe keinen Hunger oder Magenknurren oder so. Fühle mich gut.

Uuuuups – Sie haben Post…

Liebe Zeit! Anne, was hast du alles erlebt!

Jetzt sind wenigstens Rico und Jaime wieder da. Schicke ihnen eine gesonderte E-Mail. Die zwei müssen sich um den Garten, die Hunde, die Garage und den Wintergarten kümmern. Außerdem soll Jaime alle Vorhänge abnehmen, waschen und bügeln! Rico soll dir jetzt jeden Abend eine Fußmassage machen, du glaubst nicht, wie das gegen Nervenstress hilft.

Kyllikki habe ich auch eine Mail geschickt. Sie weiß Bescheid und Ingrid und Günther habe ich auch eingeweiht. Du brauchst jetzt Freunde.

Da siehst du mal, wofür ich jetzt Zeit habe – in meinen morgendlichen Darmentleerungsstunden. Endlich kann ich mal was Privates schreiben. Geschäftskontakte sind hier streng untersagt.

Ich denke Tag und Nacht an dich und bin schrecklich gespannt, wie es mit Lothar weitergeht.

In… oh… Es geht wieder los,

Alex

Kein PSssssss!

Mondsee, in deiner Galerie am Schreibtisch, 8. Juli

Liebe Alex,
hoffentlich lebst du noch! Lass noch ein paar Vitalstoffe in dir, ich wär dir sehr verbunden!

Ist ja köstlich, was du mir über die Diätklinik schreibst.

Erhol dich und ruh dich aus. Das hast du wirklich verdient.

Und das mit dem Nixessen ist gar nicht so schlimm. Mir geht's genauso. Ich laufe auch dauernd aufs Klo und kann auch nix essen. Vor lauter Aufregung.

Heute Mittag traf ich endlich Kyllikki von Homburg. Sie sieht wirklich aus wie eine Mischung aus einem Kanarienvogel und einem Reh – so spitzbübisch und bunt geschminkt, aber auch so fragil und beweglich. Ich hab sie sofort ins Herz geschlossen und sie mich anscheinend auch. Wir haben auf der Terrasse der »Sonne« zusammen Mittag gegessen. Das heißt, sie hat gegessen und ich habe gestochert.

Mein erster Eindruck von der Frau: Klasse. Danke für den Tipp. Die ist patent, fröhlich, herzlich, humorvoll und stark. Obwohl sie ziemlich klein ist. Aber die Lachfältchen um die Augen! So eine quirlige, zähe kleine Anwältin ist genau die Richtige für mich. Du hast sie ja schon komplett unterrichtet von meinen Problemen.

Sie fragte mich als Erstes, ob ich mich scheiden lassen will. Klar, diese Frage habe ich mir schon oft gestellt und die Antwort kam wie aus der Pistole geschossen: Ja, ich will! Das Beste fiel mir zuletzt ein: Ich werde nicht mehr Piss-Trulla heißen! Ich nehme meinen Mädchennamen wieder an!! Anne Klein. Das hat was. Klingt nach Modedesignerin, findest du nicht?

»Eine einverständliche Ehescheidung ist in der Tat unkompliziert und kann nach einem Jahr Trennung bei Gericht beantragt werden«, sagte Kyllikki freundlich lächelnd.

»Das ist mir zu lang!«

»Trick siebzehn«, grinste Kyllikki spitzbübisch, »beide Ehegatten müssen vor Gericht angeben, seit wann sie getrennt leben. Das Gericht überprüft die Richtigkeit dieser Aussagen nicht, so dass es durchaus möglich ist, gemeinsam einen Termin zur Trennung zu bestimmen.«

»Nach welchen Kriterien kann man den bestimmen?«

»Hatte man sich seit langem nichts mehr zu sagen, keine Gemeinsamkeiten mehr, keinen Geschlechtsverkehr mehr ...«

»Dann sind wir seit sieben Jahren getrennt«, fiel ich ihr ins Wort.

»Na bitte«, freute sich Kyllikki. »Das Recht, die eheliche Wohnung zu nutzen, muss einvernehmlich geregelt sein.«

»Geschenkt!«

»Der gesamte Hausrat ...«

»Auch geschenkt!!«

»Haben Sie im gesetzlichen Güterstand der Zugewinngemeinschaft gelebt, so ist das während der Ehe geschaffene Vermögen ...«

»GESCHENKT!!«

»Nicht so eilig, meine Liebe! Sie sollten wenigstens die Kinder absichern durch einen Versorgungsausgleich, das bedeutet, dass die erworbenen Rentenanwartschaften ...«

»Ich möchte nur geschieden werden«, sagte ich. »Schnell.«

Kyllikki redete dann noch lange weiter, von besonderen Härtegründen, Unterhaltszahlungen und Vereinbarungen, die auf ihre Billigkeit hin zu prüfen seien, aber ich hörte ihr gar nicht mehr zu.

Vor meinem inneren Auge spulte sich noch mal die Hochzeit ab. Lothar Pistrulla und Anne Klein beim Plattstadter Standesamt, Oma Margot und Opa Karl-Heinz als Trauzeugen. Der Standesbeamte, ein junger Kerl mit Minipli (war damals der letzte Schrei!), fragt erst Lothar, dann mich. Ich zögere, schaue in altgewohnter Weise zu Oma Margot rüber, und die durchbohrt mich mit ihrem Adlerblick und zischt: »Ja, ich will!«

Und dann hab ich's brav gesagt. »Ja, ich will.« Zur Strafe musste ich mit »Pistrulla« unterschreiben.

Später in der Kirche, als beide Omas im Chor mitsangen und Opa Karl-Heinz mit seiner Schmalspurkamera um uns rumtanzte, da musste ich es noch mal sagen. Obwohl ich damals so ein seltsames Brodeln im Magen hatte, so ein Gefühl von: »Ich will eigentlich nicht, aber da alle hier es wollen, will ich mal nicht aus der Reihe tanzen.«

Ich habe ein altes Tagebuch gefunden, Alex, und weißt du, was ich am Abend vor der Hochzeit hineingeschrieben habe?

»Wenn ich den nehme, bin ich selber schuld.«

Kyllikki lachte, als ich ihr die Geschichte erzählte. »Anne Klein hat sich immer ganz klein gemacht, was?«

»Hm.« Ich guckte verlegen auf meinen Teller.

»Dann werden wir also als Erstes auf ganz normalem Wege die Scheidung einreichen«, sagte Kyllikki heiter. »Überlassen Sie alles mir und genießen Sie Ihre Zeit mit Ihren Kindern.«

»Okay, und dann?«

»Dann warten wir ab, ob Lothar Pistrulla sich ebenfalls einen Anwalt nimmt und wie er auf die Scheidungsklage reagiert. Wie schätzen Sie ihn ein? Wird er zustimmen oder will er die Ehe aufrechterhalten?«

In Anbetracht der Tatsache, dass er mir hier seit Wochen nachschleicht, glaube ich, dass er die Ehe aufrechterhalten will. Sonst würde er uns ja in Ruhe lassen.

»Keine Ahnung. Wahrscheinlich will er das, was wir bisher hatten, aufrechterhalten. Nennen Sie es Ehe, ich nenne es Zwangshaft.«

Kyllikki lachte wieder. »Wir beantragen Scheidung wegen Zerrüttung. Das Schuldprinzip ist glücklicherweise abgeschafft. Keine Angst, wir werden keine schmutzige Wäsche waschen. Die Frage ist jetzt nur: Bestehen Sie noch nicht mal auf Zugewinnausgleich?«

Ich überlegte. »Nein«, sagte ich schließlich.

»Das macht die Sache einfach. Unterhalt für die Kinder wollen wir aber schon?«

»Nein. Ich werde demnächst … an einer Gewinnausschüttung beteiligt sein und dann kann ich die Mädchen allein ernähren.« (»Das Geld liegt auf der Straße«, habe ich klugerweise nicht gesagt, denn schließlich stellt sie mir am Schluss eine Rechnung!)

»Das ehrt Sie, aber wir werden auf jeden Fall auf Unterhalt klagen«, sagte Kyllikki.

»Besuchsrecht bekommt er als Vater natürlich.«

»Natürlich«, sagte ich und schluckte.

Am liebsten würde ich Lothar aus dem Leben der Kinder komplett streichen, weil er sie nur verrückt macht mit seiner peniblen kleinlichen Art, aber Kyllikki sah mich über ihre Brillenränder hinweg an: »Sie haben nicht das Recht, Ihren Kindern den Vater zu nehmen.«

»Ich weiß«, sagte ich und knibbelte an meinem Daumennagel. »Tut mir Leid, dass ich überhaupt darüber nachgedacht habe.«

»Da sind Sie nicht die Einzige.« Kyllikki aß mit großem Appetit ihre Palatschinken. »Am Anfang ist die Wut auf den Expartner so groß, dass man ihn am liebsten ausradieren würde. Aber wenn man mit jemandem Kinder hat, ist das ausgeschlossen. Sie schaden ja nicht nur dem Vater, sondern auch und in erster Linie den Kindern.«

»Sie fragen nie nach ihm …«

»Eines Tages werden sie nach ihm fragen.«

»Ich weiß. Ja. Sie haben Recht.« Dann fasste ich endlich Mut und erzählte Kyllikki von Lothars merkwürdigem Verhalten.

»Ich bin im Bilde«, sagte sie schlicht. Sie tupfte sich die Mundwinkel mit der leinenen Serviette ab. »Trinken Sie noch einen Cappuccino mit mir?«

»Sicher. Ich habe Zeit.«

»Die Rechnung geht übrigens auf Ihre Freundin Alex«, lächelte Kyllikki.

»Für den Cappuccino oder für das ganze Essen?«

»Für die ganze Scheidung.«

Alex!! Du bist mir eine! Ich bin ja schon zu manchem eingeladen worden, aber dass mir eine Freundin die Scheidungsanwältin spendiert … echt nobel von dir! Danke!

Ich werd's dir »heimzahlen«, wenn ich eines Tages dazu in der Lage sein werde!

»Ich werde jedenfalls jetzt sofort Kontakt zu Ihrem Lothar aufnehmen«, sagte Kyllikki, »und ihn auffordern, seine Nachstellungen zu unterlassen.«

»O ja, bitte, tun Sie das!« Ich seufzte vor Erleichterung auf.

Sie lachte. »Aber wenn er versucht, die Mädchen zu sehen, dann müssen wir ihn lassen. Er soll sich aber vernünftig anmelden und nicht um Ihr Haus herumschleichen.«

»Alexandras Haus.«

»Ja, ja.«

»Muss ich auch die Omas und Opa Karl-Heinz lassen?«

»Nicht wenn Gefahr besteht, dass sie die Kinder zurückentführen.«

»Wollen Sie damit ausdrücken, dass ich meine Töchter … ›entführt‹ … habe?«

»Im gerichtlichen Sinne ja. Wenn ein Elternteil mit den Kindern spurlos verschwindet, ist das vor den Augen des Gesetzes Kindesentführung.«

»Ach, du Scheiße …« Mir wurde ganz flau. »Ist das strafbar?«

»Wenn Lothar die richtigen Anwälte findet – könnte er Ihnen einen Strick draus drehen, ja.«

Mir wurde schlecht.

»Aber mit den Methoden, mit denen er arbeitet, macht wiederum ER SICH strafbar«, lächelte meine Anwältin. »Das passiert oft, dass verlassene Männer völlig durchdrehen. NOCH haben wir die besseren Karten. Wir müssen jetzt aber wie schon gesagt sofort den Kontakt herstellen.«

»Bitte, tun Sie das!«

Kyllikki und ich plauderten dann noch über andere Dinge. Sie hat selbst vier Kinder und einen Mann, der auch Anwalt ist. Wir redeten über Erziehung und wie man es als Frau schafft, Kinder und Karriere unter einen Hut zu bringen. Das übliche Lieblingsthema der berufstätigen Frauen. Als ich ihr gestand, dass ich bisher noch nicht viel von meinen Zwillingen gehabt habe, weil immer die Omas anwesend waren, verdrehte sie voller Mitleid die Augen. Sie war mir so sympathisch, dass ich glaubte, eine lang vermisste Freundin vor mir zu haben.

Als wir uns verabschiedeten, habe ich sie ganz spontan zur morgigen Premiere »Don Carlos« eingeladen. Schließlich habe ich zwei Karten. Sie hat sich sehr gefreut und zugesagt.

Da sie so klein und zierlich ist, wird ihr keines deiner Dirndl passen. Ich habe sie zum Tostmann nach Seewalchen am Attersee geschickt, damit sie sich dem Anlass entsprechend einkleiden kann. Sie lachte und sagte, es war schon immer ihr Traum, mal ein richtiges Festspieldirndl zu besitzen, und das könne sie sich von deiner ersten Rate auch leisten.

Also, Alex, lass dir sagen, wie dankbar ich dir bin für ALLES, was du für mich tust!!

Ich bin so glücklich, dich wiederzuhaben!

Sei fest umarmt und melde dich ganz bald!

Deine aufgeregte Anne

PS: Was ich völlig vergessen habe zu erwähnen: Pizza hat vier Junge gekriegt! In deinem Wäscheschrank!! Sie heißen Margarita, Funghi, Tonno und Salami!

Immer noch Diet Clinic von Jane Fonda, Hollywood, neben meiner Marmorschüssel, irgendwann Anfang bis Mitte Juli

Liebste Anne,
na Klasse. Ausgerechnet jetzt, wo ich nix essen darf.

Und dann in meinem Wäscheschrank! Auf den BHs oder den Höschen? Oder an der Rheumaunterwäsche? Oder vielleicht sogar auf den Seidenpyjamas??

Ja, die Kyllikki ist eine Wucht. Mach dir keine Sorgen, ich kann den gesamten Vorgang von der Steuer absetzen, wenn ich beim Finanzamt angebe, dass es sich um Recherchen für einen Film handelt.

GERNE helfe ich dir, wo immer ich kann. Erstens ist das der Sinn einer Freundschaft und zweitens hilfst DU MIR ungemein, indem du mein Haus und den Garten hütest, nach der Post und nach dem Rechten schaust und mir das Gefühl gibst, dass eine gute Seele in meinen Räumen ist! Außerdem hilfst du mir mit deinen täglichen Mails, die ich immer spannender finde und auf die ich schon regelrecht hinfiebere. Du hilfst mir, den Alltag und das normale Leben nicht zu vergessen. Nachdem es hier seit vierzehn Tagen nichts zu essen gibt, sind deine Mails meine einzige Nahrung.

Aber lass dir voller Stolz berichten: Ich habe schon sieben Kilo runter! SIEBEN KILO!!

Wie nix!! Mein Personal Coach ist sehr zufrieden mit mir: Langsam verwandelt sich mein Fett in Muskeln. Die morgendlichen Läufe gehen schon viel besser und an den Kraftgeräten empfinde ich so etwas wie masochistische Lust. Ich glaube, wenn ich wieder unter den Lebenden bin, werde ich täglich etwas Sport treiben. Wie einfach es doch ist, ein gesunder, schlanker

Mensch zu werden! Die täglichen Vorträge und Übungen hier helfen, die grundsätzliche Einstellung zum eigenen Körper zu verändern. Außerdem gibt's natürlich jede Menge Vitaminpillen und sonstigen Zaubertrank. Die Amis sind uns da weit voraus.

Früher dachte ich immer, ich tu mir was Gutes, wenn ich einen guten Wein trinke oder mir ein fettes Stück Kuchen gönne. Heute weiß ich, dass ich mich damit langsam, aber sicher zerstöre. Auch das Rauchen habe ich mir viel leichter als gedacht abgewöhnt.

Meine Güte, das waren alles absolut überflüssige Rituale! Und wusstest du, dass der Geist viel freier arbeiten kann, wenn die Gehirnwindungen nicht mehr mit Fett und Nikotin verklebt sind? Ungeheuerliche Erkenntnis! Das Fett, das man auf den Hüften sieht, schmeichelt nicht der Eitelkeit; aber das Fett, das man in den Gehirnwindungen hat und gar nicht SIEHT, lässt den menschlichen Geist schleichend verkommen!! Ganz zu schweigen von dem Ruß und Teer, den man sich auf die Lungen lädt.

Sie haben hier in einem Kühlschrank eine Raucherlunge liegen. Die durften wir alle mal anfassen. Ich sage dir, mir ist so schlecht geworden bei der Vorstellung, so ein teerschwarzes, verseuchtes, vergiftetes Organ in meiner Brust zu haben! Aus eigener Schuld!

Nein, ich habe sofort meine letzten Glimmstängel mit meinen letzten anderen Körperabfällen im Klo runtergespült. Und siehe da: Ich laufe vier Treppen rauf, ohne zu keuchen!

Meinst du, dass Dicke und Raucher grundsätzlich dumm sind? Ich bin inzwischen fest überzeugt davon. Man kann sich auch gleich die Gehirnzellen einzeln aus dem Kopf reißen.

Wir machen hier Gedächtnisübungen, und je schlanker ich werde, desto mehr Gegenstände und Zahlen und abstrakte Begriffe kann ich mir merken! Das ist faszinierend.

Gestern habe ich fehlerlos siebenundzwanzig abstrakte Begriffe in der richtigen Reihenfolge aufschreiben können, die man mir vorher gesagt hatte. Beim ersten Mal schaffte ich gerade acht, aber in der falschen Reihenfolge. Ich glaube, als Managerin werde ich noch viel besser und konzentrierter sein, wenn ich hier wieder rauskomme!

Jane ist zwar nicht merklich schlauer geworden, aber ihre Rundungen sind wieder perfekt. Sie schreibt kleine Liebesbriefchen per SMS an ihren Requisiten-Assi, die sie mir vorher immer zu lesen gibt, damit ich die Rechtschreibefehler korrigiere.

Nach wie vor fließt täglich Geld auf ihr Konto, von diesen Werbeverträgen für Nachtwäsche, Konfitüre, Vollkorn-Cerealien, ein neu entwickeltes Cabriolet mit dem Namen »Jane Blond«, ihre T-Shirts mit eingebautem Plastikbusen (das ist DER Hit hier in L.A!) und ihre Bikinikollektion. Ich zapfe mir immer meine zwanzig Prozent ab, überlege aber ernsthaft, das Geld für Kerstin sinnvoll anzulegen. Schade, dass man deinen Lothar nicht mehr befragen kann. Er hätte bestimmt ein paar wertvolle Ideen gehabt.

Jane würde die Knete in ihr Kopfkissen stopfen, wenn ich sie nicht daran hindern würde.

Jetzt meldet sich wieder der kleine Freund … aufs Töpfchen!!
Eilig
Alex

PS: Habe gar nicht nach dir gefra …

Mondsee, an deinem Schreibtisch in der Galerie,
nachts um drei, 13. Juli oder so

Liebste Alex!
Macht doch nix! Ich meine, dass du nicht fragst! Ich schreibe dir auch völlig unaufgefordert! Würde platzen, wenn ich es nicht könnte!

Gestern. Gott, was ist das Leben zur Zeit spannend. Jeden Tag ein neues Drama.

Also. Die Premiere »Don Carlos«.

Am Nachmittag holte mich Kyllikki – im Dirndl – hier zu Hause ab. Sie begrüßte die Zwillinge, die ganz begeistert mit den Hunden und unseren lieben schwulen Freunden am Seeufer gespielt hatten.

Kyllikki stellte mit Genugtuung fest, dass es den Mädchen großartig geht, und sagte, während wir in Lothars Opel stiegen: »Interessante Neuigkeiten, meine Liebe!«

»Was ist? Haben Sie mit Lothar gesprochen?«

»Mit Lothar nicht, aber mit seinem Anwalt!«

»Er hat sich also auch einen Anwalt genommen.«

»Ja. Aber wir haben riesiges Glück: Der Mann ist völlig verwirrt und mit seinem Job eindeutig überfordert.«

»Inwiefern?« Ich setzte sehr gekonnt rückwärts aus der Einfahrt. Ich war gespannt, ob Kyllikki es merken würde, dass ich erst seit einigen Wochen Auto fahren kann.

»Lothars Anwalt heißt ›Troddel‹ und macht seinem Namen alle Ehre.«

Ich konnte mir ein schadenfrohes Grinsen nicht verkneifen. »Endlich habe ich mal die besseren Karten gezogen«, murmelte ich und drückte mit Genugtuung aufs Gas.

»Irgendwie kriegt dieser Kollege gar nichts auf die Reihe. Erstens sprach er immer von den Zwillingen, als wenn es Jungen wären: ›Die beiden Jungs müssen ja demnächst eingeschult werden und mein Mandant hat sie bereits in Plattstadt angemeldet.‹«

»Da sei Gott vor!« stöhnte ich.

»Da sei Kyllikki vor«, tröstete mich meine Anwältin. »Die Mädchen gehen da zur Schule, wo ihre Mutter lebt.«

»Am liebsten hier«, sagte ich.

»Dann sprach der Anwalt immer von dem PKW, den Sie Lothar gestohlen haben, und von dem gemeinsamen Eigentum, dessen Abzahlung zurzeit allein zu Lasten des Beklagten geht. Da Sie anscheinend Ihren Dauerauftrag bei der Bank gekündigt haben, muss Lothar Ihren Anteil der Hypothek mit übernehmen.«

»Er kann das Haus mitsamt seiner Hypothek haben!«, rief ich. »Was sagt der Troddel dazu, dass sein Mandant mich auf so abartige Weise verfolgt?«

»Tja, das hat mich am meisten gewundert«, sagte Kyllikki, während sie die schöne Landschaft ringsum bewunderte. »Der Kollege Troddel sagt, Herr Pistrulla habe keine Ahnung, wo Sie sich aufhalten, und sei Ihnen deshalb auch nicht im Mindesten gefolgt.«

»Wie? Er hat NICHT auf unserem Grundstück gestanden, er hat NICHT am Gartentor geklingelt und er ist mir NICHT auf der Party bei der Fürstin begegnet?«

»Nein. Von all dem will er nichts wissen.«

»Er lügt!!« Vor Empörung wechselte ich fast die Spur. Kyllikki zuckte zusammen.

»Nur ruhig«, sagte ich. »Ich bin eine erfahrene Autofahrerin!«

»Daran habe ich nie gezweifelt«, grinste Kyllikki. »Also, was sollen wir dem Kollegen Troddel antworten?«

»Dass Lothar aufhören soll, mich zu verfolgen, dass er seinen blöden Opel vergessen kann und dass ich die Scheidung will.«

»Klare Aussage«, sagte Kyllikki und lehnte sich entspannt zurück. »Die Landschaft hier ist wirklich atemberaubend.«

Dann fuhren wir nach Salzburg rein und ich kurvte wie ein alter Hase durch die Innenstadt.

Parkst du auch immer auf dem Rotkreuzparkplatz an der Salzach?

Nein. Das kostet ja Geld. Wie ich dich kenne, hast du wegen deiner guten Beziehungen zum Starfrisör Fred Sturmmayr immer einen Gratisparkplatz in seiner Tiefgarage.

Wir waren spät dran und rannten mit gerafften Röcken durch die Getreidegasse. Gerade noch mit dem dritten Läuten kamen wir im Festspielhaus an und trippelten zwischen letzten feierlich gekleideten Festspielbesuchern die Stiege hoch in unsere Loge. Neben uns saß übrigens Angela Merkel mit ihrem Mann. Sie sah nett aus. Entspannt und viel hübscher als im Fernsehen. Der Mann begrüßte Kyllikki, als sei sie eine langjährige Bekannte.

Tja, und dann, Alex!

»Don Carlos« begann, und endlich kam der große Auftritt von König Phillip, deinem Mark Daniel, und ich muss zugeben, dass ich nur noch auf ihn geachtet habe. Ein Raunen ging durchs Publikum, als er anfing zu singen. Er hatte eine Puderperücke auf und war ganz blass geschminkt – er wirkte fast unmenschlich. Wie er da stand, so groß, so ernst, so traurig, und mit welch wunderschöner, profunder und samtiger Stimme er gesungen hat, da wurden mir die Knie weich.

Wie er dann in Hemdsärmeln in seiner Kammer auf dem Diwan zusammensinkt, die Perücke ablegt, ein ganz verletzlicher, privater Mann ist: »Sie hat mich nie geliebt!«, da hat das ganze Publikum den Atem angehalten.

»Amor per me non ha, Amor per me non ha.« Dieser Mark Daniel hat es geschafft, die ganze Verletzlichkeit einer Menschenseele hervorzuholen hinter dem Mantel von Macht und Intrigantentum.

Nach der dreieinhalbstündigen Aufführung war es erst mucksmäuschenstill im Saal und dann brach ein frenetischer Jubel los. Mich hat's gefreut, dass das Salzburger-Festspiel-Publikum, das ja als kritisch und verwöhnt gilt, noch dermaßen begeisterungsfähig ist!

Kyllikki und ich standen an der Balustrade unserer Loge und haben uns die Hände wund geklatscht! Obwohl die Elisabeth, der Don Carlos und die Eboli wirklich gut waren, hatte König Phillip mit Abstand den meisten Applaus. Die Leute standen auf und schrien: »Bravo! Bravo, Martini!«, dass es eine Freude war. Ich selbst war so begeistert, dass ich gleichzeitig schluchzen und lachen musste, und Kyllikki reichte mir ein Taschentuch und weinte auch.

Wir zwei Weiber sind uns richtig nahe gekommen über deinem König Phillip!!

Schweißgebadet wankten wir schließlich noch zur Premierenfeier ins Hotel Sacher, deine Einladungen fest in der Faust.

Zuerst habe ich mich fast nicht reingetraut in das exklusive Etablissement. Festliches Stimmengewirr, Gläserklirren, der Schein von den vielen Kronleuchtern und Kerzen haben mich fast etwas eingeschüchtert. Aber ich wollte mich nicht vor Kyllikki blamieren und so gingen wir beide tapfer hinein. Ich habe noch nie so viele schöne, edle Roben gesehen! Wahnsinn, was da für Seiden- und Brokatstoffe zu bewundern waren. Ganz zu schweigen von den zentnerschweren Diamanten und Goldgeschmeiden, die die Frauen sich an den Leib hängen! Kyllikki und ich fühlten uns aber sehr standesgemäß gekleidet in unseren festlichen bodenlangen Trachtengewändern. Die Herren waren alle im Smoking oder in feinster Tracht gekleidet. Ich sah viele bekannte Gesichter, sogar Thomas Gottschalk war da! Senta Berger, Christiane Hörbiger, Christian Quadflieg und solche Kaliber. Überall rannten Kameraleute herum und versuchten, für einen kurzen Spot eine bekannte Nase vor die Linse zu kriegen. Um Kyllikki und mich scherte sich natürlich niemand. Alle warteten auf die Solisten. Und dann kamen sie! Einzug der Gladiatoren! Sie waren alle noch in Kostüm und Maske, was den Auftritt noch beeindruckender machte. Die Fotografen stürzten sich auf sie, Blitzlichtgewitter. Sofort wieder Standing Ovations, Bravorufe, strahlende, ehrlich begeisterte Gesichter unter den teuer ausstaffierten Gästen. Und ich mittendrin, in der Hautevolee! Mensch, Alex!!

Das verdanke ich alles dir! Du hast mir ein Riesentor aufgemacht!! Danke, geliebte Freundin!! Wie ich das genossen habe!

Man reichte Champagner und Canapés und ich musste mich in den Arm zwicken, um zu begreifen, dass ich das alles nicht träume. Mensch, Alex, und so was erlebst du IMMER? So was gehört für dich zum Alltag?? Während ich fünfzehn Jahre lang im »Kaufglück« rumgestanden und jede volle Stunde die Kundentoiletten kontrolliert und ansonsten den Feierabend herbeigesehnt habe, hast du fünfzehn Jahre lang in so einem Metier Hof gehalten?

Jedenfalls hat Leo von Merz, der als Dirigent auch sehr umjubelt worden war, eine wunderschöne Rede gehalten, wie sehr es jedes Mal wieder ein Erlebnis ist, mit neuen Sängern zusammenzuarbeiten, die einem während der Probenarbeiten zu wertvollen Freunden werden… Er herzte und küsste die beiden Sängerinnen, auch der Tenor wurde hoch gelobt, aber der eigentliche Star war Mark Daniel Martini. Leo von Merz ließ ihn neben sich auf das Pult steigen und sagte, dass er seiner hoch geschätzten Exfrau Alexandra diese atemberaubende Neuentdeckung verdanke und dass du doch immer ein ungetrübtes Näschen für viel versprechende Talente hättest, wobei du unter »viel versprechend« an andere Werte denken würdest als er. Alle haben gelacht, jeder wusste wohl, was dein Exmann damit meinte. Du scheinst unwahrscheinlich beliebt zu sein in diesen Kreisen. Du hast dir schon jetzt ein Denkmal gesetzt. Ich bin so stolz auf dich!

Die Party wurde immer fröhlicher und ich gesellte mich zu den Leuten vom Chor.

Sie schwärmten ebenfalls von Mark Daniel (die Weiber besonders, die sind ganz hin und weg!) und irgendwie hörte ich durch Zufall mit, dass für die bevorstehende Produktion von Bellinis »Norma« noch Chorsänger gesucht werden.

»Kyllikki! Haben Sie das gehört? Sie suchen noch Chorsänger…!«

»Tut mir Leid, ich kann gar nicht singen…!«

»Sie doch nicht!! ICH!! Ich kann – ich konnte mal … also ich wollte sogar mal Sängerin werden!«

»Na also! Worauf warten Sie noch?«

»Ich trau mich nicht!«

»Also bitte! Anne!« Kyllikki nahm mich beherzt am Arm und führte mich zu Leo von Merz, der mit Olga Schellongova bei den Solisten stand.

»Entschuldigung, darf ich mal stören?«

»Sie stören doch nicht...« Olga Schellongova hatte mich gleich erkannt und gab mir rechts und links ein Küsschen. »Es ist eine Freude, Sie wiederzusehen!«

»Meine Freundin hier möchte gern bei der ›Norma‹-Produktion im Chor mitsingen!«

Ich wurde so rot, dass ich es bis in die Haarwurzeln spürte. Besonders, als Mark Daniel, König Phillip der Traurige, sein ganzes Augenmerk auf meine Wenigkeit im Dirndl lenkte. Und ansatzweise lächelte. Er sah mich an auf eine Weise, die mir so seltsam bekannt vorkam. Ich fühlte schon wieder dieses Zittern in den Knien, aber das lag bestimmt daran, dass dein Exmann mich strengen Blickes taxierte.

»Soll vorsingen«, sagte er knapp.

»Wie? Jetzt?« Womöglich am Flügel draußen in der Bar?

Gott, wie blöd von mir, Alex! Mark Daniel konnte sich das Lachen nicht verbeißen.

»Leo! Das ist doch die Freundin von Alex!« Die Schellongova stupste ihn in die Seite.

»Und wenn sie die Callas höchstpersönlich wäre! Soll vorsingen! Wie jede andere auch!«

»Klar«, sagte Kyllikki keck. »Macht sie. Wann und wo?«

»Im Orchesterbüro anrufen«, sagte dein Exgatte kühl. »Da kriegt sie einen Termin.«

In dem Moment kam der Landeshauptmann auf ihn zu, taxierte mich kurz und verwickelte deinen Leo in ein Gespräch. Ich stand da, fühlte mich, wie so oft, wie eine abgekanzelte Schülerin und wollte mich nur noch verdrücken. Oma Margot hätte gesagt: Siehst du, Kind, in solche Kreise gehörst du eben nicht. Ab mit dir nach Plattstadt und besinne dich, wer du bist. – Ich muss wohl ziemlich bedröppelt geguckt haben.

Da richtete König Phillip in seiner traurigen Maske das Wort an mich: »Dann sehen wir uns ja jetzt öfter!«

Er hat einen leichten amerikanischen Akzent, aber er kommt mir irgendwie bekannt vor. Es zieht mir die Kniekehlen zusammen. Irgendwas ist mit dem Mann. Er löst irgendwas in mir aus.

»Wieso?«, stammelte ich, völlig verwirrt.

»Weil ich in der ›Norma‹ auch mitsinge!«

»Ach… ja?«

»Ich singe den Orovese«, sagte Mark Daniel mit seinem profunden Bass.

Da bin ich einfach weggerannt. Ich fand es unerträglich, dass König Phillip mit mir redete!

Wie gern hätte ich ihm gesagt, dass er fantastisch gesungen hat, dass ich ganz begeistert bin, dass ich schon viel von ihm gehört habe, dass seine Managerin meine Freundin ist – aber mir blieb das Nasse unter der Zunge weg! Kyllikki plauderte noch ein bisschen mit ihm, aber ich wartete richtig blöd und zickig am Ausgang, fröstelte dort unter meinem dünnen Seidenschal und starrte auf die festlich erleuchtete Burg. Alles ist so unwirklich, wie ein großes, nicht enden wollendes Märchen! Endlich kam Kyllikki und ich lief aufgelöst und verwirrt neben ihr her zum Parkplatz.

»Er ist sehr nett«, sagte Kyllikki.

»Er macht mich fertig«, stöhnte ich.

»Ja, das hab ich gemerkt«, lachte sie. »Singt aber auch wie ein Gott. Ich kann Ihre Begeisterung verstehen.«

Als wir im Wagen saßen und unter tausend Sternen nach Hause fuhren, sagte Kyllikki plötzlich: »Ach, nicht dass ich das vergesse. Er lässt Sie grüßen und Ihnen ausrichten, Sie sollen nicht immer weglaufen. Er beißt nicht.«

»Wieso laufe ich IMMER weg?«, fragte ich gereizt.

»Keine Ahnung«, sagte Kyllikki beiläufig. »Ich danke Ihnen jedenfalls für den wunderschönen Abend. Wenn Sie mich jetzt zum Bahnhof fahren würden, dann erreiche ich noch den City-Night nach Frankfurt, aber wir bleiben in Verbindung.«

Tja, das war der Abend, Alex. Ich sitze »schlaflos in Mondsee« vor deinem Schreibtisch, über dem Glasdach leuchten die

Sterne, der gute alte Mond lugt gütig hinter einem schwarzen Wolkenstreif hervor, und ich, Anne Pistrulla, geborene Klein, würde fast sagen, ich habe mich verliebt. In einen großen, dunklen, unbekannten, sehr traurigen König. Mit Puderperücke.

Gehe jetzt schlafen. Meine Güte, was für ein TRAUM, im Festspielchor mitzusingen! »Norma«! Von Bellini! Seite an Seite mit Mark Daniel Martini!

Nein, was bin ich doch verrückt. Anne Pistrulla, ab in die letzte Reihe!

Danke, dass ich meinen seelischen Müll in deine Tasten hacken darf!

Sei fest umarmt
von deiner Anne

PS: Morgen habe ich endlich wieder Zeit für die Mädchen! Werde eine Schiffsrundfahrt auf dem Attersee mit ihnen machen.
PPS: Die Katzenkinder sind so süß!! Salami und Funghi haben schon die Augen offen!

Diet Clinic von Jane Fonda, Hollywood, 16. Juli

Liebe Anne!!
Das sind ja erfreuliche Neuigkeiten!! Mark Daniel hat also seine Feuertaufe bestanden! Und kriegt auch noch die Hauptrolle in »Norma«! Bingo! Soll ich dir sagen, was das für mich bedeutet? Zwanzig Prozent von 56000 Euro! Ich sage dir, das Geld liegt auf der Straße. Alles, was mein Schützling jemals wieder singt, fließt zu zwanzig Prozent aus seiner Goldkehle direkt in meine Brieftasche! Glaube mir, Anne: Das ist für Mark Daniel ja erst der ANFANG!! Wenn einer bei den Salzburger Festspielen besteht, dann kann er sich vor Angeboten nicht mehr retten. Auf Mark Daniel warten die Met, die Mailänder Scala, die Arena von Verona! Ich könnte mich ohrfeigen, dass ich für den »Don Carlos« »nur« 100000 Euro für zwölf Vorstellungen verlangt habe! Der Kerl ist gut und gerne das Doppelte wert!

Siehst du, wie gut es ist, dass ich nicht mit ihm geschlafen habe?! Stell dir vor, er wäre jetzt mein Geliebter. Dann könnte ich die ganze Knete vergessen.

Von daher hast du meinen Segen, liebste Freundin, wenn du dich in ihn verknallt hast! Süß!! Ich könnte vor Wonne in mein Kopfkissen beißen! (null Kalorien!)

Hast also doch noch Geschmack, meine gute alte Anne Klein.

Ja, der Mark Daniel ist ein Mann zum Träumen. Aber wie ich deinem Geschreibsel entnehme, hast du ihn überhaupt noch nie ohne Kostüm und Maske gesehen. Du musst ihn mal in natura erleben! Ein Bild von einem Mann!

Er scheint ja wirklich auf dich abzufahren! Tja, du bist blond und schlank, da steht er drauf. Und du hast noch mehr in der Birne als Daryl Hannah für Arme.

Die Idee mit dem Festspielchor ist doch genial! Da bist du deinem Idol ganz nahe! Trau dich, Anne! Das Leben ist bunt! Sing Leo vor. Der tut nur so unnahbar, der alte arrogante Kotzbrocken. In Wirklichkeit hat er eine ganz verletzliche, eitle Seele. Wie sollte er denn auch reagieren vor all den Leuten? »Sie ist die Freundin von Alex und braucht deshalb nicht vorzusingen!«? Das kann er doch nicht bringen! Da musst du ihn auch verstehen!

Klar, du hast keine Gesangspraxis mehr. Bisschen vorbereiten musst du dich schon auf das Vorsingen. Du kannst einem Leo von Merz nicht mit »Röslein Röslein rot« kommen. Dann fühlt der sich verarscht. Eine schöne Arie muss es schon sein. Lass mich mal überlegen. »Carmen«? Nee, das passt nicht zu dir. Du bist zu schüchtern, die nimmt er dir nicht ab. Die Carmen hat Leo schon von den Weltklasse-Mezzi gehört. Andererseits: bloß keine Kirchenarie. Von wegen »Buß und Reu knirscht das Sündenherz entzwei«. Anne Klein, mach dich nicht immer so klein! Was Weltliches. Aber nix zu Schweres. Ein Schubert-Lied vielleicht. Nicht gerade »Die junge Nonne«, da kriegt er Brechreiz. Aber warte, ich hab's.

Was ist mit »Meine Ruh ist hin, mein Herz ist schwer«, was du damals bei Heinrich im Musikunterricht vorgesungen hast? Gretchen am Spinnrad. Das war doch voll der Hammer. Weiß noch genau, dass du eine Eins dafür gekriegt hast. Und das passt auch total zu deinem Typ. Schüchtern, verletzlich, aber ehrlich, treu und redlich. Auch leidenschaftlich. Mensch. Genau. Das ist es.

»Wo ich ihn nicht hab, ist mir das Grab. Die ganze Welt ist mir vergällt.« Die tiefere Fassung. Das liegt dir. Ich hab sogar die Noten!! Alle Schubert-Alben sind im Notenschrank im Wohnzimmer neben dem Flügel! Zweitunterstes Fach, rechts!

Ich hab aber eine geniale Idee (wie immer, Schätzchen!!): Ich schicke der Schellongova eine Mail und bitte sie, dich auf das Vorsingen vorzubereiten. Sie arbeitet viel mit jungen Sängern, die halten alle große Stücke auf sie. Dann hast du erstens ein gutes Gefühl und zweitens hört dich Leo sowieso schon singen. Klar, da helfen wir ein bisschen nach.

Beziehungen sind alles im Leben. Warum sollte man sie also nicht nutzen?

Bei mir tut sich ebenfalls Erfreuliches in Sachen Herz: Ich glaub, ich hab mich endlich auch mal wieder verknallt. Vorgestern ruft mich mein Früchtchen an, Adrian, der Zahnarzt wünscht mich sofort zu sprechen.

Ich sage: Adrian, Bengel, hast du deine Zahnklammer nicht regelmäßig getragen?

Nein, sagt Adrian, es ist was anderes, der alte Brennan Newsom hat Ärger wegen eines vermeintlichen Kunstfehlers, du weißt ja, die Amis verklagen ihre Ärzte auf Millionen, wo sie nur können. Er sitzt im Knast, wartet, dass er auf Kaution freikommt! Er kann sich also deswegen nicht mehr um Adrian kümmern und nun soll Adrian zu seinem Vertreter gehen. Da traut er sich allein aber nicht hin, was ich ja auch verstehen kann. Sag mal einem sechzehnjährigen Bengel, er soll ganz allein zu einem neuen Zahnarzt gehen. Ich hab mich also aus meiner Diet Clinic davongestohlen, bin mit dem Taxi zu Adrian und mit Adrian wiederum zu dem neuen Kieferorthopäden. Steve W. Vanderbilt. Das W steht für William. Gott, was für ein Mann! Anne, ich sage dir: strahlende Augen, tiefblau, blonde naturgewellte Haare, ein heiteres Gesicht, in dem schneeweiße Zähne blitzen (okay, die sind nicht echt!), und zwei tiefe, spitzbübische Grübchen, wenn er lacht. Ich schob meinen widerwilligen Adrian in Steve W. Vanderbilts super nagelneue, blitzende und blinkende Praxis und wir lachten uns an, Steve W. Vanderbilt und ich. Er reichte mir die Hand: »I didn't know that Adrian's mother is such a beautiful lady!« Na ja, ich sehe jetzt auch wirklich wieder gut aus nach meiner konsequenten Diät. Habe zwölf Kilo runter und genieße es, in todschicken engen Klamotten rumzulaufen. Meine Haare glänzen, ich hab mir mahagonifarbene Strähnchen machen lassen und meine Haut ist nach diversen Peelings und dem vielen Training an der frischen Luft rosig wie ein Kinderpopo. Alle Sorgenfalten sind geglättet, ich sehe keinen Tag älter aus als neunundzwanzig! Muss mich mal selber loben, wenn es sonst keiner tut.

Irgendwie macht Erfolg wohl sexy. Ich fühlte mich jedenfalls blendend, als Dr. Vanderbilt mir erklärte, dass er Adrian sofort vier Zähne ziehen muss, damit Platz für die anderen Zähne geschaffen wird. Das hatte Brennan Newsom wohl übersehen. Ob ich ihn deshalb auf Millionen Dollar verklagen soll, werde ich mir noch überlegen.

»Na, dann mal los!«, sagte ich munter.

»Mamaa!«, zischte Adrian mich an. »Vergiss es!!«

»Aber Junge! Was du heute kannst besorgen, das verschiebe nicht auf morgen!«

Auch Dr. Vanderbilt war dafür, dass wir die Sache sofort hinter uns bringen. Seine Helferinnen waren zwar schon weg, aber das schien ihn nicht weiter zu stören.

Er reichte mir einen grünen Mundschutz, band sich selber auch einen um und machte sich sogleich ans Werk. Ich habe meinem leise wimmernden Adrian die Riesenpranke gehalten, an der Tintenflecke klebten, und ich war in meinem ganzen Leben noch nicht so gerührt.

Wie wir dastanden, Kopf an Kopf über dem Mund meines Sohnes ... das hatte was! Adrian sagte nachher, es hätte überhaupt nicht wehgetan, er wollte nur ein bisschen Spannung erzeugen zwischen uns, was ihm auch echt gelungen ist.

Ich wurde zwischendurch ein bisschen ohnmächtig, weil ich so viel Blut im Moment nicht gut sehen kann. Wenn man so gar nichts im Magen hat, wird man empfindlicher gegen so was. Als ich wieder zu mir kam, sah ich diesen bildschönen Zahnarzt ganz dicht über mir.

Vanderbilt maß mir den Blutdruck und legte mir ein Kissen unter den Kopf. Dabei sah er mich über seinem Mundschutz mit seinen blauen Augen so durchdringend an, dass ich am liebsten schon wieder ohnmächtig geworden wäre. So schön war das Aufwachen.

Nachher war ich die Patientin, nicht Adrian! Die beiden kümmerten sich ganz reizend um mich, flößten mir ein Glas Wasser ein und fächelten mir Luft zu.

Ich muss gestehen, Anne, dass es ein richtig schönes Gefühl war, mich einfach mal fallen zu lassen, im wahrsten Sinne des

Wortes. Nachher bestand Dr. Vanderbilt darauf, mich nach Hause zu fahren.

In seinem elfenbeinfarbenen Cadillac de ville, kostet schätzungsweise 100 000 Dollar, nur mal so nebenbei erwähnt. Dem guten Doktor scheint es also nicht schlecht zu gehen.

Er wollte mich für heute zum Essen einladen, aber ich habe gesagt, ein Spaziergang am Meer tut's auch. Wollte ihm nicht gleich auf die Nase binden, dass ich seit Wochen nur durchgeseihte Gemüsebrühe und Abführsalz zu mir nehme. Dem Spaziergang sehe ich nun mit Spannung entgegen!! Bin in Topform! In zwei Stunden kommt der gut verdienende Zahnarzt und holt mich ab! Und weil ich mich so sexy fühle, werde ich mir von Nacke... von Jane Blond einen ganz geilen Fummel ausleihen! In den passe ich nämlich jetzt wieder rein!

Schwarze Seidenbluse, zum Teil durchsichtig, mit schwarzen Jeans, Stretch, von Jil Sander, Größe achtunddreißig. Könnt mich küssen. Weißt du noch, unsere Bedürfnispyramide?? ALLES stimmt! Geld, Figur, Liebe, Erfolg. UND Adrian redet zusammenhängende Sätze mit mir und trägt sogar seine Zahnklammer regelmäßig (Vanderbilt hat sie ihm angeschweißt) UND das Geld liegt auf der Straße!!

In diesem Sinne: Hals- und Stimmbruch für dein Vorsingen! Bin gespannt, wie es dir ergangen ist!
Love – Alex

PS: Lieber ein Zahnarzt in der Hand als einen Opernsänger auf dem Dach.

Mondsee, an deinem Schreibtisch,
wie immer nachts, 19./20. Juli

Liebste Alex,
du verrückte Tomate! Wie gern würde ich jetzt mit dir in den Jubel einstimmen, aber ich habe leider schlechte Nachrichten: Heute brachte der Briefträger ein Einschreiben mit Rückschein: einen Brief vom Finanzamt. Soweit ich daraus ersehen konnte, fordert man dich auf, dein Einkommen offen zu legen. Also eine Einkommensteuererklärung. Bei Monopoly muss man ersatzweise auch in den Knast. Ohne über Los. Und ohne Besuch.

Man weiß, dass du seit einigen Monaten erhebliche Einkünfte im Ausland beziehst, und die hast du dem Finanzamt noch nicht angegeben. Anscheinend stand jetzt eine Menge über Nackedeis Gagen in der Zeitung, und alle Welt weiß, dass du ihre Managerin bist.

Du sollst bis zum fünfzehnten des Monats Stellung nehmen. Andernfalls: Prozess am Hals!!

Es ist schon wieder was Seltsames passiert. Ich sage nur: Lothar.

Gestern, Montag, am spielfreien Tag, habe ich die Mädchen ins Auto gepackt und bin mit ihnen zum Attersee gefahren. Durch die ganzen Turbulenzen in den letzten Tagen hatte ich kaum noch Zeit für meine beiden! Ich wollte mal eine schöne Schiffstour mit ihnen machen.

Bei herrlichstem Sommerwetter bestiegen wir in Nussdorf das weiße Ausflugsschiff, bekamen noch drei Plätze oben an Deck und bestellten uns erst mal Würstchen mit viel Senf. Wir schipperten so dahin, genossen den Sommerwind und die Aussicht und kurz drauf legten wir in Seewalchen an. Ich guckte so beiläufig runter auf den Steg, betrachtete die Leute, die dazustiegen, und plötzlich sah ich ihn schon wieder! Ich wischte mir die Augen, aber er war es!! Lothar!! Er stand mitten zwischen den Leuten auf dem Steg und wartete auf das Schiff.

Er sieht wirklich verändert aus, Alex. Richtig gut. Fast könnte ich mich an seinen Anblick gewöhnen. Ich drehte ihm sofort den Rücken zu und lenkte die Kinder ab. Er hat uns nicht gesehen, ging jedenfalls auf das hintere Deck, wo er sofort seine Zeitung aufschlug.

Ich starrte ihn die ganze Zeit heimlich durch meinen Kosmetikspiegel an.

Plötzlich sah er mich! Er winkte, faltete seine Zeitung zusammen und machte Anstalten, sich vom Vorderdeck zu uns aufs Achterdeck zu begeben.

Das Schiff hatte gerade wieder angelegt. Ich schnappte mir die Mädchen, riss sie von ihren Würstchen weg, knallte zehn Euro auf den Senf und schaffte es gerade noch, mit ihnen auf den Steg zu springen, bevor man die Leinen einzog.

Greta schrie wie am Spieß: »Mein Teddy, mein Teddy liegt noch auf dem Schiff!!«

Ich redete auf sie ein: »Ich kauf dir einen neuen Teddy!«

»Ich will meinen geliebten TEDDY haben!!«

Lothar stand erstaunt da oben, bewegungslos, und ich sah, dass er sich nach dem Teddy bückte.

Mir zitterten die Beine, dass ich kaum weitergehen konnte.

Ich habe jedenfalls sofort Kyllikki angerufen, und die versprach, mit dem Rechtsanwalt Troddel zu sprechen. Nach einer halben Stunde rief sie zurück: Lothar säße in seiner Sparkassenfiliale und schwöre Stein und Bein, dass er mir nicht gefolgt sei.

Bin ich denn völlig durchgeknallt, Alex?? Hat Lothar wirklich einen Doppelgänger?? Aber warum treffe ich den dauernd?
Sehr verwirrt – deine Anne

PS: Die Schellongova hat mich angerufen und zum Tee nach Hallstadt eingeladen! Morgen fahre ich hin!!

In der Praxis von Dr. Vanderbilt, Los Angeles, 23. Juli

Liebste Anne,
Adrian ist drinnen zur Nachuntersuchung. Ich sitze halb aus Mutterliebe, halb aus reinem Egoismus im verchromten Wartezimmer: Nachher will Steve W. mit mir eine Spritztour in seinem elfenbeinfarbenen Cadillac de ville machen. Meine Güte, Anne, ich finde diesen Strahlemann hinreißend. Und was der für Knete hat! Er besitzt eine Villa am Strand und noch eine Stadtwohnung in der Nähe seiner Praxis. Außerdem ist er stolzer Besitzer einer wunderschönen Segelyacht.

Vor drei Tagen waren wir am Strand spazieren. Er ist so kurzweilig und charmant! Ich fühlte mich wie Mitte zwanzig, als ich in Jane Blonds teuren Edelklamotten barfuß neben ihm herlief. Sehr bezeichnend, dass auch ich für unser erstes privates Date Schwarz gewählt habe. Als seien wir seelenverwandt. Er sagte, er habe zuerst gedacht, ich sei Adrians Schwester! Ich hab ihm eine Menge aus dem Showbiz erzählt, wen ich alles kenne und wen ich manage und so, und da bin ich in seinem Ansehen natürlich noch etwas mehr gestiegen. Er findet es genial, wie weit ich Jane Blond gebracht habe, und hat sich kaputtgelacht, als ich ihm erzählte, dass Jane eigentlich Metzgereifachverkäuferin aus Mörsenbroich ist und nicht bis drei zählen kann. Dass ich aus nichts Geld mache, das imponiert ihm.

Liebes Kleinchen, ich bin eigentlich rundum glücklich! Wenn da die Sache mit dem Finanzamt nicht wäre! Danke für das Fax. Das war natürlich ein echter Schock. Aber es war andererseits naiv von mir zu glauben, ich könnte im Ausland das dicke Geld scheffeln und die Steuerfahnder in Europa würden das nicht merken. Zumal ich selbst ja ständig meinen Marktwert betone, indem ich meine finanziellen Deals in der Zeitung veröffentliche! Ziel der Kampagne war, dass sich alle namhaften Stars um mich reißen. Aber der Schuss ging wohl nach hinten los. Nun reißt sich das Finanzamt um mich. Eigentor. Shit.

Jane muss sich dringend einen Finanzberater zulegen, aber es muss ein Deutscher sein. Die ganzen gerissenen Burschen hier in den Staaten kennen sich ja mit dem deutschen Steuerrecht nicht aus. Am liebsten hätte ich einen, der meine ganze Knete grundehrlich und zuverlässig verwaltet, anlegt und dem Finanzamt gegenüber das Nötigste sehr korrekt angibt, so dass die Burschen erst gar keinen Verdacht schöpfen. Komischerweise stelle ich mir immer deinen Lothar vor, wenn ich darüber nachdenke. So einen Nadelstreifen-Langweiler im Anzug, der jeden Morgen eine Stunde lang mit säuberlich getippten Listen – plus, minus, Steuer, Anlage, Schwarzgeld, Sparmodell, Zins, Tilgung und so weiter – während meiner Fußmassage in der Ecke sitzt und meine Anweisungen empfängt. Diese Aktie kaufen, jene abstoßen. Rendite hier, Bilanz da. Hin und her, Preiselbeer. Oberlangweilig, würde Adrian sagen. Spießig. Aber solche muss es auch geben. Und, wie du mir glaubhaft schilderst, gibt es die ja auch.

Man muss sie ja nicht gleich heiraten. Es reicht, wenn sie einem die Knete verdoppeln.

Na gut, damit will ich dich jetzt nicht behelligen. Du hast deine eigenen Probleme.

Ich steige da nicht mehr durch mit deinem Lothar. Einerseits beteuert er, in seiner Kreissparkasse in Plattstadt zu sitzen, andererseits verfolgt er dich auf Partys und Ausflugsschiffe und klingelt am Gartentor und du siehst ihn im Rückspiegel im Auto.

Ich würde sagen, Lothar hat einen Doppelgänger. Ich bekomme eine Gänsehaut. Ein echter Thriller.

Mensch, was machen die so lange da drin? Man hört nichts. Kein Bohrer, kein Schrei, kein Laut. Vielleicht unterhalten die zwei Männer sich einfach nur über geile Vehikel?

Vorgestern habe ich die erste feste Nahrung nach sechs Wochen zu mir genommen.

Ich konnte nichts runterkriegen, war nach einer halben Vorspeise schon satt. Das machte natürlich einen sehr exquisiten Eindruck auf meinen Begleiter. Als er seine goldene American Express zückte, sagte er, ich hätte ja gegessen wie ein Spatz und das würde meine Mundschleimhöhle bestimmt zu schätzen wissen wegen der nicht entstandenen Bakterien. Köstlich, diese Zahnärzte. Ob die beim Küssen an Bakterien denken und beim Blasen daran, ob Sperma Karies verursacht?

Adrian kommt. Die neue Zahnspange si…

Mondsee, in deiner Galerie, 25. Juli,
wieder mal mitten in der Nacht

Liebe Alex,
du fasst dich an den Kopf, wenn ich – der Reihe nach.

War heute bei der Schellongova in Hallstadt wegen der Gesangsstunde. Du hast mir ja die alte Kaiserzeitvilla schon beschrieben: ein Museum aus Kuriositäten, die Olga aus der ganzen Welt zusammengetragen hat. Die beiden wohnen wirklich total versteckt auf der Schattenseite des Sees hinter einem zugewachsenen Viadukt. Ich habe es fast nicht gefunden. Hinter dem verschnörkelten Eisentor parkten einige Wagen und der schwarze Mercedes mit dem Salzburger Kennzeichen kam mir irgendwie schon bekannt vor.

Die Schellongova saß mit offenem pechschwarzen Haar vor der Glasveranda und trank Wein aus einer verschnörkelten Karaffe.

Auf dem Tisch standen drei Gläser, in denen noch Reste von Wein waren.

»Schön, dass Sie kommen konnten«, sagte sie, stand auf und küsste mich auf beide Wangen.

Ich hatte ihr einen schönen Strauß gelber Rosen mitgebracht, die sie gleich angeregt plaudernd in einer kostbaren Blumenvase, in der wahrscheinlich schon Sissi die kaiserlichen Rosen aufbewahrt hat, verstaute.

»Leo ist gerade weggefahren!«, rief sie aus und zeigte auf den See.

Auf spiegelglatter Oberfläche trieb träge ein längliches Holzboot dahin. Es sah aus wie eine dieser Gondeln aus Venedig.

Es waren zwei Personen darin. Die eine ruderte. Im Stehen. Die andere saß. Unbeweglich.

Beide waren schwarz gekleidet. Der Anblick erinnerte mich an »Wenn die Gondeln Trauer tragen«.

»Was ist los, Kind? Trinken Sie einen Schluck Wein, Sie sind ganz blass!«

Sie reichte mir ein Glas mit kaltem erfrischenden Weißwein. »Den haben wir hier von unserem Weinbauern vor Ort, probieren Sie!«

»Wer ... ist der andere?«, fragte ich tonlos.

»Welcher andere?«

»Der Mann im Boot.«

Die Schellongova lachte ihr helles Sopranistinnenlachen. »Das ist doch der Maat!«

Ich dachte, Mensch, was bin ich blöd! Natürlich braucht so 'n Boot einen Maat. Der rudert doch nicht selbst, der Maestro.

»Ach so«, sagte ich deshalb schnell und trank den köstlichen kühlen Wein in einem Zug aus.

Die Schellongova hat ja so einen osteuropäischen Akzent, so einen harten, gutturalen.

»Die beidän hollän Nachschub«, sagte die Schellongova. »Wir haben hier schon den ganzen Nachmittag gebächärt, nachdemm wir heute Morrgen sär intensiv am Orrowwäst gearrbeitet haben. Und jetzt ist uns där Wein ausgägangän – Sie haben gerade noch den letzten Schluck bekommen!«

Ich nickte und lächelte. Aha. Der Maat. Die haben wahrscheinlich den ganzen Morgen am Mast gesägt und jetzt holen sie Wein. Klar.

Wir gingen hinein. In einem mit hohen Stuckdecken und Schnörkeln verzierten riesigen Salon stand ein ebenso verschnörkelter riesiger Flügel, auf dem Noten aufgeklappt standen:

»Norma!«, sagte ich schlau.

»Eine wundervolle Oppär!«, rief die Schellongova wieder so sopranig aus.

Es klang wie »eine wundervolle Aupair!«.

»Ich habe beides gesungän, zuerst die Adalgisa und dann die Norma selbst! Beides Traumpartien! Ich sage Ihnen! Sie brauchen einen Umfang von drei Oktaven und ein Zwerchfell aus Stahl für die Koloraturen! Gerade hab ich mit dem Maat das Duett aus dem zweiten Akt probiert!«

Sie schlug behände ein paar Akkorde an und trällerte ein paar glockenhelle Töne.

Ich wunderte mich zwar ein bisschen, dass sie mit dem Maat ein Duett probiert hat, aber wer weiß, was dieses verschrobene Weibchen in ihrer Einsamkeit so alles tat, um sich und ihren Gatten bei Laune zu halten. Jedenfalls habe ich immer noch nicht geschnallt, wovon die Rede war!

Ich stellte mich nun in meinem schneeweißen Hosenanzug erwartungsvoll neben den Flügel, betrachtete die ganzen samtbezogenen Diwane und Ottomanen aus der Kaiserzeit, die samtverkleideten Gebetsbänke vor russisch-orthodoxen Marienbildern, die Pfauenfedern in der bronzenen Bodenvase, den Gekreuzigten mit den appen Armen aus dem 14. Jahrhundert und die vielen schweren handgewebten Teppiche aus Sibirien. Mehrere Tigerköpfe glotzten mich aus gläsernen Augen an, während ich andächtig auf meinen weißen Schühchen auf ihren Rücken herumspazierte.

»Alles Honorare!«, jubelte Olga. »Wie oft habe ich für Naturalien gesungen!«

»Ich hoffe, Sie erzählen mir von Ihrer großen Zeit«, sagte ich.

»Das werde ich gerne tun, mein liebes Kind, aber zuerst wird gearrbeität! Was haben Sie mir mitgebracht?«

»Gretchen am Rennrad.«

»Grätchen am was?«

»Spinnrad. Verzeihung.«

Ich sang erst mal ein paar zittrige Töne, ganz schaurig und schülermäßig. Ihre kleinen dicken Finger mit den dicken Ringen daran perlten munter über die Klaviatur, sie nickte mir aufmunternd zu und ihre meterlangen pechschwarzen Haare flogen ihr um das Gesicht.

»Nain, naain!«, rief sie dann aus. »Nicht ›maine Ruh ist chien, mein Härz ist schwäär‹, als hätten Sie die Hosän voll.«

»Hab ich aber«, murmelte ich.

»Viel vornähmer müssen Sie das singen, viel gerader! Stähen Sie gerade. Schließen Sie die Augen. Denken Sie an den wunderschönsten Mann, den Sie je gesähen haben.«

Behände rutschte die kleine dicke Olga vom Klavierschemel, stellte sich auf einen der gläsern glotzenden Tiger, schloss die Augen, von deren Deckeln schier die dick gekleisterte Schminke fallen wollte, atmete eine Woge der Wollust in ihre Brust und sang dann, wunderschön, ruhig, majestätisch und stolz: »Meine Ruh ist hin, mein Herz ist schwer, ich finde, ich finde sie nimmer, und nimmermehr!«

Wahnsinn, Alex, was diese Frau noch singen kann.

Wir arbeiteten sehr intensiv, bis mir der kalte Schweiß auf dem Rücken stand. Sie schien die Zeit zu vergessen. Im schummrigen Raum fingen die ausgestopften Tiere an zu leben und mir war unheimlich und bange zumute, aber gleichzeitig war ich fasziniert und gefesselt von dieser Atmosphäre.

Draußen zeichneten sich die Felsen wie in einer Bleistiftzeichnung vom Horizont ab, der schon dämmrig wirkte. Die Pfauen stießen jämmerliche Schreie aus, so als riefen sie um Hilfe, aber Olga bemerkte es nicht.

Die Schellongova lockte Töne aus mir heraus, von denen ich nicht wusste, dass meine Stimmbänder sie hergeben!

»Sein Händedruck, und ach, sein Kuss!«

Genau in dieser Sekunde klopfte es von draußen ans Fenster. Mit einem spitzen Gegenstand.

Ich zuckte zusammen und auch Olga hatte sich erschreckt. Ihr entfuhr ein spitzer Schrei.

SEIN Gesicht draußen am Fenster!

Lothars Gesicht!

Ganz dicht vor meinem! Am Fenster!

Ich schrie. Meine Stimme schrie einfach. Laut und spitz.

Das Gesicht lächelte. Wie eine Fratze.

Eine eiserne Hand legte sich um mein Herz und drückte es, dass ich dachte, ich muss sterben. Mit offenem Mund starrte ich zu dem Fenster hin.

Aber da war niemand! Es war schwarz und leer, wie vorher! Ich fühlte meine Beine wegsacken.

»Böser Bubä!«, hörte ich Olga rufen. Ihre Stimme klang, als wäre sie ganz weit weg.

Sie lief behände zur Verandatür und öffnete sie.

Und aus der Schwärze der Nacht kam er lachend ins Zimmer. Lothar. Der nicht Lothar ist.

»Sorry!«, rief er aus, und seine Augen strahlten mit seinen weißen Zähnen um die Wette. »Ich wollte niemanden erschrecken!« Da war wieder dieser leichte amerikanische Akzent. Und die Stimme, die mir so bekannt vorkam.

Während ich mir das Hirn zermarterte, stellte er die Weinkiste auf den toten Bären und reichte mir die Hand: »Ich wusste doch, dass wir uns wiedersehen!«

In dem Moment betrat Leo von Merz den Raum. »Na Olga, kann sie singen?«

»Ja, es wird schon, es wird schon!«, rief Olga, und dann sah sie mein entsetztes Gesicht.

»Aber Kind!«, rief sie. »Ich habe doch gesagt, dass der Leo und der Mark mit dem Boot in die Stadt gefahren sind und Wein holen! Sie kommen wieder und wir essen zusammen zu Abend!«

Ich stand da mit hängenden Armen, starrte von einem zum anderen und stieß nur ein einziges Wort hervor: »Mark!«

»Stimmt, ich habe mich noch gar nicht vorgestellt«, sagte der doppelte Lothar.

»Ich bin Mark Daniel Martini. Ich habe übrigens noch einen Teddy für Sie.«

Alex, ich kann nicht mehr schreiben. Muss Pause machen. Mark Daniel Martini ist Lothar Pistrullas Doppelgänger. Um nicht zu sagen: sein Zwilling.

Darüber muss ich erst einmal nachdenken.

Leer im Kopf
Anne

San Francisco, Golden Gate Bridge,
beim Dreh mit George Clooney, 26. Juli

Wenn das mal gut geht! Wenn das bloß gut geht!

Jane muss mit George springen. Kein leichter Dreh heute. Wir sitzen seit fünf Uhr früh auf der Brücke und warten auf die geeigneten Lichtverhältnisse. Zuerst war die Rede davon, dass Jane ein Double bekommt für die Szene. Man munkelt, das Double traut sich nicht. Verstehen kann ich's. Jetzt muss Jane springen. Sie steht halb nackt mit George am Geländer und friert und zittert und schaut runter. Ich hab ihr jetzt die ganze Zeit gut zugeredet, aber jetzt musste ich selber mal in den Wohnwagen, Pipi machen und 'nen heißen Tee trinken. Und da fand ich deine Mail.

Ja, sag mal! Anne! Was schreibst du denn da für ein Drehbuch? Kaum bin ich weg, passiert mal was in Mondsee! Ich starre zum Wohnwagenfenster hinaus. Sie steht auf dem Brückengeländer, zittert.

Der Straßenverkehr tobt an uns vorbei.

Der Set ist kaum abgeriegelt, weil wir den Autoverkehr im Hintergrund brauchen.

Schaulustige haben sich hinter der Absperrung versammelt. Einige glauben, es handele sich um einen geplanten Selbstmord. Manche haben über Handy die Polizei gerufen.

Hier ist was los, sage ich dir!

Aber das ist ja alles nichts gegen das, was DU erlebt hast!! Deine letzte Mail hört ganz plötzlich auf, mitten in der spannendsten Szene!

Wenn ich dich recht verstanden habe, war es nicht LOTHAR, den du dauernd triffst, sondern MARK? Mark Daniel Martini? Der, dem ich meine Rente verdanke? Noch mal für Doofe.

Du stehst bei der guten alten Olga im Wohnzimmer, trällerst dein Schubert-Lied, da klopft es von außen ans Fenster, und der Eindringling, den du wie gewohnt für deinen Lothar hältst, ist Mark Daniel Martini.

Ist es das, was du mir schreiben wolltest??

Ich habe deine Mail jetzt zum dritten Mal gelesen und komme zu keinem anderen Schluss.

Das würde bedeuten, dass MEINE Entdeckung, Mark Daniel Martini, dieser appetitliche gut aussehende Kerl mit dem Knackarsch, der göttlichen Stimme, dem spitzbübischen Lachen und dem Charme einer sechsköpfigen Boy Group der Doppelgänger von DEINEM langweiligen, spießigen, verklemmten und verhärmten Lothar ist, ja? Der mit der Stressneurodermitis, den Schuppen und der chronischen Bronchienverschleimung, der immer sofort beleidigt ist und schon morgens um sieben die Auffahrt kehrt?

Sag mal, haben wir beide unterschiedlich getönte Brillen auf? Wie kann der eine dem anderen ähnlich sehen? Zum VERWECHSELN ähnlich, wie du schreibst?

Bin sprachlos, kann mich nicht weiter äußern, sehe deiner nächsten Mail mit hohem Fieber entgegen, muss jetzt sowieso aus Janes Wohnwagen, die Sonne steht da, wo sie stehen soll, und sie SPR…

Mondsee, wie üblich an deinem Schreibtisch
in der Galerie, 27. Juli

Liebste Alex,
konnte letztes Mal einfach nicht weiterschreiben, weil ER nämlich in dem Moment angerufen hat.

Also Mark. Mark Daniel Martini.

Er wollte DICH sprechen, wusste nicht, dass du gar nicht da bist und dass ICH in DEINEM Haus wohne. Der Mann ist ja genauso verwirrt wie ich.

Er sagt, er hat mich schon oft gesehen, mit den Kindern beobachtet, aber er sei mir nicht nachgeschlichen, sondern er hätte nur versucht, DICH zu erreichen.

Versuche, der Reihe nach weiterzuerzählen. Dabei schütte ich mir einen Wein von Leo und Olga mit Eiswürfeln rein, aus dem Weißbierglas, randvoll. Zitter. Den hat Mark Daniel mir noch per Kiste ins Haus geschleppt.

An jenem Abend bei Leo und Olga in Hallstadt haben wir zusammen zu Abend gegessen. Olga hatte eine kalte Jause vorbereitet, mit Kärntner Bauernspeck, dem berühmten Hallstädter Bergkäse, Erdäpfelkas, Tomaten, Gurken und Radieschen. Leo gab sich sehr jovial und köpfte eine Weinflasche nach der anderen. Wir haben den Wein getrunken wie Limonade, besonders ich.

Keiner verstand meine Verwirrung, woher auch.

Ich glotzte den ganzen Abend über den Tisch Mark Daniel an, der seinerseits verunsichert war, dass ich ihn so anstarre.

Er ist Lothar aus dem Gesicht geschnitten. Ich weiß nicht, wie ich dir das schildern kann – eigentlich wirkt er erwachsener und doch um hundert Jahre jünger. Ich betrachtete seine Finger, wie sie mit der Gabel spielten. Er hat die gleichen Finger wie Lothar.

O Gott, ich kann wirklich nur darüber schreiben, wenn ich mir den Hallstädter Wein reinschütte. Ich werde sonst verrückt.

Wann hat Lothar mich das letzte Mal berührt? Ich meine, wann hatte ich Spaß daran, dass Lothar mich berührte?

Ich betrachtete den Mund. Wie er sprach. Wie er aß. So – appetitlich. Ich konnte diesem Mann ganz ohne Ekel beim Essen zusehen. Wenn Lothar isst, dann ... stopft er so hektisch das Essen in sich rein, er kaut nie mit Genuss, sondern immer so gierig, meistens mit offenem Mund, weil seine Nasennebenhöhlen verstopft sind, und er macht diese unappetitlichen Geräusche. Aber dieser Mark, der isst langsam und bedächtig, ich würde fast sagen: vornehm, Bissen für Bissen, und zwischendurch legt er das Besteck weg und redet und lacht, und all das passiert in harmonischer Reihenfolge und ist appetitlich anzusehen und macht keinerlei überflüssige Geräusche. Du hältst mich für verrückt, Alex. Aber ich muss dir das einfach so genau schildern.

Weil ich mich in keiner Weise am Gespräch beteiligte, fachsimpelten die drei immer weiter. Dann hatten sie plötzlich die geniale Idee, dass Mark Daniel in dieser Festspielsaison noch einen Liederabend singen soll, weil das Festspielpublikum so begeistert ist.

Sie einigten sich auf die »Winterreise« von Schubert, und das war das Stichwort für Olga, mich doch endlich in das Gespräch mit einzubeziehen.

»Meine neue Schülerin hier singt auch Schubert!«

Ich wollte schier unter dem Tisch versinken. »Schubert für Arme«, sagte ich schnell.

Mark Daniel sah mich so über sein Weinglas hinweg an. »Schubert für Reiche gibt's nicht«, sagte er. »Schubert war selber arm wie eine Kirchenmaus. Aber reich im Herzen!«

Guckt er dich auch immer so an?

Werde mir die Hunde schnappen und auf den Schafberg gehen. Morgen ganz früh.

Viel Glück mit Jane – lebt sie noch?

Entschuldige, dass ich nicht nach dir gefragt habe. Bitte berichte, wie es euch geht.

Anne

PS: Alle vier Kätzchen krabbeln durch den Wäschekeller und nagen an dem Rattansofa. Die Mädchen sind hingerissen!

San Francisco, immer noch auf der Golden Gate Bridge, im Wohnwagen, 29. Juli

Liebste Anne,
das sind ja ungeheuerliche Geschichten!!

Was kann ich sonst für dich tun? Außer dass ich Tag und Nacht in Gedanken bei dir bin?

Übrigens kenne ich das, dass man gewissen Männern nicht beim Essen oder Trinken zusehen kann. Ich war mal eine Zeit lang mit jemandem liiert, der in der deutschen Showbranche heute ganz oben ist. Kann den Namen nicht sagen, denn er ist die berühmte Ausnahme, die ich gemacht habe: Habe mit ihm geschlafen und konnte dann keine zwanzig Prozent mehr kassieren. Ein Fehler, den ich in jeder Hinsicht bereut habe! Ohne diesen völlig überflüssigen Ausrutscher wäre ich nämlich schon seit Jahren Multimillionärin – und nicht erst seit Jane Blond!

Habe aber eine Verschwiegenheitsklausel unterschrieben, was in unserer Branche üblich ist.

Jedenfalls, dieser Jemand, den ganz Deutschland liebt wie den eigenen Schwiegersohn, dieser Jemand war zwei Jahre lang mein Geliebter. Wir hatten sogar heimlich eine Wohnung zusammen, in Schwabing. Tja, und weißt du, woran die Sache gescheitert ist?

Ich konnte es nicht ertragen, wie er sein Mineralwasser trank.

Und dann rechnete ich mir aus, wie oft er im Leben noch Mineralwasser trinken würde. Da war mir klar, dass wir keine Zukunft hatten.

Themawechsel. Ich wollte dir nur sagen, dass ich dich verstehe. Aber was mag das bedeuten, was du mir da schreibst?

Du verlässt nach zwölf Jahren einen Mann, um ein paar Monate später denselben Mann wiederzutreffen und dich in ihn zu verlieben?

Nein, nicht denselben. Den GLEICHEN. Ist es das?

Du schreibst, es könnten ZWILLINGE sein. Frag ihn ganz unauffällig nach seinem Geburtsdatum!

Ich platze vor Spannung! Aber sag ihm NICHTS!!! Es könnte unser Vorteil sein!!

Man darf seine Trümpfe nie aus der Hand geben, bevor man weiß, wofür man sie brauchen kann.

Denk bloß nicht, hier wäre inzwischen nichts Spannendes passiert! Jane ist tatsächlich gesprungen, es war phänomenal! Das Double hat sich nicht getraut, aber sie selbst ist von der Golden Gate Bridge gehüpft, als wäre es ein Gartenmäuerchen! Alle TV-Sender der United States waren dabei und sie ist heute auf jeder Titelseite aller verfügbaren Zeitungen! Sogar der Präsident der Vereinigten Staaten hat ihr ein Glückwunschtelegramm geschickt. Das bedeutet, ihr Marktwert steigt und steigt und steigt. Die United Airlines wollen eine Fluglinie nach ihr benennen und ich verhandele um Millionengagen. Ich brauche einfach jemanden, der sich ausschließlich um das Finanzielle kümmert. Sag deinem Lothar, er soll rüberkommen.

Sehr vergnügt – nicht zuletzt, weil in einer Stunde Steve W. in San Francisco landet und das Wochenende mit mir verbringen will!

Deine zum Zerreißen gespannte
Alex

PS: Singst du denn jetzt im Festspielchor? Haben sie dich genommen?

Mondsee, in deiner Galerie, 30. Juli, spätnachmittags

Alex!!

Rate mal, wer unten im Garten herumtobt und springt und lacht und sich im Grase wälzt! Außer den Hunden und den Katzenkindern, meine ich. Und den Zwillingen und den beiden Schwuchteln und den Nachbarskindern.

Mark Daniel! Er hat Greta ihren geliebten Teddy wiedergebracht.

Um die Pointe vorwegzunehmen: Ja, ich KANN es ertragen, wie er sein Mineralwasser trinkt. Ich habe ihn ganz genau beobachtet. Es gibt NICHTS, was es zu beanstanden gäbe.

Er gab mir die Hand und ich ergriff sie automatisch, kraftlos, wahrscheinlich war sie kalt wie eine Fischflosse. Und wie alle Künstler das eben so machen, legte er seinen Arm um mich und drückte mir rechts und links ein Küsschen auf.

Wir schauten uns an und Jaime und Rico schauten uns an und die Mädchen schauten uns auch an und Frau Koberlechner, die gerade mit dem Staubsauger unter dem Esstisch herumfuhrwerkte, schaute uns auch an.

»Ist was?«, fragte Mark Daniel und grinste.

»Nein ... was sollte denn sein?« Ich stand da im Türrahmen und wollte nur noch an selbigem heruntersinken.

»Komm mit in den Garten, wir wollen dir was zeigen!« Carla und Greta schnappten sich je eine Hand und dann zerrten die beiden aufgeregten Plappermäuler ihren vermeintlichen »Vati« davon. Er warf mir noch einen fröhlichen Blick zu und war verschwunden.

Ich sank nun wirklich in die Knie.

»Ist das dein Mann?«, fragte Jaime entgeistert.

»Nein«, sagte ich tonlos.

»Frrau Pistrrrulla, dös is a ganz a Fescher!«, schrie die Koberlechner über ihren Staubsauger hinweg. »Der Meinige, dös war kaa Brava net! Den hob i aussi g'schmissn! Aber der Ihrige, ja mei, dös is a Monnsbüld, da tät i aa noch schwach wern!!«

»Der ist ja oobersüüüß«, ließ sich Rico schließlich vernehmen.

Jetzt bin ich erst mal rauf in die Galerie, um dir zu mailen. Hilf, Schwester! Was soll ich tun?
Anne

PS: Was ich völlig vergessen habe: Kyllikki hat angerufen! Lothar ist einverstanden mit der Scheidung. Sie sagt, er will ins Ausland und sich beruflich weiterentwickeln.

Santa Barbara, im Gästehaus von Mark Daniels Eltern,
2. August

Liebste Anne,
habe das Wochenende mit Steve W. Vanderbilt in San Diego verbracht und bin heute, Montag, im Privatjet mit ihm nach L. A. zurückgeflogen. Gott, was ist der Mann reich!

Er ist übrigens geschieden. Seine Exfrau ist eine ganz prominente Schönheitschirurgin und hat zum Glück selbst eine Menge Moos, so dass er bei der Scheidung kaum geblutet hat. Während des Fluges habe ich ihn gefragt, wie er eigentlich seine Knete organisiert, und er hat gesagt, er hat selbstverständlich einen Finanzmanager und seine Exfrau natürlich auch.

Siehst du, Anne, alle haben einen Finanzmanager. Nur ich nicht!

Ziemlich beschämt zog ich den Schrieb vom Finanzamt hervor, den du mir gefaxt hast.

Als ich ihm dieses peinliche Geheimnis verraten habe, hat er sich köstlich amüsiert.

»Du willst doch nicht im Ernst behaupten, du hast niemanden, der sich um dein Geld kümmert!«

»Doch, leider!«

»Aber als Managerin von Jane Blond verdienst du fast täglich Millionen!«

»Tja. Das muss ich zugeben.« Ich war total beschämt.

»Sag, dass das nicht wahr ist, Darling!« Er lachte sich kaputt. »Du als erfahrene Topmanagerin, du arbeitest nicht nach dem neuesten Steuersparmodell?«

»Wie denn? Ich hab weder Zeit noch Lust dazu noch befinde ich mich auf dem neuesten Stand der Börse in Deutschland!«

»Soll ich dir meinen Finanzmanager vorbeischicken?«

»Das kannst du gerne machen, aber das wird wenig Zweck haben. Ich muss Janes Gagen nach deutschem Recht versteuern und meine eigenen auch!«

»Dann brauchst du einen deutschen Finanzmanager! Einen gerissenen Burschen, der absolut am Rande der Gesetze jongliert, der jeden Trick kennt und dich trotzdem solide berät. Die Typen vom Finanzamt müssen sich langweilen, wenn sie deine Unterlagen durchsehen!«

»So weit war ich auch schon…«

»Darling, ich werde mich umhören. Mein Finanzmanager kennt vielleicht jemanden, der jemanden in Deutschland kennt.«

Ist er nicht süß? Er ist so rührend darum bemüht, dass ich meine Kohle zusammenhalte! Ein echt fürsorglicher Mann, der ganz offensichtlich ehrliche Gefühle für mich hegt.

Also, ich sage dir, Anne, wenn ein Kerl erst mal so weit mit dir ist, dass er sich um dein Geld sorgt, dann meint er es ernst mit dir.

Du schreibst unter PS, dass dein Lothar ins Ausland gehen und sich beruflich verwirklichen will. Meinst du, ich sollte ihm eine Chance geben? Hältst du ihn für geeignet?

So, das war der Vorspann. Jetzt kommt der Hauptfilm! Taschentuch raus!!

Nachdem Steve W. heute und morgen verbaute Kiefer operieren muss (er sagt, er verdient pro Kiefer-OP zwischen 40000 und 60000 Dollar und Gott ist sein bester Freund), Jane nicht im Lande ist und mein Adrian in der Schule büffelt, habe ich den lieben Martinis mal wieder einen Besuch abgestattet.

Wir saßen also gestern Abend gemütlich auf der Terrasse, Liz, Walter und ich, und natürlich sprachen wir nach kurzer Zeit über unser gemeinsames Lieblingskind: Mark Daniel.

Dass seine Eltern ihn adoptiert haben, hatte ich dir, glaube ich, schon geschrieben, oder?

Ich wollte Genaueres wissen.

Walter saß rauchend an der Hecke, sein Whiskyglas in der Hand: »Wissen Sie, es fällt uns nicht ganz leicht, darüber zu sprechen. Andererseits ist es ja alles eine Ewigkeit her. Und die politische Situation hat sich komplett verändert.«

»Ja, das ganze Drama ist vierzig Jahre her!«, sagte Liz und fügte nicht ohne mütterlichen Stolz hinzu: »Unser Baby wird vierzig!«

»Und wo genau haben Sie ihn her?« Ich weiß, das war ziemlich direkt gefragt, aber nach all dem, was du mir geschrieben hast, konnte ich meine Neugier nicht mehr unterdrücken.

»Wir hatten damals alles versucht, um auf legalem Weg ein Kind zu adoptieren«, sagte Walter zögerlich. »Sie wollten uns keins geben.«

»Warum nicht?«

»Weil wir vorhatten, in die Staaten zu gehen.«

Ich schaute fragend zwischen den beiden hin und her.

»Na ja, die staatlichen Behörden wollen natürlich eine gewisse Kontrolle über die Familien behalten, denen sie ein Kind anvertrauen. Sie machen regelmäßig Besuche, verfassen Berichte für das Jugendamt, legen Protokolle an, Sie kennen ja die deutschen Behörden!«

»Allerdings«, sagte ich. Obwohl ich mit den deutschen Behörden noch nie was am Hut hatte.

»Sie nehmen sich das Recht heraus, die Adoptivfamilien auch heimlich zu beobachten«, sagte Walter. »In manchen Fällen tun sie das über Jahre!«

»Das ist ja auch verständlich und im Sinne der Kinder«, half Liz nach.

»Ja. Klar. Von der Warte hatte ich das Ganze noch nicht betrachtet.«

»Jedenfalls ...«

»Also, was Liz sagen will ...«, Walter sog an seiner Zigarre und paffte kleine weiße Wolken in den Nachthimmel, »... sie war am Boden zerstört. Sie sollte mit mir in die Staaten gehen, wo sie keinen kannte, wo sie keine Familie hatte und wo sie erst recht keine Chance auf eine Adoption haben würde. Sie wissen ja, bis man die Green Card bekommt, können Jahre vergehen.«

Er hielt inne, schaut Liz nachdenklich an, sprach dann weiter: »Dabei hatte man ihr für den Fall, dass wir in Deutschland geblieben wären, schon ein Kind versprochen. Es wäre ein Mädchen gewesen. Sie hatte sich schon von Kopf bis Fuß auf das Baby eingestellt…«

»Ich weiß nicht, ob Sie das verstehen können«, sagte Liz. »Einerseits fühlte ich mich regelrecht schwanger. Aber ich musste doch mit meinem Mann gehen. Er stand vor seinem beruflichen Durchbruch! Dafür hatte er jahrelang gearbeitet!«

»Ich glaube, ja«, antwortete ich.

»Zwei Tage vor unserer Abreise bekamen wir plötzlich einen Anruf. Es war nicht die Behörde, es waren… Fremde. Wir könnten ein Baby haben. Sofort. Sie würden uns eine Geburtsurkunde ausstellen, aus der hervorgeht, dass Liz die leibliche Mutter ist.«

Walter brach ab, schaute Liz an. Liz hatte Tränen in den Augen. Sie zuckte leicht die Schultern: »Hm«, machte sie zu mir.

»Und??« Ich biss vor Spannung in meinen Strohhalm.

»Da wir das Land für immer verließen, würden wir keine Fragen gestellt bekommen«, meinte sie schließlich. »Weder hüben noch drüben. Wir waren im Niemandsland, sozusagen.«

»Eine einmalige Chance«, sagte Walter.

»Sie haben es also gemacht.«

»Ja. Ich konnte nicht anders.«

»Sie brachten uns das Baby in einem Auto mit ausländischem Kennzeichen. Zwei Männer mit schwarzen Lederjacken. Sie hatten noch nicht mal einen Babysitz oder so was. Gab es ja damals sowieso noch nicht. Aber sie hatten – nichts! Keine Windeln, kein Fläschchen, keinen Kinderwagen… Der eine zog Mark aus seiner Jacke hervor. Er war winzig klein! Ich hatte noch nie so ein Würmchen von Baby gesehen. Ich dachte, den kriegen wir nie durch. Der andere gab uns die Papiere. In einem verschlossenen braunen Umschlag.«

»Und … wie viel haben Sie bezahlt?«

»Für damalige Verhältnisse viel«, sagte Walter.

»Fünfzigtausend Mark. Anfang der Sechziger.«

»’ne Menge Moos«, sagte ich.

Walter und Liz sahen mich an.

»'tschuldigung«, entfuhr es mir.

»Es war 'ne Menge Moos«, seufzte Walter. »Aber ich konnte Liz ihren größten Wunsch erfüllen.« Er klopfte ihr liebevoll auf den Rücken. »Sie war eine wundervolle Mutter.«

»Ich würde sagen, Sie sind es noch!«

»Tja, Sie sehen ja, was aus Mark geworden ist. Er hat uns sein Leben lang nur Freude gemacht.«

Ich habe mir VERKNIFFEN, Anne, locker einzuwerfen, dass er sich mittlerweile gerechnet hat. Ich hab's mir verkniffen!

»Und… Sie wissen NICHT, wer seine leibliche Mutter ist?«

»Laut Papiere ist es Liz.« Walter grinste. »Ich finde, er hat ihre Nase…«

»Und von Walter hat er den Humor«, spöttelte Liz.

»Aber jetzt mal im Ernst«, drängelte ich.

»Wir haben eine Spur von einer Ahnung«, sagte Liz.

»Nämlich?«

»Natürlich haben wir immer wieder versucht, etwas über seine Herkunft zu erfahren. Wir wollten das Risiko ausschließen, dass irgendwann seine leibliche Mutter vor der Tür steht und ihn wiederhaben will. Aber die zwei Männer haben damals beteuert, die ganze Sache sei absolut wasserdicht. Deshalb haben wir, allerdings Jahre später, auf unsere eigene Weise Nachforschungen angestellt.«

»Sie haben einen Detektiv mit der Sache beauftragt.«

Walter grinste. »Sie sind ein realistisches Mädchen.«

»Einerseits wollten wir keinen Staub aufwirbeln, andererseits wollten wir Mark eines Tages die volle Wahrheit sagen können. Aber die Spuren verliefen im Sand…«

»Nicht ganz im Sand. Mark stammt vermutlich aus der ehemaligen DDR. Kann aber auch ein anderes Ostblockland sein. Auf der Geburtsurkunde war der Stempel eines Krankenhauses in Lutzkow. Dieses Krankenhaus existierte aber gar nicht. Wir haben dann alle Krankenhäuser im Umkreis von Lutzkow kontrollieren lassen, aber um den 31. August 1962 herum gab es keine Geburt, die zur Adoption freigegeben worden wäre.«

»Und?«

»Nichts und. Es hat sich vierzig Jahre lang niemand gemeldet, der Anspruch auf Mark erhoben hätte.«

»Und Mark?«

»Dem haben wir von Anfang an die Wahrheit gesagt. Er ist damit aufgewachsen. Es gab nie ein Problem. Wir sind für ihn seine Eltern und er ist ganz zufrieden damit.«

Ich räusperte mich.

»Könnte es sein, dass er … also dass Mark … einen … Dopp… einen … äh … Zwillingsbruder hat?«

Die beiden schauten mich erstaunt an.

»Wie kommen Sie darauf?«

»Nur so«, sagte ich. »Eine Freundin von mir ist mit jemandem verheiratet, der Mark Daniel zum Verwechseln ähnlich ist.«

»Wann ist denn der Mann geboren?«, fragte Liz interessiert.

»Tja«, sagte ich. »Das werde ich sie in meiner nächsten Mail fragen!«

Also, Anne. Jetzt bist du am Zug.

Vor Spannung platzend,
Alex

PS: Wenn dein Mann auch am 31. August 1962 geboren ist, dann haben wir ein Problem…

Mondsee, Mitternacht, 4. August

Alex!!

Lothars Geburtstag ist der 1. September 62!!

Kan vor QaAufrerung nich wieterschrie…

Flughafen Los Angeles, Senator-Lounge der Lufthansa-Vielflieger, 5. August

Ruhig, Anne, ruhig!
Bin schon unterwegs. Die Sache beginnt mich zu interessieren.

Jetzt schlage ich zwei Fliegen mit einer Klappe. Du hast doch nichts dagegen, dass ich deinen Lothar aufsuche? Vielleicht ist er ja der Mann, den ich suche. Werde zu ihm in die Sparkassenfiliale gehen und ihn mal unverbindlich nach möglichen Geldanlagen fragen. Vielleicht kann er mir sogar helfen mit meiner ganzen Knete.

Also, umsonst ist diese Reise sicher nicht. Liz ist übrigens bei mir. Wir zwei verstehen uns wirklich gut. Sie weiß nichts von Lothar, sie hatte einfach Lust, mich zu begleiten.

Keine Angst, Anne. Du bist mit diesem Problem nicht mehr allein. Schätze, wir sehen uns in den nächsten Tagen!

Ich melde mich, sobald ich angekommen bin!
Alex

PS: Wo liegt unser guter alter Heinrich? Habe das dringende Bedürfnis, ihm einen dicken Blumenstrauß aufs Grab zu legen!
PPS: Halt bloß die Schnauze, Anne!! Zu KEINEM ein Sterbenswörtchen!!

Mondsee, in deiner Galerie, 7. August,
morgens um sechs

Ach Alex,
ich weiß gar nicht, wo ich anfangen soll! Die Ereignisse überschlagen sich!

Mark Daniel hat in meinem Leben die Hauptrolle eingenommen. Mir ist, als wäre er das Puzzleteil, das mir zu einem perfekten Leben noch gefehlt hat!

Seit wir uns bei Leo und Olga in Hallstadt endlich »kennen gelernt« haben, ist noch kein Tag vergangen, an dem wir uns nicht gesehen hätten.

Er kommt fantastisch mit den Mädchen aus – sie lieben ihn mit einer stürmischen Zärtlichkeit! Ich stehe oft fassungslos am Fenster, wenn er mit ihnen im Garten herumtobt. Sie dürfen schaukeln, klettern, sich schmutzig machen, im See plantschen, mit den Hunden raufen – und er steht nicht mit miesepetrigem Gesicht am Rand und predigt was von Bakterien durch die Hunde, Verkühlung durch Nordwind oder Lebensgefahr durch Ertrinken, sondern er lacht und rennt mit ihnen, dass es eine Freude ist.

Wenn ihnen kalt ist, zieht er ihnen was an! Wenn sie nasse Füße haben, trocknet er sie ab! Wenn sie Hunger haben, macht er ihnen was zu essen! Wenn sie weinen, nimmt er sie in den Arm und tröstet sie! Wenn sie hingefallen sind, hebt er sie auf und lenkt sie ab! Wenn sie sich langweilen, singt er ihnen was vor!

Er sagt, er hatte nie Geschwister und Kinder leider auch nicht, und jetzt hat er richtig was nachzuholen. Außerdem ist er völlig perplex, dass die Mädchen keinerlei Scheu vor ihm hatten und ihn anfangs sogar »Vati« nannten. Das hat er ihnen aber gleich abgewöhnt.

Er sagt, er findet »Vati« furchtbar spießig. Jetzt nennen sie ihn Mark.

Mark und ich haben einige lange Spaziergänge gemacht, mal mit den Mädchen, mal allein.

Am Sonntag sind wir mit den Mädchen und den Hunden am Wolfgangseeufer entlanggewandert. Er hat die beiden kleinen Prinzessinnen immer abwechselnd auf der Schulter getragen, stundenlang. Das wäre mit Lothar unvorstellbar gewesen. Der hat immer genörgelt, dass er es im Rücken hat, und mich dabei strafend angeschaut. Er hat es ja meinetwegen im Rücken gehabt. Weil er auf der Gästecouch im Hobbykeller schlafen musste.

Mark hat einen Rücken wie ein Holzfäller. Er sagt, während seiner Militärzeit hat er stets dreißig Kilo Marschgepäck geschleppt, und wenn er heute nichts auf dem Rücken hat, dann fehlt ihm etwas. Er hat übrigens jahrelang auf der nackten Erde geschlafen. Im Schlafsack.

Deshalb ist er heute gegen Kälte, Windzug und jedwede harte Unterlage immun.

Mark lacht immer nur. Er genießt das Leben! Er kann alles sehr intensiv wahrnehmen, die Gerüche, die Geräusche, die herrliche Kulisse. Außerdem singt er. Er singt mit den Kindern deutsche Kinderlieder. Er sagt, die hat Liz ihm alle beigebracht.

Wie wir so dahinwanderten am Wolfgangsee entlang, da begegneten uns viele Leute. Und ich fing ihre Blicke auf: Wir waren anscheinend das, was man eine Bilderbuchfamilie nennt! Ein fröhlicher, gut gebauter, gut gelaunter, singender Vater, eine ebenfalls fröhliche, gut gebaute (na ja, Kind, bleib bescheiden!), singende Mama, zwei traumhafte fröhliche Mädchen und zwei herumtollende Hunde – der Vollständigkeit halber erwähne ich, dass auch sie gut gebaut sind, fröhlich waren und gesungen haben; ich kann dir gar nicht beschreiben, wie stolz und glücklich ich war! Ich habe mich noch nie, nie, nie so wohl in meiner Haut gefühlt und ich bete, dass es immer so bleiben wird!

In St. Gilgen schleuste Mark uns in ein urgemütliches Gasthaus, organisierte für uns einen schattigen Tisch am Seeufer – also er schleppte einen Sonnenschirm herbei, stielte ihn ein und drehte ihn so, dass der Tisch schließlich im Schatten war, und versorgte die Hunde mit Wasser. Bevor er sich selbst setzte, besorgte er noch Malbücher und Buntstifte für die Mädchen. Sogar einen Anspitzer hatte er dabei! Dann bestellte er für die ganze Familie eiskalten gespritzten Apfelsaft und Wiener Schnitzel. Peng. Er ist so aufmerksam, so fürsorglich, ich weiß gar nicht, wie ich dir das beschreiben soll. Ständig habe ich Lothar vor Augen. Der hätte – keuchend, schwitzend, leidend! – seinen Hintern auf einen Stuhl fallen lassen, hätte als Erstes von sich gegeben, dass er nun »präzise und exakt« sieben Kilometer lang bei sengender Hitze gewandert sei, dass er sich jetzt aber absolute Ruhe ausbedinge und dass ich die Mädchen ja nun beschäftigen könne. Ansonsten hätte er lange und mäkelnd die Speisekarte betrachtet, penibel ausgerechnet, wie viel das alles schon wieder kosten würde, sich bestimmt die Bemerkung nicht versagt, dass so ein Sonntagsausflug aber ganz schön ins Geld gehe und dass er präzise und exakt um achtzehn Uhr zu Hause sein wolle, um die Sportschau nicht zu versäumen. Lothar, der Freude-im-Keim-Ersticker, der Feuerlöscher, der Lebensfreudevernichter, der Seelenflügelbeschneider, der Fantasiezerstörer.

Warum steht so was alles eigentlich nicht unter Strafe??

Mark hatte übrigens am Sonntagabend Vorstellung Don Carlos!! Um achtzehn Uhr musste er im Festspielhaus sein, aber er ließ den ganzen Tag über keine Hektik aufkommen. Im Gegenteil. Als die Kinder sich müde auf der Holzbank zusammenkuschelten, sprang er auf: »Ich hole das Auto!«, pfiff nach den Hunden und trabte fröhlich pfeifend davon.

Ich saß bei meinen schlafenden Mädchen am Tisch, genoss meine Melange und den warmen Apfelstrudel mit Vanilleeis und blinzelte verträumt in die Sonne.

Weißt du was? Wenn Mark Daniel und Lothar wirklich Zwillinge sind, dann ist mir das alles recht. Ich will nur bei diesem wunderbaren Mann bleiben. Es ist so, als hätte der liebe Gott einfach ein Fenster geöffnet, durch das ich immer bei runtergelassenen Rollläden zu schauen versucht habe.

Mark brachte uns gegen siebzehn Uhr nach Hause, lud dann Jaime und Rico in seinen Mercedes und fuhr mit ihnen zur Vorstellung. Stell dir vor, ich war so eifersüchtig auf die beiden Schwuchteln, dass ich sie hätte erwürgen können!

Ich saß noch lange im Garten und dachte an Mark. Und an Lothar.

Was passiert mit mir, Alex? Was ist da los in meinem Leben?

Ich bin sicher, dass ich das alles nur träume.

Deine Anne

PS: Das Vorsingen für den Festspielchor ist am Dienstag. Ich sollte noch üben, aber ich bringe keinen Ton raus. Meine Ruh ist hin, mein Herz ist schwer …

PPS: Heinrich liegt auf dem Zentralfriedhof neben der Mauer, die an die Frankfurter Bundesstraße grenzt. Parzelle vierundzwanzig, das vorletzte Grab! Bitte leg ihm auch von mir Blumen hin!

Plattstadt, Stadtring-Hotel, Zimmer 113, 8. August

Liebste Anne,
na, das ist ja 'ne üble Kaschemme! Daran muss sich die verwöhnte Diva erst mal wieder gewöhnen.

Bin wieder dort, wo meine Wiege stand! Das ist ja ein merkwürdiges Gefühl. Ich war seit dem Abitur nicht wieder hier! Ehrlich gesagt, Heimatgefühle überkommen mich hier nicht. Die Stadt ist noch unpersönlicher und gesichtsloser, als ich sie in Erinnerung habe. Wenn man wie ich jahrelang in dieser märchenhaften Kulisse von Salzburg gewohnt hat, fällt es schwer, die eintönigen Reihenhäuser, die schnurgeraden Straßen und die fantasielos gestalteten Vorgärten ins Herz zu schließen. Ich habe mir in Frankfurt bei Sixt einen Mercedes der S-Klasse geholt (habe durch meine Firma die Vorzugskarte) und musste das Navigationssystem zu Hilfe nehmen, um überhaupt meine frühere Straße wiederzufinden.

Von einem Tankwart am Stadtring habe ich erfahren, dass vor sieben Jahren alle Straßen umbenannt worden sind, weil Plattstadt nun dem Großraum Rhein-Main-Gebiet zugeordnet wurde. Du weißt ja, ich wohnte Nordstraße 15, aber das heißt jetzt Main-Kanal-Ring und die Hausnummer ist 373.

Schließlich stand ich vor dem Mietshaus, das meiner Erinnerung nach blassblau gewesen war. Jetzt ist es grünlich gelb, wie alle Mietshäuser im Main-Kanal-Ring. Ich zählte die Balkone – war es der dritte oder vierte von unten, der zu unserer Wohnung gehört hat?

Weißt du noch, wie du von deinem Reihenhausbalkon immer mit dem Bettlaken rübergewinkt hast, wenn du wegen der Hausaufgabe eine Frage hattest? Du durftest ja noch nicht mal für zwanzig Pfennig telefonieren. Heute ist die Sicht zu deinem früheren Haus verbaut. Na, jedenfalls: Die Namensschilder unten an der Haustür waren mir alle fremd. Da hab ich gemacht, dass ich wegkam.

Liz war enttäuscht. Auch sie möchte in ihre alte Heimatstadt fahren, sie stammt aus einem Vorort von Nürnberg. Sie hat alte Fachwerkhäuser in Erinnerung, schmale Gassen und einen verwinkelten Marktplatz mit einem Brunnen, auf dessen Rand sie immer mit ihren Schulfreundinnen saß und Hausaufgaben machte. Wenn wir übermorgen in Nürnberg sind, werden wir natürlich runter nach Salzburg fetzen! Liz will Mark sehen und ich DICH!!

Aber zuerst werde ich hier ein bisschen rumschnüffeln.

Leider ist das Hotel hier auch nicht der Bringer. So ein nagelneuer Kasten direkt an der Autobahnauffahrt, hinter einem riesigen Einkaufszentrum – das ist aber nicht das Kaufglück, nein? – mit fantasieloser Einrichtung und hauptsächlich Vertretern drin und alles in Orange gehalten, mit Plastikblumen auf den Tischen und billigen Drucken an den Wänden! Spei, würg, kotz! Allerdings: Im Keller ist eine Bowlingbahn! Ob Lothar hier anzutreffen ist?

Werde mich jetzt auf mein Nullachtfuffzehn-Bett hauen und erst mal meinen Jetlag ausschlafen. Liz ist »bummeln« gegangen. Hier gibt's nix zu bummeln. Noch nicht mal eine Fußgängerzone! Aber sie will versuchen, Mark zu erreichen, damit wir uns auf jeden Fall nächste Woche sehen.

Für dein Vorsingen drücke ich dir alle Daumen!!

Deine Alex

PS: »Meine Ruh ist hin, mein Herz ist schwer …«, das dürfte dir doch wohl jetzt nicht schwer fallen.

Mondsee, 10. August

Liebste Alex!
Die besten Grüße nach Plattstadt! Nein, mich schaudert's, wenn ich daran denke, dass du Arme nun im Stadtring-Hotel hausen musst! Ich sehe dich vor mir, wie du durch all die gleich aussehenden Straßen irrst, die bei dieser Hitze ausgestorben und noch trostloser als sonst sein dürften! Auch unsere alte Gesamtschule dürfte jetzt während der Ferien verlassen dastehen! Mitten in dem Neubaugebiet, das sich einmal Grüngürtel nannte und jetzt durch die Straßenbahnschienen und die Hochspannungsmasten zerstört ist!

Die arme Liz! Sag ihr, dass es in Deutschland auch sehr, sehr schöne Städte gibt!

Aber ins Kaufglück müsst ihr natürlich unbedingt einmal reinschauen und gucken, wer da jetzt Personalchefin ist. Vielleicht entdeckt ihr sogar Siegwulf Mennecken oder Jürgen Böhser! Wühl mal in den Sonderangeboten! Und geh mal in der Kantine essen! Dann weißt du, wie ich mich in den letzten zwölf Jahren gefühlt habe.

Am meisten interessiert mich natürlich deine Begegnung mit Lothar. Er dürfte in seiner Sparkassenfiliale am Neustadtwall sitzen. Ehrlich, ich habe Herzklopfen, wenn ich daran denke! Was wirst du ihm denn sagen? Bleibt es dabei, dass wir den beiden kein Sterbenswörtchen von ihren Doppelgängern verraten?

Ach Alex, mein Herz hüpft wie früher, als ich noch ein kleines Mädchen war!

Wieder ein ganzer, langer, sonniger Tag mit Mark Daniel!

Jaime und Rico: Als Babysitter sind die beiden hervorragend geeignet.

Es ist kaum zu glauben: Nach den langen Jahren unter der Knechtschaft der sich unentbehrlich vorkommenden Omas bin ich auf einmal von netten jungen Männern umgeben – und das Leben funktioniert! Mit welcher Hingabe sie die Schwimmflügelchen aufgeblasen haben…

Mark und ich fuhren zum Gosausee. Kennst du ihn? Er liegt noch hinter dem Hallstädter See und ist fast noch paradiesischer als alles, was ich bisher hier gesehen habe.

In Bad Ischl machten wir kurz Pause und wanderten auf den Spuren der Kaiserin Sissi.

Es war so romantisch! Hoffentlich kriegst du jetzt keinen Schüttelfrost, ich weiß nicht, wie ich es anders schreiben soll! Die ganze Zeit über musste ich Mark von der Seite anstarren und mir ein blödes Kichern verbeißen.

Im Park vor dem Kurhaus setzten wir uns auf einen Eiskaffee unter eine Kastanie und plauderten. Es vergeht kaum eine Viertelstunde, in der ich nicht plötzlich laut lachen muss! Ich lache eigentlich die ganze Zeit. Er hat so eine charmante Art, mit Leuten umzugehen. Und wenn er nur fragte: »Ist dieser Stuhl noch frei?« oder »Wie viel kostet diese Semmel?«, dann ist das schon eine kleine Szene aus einer Komödie – irgendetwas fällt ihm immer ein, die Leute zum Lachen zu bringen! Es ist ganz merkwürdig: Kaum einer seiner Gesprächspartner bleibt ernst oder guckt lange verkniffen, wenn Mark erst einmal das Wort an ihn gerichtet hat.

Irgendwie merkt man ihm an, dass er in Amerika aufgewachsen ist. Er ist so … unspießig.

Ach Alex, wenn ich jetzt nicht aufhöre zu schwärmen, wirst du neidisch, ich weiß. Und ich kriege bald wunde Fingerkuppen. Meinen blöden Gesichtsausdruck kannst du dir ja eh schon vorstellen. Ich grinse den ganzen Tag glücklich vor mich hin.

Am Gosausee ließen wir die Hunde frei laufen und machten uns auf den Weg.

Diese Kombination aus Hochgebirge und Seen ist das Herrlichste, was man sich wünschen kann. Mark erwähnte beiläufig, dass A. von Humboldt, dieser Naturforscher, von dem wir auch mal in der Schule gehört haben, den Gosausee als »das Auge

Gottes« bezeichnet hat und Adalbert Stifter beschreibt die Gosauer Bergwelt auch in einem seiner Bücher. Und nun beschreibt sie Anne Pistrulla in einer ihrer E-Mails an Alex von Merz.

Es ist zauberhaft, verwunschen, ein Lichterspiel für alle Sinne! Es duftet nach frischem Holz, nach allen wilden Blüten, die ein heißer Landsommer mit sich bringt, nach trockenen Wurzeln und sattem Gras. Im Wasser spiegeln sich die Gipfel der umliegenden Berge und bei jedem Schritt verändert sich das Bild. Ich hatte das Gefühl, dass die Spiegelbilder klarer konturiert waren als die Bergkette selbst. Es war alles wie eine gigantische Opernkulisse – wie überhaupt mein Leben in letzter Zeit eine gigantische Oper zu sein scheint.

Später fuhren wir mit der kleinen roten Gondel hinauf zur Zwieselalm. Alex, warst du mal dort? Sag nicht, dass du noch nie in diesem Stückchen Paradies gewesen bist!

Ich habe noch niemals eine so wundervolle Aussicht genossen – auf die schneebedeckten Berge des Dachsteingletschers und der umliegenden Bergriesen, die majestätisch in der Sonne glänzten. Es ist, als hätte Gott selbst dieses Bild gemalt! Ach Alex, ich bin so hingerissen von diesem traumhaften Fleckchen Erde!

Manchmal frage ich mich, warum es so öde und seelenlose Orte wie Plattstadt gibt und dann gleichzeitig so paradiesische Gefilde wie dieses hier. Und warum es Menschen gibt, die klaglos in Plattstadt wohnen, und andere, die so selbstverständlich und ohne eigenes Zutun in dieser Gegend leben dürfen! Ich habe auf dem heutigen Spaziergang endgültig beschlossen, für immer in dieser Gegend zu bleiben.

Wenn du eines Tages wieder in deinem Haus wohnen wirst, miete ich mir eine kleine Ferienwohnung in der Nähe. Ich geh hier nie wieder weg! Und wenn du in Amerika bleibst, kaufe ich dir dein Haus ab. Und wenn ich putzen gehen muss, um es abzubezahlen!

Ach Alex, lass mich weiter in Erinnerungen schwelgen! Die Hunde wühlten sich begeistert durchs Unterholz, rannten ständig zu einem wild sprudelnden Gebirgsbach und kühlten sich ab. Die pure, nackte Lebenslust hatte uns alle gepackt. Wir waren noch nicht müde genug, um Rast zu machen. Unbedingt wollten wir noch den Höhenrundwanderweg gehen, um diese Aussicht auszukosten.

Mark Daniel schritt strammen Schrittes neben mir her. Wieder so ein Punkt, in dem er sich von Lothar unterscheidet: Lothar hat so einen zähen Gang! Erleidet so beim Laufen. Ich habe immer das Gefühl, ich muss ihn ziehen. Wie oft hat er mir bei früheren Spaziergängen vorgeworfen, ich ginge ihm zu schnell! »Du mit deinem militärischen Stechschritt!«, hat er immer gesagt. Sein Ebenbild, Mark Daniel, hat genau diesen forschen Gang drauf. Der schreitet zügig voran, mit kräftigen, gesunden Schritten. So wie ich.

Unauffällig habe ich festgestellt, dass wir sogar im Gleichschritt gehen. Ohne uns dabei zu verrenken. Oft gehen wir ganz selbstverständlich Hand in Hand. Es gibt so viel zu besprechen!

Ich habe beschlossen, einfach nur meine Zeit mit Mark zu genießen – wie ein kostbares Geschenk.

Kennst du das, Alex, dieses Gefühl, dass man mit dem lieben Gott handeln will, dass er die Zeit still stehen lässt? Dass man jede Minute festhalten möchte, wie ein Kind? Meins, alles meins. Meine Sekunden mit Mark. Jede einzelne ist so kostbar, dass ich sie mit niemandem auf der Welt teilen möchte. Lieber Gott, lass es nicht Abend werden. Bitte halte die Zeit an, bitte, lieber Gott. Ich lebe so gern.

Erschöpft und glücklich landeten wir am späten Nachmittag auf der Zwieselalm, wo wir uns bei einem großen Bier und köstlichen Speckknödeln aneinander lehnten, die Augen schlossen und die Zeit tatsächlich stille stand.

Nachdem die bodenständige Maid im Dirndl die Teller abgeräumt hatte, bat sie Mark verschämt um ein Autogramm. Ist das nicht süß, Alex? Dass diese hochalpine Kellnerin auch zu den Festspielen geht? Oder vielleicht hat sie auch nur Zeitung gelesen.

Jedenfalls wollte ich vor Stolz und Glück platzen.

Muss Schluss machen, liebste Alex, fahre gleich zum Vorsingen.

Bin bestens präpariert – Olga Schellongova hat sich stundenlang mit mir abgemüht. Sie meint, für den Chor reicht es allemal.

Freue mich wahnsinnig auf das Opernleben! Dass sich auf meine alten Tage noch alle meine Träume erfüllen … Alex, das verdanke ich dir! Sei fest umarmt von
deiner Anne

PS: War schon am Gartentor – bin noch mal zurück: schon wieder ein Brief vom Finanzamt. Dritte und letzte Verwarnung! Wenn du nicht sofort reagierst, schicken sie dir die Steuerfahndung ins Haus. Ich faxe ihn in die Kreissparkasse nach Plattstadt zu Händen von Lothar. Dann hast du gleich einen konkreten Anlass, ihn aufzusuchen. Bestimmt ist er begeistert. Endlich mal eine Aufgabe, die seinem Genius entgegenkommt!

Plattstadt, Hotel am Stadtring, 13. August

Liebste Anne,
erst mal danke wegen des Steuerschriebs. Lass die Burschen bloß nicht rein! Wenn die meine Galerie sehen mit den frei fliegenden Vögeln und dem ganzen Blumenmeer, mit der Hängematte und der Landschaft aus bunten Polstern, wenn die erst mal ihre Nase in meine Duftkissen stecken und feststellen, dass Wohn- und Arbeitsbereich fließend ineinander übergehen, dann erkennen sie mir womöglich noch nicht mal die Galerie als Arbeitszimmer an und ich muss die Steuern der letzten Jahre zurückzahlen!

Das zum Unerfreulichen. Jetzt zum spannenden Teil meiner heutigen Mail.

Halt dich fest, Anne. Anschnallen. Ich hab ihn kennen gelernt!

Na Wahnsinn. Anne, Mensch! Du hättest ihn treffender gar nicht beschreiben können!

Gestern stehe ich so an der Rezeption, will mich beschweren wegen des lauten, völlig überteuerten Zimmers, was sich unverschämterweise »Suite« nennt, und fragen, wo es in aller Welt in diesem verdammten Nest eine anständige Fußmassage geben könnte, da steht ER plötzlich neben mir! Mark Daniel für Arme.

Er hat die Haare kurz, mit Gel drinnen, schrecklich, so borstige Zippel, mit denen Mann von Unterwelt heutzutage rumläuft, dazu einen Vollbart der Marke Hauptschullehrer in den Achtzigern. Er trägt einen spießigen Kombinationsanzug von der Stange mit Button-down-Hemd und Fliege. Und eine kleine runde Brille. Dazu Schuhe mit Troddeln in Weinrot! Grauenvoll! Er sieht aus wie Mark Daniel Martini, der sich für Karneval mal so richtig schaurig verkleidet hat – mit viel Mut zur Hässlichkeit.

Da steht er also neben mir, riecht nach O de Kolonj aus dem Sonderangebot und beachtet mich natürlich nicht.

»Ist die Bowlingbahn schon frei?«, fragt er, ohne mir einen Blick zu schenken.

Ich zucke zusammen, lasse den Kugelschreiber und den Stadtplan fallen, starre ihn an.

Diese Stimme! So gar nicht ein bisschen profund!

Er fühlt sich beobachtet, räuspert sich, guckt mich auch an.

»Ist was? Hab ich mich vorgedrängelt?«

»N… nein«, sage ich. »Ich steh hier nur so rum.«

»Also, ist die Bowlingbahn schon frei?«

»Tut mir Leid, Herr Pistrulla, aber sie ist noch bis neunzehn Uhr dreißig besetzt.«

»Ich habe doch EXTRA angerufen und gefragt, wann präzise die Bowlingbahn frei wird! Sie haben mir versichert, AUF DIE MINUTE um sieben, und ich bin davon ausgegangen, dass ich mich auf Ihre Informationen verlassen kann! Ich habe den ganzen Tag gearbeitet, EXAKT neun Stunden und dreißig Minuten, bin OHNE PAUSE von der Bank gleich hierher gefahren, um PÜNKTLICH um PUNKT sieben mit meinem Freizeitprogramm zu beginnen, ich habe sogar EXTRA noch mal zurückgefragt, ob es bei PUNKT SIEBEN bleibt, und Sie haben mir VERSICHERT…«

»Nun mach dich mal locker, Lothar«, entfuhr es mir.

Er hielt inne, starrte mich an. »Was ERLAUBEN… Woher kennen Sie meinen Namen?«

»Alex von Merz«, sagte ich und reichte ihm die Hand. »Entschuldigung. Wir sind zusammen zur Schule gegangen.«

»Tut mir Leid. Ich erinnere mich nicht an Sie.« Er zog die Nase hoch. Kurz, beleidigt.

»Ist ja auch schon ein Weilchen her. Ich war ein paar Klassen unter Ihnen. Beim Heinrich Seelig.«

Seine Augen standen prompt in Tränen. Der ist ja vielleicht fertig, der Mann!

»Dann waren Sie mit meiner Frau in einer Klasse!«

Ich heuchelte, dass sich die Balken bogen: »Wer ist denn Ihre Frau?«

»Anne Klein. Aber sie ist nicht mehr meine Frau. Sie hat mich verlassen.« Eine dicke Träne rann ihm aus dem Augenwinkel. Die Frau an der Rezeption machte sich schleunigst im Hinterzimmer zu schaffen.

Bevor ich ihn noch trösten konnte, zeigte er mir seine Finger. »Gucken Sie mal. Das hier. Stressneurodermitis! Raten Sie mal, wie so was zustande kommt.«

»Vom vielen Rumraunzen«, sagte ich erbarmungslos. »Was ist? Trinken wir was zusammen? Sie müssen ja eh hier warten.«

Ich zog ihn am Ärmel und zerrte ihn in die so genannte Bar, an die große Glasfront mit Aussicht auf die Schnellstraße.

»Sind Sie zufällig hier?«, fragte er, nachdem er einen Tomatensaft OHNE Gewürze und OHNE Eis bestellt hatte. Ich zog mir einen Martini rein. Mit drei Oliven.

»Hab geschäftlich hier zu tun«, sagte ich, indem ich ihn unverhohlen betrachtete. Klar sind das Zwillinge!

Und dabei gleichzeitig diese frappierenden Unterschiede!

»Was starren Sie mich so an?«

»Wollen wir nicht du sagen?«, sagte ich. »Ich meine, als alte Schulkameraden.«

»Hm. Meinetwegen.«

Sprach's und zog beleidigt die Nase hoch.

Ich tat völlig ahnungslos: »Steckst wohl in 'ner Megakrise, was?«

»Das ist noch milde ausgedrückt.« Er nuckelte an seinem Tomatensaft und ich überlegte, ob ich es wohl ertragen könnte, ihm täglich dabei zuzusehen.

»Warum ist denn deine Frau abgehauen?«

»Keine Ahnung. Hatte wohl einen Liebhaber.«

Er hob seine rechte Arschbacke, klaubte einen zusammengefalteten Zeitungsartikel aus der Tasche und fledderte ihn mir hin.

Ich knabberte an meiner Olive und sah ihn fragend an.

»Da! Lies! Ganz Plattstadt redet über sie!«

»Warum soll ich das lesen, wenn du es mir selbst erzählen kannst?!«

»Ist mir peinlich.«

»So schlimm?«

»Na ja, sie hat ... ihre Position ausgenutzt und mit ihren Untergebenen...«

»Was?«

»In der Bettenabteilung ihrer Kaufglück-Filiale ... und ihnen für ihr Schweigen elektronische Geräte in horrenden Werten geschenkt.«

»Und du glaubst das.«

Er zog die Nase hoch. »Was soll ich denn machen? Mit mir hat sie jedenfalls schon jahrelang nicht mehr geschlafen.«

»Woran das liegen könnte, darüber hast du aber noch gar nicht nachgedacht...?«

»Ich glaube nicht, dass ich darüber mit dir sprechen will.«

Nachdem ihn heftiger Juckreiz befallen hatte und er einer Kratzattacke erlegen war, lenkte er ab: »Und was treibt dich nach Plattstadt?«

»Bin auf der Durchreise«, sagte ich. »Wollte mal wieder meine alte Heimat anschauen.«

»Es hat sich nicht viel verändert«, sagte Lothar. Selbst das klang irgendwie beleidigt.

»Und wie geht's jetzt bei dir weiter?«, wollte ich wissen. Irgendwie tat er mir Leid.

»Das steht überhaupt nicht zur Debatte.« Kurzes, beleidigtes Nasehochziehen.

»Du meinst, es geht mich einen feuchten Kehricht an«, lächelte ich freundlich.

»Du sagst es«, knurrte er. Dann schaute er auf die Uhr. »Noch exakt zweiundzwanzig Minuten. Wenn dann die Bowlingbahn nicht frei ist, rufe ich den Geschäftsführer.«

Ich konnte nicht mehr an mich halten. »Hast du dich jemals gefragt, WARUM Anne dich verlassen hat?«

»Aha«, sagte er schmallippig. »Jetzt kommt also das übliche Emanzengewäsch!«

»Nun halt mal den Ball flach!«, brauste ich auf. »Dass ihr Kerle euch nie an die eigene Nase packt! Das hat doch einen Grund, wenn dir die Frau wegläuft!« Zugegeben, ich wurde ziemlich laut. Aber seine unreflektierte Selbstherrlichkeit, gepaart mit diesem jämmerlichen Selbstmitleid, ging mir schrecklich auf den Geist.

»Schrei hier nicht so rum«, zischte er wütend. »Das ist hier ein zivilisiertes Hotel.«

In dem Moment kam Liz aus dem Fahrstuhl.

»Na, hast du erfahren, wo es hier eine Fußmass... MARK!!

Sie rannte auf Lothar zu und wollte ihm über den Kopf streichen, zuckte aber plötzlich zurück.

Lothar schaute zwischen uns hin und her. »Kann ich jetzt in Ruhe meinen Tomatensaft trinken oder was?« Er zog die Nase hoch und rückte mit seinem Sessel wieder an den Tisch heran. Ich hörte ihn schon sagen: »Kann der Vati jetzt in Ruhe seinen Tomatensaft trinken?«

»Entschuldigung«, sagte Liz. »Ich wollte nicht stören...«

Sie verschwand im Fahrstuhl, nicht ohne Lothar vorher noch kopfschüttelnd zu mustern.

Lothar saß da.

»Jetzt sitz ich hier rum. Den ganzen Tag habe ich mich abgehetzt. Punkt halb acht hab ich auf meinem Bürostuhl gesessen und präzise siebenundzwanzig Telefonate geführt. Eins davon mit diesem Penner, der nicht in der Lage ist, die Termine für die Bowlingbahn zu koordinieren.« Er zog die Nase hoch, dass es nur so rauschte.

»Brauchst du ein Taschentuch?«

»Nein. Das ist chronisch. Stressbedingt.« Er schien richtig stolz darauf zu sein.

»Was machst du denn beruflich?«, fragte ich scheinheilig.

»Ich hänge bei der Kreissparkasse in der Plattstädter Filiale rum«, schmollte Lothar.

»Und das macht dir offensichtlich keinen Spaß.«

»Nein. Aber mich fragt ja keiner.«

»Wieso? Du bist doch erwachsen?«

»Bla, bla, bla«, machte Lothar sauer.

»Du sprühst ja nicht gerade vor Lebensfreude«, stichelte ich.

»Wie denn auch! Erst schuftet man sich präzise vierzehn Jahre lang durch die mittlere Angestelltenlaufbahn, um sich für die Familie das Reihenhäuschen leisten zu können, und dann geht die Frau mit den Kindern laufen!«

»Dann mach doch jetzt was anderes!«

»Wie stellst du dir das denn vor? Was soll ein Mann von vierzig Jahren denn noch anderes anfangen?«

»Ich suche einen Finanzmanager«, sagte ich.

»Komm um neun Uhr morgen früh in meine Zweigstelle«, sagte Lothar und schaute wieder auf die Uhr. »In exakt… sieben Minuten…«

»Ich weiß«, sagte ich. »Die Bowlingbahn.«

»Endlich hat mal eine Frau Verständnis für meine Bedürfnisse«, sagte Lothar. Und dann, Anne! Er lächelte! Richtig sympathisch! In dem Moment sah er Mark ähnlicher als Mark sich selbst. Ich hatte richtig Herzklopfen!

In dem Moment klingelte sein Handy. »Hallo, Vati«, sagte er eilfertig. »Nein, ich kann jetzt nicht. Bin im Beratungsgespräch. Was? Ja. Nimm sie mit. Ich muss heute Abend nichts essen. Sieh nach, ob sie den Herd ausgemacht hat! Ja, ich rufe dich später zurück.«

Wir verabschiedeten uns.

»Bis morgen, um PUNKT neun in deiner Filiale«, sagte ich. »Ich brauche wirklich deine Hilfe!«

»Mal sehen, was ich machen kann«, sagte er gönnerhaft.

Liz und ich gingen später essen. Bei einem Jugoslawen hinter Milchglasfenstern, mit kleinen fiesen, penisartigen Kakteen auf den Fensterbrettern.

Liz hat keinen Bissen runtergekriegt. »Der könnte mein Junge sein«, sagte sie immer wieder. »Wie ist das nur möglich?«

Tja, Anne.

Und das wird herauszufinden sein. Sag mal, ist dein Lothar zufällig auch adoptiert?

Sei lieb gegrüßt von deiner Alex

PS: Bekomme stündlich SMSe von Steve W. Vanderbilt!! Er hat schon wieder zwei Hollywood-Gebisse gemacht! Das sind Zigtausende von Dollars!

Mondsee, 17. August

Liebste Alex,
komme gerade aus Salzburg zurück, wo ich vorgesungen habe! Auf der Bühne des großen Festspielhauses!

Mitten in der großen Pause ruft der Leo von Merz plötzlich: »Alle mal in den Saal, wir haben ein Vorsingen!«

Leo von Merz drehte sich suchend im Saal um: »Wo ist sie denn?«

Mir schlug das Herz bis zum Halse. Meint er etwa MICH?

Der Pianist, der gerade noch die Casta-Diva-Arie der Norma begleitet hatte, fing an, mein Schubert-Lied zu klimpern! Alex, kannst du dir meine Panik vorstellen? Alle Sänger, die Statisten, die Chorsänger, die Einpauker und Souffleure, der Regisseur, die Regieassistentin, die Beleuchter, mein Gott, es waren vermutlich siebzig Leute, die da im Saal zusammenströmten, während ich schweißgebadet auf die Bühne kletterte!

Mark Daniel packte mich am Arm, sah mich an mit einem Blick, der mir die Knie zu Pudding werden ließ: »So, Darling. Zeig's ihnen. Stell sie dir alle in Unterhosen vor!«

Mit zitternden Fingern schlug ich mir die Noten auf, aber Mark nahm sie mir weg. »Ah, geh, Darling! Das kannst du lange auswendig!«

Ich sah ihn Hilfe suchend an, japste nach Luft. »Ich glaube, ich muss sterben…«

»Ausatmen, ausatmen, bis nix mehr drin ist«, beschwor mich Mark. Er hatte immer noch diese Keule in der Hand, mit der er seinen Kriegern droht. Die Krieger lümmelten entspannt in ihren Bänken.

Mark Daniel nahm mein Kinn und schob es zu sich hoch:

»Denk an mich. Nur an mich. Sing für mich.« Ich drückte Mark die Hand, so fest ich konnte.

Dann sprang er mit einem Satz in den Orchestergraben und war verschwunden.

»Können wir dann mal?«, rief Leo von Merz durch das Stimmengemurmel, und augenblicklich war es ruhig.

Der Einpauker begann wieder zu spielen und ich war auf einmal ganz gelassen. Da stand ich EINMAL im Leben auf der Bühne des Festspielhauses! Keine Noten, an die ich mich klammern konnte, keine klaren Gesichter zu sehen.

Ich war das Gretchen. Ich stellte mir vor, an diesem Spinnrad zu sitzen, diese eintönigen Bewegungen zu machen, und ich begann, mich ausschließlich auf Mark zu konzentrieren. An den ich Tag und Nacht denken muss. Der mein Freund ist, mein Kamerad, mein Gesprächspartner, mein ... Geliebter. Der mich geküsst hat und mir gesagt hat, dass er sich so eine Frau vorgestellt hat. Mit dem ich heute Morgen aufgewacht bin. »Meine Ruh ist hin, mein Herz ist schwer, ich finde und finde sie nimmermehr. Wo ich ihn nicht hab, ist mir das Grab, die ganze Welt ist mir vergällt. Mein armer Kopf ist mir verrückt, mein armer Sinn ist mir zerstückt. Nach ihm nur schau ich zum Fenster hinaus. Nach ihm nur geh ich aus dem Haus. Sein hoher Gang, seine hehre Gestalt, seines Mundes Lächeln, seiner Augen Gewalt. Und seiner Rede Zauberfluss... Sein Händedruck – und ach – sein Kuss!! Meine Ruh ist hin, mein Herz ist schwer...«

Als ich fertig war, fingen einige der Kulissenschieber da unten an zu klatschen. So ganz gemächlich, fast gönnerhaft, nach dem Motto: »ISSE denn jetzt endlich fertig!«

»War's das?«, fragte Leo von Merz.

»Ich fürchte, ja!«, rief ich gegen das Scheinwerferlicht.

»Gut. Sopran oder Mezzo, Kollegen vom Chor? Wo können wir sie brauchen?«

Schrecklich sachlich. So – routiniert. Klar, für ihn war es das tausendste Vorsingen.

Für mich das erste. Und letzte. Ich schwör's.

»Mezzo!«, riefen einige.

»Sopran!«, riefen andere dazwischen.

»Tenor!«, johlten einige Kerle aus dem Priester-Chor. »Wegen der Optik!«

»Hahaha«, machten einige aus dem Sopran zickig.

»Optisch können wir sie in der ersten Reihe brauchen!«, rief der Regisseur dazwischen. »Bei der Casta-Diva-Arie kann sie Norma die goldene Schale reichen. Spare ich mir eine Statistin ein.«

»Okay, dann bitte wieder alle auf die Bühne und in den Orchestergraben!«, rief Leo, und damit war das Vorsingen beendet.

Einige Instrumentalisten klopften mir anerkennend auf die Schulter, die Chordamen nickten mich freundlich an, die Chorherren sogar sehr freundlich.

»Willkommen in unserem Haufen«, sagte einer und »Hübsche Damen nehmen wir immer gern« ein anderer. Diese Österreicher sind alle so charmant! In Plattstadt hätte es wahrscheinlich nur neidische Blicke gehagelt.

Ich bin engagiert, Alex! Im Chor der Salzburger Festspiele! »Gastvertrag für die Produktion NORMA!« steht in meinem Vertrag. »Aufwandsentschädigung siebzehn Euro dreiundsechzig pro Vorstellung plus freies Parken in der Felsengarage!«

Alex, ich bin der glücklichste Mensch der Welt. Ich werde jetzt noch sieben Proben und fünf Aufführungen an Marks Seite sein! Der liebe Gott hat meine Gebete erhört. Ich fühl mich wirklich wie Gretchen. Ach, könnt' ich fassen und halten ihn! Wie wird mein Leben weitergehen? Und das meiner Kinder?

Das für heute. Rico wartet. Sein Geschenk zum sensationellen Operndebüt: eine Fußmassage!! Jaime kocht Spaghetti. Brasilianisch-feurig. Seine Mutter hat ihm ein Saucenrezept gemailt.

Nach der »Don Carlos«-Aufführung kommt Mark. Er sagt, ich soll schon mal den Champagner kalt stellen.

Die Mädchen sitzen in der Badewanne und quietschen vor Übermut.

Könnte ich je glücklicher sein??

In gespannter Erwartung deiner nächsten Mail!

Tausend begeisterte Grüße und Küsse von Mark und mir!!
Deine Anne

PS: Die Katzen balgen sich auf der Terrasse, die Hunde lecken sie ab, deine Videokamera ist ständig im Einsatz!

Plattstadt, in meinem jämmerlichen Hotelzimmer mit Aussicht auf die Umgehungsstraße, 14. August

Liebe Frau Kammersängerin,
ich hab doch immer gewusst, was in dir steckt! Jetzt hast du mit »Gretchen am Rennrad« noch mal ganz groß Karriere gemacht! Endlich bist du wieder die, die ich früher kannte!

Ich bin gleich rüber zum Friedhof und habe Heinrich davon erzählt. Er liegt ja ziemlich einsam da hinten an der Mauer, aber er macht einen zufriedenen Eindruck. Ich hab ihm von uns beiden gemeinsam einen üppigen Sommerstrauß hingelegt. Und er hat sich gefreut.

Heute Morgen hab ich mich in mein knallrotes Businesskostüm von Escada geschmissen (was jetzt wieder passt wie 'ne Eins) und habe deinem amtlichen Herrn Sparkassenfilialleiter meine Aufwartung gemacht.

Er hat nicht schlecht gestaunt, als er mich in diesem Aufzug sah! Er nahm seine runde Brille ab, putzte sie umständlich mit seinem Jackettsaum und setzte sie wieder auf, um weiterhin erstaunt hindurchzustarren. Kaum hatte er sich wieder gefangen, hat er mir dieses verdammte Fax vom Finanzamt sehr förmlich überreicht.

»Das ist hier für dich angekommen.«

»Und?«, sagte ich. »Hast du's gelesen?«

»Natürlich nicht. Ich beherzige das Briefgeheimnis.«

»Aber ich will, dass du es liest! Mensch! Die Typen vom Finanzamt setzen mir die Pistole auf die Brust!«

»Das ist noch milde ausgedrückt«, sagte Lothar, nachdem er den Schrieb überflogen hatte.

»Du hast erhebliche Einnahmen im Ausland gehabt«, belehrte er mich in diesem beleidigten Nasehochziehton, »und nicht versteuert. Da beißt die Maus keinen Faden ab.«

»Ja«, sagte ich ungeduldig, »weiß ich.«

»Damit hast du dich im weitesten Sinne strafbar gemacht«, mäkelte Lothar. »Alles, was recht ist!«

»Mann! Komm mir jetzt nicht mit diesem moralischen Gesülze! Hilf mir lieber aus der Patsche!«

Er verzog den Mund zu einem süßlichen Lächeln. »Ich kann mich nicht erinnern, von dir zu einer solchen Handlung aufgefordert worden zu sein ... Dienst ist Dienst und Schnaps ist Schnaps!«

»Dann FORDERE ich dich hiermit auf!«

»Es tut mir Leid«, sagte Lothar schmallippig, indem er auf seinen elektronisch programmierten Terminkalender tippte. »Aber ich habe überhaupt keine Termine mehr frei ... Gut Ding will Weile haben ... Rom wurde auch nicht an einem Tag erbaut ...« Boh, diese Spießersprüche! Wie ich dich verstehen kann!!

»Ich BITTE dich!«, sagte ich und sank auf seine Schreibtischkante. Leider hatte er keine Zigaretten rumliegen, sonst hätte ich eine gequarzt. Obwohl ich es mir doch abgewöhnt habe.

Er wich zurück und starrte mir in das Dekolleté, das glücklicherweise nach wie vor üppige ...

»Es ... handelt sich um ... für mich ungewohnte Summen«, sagte er schließlich. »Mit solchen Geldern habe ich keine Erfahrung.«

»Aller Anfang ist schwer«, sagte ich, milde lächelnd. »Dafür sind neue Erfahrungen ja da. Dass man sie macht.« Und, um seiner Sprücheklopferei noch die Krone aufzusetzen, fügte ich, unpassenderweise, hinzu: »Nichts ist unmöglich – Toyota!«

»Ist das ein ... offizieller ... Auftrag?« Lothar rückte seine Fliege am Hemdkragen zurecht.

Du, Anne, ich glaube, er hat sich wahnsinnig gefreut!

»Alles muss man selber machen«, murmelte er erfreut. »Aber man macht's ja gern.«

»Wo muss ich unterschreiben?« Ich kramte nach meinem 15000-Mark-Füller.

»Ähm ... hier«, Lothar kramte nun mit einer erstaunlichen Geschwindigkeit ein paar Antragsformulare hervor, die seinen Namen im Briefkopf hatten und aus Tausenden von klein gedruckten Paragraphen bestanden. »Hier unten, wenn's recht ist.«

»Es IST mir recht«, sagte ich und unterschrieb bei »Antragsteller«.

Weißt du was? Ich hab totales Vertrauen zu Lothar. Wenn EINER auf dieser Welt gediegen und zuverlässig ist, dann er. Es kommt mir vor, als würde ich ihn schon lange kennen. Und das tue ich ja auch.

Ich überflog den eng bedruckten Wisch mit den sieben Durchschlägen hastig.

»Kannst du mir mal kurz deine Lesebrille leihen?«

Lothar nahm seine Brille ab und gab sie mir – erstaunt, aber nicht unwillig. Für einen winzigen Augenblick dachte ich an den Moment, Anne, in dem wir das Bikinioberteil getauscht haben. Im Kaufglück. Vor hundert Jahren.

Ich kniff die Augen zusammen und las.

Offensichtlich betreibt dein Lothar da heimlich in seiner Sparkassenfiliale einen lukrativen Nebenjob. Über »Beratung und Abwicklung bei finanziellen Grenzfällen«. Ich sah nur Floskeln wie »im gegenseitigen Einvernehmen wurde absolutes Stillschweigen gegenüber Dritten vereinbart« und so was.

Ich sage dir, Anne, dein Typ gefällt mir. Der ist gewitzt und gerissen, der Bursche. Wahrscheinlich verdient er doppelt oder dreimal so viel, wie er dich, seinen Arbeitgeber und das Finanzamt wissen lässt. Durch private Beratungen bei diffizilen Geldanlagen.

Er schob mir verschämt, aber nicht unstolz einen Wisch rüber und ich lugte durch seine runde Brille: »Liquiditätsbetrachtung im Ist-Stand, Strukturanalyse und Erstellung einer optimierten Vermögensbilanz, Steuer und Liquiditätsbetrachtung: Cashflow. Planung und Projektion, strukturelle Anlageberatung, Präsentation der Analysen durch Ihren persönlichen Financial Consultant, laufende Überwachung Ihrer Vermögensentwicklung... durch Ihren privaten Vermögensberater, Lothar Pistrulla.«

Schätze, ich habe meinen Finanzberater gefunden!

Ich werde Lothar auf diese Weise an mich ketten und ihn genauestens unter die Lupe nehmen.

Wir saßen jedenfalls noch geschlagene drei Stunden über meinen Unterlagen und er hatte eine Menge Ideen, wie man die Gelder gewinnbringend, steuersparend und überhaupt sich selbst ständig in Potenz vermehrend anlegen kann. In der Schweiz, in Luxemburg, kurz, überall, wo nicht wirklich Deutschland ist, aber doch so, dass man nicht ins Gefängnis kommt.

Das ist ein ganz abgewichster Bursche. Aber genau deshalb gefällt er mir!

Lothar hatte einen Höhepunkt nach dem anderen, war regelrecht im Rausch der Sinne!

Ich sage dir, im Laufe der drei Stunden hat er nicht einmal mehr die Nase hochgezogen oder sich zwischen den Fingern gekratzt! Er hat ein paarmal so hinreißend gelächelt, wie Mark das immer tut! Und dann sagte er den entscheidenden Satz, der mir das Herz für ihn öffnete: »Ich kriege übrigens für alle Gewinne aus deinen Anlagen zwanzig Prozent.«

Ich stand da, schaute ihn an, er lächelte wieder; ich wette, er hat die gleichen Grübchen wie Mark unter seinem Bart! – Ich hatte plötzlich ganz herzliche Gefühle für ihn und er kratzte sich verlegen am Kopf, schaute mich auch an, zog die Schultern hoch – es ist GENAU das Schulternhochziehen, das auch Mark Daniel hat! – und sagte, fast spitzbübisch: »So ist das in unserer Branche üblich. Das darf man alles nicht so eng sehen. Klar wie Kloßbrühe!«

»Soll ich dir was sagen?«, fragte ich. »In MEINER Branche auch! Spaß muss sein!«

Und um dieser ganzen spießigen Sprücheklopferei noch einen draufzusetzen, sagte ich, weil mir nichts Besseres einfiel: »Macht ’nen schlanken Fuß! So jung kommen wir nie wieder zusammen!«

Er grinste: »Brat mir einer ’nen Storch! Da bleibt kein Auge trocken!«

Und ich sagte: »Aber hallo! Angriff ist die beste Verteidigung!«

Also ich sage dir, Anne, irgendwie war der Knoten zwischen uns geplatzt.

»Firma dankt«, sagte er und ließ das Formular wieder in seiner Geheimschublade verschwinden.

»Man gönnt sich ja sonst nix«, sagte ich, nur weil ich das letzte Wort haben wollte.

Endlich – mir hing der Magen schon in den Knien – ließ er sich überreden, mit mir essen zu gehen. Mangels Möglichkeiten gingen wir schon wieder zu diesem fettigen Jugoslawen mit den Butzenscheiben und den jämmerlichen Kakteen.

Wir hatten hochinteressante Gespräche! Auch über Oma Helga und Opa Karl-Heinz!

Heute Abend treffen wir uns wieder in irgendeiner Spelunke neben dem »Kaufglück«. Ich hab ihn gefragt, warum wir nicht gleich in die Kantine gehen, aber er hat gesagt, auf deinen Spuren möchte er nicht mehr wandeln.

Wir gehen »gutbürgerlich« in die »Jagdstuben« am Markt. Melde mich, wenn es Neues gibt!

Und vergiss nicht: KEIN Wort gegenüber Mark! Standhaft, duldsam und verschwiegen.

Genieße den Burschen mit allen Sinnen, aber halt den Schnabel, was seinen Doppelgänger anbetrifft! Wir können eventuell aus der Sache noch richtig Kohle machen. Weiß nur noch nicht, wie.

Liebe Grüße nach Salzburg
deine Alex

PS: Kann im Moment unmöglich hier weg – hab Lothar schon so weich geklopft!

Liz kommt alleine und geht in die Don-Carlos-Aufführung. Sie wird dir gefallen!

Mondsee, 17. August

Liebste Alex,
komme gerade von einer gigantisch schönen Fahrradtour zurück und tue so, als hätte ich keine Sorgen. Mark Daniel hat unten im Dorf bei diesem Rad- und Sportgeschäft zwei Kindersitze aufgetrieben und auf die Fahrräder in der Garage montiert; wir haben je ein Mädchen hinten draufgesetzt und sind um den ganzen Attersee geradelt! Ich glaube, so fünfundsiebzig Kilometer. Natürlich hat der aufmerksame, fürsorgliche Mann auch zwei Helme besorgt.

Zuerst schlotterten mir die Knie vor Angst. Ich muss dir was gestehen, Alex: Seit ich mit Lothar verheiratet bin, bin ich NIE wieder Fahrrad gefahren!

Dementsprechend unsicher fühlte ich mich, als ich in Unterach auf dem Parkplatz meine ersten wackeligen Runden drehte. Ich schämte mich schrecklich vor Mark.

Mark Daniel lachte: »Aber Darling! Radfahren verlernt man doch nicht!«

Ich finde das zauberhaft, dass er mich Darling nennt! Manchmal sagt er auch »Love« oder »Honey«. Ich strampelte jedenfalls zwischen den Altpapiercontainern und dem blauen Touristenklo hin und her. Und dann ging es plötzlich ganz leicht!

In solchen Momenten ergreift mich panische Angst, dass er plötzlich weg sein könnte. Dass er nicht wiederkommt. Dass er nur ein Traum war.

Das hab ich in letzter Zeit immer öfter, Alex. Dieses bange Gefühl, eines Morgens wieder in Plattstadt in meiner Ehebetthälfte aufzuwachen. Mit Blick auf die Vorderfront des grauen Reihenhauses, mit dem VW Passat im Carport.

Und fühle mich um viele Kilo leichter dabei. Und die Kinder sind stark und mutig!

Später hat Mark Daniel mit beiden schwimmen geübt. OHNE Schwimmflügelchen sind sie vom Beckenrand in seine Arme gesprungen – voller Vertrauen.

Für sie ist die Welt plötzlich so in Ordnung: Sie haben ihren Papa wieder, aber einen, den sie verdient haben. Manchmal entfährt ihnen noch ein »Vati!«, aber dann verbessern sie sich: »Mark!«

Nach einer Jause auf der Wolldecke luden wir die Mädchen wieder auf die Räder und nach wenigen schaukelnden Bewegungen schliefen sie bereits tief.

Übrigens war nie die Rede davon, dass Lothar adoptiert ist.

Das glaube ich auch nicht. Dazu ist er seinem Vater Karl-Heinz viel zu ähnlich.

Aber ihr scheint euch ja ganz gut zu verstehen. Du lässt dir eben einfach nichts gefallen, und ich glaube, das imponiert ihm. Versuch was aus ihm rauszukriegen! Die Kinder liegen todmüde in ihren Betten, und soll ich dir was sagen? Sie haben tatsächlich ein bisschen FARBE im Gesicht!! UND wir haben am Abend einen Hamburger mit Ketchup gegessen! Meinst du, jetzt komm ich in die Hölle?

Mark Daniel hat Vorstellung »Don Carlos« und ich werde mich jetzt ins Auto setzen und nach Salzburg fetzen! Werde mich noch zum dritten Akt ins Festspielhaus mogeln, durch den Bühneneingang! Kenne inzwischen die Schleichwege. Neben dem Getränkeautomaten im Hof gibt es eine Tür, die öffnet sich, wenn man seine Mitgliedskarte reinsteckt. Ich bin vielleicht ein gerissenes Weiberl, was? Dann schleiche ich mich in die Intendantenloge, die ist fast immer frei. Und wenn nicht, stelle ich mich einfach hinten rein. Ich LIEBE den »Don Carlos« und ich MUSS zum dritten Akt da sein, wenn er singt: »Ella giammai m'amo!« Sie hat mich nie geliebt! Dann möchte ich mich übers Geländer beugen und durchs ganze Festspielhaus schreien: DOCH! Vom ersten Moment an!! Er schaut auch immer rauf zu der besagten Loge. Und wenn er mich sieht, dann fasst er sich ganz unauffällig an an die Lippen und schickt mir einen Kuss rauf.

Alex, ist das wirklich mein LEBEN? Oder wache ich irgendwann in Plattstadt wieder auf?

Ich danke dir so von Herzen, dass du mich in diese Zauberwelt geholt hast! Und frage mich, was ich die ersten sechsunddreißig Jahre meines Lebens gemacht habe. Und warum.

Sei ganz lieb gegrüßt und umarmt und geküsst
von deiner glücklichen Anne

PS: Büffele in jeder freien Minute meine »Norma«- Noten! Guerra Guerra le galiche selve! Morgen bin ich zum ersten Mal bei der Bühnenprobe dabei!!

Plattstadt, im Hotelzimmer – übrigens jetzt im besten des Hauses.
Nennt sich »Suite« und ist immerhin »nach hinten raus«.
Aussicht auf einen Parkplatz mit Müllcontainern – echt geil!
18. August

Liebste Anne,
ist es bei euch auch so heiß? Hier in Plattstadt wabert die Heißluft zwischen den Betonwänden, dass man sie sehen kann. Habe heute einige Minuten im klimatisierten »Kaufglück« verbracht und mir die runtergesetzten Sommerschlussverkauffähnchen angesehen – aber tunlichst nichts gekauft! Das sind alles Klamotten, Anne, damit kannst du weder mich noch einen Mann, der halbwegs modischen Geschmack hat, hinter dem Ofen hervorlocken. Deine Kollegen hingen alle wie ein Schluck Wasser begeisterungslos über ihren Kleiderständern und zwischendurch kamen immer diese nervtötenden Durchsagen:

»Fünf, bitte die drei!« und »Sieben, bitte die neun!«

Lass mich bitte bei der nächsten Mail wissen, was das bedeutet. Du ARME, dass du deine schönsten Jahre in diesem trostlosen Laden verbracht hast! Jeden Tag ACHT Stunden! Wie müssen die zäh und klebrig rumgeschlichen sein!

Längst hätte ich diesem heimeligen Ort den Rücken gekehrt, wenn es nicht täglich spannende Neuigkeiten gäbe!

Mein Abendessen mit deinem früheren Gemahl verlief, abgesehen von dem schrecklichen Essen in der abgedunkelten gutbürgerlichen Stube, in der wieder stachelige Kaktus-Penisse die Fensterbänke zierten, überraschend kurzweilig!

Lothar genehmigte sich zu meiner Freude zuerst ein Bier und dann ließ er sich sogar zum gemeinsamen Konsum einer Flasche feurigen Pusztaweines überreden!

Wir aßen Paprikareis mit gehackten Fleischröllchen und Krautsalat. Mein Traumessen, sag ich dir. Nächste Woche wird es mir wieder leicht fallen zu fasten.

Ich hatte mich in mein schwarzes schlichtes Jil-Sander-Kleid geschmissen, dazu ein orangefarbenes Seidentuch locker über die Schulter gelegt, und weil Lothar meine Beine anscheinend so gut gefallen, meine neuen Prada-Schuhe, die vorne ganz spitz zulaufen und einen schmalen Fuß machen, angezogen. Nun, liebste Freundin, ich schreibe dir das alles so ausführlich, weil dein sexuell völlig lahm gelegter Gatte durchaus noch einen Sinn für alles Schöne, Weibliche hat, wie ich einfach den Drang hatte auszukundschaften. Seine Augen hinter seinen kleinen runden Brillengläsern ruhten jedenfalls sehr gefällig auf mir. Wahrscheinlich bist DU zu Hause nur in Cordhosen und weiten Pullovern rumgelaufen. Mit Nicky-Tüchlein Marke brave Mutti und flachen Schuhen.

Gib's zu, Anne. Du hast dem Mann nicht ein bisschen was gegönnt. Und nachts hattest du vermutlich groß karierte Flanellschlafanzüge an, die morgens total lappig an einem runterhängen! Oder diese unglaublich sexy rosa Nachthemden, die ich bei »Kaufglück« am Drehständer gesehen habe, für acht Euro dreiundzwanzig, die einem bis zu den Waden reichen.

Der steht total auf Seidenstrümpfe und kurze Röcke, weißt du das eigentlich?

Anne, ich muss dir was gestehen: Ich FLIRTE mit deinem Mann! Weiß auch nicht, warum. Wahrscheinlich, weil ich gerade nichts Besseres zu tun habe.

Während wir dasaßen, rief mich völlig überraschend Alwin Znob über Handy an.

Du erinnerst dich, der Chefredakteur von Panorama, der mich mit dieser Kaviarmaske so schmählich blamiert hat und den ich mit all meiner überflüssigen Energie gehasst habe. Muss aber zugeben, ich hatte lange keinen Gedanken mehr an ihn verschwendet und meine Energie gewinnbringender angelegt.

»Frau von Merz, mir ist zu Ohren gekommen, dass Sie sich in Deutschland befinden (sülz, sülz!). Und da habe ich mir gedacht, ich frage Sie mal nach Ihrem werten Befinden (schleim, schleim!). Der Erfolg Ihrer Eigenkreation Jane Blond ist ja bis über den großen Teich zu uns vorgedrungen (hechel, hechel!). Aber Sie nachtragendes Mädchen arbeiten ja nur noch mit der Bunten! Das habe ich nicht verdient, bei aller Selbstkritik (Speichel leck, Füße küss!).«

Ich hab es, ehrlich gesagt, genossen, den falschen Widerling vor den Ohren von Lothar so abzukanzeln, dass er wohl immer noch winselnd in der Ecke liegt.

»Sie stören mich gerade bei einem privaten Abendessen, Herr Znob!«

Ich warf Lothar einen verschwörerischen Blick zu und der wurde rot.

»Oh, nichts läge mir ferner, gnädige Frau! Verzeihen Sie bitte meine Kühnheit (winsel, jaul!).«

»Was kann ich für Sie tun, Herr Znob? Machen Sie's kurz!«

»Ein kleines, klitzekleines Exklusivinterview, Frau von Merz, weil wir alte Freunde sind!«

»Wir sind keine alten Freunde, Znob. Und ein Exklusivinterview kostet Geld!«

Ich zwinkerte Lothar zu und er sprang auf und holte ein Feuerzeug, um mir meine Zigarette anzuzünden, die ich mir in den Mundwinkel gesteckt hatte. Tja, Anne. Ich rauche wieder. Dein Lothar macht mich nervös.

»Ich würde Sie und Ihren Begleiter natürlich nach Hamburg einfliegen lassen und eine Nacht im Vier Jahreszeiten wäre auch noch drin …«

»Danke, ich bevorzuge das Élysée!« Lothar gab mir inzwischen Feuer.

»Selbstverständlich, das auch, ganz wie Sie wünschen …«

»Wie viel?«, fragte ich eisig und blies den Rauch aus.

»Liebe gnädige Frau, wie Sie sich denken können, befinden wir uns im Sommerloch. Wir plagen unsere Leser seit Wochen mit breit gewalzten Trennungsgeschichten von B- und C-Prominenten, die Auflagen gehen rapide zurück und Sie glauben gar nicht, wie dankbar ich Ihnen wäre, wenn Sie es irgendwie möglich machen könnten… Ein paar kleine Szenen aus dem neuen Leben von Nackedei, Ihre ganz persönlichen Eindrücke von ihrem neuen Lover, und vielleicht verraten Sie uns auch ihren Aufenthaltsort…«

»Sie heißt nicht mehr Nackedei. Sie heißt Jane Blond.«

»Ja, natürlich (Speichel leck, Füße küss), Jane Blond. Das war ein genialer Schachzug von Ihnen, wenn ich mir die Bemerkung erlauben darf…«

»Ich denke drüber nach«, sagte ich kühl und drückte das Handy aus.

Lothar guckte mich an. »Dem hast du's aber gegeben«, meinte er anerkennend. »Alles, was recht ist!«

»Der braucht das«, sagte ich und drückte meine Zigarette in den Hackbällchen aus. »Geld stinkt nicht! Was ist, hast du Lust auf eine Spritztour nach Hamburg?«

»Ich denke drüber nach«, sagte Lothar und kippte seinen Sliwowitz herunter.

Tja, Anne, stell dir vor! Dein Gatte ist zu den kühnsten Schandtaten bereit!

Melde mich, wenn es Neues von der Front gibt.

Ich muss den Kerl erst mal etwas auftauen. Schätze, ich werde ihn in Hamburg mal in einige Boutiquen schleifen. Und dann muss der Bart ab. Gib mir etwas Zeit, Anne, ich arbeite dran.

Wenn er auf siebenunddreißig Grad ist, werde ich mir mal den Opa Karl-Heinz vorknöpfen und die Oma Helga. Schätze, die haben auch noch so einiges zu erzählen. Wir werden schon rausfinden, warum unsere Männer Zwillinge sind.

Deine Privatdetektivin
Alex

PS: Wenn er die Brille abnimmt, sieht er eigentlich schon ganz menschlich aus!

Mondsee, 19. August

Liebe Alex,
zwei wundervolle Neuigkeiten (außer der, dass ich über beide Ohren verliebt bin):

Heute ein Anruf von Kyllikki: Sie hat alles für die Scheidung vorbereitet und alle Unterlagen eingereicht, und da Lothar überhaupt keine Zicken macht, hat der Richter das Trennungsjahr akzeptiert! Wenn alles gut geht, bin ich nächste Woche geschieden!

Der Blick in meine letzten Kontoauszüge hat mich zum Jubeln gebracht: Die ersten Raten von meiner Provision an den Jane-Blond-Artikeln sind da! Auf einmal habe ich sechsstellige Summen auf dem Konto!

Was ist, Alex, verkaufst du mir dein Haus? Ich kann es immerhin schon anzahlen!!

Gestern und vorgestern waren intensive szenische und musikalische Proben. Am Samstag ist bereits Premiere! Überall in der Stadt Salzburg hängen die riesigen Plakate: »Norma« von Vincenco Bellini! Und dann die Namen der Solisten, fett gedruckt. Über den Gassen haben sie riesige Spruchbänder gespannt, von Fenster zu Fenster, damit auch jeder Tourist es sehen kann. Dabei ist die Premiere schon lange ausverkauft. Du hast natürlich zwei Karten. Kommst du denn nun? Womöglich mit Lothar? Dann wären die beiden an ihrem Geburtstag zusammen. Ich sterbe vor Spannung.

Wird sich das alles ändern, wenn wir plötzlich zu viert bei Kaffee und Kuchen auf der Terrasse sitzen?

Halb freue ich mich wie ein kleines Mädchen auf Weihnachten, halb fürchte ich, der ganze Zauber unserer spannenden Geschichte könnte mit einem Mal zu Ende sein.

Mark Daniel singt auch den ganzen Tag vor sich hin. Unser Haus – Entschuldigung, Alex! – DEIN Haus ist erfüllt von Singen und Lachen, von Kindergeschrei und Hundegebell, von Töpfeklappern und Vogelgezwitscher – und du hattest Angst, dass dein Haus langsam verfällt.

Nicht solange wir hier sind. Sogar die Blumen im Wintergarten drehen ihre Köpfe dahin, wo das Leben ist!

Ich wage nicht, darüber nachzudenken, was sein wird, wenn du wiederkommst.

Deine Anne

PS: Ich bin eine reiche, geschiedene Diva!! Wenn ich das in meinem Club erzähle!

PPS: Wirst du deinem Zahnarzt treu bleiben oder ihn etwa mit meinem Exmann betrügen?

Hamburg, Hotel Élysée, Suite 664–668, auf der Dachterrasse mit Blick auf die Alster, 19. August

Puh, Anne,
ich bin auch hin- und hergerissen. Nach Salzburg kommen? Man traut sich ja gar nicht, in eure Idylle einzudringen! Nein, ich hab mich mal wieder für das Geld entschieden. Komme gerade von meinem »Interview«. Das hat mir 20000 Euro eingebracht. Das Geld liegt auf der Straße. Das kann man doch nicht einfach da so rumliegen lassen!

Deinen Lothar hab ich erst mal ins Fitnesscenter und auf die Sonnenbank geschickt.

»Na, Alwin Znob«, hab ich zuckersüß gelächelt, als er und seine Klatschkolumnistin Katinka Kess Händchen hielten, »hat Amor bei Ihnen auch eingeschlagen?«

»Zum Glück werde ich jetzt nicht von der Boulevardpresse verrissen«, hat er grinsend geantwortet, »denn Katinka und ich SIND die Boulevardpresse. Und nur Rumpelstilzchen zerreißt sich selbst.«

Witziger Bursche, was? Ich hätte ihn auspeitschen können. Lothar hat unserer Unterhaltung mit großer Spannung beigewohnt. Er scheint's zu genießen.

Natürlich wollte Alwin Znob wissen, ob was zwischen uns ist, aber ich hab ihn als meinen »Finanzberater« vorgestellt. Alwin Znob hat gemurmelt: »Ach, so nennt man das heute«, und ich hab gesagt, er soll sich seiner vorlauten Kommentare enthalten, sonst gibt's kein Interview über Nackedei.

Ich hab dann einiges über Jane Blond erzählt, besonders natürlich die Szene, wie sie von der Golden Gate Bridge gesprungen ist. Alwin Znob sagt, er hat zwar Bildmaterial über die dpa bekommen, aber er braucht private Infos. Also hab ich etwas geplaudert über ihre neue Liebe, diesen Schweizer Regieassistenten. Einen kleinen Tipp hab ich ihm auch noch gegeben: dass sie in Maui sind, auf Hawaii. Die Information hat natürlich was gekostet und nicht zu knapp. Jetzt ist er begeistert, noch heute fliegen zwei seiner besten Fotografen hin, er hat die Titelseite für die nächste Ausgabe und fragt, ob er die Geschichte auch an verschiedene Yellow-Blätter verkaufen darf oder ob ich ihn dann gleich wieder verklage.

»Wenn ich selbst was dran verdiene, verklage ich Sie nicht.«

»Von jeder Transaktion bekommt Frau von Merz zwanzig Prozent«, mischte sich da plötzlich dein Lothar ein. Ups! Alle Köpfe drehten sich beeindruckt zu ihm herum.

»Kla... klar«, sagte Alwin Znob schnell. Er warf mir einen anerkennenden Blick zu.

Jetzt hab ich für ein Mittagessen 20000 Euro verdient, Anne, sag mal, wie hätte ich da nach Salzburg fliegen können zu eurer »Norma«-Premiere?

Wir sind jedenfalls ein bisschen shoppen gegangen, Lothar und ich. Wir schlenderten am Gänsemarkt vorbei und flanierten durch die vollklimatisierten Einkaufspassagen. Für den Abend kauften wir Kaviar ein, der war im Sonderangebot. Tja, und dann habe ich Lothar überreden können, sich a) den Bart abnehmen zu lassen und b) mal ein paar angesagte Designerklamotten an den Leib zu hängen. Ich saß rauchend im Sessel und nippte an meinem Champagner, während er sich von meinen schwulen Freunden, die auch meine Schauspieler immer einkleiden, einige Armani-Anzüge und ein paar Kleinigkeiten von Yves Saint Laurent aufschwatzen ließ.

»Ich will keinen Finanzberater, der in karierten Kombinationen von der Stange rumläuft«, hab ich gesagt. Er hat sich erst ein bisschen geschämt, besonders als er die Preise sah, aber ich hab gesagt, das geht auf die Firma. Hab natürlich die üblichen Prozente gekriegt und Sommerschlussverkauf ist ja schließlich auch in diesen Edelboutiquen. Dann hab ich ihn noch zu Unger geschleift, wo man ihm ein paar schöne Wäscheutensilien und

Badeklamotten und so was vermachte. Ja, wie läuft der Mann denn rum!

Anne, Anne, da muss ich dich wirklich ein bisschen tadeln. Aber jetzt sieht er schon ganz manierlich aus!

Er war noch nie in einem Fünfsternehotel, stell dir vor! Wusstest du das?

Ja, wahrscheinlich wusstest du das. Schließlich hast du ja zwölf Jahre mit ihm gelebt.

Er ist ein ganz netter Kerl übrigens. Habe ich das schon erwähnt? Ich meine, wenn er entspannt ist, dann entwickelt er einen richtig süßen, jungenhaften Humor. Der muss nur erst wieder ausgebuddelt werden!

Er genießt unsere gemeinsame Dachterrasse im Élysée, aber wir haben natürlich getrennte Suiten. Was denkst du denn! Ich liebe Steve W. Vanderbilt.

Von deinem Lothar will ich nur eines: Geld. Wie oft soll ich dir noch predigen, dass man nicht mit Männern schläft, die für einen Geld vermehren?!

Muss jetzt Schluss machen, die Sonne ist so weit hinter den Häusern verschwunden, dass wir jetzt in der Abendluft ganz gemächlich noch ein bisschen um die Alster joggen können.

Lothar sagt, er ist ein leidenschaftlicher Jogger. Eigentlich. Er hat bloß nie Zeit dazu.

Wusste nicht, dass er überhaupt etwas leidenschaftlich macht. Es ist schon sehr merkwürdig, mit Mark Daniels Ebenbild zusammen zu sein.

Grüße Leo und Olga von mir! Und natürlich das Ebenbild. Sag ihm, der erste Scheck aus Salzburg ist da! Werde ihn gleich Lothar übergeben, zwecks steuersparender Geldanlage!!

Wenn der wüsste, dass er die Gagen seines Zwillings verwaltet! Könnte mich kaputtlachen …
deine Alex

PS: Wovon genau handelt noch mal »Norma«? Wer schläft mit wem und warum muss ausgerechnet sie nachher ins Feuer? Wo sie doch zwei Kinder hat.

Mondsee, 20. August

Ach Alex,
mir geht's so gut! Wir kommen gerade von der Orchesterhauptprobe »Norma« im Festspielhaus. Das ist so eine geile Musik!! Inzwischen kann ich jeden Ton auswendig. Aber ich stehe ja nur im Chor und leiste nichts Besonderes, während Mark wirklich tolle schwere Arien singt. Ich warte immer drauf, dass der doppelte Lothar mir sagt, wie viele Stunden er nun PRÄZISE gearbeitet hat und wie lange er sich jetzt ausruhen muss. Aber der Mann ist unverwüstlich. Dein – mein – unser aller Traum-Mark Daniel werkelt singend und pfeifend in deinem Wintergarten rum. Wusstest du, was er für ein begabter Innenarchitekt ist? Er hat im Bühnenfundus die Kulisse einer alten spanischen Kneipe entdeckt, aus »Carmen«, und hat sie dem Bühnenbildner für 'n Appel und 'n Ei abgeschwatzt. Eben hat er mit Hilfe einiger Bühnenarbeiter die ganze Kulisse hier angeschleppt und im Wintergarten aufgebaut. Jetzt ist es eine original spanische Tapa-Bar unter Palmen und Hibiskusblüten! Die Krönung ist ein riesiger gelb-roter Sonnenschirm, der in »Carmen« bei der Stierkampfszene seine Dienste geleistet hat. Hoffentlich hast du nichts dagegen, aber Mark sagt, ihr hättet euch schon damals darüber unterhalten, dass man aus dem Wintergarten noch was Tolles machen könnte. Und mir hast du ja auch grünes Licht gegeben. Er macht das einfach. Ohne viel Worte darum zu machen. Von wegen, der Vati dübelt jetzt mal eine Mutter rein. Der Mann ist wirklich in jeder Hinsicht ein Hauptgewinn. Eben wispert eine dicke Rothaarige aus dem Sopran: »Moanst, dös der scho vergeben is?«

»Du, dös konn i dir net sogn«, raunt ihre Nachbarin. »Hob ihn noch nie mit an Weiberl g'seng!«

»A geh, glaub eh net, dös der net schwul is, so wie der ausschaut!«, mischt sich die Dritte ein.

»Alle guatn Männa san schwul!«

So tuscheln sie rum, die Weiber auf der Bühne. Während zwei Meter vor uns Norma vor meinem Mark Daniel in die Knie sinkt und ihn um Vergebung anfleht, weil sie heimlich von einem Römer zwei Kinder hat. Dieser Kerl wiederum, Pollione, Tenor, treibt es gleichzeitig heimlich mit der blutjungen Adalgisa, einer Novizin, die unter Normas Obhut steht. Beide, sowohl Norma, die Priesterin, als auch Adalgisa, die junge Nonne, haben das Keuschheitsgelübde abgelegt. Pollione, erstens Mann und per se schon mal verboten, zweitens auch noch Römer und damit Feind, schläft mit beiden!! Die Kleine vertraut sich ahnungslos ihrer Meisterin an – und Norma begreift, was Pollione ihr angetan hat.

Unwahrscheinlich, wie sie reagiert! Sie will Pollione strafen, indem sie ihre gemeinsamen Kinder im Schlaf ersticht! Wie sie da ankommt als riesiger Schatten hinter der Kulisse, mit diesem Krummdolch, da bleibt einem schon das Herz stehen.

Adalgisa kann sie schließlich davon abhalten und Norma nimmt ihr den Schwur ab, sich fortan um die Kleinen zu kümmern. Dann geht Norma heldenhaft ins Feuer und Pollione, überwältigt von ihrer Stärke, folgt ihr in die Flammen.

Ich stehe da und mein anderes Leben, das im Kaufglück in Plattstadt, ist weit, weit weg. So als wäre es nie gewesen.

Das verdanke ich alles dir, Alex! Ohne deinen beharrlichen Zuspruch hätte ich mich nie getraut, mein Leben zu ändern! Und jetzt begreife ich nicht, wieso ich so lange damit gewartet habe. Ob es vielen Leuten so geht? Die genau spüren, dass ihr Leben so nicht in Ordnung ist, aber sich einfach nicht dazu aufraffen können, es zu ändern? Muss man Mitleid mit diesen Leuten haben, Alex? Oder nur sagen: selber schuld?

Morgen ist spielfreier Tag. Wir sind bei deinem Exmann und Olga zum Abendessen eingeladen, alle Mann hoch! Ich bete jeden Tag, dass Gott die Zeit stillstehen lässt.

Das Leben ist ein Traum, Alex. Danke, dass du mich noch ein

bisschen träumen lässt. Ich werde dein Haus hüten wie meinen Augapfel und dir das alles nie vergessen.

Mit lieben sonnigen Grüßen
aus unserem Paradies
deine Anne

PS: Wie ist es dir inzwischen mit Lothar in Hamburg ergangen??

Hamburg, immer noch im Élysée-Hotel, am Swimmingpool, 20. August

Liebe Anne,
bedank dich nicht dauernd. Auch ich hab dir viel zu verdanken. Deine Begeisterung für die großen und kleinen Schönheiten der Natur hat mich angesteckt und deine Freude an körperlicher Bewegung hat mich mitgerissen. Ich bin schlank und fühl mich so jung wie damals, als wir die Tage zusammen verbrachten. Du hast mir auch viel gegeben in letzter Zeit. Allein deine Freude am Leben! Das ist die wirksamste Droge, die Gott uns Menschen geschenkt hat!

Bin gestern Abend noch mit Lothar um die Alster gejoggt, bei herrlichem Sonnenuntergang und anschließendem Abendrot, das in ein immer zarteres Rosa überging. Die Kulisse von Hamburgs Stadtkern malte sich ganz friedlich über dem stillen Wasser ab und wirkte irgendwann unwirklich – wie aus einem Bilderbuch.

Ich hatte gestern beim Laufen ein ganz merkwürdiges Glücksgefühl – so was kannte ich bisher nicht. So eine Zufriedenheit, ein stilles Genießen. Komisch, Anne. Früher hab ich auf so was nie geachtet, aber seit du so von Landschaften, Gerüchen, Sonnenuntergängen und so was schwärmst, bemerke ich das alles überhaupt erst! Soll ich dir was gestehen? Ich hab gestern minutenlang (!) nicht über Geld nachgedacht! Und das soll was heißen, bei mir.

Übrigens: Wir trafen erst Ulrich Wickert und später Johannes B. Kerner, die mich beide im Vorbeirennen erfreut grüßten. Lothar war völlig perplex, was für Leute ich kenne! Es scheint ihm wahnsinnig zu imponieren, dass ich mich in den so genannten prominenten Kreisen ganz normal bewege. Er hat irgendwie einc völlig unangebrachte Ehrfurcht vor diesen Fernsehnasen, so als sei er selber nichts wert.

»Warum bist du immer so unterwürfig?«, habe ich ihn gefragt, als er schier den Boden küssen wollte, nachdem Kerner und Wickert über ihn gelaufen sind.

»Das ist die absolute deutsche Topprominenz…«

»Na und?«

»Ich kann es gar nicht fassen, dass ich auf einmal die Crème de la Crème treffe, in einem Fünfsternehotel übernachte, mit dem Chefredakteur der Panorama speise, erster Klasse fliege und in Designerklamotten rumlaufe…«

»Nun mach dich mal locker, Mann! Du bist fast vierzig! Warum fühlst du dich denn so mickrig?«

»Ich BIN doch mickrig!«

»Spinnst du? Wer sagt das?«

»Weiß ich nicht. Alle. Nein, sagen tut das eigentlich keiner. Aber ich fühle mich so.«

»Das ist der Punkt«, sagte ich. »Dann wirkst du auch so. Aber das ändern wir jetzt. Los. Leg mal einen Zahn zu.«

Anne, was hat man euch angetan? Auch DU hast dich zu Beginn unseres Mail-Kontaktes mickrig gefühlt, nix wert, nicht berechtigt, auf dieser Welt zu sein! Nach euch würden sich alle Psychoanalytiker dieses Landes alle zehn Finger lecken!

»Du bist überhaupt nicht mickrig!«, hab ich gerufen, nachdem er mich locker abgehängt hatte. »Du hast nur, gelinde gesagt, 'ne Meise!«

Da hat er total beleidigt die Nase hochgezogen und präzise geschlagene dreiundzwanzig Minuten nicht mehr mit mir geredet.

»Was ist?«, hab ich gesagt, als wir schließlich in der Abenddämmerung vor dem Élysée unsere Stretchübungen machten.

»Willst du für den Rest des Abends schmollen?« Er zog die Nase hoch. »Ich hab noch zu arbeiten.«

Damit verschwand er im Aufzug. Eine einzige beleidigte schweißnasse Rückenfront mit aufgestellten Nackenhaaren. Außerdem hat er sich die Waden verbrannt, auf der Sonnenbank. Auf den muss man einfach aufpassen, auf den Kerl.

Kaum war ich in meiner Suite, klingelte das Telefon. »Oder was hättest du noch vorgehabt heute Abend?«

»Aha, ist der Herr Finanzberater wieder zu Gesprächen bereit?« Ich konnte mir ein triumphales Kichern nicht verkneifen.

Er schwieg. Ich dachte schon, er legt auf, aber schließlich sagte er: »Wir sind PRÄZISE einundfünfzig Minuten gelaufen. Ich brauch jetzt ein Bier.«

»Hast du keine Minibar?«, fragte ich grausam.

Pause, Schweigen, Nasehochziehen. Dann: »Wir können aber auch irgendwohin gehen.«

Kurz drauf saßen wir bei jenem Edel-Luxusitaliener, bei dem ich schon mit Mark Daniel und seinen Eltern gewesen war, nach der Premiere von »La Bohème« letztes Jahr. Ich hatte mir ein hellgrünes Seidenkleid übergeworfen, das an den Schulterblättern interessante Löcher hat. Sogar Lothar schien das zu bemerken. Erst knabberte er so an seinem gemischten Salat herum, dann sagte er: »In deiner Gegenwart bin ich meistens ziemlich entspannt.«

Er hatte etwas Dressing am Kinn, das tupfte ich ihm mit meiner Serviette ab.

»Du … bist wirklich sehr interessant«, brachte er schließlich heraus.

»Du auch.«

Er hob sein Glas: »Schön, dich zu kennen.«

»Gleichfalls. Die neuen Klamotten stehen dir gut.«

»Ähm«, sagte er. »Ich hab mir noch nie etwas so Teures gekauft.«

Ich ließ ihn zappeln. Er schob seinen Teller von sich, knibbelte an seiner Unterlippe.

»Wann gehst du wieder in die Staaten?«, fragte er schließlich.

»Jane Blond muss übermorgen wieder drehen. Meine Zeit in Deutschland ist fast um.«

»Ich … also ich hab meinen Jahresurlaub noch nicht genommen. Und ich hab präzise … zweihundertsiebzehneinhalb Überstunden abzufeiern.«

»Warum rechnest du aller Welt eigentlich immer in Minuten und Stunden deinen Arbeitseinsatz vor?«

Er zögerte, hörte kurzfristig mit dem Knibbeln auf: »Weiß ich auch nicht. So ein innerer Zwang.«

»Du meinst, wenn du dir und der Welt bewiesen hast, wie fleißig du warst, dann haben dich alle lieb? Gönn dir doch mal 'ne Pause!«

»Es wäre kein ungünstiger Zeitpunkt... jetzt, wo ich zum ersten Mal im Leben richtig frei bin...« Er zögerte. »...nach meinen Informationen bin ich in exakt einer Woche geschieden.«

»Also, warum kommst du nicht mit nach Los Angeles? Ich hätte nämlich ein Attentat auf dich vor!«

»Inwiefern?«

»Du bist doch ein abgewichster Finanzberater. Und genau den braucht Jane Blond.«

»Meinst du, ich darf mich so einfach ... unter die Weltprominenz mischen...?«

»Die ›Weltprominenz‹ kommt aus Mörsenbroich und ist Metzgergesellin. Und du könntest dich freundlicherweise mal ein bisschen um ihre Finanzen kümmern. Dann quatschst du nicht mehr so dummes Zeug.«

Er wollte schon wieder beleidigt die Nase hochziehen, aber in Anbetracht meines spöttischen Grinsens ließ er es doch sein.

»Ich muss aber vorher nach Plattstadt und meine Eltern fragen.«

»Lothar«, sagte ich und griff nach seiner Hand, »ich will deine Eltern kennen lernen.«

Er saß da, ziemlich glühend unter seiner Sonnenbank-Röte, mit seinem ungewohnt nackten Kinn, knibbelte an seiner Unterlippe, zuckte schließlich die Achseln und sagte knapp: »Klar. Warum nicht. Wir haben ja nichts zu verbergen.«

Setze große Hoffnungen in deinen Schwiegervater Karl-Heinz. Den werde ich zum Reden bringen, verlass dich drauf!

Beste Grüße ins Festspielhaus und ich drücke alle Daumen für die Premiere »Norma«!

Deine Alex

Mondsee, 22. August

Alex, Mensch!!
Ich weiß gar nicht, wo ich anfangen soll! Wir waren gestern bei deinem Exmann!

Wie im »Troubadour« die Zigeuner, so hockten wir am Feuer. Olga Schellongova war die Azucena. Sie lehnte auf ihrer Bank, nur der Schein der Flammen züngelte in ihrem Gesicht, ihre langen Haare umhüllten sie wie ein schwarzer Umhang, ihre Konturen verschwammen in der Dunkelheit. Ab und zu schrie einer von den Pfauen so herzzerreißend durch die Stille, dass mir eine Gänsehaut kam. Leo hatte sich etwas in den Hintergrund verzogen, sog nachdenklich an seiner Pfeife, die einen herben Duft verströmte. Mark Daniel, Jaime, Rico und ich, wir saßen auf unseren Holzbänken, betrachteten die schmale Mondsichel am sternklaren Nachthimmel, und die Silhouette der scharfzackigen Berge ringsum schloss uns ein, als säßen wir in einer riesigen schwarzen Höhle. Die Märchenerzählerin hatte uns schon bald in ihren Bann gezogen.

Anfang der sechziger Jahre sang Olga die Norma zum ersten Mal im Westen. Wien, Staatsoper. Sie war vierundzwanzig Jahre alt, eine viel umjubelte Neuentdeckung. Der Dirigent war kein Geringerer als Leonard Bernstein. Er war begeistert von ihr, wollte sie wieder engagieren. Aber Olga Schellongova dachte nicht an Abhauen, war stolz auf ihr Land. Also kehrte sie zurück nach Ostberlin, um dort ihren Verpflichtungen nachzukommen. Ein verheerender Fehler! Nicht ahnend, dass sie beschattet wurde, meldete sie sich bei dem parteivorsitzenden Gewerkschaftsführer zurück. Man durchsuchte heimlich ihre Taschen – und fand Westgeld. Viel Westgeld.

»Nie werde ich diese zwei Stunden vergessen, die mein Leben verändert haben«, sagte Olga. »Um zehn Uhr morgens meldete ich mich in der Oper unter den Linden zurück und um halb elf saß ich im Gefängnis.«

Wir hockten alle starr und stumm auf unseren Bänken. Außer dem Knistern des Feuers war nicht der leiseste Laut zu hören. Ich wagte nicht zu atmen.

»Wie lange?«, fragte Jaime schließlich.

»Lange«, sagte Olga mit belegter Stimme. »Fast sieben Jahre.«

Sieben Jahre, wenn man jung ist! Sieben Jahre, wenn man gerade beginnt, Karriere zu machen! Sieben Jahre, wenn man gerade anfängt zu blühen!

»Die erste Zeit war die schlimmste«, fuhr Olga fort. »Ich war in Einzel- und Dunkelhaft.«

Ich musste nach Luft schnappen. Mark legte mir den Arm um die Schultern.

»Sie wollten wissen, wem ich welche Informationen über mein Land gegeben habe, für so viel Geld. Sie wollten mir nicht glauben, dass es meine Gage war. Sie haben mich immer und immer wieder gefragt. Bis ich fast gestorben bin. Ich habe nichts mehr gegessen und nichts mehr getrunken. Das Einzige, was ich haben wollte, war meine kleine blaue Nivea-Creme-Dose für meine trockenen Lippen. Sie haben mir die Dose unter die Nase gehalten, aber ich hatte die Hände auf dem Rücken festgebunden. Stellt euch vor, dieses unstillbare Verlangen nach einem Hauch Nivea-Creme!«

Ich konnte es kaum ertragen, ihr weiter zuzuhören.

»Nach einigen Monaten schienen sie nicht mehr ganz so sicher zu sein, dass ich ihr Land verraten habe. Sie hatten wohl Angst, ich würde sterben. Und das hatte ich auch beschlossen. Eigentlich fühlte ich mich schon lange tot. Da ließen sie mich in eine Doppelzelle. Meine Mitgefangene hatte ein ganz ähnliches Schicksal wie ich: Sie hat eine Tournee gemacht mit ihrer Band und zwei von den Jungs sind in Berlin durch die Spree geschwommen oder haben es zumindest versucht. Der eine wurde erwischt, sie haben ihn noch an der Mauer erschossen. Der andere ist wahrscheinlich ertrunken. Er ist jedenfalls nie wieder aufgetaucht. Und Erna war die Dritte im Bunde. Sie war gerade in den Fluss gesprungen, als ein Schäferhund sie mit den Zähnen packte und zurück ans Ostufer zerrte. Die Zollbeamten haben sie erkannt und deshalb nicht erschossen. Sie war damals Everybody's Darling! Einer von den jungen Kerls wollte sogar noch ein Autogramm von ihr! Sie kam in den Knast, saß ebenfalls lange in Einzelhaft. Man hat damals irgendetwas mit ihr gemacht. Was, konnte sie mir bis zum Schluss nicht sagen. Sie sagte, sie hat mehrmals Betäubungsspritzen erhalten und sei erst am nächsten Tag wie aus einer Ohnmacht aufgewacht. Dann kam sie in meine Zelle. Erna Liebenow hieß sie. Ich kann mich noch ganz genau an sie erinnern. Am Anfang war ihr dauernd schlecht, sie musste sich übergeben, hatte Krämpfe. Aber dann ging es ihr plötzlich besser. Wir haben eine intensive und – ja, ihr werdet lachen, ich möchte fast sagen, eine schöne Zeit miteinander verbracht, geredet, Gedichte gemacht und viel zusammen gesungen. Man behandelte uns gut – ich meine, im Vergleich zu früher. Einige Aufseher waren sogar richtig nett zu uns. Wir durften täglich eine Stunde an die frische Luft. Ich fühlte mich für sie verantwortlich wie für eine kleine Schwester.«

Olga lachte ein kurzes, trockenes Lachen.

»Verrückt, was? Ihr werdet es vielleicht nicht glauben, aber wir haben sogar zusammen gelacht. Ich glaube, ich habe ihretwegen überlebt. Und sie vielleicht meinetwegen. Als ihr Bauch immer dicker wurde, haben wir uns gewundert, was mit ihr los sein könnte, denn zu essen gab es nun wirklich nichts Besonderes. Aber sie wurde runder und runder und dann war sie eines Tages ganz plötzlich weg.

Ich habe sie nie wiedergesehen, aber heute bin ich ganz sicher, dass sie schwanger war.

Vielleicht wurde sie von einem Gefängniswärter vergewaltigt oder sie hatte sogar ein Verhältnis mit einem. Aber daran kann ich nicht so richtig glauben, denn davon hätte sie mir bestimmt erzählt. Wir hatten überhaupt keine Geheimnisse voreinander.

Sie war noch so jung – ein Kind! Ich denke jeden Tag an Erna Liebenow. Und frage mich, ob sie noch lebt.«

Wir hatten ihr so unbeweglich gelauscht, dass ich glaubte, ich wäre auf meiner Holzbank festgewachsen. Leo legte ein paar Holzscheite nach, aber sonst rührte sich niemand.

»Als ich nach sieben Jahren rauskam, war ich gerade zweiunddreißig, aber ich hatte schon graue Haare. Sie haben mich sofort ausgewiesen und 1970 stand ich mit einer kleinen Reisetasche in Braunschweig auf dem Bahnsteig. Den Rest kennt ihr. Ich hab im Theater vorgesungen und konnte sofort wieder anfangen.«

Sie zog sich ihre Jacke enger um die Schultern. »Ich gäbe was drum, wenn ich Erna noch einmal sehen könnte. Was wohl aus dem Mädel geworden ist.«

Wie gut, dass WIR uns wiedergefunden haben. Wo wir doch auch so lange zusammen in Haft gesessen haben, in der Gesamtschule Plattstadt.

Jetzt müssen wir los, in zwei Stunden beginnt die Premiere!

Schrecklich nervös, vor Lampenfieber schier vergehen wollend…
Deine Anne

Plattstadt, wieder im hassgeliebten Stadtringhotel,
nachts um drei – ich kann nicht schlafen. 23. August oder so

Mensch, Anne!
Halt dich fest!! Hab sensationelle Neuigkeiten!

Wie ein Puzzlespiel scheinen sich hier die Kleinteile zusammenzufügen!! Deine Geschichte könnte der Deckel zu meiner Geschichte sein!

Wir haben den Abend bei den Pistrullas verbracht – und auch ich habe etwas Hochinteressantes aus den frühen sechziger Jahren erfahren.

Aber der Reihe nach.

UM PUNKT sieben, aber bitte, Herrschaften, PUNKT sieben, fuhr Lothar in Opa Karl-Heinz' Opel Vectra im Adalbert-Stifter-Weg 14 a vor. Ein trostloses, graues Reihenhaus hinter einem jämmerlichen Stückchen Vorgarten, auf dem Köter Erwins Haufen wie Tretminen liegen. Du kennst das ja alles. Ach Anne, was hast du jahrelang ertragen!

Eine Mülltonne »Bitte keine heiße Asche einfüllen!« stand einsam am Straßenrand.

Lothar küsste zuerst Oma Helga, dann Opa Karl-Heinz, dann stellte er mich vor: »Alexandra von Merz, eine … Klientin von mir.«

Die beiden alten Leutchen musterten mich erfreut – offenbar war ich die Neue in ihres Lothars Leben und für die untreue abtrünnige Anne allemal ein würdiger Ersatz.

Er hatte eine beige Strickjoppe an, aber ein weißes Oberhemd drunter, MIT Krawatte, jawoll!, und sie ein lila geblümtes Kleid unter ihrem grün-braun gemusterten Küchenkittel.

Erwin, der Köter, umkläffte meine Waden und wurde daraufhin hinter ein hölzernes Kindergitter die Kellertreppe hinuntergeschickt, wo er weiterbellte.

»Häözlösch willgomm in unserem Hause!«

»Gell, Jungele, schön, dass du uns mal wieder eine junge Dame vorställst.« Sie reichte jedem von uns ein Glas Sekt.

»Trinken Sie nicht mit?« Ich wich einen Schritt zurück.

»Nein, die Muddi verträgt keinen Aelgohoel«, lachte der Alte. »Sonst forrgisst sie wiedor, die Häordpladde auszumachen. Sie ist schon so tüddelig. Gell, Muddi.« Er tätschelte Muddi auch die Wange, woraufhin diese sich ärgerlich abwandte und in die Küche ging.

Wir stießen also zu dritt an, ohne Muddi, und dann bat uns der Hausherr zu Tisch.

»Zum Essen gibt es Apfelsaft«, sagte Vadi. »So ist das bei uns Brauch.«

Ich quetschte mich auf die Hundedecke, die auf der Sitzbank lag und voller Hundehaare war. Erwin, der aus ungeklärten Gründen hinter seinem Gitter hervorgekommen war, umknurrte meine Knöchel.

Der Vadi trug das Essen auf, thüringische Knödel mit einem zähen Stück Braten, Sauce und Rotkohl. Ich erinnere mich vage, dass du dieses Gericht zu Weihnachten genießen durftest.

»Du hast die Vorlägegobel forgässen!«, herrschte er die Muddi an, und diese machte sich gleich am Schrank zu schaffen. »Ach, geh weg, du gonnst das nischt!«, schimpfte der Alte, schob ihr Hinterteil rüde zur Seite und kramte dann mit zitternden Fingern noch eine veraltete Silbergabel zutage. »Die Muddi gonn das ainfach nicht. Wenn isch nicht alles sälbor mache, dann funktionieort hieor gor nischt«, sagte der Vadi zu mir. »Sehen Sie ja selbst.«

Die Augen der Muddi füllten sich mit Tränen, aber sie setzte sich tapfer an den Tisch.

»Die Särviäddn!«, herrschte der Vadi sie an.

Sie stand mühsam wieder auf, wankte in die Küche zurück.

»Ohne mich wäre sie aufgeschmissen«, sagte Vadi. »Wenn ich nicht wäre, wäre sie gar nicht läbensfähisch.« Er lachte selbstherrlich. »Gestern hat sie aus Versehen eine Tasse in den Müll geschmissen! Nur weil sie einen Sprung hatte! Da hob ich die Tasse wiedor rausgefischt…«

Er lachte wieder so selbstgefällig. »Ja, ja, das Aldor! Den einen ärwischt es und den anderen nicht. ICH bin ja noch topfit, Frau von Merz, TOPfit!! Ich fahre jeden Dog Fohrrod, bis in die Stadt, zu »Kaufglück«, da kauf ich ein, jeden Dog! Früher hab ich da meine Schwiegortochdor besucht, ich hab sie ein bisschen bei ihrer Arbeit beaufsichtigt, das hat die gar nicht gemäörgd. Aber es ist wichtig, dass man die Frauen immer unauffällig im Auge behält. Gell, Muddi!! Frauen haben nämlich nicht von Nadur aus die drei wichtigsten Tugndn: Bünktlischkeit, Zuvorlässischgeit und Flaiß.« Er schwieg nachdenklich.

»Nein«, sagte ich. »So was haben wir Frauen einfach nicht.« Obwohl Lothar sich vor Peinlichkeit bog, verstand der Alte meine Ironie nicht.

»Aber greifen Sie doch düschtisch zu! Ist ein altes thüringisches Rezept!«

»Wie lange wohnen Sie eigentlich schon in Plattstadt?«, fragte ich beiläufig.

»Im einundvierzigsten Jaor«, sagte »Vadi« stolz. »Präzise vierzig Jahre und sechs Wochen. Gell, Muddi?«

»Das wissen Sie aber wirklich sehr präzise und exakt.«

»Ja, ich bin ein wahrheitsliebender Mensch. Gell, Muddi!« Er tätschelte Muddi die Wange. Ich muss sagen, Anne, ich war auf Anhieb begeistert von diesem Mann. So einen Schwiegervater wünscht man sich doch schon in Kindertagen. Wenn man dann hoffen darf, dass der eigene Mann so wird – da möchte man in Plattstadt nicht tot überm Zaun hängen.

Lothar saß die ganze Zeit schweigend dabei und trank in kleinen Schlucken seinen Apfelsaft.

»Wissen Sie, wir gomm von drüben. Mit NICHTS habe ich hier angefangen, im Westen, mit NICHTS!! Gell, Muddi. Eines Tages standen wir in Plattstadt am Busbahnhof, damals gab es die Straßenbahnverbindung noch nicht und keine S-Bahn und so was, und für die Eisenbahn hätten wir sowieso kein Geld gehabt.«

»Wieso ausgerechnet Plattstadt?«

»Hier sind viele aus dem Osten gelandet. Und wir kommen ursprünglich aus Lutzkow«, sagte der Alte. »Ich war Inspektor und viel unterwegs. Kindchen, was ich Ihnen erzählen könnte. Ich war sogar in Sibirien…«

»Vati, lass das doch jetzt«, sagte Lothar.

»Die Helga hat als Helferin in einem Kinderhort gearbeitet, damals unter Ulbricht, da hatten alle noch einen Arbeitsplatz, auch die ungelernten Hilfskräfte. Na ja, und ich, ich war Inspektor. Ich habe eine Menge Menschenkenntnis, das kann ich Ihnen sagen!«

»Ich weiß«, sagte ich.

»Wir sind dann rübergegomm und haben gleich einen Antrag gestellt auf dieses schöne nagelneue Reihenhäuschen im Adalbert-Stifter-Weg und ich habe mich beworben bei der Stadt, als Inspektor, und die Muddi ist schön zu Hause geblieben bei unserem Jungele. Die hätte hier sowieso keine Arbeit gekriegt. Weil sie keine Ausbildung hat. Gell, Lothar.« Nun wurde Lothar an der Wange getätschelt.

»Ja«, sagte Lothar.

»Ohne Bart siehst du viel besser aus, Jungele. Nur deine schöne adrette Fliege, die hättest du ruhig heute Abend umbinden können.«

»Und dann?«, drängte ich.

»Und dann habe ich gearbeitet, Tag und Nacht, damit ich meine kleine Familie ernähren kann und das Häuschen abbezahlen kann und damit wir eine schöne, sorglose Zukunft haben.«

Er faltete die Hände über seinem Teller und kaute zufrieden auf seinem zähen Fleisch herum.

»Und jetzt bin ich schon lange bönsioniort und unser Jungele ist genauso fleißig und pünktlich, wie ich es immer war.«

Der alte Pistrulla redete dann noch den ganzen Abend von seinen eigenen guten Eigenschaften. Ich erfuhr von seinen Pfadfinderheldentaten, und den erwähnten Sprung von der Brücke in den Fluss vergaß er ebenso wenig wie seine fünfundsechzig Jahre unfallfreies Fahren.

»Ich hatte als einer der Ersten einen Wartburg!«, schwärmte er. »Den hatten nur die ganz zuverlässigen Männer des Landes! Zehn Jahre habe ich auf den gewartet, Frau von Merz. Zehn Jahre! Heute kann keiner mehr warten. Heute wollen immer alle alles sofort haben.«

Endlich gestattete »Vati« uns, die Tafel aufzuheben.

»Ich helf Ihnen schnell in der Küche«, sagte ich eilfertig zu »Mutti«, und das gefiel Vati. Aber ich hätte lieber die ganze Küche renoviert, als ihm weiter bei seiner Selbstbeweihräucherung zuzuhören.

Und es HAT sich gelohnt! Ich habe etwas Hochinteressantes erfahren!

»Vati« und Lothar blieben im inzwischen sehr muffig riechenden Esszimmer zurück, um ein Männergespräch zu führen. Obwohl es draußen noch hell war, ließ Vati die Rollläden herunter. Wahrscheinlich tut er das pünktlich immer um dieselbe Stunde, sommers wie winters, weil er ja so zuverlässig ist.

Jedenfalls beugten »Mutti« und ich uns über das alte, schäbige Spülbecken an den eitergelben Kacheln mit Sprüngen, die aussahen wie lange schwarze Haare, und entsorgten die kalten Essensreste heimlich in den Napf von Erwin, der hinter einem faserigen Vorhang stand und in Pawlow'scher Gier auf den schmuddeligen Linoleumfußboden seiberte.

»Wie war Lothar eigentlich als Kind?«, fragte ich, während ich zu einem feucht-schmutzigen Lappen griff, der Gerüche freisetzte, die ich hier nicht näher beschreiben will.

»Er war ein ganz lieber, artiger Junge«, sagte die Frau. »Meine ganze Freude.«

»Ja, ich mag ihn auch sehr«, sagte ich. Das stimmte die Alte froh. Ihre Augen schwammen schon wieder in Tränen: »Dabei hat er so ein Bäsch gehabt mit seiner Frau!«

»Wieso?«, fragte ich scheinbar ahnungslos.

»Sie ist ihm einfach davongelaufen!«

»Warum denn das?!« Ich gab mich erstaunt und entrüstet.

Die Oma seufzte über ihrer Spülbrühe. »Wissen Sie was? Ich kann sie sogar verstehen. Sie hat sich viel zu viel gefallen lassen, genau wie ich. Wie oft habe ich darüber nachgedacht, einfach abzuhauen... Sie sehen ja, wie er mich behandelt!« Bei »er« machte sie eine ruckartige Bewegung mit dem Kopf in Richtung verdunkeltes Esszimmer.

»Sie wollten ABHAUEN?«

»Ja, wenn ich gegonnt hädde. Aber wie denn? Wohin denn? Mit wälschm Geld? Damals konnten wir Frauen nicht einfach gehen, wenn uns was nicht passte. Was hätte ich mit dem Kind machen sollen? Wir waren unseren Männern ausgeliefert, auf Gedeih und Verderb. Wenn Sie wüssten, wie viel ich heimlich geweint habe!«

Und das tat sie dann auch und die Spülbürste tropfte mit ihren Augen um die Wette.

Ich hatte richtig Mitleid mit ihr, legte ihr die Hand auf den Kittelärmel: »Sie sind Lothar zuliebe geblieben. Sie waren eine gute Mutter.«

»Vielleicht wäre der Junge viel selbstbewusster geworden, wenn er nicht immer unter der Fuchtel seines Vaters gestanden hätte ... ich habe oft darüber nachgedacht. Aber jetzt ist es ja nicht mehr zu ändern.« Die arme alte Frau weinte jetzt bitterlich und sie musste sich setzen.

Sie erzählte mir schluchzend und schniefend viele Dinge, die Vati Karl-Heinz ihr und Lothar angetan hatte, und dann ließ sie die Bombe platzen: »Dabei ist er gor nischt unsor laibliches Gind!«

ANNE!! DAS HABE ICH DIE GANZE ZEIT GEWUSST!!!

»Weiß er das gar nicht?«, fragte ich entsetzt.

»Nein. Der Vadi hat beschlossen, dass wir es ihm nie sagen, damit er seine Audoridät nicht verliert.«

»Aber ein Adoptivkind hat mit achtzehn Jahren das RECHT, es zu erfahren!«

»Er ist kein Adoptivkind.«

»Nein?? Sondern?? Ich meine, was ist er dann?«

»Ach, ich sollte gar nicht darüber sprechen. Der Vati wird schrecklich mit mir schimpfen!«

Ich kniete mich neben Oma Helga, die nun hemmungslos in

ihre Kittelschürze weinte. Erwin in seiner Ecke weinte auch schon. Wahrscheinlich, weil ihm der Braten so schwer im Magen lag.

»Mir können Sie alles anvertrauen. Ich verrate Sie nicht. Ehrenwort, unter Frauen.«

Sie lächelte schwach. »Einmal war ich versucht, es Anne zu sagen, aber das hätte das arme Mädel sicher völlig aus der Fassung gebracht. Außerdem stellt der Vati mich immer als vertrottelte alte Idiotin hin und Anne hätte mir gar nicht geglaubt.«

»Aber ich glaube Ihnen«, drängte ich sanft. Ich griff mir die lauwarme Flasche Rotkäppchen-Sekt, die auf der angeschmuddelten Anrichte stand, und goss ihr davon ein. »Hier. Das tut Ihnen gut.«

»Dass das bloß nicht der Vadi sieht«, kicherte die Alte unter Tränen, und dann kippte sie das ganze Glas in einem Zug herunter.

»Also«, sagte sie, nachdem sie sich gefangen hatte. »Der Vadi war Inspektor.«

»Ich weiß«, stöhnte ich und verdrehte die Augen zum Himmel. »Menschenkenntnis, Held der DDR, erster Wartburg, Sprung von der Brücke in den Fluss. Tapferkeitsmedaille.«

Sie kicherte wieder und hielt mir das Glas hin. Ich schüttete nach, dass es nur so schäumte.

»Und er gondrollierte staatliche Einrichtungen drüben. Unseren Kinderhott zum Beispiel. Da hab ich ihn auch genn gelernt. Er sah flott aus in seiner Uniform, das gönn Se mior glauben.«

»Glaub ich Ihnen«, sagte ich und schüttete ihr Sekt nach. »So flott, wie der heute noch aussieht!« Sie guckte mich fragend an und stürzte das lauwarme Gebräu herunter.

»Er beaufsichtigte das Personal, also auch mich. Er gab dem Geheimdienst Tipps, welcher Genosse zuverlässig und bünktlisch und fleißig ist und welschor nicht.«

»Okay«, sagte ich, »geschenkt.« Vor lauter Spannung setzte ich mir die Rotkäppchen-Flasche an den Hals.

»Das mache ich auch manchmal«, giggelte die Oma, und ich füllte ihr den Rest ins Glas.

Wir mochten uns richtig gern, du! Prima Schwiegermutter hast du da gehabt!

»Vati«, half ich ihr auf die Sprünge. »Inspektor. Staatliche Einrichtungen.«

»Ach ja, der Vadi«, seufzte sie. »Im Gefängnis war er auch Inspektor. In Lutzkow. War ein großor, schönor Gnost. Schöner, massiver roter Backstein. Mit dickn Giddorn. Qualitätsarbeit, hat Opa Karl-Heinz immer gesagt. Da kriegte er immer aus der Gondine die besten Würschtschn. Düringische Bratwürstchen, die griegtn nur die Genossen von der Stasi.«

Sie haute sich tadelnd auf den Mund: »Das Wort DURFTE ich doch nicht mehr sagen!«

»Schon gut. Also. Würstchen.«

»Der Garl-Heinz brachte so manches Mal was mit. Was sie den Gefangenen abgenommen hatten, was die da drinnen nicht haben durften.«

»Was zum Beispiel?«

Oma Helga schüttelte nachdenklich den Kopf: »Ich weiß noch, wie er mir einmal eine Dose Nivea mitgebracht hat. Da waren wir jungen Frauen ja ganz verrückt nach. So was gab es ja bei uns nicht.«

ANNE! Ich musste den Rotkäppchen-Sekt auf den Linoleumfußboden spucken!!

»Und ... sonst? Was brachte er sonst mit??«

»Ein anderes Mal hatte er zwei Zwanzigmarkscheine dabei«, flüsterte die Oma ehrfürchtig.

»Rischtsche grüne westdeutsche Zwanzischmoggscheine. Weil er so pünktlich und fleißig und zuverl...«

»Und dann hat er Lothar mitgebracht!«, fiel ich ihr ins Wort.

Sie hob erstaunt den Kopf, sah mich mit leeren Augen an: »Woher wissen Sie das?«

»Weil ich eins und eins zusammenrechnen kann«, sagte ich.

»Ja, aber keiner darf von Loodars Härkunft wissen!«, flüsterte die Alte.

»Wie meinen Sie das? Ich denke, man kriegt das schon mit, wenn man schwanger ist und Kinder kriegt...«

»Das Mädel war noch ganz jung und noiv«, flüsterte Frau Pistrulla. »Un se ham se ja undor Nargose gesetzt… also gewusst hat die Kleine die ganze Wahrheit nicht!«

Ich starrte die Alte entsetzt an. Ich meine, man hört ja 'ne Menge von Versuchen, die mit weiblichen Gefangenen gemacht worden sind, aber irgendwie konnte ich das alles nicht fassen. Oma Helga schaute ins Leere und sagte dann: »Ich weiß se ja sälbor nicht! Mein Mann ist ein Staatsgeheimnis-Träger und er sagt immer, das Geheimnis nimmt er mit ins Grab…«

Anne! Ich glaube, wir haben beide ein Puzzleteil in der Hand. Wir müssen es nur noch zusammenstecken.

Verdammt, warum kann ich jetzt nicht nach Salzburg kommen!! Muss morgen unbedingt zurück nach L. A.!! Jane hat übermorgen Drehtag. Da beißt die Maus keinen Faden ab. Aber wir mailen.

Melde dich schnell. Bleibe die ganze Nacht wach.
Alex

PS: Habe mich heute den ganzen Abend zwischen den Fingorn gegrotzt und mir die Libbe blutig gebissen!

Mondsee, an deinem Schreibtisch, halb fünf Uhr früh,
25. August

Liebste Alex,
stöhn!! Das ist ein Wahnsinn! Heute Abend, also gestern Abend hat dein Mark Daniel – oder ist es mein Mark Daniel? – eine Traumpremiere hingelegt, das Salzburger-Festspiel-Publikum lag ihm zu Füßen! Sie haben Standing Ovations gegeben für alle Solisten, aber für Mark haben sie zusätzlich mit den Füßen getrampelt! Die Intendantin sagte, so was sei in Salzburg seit Karajan mit den Wiener Philharmonikern und Beethovens Fünfter nicht wieder vorgekommen. Die Premierenfeier war wunderbar! Alle waren da, alle!

Thomas Gottschalk, Christian Quadflieg, Senta Berger, Christiane Hörbiger! Dietrich Genscher, Helmut Kohl! Und ALLE haben uns die Hand geschüttelt, Mark Daniel und mir!

Diesmal stand ich nicht schüchtern mit Kyllikki in der Ecke, diesmal bin ich nicht weggelaufen, weil ich dachte, ich gehöre hier nicht hin, sondern ich war die Frau an Mark Daniels Seite! Im gold-schwarzen bodenlangen Festspieldirndl. Alex! Es ist wie im Märchen!! Meine Kollegen vom Chor freuen sich und sind sogar ein bisschen stolz auf mich! Wenn ich da an meine grauenhafte Affäre mit Siegwulf Mennecken im Kaufglück denke und den Neid, den das bei den Kollegen hervorgerufen hat! Wir haben gefeiert und gelacht und getanzt, bis wir fast umfielen. Noch vier weitere Vorstellungen Norma liegen vor uns! Ich kann es gar nicht erwarten vor Freude!

Um halb drei fuhr uns ein Chauffeur nach Hause, wir nahmen ein heißes Bad in deiner ovalen riesigen Badewanne, leerten noch eine ganze Flasche Champagner und taten überhaupt noch so einige Dinge, die zum vollkommenen Glück zweier Menschen beitragen, und jetzt schläft mein Schatz und ich bin noch mal zum PC geschlichen, weil ich vor lauter Aufregung und dem ständigen Gefühl zu schweben nicht schlafen kann, und da fand ich gerade deine Mail.

Alex! Ich hab zwar einiges getrunken, aber so viel kann ich doch noch zusammenreimen: Mark Daniel und Lothar sind Zwillinge, stammen von einem Gen-Versuch mit künstlicher Befruchtung im Herbst 1961 im Gefängnis von Lutzkow, und ihre leibliche Mutter heißt Erna Liebenow!

Ist das alles gut gombiniort?

Melde dich, Alex! Ich bleibe die ganze Nacht am PC!

Mit rasendem Herzklopfen

Anne

PS: Los, hol dir Champagner an den PC und dann knacken wir das Rätsel gemeinsam! Ich warte! Mach schon!

Plattstadt, Hotel am Stadtring, die schäbige Suite, aber immerhin mit PC-Anschluss

Liebste Anne,
da bin ich. Hab versucht zu schlafen, aber es geht nicht. Als der Compi endlich »Plong!« machte, »Sie haben Post«, saß ich auch schon senkrecht.

Champagner gibt's in diesem trostlosen Bau nicht, aber Rotkäppschnsäggt.

Hab mir Eiswürfel reingetan aus der Bar unten. Da ist zwar niemand mehr, aber ich hab mich selbst bedient. In vier Stunden geht der Flieger. Von Frankfurt nach L. A.

Für Lothar und mich. Aber vorher knacken wir die Nuss. Warte. Kriege ich das alles auf die Reihe? Seit wann gibt es künstliche Befruchtungen offiziell?

Noch nicht in den frühen Sechzigern. Damals hat man vermutlich herumexperimentiert. An Ratten. Warum nicht auch an weiblichen Gefangenen?? An ahnungslosen, blutjungen? Vielleicht brauchte man Versuchskaninchen? Vielleicht hat man Erna Liebenow die Freiheit versprochen, wenn sie einwilligt? Oder man hat sie erst gar nicht gefragt!

Sag bloß nicht, dass dir das abwegig erscheint. So was hat es alles gegeben. Immer. Zu jeder Zeit. In jedem Regime. Und erst recht in der DDR in den frühen Sechzigern. O Gott! Ich muss einen klaren Kopf behalten. Du Champagner, ich Rotkäppchen-Sekt!

Was denkst du?? Mach schon!! Ich warte!
Alex

Mondsee…

Mensch, Alex,
du bringst mich auf was.

Wie das bei künstlichen Befruchtungen ja öfter passiert – ich weiß das aus eigener Erfahrung! –, sind, mehr oder weniger geplant und gewollt, Zwillinge entstanden! Du weißt schon, Hormone und so. Erna Liebenow war blutjung und völlig unerfahren – gibt es so was, dass man sie ohne ihr Wissen von den beiden Knaben entbunden hat? Unter Vollnarkose vielleicht? Die Schellongova hat gesagt, Erna war bestimmt schwanger, ohne es zu merken.

Oma Helga sagt, man hat das Mädchen betäubt und sie war jung und naiv.

Aber später muss sie es doch gemerkt haben! Was hat man mit ihr gemacht?

Wenn sie bloß nicht dabei draufgegangen ist! Meinst du, sie lebt noch? Wenn ja, weiß sie davon, dass sie Mutter zweier Söhne ist? Wo steckt sie? Was ist aus ihr geworden? Hat man ihr je von Mark und Lothar erzählt? Vermutlich nicht. In wessen Interesse hätte das sein sollen?

Antworte!! Glaubst du, ich spinne? Ich platze!!
Anne

PS: Mach schon, mach schon, antworte!

Na endlich! »Plong!« – Sie haben Post!!

Warte, Anne,
das kommt hin. Das könnte genau aufgehen – ein Puzzleteilchen nach dem anderen.

Nehmen wir an, deine Theorie stimmt. Versuchen wir also, uns das alles bildlich vorzustellen. 31. August 1962. Kurz vor Mitternacht kommt der Erste, kurz nach Mitternacht der Zweite. Jetzt hatten sie zwei winzige Neugeborene im Knast. Bei Mehrlingen handelt es sich oft um Frühgeburten – und die werden auf jeden Fall mit Kaiserschnitt geholt. Also Vollnarkose. Könnte tatsächlich sein, dass Erna Liebenow das alles gar nicht richtig mitbekommen hat. Man musste die Winzlinge entsorgen. Töten wollte man sie nicht. Warum nicht? Vielleicht sollten sie für eine Langzeitstudie beobachtet werden??

Nehmen wir mal an ... warte mal. Wie findest du das? Man gab sie zwei verschiedenen kinderlosen Paaren zur Adoption.

Aber sie SIND ja nicht adoptiert. Nicht amtlich jedenfalls.

Warum hat man sie nicht zusammengelassen? Vielleicht, um Studien an ihnen zu machen. Unterschiedliche Erziehung, unterschiedliche Entwicklung. Das übliche interessante Thema. Was ist Veranlagung, was lernt der Mensch durch seine Umwelt?

Man nahm zwei sehr verschiedene Familien. Die eine linientreu, politisch korrekt, die andere freigeistig, mit viel weiterem Horizont. Aber warum kam Mark zu den Martinis?

Lothar kam jedenfalls zu den Pistrullas. Das liegt auf der Hand. Opa Karl-Heinz war in dem Gefängnis Inspektor, hatte einen Draht zur Regierung, galt als zuverlässig und gesinnungstreu. Oma Helga war schon Mitte vierzig und konnte keine eigenen Kinder mehr bekommen. Das perfekte Versuchsobjekt.

Wollte man testen, wie sich die Knaben in unterschiedlichen Familien entwickeln? In unterschiedlichen politischen Verhältnissen?? Macht das Sinn? Oder liege ich jetzt total daneben?

He, bist du noch da? Oder schläfst du?

Alex

PS: Ich geh jetzt runter in die Bar und hole mir irgendwas Genießbares. Wenn ich wiederkomme, möchte ich ein »Plong!« – Sie haben Post!!

Liebste Alex,
ich war nie wacher!! Wenn deine Theorie stimmt: Warum hat man keinen der beiden im Osten gelassen? Lass mich nachdenken.

Brauchte man Verbindungsleute? Ist Opa Karl-Heinz ein Spitzel für die DDR gewesen? Hat man ihn als solchen in den Westen geschickt?

Das passt sogar haargenau zu ihm! Er hielt das für eine Riesenauszeichnung und war immer wahnsinnig stolz darauf! Leider konnte er es nie jemandem erzählen! Besonders nicht, nachdem die Mauer gefallen war! Seinen Lohn konnte er sich nie abholen. Seine Ehrenanstecknadel für besondere Verdienste an der Deutschen Demokratischen Republik.

Aber noch mal einen Schritt zurück: Wo hätte er sich mit dem gestohlenen Baby unauffälliger ansiedeln können als in Plattstadt? Wo keiner keinen kannte. Wo alle neu waren und damit beschäftigt, ihr eigenes kleines Leben aufzubauen. Wo es Tausende von jungen mittellosen Familien gab, die alle irgendwie versuchten, im Westen Fuß zu fassen.

Ich wette, man hat die Familie Pistrulla Tag und Nacht beobachtet. Das erklärt viele dieser sonderbaren Verhaltensweisen! Der Opa wusste, dass er im Big-Brother-Container sitzt mit seinem vorbildlichen Vorgarten, seinem Schneefegen in der Auffahrt und seiner absoluten Nachtruhe ab zehn! Dieses »Präzise« und »Punkt«! Er war die ganze Zeit im Räderwerk einer riesigen Uhr! Die Oma Helga wusste es auch. Und er hat ihr ein Schloss vor den Mund gehängt. Und sie einfach für doof erklärt. Damit ihr keiner peinliche Fragen stellt.

Also, das Lothar-Kartenspiel geht auf. Aber was ist mit Mark?? Warum kam Mark nach Amerika?? Mark Daniels Vater!

Walter – du kennst ihn besser als ich. Meinst du, ER könnte ebenfalls ein Spitzel für die DDR gewesen sein?? Meinst du, er sollte in den Staaten spionieren? Meinst du, man gab ihm Mark Daniel als so eine Art lebendiges Pfand?

Jetzt bist du wieder dran, Alex!!

Anne

Fünf Uhr sechzehn, präzise. Es dämmert schon

Liebste Anne,
Muss mich beeilen! Hab noch nicht mal Koffer gepackt! Lothar hat eben angerufen, er will mich exakt und präzise um zehn vor sechs am Hotel abholen. Ich soll fix und fertig angezogen mit Gepäck in der Einfahrt stehen und eine Sonnenmütze aufhaben. Und schon Pipi gemacht.

Ich find den Kerl zum Brüllen komisch. Also los. Schnell. Noch präzise vierunddreißig Minuten.

Walter Martini – ein Spitzel für die DDR? Nein – das erscheint mir unlogisch. Für Walter lege ich meine Hand ins Feuer. Aber lass mich mal nachdenken. So wie Liz und Walter das Ganze schildern, habe ich den Eindruck, als habe man aus Not gehandelt. Eine Blitzaktion. Bei Nacht und Nebel. Vielleicht wollte man Mark ganz anderen Leuten geben. Einer Familie im Osten vielleicht. Und das Ding drohte aufzufliegen. Ich stelle mir vor, dass man in großer Eile war. Man musste handeln! Jede Minute zählte! Man kann zwei Frühgeborene nicht tagelang irgendwo verstecken.

Vielleicht hat man Mark deshalb in dieser Nacht-und-Nebel-Aktion an Walter und Liz verkauft, weil man ihn blitzschnell loswerden wollte. Erstaunlich, dass sie ihn nicht verscharrt haben.

Walter und Liz haben erzählt, dass zwei Männer in Lederjacken den Kleinen brachten. In einem Wagen mit ausländischem Kennzeichen.

Es wurden auf beiden Seiten keine Fragen gestellt. Nur 50 000 Mark wechselten den Besitzer. Das war damals sehr, sehr viel Geld. Besonders für ein Ostblockland.

Schätze, Mark verdankt sein Leben einer Panne. Sonst wäre er in der DDR aufgewachsen. Bei ganz anderen Leuten. Jetzt kommt der nächste Schritt: Wie viele Erna Liebenows gibt's in Deutschland? Das muss doch rauszukriegen sein!

Also los, Anne. Begib dich ins Internet.

Muss zum Flughafen. Der strenge Lothar beliebt nicht zu scherzen, wenn man nicht exakt und präzise, wie ausgemacht, mit Sonnenschutzfaktor sechzig eingecremt in der Einfahrt steht!

Muss packen. Hicks. Scheiß-Rotkäppschnsäggt.

Melde mich aus der Lounge.

Alex

PS: Das wird lustig, wenn Lothar neben mir sitzt und ich forsche unauffällig im Internet nach seiner Mutter. Schätze, er wird mir lautstark erklären wollen, wie so was funktioniert.

Ach Alex,
gerade eben kommt ein Glückwunschtelegramm von Kyllikki: »Hallo, meine Liebe! Sie sind geschieden! Rechnung geht aufs Haus!! Ihre Kyllikki!!«

Ich könnte schreien vor Glück.

Wenn ich mir vorstelle, dass du jetzt über Plattstadts Zubringerstraße zum Flughafen fährst! Mit Lothar! Der wahrscheinlich beleidigt die Nase hochzieht, weil du exakt zwei Minuten zu spät in seinen Opel Vectra gestiegen bist! Und jetzt hektisch am Radio rumdreht, um den Verkehrsbericht zu hören – von wegen Berufsverkehr und Stau!

Knallt er dir gerade den »Großraum Frankfurt«-Stadtplan auf den Schoss und herrscht dich an, dass du präzise und exakt die günstigste Umleitungsstrecke herausfinden sollst, FALLS irgendwo Stau ist? Ach Alex, ich SCHENK ihn dir! Von Herzen! Mit 'ner roten Schleife drum!!

MEINER – also Mark Daniel – würde lachen und singen und sagen: Darling, wenn Stau ist, dann fliegen wir drüber. Wahrscheinlich sind das die Worte, die DU gerade zu Lothar sagst.

Ach Alex! Ist das nicht wahnsinnig komisch? Wir haben einfach die Kerls getauscht – und wie es scheint, ist jede von uns mit dem Zwilling sehr glücklich!

Ich mach mir vor Spannung in die Hose! Ich halt das nicht mehr aus!

Meinst du, wir können die beiden an ihrem vierzigsten Geburtstag mit der Wahrheit überraschen? Noch eine Woche! Schaffst du es, bis dahin wieder hier zu sein?? Sollen wir sie zusammenbringen?

Sollen wir ein großes Fest machen? Beiden die Augen verbinden und um PUNKT Mitternacht, wenn der August vorbei ist und der September beginnt, »ÜBERRASCHUNG!!« rufen?

Dann stehen sie da und glotzen sich an und wir fotografieren sie und bewerfen sie mit Konfetti! Komisch. Passt alles nicht. Sind nur so Spinnereien.

Bin viel zu aufgeregt, jetzt am Computer rumzufummeln. Muss erst wieder einen klaren Kopf bekommen.

Alex! Kannst du nicht versuchen, vor deinem Abflug noch ein paar Erna Liebenows zu finden? Dann telefoniere ich sie alle der Reihe nach durch. Das nenn ich Teamwork.

Was wollen wir eigentlich erreichen? Ist Klarheit immer gut??

Flieg vorsichtig!

Deine Anne – total erschöpft

PS: Danke, dass ich mich nie mehr langweile!

Frankfurt, Flughafen, First-Class-Eincheckschalter,
in der Lounge

Liebste Anne,
sorry, ich hatte vergessen, dass du kein Computerfreak bist. Lothar checkt für mich mit ein.

Der ist doch ganz passabel, der Mann! Man muss ihn nur ein bisschen in die richtige Richtung schubsen. Von selbst kommt er nämlich nicht darauf. Aber er ist lernfähig.

Ich war in der Hauptpost, die zum Glück um sieben Uhr öffnete, und habe mir sämtliche Disketten ausgeliehen, auf denen alle Telefonbücher Deutschlands gespeichert sind. Jetzt sitze ich in der Senator-Lounge bei einem frühen Glas Champagner (muss den Rotgäbbschnsäggt zuschütten) und lasse den PC für mich arbeiten …

Na bitte. Da ist es schon. Es gibt in Deutschland dreiundzwanzig Erna Liebenows. Ich würde sagen, du telefonierst sie alle durch. Ich maile sie dir rüber. Die Adressen findest du im Anhang.

Nur, was wirst du sagen am Telefon? Grüß Gott, mein Name ist Anne Pistrulla, ich hätte nur eine Frage: Waren Sie 1961 in Lutzkow im Knast?

Nee, das geht nicht. Oder, warte, was ist damit? Kennen Sie eine Olga Schellongova?

Das ist doch unverfänglich! Und trotzdem eindeutig! Hast du eine bessere Idee?

Tut mir Leid, ich hab einen Konzentrationsknick. Die ganze Nacht nicht geschlafen …

Lothar kommt. Kann jetzt nicht … muss auch los. Versuche noch ein Upgrading in die First Class für Lothar zu kriegen.

Dann mach ich dem Jungen auch mal ’ne Freude.

Melde mich, wenn ich angekommen bin.

Viel Glück!!

Alex

Liebste Alex,
während du mit Lothar über den Wolken schwebst, telefoniere ich mir hier die Finger wund: Von den dreiundzwanzig Erna Liebenows hab ich immerhin siebzehn erreicht, aber keine kennt Olga Schellongova und keine war jemals in Lutzkow. Zumindest gibt es keine zu. Vom Alter her kamen nur drei in Frage – nach meinen Berechnungen müsste besagte Erna Liebenow siebenundfünfzig Jahre alt sein –, die anderen waren deutlich älter oder jünger. Eine ist vor kurzem verstorben. Von den fünf Fehlenden sind drei nicht da, bei einer geht der Anrufbeantworter und bei einer ist immer besetzt.

Jetzt geb ich erst mal auf.

Mark Daniel ist zur Probe nach Salzburg gefahren, er singt doch noch den Schubert-Abend im Mozarteum. Die »Winterreise«. Fremd bin ich eingezogen, fremd zieh ich wieder aus.

Ach Alex, ich hab so Angst, dass er bald wieder geht! Dass bald alles vorbei ist! Dass dieser Traumsommer irgendwann ein Ende hat!

Was ist, wenn wir sein Geheimnis rauskriegen? Ist dann unser wunderschönes sorgloses Leben vorbei?

Jetzt muss ich zum Kindergarten. Heute ist Sommerfest. Sie haben unten am See ein Zelt aufgebaut, und alle Kinder, die demnächst in die Schule kommen, dürfen heute Nacht dort schlafen! Greta und Carla haben schon ihre Schlafsäcke dorthin geschleppt. Ich habe sie einfach für Mitte September in der Schule angemeldet. Ich weiß nur eins: Wir gehen nicht wieder nach Plattstadt. Sag mal, was passiert eigentlich mit unserem hoch verschuldeten Reihenhaus?

Früher habe ich noch darüber nachgedacht, ob und wann ich mal mit einem Möbelwagen dort auftauche, um mir wenigstens einen Teil meiner persönlichen Sachen zu holen. Aber soll ich dir was sagen? Ich will NICHTS. Noch nicht einmal eine Gabel oder einen Kopfkissenbezug. Ich bin mit dieser Episode meines Lebens einfach fertig.

Dir und Lothar viel Glück und Erfolg in Amerika.

Warte weiter mit Spannung auf deine nächste Mail!

Deine Anne

PS: Mark Daniel hat Post! Von einem Gericht in Ohio! Er soll der Vater von Kims Kind sein und muss Alimente zahlen!! Er ist völlig niedergeschlagen, dass er mit dieser Frau ein Kind hat, und überlegt, ob er nicht vor seinem Liederabend noch rüberfliegen soll!

Hotel Bel Air, Hollywood, Suite 413–417, 26. August

Liebste Anne,
bevor ich auch zu dem Thema ein Bömbchen platzen lasse, noch mal die eindringliche Aufforderung: Finde Erna Liebenow. Gib nicht auf!

Wir können die beiden vielleicht in fünf Tagen überraschen! Geil! Ich werde die Presse bestellen und ProSieben und RTL Exklusiv! Was meinst du, was das schon wieder für Knete bringt!!

Also, jetzt kommt's: zum Thema Alimente. Lothar und ich sind gleich gestern Abend mit Jane auf eine Party in Beverly Hills gegangen. Zwischen all den Schönen und Reichen trafen wir ausgerechnet den dicken Danny-de-Vito-Verschnitt, der John Travolta und Arnold Schwarzenegger managt und nicht weiß, wohin mit seiner ganzen Knete! Rate, wen der im Schlepptau hatte: das dürre Model, Kim, mitsamt Kinderwagen! Er hat so laut geprotzt mit seiner väterlichen Potenz, dass du dir keine Sorgen zu machen brauchst. Sie versucht es halt, das gerissene Biest. Zwei Alimentezahler sind besser als einer.

Als sie Lothar sah, riss sie sich vom kleinen dicken Danny los und blieb wie versteinert stehen.

Lothar fuhr völlig unbeeindruckt mit seinem Vortrag fort.

»Also«, hörte ich ihn sagen. »Was ich versuche, Ihnen zu erklären, ist, dass es in Ihrem Fall verschiedene planungsbedürftige Einflussfaktoren gibt: Zum einen sind da die Aktiva, Immobilien, Wertpapiere, Versicherungen, Beteiligungen, persönliches Einkommen und so weiter. Zum Zweiten sind da die Passiva: Hypotheken, Lombard-Kredite, sonstige Kredite, Garantien, persönliche Ausgaben. Dann ist in Ihrem Fall die Lebensmittelpunktfrage. Wo haben Sie – rein steuerlich betrachtet – Ihren Hauptwohnsitz?«

»Mörsenbroich«, sagte Jane.

»Man müsste hingehen und prüfen, ob Mörsenbroich zur Erstellung einer optimierten Vermögensbilanz, einer Cashflow-Planung und Projektion, als Standortbestimmung…«

Lothars Präsenz sprach sich herum wie ein Lauffeuer. Als ich sagte, er sei der genialste Finanzberater Europas und verfüge über sensationelle Verbindungen zur Privatbank des Fürstentums Liechtenstein, wo man seine Schwarzgelder geradezu säckeweise eingraben könne, suchten alle seine Nähe. Der arme Lothar wusste gar nicht, wie ihm geschah! Von überall reichte man ihm Visitenkärtchen und lud ihn ein!

Man konnte Lothar förmlich wachsen sehen. Ich war richtig stolz auf meine Neuentdeckung. Eines musst du mir lassen, Anne: Ich hab einen untrüglichen Riecher für viel versprechende Talente.

Ich werde ihm helfen, hier in den Staaten eine Firma zu gründen. Ich denke, seine Zeit in Plattstadt ist vorbei. Da fällt mir ein: Euer Reihenhaus steht zum Verkauf! Lothar hat auch keine Lust mehr, darin zu wohnen.

Ich habe in seinem Auftrag eine Maklerfirma damit beauftragt. Du kannst gar nicht mehr zurück nach Plattstadt, meine Liebe. Selbst wenn du wolltest.

Also, melde deine Mädchen in der gelben Volksschule oben auf dem Hügel von Mondsee an.

Wir werden eine Lösung für alle finden. Ich verspreche es dir.

So, inzwischen wirst du weiter telefoniert haben. Hast du Erna Liebenow gefunden? Ich bin soo gespannt!! Noch vier Tage bis zu ihrem Vierzigsten. Schaffen wir es, sie an diesem Tag zusammenzubringen?

Anne, ich umarm dich. Hab ich dir schon mal gesagt, wie stolz ich auf dich bin??

Deine Alex

PS: In mir reift der Gedanke, unsere E-Mails an einen Verlag zu verkaufen. Der Erste, dem ich die Story anbieten werde, ist Walter. Wir brauchen nur noch ein Happy End.

Mondsee, 27. August

Liebste Alex,
während du schon wieder ausschließlich an Geld denkst, tut sich hier auf Erden Unfassbares: Also, ich habe alle dreiundzwanzig Erna Liebenows angerufen und keine war die Richtige.

Aber jetzt kommt's: Heute früh, ich hänge am Computer, in der Küche macht sich Rico an der Kaffeemaschine zu schaffen.

Ich erzähle ihm von meinen vielen Telefonaten und dass die besagte Erna Liebenow ungefähr siebenundfünfzig Jahre alt sein muss.

»Die Putzfrau der Mutter von meinem Exfreund hieß Erna Liebenow«, sagt er wie selbstverständlich. Ich schnelle mit dem Kopf hoch, dass ich fast mit Ricos Kopf zusammenstoße:

»Die PUTZFRAU deiner Mutter heißt Erna Liebenow?«

»Die Putzfrau der Mutter meines Exfreundes. Was regst du dich denn gleich so auf!«

»Wann hast du dich von dem Kerl getrennt?«

»Vor einem Jahr und zwei Monaten. Warum?«

»Wie alt ist die Putzfrau?«

»Keine Ahnung. Zwischen vierzig und siebzig, wenn du mich fragst.«

Ich schüttelte den armen Rico am Hemdkragen. »Wie sah sie aus?«

»Keine Ahnung! Ich hab sie nur ein paarmal kurz gesehen und da war sie am Putzen…«

»Versuch dich zu erinnern!!«

»Na, so 'ne Alte halt.«

»Ruf sie an! Los!!«

Ich zerre den Hörer von der Gabel und halte ihn ihm vor die Brust.

»Ja sach mal! Es ist gerade mal kurz nach sieben!«

»Egal. Ruf die Mutter deines Exfreundes an.«

»Und was soll ich ihr sagen?«

»Frag sie, wo sie 1961 war.«

»Wer, Olafs Mutter?«

»Nein, verdammt! Die Putzfrau! Erna Liebenow!«

»Wo soll sie schon gewesen sein? Warte mal, so wie sie spricht, kommt die aus Sachsen.«

»WIE spricht sie?«, schreie ich ihn an.

»Anne, wieso zickst 'n du so rum! Hast du deine Tage oder was!«

»Die Putzfrau deiner Exschwiegermutter ist zwischen vierzig und siebzig und spricht sächsisch?!« Ich stellte das Telefon auf »Mithören«.

Und jetzt halt dich fest, Alex: Die Mutter von Olaf sagt, Erna Liebenow, siebenundfünfzig Jahre alt, stamme aus der ehemaligen DDR, sei sehr pünktlich, fleißig und zuverlässig (!!!), putze bei ihr seit zwanzig Jahren und habe EINEN SOHN!!!

Ich riss Rico den Hörer aus der Hand: »Wie sieht der aus?«

»Wer? Der Sohn?«

»Ja! Wie alt ist er? Wann hat er Geburtstag?«

»Keine Ahnung. Sie bringt ihn ja nicht mit, wenn sie putzen kommt.«

Ich schnaufte ein paarmal durch die Nase, dann sprang ich auf: »Kann ich Sie besuchen kommen?«

»Wie – mich? Oder Frau Liebenow?«

»Beide. Sie beide. Bitte. Es ist schrecklich wichtig.«

»Wenn Sie Rico mitbringen ... da wird Olaf sich aber freuen.«

»Kann ich nicht machen«, sagte Rico. »Dann krieg ich Ärger mit Jaime.«

»Hören Sie? Ich komme allein. Morgen Mittag. Sind Sie dann zu Hause? Ich danke Ihnen. Bis dann.«

Tja, Alex. So ist das. Privatdetektivin Anne Pistrulla meldet sich ab. Fliege morgen nach Berlin. Ich melde mich
Anne

PS: Ich sterbe vor Aufregung!!

Santa Barbara, bei Walter und Liz, 27. August

Liebe Anne,
du bist unglaublich! Na, hättest du das vor einem Jahr gedacht, als du in Plattstadt im Kaufglück mit Persönlichkeiten wie Jürgen Böhser und Siegwulf Mennecken Umgang hattest? Und abends mit Erwin im Stadtpark spazieren gingst, nur um Oma Margot nicht in die Fänge zu laufen?

Ich könnte vor Spannung in meinen PC beißen, wenn ich mir überlege, dass du gerade in Berlin die Mutter unserer beiden Männer triffst! Und von welchem Sohn mag die Rede sein??

Jane Blond dreht wieder und heute Abend treffe ich endlich meinen heiß geliebten Zahnarzt Steve W. Vanderbilt. Natürlich werde ich auch ihn mit Lothar bekannt machen, denn das Geld liegt ja bekanntlich auf der Straße und da wollen wir es nicht liegen lassen. Das mit der Lebensversicherung fand ich jedenfalls wahnsinnig interessant.

Nun bin ich gespannt auf das, was du in Berlin erlebt hast. Glaube mir, ich arbeite wie ein Tier daran, dass wir am vierzigsten Geburtstag unserer beiden Männer in Salzburg zusammen feiern können. Noch drei Tage!

Ich organisiere alles, vom Catering bis zum Champagner, wenn du nur die Wahrheit herausfindest! Beeil dich!!

Vor Spannung platzend,
deine Alex

PS: Was ich völlig vergessen habe zu erwähnen: Mark Daniel möchte mein Haus am Mondsee kaufen. Ich habe ihm einen echten Freundschaftspreis geboten. Hat er es dir schon gesagt?? Oder möchtest du es lieber kaufen? Teilt euch doch den Spaß!

Liebste Alex,
und das erwähnst du unter PS? Das heißt, dass Mark Daniel sich hier niederlassen will!! Das heißt, dass DU nicht mehr in dein Haus am Mondsee zurückkehren wirst? Das heißt, dass die Kinder und ich hier wohnen bleiben dürfen? Zusammen mit Mark Daniel?

Das bedeutet, dass die Kinder und ich ... dass wir hier Wurzeln schlagen dürfen?

Meine Güte, ich fasse es nicht! Kann mich vor lauter Freude kaum auf unser Finale konzentrieren!

Mach dich bereit, Alex: vierter Akt, drittes Bild! Vorhang auf!

Deine schüchterne Anne Klein aus Plattstadt fliegt nach Berlin, ab Salzburg um sechs Uhr fünfzehn und weiter um acht Uhr fünfunddreißig ab Frankfurt. Natürlich hockt sie in der dreiundzwanzigsten Reihe, kriegt kein Upgrade, kein Brötchen und keinen Champagner, dafür Tomatensaft aus dem Plastikbecher... ABER: Ich habe den richtigen Flieger genommen und landete um zehn Uhr zwanzig in Berlin. Mit dem Flughafen-Zubringer-Bus schaffte ich es bis Bahnhof Zoo und ab dort fuhr ich tapfer mit der S-Bahn nach Wilmersdorf. Ich hab die Adresse gefunden.

Olafs Mutter, eine gepflegte Dame Mitte sechzig, mit auffallend onduliertem brünetten Haarturm, öffnete und bat mich herein in die schöne, gediegene gute Stube. Sie hat einen Friseursalon am Ku'damm betrieben und betreut inzwischen nur noch gut zahlende Privatkundinnen bei sich zu Hause. Eine Dame saß auch gerade unter der Haube.

Wir tranken Kaffee aus feinstem Porzellan und Olafs Mutter versicherte mir, dass sie es auch viel lieber sähe, wenn Olaf eine nette junge Frau wie mich mit nach Hause brächte statt dieser homosexuellen Burschen, aber dass sie sich inzwischen mit der Veranlagung ihres Jungen abgefunden hätte. Und Berlin sei ja das Eldorado der Homosexuellen, da könne man nichts machen.

Ich versicherte ihr wiederum, dass mich Olaf nicht für fünf Pfennig interessiert, dass ich aber wohl am Sohn ihrer Putzfrau hochgradig interessiert sei!

Da ließ die Mutter von Olaf eine weitere Bombe platzen.

»An wem sind Sie interessiert? Am schwachsinnigen Sven?«

»Wie – schwachsinnig.«

»Na ja, Frau Liebenow sagt, er wäre eine Frühgeburt gewesen und hätte nie lesen und schreiben gelernt.«

»Eine Frühgeburt...« Ich musste mich setzen.

»Ja. Eine Frühgeburt.«

»Wie alt ist er denn, der Sven?«

»Der Sven wird nie richtig erwachsen, sagt seine Mutter. Obwohl er vierzig wird.«

Ich sprang auf, dass der Kaffee überschwappte.

»Sven wird vierzig?? Wann genau??«

»Keine Ahnung. Frau Liebenow kommt heute nicht, sie putzt bei mir nur montags und donnerstags, aber sie wohnt in Marzahn – hier ist ihre Adresse. Telefon hat sie nicht.«

Deswegen war sie auch nicht im Telefonbuch auf deiner Diskette, Alex!

Ich warf mich in ein Taxi, Olafs Mutter verstand gar nichts mehr.

»Frau Liebenow kommt sonst immer mit der S-Bahn und dem Bus, das dauert anderthalb Stunden!«, rief sie noch hinter mir her.

Das Taxi fuhr lange über eine immer trostloser werdende sechsspurige Schnellstraße und auf einmal empfand ich eine nie gekannte Liebe für Plattstadt. Gegen diese hässlichen, gesichtslosen Plattenbauten, die sich unzählig aneinander reihen, mit ihren scheußlich angestrichenen Balkonen, ist Plattstadt ein hübsches heimeliges Kleinstädtchen, das Gemütlichkeit und Geborgenheit ausströmt!

Der Taxifahrer brauchte lange, bis er endlich den Blaskowitzer Damm 148d gefunden hatte.

»Det macht zwoundachtzig Euro, die Dame.«

Einer inneren Eingebung folgend, gab ich ihm hundert Euro, damit er mich noch bis zur Wohnungstür der Frau Liebenow begleitet. Irgendwie hatte ich plötzlich Angst.

Wir latschten über einen riesigen Schrottplatz, auf dem einige Punks mit ausgemergelten Hunden herumlungerten, und ich muss sagen, ich war ganz froh, dass ich den Fahrer dabeihatte, obwohl der auch nicht gerade vertrauenerweckend aussah.

Viele Jugendliche, aber auch Kinder von elf, zwölf Jahren, saßen dort auf verwahrlosten Sandkastenrändern, tranken Dosenbier und rauchten. Unter einer verkommenen Rutsche, deren Sitzfläche schon völlig verrostet war, lagen Scherben von Schnapsflaschen. Wir umrundeten unzählige Müllcontainer, die überquollen und in der spätsommerlichen Glut schrecklich stanken, und stiegen über Hundekot, herumliegende Kondome und Spritzen, die, wie der Taxifahrer mir versicherte, von den drogensüchtigen Junkies hier stammen.

Das vierte Hochhaus in einer Reihe von abgewohnten Klinkerbauten war dann das, was wir suchten. Die meisten Klingelschilder waren unleserlich beziehungsweise es war überhaupt kein Name dran, aber am vorletzten von oben stand in krakeliger Handschrift geschrieben: »Liebenow«.

Ich hatte sie gefunden! Meine Hand zitterte und ich musste schlucken.

Ich klingelte. Nach kurzer Zeit knackte es in der Sprechanlage, aber es war kein Wort zu verstehen. Ich war vor Aufregung ganz schwach. Der Taxifahrer zündete sich eine Zigarette an und hockte sich auf einen alten Autoreifen: »Soll ick warten, junge Frau?«

»Ja, bitte. Fahren Sie bloß nicht ohne mich weg.«

Ich kramte noch einmal zwanzig Euro hervor und drückte sie ihm die Hand.

»Ab halbe Stunde kostet extra.« Ich nickte ihm dankbar zu.

Die Tür stand offen. Das Treppenhaus war dunkel und stank entsetzlich. Der Lift war kaputt, die grün getünchten Wände, von denen der Putz abbröckelte, mit Graffiti übersprüht. Ich hätte mich ohnehin nicht in den Fahrstuhl getraut, machte mich also auf den Weg, die Treppen hinauf, insgesamt dreizehn Stockwerke. In jedem Stockwerk waren die Wohnungstüren anders grellbunt verschmiert. Im dreizehnten Stock vier Wohnungstüren, alle in Dunkellila.

»Liebenow«. Ich fasste mir ein Herz und klopfte. Die Klingel war eh kaputt.

Drinnen hörte ich ein Poltern, dann schwere Schritte. Ich schluckte und biss mir auf die Lippen. Mir schlotterten die Knie in meinem adretten Reisekostüm.

Jetzt schnall dich an, Alex!

Dann ging die Tür auf. Langsam, knarrend. Ich blickte zuerst nur ins Dunkle, musste die Augen zusammenkneifen, um überhaupt Konturen auszumachen.

Und da war er, Alex.

Der Dritte. ES SIND DREI!!

Ein großer, bulliger Kerl, in einem ausgebeulten Trainingsanzug. Die Haare waren abgeschoren, er hatte mehrere Ringe im Ohrläppchen und war an beiden Unterarmen tätowiert. Seine Augen lagen tief in ihren Höhlen. Ich starrte ihn schweigend an und er starrte mich auch an. Wenn er ein Messer gezogen hätte, hätte ich nicht mal mehr schreien können.

»Wer iss'n det, Sven?« Aus dem Hintergrund kam die rauchige Stimme einer älteren Frau, begleitet von Husten.

»Weess ick nich, Mama.«

»Ich komme von ... ich bin ... ich würde gern ...«

»Wat iss'n los, Svenni?«

»Weess ick nich!«

Nun kam die Alte näher. Sie war ziemlich dick und hatte einen dieser neonfarbenen Jogginganzüge an, mit denen Frau von Unterwelt in den Massa-Markt zu gehen pflegt. Ihre Haare waren militärisch kurz geschnitten, in undefinierbarem Grau. Ihr Gesicht war aufgedunsen. Sie hielt eine Zigarette in der Hand und stierte mich aus teilnahmslosen Augen an:

»Se wünschen ...?«

Ich starrte immer noch den Kerl an, der aussah, als hätte man

Lothar und Mark in einen Sack gesteckt und so lange draufgehauen, bis beide sich in ein bulliges Monster verwandelt hätten.

»Darf ich Sie einen Moment sprechen?«

»Worum jeht et? Mein Sven is auf Bewährung frei und det könnt ihr nich ändern! Oda hatta wieda wat anjestellt? Ick hau ihn jrün und blau!«

»Ich habe nur einige Fragen.« Obwohl ich vor Angst fast gestorben wäre, Alex, wollte ich in diesem Moment nicht aufgeben.

»Sind Se vom Sozialamt?«

»Nein. Ich schreibe eine Diplomarbeit über die Geschichte Deutschlands und untersuche speziell die Schicksale von politischen Gefangenen in den frühen sechziger Jahren in der damaligen DDR...« Was Besseres fiel mir im Moment nicht ein.

»Da happ ick nüscht zu zu sagen...«

Die Alte wollte mir schon die Tür vor der Nase zuschlagen, aber ich stellte todesmutig meinen Fuß dazwischen: »Kennen Sie Olga Schellongova?!«

Erna Liebenow stutzte. »Wer soll'n det sein?«

Für den Bruchteil einer Sekunde erhellte sich ihr Gesicht, dann guckte sie mich wieder finster und abweisend an. Ich wollte aber jetzt nicht mehr aufgeben. Da stand das Abbild von Lothar und Mark! Also Abbild ist falsch. Zerrbild. Verwahrlost, fett, alkoholverseucht. Tätowiert, mit Piercings in beiden Ohren, ungepflegten Zähnen, stotternd und stammelnd...

So hätten Mark und Lothar auch werden können! Wenn das Schicksal es anders gewollt hätte!

»Olga Schellongova ist eine alte Freundin von mir und sie hat mir von Ihnen erzählt.«

»Det gloob ick nich...«

»Sie waren zusammen im Knast, in Lutzkow, Anfang der Sechziger, stimmt's?

Frau Liebenow regte sich nicht. Ich hörte mein Herz klopfen, oder war es ihres?

Ich summte die Arie, die Olga mit Erna zweistimmig gesungen

hatte. Vor Heiserkeit konnte ich es fast nicht rausbringen. Auf einmal wurde die Alte ganz weich, wich zurück, knurrte: »Det is nüscht für dich, Sven, hau ab in dein Zimmer!«

Und der bullige, furchterregende Sven in seinen Springerstiefeln verzog sich wie ein kleiner Junge, schlurfenden Schrittes zog er ab. Erst jetzt konnte ich sehen, dass er die ganze Zeit einen zerrupften alten Teddy in den Händen gehalten hatte.

»Der hatt'se nich alle auf'm Kasten«, murmelte Erna Liebenow und wies mir den Weg ins Wohnzimmer. Es roch penetrant nach Katzenpisse, Alkohol und altem Essen.

Ich bin noch nie im Leben in so einem Loch von Wohnung gewesen, Alex!

Wir setzten uns auf ein abgewetztes Sofa, zwei fette alte Katzen sprangen auf und verzogen sich unwillig hinter der Tür. Ich musste noch einige angeknabberte Hühnerknochen beiseite räumen, mit spitzen Fingern schob ich sie weg, sie fielen auf den Fußboden, wo sich die Katzen fauchend um sie stritten.

Erna Liebenow schob mir eine rosafarbene Kanne Kaffee mit Sprung hin und stellte zwei Tassen auf den Tisch.

»Wie jeht's Olja?«

»Danke, gut. Sie denkt immer an Sie und fragt sich, wie es Ihnen geht!«

»Is 'ne janze Weile her, die Zeit mit Olja...« Sie schüttete mir Kaffee ein. Der Kaffee war kalt.

»Hat Olja Se jeschickt?«

»Ja. Nein. Nicht direkt.« Ich stellte meine Tasse hin und meine Finger zitterten.

»Wat woll'n Se wissen?« Sie fingerte nach einer Zigarette und steckte sie sich an. Auch ihre Finger zitterten. Drinnen im Kinderzimmer hörte ich Sven rumoren.

Ich wagte den Vorstoß: »Wie war das mit der Geburt von Sven?«

»Det happ ick auf'm Sozialamt allet schon erklärt«, sagte Frau Liebenow unwillig. »Will mir ja eh keener gloob'n.«

»Ich glaube Ihnen, Frau Liebenow. Bitte erzählen Sie mir, wie es war.«

»Det Ei hamse mir im Knast jeleecht«, raunzte die Alte heiser. »Ick weess nich, wie set jemacht ham, ick bin zu dem jekomm wie de Jungfrau zum Kind, det war'n reinet Frauenjefängnis und zum Bumsen jab's da keene Jelejenheit.«

»Olga sagt, Sie haben nicht gemerkt, dass Sie schwanger waren?«

»Nee. Hab ja nüscht jewusst vom Leben, war jrad ma siebzehn, hab meine Liedchen jeträllert und war blöd wie Bohnenstroh.« Sie zeigte auf einige vergilbte Schwarzweißfotografien, die an den Wänden hingen.

Ein nettes junges Mädchen mit kastanienbraunen Locken. Darunter in geschwungenen weißen Buchstaben die Titel ihrer damaligen Schlager. »Wünsch mir Glück, Genosse!« und »Wir packen's an, junger Mann!« und solche Propagandalieder.

»Und dann?«

»Hamse mich jeschnappt und einjebuchtet. Am Anfang wollt ick sterben, aber denn hamse mir 'n Anjebot jemacht.«

»Was für ein Angebot?«

»Ick krich 'n Kind für die Deutsche Demokratische Republik. Hamse jesacht. Und det wird 'n juhter Parteijenosse.«

»Und damit waren Sie einverstanden?«

»Na, wat hätt ick sonst machen sollen? Krepiern? In Einzelhaft?«

»Das war die Zeit, wo sie mit Olga zusammen waren?«

»Ja. Aber nur 'n paar Monate. Denn is Olja verschwunden. Und icke, ick kam ins Lazarett. Und denn... hamse mich von ein' Knaben entbund'n. Unter Narkose, ick hab det jaanich mitjekricht. War tagelang bewusstlos. Se hatten wohl nich de richt'jen Instrumente für so wat.«

Sie sagte: »Von EINEM Knaben«, Alex.

»Wann war das genau?« Ich konnte vor Spannung nicht mehr auf diesem Sofa sitzen.

»Am ersten September 1962. Denn hatter Jeburtstach, der Sven. Denn wirter vierzich, wa! Obwohl: Im Koppe isser nich älter als wie sechse.«

»Und dann?«

»Ick hab denn offenen Vollzuch jekricht, weil se mich mit 'm frühjebornen Wurm nich länger einbuchten wollten, ick sollte ihm de Brust jebm, der wollt aber nich trinken. Der war so winzich, der Wurm, wie meine Hand, nich jrößer. Da hamse mich im Lazarett jelass'n und den Wurm irjendwie künstlich ernährt, ick weess nich, war selbst so schwach. Als ick wieder uff'm Damm war, hab ick da als Putze anjefang'n. Den Kleen hamse mit durchjebracht. Am Anfang hamse sich noch drum jekümmert, aber denn ... hat sich keine Sau mehr für uns interessiert.«

»Wann sind Sie rausgekommen?«

»Se werd'n lachen. Als de Mauer fiel. Da war ick plötzlich frei wie ein Vogel. Und hatte einen siebenundzwanzigjährigen Schwachsinn'jen anner Backe. Wat sollste da noch anfangen mit'm Leben?«

»Sie waren dreißig Jahre lang im Knast?«

»Da bin ick nich die Einzige, wa! Als de Mauer fiel, kamse alle aus ihren Löchern jekrochen, mit mehr oder wen'jer jute Laune, wenn ick ma so sagen daaf.«

»Haben Sie jemals Einblick in die Stasiakten beantragt?«

»Wat soll 'n det bringen? Wat se mit mir jemacht ham, det will ick jaanich so jenau wissen. Welcher Kerl da auf mir jelegen hat, spielt ja jetzt keene Rolle mehr, wa!«

Sie grinste zynisch und sog hektisch an ihrem Zigarettenstummel.

»Die dreißig Jahre könnse mir nich' wiederjeben. Is ja jeloof'n, mein Leben.« Sie hustete und drückte ihre Zigarette aus. Ihre Finger zitterten.

»Außerdem hamse alle Beweise vernichtet, die se noch in die Finger jekricht haben. Meine Chancen auf Wiederjuhtmachung oder wie se det nennen woll'n, sind bei null. Für den Jungen krieg ick Sozialhilfe und ansonsten jeh ick putzen. Det is det Einzige, wat ich jelernt hab!«

Ich bin dann gegangen, Alex. Sven hab ich nicht mehr gesehen.

Ich weiß nicht, wie du darüber denkst, Alex. Aber ich glaube eines: Erna Liebenow hat keine Ahnung, dass sie vor vierzig Jahren Drillinge geboren hat.

Irgendetwas ist damals gründlich schief gelaufen. Aber was?

Jetzt bist du wieder dran. Ich schätze, du musst dir Opa Karl-Heinz noch mal zur Brust nehmen. Der ist der Einzige, der noch was wissen könnte. Ruf ihn an, Alex. Quetsch ihn aus.

Bin wieder zu Hause, erwarte dringendst deine Mail!

Deine Anne

PS: Es klingt profan, aber das Leben geht weiter: Heute Abend singt Mark Daniel im Mozarteum seinen Liederabend. Ich gehe jetzt unter die Dusche und schmeiße mich in mein Festspieldirndl!

San Francisco, im Haus von Steve W. Vanderbilt, 29. August

Liebste Anne,
habe eben ein langes Telefonat mit Opa Karl-Heinz geführt. Oma Helga lässt sich scheiden! Mit sechsundachtzig Jahren!!

Sie besteht auf Hausratsteilung und Zugewinn und so einen Blödsinn, sagt er, und er hat Tage gebraucht, um herauszufinden, wo sie steckt: in eurem ehemaligen Reihenhaus! Und den Hund hat sie auch noch mitgenommen!

Er hat sie natürlich polizeilich suchen lassen, weil sie ja seiner Meinung nach verwirrt im Kopf ist, aber ich sage dir, Anne, die Frau sieht klarer als viele Frauen unseres Alters: Sie hatte noch einen Schlüssel von eurem Haus, also, was lag näher, als dorthin zu übersiedeln? Opa Karl-Heinz ist stinksauer. Diese Weiber, hat er gesagt. Alles Weiber. Sogar die Anwältin. Früher hätte es so was nicht gegeben. Früher konnten nur Männer Anwälte werden. Und das war auch gut so.

»Wissen Sie, wie die Anwältin Ihrer Frau heißt?«, hab ich dazwischengefragt.

»So ähnlich wie Hamburg. Ist aber 'ne Ausländerin. Kann man ja nicht aussprechen als solider deutscher Bürger.«

»Kyllikki von Homburg?«

»So was in der Art. Klingt wie ein Kanarienvogel.«

Hahaha!!!

Ja sag mal, Anne, hast DU deiner Exschwiegermutter unsere Anwältin empfohlen?

»Herr Pistrulla, ich rufe Sie an, weil ich eine ganz bestimmte Frage an Sie habe.«

»Ja, bitte? Sprechen Sie, Kindchen, ist ja teuer, so ein Gespräch aus Amerika.«

Ich holte tief Luft und fasste mir dann ein Herz: »Sagt Ihnen der Name Erna Liebenow etwas?«

»Erna ... wer?«

»Erna Liebenow.«

»Was soll mit der sein?«

»Ich will nur wissen, ob Sie sie kennen.«

Pause in der Leitung. Es rauschte ziemlich lange. Dann: »Nein. Sagt mir nichts, der Name.«

»Sie war Insassin des Gefängnisses in Lutzkow. Anfang der Sechziger.«

Wieder lange Pause. Ich hörte ihn atmen. Dann wieder: »Nein. Nie gehört.«

»Herr Pistrulla, es wäre wirklich wichtig! Mir können Sie es doch sagen!«

»Kindchen«, schnaufte er entrüstet. »Wenn ich mich an etwas NICHT erinnere, dann hat das nichts mit Altersschwäche zu tun! Ich habe ein glasklares Gedächtnis!« Er lachte wieder sein selbstgefälliges Lachen. »Heutzutage brauchen alle Menschen einen Computer. ICH nicht! Ich habe alles ... hier oben ... auf meiner Festplatte gespeichert. Eine Erna Liebenow ist mir nie begegnet.«

»Sie haben auch nichts von ihr gehört?«

»Nein. Nie.«

»Über sie gelesen? In den Akten?«

»Liebes Kind, ich kenne alle Akten, die ich jemals gelesen habe, heute noch auswendig. Sie können mich nachts um drei aus dem Schlaf wecken und mich fragen, was auf Seite sechsundneunzig der Akte X steht, und ich werde Ihnen das sagen. Wort für Wort. Auf mich können Sie sich verlassen.«

Ich überlegte, ob ich weiterbohren sollte. Aber dieses selbstherrliche Geschwafel erzeugte Brechreiz in mir!

Es tut mir Leid, Anne, ich konnte einfach nicht. Ich bedankte mich für das Gespräch und wünschte ihm alles Gute.

Vielleicht nimmt er sein Geheimnis mit ins Grab. Vielleicht hat er aber auch keins! Vielleicht ist er nur ein kleiner unwissender Handlanger der großen Drahtzieher gewesen, der ohne Fragen zu stellen ihre Forderungen erfüllt hat!

Soll ich dir was sagen, Anne? Genauso schätze ich ihn ein. Er war kein Entscheidungsträger. Er war ein schwanzwedelnder Speichellecker.

Anne, ich glaube, den haken wir ab.

Gehe jetzt schlafen. Morgen früh werde ich Lothar mit Steve bekannt machen! Erstens, damit Lothar sich um Stevens Knete kümmert. Und zweitens, damit er aufhört, sich auf mich Hoffnungen zu machen. Ich glaub, er hat sich in mich verknallt.

Aber wie würde Adrian sagen? »Das ist doch nicht mein Problem!!«

Grüße dich in alter Liebe
deine Alex

PS: Was sollen wir denn jetzt mit unseren Geburtstagskindern machen? Noch zwei Tage!

Der Countdown läuft! Ich müsste mich um Tickets kümmern…

Mondsee, 29. August

Liebste Alex,
komme gerade aus dem Mozarteum, bin noch ganz benommen.

Der Liederabend war ein ganz besonderes Erlebnis. Mark Daniel sang vor sechshundert Zuhörern im ausverkauften Saal. Ganz leise Töne. Schmerzliche, karge Lieder, die von Winter und Öde handeln, von einem jungen Mann, der seine Liebste verloren hat und nun auf dem Weg ins Nichts ist. Die Leute haben kaum geatmet, so innig hat Mark Daniel gesungen. Du erinnerst dich? Es sind vierundzwanzig Lieder am Stück, eines trauriger als das andere. Nach seinem Vortrag war bestimmt eine Minute lang Stille im Saal. Ich fürchtete mich vor dem Moment, in dem der Beifall losprasseln würde. Die Klänge der Pianistin schwebten noch im Raum, von dem alten Leierkastenmann, der barfuß auf dem Eise hin und her wankt.

»Wunderlicher Alter, willst du mit mir gehn? Willst zu meinen Liedern deine Leier drehn?«

Die ganze Spannung wäre mit einem Mal zerstört gewesen. Aber dann, Alex. Ich kann dir gar nicht sagen, wie sehr mich das berührt hat: Keiner klatschte. Keiner. Die Leute standen nur schweigend auf! Sie standen auf, alle sechshundert Zuhörer in ihrem feinen Zwirn, mit ihren kunstvollen Frisuren, ihren Diamantengehängen und Orden am Revers, und verharrten minutenlang stehend in ihren Reihen, während Mark Daniel ihnen schweißgebadet und erschöpft gegenüberstand. Es war eine Ehrerbietung, von der jeder Sänger nur träumen kann. Kein lautes Gejubel, kein Getrampel und Bravorufen. Nur ein schlichtes Aufstehen. Dann zogen sie ganz langsam ab. Reihe für Reihe. Und keiner sagte ein Wort.

Ich musste weinen, Alex. Ich war noch nie in meinem Leben so ergriffen.

Was dieser Mann für einen Tiefgang hat! Und was er anderen davon mitgeben kann! Er ist kein Show-Typ, der immer die Hauptrolle spielen muss. Er kann auch ganz leise, ganz schlicht sein. Plötzlich wurde mir klar, wie sehr ich ihn liebe. Und dass er mich auch liebt.

So kann nur jemand singen, der wirklich liebt.

Seine Angst, mich zu verlieren, ist genauso groß wie meine, ihn zu verlieren. Besser hätte er mir das nicht mitteilen können.

Tja, Alex. Und da wären wir beim Thema. Wir wollen dein Haus kaufen. Und gehen auf dein Angebot ein. Wir werden dir immer das blaue Gästezimmer freihalten und Adrian soll auch immer seine Heimat hier behalten. Ihr gehört zu unserem Leben, ihr seid unsere besten Freunde.

Natürlich wäre es toll gewesen, die beiden an ihrem vierzigsten Geburtstag miteinander bekannt zu machen. Aber eigentlich ist so was nur im Film toll.

Im wahren Leben wäre dieses Zusammentreffen nur peinlich und sinnlos gewesen.

Niemand zwingt uns, diese beiden viel versprechenden Männer, die in unserem Leben eine so große Rolle spielen, mit ihrer Vergangenheit zu konfrontieren. Ich komme immer mehr zu dem Schluss, dass es das Beste für alle wäre, wenn wir keinen Staub aufwirbeln würden.

Überleg doch mal: Wem nützt es, wenn wir die Wahrheit ausplappern? Wem könnten wir damit einen Gefallen tun? Niemandem.

Wir würden in ihrer aller Leben nur Verwirrung und Unfrieden stiften. Und was hätten wir davon? Nichts.

Was soll's, Alex. Wir haben es bis jetzt für uns behalten, wir können es auch weiter tun.
Sei lieb gegrüßt von deiner Anne

PS: Ich HABE Oma Helga Kyllikki nicht empfohlen! Keine Ahnung, wie sie auf die gekommen ist!!

Los Angeles…

Liebe Anne,
wie klug du bist. Jetzt bist du wieder meine alte Anne.

Du hast Recht. Wir können Schicksal spielen. Wir bestimmen, wie diese Geschichte zu Ende geht. Wir verkaufen sie. An Walter.

Wir veröffentlichen alle unsere E-Mails von A bis Z.

Und damit niemand zu Schaden kommt, greifen wir zu einer völlig legalen List: Wir ändern die Namen aller beteiligten Personen. Wir ändern die Namen aller Orte und Straßen. Wir ändern unsere eigenen Namen. Wir ändern einige Daten und Jahreszahlen. Den Gewinn teilen wir uns schwesterlich. Fifty-fifty, Ehrenwort!

Sollte unsere Geschichte verfilmt werden, geht der Erlös ebenfalls zu gleichen Teilen auf unsere Konten.

Außerdem fließt monatlich ein bestimmter Betrag für Grabpflege an den Waldfriedhof Plattstadt. Denn ohne Heinrich Seelig wäre dieses Buch nicht zustande gekommen.

Den Entwurf eines Vertrages – übrigens ausgearbeitet von dem Allround-Talent Lothar, der vom Inhalt des Manuskriptes nicht die leiseste Ahnung hat – maile ich dir im Anhang.

Erwarte in gespannter Vorfreude deine Antwort.
Deine Alex

PS: Du glaubst es nicht: Lothar hat seiner Mutter deine Anwältin Kyllikki selbst empfohlen! Er sagt, sie sei genial. Also, Geschmack hat er, der Junge!

30. August 2002

Liebe Alex,
ich bin froh, dass wir uns so einig sind.

Mit deinem Vorvertrag bin ich einverstanden. Besonders mit deinem Vorschlag, Heinrich Seeligs Grab nun regelmäßig mit Blumen zu versorgen. Sollten wir nicht allerdings auch Erna Liebenow und dem schwachsinnigen Sven ein Konto einrichten?

Vielleicht muss Erna Liebenow dann nicht mehr putzen gehen. Und Sven könnte vielleicht in ein Heim.

Lothar hat wirklich gute Arbeit geleistet. Ich bin im Nachhinein noch stolz auf ihn.

Die Tatsache, dass Lothar seiner Mutter Kyllikki als Anwältin empfohlen hat, lässt tief blicken. Anscheinend ist er selbst froh, dass er aus seinem früheren Leben rausgekommen ist.

Mark Daniel hatte einen herrlichen Geburtstag. Nachdem nun gestern die Festspiele endgültig vorbei waren, habe ich Mark Daniel auf einen Flug ins Blaue eingeladen. Er war sehr erfreut und sagte, er fliegt mit mir überallhin, ob Hawaii oder Timbuktu. Wir nahmen die sechs Uhr fünfzehn nach Frankfurt. Die Kinder waren auch dabei.

»Und jetzt?«, fragte Mark Daniel, als wir durch das Flughafengebäude liefen. »Die Transitflüge sind im anderen Terminal!«

»Kein Transit«, sagte ich. »Wir sind am Ziel.«

Ich schleppte meine Lieben zum Sixt-Schalter, wo Mark Daniel ja schon in deiner Kartei unter Super-VIP vermerkt ist, und bekamen einen schnittigen Rang Rover angeboten, zum Testen, zum Nulltarif. Mit freundlicher Empfehlung an Frau Alexandra von Merz …

Ich wollte aber unbedingt einen alten Opel.

»Fahr du«, sagte ich und reichte Mark die Schlüssel.

»Hübsch ist es hier«, sagte Mark ratlos, als wir an der Gesamtschule parkten.

Es war gerade acht Uhr und die Schüler rannten die breite Freitreppe hinauf. Zwei Mädchen wie du und ich waren auch dabei.

»Lasst uns einen Spaziergang machen«, schlug ich vor.

Wir gingen durch die Plattstädter Straßen, die schnurgeraden Wege, vorbei an den unzähligen, gleich aussehenden Reihenhäusern, am Spar-Markt, am evangelischen Gemeindehaus, in dem wir immer unsere Chorproben hatten, vorbei an der Hochhaussiedlung, den Sportplätzen, der Einkaufszone und vorbei an dem Friedhof, auf dem Heinrich Seelig liegt.

»Was willst du mir zeigen, Anne?«, fragte Mark.

»Hier haben wir mal gewohnt«, sagte ich. »Du, die Kinder und ich.«

»Ja, jetzt erinnere ich mich!«, rief Greta.

»Ich erinnere mich auch!«, rief Carla.

»Das ist ein lustiges Spiel«, sagte Mark. »Ja, jetzt erinnere ich mich auch wieder!«

Wir begegneten all den Leuten, Alex, die ich kenne, seit ich bis drei zählen kann. Den Nachbarn und den Kollegen, den Plattstädter Bürgern, die bei Lothar ihre Konten hatten, den Bekannten von Oma Margot und allen, die bei mir im Kaufglück eingekauft haben.

Wir grüßten nach rechts und wir grüßten nach links und alle Leute drehten sich nach uns um und tuschelten und stießen sich in die Rippen.

Mark und ich gingen Arm in Arm und jeder von uns hatte ein Mädchen an der Hand.

»Ich wusste nicht, wie berühmt du bist«, sagte Mark.

»Ah, da sind Sie ja wieder«, sagten die Leute. »Guten Tag, Herr Pistrulla, guten Tag, Frau Pistrulla!«

»Spiel mit«, flüsterte ich übermütig. »Wir stehen auf der Bühne!«

Das ließ Mark sich nicht zweimal sagen. Er grüßte freundlich und charmant nach allen Seiten. Ich zischte ihm die Namen der Passanten zu und er plauderte weltmännisch mit diesem und jenem.

»Von wegen Ehekrise«, tuschelten sie. »Sie sind doch eine Bilderbuchfamilie!«

Dann stiegen wir wieder in den Opel und fuhren durch die ganze Stadt.

Unser Besuch in Plattstadt hatte sich schneller rumgesprochen, als unser Opel fahren konnte.

Dann fuhren wir zum Kaufglück bis in die oberste Parkgarage und ließen den Opel direkt neben Siegwulf Menneckens Cabriolet stehen. Er arbeitet jetzt wieder bei Kaufglück und Jürgen Böhser auch. Ich finde, es ist ihre gerechte Strafe.

Wir wanderten durch alle Etagen, Hand in Hand, prüften die Angebote und kauften den Kindern jede Menge Klamotten aus dem Sommerschlussverkauf. Ich bezahlte mit meiner früheren Mitarbeiterkarte und bekam vierzig Prozent Rabatt. Mark Daniel hat mit sicherer Hand die Sachen für die Kinder ausgesucht. Er hat modisch einfach den besseren Geschmack.

Dann haben wir noch ein paar Sachen aus der Bettenabteilung eingekauft. Nur so. Ich wollte mal schauen, wer dort Dienst hat. Ziemlich viele neue Gesichter unter den Mitarbeitern, aber auch viele bekannte. Die Frau, die behauptet hat, morgens seien die Kissen immer zerwühlt gewesen, hat Mark geradezu untertänigst bedient. Wir haben uns Laura-Ashley-Bettwäsche gekauft, zum Mitarbeiterrabatt.

Alle früheren Kollegen haben uns gesehen. Auch Siegwulf Mennecken und Jürgen Böhser, die dicke Frau Fischer-Wollenweber und die missgünstige Frau Schnatzke aus der Fleischabteilung. Sie stießen sich in die Rippen und tuschelten.

Wir grüßten freundlich nach allen Seiten.

»Ich wusste nicht, wie berühmt du in diesem Kaufhaus bist«, sagte Mark.

»Tja«, sagte ich. »Jeder hat seine Bühne.«

Der Geschäftsführer, der mich entlassen hat, bat uns auf eine Tasse Kaffee in sein Büro.

»Wie geht's denn immer so?«, fragte er erfreut. »Sie sehen alle vier blendend aus! Wie schön, dass sich für Sie alles zum Guten gewendet hat.«

»Ja, das hat es«, sagte Mark Daniel. »Wir werden bald heiraten.«

»Es geht uns auch allen vieren blendend«, strahlte ich und stupste ihn in die Rippen.

»Dann ist bei Ihnen alles wieder in Ordnung?«

»Bei uns war nie etwas in Unordnung«, sagte Mark liebenswürdig. »Gut Ding will Weile haben!«

»So wie Sie alle aussehen, muss man es Ihnen einfach glauben«, sagte der Geschäftsführer. Er schenkte den Mädchen noch zwei kleine Schlauchboote aus der Sommerschluss-Aktion aus der Spiel- und Freizeitabteilung, und dann mussten wir uns beeilen, um die Nachmittagsmaschine nach Salzburg zu erwischen.

Schließlich möchte ich keinen einzigen Tag mehr woanders verbringen als in unserem Paradies.

Sehr glücklich,
deine Anne

Los Angeles, in der Villa der Martinis, 31. August

Liebste Anne,
lass dir gratulieren. Erstens bist du die Besitzerin einer Landhausvilla, zweitens konnte ich dir die zweite Rate deiner Einnahmen an der Beteiligung von Jane Blonds Produkten überweisen (die genauen Zahlen findest du im Anhang, sie sind herrlich sechsstellig!) und drittens hat Walter unsere E-Mails gekauft! Er macht einen Roman daraus – Hardcover, vierhundert Seiten!!

Habe soeben den Vertrag mit seinem Justiziar unterzeichnet – natürlich nach eingehender Beratung mit meinem persönlichen Consultant, Mister Lothar Pistrulla.

Mädchen, wir sind reich!

So, wie wir das immer erträumt haben. Damals, bei unseren Wanderungen um den Plattstädter Baggersee!

Walter hat alle unsere E-Mails bis hierher persönlich gelesen. Normalerweise gibt er neue Stoffe zuerst immer seiner Lektorin, aber in diesem Fall haben er und Liz sich gegenseitig die Seiten aus der Hand gerissen. Du kannst dir ja denken, dass sie diese Geschichte sehr interessiert hat.

Lass uns ehrlich sein, Anne Klein: Die Geschichte ist deshalb so gut, weil sie WAHR ist!

Nun lass dich herzlich umarmen und ganz feste drücken – von deiner alten Freundin Alex

PS: Vanderbilt und ich werden wohl heiraten. Lothar meint, das kommt auf jeden Fall steuerlich günstiger, nicht zuletzt wegen der hochinteressanten Lebensversicherung.
PPS: In absehbarer Zeit werden wir nach Las Vegas fliegen, um

die Angelegenheit schnell und diskret hinter uns zu bringen. Frage: Dürfen wir mit euch als Trauzeugen rechnen?

Mondsee, Landhaus Klein Martini,
in meiner Arbeitsgalerie, 4. September

Unten im Dorf klingelt gerade die Pausenglocke: Meine Zwillinge sind heute eingeschult worden! Aber nicht nur das: Heute vor einem Jahr habe ich dir die erste Mail geschickt!

Liebste Alex,
wenn man bedenkt, wie ich früher jeden Euro zweimal umgedreht habe – und jetzt bin ich so reich, dass ich dich um deinen Finanzberater beneide! Aber habe ich dich nicht von Anfang an um irgendetwas beneidet?

Das muss nun ein Ende haben: Ich bin der glücklichste Mensch der Welt.

Mark Daniel und ich haben übrigens auch vor zu heiraten. Was hältst du davon, wenn wir, da wir doch sowieso nach Las Vegas kommen, das Nützliche mit dem Angenehmen verbinden?

Natürlich bitten wir Steve W. Vanderbilt und dich, UNSERE Trauzeugen zu sein. Man könnte das Ganze vermutlich von der Steuer absetzen. Frag mal Lothar.

Ich muss dir ganz ehrlich gestehen, Alex: Ich hätte inzwischen wirklich Lust, dich endlich wiederzusehen.

Herzlich
deine Anne Klein

ENDE

Ich danke allen Menschen in Mondsee und Umgebung für die Inspiration zu dieser Geschichte, speziell meinen Freunden Günther und Ingrid, Antonia von der Erlachmühle und der Fürstin zu Sayn-Wittgenstein-Sayn, dass ich sie ins der Reich der Fantasie entführen durfte.

Karlas Umweg

Nebenan klimpert der unmusikalische Kevin. Seit Wochen quält er sich und den Rest der Welt mit der Jäger-Polka in F-Dur. Also, ich finde sowieso, dass jemand, der Kevin heißt, gar nicht Klavier spielen sollte. In die städtische Musikschule zur Klavierstunde geht man als Johannes, Bernhard oder Elisabeth oder Eva-Maria. Saschas, Nadines und Natalies trifft man bei uns eher selten. Kevin ist in gewisser Weise unser Quoten-Prolet. Ich habe schon mehrmals mit dem Ellbogen gegen die Wand gedonnert, und dass Kevin ungerührt weiter in die Tasten haut, beweist zwei Dinge: Erstens ist er es offenbar gewöhnt, dass sein Klavierspiel solchermaßen honoriert wird. Und zweitens: seine Lehrerin ist nicht im Raum. Regina, meine nicht wirklich geliebte Kollegin. Sie steht wie üblich auf dem Flur und quatscht. Über ihre Probleme mit Gernot. Regina hat mir auch dieses Tagebuch hier geschenkt, zum vierundzwanzigsten Geburtstag. Na ja, ein Tagebuch ist es nicht wirklich. Eher eine blöde Kladde, in die ich, laut Regina, nun mein Leben reinschreiben soll. Sie sagt, das Leben fängt jetzt erst an. Sie muss es ja wissen. Regina ist immerhin schon fünfundzwanzig. Es stimmt, ich habe bis jetzt überhaupt noch nichts erlebt, jedenfalls nichts, das sich zu erwähnen lohnte: Gymnasium und Abitur in dieser hessischen Kleinstadt (ich bin immer versucht, »hässliche« Kleinstadt zu sagen, aber Mama meint, ich soll mich nicht versündigen, es gibt noch viel hässlichere Kleinstädte) – nebenher Musikschule mit Klavierstunden, montags katholischer Kirchenchor, mittwochs evangelischer Kirchenchor, samstags Jugendchor und sonntags Bad Orkser Singkreis. Tja. Das war bisher mein Leben. Seit Sommer jobbe ich hier an der Musikschule. So weit, so langweilig. Ich frage mich wirklich, wie ich dieses dicke, goldene Buch füllen soll. Regina dagegen hat viel mehr über sich zu berichten. Das tut sie ja auch. Pausenlos. Unfreiwillige Zuhörer findet sie immer. Reginas Lebensinhalt: Gernot.

Gernot passt total gut. Zu Regina, und überhaupt. In dieses freudlose Musikschul- und Kleinstadt-Dasein. Regina hat nämlich gern Not mit ihrem Gernot. Sie leidet gerne, das füllt ihr jämmerliches Leben mit Inhalt. Sie ist seit Jahren Klavierlehrerin an diesem kleinstädtischen Institut – und da braucht man schon einen Gernot als Dreingabe.

Ausgerechnet Regina hat mir also die goldene Kladde geschenkt, auf der in geschwungenen Lettern steht: Mein Tagebuch. Wenigstens kann ich meinen Ärger über sie da hinein schreiben. Sie ist der spießigste und engstirnigste Mensch, der mir je begegnet ist, und leider begegnet sie mir täglich. Stündlich. In schlimmen Phasen sogar alle zehn Minuten. Auf dem Flur der Musikschule. Oder sie stürmt einfach nach kurzem herrischem Anklopfen in meinen Unterrichtsraum. Egal, wer da erwartungsvoll an meinem Klavier sitzt: ihr Auftritt ist immer wichtiger. Sie platzt vor Mitteilungsdrang.

Und ich weiß doch schon alles! Obwohl ich Gernot noch nie gesehen habe, kenne ich den Mann besser als er sich selbst. Ich weiß sogar von dem nässenden Ekzem hinter seinen Ohren. Na danke, Leute.

Heute hat mich Regina gefragt, ob ich das Tagebuch schon fleißig benutzt habe, und mich dabei am Ärmel festgehalten. Ich hasse es, wenn sie mich so am Weitergehen hindert, aber so ist sie nun mal. Besitzergreifend und rechthaberisch. Als ich ihr sagte, ich hätte schon drei Seiten geschrieben, hat sie höhnisch gelacht: »Drei Seiten?! Ich habe schon drei dicke Bände in sieben Jahren voll geschrieben! Das musst du mir erst mal nachmachen!« Ich habe ärgerlich auf den Boden geguckt, der vom Bohnerwachs glänzte. Typisch Regina! In allem ist sie ungleich besser, ausführlicher, erfolgreicher. In allem!!

»Was hast du denn da so alles reingeschrieben?«, habe ich höflichkeitshalber gefragt, und sie hat spöttisch gelächelt und gesagt: »Das möchtest du wohl gerne wissen, was?« Aber dann hat sie mir doch bereitwillig Auskunft erteilt. Ihre drei Kladden sind voll gekritzelt mit ihren Problemen mit Gernot. Währenddessen spielte drinnen ihre Schülerin eine der Moll-Etüden von Czerni. Pausenlos und sehr abgehackt. Es war eine großartige Geräuschkulisse. Zum Glück kam dann die Mutter von dem kleinen Neuen mit den roten Haaren und schleifte ihr unwilliges Kind hinter sich her – ich hatte den berechtigten Eindruck, es will überhaupt nicht Klavier spielen lernen –, sodass ich Regina mit ihren Gernot-Problemen auf dem Flur stehen lassen konnte. Es ist doch erstaunlich, wie ausgesprochen wenig ich Regina leiden kann.

Wochenende. Draußen regnet es, wie es sich für einen Novembersonntag gehört. Ich habe mich etwas an der Kunst der Fuge vergangen und anschließend das Klo geputzt, mit meinem neuen praktischen Hausfrauenset, das mir die Mütter von der vierten Klavierschulklasse zum Geburtstag geschenkt haben. Eigentlich ist damit mein Schaffensdrang erschöpft. Ich gerate ins Nachdenken. Früher war Nachdenken nicht so zeitaufwendig, als ich noch nicht die goldene Kladde ins Vertrauen ziehen musste. Da konnte ich Tonleitern dreschen, Etüden klimpern oder sogar Choräle singen, und immer habe ich dabei nachgedacht, mehr oder weniger. Aber jetzt? Die Kladde fesselt mich, fordert meine ungeteilte Aufmerksamkeit, hält mich am Ärmel fest. Sie ist wie Regina. Ich kann sie nicht leiden. So, jetzt reicht es.

Ich schmeiße das Ding in den Ofen.

Nein, das wäre doch Papierverschwendung. Papa in seiner nicht mehr zu steigernden Sparsamkeit würde die Seiten des Buches wenigstens noch zum Ausstopfen seiner nassen Wanderschuhe verwenden. Papa ist so genügsam, dass er sogar die Tropfen, die beim Schälen einer Apfelsine entstehen, noch mit einem Blatt Papier auffängt. Gestern hat er mir gestanden, dass er nicht mal zur Kategorie der Geschenkpapier-exakt-Zusammenfalter gehört, sondern viel radikaler ist: Er lehnt Geschenkpapier generell ab! Es sei absolute Papierverschwendung, ein Geschenk erst ein- und dann wieder auszuwickeln, sinnlos und überflüssig! Letztens hat er Tante Käthe zum Fünfzigsten eine Flasche Piccolo und eine Schachtel Weinbrand-Pralinen in einem Aldi-Karton überreicht. Und zwar mit erhobenem Kopf.

Und zu Mama hat er am Silberhochzeitstag gesagt,

den ganzen überflüssigen Firlefanz mit dem Juwelen-Geschenke wolle er ihr nicht zumuten, aber da drüben am Garderobenhaken hinge sein Jackett, und in der linken Innentasche müssten noch zwölf Mark sein, davon könne sie sich gerne einen großzügigen Blumenstrauß kaufen. Wobei er sie darauf hinweise, dass es bei Eduscho jetzt die Thermoskannen gäbe, die den Kaffee so wünschenswert lange warm hielten. Da müsste sie nicht das ganze Geld ausgeben für Blumen, die nach einer Woche schon wieder hin wären. Die Thermoskanne wäre eine Investition für ihre zweiten fünfundzwanzig Ehejahre.

Auch wenn ich Papas Sparsamkeit – man könnte sie auch als manischen Geiz bezeichnen – nicht ganz übernommen habe, so bringe ich es doch nicht übers Herz, so eine dicke, goldene Kladde einfach zu verbrennen.

Ich gebe zu, dass ich wahrscheinlich nicht viel Interessantes in diese Kladde schreiben kann, zum gegenwärtigen Zeitpunkt der Entwicklung meines höchst durchschnittlichen Lebens. Wir schreiben das Jahr 1985. Seit meiner Geburt hocke ich nun in dieser hessischen Kleinstadt, unterrichte die mehr oder weniger musikalische Brut anderer Leute im Klavierspielen, Notenschreiben und Rhythmusklopfen, spiele auch dann und wann im örtlichen Musikschulkonzert eine Mozart-Sonate, singe nach wie vor treu in allen Chören der Umgebung (Mama sagte vor Jahren, vielleicht lernst du dort mal einen Mann kennen) und lebe ansonsten so vor mich hin. Papa und Mama wohnen in einem grauen Reihenhaus in der Nähe, und wenn ich Hunger oder Wäsche zum Waschen habe, dann schaue ich immer gern bei ihnen vorbei. Mama sagt, auf diese Weise lerne ich nie einen

Mann kennen! Papa meint, ich solle viel mehr an mein berufliches Weiterkommen denken als daran, einen Mann kennen zu lernen. Ich selber bin der Meinung: Theoretisch geht beides. Aber eben nur theoretisch.

Regina erlebt natürlich ungleich mehr: Sie hat eine Beziehung! Und was für eine! Eine komplizierte dazu! Ja, wenn sie darum nicht zu beneiden ist! Erst mal hat sie jeden Tag neuen Stoff zum Quatschen. Gernot hier. Gernot dort. Gernot gestern, heute, morgen. Gernots schwieriges Elternhaus. Gernots gestörte Beziehung zu Katzenhaaren. Gernots Allergien gegen Fertiggerichte. Gernots fanatische Leidenschaft für diesen aufreibenden Sport, der sich Minigolf nennt. Gernot ist nämlich ein Perfektionist. Und von krankhaftem Ehrgeiz getrieben. Gernot kann nicht verlieren, und wenn doch, dann kriegt er Ausschlag in den Armbeugen. Er ist von dem manischen Zwang getrieben, seinen Minigolfball ohne Umwege in das Minigolfloch zu schlagen. Selbst Fehlschläge, die nur ein oder zwei Zentimeter am Hindernis vorbei zielen, treiben Gernot in Depressionen. Gernot trainiert deshalb dreimal in der Woche mit seinem Minigolfverein im Kurpark! Er besitzt zwei Dutzend verschiedene Schläger, von der Anzahl der Minigolfbälle erst ganz zu schweigen! Und wer muss die alle sauber halten und darf sie trotzdem nicht anfassen? Regina. Wenn das nicht Stoff für ganze verregnete Nachmittage auf dem Flur der Musikschule ist.

Und erst die Vereinskollegen! Alle so komplizierte, eigenwillige Naturen! Und natürlich muss Regina ihnen nach dem nervenaufreibenden Training, wenn die Jungs durchgeschwitzt und mit vor Konzentration hervorquellenden Augen nach Hause kommen, Schnittchen schmieren! Aber mit fettarmer Leberwurst, wegen der Kalorien. Und ohne Konservierungsstoffe, damit sie keine Allergien bekommen. Und wie sie dann fachsimpeln! Das kann ich mir überhaupt nicht vorstellen, sagt Regina. Nicht im Entferntesten. Und was das alles für interessante Menschen sind. Kein einziger Durchschnittstyp ist dabei. Alles ausgesucht komplizierte, schwierige Naturen, feingliedrig, hochsensibel und jeder auf seine Art eigen. Aber Gernot ist am eigensten von allen. Schon sein Elternhaus, so schwierig und kompliziert. Diese körperfeindliche Erziehung. Na ja. Daran arbeiten sie, aber das geht nicht alles von heute auf morgen. Dazu gehört Einfühlungsvermögen, und viel Geduld! Wenn Gernot seine Klammer-Phase hat, sagt Regina, dann kann er schon sehr anstrengend sein. Aber noch schlimmer ist die Loslass-Phase. Da kann er dann keine körperliche Nähe ertragen, hat sein Analytiker gesagt. Er soll das zulassen, hat er gesagt. Und Regina hat gesagt, Gernot hat gesagt, sein Analytiker habe gesagt, sie, Regina, müsse damit fertig werden, dass Gernot jetzt lernt, zu seinen Loslass-Gefühlen zu stehen. Wo er doch gerade gelernt hat, seine Mutter loszulassen. Und seine schwierige Psyche mit Hilfe des Minigolf-Sportes umleitet in so genannte Übersprungshandlungen nach dem Motto: Der Weg ist das Ziel. Der Minigolfball ist sozusagen sein Blitzableiter, sagt Regina. Allerdings teilt Gernot seine Geheimnisse weder mit Regina noch mit seinen Minigolffreunden, sondern ausschließlich mit seinem Psychoanalytiker. Und der hat echt den Durchblick, sagt Regina. Aber das kostet! Nicht nur das ganze Geld, das Gernot und Regina so mühsam an der Musikschule verdienen – Gernot unterrichtet Klarinette und

Tenorhorn – und natürlich auch Saxophon, in frivolen Phasen sogar Jazz!! –, sondern auch Energie, das kann sie mir sagen.

Gerade wieder. Eine Stunde, auf dem Flur. Kevin klimperte das Klavier zu Kleinholz. Aber das stört Regina nicht. Gestern gab's wieder Spannungen in ihrer Beziehung, zog sie mich weinend ins Vertrauen. Wie sehr doch Gernot unter ihren Etüden leidet. Er hat auch eine Allergie gegen Tonleitern, Dreiklänge und schwarze Tasten. Aber er bemüht sich sehr. Schon mehrmals ist es ihm gelungen, minutenlang im Raum zu bleiben, wenn sie gespielt hat. Echt feinsinnig, der Mann, und so tolerant. Jedenfalls ist Regina um ihre Beziehung echt zu beneiden. Sie wollen ja auch ganz bald heiraten. Vielleicht kriegt sie dann viele Allergie-befallene Kinder und kann hier nicht mehr unterrichten. Das wäre schön.

Der Direktor, dessen Geburtstags-Buschwindröschen inzwischen in meinem Unterrichtszimmer vor sich hin welken, hat mich in sein Büro gebeten. »Fräulein Umweg!«, hat er mich begrüßt, »ich hätte da vielleicht etwas Interessantes für Sie!«

Nun mag ich es nicht besonders, wenn mich einer »Fräulein« nennt, und möchte immer mit Goethe antworten, »bin weder Fräulein, weder schön«, aber er hat ja nicht behauptet, dass ich schön sei, und so wollte ich ihn nicht unnötig verbal in die Irre führen. Mama und Papa wissen schon, was sich ziemt, und derlei Dreistigkeiten wären mir nie über die Lippen gekommen, schon gar nicht einem Kleinstadtmusikschulleiter gegenüber, der mich Fräulein nennt, weil er es eben nicht besser weiß. Kurz und ungut, der Direktor hieß mich mit großzügiger Geste neben seinem angestaubten Gummibaum Platz nehmen und schob mir eine Broschüre zu:

»Hochschule der Künste nimmt noch begabte Studenten auf« stand da zu lesen. »Aufnahmeprüfungen für Kurzentschlossene finden Ende November statt. Schriftliche Bewerbungen mit allen erforderlichen Unterlagen richten Sie bitte an … usw.« Ich fragte den Direktor stirnrunzelnd, ob ich etwa meinen hochmusikalischen Bernhard oder sonst jemanden aus meiner Klasse an die Hochschule der Künste schicken sollte, damit er den letzten Rest des guten Rufes unserer Musikanstalt im Hessischen ruinieren möge, aber der Direktor hatte gemeint, ich, Karla Umweg, sollte mich selbst dort bewerben.

Ich guckte ein bisschen auf den aschgrauen, staubigen Direktor und den aschgrauen, staubigen Gummibaum. »Wieso denn ich?«, fragte ich dann bescheiden.

»Nun ja, weil Sie hier im Lehrerteam die Jüngste und, wenn ich sagen darf, auch mit Abstand die Begabteste …«, äußerte der Direktor und putzte sich mit seinem aschgrauen Taschentuch die Brille. »Es wäre schade, wenn Sie hier auf Dauer versauern!«

»Aha«, sagte ich und betrachtete die soeben entstandenen Schlieren auf der Brille. »Und was ist mit Fräulein Kanisius?« Ich betonte das »Fräulein« etwas, obwohl Regina ja wahrscheinlich rein biologisch-sportmedizinisch kein eigentliches Fräulein mehr ist.

»An Fräulein Kanisius habe ich auch schon gedacht«, sagte der Direktor und hob seine Aktentasche an, die wahrscheinlich nichts als Leberwurststullen enthielt. Er entnahm ihr mit förmlicher Miene ein weiteres Flugblatt. »Sie ist zwar nicht ganz so begabt wie Sie und will, soviel man sich hier erzählt, bald in den Stand der Ehe treten, aber selbstverständlich möchte ich sie nicht übergehen. Wenn Sie ihr das bitte bei passender Gelegenheit überreichen möchten!«

Man merkte dem armen Direktor förmlich an, wie froh er wäre, wenn er Regina auf diese Weise loswerden könnte.

»Klar«, sagte ich und faltete das Blatt klitzeklein zusammen. »Mache ich. Bei passender Gelegenheit.«

Damit war die Sitzung beendet, der Direktor reichte mir seine schlaffe Hand, die noch feucht von dem aschgrauen Taschentuch war, und wünschte mir einen »segensreichen Entschluss«. Mein Entschluss ist dahingehend segensreich, als dass ich meiner ungeliebten Kollegin Regina niemals dieses Blatt von der Hochschule aushändigen werde, damit sie in dieser hessischen Anstalt des Staubes für immer verschimmelt. Der Direktor sagte, ich möge ihn bitte auf dem Laufenden halten, denn im Falle meines Dahinscheidens müsse er einen anderen Klavierlakaien einarbeiten.

»Ist klar«, sagte ich. »Ich denke drüber nach.«

Nun habe ich was zum Grübeln, kaum, dass ich ein Tagebuch besitze. Wenn das kein Zufall ist.

Regina grübelt weiterhin über Gernot nach und neuerdings darüber, dass sie ihm niemals eine ebenbürtige Partnerin sein könne, wo sie doch der hohen Kunst des Minigolfes nicht mächtig ist. Sie hat lange auf dem Flur mit unserer Flötenlehrerin darüber gesprochen. Ich kam nur zufällig vorbei und schnappte einige Wortfetzen auf.

»Sie sollten eben auch einen Sport treiben«, sagte die

Flöte. »Ja, aber welchen?«, presste Regina in höchster Not hervor.

»Es wäre wahrscheinlich unklug, wenn Sie auch Minigolf spielen würden«, analysierte die Kollegin nachdenklich. Ich musste dann unterrichten, aber als ich nach einer Stunde wieder aus meinem Zimmer kam, überlegten sie gerade, dass das Tennisspielen ein gesellschaftlich und auch rein vom finanziellen Aspekt her sehr überschätzter Sport sei. Regina heizte die Diskussion noch dahingehend an, dass sie sich in ihrem Beruf als Pianistin keinen Tennisarm oder auch nur etwaige Muskelverzerrungen leisten könne. Sie waren also am Punkt Null angekommen. Ich hatte keine Lust, mich beratend oder auch nur sorgenvoll nickend an dem Gespräch zu beteiligen, und eilte vorbei. Der zusammengeknüllte Zettel von der Hochschule für Schnellentschlossene steckt immer noch in der Gesäßtasche meiner Jeans. Wahrscheinlich wird er noch ein, zwei Vierzig-Grad-Wäschen bei Mama im grauen Reihenhaus überleben, tja, und dann, gute Nacht, Hochschulzettel. An Regina ist ja kein Rankommen.

In all meiner Teilnahme an Reginas düsterem Schicksal sollte ich mal darüber nachdenken, ob ich Lust habe, selber ein Pianistenschicksal zu durchleiden. Ich stelle mir vor, dass man da täglich viele Stunden in einer kahlen, fensterlosen, übel riechenden Zelle sitzt und die schweren und freudlosen Etüden spielt, die Mozart, Chopin Beethoven, Schubert und Brahms sich im Wahn, Liebeskummer, Alterstaubheit oder kurz vor dem Selbstmord ausgedacht haben, während die Klavierprofessoren auf dem Flur stehen und rauchen und die Probleme mit ihren Gernots besprechen. Ich weiß ja nicht, ob ich zum Spielball solcher Willkür werden will. Und dann, nach mühevollen Jahren der Fingertechnik, des Schweißes und Vorspielstresses, wer oder was bin ich dann? Karla Umweg, Klavierspielerin aus Bad Orks. Eintritt frei, um angemessene Beiträge beim Verlassen des Saales wird gebeten.

Ach nein, ich denke, das Selbstverwirklichen überlasse ich anderen. Mir geht es doch hier gut, in Bad Orks. Papa und Mama wohnen in der Nähe, so kann ich ab und zu mal einen guten, würzigen Gemüse-Hackfleisch-Eintopf essen, ich verdiene meine Kröten mit schöner Regelmäßigkeit, sonntags spiele ich manchmal im Kurhaus Mozart, und alltags kann ich ausschlafen, bis die ersten Musikschulkinder aus der Schule kommen. Ich wüsste nicht, warum ich mein Leben ändern sollte.

Zugegeben, es passiert nicht viel. Zugegeben, ich bin jetzt über zwanzig. Zugegeben, einen zweiten Gernot hat Bad Orks mir nicht zu bieten. Die Jungs aus dem Kurorchester kommen altersmäßig nicht in Frage, die Mitglieder des Minigolfclubs sind mir zu vergeistigt, und die Kollegen von der Musikschule sind entweder verheiratet oder gehören zur Kategorie der Feinrippträger, die man im Kirchenchor trifft. Die ihrem Hund vor dem Betreten der Wohnung mit einer Bürste, die vor der Haustür an einer Schnur befestigt ist, die Pfoten reinigen. Und Mutti für die beste Köchin halten. Sonst gibt es hier keine Männer. Mama sagt, damals nach dem Krieg gab es auch keine, und man könne sich gut an solche Zustände gewöhnen.

Aber ich brauche ja auch keinen. Wozu denn. Damit ich mich in seelische und körperliche Abhängigkeit begebe, wie Regina? Kommt ja nicht in Frage.

Nein, nein. Ich gehe nicht in die Großstadt, nur um etwas Fragwürdiges zu erleben. Ich bleibe, was ich bin. Eine geachtete, durchaus bei Kindern und Müttern nicht unbeliebte Klavierlehrerin mit einem sehr durchschnittlichen Durchschnittseinkommen, Weihnachtsgeld und immerhin fünfzehn Wochen Ferien im Jahr. Mehr Ferien kann man in Bad Orks sowieso nicht brauchen, weil man dann vor Langeweile stirbt.

Der Direktor hat mich auf dem Parkplatz angesprochen und mich gefragt, wie es mit meinen Zukunftsplänen aussähe. Unglücklicherweise stand Regina dabei, die mir gerade seit anderthalb Stunden Begebenheiten aus der freudlosen Kindheit von Gernot schilderte. Sie fragte verblüfft, ob ich etwa heiraten wolle. Der Direktor lachte herzlich und sagte, dass es sich im Leben einer Frau nicht immer um Heirat handeln müsse, wenn sie über ihre Zukunft nachdächte. Nicht wahr, Frau Kanisius? Das war ausgesprochen klug und druckreif formuliert. Regina war sprachlos. Was ich denn dann um alles in der Welt vorhätte? Daraufhin erwiderte der Direktor, ich trüge mich mit dem Gedanken, die Pianistenlaufbahn einzuschlagen und ein Hochbegabten-Stipendium in Berlin anzustreben. Dazu müsse ich mich nur in Berlin zu einem Vorspiel durchringen, und er sei sicher, dass ich dieser Aufnahmeprüfung sehr wohl gewachsen sei. Mein letztes Klavierkonzert im Kurhaus sei doch schließlich Beweis genug, dass es sich bei mir um ein verborgenes Kleinod handele. Er meine das rein musikalisch, eine Beurteilung meiner Persönlichkeit stehe ihm nicht zu, leider. Dann nickte er mir in inniger Vertrautheit zu, rückte seine Baskenmütze über den widerborstigen Vorderhauptsträhnen zurecht und befestigte im Weggehen zwei Metallklammern an den Hosenbeinen, um kurz darauf vorschriftsmäßig ausgerüstet vom Schulhof zu radeln. Ich verborgenes Kleinod stand ganz schön bescheuert da mit meinen Zukunftsplänen und blickte ihm ratlos nach.

Regina war, wie sie sagte, sehr betroffen. Warum ich ihr denn nichts gesagt hätte von meinen Plänen, wo wir doch ein so vertrautes Verhältnis hätten? Sie sei wirklich schwer gekränkt. Womit sie das verdient hätte, wo sie doch schon seit vielen Jahren so um Offenheit bemüht war, und selbst kein Geheimnis aus ihrer Mördergrube machte oder so ähnlich. Dabei drehte sie sich um und wischte sich die Augenwinkel, im Weggehen natürlich. Regina geht immer weg, wenn sie weinen muss. Das macht sie ungern vor Kollegen, da ist sie diskret, alles was recht ist. Jedenfalls bot sich mir keine Gelegenheit, ihr meine äußerst vagen und eigentlich schon wieder verworfenen Zukunftspläne zu erörtern, und der Direktor ist ein saublöder Trottel, der überhaupt kein Taktgefühl hat.

Heute ist der nervende kleine Detlef mit der frühkindlichen Notenlesestörung nicht gekommen, da hatte ich eine Stunde Zeit, in meinem Musikzimmer zu sitzen und mal wieder eine Beethoven-Sonate zu spielen. Es ist doch ein außerordentlich befreiendes Gefühl, so in die Tasten zu hauen und selbstvergessen den scheppernden Klängen eines morschen Musikschulflügels nachzulauschen. Ich weiß nicht, ob mich die Sehnsucht ereilt hat, meine Fingerfertigkeit weiter auszubauen, oder ob es nur die aufkeimende Hoffnung ist, Regina nie wieder sehen zu müssen: Der Gedanke, an die Hochschule der Künste nach Berlin zu gehen, erscheint mir auf einmal nicht mehr so abwegig wie gestern oder vorgestern noch.

Sich vorzustellen, morgens aufzustehen, sich ans Klavier zu setzen und stundenlang zu spielen! Einfach so, für mich selber! Große weite Welt schnuppern! Auf den Brettern, die in jenen Glücksrausch versetzen, der süchtig macht! In der Zeitung zu stehen, mit Bild. Und Lebenslauf. »Die aus kleinbürgerlichen Verhältnissen stammende Karla Umweg erlernte schon früh den Umgang mit den schwarzen und weißen Tasten. Nachdem sie zunächst in einer hessischen Kleinstadt als einfühlsame Musikpädagogin tätig war, gelang ihr der sensationelle Sprung ins internationale Konzertleben. Heute Abend debütiert die junge begabte Pianistin in der Kölner Philharmonie. Restkarten für Stehplätze erhalten Sie beim Kartenbüro.« Und neben mir, auf einem schwarzen Hocker, sitzt Regina Kanisius, zum Umblättern meiner Noten …

Am Wochenende war ich mal wieder bei Papa und Mama. Beide Eltern freuten sich sehr, dass aus mir nun doch noch was Besonderes wird, und Papa war sofort bereit, mich in der ersten Zeit finanziell ein wenig zu unterstützen, falls meine Konzertgagen mich nicht sofort über Wasser halten könnten. Mama sagte gerührt, ich sei zu Hause immer willkommen und für mich gäbe es immer Gemüseeintöpfe der würzigsten Sorte, wenn ich zwischen zwei Konzerten mal Zeit hätte, meine armen, alten, kleinbürgerlichen, aber stolzen Eltern im hessischen Bad Orks zu besuchen. Dann konnte sie sich aber nicht verkneifen, noch zu bemerken, dass es mir vermutlich ganz gut tun würde, nicht mehr ständig warme Mahlzeiten zu bekommen, denn durch das viele Sitzen auf dem Klavierhocker sei ich doch ganz schön in die Breite gegangen in letzter Zeit. Für meine Konzertkarriere wäre es wahrscheinlich von Vorteil, wenn ich etwas figurbewusster leben würde. Vielleicht könnte ich sogar etwas Sport treiben, wenn ich in gesellschaftlich höhere Kreise käme? Ich sollte doch auf jeden Fall meine Tennisausrüstung mitnehmen. Auf diese Weise würde ich vielleicht sogar mal einen Mann kennen lernen …? Papa schüttelte nur den Kopf und schaufelte stirnrunzelnd den Eintopf in sich rein. Er fand es offensichtlich unnötig, mich mit so etwas zu belasten, schließlich sollte ich doch jetzt an mein berufliches Fortkommen denken und nicht daran, auf welchem Sportplatz ich einen Mann kennen lernen könnte.

Papa kratzte missbilligend seinen Teller leer und wischte ihn mit Brot trocken. Wenn es nach Papa ginge, müsste nie wieder ein Teller gespült werden. Papa ist ein Resteverwerter, darauf ist er stolz. In seinen 58 Lebensjahren hat er noch nie auch nur ein Fitzelchen Lebensmittel weggeschmissen. Mama sagt, manchmal wirft sie heimlich einen Teebeutel weg, der erst in drei Tassen gehangen hat, aber das darf Papa nie erfahren. Papa ist in der Lage und bewahrt ein angebissenes Gummibärchen in Stanniolpapier im Kühlschrank auf. Wobei er das Stanniolpapier selbstverständlich für das Aufbewahren von zwei Ohren-Wattebäuschchen für windige Kurparkspaziergänge wiederverwertet. Papa wirft nichts weg. Nichts.

Mama resümierte noch weiter vor sich hin, dass sie es schon immer für unklug gehalten habe, das Kind, nämlich mich, ein Tasteninstrument lernen zu lassen, weil das Tasteninstrument zur Einsamkeit verdamme und damit weit und breit kein Mann kennen zu lernen sei. Indirekt machte sie auch die Beschaffenheit eines Klavierhockers dafür verantwortlich, dass mein Hintern so in die Breite gegangen sei. Sie sei ja dafür gwessen, dass ich ein »weibliches Blasinstrument« lernen sollte, nämlich Oboe. Das übe man oft genug im Stehen aus, und außerdem sei es ein geselliges Instrument. Papa guckte irritiert über seine randlose Brille. Woher sie denn den Unfug mit dem weiblichen Blasinstrument habe, ob sie das etwa auch auf dem Wochenmarkt aufgeschnappt hätte. Ich habe ziemlich laut und unweiblich gelacht, aber Mama hat ihren eigenen Witz sowieso nicht verstanden. Mama verteidigte sich, sie habe schon alle ihre Gedanken wohl durchdacht, nicht nur Papa sei das Denken vorbehalten, auch wenn er den Deutsch-Leistungskurs am städtischen Gymnasium leite, dass das mal klar ist! Wenn Karla Oboe spielen könnte, säße sie jetzt in einem Orchester und wäre von männlichen Kollegen nur so umgeben, im wahrsten Sinne des Wortes! Da böte sich viel leichter die Chance, einen anständigen Mann fürs Leben kennen zu lernen, es brauche ja kein Schönling zu sein. Schönlinge taugten sowieso nichts, die seien nur eitel und selbstverliebt und nicht gediegen. Für Mama ist es wichtig, dass ein Mann gediegen ist, und sonst nichts.

Ich stelle mir unter »gediegen« eigentlich nur »langweilig« vor, aber Mama funkelte mich böse an und sagte, ich solle sie nicht provozieren.

Am Schluss sagte sie noch, dass mein Weggehen aus Bad Orks ja sicherlich den Johannes recht traurig stimmen würde.

»Wer ist Johannes«, fragte Papa zwischen zwei Pflaumensteinen, und Mama meinte so leichthin, das sei der nette junge Mann, der in der Kirche immer die Nümmerchen an die Wand schmeißt.

Papa erstarrte schon wieder, und ein Pflaumenkern blieb völlig ungeordnet auf seinem Teller liegen, ohne in die militärisch anmutende Batterie der bereits in Reih und Glied stramm liegenden Steine eingeordnet zu werden. »Wer schmeißt in der Kirche Nümmerchen an die Wand?«, fragte er streng.

»Na, der Johannes, der nette junge Mann, der sich in der Kirche nützlich macht. Wenn der nicht die Nümmerchen an die Wand schmeißen würde, dann würde in der Gemeinde erst recht keiner mehr mitsingen. Er ist ein sehr engagierter junger Mann.«

Ich lachte schon wieder aus vollem Hals. »Ich wusste gar nicht, wie turbulent es neben der Orgel zugeht«, schrie ich begeistert.

Aber Papa fand das überhaupt nicht komisch. Während er mit dem Löffel den verwahrlosten Obstkern in die Reihe seiner Genossen schubste, sagte er: »Mama meint den Zahlenanzeiger für die Lieder aus dem Gesangbuch. Dass der junge Kirchenhelfer Johannes heißt, war mir bislang nicht bekannt.« Damit stand er auf und faltete seine Serviette.

Papa ist ein Serviettenfalter und Serviettenring-Benutzer. Das Wegschmeißen von nur einmal verwendeten

Papierservietten ist mit seiner Lebensauffassung nicht vereinbar.

Meine letzte Woche in Bad Orks ist gekommen. Alle bedauern mein Weggehen, finden aber, dass mein Entschluss der einzig richtige ist, und dass ich bei meiner Jugend und bei meinem Talent hier nicht länger versauern darf. – Ach, ich habe übrigens ganz vergessen zu erwähnen, dass ich die Aufnahmeprüfung bestanden habe. Letzte Woche war ich in Berlin zum Vorspiel und in der ganzen Aufregung habe ich die goldene Kladde vergessen. So ist diese Nebensächlichkeit fast meiner Vergesslichkeit zum Opfer gefallen! Der Professor sagte, eine »Null« sei leider nicht zu vergeben, so müsse ich mich mit einer »Eins plus« begnügen. Das habe ich allerdings Regina nicht erzählt. Es würde sie unnötig verstimmen.

»Ich wünsche dir jedenfalls ein erfolgreiches Leben«, hat sie zerknirscht gesagt. »Mir selbst ist der Erfolg ja nun nicht mehr vergönnt.«

Sie hat die Aufnahmeprüfung nicht bestanden, sie meint, das lag an ihrem Stress mit Gernot. Übrigens haben Papa durch seine guten Beziehungen zum Kirchenvorstand und Mama durch ihre langjährige Mitgliedschaft beim »Christlichen Verein junger Mädchen« ein halbes Doppelzimmer in einem katholischen Mädchenheim für mich ergattert. Weil Berlin so eine schlimme Großstadt ist, mit Drogen und so, sagt Mama, ist das für mich ein wahrer Segen. Da kann ich mich geborgen fühlen, sagt Mama, da bin ich unter meinesgleichen. Schade eigentlich.

Der Sprung ins kalte Wasser ist getan. Ich hocke auf einer kalten schmierigen Fensterbank in einer Schlange von etwa fünfzig jungen Menschen, die alle für zwei Stunden ein Klavier haben wollen. »Übeschlange« nennt sich diese Ansammlung nasser Mäntel. Keiner der Kommilitonen hier nimmt Notiz von mir, niemand hat mich mit ausgebreiteten Armen begrüßt und mich als junge Begabung zu würdigen gewusst. Weder im Sekretariat, wo eine graue Maus vor ihrer Schreibmaschine saß, noch im Studentenheim für ledige katholische Klavierlehrerinnen hat irgendjemand mir mehr als eine hochgezogene Augenbraue gegönnt. Das Studentenheim liegt passenderweise sehr weit weg von der Hochschule der Künste, und dem U-Bahn-Fahren in Berlin fühle ich mich noch nicht gewachsen. In Bad Orks haben wir keine, also wo hätte ich es jemals trainieren können? Ich bin froh, dass mich noch kein Auto überfahren hat! Man könnte zusammenfassend feststellen: alles ist reichlich deprimierend, besonders, wenn ich an meine warme, gemütliche Wohnung im hessischen Bad Orks denke oder an die heimeligen Linoleum-Fußböden der städtischen Musikschule. Mein Zimmer hier teile ich mit einer stummen, griechisch-orthodoxen Haare-Rauferin, die ebenfalls wie ich eine ledige Pianistin ist und unter dem zusätzlichen Handicap leidet, kein Wort Deutsch zu verstehen. Ich schätze, sie würde ihre Beine gern hergeben, wenn sie dafür noch zwei Arme hätte, denn mit zwei Händen spielt sie Klavier, die anderen beiden braucht sie zum gleichzeitigen Haareraufen. Es wird sich wohl keine innige Freundschaft zwischen uns anbahnen, aber eine stumme Griechin, die tagsüber im Bett sitzt und auf ihre Notenbände Fingerübungen trommelt, ist mir noch wesentlich lieber als so eine Art Regina, die nie schweigt. Diese hier schweigt allerdings immer.

Draußen regnet es in Strömen und das Abgasgemisch der Großstadt dampft aus allen Auspuffen. Das stundenlange Wandern durch die Autoschlangen werde ich mir abgewöhnen müssen, wenn ich es hier in der Übeschlange mal zu was bringen will. Man munkelt, dass morgens um halb acht die ersten Bösendorfer und Steinways vergeben werden. Wusste ich es doch, dass meine internationale Künstlerkarriere deprimierend beginnen würde! Die Kladde Regina ist mein einziger Freund. Wer hätte das gedacht.

Die Übezelle war fensterlos und muffig, dafür lag sie auch im fünften Stock ohne Aufzug. Ich musste erst einen röhrenden Tenor vertreiben, der anscheinend seinen Flatulenzen freien Lauf gelassen hatte, um sein Zwerchfell zu lockern oder so. Er war ganz erstaunt, dass seine zwei Stunden schon rum waren, und wollte mit mir handeln. Ein Mensamärkchen Essen zwei gegen eine weitere halbe Stunde Entspannungsfurzen. Ich habe mich aber nicht drauf eingelassen. Schließlich will ich es hier zu was bringen, und das in kürzester Zeit! Die Zähne der alten Mähre, die sich einst Klavier genannt haben mag, waren denen eines Kettenrauchers nicht unähnlich. Eigentlich eine Unverschämtheit, dass der Kultusminister sich diese unzumutbaren Übezellen nicht mal vorführen lässt! An den Wänden prangten allerlei Verzweiflungssprüche von Studenten, die hier stundenlang eingesperrt im eigenen Mief verharrt hatten, ähnlich wie Knastbrüder, die der Nachwelt eine Botschaft zukommen lassen wollen. Am besten gefielen mir die

Sprüche der emanzipierten Übeschwestern: »Eine Frau ohne Mann ist wie ein Fisch ohne Fahrrad!« Das ist ein prima Spruch für Regina, den sollte ihr mal jemand in eine ihrer drei voll gekritzelten Kladden schreiben. Ansonsten stand da: »Wer übt, kann nichts!« Eine Logik, der ich allzu gern Folge leisten würde.

Trotz allem will ich mich nicht demotivieren lassen. Meine Karriere ist vorbestimmt. Ich bin ein Ausbund an Begabung und Musikalität. Mama sagt, was mir fehlt, sind Fleiß und Ehrgeiz. Bitte, kann sie haben. Ich werde erfolgreich sein.

Meine erste erwähnenswerte Begegnung mit dem Besitzer einer dieser nassen Mäntel fand in der Mensa statt. Ich hatte gerade etwa vierzig Minuten in der Essen-eins-Schlange gestanden und mit Erfolg einen lauwarmen Klecks graugrüner Kartoffel-Bohnen-Pampe mit Speck erstanden, als ich einen Stuhl erspähte, auf dem nichts weiter lag als ein nasser Mantel mit Zigaretten darauf. Diese einmalige Chance, den lauwarmen Klecks im Sitzen zu verspeisen, wollte ich mir nicht entgehen lassen, und deshalb setzte ich mich knapp neben den nassen Mantel auf die Stuhlkante. Um mich herum dampften Menschenschlangen ihre kalten Schweiß- und Regendünste aus. Neben meinem Essen lagen zwei ausgekaute rosa Kaugummis in einem Aschenbecher, und zwei Zigarettenkippen steckten in einem halbvollen Joghurtbecher, der als Dessert zu Essen drei gehörte. Zu Essen eins gehörte als Nachspeise eine ledrige runzelige Mandarine, die ich im Eifer des Gefechtes jedoch an mich zu reißen versäumt hatte. Jedenfalls genoss ich still und verträumt den Gemüseeintopf, der in mir fast ein bisschen Heimweh nach Mama entfachte, als ein langer, spindeldünner blonder Typ mit viel Gel im Haar auf einmal den Mantel unter meinem Hintern wegzerrte, ihn auf den Boden warf und etwas Unverständliches murmelte, bevor er sich zu mir auf den wackeligen Mensastuhl quetschte. Sein Hintern war entschieden zierlicher als meiner, sodass es relativ unproblematisch zu arrangieren war. Der Blonde mampfte dann mit Appetit Essen zwei, eine aufdringlich duftende Currywurst mit lappigen blassen Pommes frites und zum Nachtisch eine bräunliche Banane, die er praktischerweise gleich als Aschenbecher für seine Verdauungszigarette benutzte. Nachdem er so genüsslich gespeist hatte, richtete er seine wasserblauen Augen auf mich und fragte: »Neu hier?« Ich antwortete höflich, dass ich im ersten Semester Klavier studiere und erst seit drei Tagen hier an der Hochschule der Künste sei. »Feist«, sagte der Kommilitone.

»Wie?«, fragte ich irritiert.

»Feist, dass du Klavier spielen kannst«, sagte er und spuckte einen Tabakkrümel von der Zunge.

»Wie, feist?«, fragte ich dümmlich zurück. »Feist verstehe ich doch im Sinne von fett, überernährt, unschön aus dem Leim gegangen?« Papa kann es nicht leiden, wenn jemand die deutsche Sprache vergewaltigt. Man soll die Wörter so benutzen, wie sie gemeint sind, und nicht sinn-entstellend.

»Na, fühl dir man nicht aufn Schlips jetretn«, sagte der Blonde. »Feist heißt geil, dat dat klaa is.«

»Wie, geil?«, fragte ich. »Geil ist doch im herkömmlichen Sprachgebrauch ein unschöner Ausdruck für lüstern, triebhaft, unkontrolliert seinen sexuellen Gelüsten nachgebend?« Ganz Papas Tochter, ich nun wieder, dachte ich stolz. »Außerdem tragen Frauen keinen Schlips, jedenfalls keine, die normaler Gesinnung sind.« Papa ist ein Schöngeist, und umgangssprachliche Floskeln kommen ihm nicht ins Haus. Mit diesem ungebildeten Lümmel, der »Deodorant« wahrscheinlich für eine Cocotte von Chopin hält, nehme ich es doch allemal noch auf.

Der Lümmel guckte mich unbegeistert an. »Wat bist du denn für'ne Wortklaubertussi? Spinnste oder studierste Klavier, ey?«

»Klavier, ey!«, sagte ich und grinste. Der Kommilitone mit dem einfachen Wortschatz grinste auch. Er bot mir seinen krümeligen Zigarettenvorrat an und schob mir auch noch freundschaftlich die matschige Bananenschale vor die Brust. »Kannze mir 'n Gefalln tun?«, sagte er versöhnlich. »Rauch ma eine. Ick wollt dir wat fragen.«

»Wat willste mir denn fragen?«, sagte ich und lehnte die Zigarette dankend ab. Ich rauche nicht. Kein Nachkomme meines Vaters raucht. Und den Dativ missbrauchen wir auch nicht.

»Kannzte heute ahmt im Konzert blättan? Ick hab dat zwaa versprochen, aba hab janz fajessen, det ick schon wat anderes vorhab heute ahmt.«

Ich stellte fest, dass der Mensch einerseits aus dem Ruhrgebiet zu stammen scheint, andererseits jedoch auch die Berliner Mundart schon in sein Repertoire aufgenommen hat. Ein sprachbegabter, flexibler Bursche, und vor allen Dingen ungeheuer locker drauf. Er erklärte dann noch etwas ausführlicher, was sein Gesuch war: Er hatte fest zugesagt, in einem Liederabend im Auditorium die Noten umzublättern, für Herrn Professor Echtwein, seinen Klavierlehrer, aber andererseits habe er eine nicht mehr rückgängig zu machende Verabredung am Billardtisch seiner Stammkneipe, und bevor er nun irgendeine billige Vertretung zum Billardspielen schicke, würde er sicherlich viel eher eine billige Vertretung für das Umblättern des Liederabends organisieren können. Und da ich doch neu sei und vielleicht für heute Abend noch keine Verabredung getroffen habe, wende er sich nun mit der kollegialen Bitte an mich, ihn würdig zu vertreten. Das Umblättern in einem Gesangs-Konzertexamen sei eine höchst verantwortungsvolle Aufgabe, die könne nicht jeder x-beliebige Student bewältigen, wohl aber eine Pianistin, die in der Aufnahmeprüfung eine Eins plus gemacht hätte.

Ich lächelte geschmeichelt. Aber klar würde ich das übernehmen, sagte ich.

»Feist, echt feist von dir, ey«, sagte er und stand endlich von unserem gemeinsamen Stuhl auf. »Da kannste jede Menge Gummipunkte für kriegen, echt, ey.«

Ich wagte nicht zu fragen, ob Gummipunkte an dieser Hochschule vielleicht das Gleiche seien wie die Fleißkärtchen, die Reginas Klavierschüler im hessischen Bad Orks für fehlerfrei gehämmerte Brech-moll-Etüden bekommen, und stand auch auf. Sofort wurde der Stuhl von hungrigen Studenten gestürmt.

»Matthäus heiß ich, nebenbei erwähnt«, sagte der blonde Billardspieler beim Rausgehen. »Ick verlass mir drauf, dass du heute ahmt bei der Show die Seiten knickst, woll? Geh ma sicherheitshalber um siehm hin und sach, dat ick dir schick und det mir janz übel im Maagn is vom vielen Klavier-ühm. Det macht n juten Eindruck. Und grüß die Marie und sach se, se soll so geil trällern wie imma. Tschauli!«

Damit war er weg, der erste Kommilitone, der mit

mir gesprochen hat. Matthäus. Wenn ich es nicht besser wüsste, würde ich jetzt kalauern, dass er seine eigene Passion komponieren könnte, aber Papa und Mama würden das für einen geschmacklosen Scherz halten. Papa würde unwillig Kirschkerne spucken, und Mama würde spitzzüngig bemerken, dass dieser Matthäus sicher nicht der geeignete Mann für mich sei. Aber – Schwamm drüber. Ich lebe jetzt mein eigenes Leben und muss solche Dinge mit Papa und Mama gar nicht mehr diskutieren.

Das führt ja zu nichts.

Mein erster öffentlicher Auftritt! Wer hätte gedacht, dass ich bereits nach wenigen Tagen darüber berichten könnte! Ich war leider nicht mehr ins Studentenheim gekommen, um mich in Schale zu schmeißen, weil ich den ganzen Nachmittag in verschiedenen fensterlosen Schweiß- und Pups-Speichern verbracht hatte, um meine Fingerfertigkeit auf internationales Niveau zu bringen. Gegen sieben ging ich mit knurrendem Magen und etwas nebelig im Kopf runter ins Auditorium, um mich zum Dienst am Notenband zu melden. Der Saal war schon recht gut gefüllt, und das Publikum bestand hauptsächlich aus jener merkwürdigen Gattung Mensch, die sich »Sänger« nennt: überkandidelt, aufgemotzt, ununterbrochen hustend und Dropse lutschend, mit einem schwulen Tüchlein im Hemdkragen die Jungs. Die Mädels waren wie Papageien geschminkt und gekleidet, hockten aufgeregt gackernd und zwitschernd auf der Stange und falteten in hektischer Vorfreude auf den Genuss, eine Kollegin verreißen zu dürfen, die Programmblätter. Ein Konzertexamen! Das ist hier so was wie »Brot und Spiele« im alten Rom. Da unten auf der Bühne stirbt entweder jemand, oder er verlässt nach zwei Stunden lebend den Saal. Und die Professoren machen Daumen rauf oder Daumen runter.

Dann waren da noch so einige Alternativis und Spontis, die lümmelten weiter hinten und hatten die Beine auf den Vordersitzen geparkt. Das waren natürlich keine Sänger, sondern vermutlich Obdachlose, die den Abend lieber kostenlos in einem geheizten Raum verbrachten als in trüben U-Bahn-Stationen auf ihren Wolldecken, wo sowieso das Radio kaputt war. Einer von den Spontis verzehrte recht geräuschvoll knisternd ein paar mitgebrachte Stullen mit Leberwurst, deren Aroma sich auf interessante Weise mit dem seiner feuchten Kunstlederstiefel mischte.

Ich drängelte mich wichtig und geschäftig an allen Müßiggängern vorbei auf die Bühne, die nur schwach beleuchtet war und auf der ein glänzender schwarzer Flügel stand, mit zwei Stühlen davor, einer davon war mein Arbeitsplatz! Zuerst erwog ich, mich einfach darauf zu setzen und den Auftritt dieser Sängerin samt ihrem Pianisten abzuwarten, aber dann fürchtete ich, die Überraschung könnte die arme Dame, die nervlich sowieso am Ende sein dürfte, am Singen hindern, und so drang ich klopfenden Herzens hinter den Vorhang in die Welt der wahren Künstler ein. Es kostete schon etwas Mut, einfach so über die Bühne zu latschen und hinter die Kulissen zu gehen, zumal mich niemand erwartete.

Hier war grelles Neonlicht, und dicke Staubflocken schwirrten umher, als hätten sie selber Lampenfieber. Ein magerer Mensch mit schütterem Haar im trübe wirkenden Frack stand rastlos an seiner gelblichen Fliege zupfend vor einem zersprungenen Spiegel, während hinter einer Tür glockenhelle Tonleitern hervorquollen. Ich ging zu dem nervösen Mann, der offensichtlich der Pianist war, und sagte, dass ich in Vertretung für den Matthäus hier sei, der leider wegen einer Magen-Darm-Verstimmung verhindert sei.

»Das fängt ja gut an«, sagte der nervöse Mensch gereizt. Er ließ mich stehen und pochte an die Tür, hinter der das Angstgeschrei abrupt verebbte.

»Marie? Der Blätter-Fritze ist nicht gekommen!«, rief er erregt. Die Tür flog auf. Im Türrahmen stand eine wunderschöne rassige Frau im langen schwarzen Samtkleid, deren Wangen vor Aufregung glühten. Sie mochte Anfang dreißig sein. Ihre langen schwarzen Haare hatten einen Stich ins Kupferrötliche und waren kunstvoll hochgesteckt, wobei einige Locken sich wie zufällig um ihren Hals herum ringelten. Auf dem Samtkleid war nur eine schmale Goldnadel befestigt, deren Saphir im Licht glänzte. Ihr weißer Schwanenhals war geschmückt mit einer mehrreihigen Perlenkette, die im Licht funkelte, sooft die makellose Dame sich bewegte.

»Ich bin heute Abend der Blätterfritze, wenn's genehm ist«, sagte ich, den lockeren Umgangston von Matthäus nachahmend. »Karla Umweg mein Name.«

»Ach, das ist die Kleine mit der Hochbegabtenprüfung«, sagte der Professor, der auch im Prüfungskomitee gesessen hatte. »Marie, die hat 180 Punkte von 180 erreicht. Die kann deinen Liederabend umblättern, mach dir keine Sorgen.«

»Ich mache mir überhaupt keine Sorgen«, sagte Marie, die umwerfend aussehende Sängerin. Sie lächelte mich flüchtig an. Die ganze Frau blendete vor Eleganz, und ich kam mir in meinem verwaschenen Sweatshirt und den unkleidsamen Cordhosen neben ihr so plump vor wie ein Kartoffelsack neben einer Champagnerflasche.

»Sie hat anscheinend nichts anzuziehen«, sagte der Pianist zu der rassigen Sängerin in Samt. Er schien nicht willens zu sein, anders als in der dritten Person von mir zu reden. Ich fand seine Bemerkung übertrieben, denn immerhin war ich ja nicht ganz unbekleidet, aber Cordhosen und Sweatshirt sind auf der Bühne gleichbedeutend mit Nacktsein. Auch in der Hochschule der Künste, egal, wer da im Publikum rumlümmelt, hörte ich Mama sagen. Der Ton macht die Musik. Und wir sind keine Proleten. Von wegen Ellbogen auf dem Tisch und so. Wir nicht.

»Kommen Sie rein, schnell«, sagte die wunderschöne Marie in dem fantastischen Abendkleid. Mit kühler, gepflegter Hand zog sie mich in ihre Garderobe.

»Edwin, deine Fliege ist auch kein Ausbund an Ästhetik«, sagte sie noch zu dem miesepetrigen Begleiter, bevor sie ihm die Tür vor der Nase zuschlug.

»Ziehen Sie das hier an«, sagte sie so glockenrein, wie nur Sänger sprechen können, mit vorderem gestütztem Nasen-Stirnhöhlensitz. Ich verstehe ein bisschen was davon, weil Fräulein Kniffke bei uns in Bad Orks mich manchmal ihre Gesangstunden begleiten lässt. Marie warf mir einen schwarzen Fummel zu, dessen französische Inschrift davon zeugte, dass es sich nicht um ein runtergesetztes Kleid von Karstadt handeln konnte. Ich zog den Bauch ein und schämte mich etwas, als ich mich in das sündhaft teure Leberwurstkleid zwängte.

»Schuhe habe ich auch für Sie«, sagte Marie und

trällerte dann wieder nervös vor sich hin. »Nur keine Strümpfe, tralla, trallera!«

Ich sah sie eingeschüchtert an und versicherte, dass ich auch ohne Strümpfe umblättern könnte, natürlich nur, wenn ihr das nichts ausmache, ausnahmsweise.

»Kamm, Kamm mie mie mie ch«, sang Marie und reichte mir ihr krokodilledernes Kosmetik-Köfferchen.

»Und vielleicht etwas Rri Rra Rrouge!«

»Ganz wie Ihre Überkandidelt wünschen«, murmelte ich und malte mir noch etwas Farbe auf die Wangen. Wenn man bedenkt, dass solcherlei Hoffart, Reichtum, Augenlust noch nie in meinem Leben stattgefunden hat – außer damals beim Kinderkarneval im Kurhaus, als ich als Gretel vom Kasperl ging. Jetzt fühlte ich mich so ähnlich.

Edwin pochte ungeduldig an die Tür, aber das war unnötig, denn wir waren sowieso fertig zum Auftritt. Marie sagte noch im Gehen über die nackte Schulter, dass die meisten Lieder sehr einfach zu blättern seien, denn es stünde ja auch der Text drunter, und selbst wenn ich keine Noten lesen könnte, würde ich ja sicher die Worte lesen können. Ich überhörte das, weil es sowieso nichts brachte, in dieser Situation jetzt noch auf diesen Unsinn einzugehen. Schließlich hatte Edwin ihr eben noch erklärt, dass ich ein Ausbund an Hochbegabung sei, jedenfalls was das Notenlesen von Klavierliteratur anbetreffe.

Ich stakste hinter Echtwein her auf die zugige Bühne, auf der die Staubflocken, die es sich zwischenzeitlich gemütlich gemacht hatten, in der Zugluft und dem plötzlichen Neonlicht umeinander wirbelten, als gelte es, noch einen guten Platz zu ergattern. Im Publikum ließ man sich zu einem temperamentlosen Beifall herab. Ich setzte mich auf den Nebenstuhl und fühlte die Nähte des Kleides über meinen nackten Beinen spannen. Lieber Gott, mach, dass es nicht platzt, betete ich, als die ersten Klänge des Schubert-Lieds durch den Saal drangen. Marie war unbeschreiblich gut. Ich verstehe ja ein bisschen was vom Singen, weil Fräulein Kniffke mich ab und zu mal ihre Sänger begleiten lässt, und aus Spaß hab ich auch schon mal eine Tonleiter gesungen, nur so, als Fräulein Kniffke gerade keine Schülerin unterrichtete und sie keine Lust auf Regina und ihre Gernot-Geschichten hatte, und so konnte ich feststellen, dass Marie nicht so ein schriller Sopran mit viel schneidendem Tremolo im Timbre ist wie die Soubretten im Kurhaus von Bad Orks, sondern über eine aufregend schöne und warme Mezzosopran-Stimme verfügt. Das erlaube ich mir zu sagen, weil Papa manchmal bei uns in Bad Orks die Konzertkritiken schreibt, wenn in der Kurhalle mal ein Gastspiel war.

Der Echtwein ließ seine langen, gepflegten Finger, mit denen er vermutlich niemals im Garten gräbt oder Holz hackt, über die Tasten perlen, und ich starrte gebannt auf die Noten und blätterte mit schweißfeuchten Händen die Seiten um. Wir waren ein großartiges Team. Der Auftritt gipfelte in den drei Carmen-Szenen, die Marie als Zugabe absolut hinreißend inszenierte, und endete auf dem hohen H. Stehender Beifall und schrille Pfiffe kamen zusammen mit den zu Schwalben gefalteten Programmheften auf die Bühne geflogen. Marie bekam ungelogen zwölf Blumengebinde überreicht und musste sich dauernd bücken, um sich von Begeisterung heuchelnden Kolleginnen auf die hektisch geröteten Wangen küssen zu lassen. Eine ältere Dame war auch unter den Gratulanten. Sie hatte trotz der Hitze im Saal die ganze Zeit ihren Pelzmantel anbehalten und zog Marie nun ziemlich tief zu sich herunter, um ihr einen violetten Lippenstiftabdruck auf die Stirn zu drücken. Wie eindrucksvoll. Das war sicher ihre Lehrerin, dachte ich hingerissen. Nach vier weiteren Zugaben erst durften wir durch die Staubflocken von der Bühne knicken. Was für ein Einstieg ins Bühnenleben! Das muss ich unbedingt Mama und Papa erzählen. Nun kennt mich die ganze Hochschule. Ich bin berühmt.

Bleibt noch von der sensationellen Nachfeier zu berichten, auf der ich selbstverständlich nicht fehlen durfte. In Herrn Echtweins Kastenwagen – er transportiert darin häufig Cembalos und Gamben und Kontrabässe, und andere leicht brennbare Ware, wie er mir erklärte – durfte ich mitfahren zum Europazentrum, diesem eindrucksvollen Gebäude mit dem Mercedes-Stern darauf. Oben befindet sich ein Dachrestaurant, das sich auch noch dreht, was ich für überflüssig und unzweckmäßig halte, da man ja beim gleichzeitigen Essen und Drehen häufig unter Übelkeit leidet. Auf der Fahrt dorthin war Echtwein ziemlich einsilbig, aber ich als Pianistin und zukünftige konzertierende Künstlerin wusste das als Überreste einer schier unmenschlichen Konzentration zu deuten und störte ihn nicht beim Schweigen. Nur einmal sagte ich sanft zu ihm, dass er ein hervorragender Begleiter sei, um eine höfliche Konversation nicht von vorneherein auszuschließen, aber seine Mundwinkel hingen parallel zu seiner Fliege düster erdenwärts, und so ließ ich die überflüssige Lobhudelei. Es ist ja anerkanntermaßen das Schicksal eines jeden Pianisten, im Schatten des Sängers oder der Sängerin zu verblassen, und wenn es sich um eine so außergewöhnliche Frau wie Marie handelt, schon mal erst recht. Armer Echtwein. Irgendwie ein Nachtschattengewächs. Schon von Berufs wegen. Eine Frau schien er nicht zu haben, jedenfalls keine, die ihm sofort seinen durchgeschwitzten Frack vom Leibe reißt, um ihn zu reinigen. So eine Art Regina scheint er also nicht sein Eigen zu nennen. Wir kamen im hell erleuchteten Prunksaal im fünfundvierzigsten Stock über den Dächern der Großstadt an, als bereits erste Reden gehalten wurden. Es wimmelte von Intendanten und deren gefräßigen Verwandten, die alle auf Maries Rechnung ein feines Abendessen in schwindelnder Höhe zu sich nehmen wollten. Es war wie auf einer Hochzeit: an langen Tischen hockten die Gäste und kauten unverhohlen hinter damastenen Servietten, während immer irgendein Freiwilliger das Kauen für die Dauer seiner eigenen Rede kurzfristig unterbrach. Ich hielt gleich einen Kellner an, der Champagner auf einem Tablett durch die Menge balancierte, und prostete Marie zu. Was für eine Frau! Sie saß in ihrem hinreißenden schwarzen Samtkleid inmitten ihrer Fans, und ihre grünen Augen funkelten wie die Saphirnadel und wie der Wein in ihrem kristallenen Glas. Die alte Dame im Nerz machte eine Szene, als man sie von dem überflüssigen Kleidungsstück befreien wollte. Nein, ihr sei erst letztens ein Seehund weggekommen, in einem ähnlichen Etablissement, sagte sie mit akzentuierter Stimme und begab sich in Mantel und Hut zu Tisch. Leider kam ich neben ihr zu sitzen, denn sie hatte anscheinend keinen Tischherren und ich natürlich auch nicht. Vielleicht hätte sonst Matthäus neben ihr gesessen, und das hätte ich ihr und ihm ehrlich gesagt von Herzen gegönnt. Jedenfalls durften wir doch die Nähe von Marie genießen, die zwischen ihrem Begleiter Echtwein und ihrem Gesangsprofessor Heyko Zurlinde saß, wie eine Braut mit zwei Bräutigamen. Der eine Bräutigam sog schmallippig und hängeschultrig an seiner Pfeife, der andere Bräutigam klopfte an sein Glas und hielt schwungvolle Reden, die er den anwesenden Presseleuten am liebsten im Mitschreibetempo diktiert hätte.

Die für diesen Anlass wie schon erwähnt etwas zu warm angezogene Dame im Nerz ließ mich bald wissen, dass sie Maries Mutter sei, was mich mit tiefem Mitgefühl für Marie erfüllte. Sie hob an, während sie die Schildkrötensuppe schräg zum Munde führte, dem gestressten und mürrisch blickenden Herrn Echtwein schräg über den Tisch hinweg ein Gespräch aufzudrängen. Dieser sog grämlich an seiner Pfeife, was Papa sicherlich als arge Unverschämtheit gewertet hätte, wagte aber nicht, ihr seine Aufmerksamkeit zu verweigern. Sinngemäß sagte die Mutter etwa, dass sie damals im Krieg leider keinen Begleiter von Echtweins Qualität zur Verfügung gehabt habe, sich also mehr aus Not als aus Tugend bei ihren Liederabenden selbst am Klavier begleitet habe. Aha, dachte ich in meine lauwarme Krötensuppe hinein, die Mutter ist also auch Sängerin gewesen. Marie ist erblich vorbelastet, das ist ja interessant. Ich versuchte, die Mutter zu überhören, genoss ich doch edelste Leibesfreuden in meinem ausgehungerten Studentinnenbauch! Zumal ich heute Mittag die schrumpelige Mandarine zum Nachtisch nicht ergattert hatte! Das

Dessert dieses Abends hingegen war eine wahre Vorgartenpracht unter Zuckerguss: eine Viertel-Mango-Spalte, liebevoll gelagert neben einer halben Erdbeere mit vollständig erhaltenem, jedoch nicht essbarem Strunk, daneben eine farblich nicht ganz vorteilhaft aussehende Feige an Zimt, halb versteckt unter einem Minzeblatt, rechts darüber ein winziger Klecks Schokoladenmousse, darüber ein Bällchen Vanilleeis mit geviertelter heißer Kirsche und als Krönung sozusagen eine Schokoraspel. Ich genoss, besonders optisch, dieses Dessert innerhalb von dreißig Sekunden und dachte voll Wonne an Matthäus, der jetzt in irgendeiner verrauchten Kneipe am Billardtisch stehen und lauwarmes Bier aus der Flasche trinken musste.

»Sind Sie eine neue Freundin meiner Tochter?«, unterbrach die Mutter meine Gedanken, weil niemand sonst ihr Aufmerksamkeit zu schenken bereit war.

Ich erwiderte höflich und bescheiden, wie ich nun mal erzogen wurde, dass ich mich nicht als Freundin von Marie bezeichnen würde, da wir uns heute Abend erst kennen gelernt hätten.

»Jedenfalls machen Sie einen besseren Eindruck als dieser ungepflegte Lümmel mit den fettigen Haaren«, sagte sie und klaubte sich aus einer güldenen Zigarettendose eine langhalsige, extraschlanke Zigarette mit Mundstück in Lila.

»Das haben Sie nett gesagt«, sagte ich herzlich und verkniff mir, den Puderzucker mit dem Finger vom Dessertteller zu lecken. Papa in seiner Manie, keinerlei Reste auf Tellern zu lassen, hätte den Puderzucker vermutlich mit einem Stück Brot aufgesogen und den Kellner um eine Papierserviette gebeten, um das Ganze in seine

Manteltasche zu stecken. Das macht Papa immer. Das kann schon manchmal peinlich werden.

»Mutter, lass die junge Studentin bitte in Ruhe«, sagte Marie, die gerade mit Professor Zurlinde, dem Hochschuldirektor, gelacht hatte, mit warnendem Unterton. »Sie hat nur umgeblättert, sonst nichts!« Das klang so, als wollte sie sagen: »Sie gehört nicht zu unserem Clan, also weihe sie auch nicht ein!«

»Aber ich werde doch wohl mal fragen dürfen!«, erzürnte sich die Mutter. »Du könntest sie vielleicht ganz gut gebrauchen!« Und dann zu mir: »Aus was für einem Hause stammen Sie denn, mein Kind?«

»Aus einem grauen Reihenhaus«, sagte ich und bedauerte, dass sie ihre Asche auf ihren köstlichen Nachtisch schnippte, weil ich schon die ganze Zeit geplant hatte, heimlich ihren gegen meinen Dessertteller auszutauschen.

»Mutter«, rief Marie aufgebracht und Herr Echtwein legte seine saubere Palmolive-Hand beruhigend auf die ihre.

Ich begann zu ahnen, dass das Verhältnis zwischen Mutter und Tochter durchaus einer gewissen Herzlichkeit entbehrte. Das wiederum registrierte die Mutter schneller als eine Schlange wahrnimmt, dass ein Frosch ihr den Rücken zudreht. Sie setzte zum Zubeißen an.

»Edwin«, sagte sie vanilleweich, »wenn ich so was Fantastisches, Musikalisches und Feinfühliges wie Sie damals gehabt hätte, wäre meine Karriere anders verlaufen! Marie hat alles! Einen wundervollen Ehemann, der sie auf Händen trägt, einen Pianisten, der sie einfühlsam begleitet, die Unterstützung und Förderung einer erstklassigen Hochschule, Agenten und Intendanten, die in ihre Konzerte strömen, und sogar ein Mädchen zum Umblättern. Ich aber, nach dem Krieg, ich hatte niemanden. Ich musste mich und mein kleines Kind ganz allein durchbringen!«

Und das alles mir, Karla Umweg aus dem grauen Reihenhaus in Bad Orks, die erst seit drei Tagen in der Großstadt war und noch keinen kannte!

Wenn Mama und Papa wüssten, mit was für hochgradigen Künstlernaturen ich bereits zu Beginn meines Studiums zusammengetroffen bin!

Später, als ich mich verabschiedete, tätschelte mir die Mutter zufrieden die Hand. Außer mir hatte ihr im weiteren Verlauf des Abends niemand wirklich Beachtung geschenkt. Ich ging noch um den Tisch herum zu Marie, um mich bei ihr für die Einladung zum Essen zu bedanken, da sah ich aus überraschtem Augenwinkel, dass nicht nur der Edwin Echtwein seine Hand auf ihr linkes, sondern auch der Herr Professor Zurlinde seine Hand auf ihr rechtes Knie gelegt hatte! Ich vermute jedoch, dass die beiden Hände voneinander nichts wussten, die beiden Knie verschwiegene Kameraden waren und die beiden Augen von Marie nicht zu Unrecht mit der Saphirnadel um die Wette glänzten. Als ich nämlich Marie die Hand reichen wollte, rückten beide Tischherren wie ertappt von ihr ab und legten sofort alle vier Hände artig und verlegen auf den Tisch, wo sie sofort zum Glas griffen; reine Übersprungshandlung natürlich! Marie war charmant und wünschte mir einen guten Heimweg und viel Erfolg im Studium. Und das Kleid dürfe ich ruhig behalten. Sozusagen als Dankesgeschenk. Fürs spontane und selbstlose Einspringen. Ich lehnte dankend ab, da das Kleid und ich nicht dieselbe Konfektionsgröße haben, leider.

Dann ging ich.

Ich habe Matthäus wieder getroffen. Er saß in der Mensa und stopfte sich eine Currywurst hinein, Essen zwei, und der Stuhl neben ihm war frei. Bis auf eine aufgerissene kleine Tüte Ketchup und den Zigarettenstummel, der darin ersoffen war, lag nichts darauf! Ich stürzte mit meinem Eintopf zu ihm und strahlte ihn an. Dass ich das heute erleben durfte! Einen Bekannten zu treffen! Er erinnerte sich jedoch nicht an mich.

»Neu hier oder wat«, sagte er, während er seine welken Pommes durch die Currybrühe zog.

Ich sagte fröhlich erregt, dass ich doch Karla sei, die letzte Woche für ihn in Maries Konzertexamen geblättert habe! Er blickte mich aus seinen wässrigen blauen Augen an, zog die Nase hoch und wischte sich eine Bremsspur aus Ketchup auf die Backe.

»Ey son Zufall, ey«, sagte er verblüfft. »Total feist, ey! Kommz ja wie jerufen, wa!«

»Ja, nicht wahr?«, freute ich mich und vergaß ganz das Verzehren meines graugrünen Eintopfes.

»Die wussten ja nich, wiese dir erreichen können!«, sagte Matthäus und strich sich mit seiner Plastikgabel über die Augenbraue, die nun so aussah, als wäre sie nach einem Boxkampf aufgeplatzt.

»Wer wusste nicht, wie er mir erreichen kann?«, fragte ich aufgeregt. Man gewöhnt sich an allem, auch am Dativ.

»Na der Echtwein, ey, und die feiste Sängerin, diese Marie von Otten. Die wollten dir dringend sprechen, von wegen weitere geile Auftritte mit Umblättan im In- und Ausland!« Er schob seinen halb leeren Teller von sich und rülpste profund.

Ick freute mir unbändig. »Du meinst, die wollen mich wieder engagieren, zum Umblättern?« Vor lauter Freude wischte ich seinen halb leer gegessenen Teller vom Tisch. Er fiel auf seinen Parka, was mir vorübergehend Leid tat. Aber das fiel nicht weiter auf, bei dem Lärm und dem Dreck in der Mensa.

»Ja, mir wollen se nich!« Das kam mit treuem Augenaufschlag, und ich muss gestehen, ich mag den Matthäus. Man muss ihn einfach gern haben, auch wenn er Manieren hat wie ein Schwein. Meine Mama würde sagen, er hätte keine Kinderstube und wäre wahrscheinlich ein uneheliches Kind oder Schlimmeres, und Papa würde schweigend eine Augenbraue hochziehen.

Ich stürzte zum abgenutzten Telefonhäuschen, das geruchsmäßig jede Übezelle aussticht, und wählte die Nummer, die Matthäus mir in mein Notenheft gekritzelt hatte.

»Hier bei von Otten, Pfefferkorn am Apparat«, sagte eine Frauenstimme unfreundlich. Im Hintergrund brabbelte ein Baby.

Ich sagte meinen Namen und dass ich Frau von Otten zu sprechen wünsche.

»Es ist Mittagszeit, worum geht es bitte!«, kam es schneidend aus dem Hörer, und ich dachte, dass diese Haushälterin ja ganz offensichtlich die Hosen anhätte und dass ich mich jetzt auch in die Übeschlange setzen könnte, das würde jedenfalls keinen Ärger bringen. Vorsichtshalber sagte ich noch mal meinen Namen und dass ich letztens bei einem Liederabend umgeblättert hätte.

»Ach SIE sind das«, sagte die Haushälterin eine Spur zu herrisch für ihren Job und befahl mir dann, sofort zu kommen. »Marie kann sie dringend brauchen«, sagte sie in einem Ton, der keinen Widerspruch duldete. »Seien Sie pünktlich um vier hier, wenn Sie sich beeilen, schaffen Sie es noch mit der U-Bahn. Die letzten fünf Stationen fahren Sie mit dem Bus.« Dann erklärte sie mir den Weg. Ich war zugegebenermaßen etwas eingeschüchtert von der herrischen Haushälterin, und ebenfalls von der Idee, jetzt mit der U-Bahn durch halb Berlin zu fahren. Eigentlich wollte ich ja üben und anschließend den Kurs für Gehörbildung besuchen, aber selbstverständlich zog ich es vor, Marie wiederzusehen und ihr meine Blätterdienste anheim zu stellen.

Ich verließ also eiligst das Konservatorium und fuhr mit der U-Bahn, ein Vorgehen, das sich als gar nicht mal so gefährlich erwies wie gefürchtet. Nach einer halben Stunde kletterte ich aus dem U-Bahn-Schacht und befand mich in einem Villenviertel im Grunewald. Der Bus fuhr dann auch beruhigend pünktlich, ähnlich wie in Bad Orks. Ich schaute aus dem Fenster. Sehr vereinzelt nur standen die efeuumrankten Häuser hinter undurchsichtigen Hecken, und draußen an den Mauern waren außer den Namensschildern auch noch Hinweise angebracht, dass die Villa mit Alarmanlage, Videokamera und mindestens einer reißenden Bestie ausgestattet sei. Am Grunewaldsee stieg ich aus. Maries Haus hatte überhaupt kein Namensschild, dafür war es immerhin freundlich und hellgelb und von Rosenhecken umrankt. Das war also das Schloss, in dem Schneewittchen ihren Winterschlaf hielt! Ich gebe zu, noch nie so ein schönes, prunkvolles Haus gesehen zu haben, und hob zitternd die Hand, um auf die goldene Schelle zu drücken. Eine riesige schwarze Dogge äugte mir durch den Zaun entgegen. Als ich sie anblickte, grollte sie leise und heiser mit hochgezogener Oberlippe. Ein ziemlich großer Spuckefaden hing ihr am Maul und baumelte bedrohlich hin und her.

Ich klingelte und sprang dann drei Schritte zurück, weil die Dogge sich vor Empörung fast selbst zerfleischte. Kurz darauf knackte es im Lautsprecher »Ja bitte?« und ich wollte schon »Nein danke!« sagen, meldete mich jedoch artig: »Karla Umweg.« Es knackte in der Leitung, die Dogge verhinderte jede weitere Unterhaltung mit der Sprechanlage. Kurz darauf keifte eine mir bekannte Stimme: »Olga, mach Platz, Olga, sitz, Olga, hierher!« Es war die Mutter, die den Kiesweg entlangkam, diesmal ohne den Nerz um die Schultern, sondern in einer Kittelschürze, wie sie Mama auch immer trägt, wenn sie Kartoffeln schält. Olga übrigens machte weder Platz, noch setzte sie sich, noch kam sie zur Mutter – das eine machte das andere ja auch unmöglich –, sondern gebärdete sich ziemlich hysterisch hinter dem Zaun. Ich beschloss, das hochherrschaftliche Anwesen nicht zu betreten, solange das Untier solche Laute von sich gab. Die Mutter rief mir zu, ich solle ruhig reinkommen, der Hund tue nichts, er wolle nur spielen, aber ich rief zurück, dass ich meine Finger noch brauchte und auch nur spielen wolle, allerdings Klavier. Daraufhin floh die Mutter wieder ins Haus und Olga schnaubte böse Äußerungen hinter ihr her. Als Marie dann rauskam, war Olga augenblicklich ein stilles, liebes Kalb und legte sich freundlich auf den Kies. Marie hatte ein dickes Baby im Arm, das haute nach dem Hund und sagte »Baba«. Ich war überrascht, dass Marie ein Baby hatte! Sie sah überhaupt nicht so aus, als sie so schlank und schön im Auditorium stand und so göttlich professionell und spielerisch ihre Carmen-Arien sang. Auch Echtwein hatte mir keinen Ton davon gesagt, aber er hatte ja auch keinerlei Veranlassung dazu. Marie gab mir die linke Hand, weil sie frei war, und das Baby verrenkte sich den Kopf nach Olga und ignorierte mich völlig. Wir gingen vorsichtig an dem Kalb vorbei, das desinteressiert an einem Kieselstein knabberte. Vom Fenster aus rief schrill die Mutter: »Trinken Sie Tee oder Kaffee?« Sofort sprang die Dogge wieder auf und hetzte auf das Fenster los, um wütend und heiser auf die Mutter einzubellen.

»Wauwau«, rief das Baby und feuerte Olga an.

Marie lachte. Das Haus sah von außen aus wie ein Sanatorium für Privatpatienten: hellgelb leuchtend, mit Rosen umrankt und inmitten eines riesigen gepflegten Gartens. Und erst innen!

In tiefer Ehrfurcht verharrte ich im Flur. Nein. Flur ist das völlig falsche Wort. In der »Halle« trifft es besser. In Erwartung eines Butlers, der mir meinen abgeschabten Parka und meine Notentasche abnehmen würde, blieb ich beeindruckt stehen.

»Mensch, ist das riesig«, entfuhr es mir.

»Ja, nicht wahr, es ist geräumig«, sagte Marie und setzte das dicke Baby auf den Marmorboden. Es fing sofort an, auf dem prallen Popo zu robben, und entfernte sich schnaufend in Richtung Küche.

»Mutter, du sollst Maximilian bitte nichts geben«, rief Marie. »Er ist eh viel zu fett«, vertraute sie mir an. »Mutter steckt ihm dauernd was zu.«

Aber kurz darauf hatte der kleine Bengel ein völlig

verschmiertes Gesicht. Es sah nach Kuchen und Schokolade aus. »Komm erst mal rein, Karla«, sagte Marie. Das Wohnzimmer war sehr hell, mit vielen Pflanzen und Blumen geschmückt und gekonnt sparsam mit antiken Möbeln eingerichtet. In einer großen Nische stand ein weiß lackierter Konzertflügel. Fasziniert fragte ich: »Darf ich?« Marie nickte aufmunternd, ich wischte mir die U-Bahn-Hände an meinen Cordhosen ab, spielte das Vorspiel der »Habanera« aus »Carmen«, und Marie fing federleicht und gut gelaunt an zu singen. Ich war echt stolz. Marie zu begleiten wäre mein Traum! Wir waren richtig gut drauf und es machte mir wahnsinnig Spaß. Endlich mal eine richtige Sängerin! Sie hat übrigens mit Auszeichnung ihr Konzertexamen bestanden, und das zu Recht!

Als wir gerade bei der zweiten Strophe waren, kam die Mutter im Küchenkittel herein und sang auch mit. Das war befremdend, weil sie optisch nicht ganz dem Carmen-Bild entsprach, zumal sie einen Rührbesen in der Hand schwang und Fellpantoffeln trug. Sie sang lauter als Marie und stellte sich ganz dicht hinter mich. Marie hörte auf zu singen und ging auf die Terrasse, um eine zu rauchen. Die Mutter tremolierte die ganze zweite Strophe, und weil ich ein höflicher und gut erzogener Mensch bin, begleitete ich sie bis zum hohen Fis.

Danach sank ich erschöpft zurück. Die Mutter drohte mir spielerisch mit dem Rührlöffel und sagte: »Na? Kann ich das wohl auch?«

Ich erwiderte kraftlos: »Ja, allerhand!« Rasch trat ich auf die Terrasse, um mich neben Marie zu stellen.

Marie äußerte sich sehr anerkennend und sagte, dass ich ja für ein erstes Semester schon toll spielen würde!

Wenn Herr Professor Echtwein mal verhindert wäre, könnte ich sie sicherlich auch begleiten. Auf Tourneen und so. Ich war total glücklich. Wenn das Papa und Mama wüssten! Nach einer Woche in Berlin bereits so ein feistes Angebot!

Wir tranken dann Kaffee und versuchten, uns zu unterhalten. Störend dabei waren die Mutter und das dicke Baby. Die Mutter, weil sie sich immer einmischte und jede Gelegenheit ergriff, um von ihren früheren Erfolgen zu erzählen, und das dicke Baby, weil es ständig lautstark Kuchen forderte. Der dicke kleine Kerl erinnerte mich an Karlson vom Dach, nur dass er leider keinen Propeller auf dem Kopf hatte, der es ihm ermöglichte, davonzufliegen, was ich in diesem Fall begrüßt hätte. Es war ziemlich anstrengend. Meine Mama, die wäre stillschweigend mit dem dicken Baby spazieren gegangen und hätte mich mit meiner neuen Klavierspielerin in Ruhe reden lassen. Nicht so diese Frau Pfefferkorn. Sie blieb bei uns sitzen und trällerte uns ständig was vor.

Das Baby grabschte nach dem Tortenheber und drosch damit auf die Marmorplatte. Draußen tobte Olga. »Mutter, ich muss jetzt einen Moment Ruhe haben, bitte!«, rief Marie verzweifelt und ich fürchtete, sie würde losheulen. Mir war die ganze Sache ziemlich peinlich. Die Mutter schleppte empört das Baby fort, das mit dem Tortenheber nach ihr schlug, und ich machte mich mit dem Abräumen des Geschirrs nützlich.

»Lass das, komm mit ins Schlafzimmer!«, sagte Marie und zog mich mit sich fort.

»Ich hasse meine Mutter!«, sagte sie, als wir allein waren. Das überraschte mich nicht.

»Sie ist ganz schön anstrengend«, gab ich zu. Dass das dicke Baby anstrengend war, wollte ich nicht erwähnen, das wusste Marie ja wohl selbst.

»Sie hat mir alles eingebrockt, alles!«, sagte Marie und zerrte einige Kleider aus dem Schrank.

»Was hat sie dir eingebrockt?«, fragte ich vorsichtig.

»Hier, zieh das mal an!« Marie schüttelte ein schwarzes Teil vom Bügel und ließ es auf das breite Bett fallen. »Das ist mindestens eine Nummer größer als das vom letzten Mal.«

Ich zog mich brav aus und schälte mich in das Marie-Kleid. »Sie ist schuld an allem, was mir passiert ist«, sagte Marie und schüttelte den Kopf. »Nein, das passt dir nicht, ist wohl auch zu eng. Welche Größe hast du denn?«

»Zweiundvierzig«, schämte ich mich. Dann wechselte ich schnell das Thema: »Woran ist deine Mutter schuld?«

»Zweiundvierzig ist natürlich out of Couture«, sagte Marie.

Ich schluckte. Mama kauft mir immer heruntergesetzte Klamotten bei Karstadt, im Winter- oder im Sommerschlussverkauf, und die fangen bei Größe vierzig erst an.

»Meine Mutter ist schuld an Willem und an allem«, sagte Marie.

»Wer ist Willem?« Ich hielt mir das zu enge Kleid verschämt vor den Kaufhaus-BH-Busen. Soviel ich weiß, habe ich 85 C, und Mama sagt, das reicht aber wirklich.

»Willem ist mein Mann, natürlich«, sagte Marie.

»Den habe ich ja noch nicht kennen gelernt«, sagte ich verlegen.

Sie nahm mir das Kleid weg und schüttelte etwas anderes vom Bügel. »Hier, das ist ganz weit. Probier das mal. Den konntest du auch gar nicht kennen lernen, der ist in der Fabrik.«

Ich schälte mich in »das ganz Weite« und fragte dumm: »Fabrik?« Irgendwie passte es nicht in mein Weltbild, dass der Mann von Marie ein Fabrikarbeiter war.

»Willem geht immer in die Fabrik«, sagte Marie. »Dann hat er seine Ruhe vor dem ganzen Scheiß hier.«

»Seit wann bist du mit ihm verheiratet?«

»Seit meine Mutter das arrangiert hat. Ich glaube, acht Monate oder so. »

»Aber … Maximilian wirkt … älter, wenn ich mir die Bemerkung erlauben darf.«

»Messerscharf kombiniert. Maximilian ist nicht von ihm. Ja, das passt. Das kannst du anlassen. Ich schenk es dir!«

Ich schluckte. Marie schenkte mir schon wieder ein Kleid, und Willem war in der Fabrik, obwohl es hier im gelben Hause viel netter war, und Maximilian war unehelich, und die Mutter war an allem schuld.

Draußen bellte Olga.

»Wozu schenkst du mir das Kleid?«, fragte ich verlegen.

»Willst du etwa nicht mitkommen auf die Tournee?«

Ich stand da, mit dem Kleid vor der Brust, halb offenem Mund und starrte sie an. »Tournee?« In dem Moment kam ohne anzuklopfen die Mutter herein. Schnaufend ließ sie das Baby aufs Bett fallen, auf die grauseidene Tagesdecke. »Den kann man ja überhaupt nicht transportieren«, beschwerte sie sich. Die grauseidene Tagesdecke wies sofort Schokoladenflecken auf. Die Mutter musterte mich unerfreut. »Sie sind auch kein Leichtgewicht. Sie könnten ruhig etwas abnehmen, wenn Sie mit meiner Tochter auftreten!«

»Ja sicher.« Ich schämte mich immer weiter.

»Mutter!«, warnte Marie. »Lass sie in Ruhe!«

»Bitte, bitte«, sagte die Mutter eingeschnappt. »Bisher hast du dein Personal ja immer selbst ausgesucht. Du siehst ja, wohin das führt. Lauter Luschen.«

Marie öffnete die Schlafzimmertür und trommelte nervös mit den Fingern dagegen.

»Wenn wir jetzt hier ungestört Kleider anprobieren dürften ...!«

»Undank ist der Welt Lohn«, sagte die Mutter und ging. Unten in der Halle hörte man sie mit harten Schritten hin und her schreiten, wahrscheinlich suchte sie ihre Siebensachen zusammen, und dann verließ sie die herrschaftliche Villa. Die Dogge schnellte aus ihrer Hütte und verfolgte übellaunig bellend die Mutter, bis sie mit ihrem Federhut und Schirm das Gartentor hinter sich zugeknallt hatte. Das Baby wippte auf der seidenen Tagesdecke herum und lachte.

»Ich hasse meine Mutter«, wiederholte Marie und schnippte gereizt die Asche aus dem Fenster.

Marie bot mir einen Sherry an. »Jetzt, wo sie weg ist, geht es mir sofort besser!« Wir tranken den Sherry und ich fühlte mich schon wieder aufgenommen in den Kreis der Extravaganten und Schönen, in die erlauchte Runde derer, die ihre Mütter hassen und tagsüber im Unterrock Sherry trinken.

Marie erzählte mir, dass sie und Echtwein kommende Woche auf eine Westdeutschland-Tournee gehen würden, mit dem gleichen Programm wie letztens im Auditorium beim Konzertexamen. Es würde von einem Kulturausschuss gesponsert, dessen Vorsitzender der Herr Professor Zurlinde sei. An dieser Stelle kicherte sie und küsste ihr Sherryglas. Ich beschloss, mir solcherlei Gesten zu merken und sie bei passender Gelegenheit selbst einmal anzuwenden.

Ich war wieder bei Marie. Die Mutter hatte mich im Studentenheim angerufen und mir ausrichten lassen, ich würde sofort dringend gebraucht. Als ich vierzig Minuten später schweißgebadet in Maries Villa ankam, schimpfte die Mutter gerade mit der Putzfrau, die ein altes Nutellabrötchen aus dem Schirmständer schüttelte.

»Lassen Sie das doch, Frau Perl! Karla, da sind Sie ja endlich. Nehmen Sie Maximilian mit und gehen Sie in den Park. Marie muss jetzt üben, und ich werde sie dabei kontrollieren, sonst gerät sie wieder ins Trällern!«

Geschäftig schob sie Marie ins Musikzimmer und Frau Perl in die Küche. Mich schob sie ins Kinderzimmer und damit hatte sie den gesamten Haushalt organisiert.

Ich schnappte mir das dicke Baby und wuchtete es in den Buggy. Festschnallen konnte ich es nicht, weil die Gurte zu eng waren. Das Baby klemmte im Kinderwagen wie eine Qualle in einer Streichholzschachtel.

Wir gingen durch stille leere Straßen und ich war ziemlich nachdenklich. Eigentlich wollte ich am Nachmittag zur Harmonielehre und anschließend zur Musikgeschichte, und später dann wollte ich ansitzen für die Abendschicht, um bis 22 Uhr auf einem Bösendorfer zu üben, aber das interessierte hier offensichtlich keinen. Ich weiß auch nicht genau, wie es passieren konnte, aber jetzt bin ich ein Kindermädchen und schiebe mit einer überfütterten frühkindlichen Problemzone durch Berlins feinstes Villenviertel. Wie kann denn das passiert sein?

Als ich nach über zweistündigem Marsch durch erste Schneeflocken im Park zurück in Maries Haus kam, war die Mutter weg. Marie saß auf dem Sofa, rauchte und trank Sherry. Ihre Augen waren verheult.

Maximilian klemmte in seinem Buggy und schlief. Wir schoben ihn in die Garage und ließen ihn dort stehen. Marie meinte, wenn wir ihn ausziehen, wird er wach und heult, und in der Garage ist es kalt genug, dass er angezogen bleiben kann.

Marie bot mir einen Sherry an. Ich konnte einen brauchen, obwohl ich so etwas nie trinke, aber das Spießrutenlaufen mit dem dicken Baby hatte mich geschafft. »Guck mal, ein Michelin-Männchen!«, war noch das Harmloseste, das Passanten hinter uns hergerufen hatten.

»Hast du geweint, Marie?«

»Ja, und ich fange gleich wieder an«, drohte Marie.

»Wegen deiner Mutter?«

Marie erzählte unter Tränen, dass die Mutter sie beim Üben nicht nur beaufsichtigt, sondern auch stark behindert hätte, durch ständige unerwünschte Erklärungen und schrilles Vorsingen gewisser Passagen. Die Mutter hat echt ein scheußliches Tremolo, davon konnte ich mich ja schon überzeugen. Und dass sie sich leider für die Callas persönlich hält, ist auch schon hinreichend bekannt. Als Marie sich wehrte, keifte die Mutter auf sie ein, allein ihr hätte Marie ihren Erfolg zu verdanken, und sie, die Mutter, hätte ihre eigene Karriere für Marie geopfert. Diese Platte kann Marie wohl nicht mehr hören, denn sie brüllte ihre Mutter an, sie stünde unter Zeitdruck und hätte übermorgen ein wichtiges Konzert und sie könne im Moment nicht ertragen, auf diese Weise von ihrer Arbeit abgehalten zu werden, und es stehe überhaupt nicht zur Debatte, unter welchen Umständen die Mutter Sängerin oder eben auch nicht Sängerin geworden sei. Hier gehe es einmal um sie, Marie, wann denn die Mutter das endlich begreifen wolle!

Die Mutter brach in bösartiges Hohngelächter aus und warf ihrer Tochter Eitelkeit und Egoismus vor. »Du hast ein Kind in die Welt gesetzt, da kannst du nicht so einfach Karriere machen und Beifall einheimsen! Das konnte ich mir auch nicht leisten!«

»Aber ich bin nicht du! Wann siehst du das endlich ein!«

»Ja, du hast einen reichen Mann, der dir Kinderfrauen und Haushälterinnen ermöglicht«, schrie die Mutter neiderfüllt, »aber wem verdankst du ihn? Mir, nur mir allein! Ohne mich wärest du in der Gosse gelandet!«

»Ich wünschte, ich wäre in der Gosse gelandet, wenn ich nur dir dort nicht begegnen müsste!«

»Ich wünschte, ich hätte dich nie geboren!« Die Mutter hatte laut aufgeschluchzt und den Deckel von dem Flügel zugeworfen. Dann hatte sie ihren Pelz aus der Garderobe geholt, sich mit Schwung über die Schultern geworfen und war davongestoben. Ihr bühnenreifer Abgang misslang allerdings im allerletzten Akt, weil nämlich Olga, die Dogge, sich durch die Mutter in ihrem Mittagsschlaf unsanft gestört fühlte und bellend aus ihrer Hütte geschossen kam. Die Mutter schlug mit ihrem Trachtenschirm auf das Tier ein, und beide hatten teils Angst voreinander, teils größte Wut aufeinander. Schließlich entwich die Mutter mit den Worten »Du wirst mich noch auf Knien anbetteln, zurückzukommen!« durch das Gartentor. Marie blieb heulend zurück, streichelte Olga, das verwirrte Tier, das ja nun gar nichts dafür konnte, telefonierte mit Edwin, rauchte dabei unentwegt, obwohl das laut Aussage ihrer Mutter massiv ihrer Stimme schadet, und goss sich nun schon den vierten Sherry ein.

»Wo wohnt denn deine Mutter?«, fragte ich besorgt.

»In einem Mietshaus in Charlottenburg.«

»Ach«, entfuhr es mir. »Ich dachte, sie wäre sehr wohlhabend!«

»Nein«, erwiderte Marie. »Sie bezieht nur eine kleine Rente.«

»Kleine Rente? Aber sie hat mir doch erzählt, dass sie Sängerin an der Staatsoper war …«

»Im Chor«, sagte Marie.

Mir blieb die Spucke weg. »Aber sie berichtet doch dauernd von ihrer großen Karriere! Letztens erwähnte sie noch einen berühmten französischen Dirigenten, unter dem sie ›Carmen‹ gesungen hat.«

»Davon träumt sie nur«, sagte Marie seufzend.

Ich musste noch einen Sherry trinken. Da hatte ich einen wahnsinnigen Respekt vor dieser Frau gehabt, und sie war nur eine pensionierte Chorsängerin? Als ich dann auch noch ihren Namen erfuhr, brauchte ich einen dritten Sherry.

Erna Pfefferkorn, zweiter Sopran im Chor der Staatsoper. *Das* war also Maries Mutter. Ich verstehe ja nicht viel von Psychologie, aber plötzlich wurden mir doch gewisse Zusammenhänge klar. »Und dein Vater?«, fragte ich vorsichtig.

»Meinen Vater habe ich noch nicht kennen gelernt …«, sagte Marie. »Aber das kommt noch. Ich spüre das. Bald werde ich ihm begegnen!« Sie lächelte geheimnisvoll.

»Wo wirst du ihm begegnen?«, fragte ich bang.

»Er ist irgendwo Chef an einem großen Haus«, sagte Marie. »Mehr will meine Mutter mir nicht verraten.«

»An was für einem Haus?«, fragte ich blöde.

»Na, an einer großen Oper«, erklärte Marie. »Er war vor dreißig Jahren hier Korrepetitor. Da war meine Mutter gerade neu im Chor, und er hat wohl was mit ihr angefangen. Das Ergebnis bin ich.«

»Aha«, sagte ich nur.

Marie kam einer weiteren dummen Frage meinerseits zuvor. »Als ich vor zwei Jahren schwanger wurde, hat Mama ihre ganzen Beziehungen spielen lassen«, sagte sie. »Sie hat doch einige Gesangsschüler, aus so genannten besseren Kreisen, unter anderem eben die Schwester von Willem«, fuhr sie fort. »Erst wollte sie natürlich, dass ich den Vater des Kindes heirate, aber Edwin war damals schon verheiratet …« Erschrocken unterbrach sie sich.

»Ist klar, Marie«, sagte ich. »Ich hab's mir schon gedacht.«

»Wir hätten es dir sowieso nicht lange verheimlichen können«, sagte Marie. »Nun weißt du es. Maximilian ist von Edwin.«

»Macht ja nichts«, sagte ich aufmunternd. »Nur … was sagt Willem dazu?«

»Keine Ahnung. Was soll er dazu sagen? Er kann es eh nicht mehr ändern. Ein Gentleman genießt und schweigt.«

»Aber … er weiß es doch, oder nicht?«

»Klar. Er hat Maximilian adoptiert. Wir haben ihn

ja auch nach Willems Vater benannt. Maximilian von Otten.« Sie sah mich fragend an, als hätte sie mir auf der Bühne ein Stichwort gegeben und ich Dumme fand schon wieder meinen Einsatz nicht.

»Schöner Name«, versuchte ich auf neutralem Gebiet zu bleiben.

Marie sah mich erstaunt an. »Kennst du etwa Maximilian von Otten nicht? Maximilian von Otten! *Der* Maximilian von Otten!«

Ich zog die Stirn in Falten und überlegte. Bestimmt ein berühmter Opernsänger oder so. »Es klingelt nicht«, bedauerte ich meine Blödheit.

»Es klingelt nicht?« Marie amüsierte sich königlich.

»Außer dem Schreihals in der Garage kenne ich keinen Maximilian von Otten.« Letzterer hatte schon eine ganze Weile vor sich hin gequakt und war nun zu beleidigtem Brüllen übergegangen. Wir standen auf und zerrten die Qualle aus der Streichholzschachtel. Das Kind war sehr ungehalten und warf sich mit aller Wucht nach hinten. Bei dem Versuch, es daran zu hindern, gegen die Garagensäule zu knallen, geriet mein eigener Kopf in die Gefahrenzone. Bums.

»Das Temperament hat er vermutlich von dir«, versuchte ich zu scherzen. Das würde eine prima Beule werden an der Schläfe. »Bei Echtwein kann ich mir solche Ausbrüche nicht vorstellen!«, konnte ich mir nicht verkneifen.

Marie war genervt. »Was mache ich nur ohne Kinderfrau? Meine Mutter hat ihn völlig verstört, sieh doch, der Kleine ist ja ganz bockig! Er braucht doch irgendwen, gerade jetzt, wo ich auf Tournee gehe.« Sie schaute mich ganz verzweifelt an, die Arme.

»Tja«, sagte ich und zuckte die Schultern. Woher sollte ich nun plötzlich eine Kinderfrau zaubern?

»Das sind ja wieder mal Probleme!«, sagte eine Männerstimme von der Garagentür her. Wir fuhren herum. Das musste Willem sein.

Willem ist ein großer, muskulöser und braun gebrannter Mann mit blonden Locken. Er trug ein Polohemd, Tennisschuhe und weiße Hosen. Aus seinem Cabrio fischte er gerade eine Sporttasche, aus der ein Tennisschläger ragte. »Ständig versuche ich es, aber ich finde keinen Partner, der es mit mir aufnimmt«, sagte er so leichthin. Bestimmt war er wahnsinnig gut in Tennis.

Ich starrte den Mann verzückt an. Willem ging zu Marie und küsste sie auf die Stirn. Mir drückte er so kräftig die Hand, dass ich glaubte, nie wieder Klavier spielen zu können. Dann nahm er Maximilian ganz ohne Anstrengung auf seine muskulösen Arme und trug ihn ins Haus. Maximilian patschte mit beiden Händen in seinem Gesicht herum und war offensichtlich verzückt, seinen Adoptivvater wiederzusehen. Wobei ich davon ausgehe, dass er die Zusammenhänge mit Erzeuger, Adoptivvater und Großvater, von dem er seinen Namen hat, noch nicht wirklich durchblickt.

»Ist er das?«, fragte ich Marie, obwohl sich die Frage als überflüssig erwies.

»Wer?«

»Dein Mann?«

»Ja. Na und?«, fragte Marie.

»Er sieht fantastisch aus!«

»Ich weiß.« Marie zuckte die Schultern. »Trotzdem ist er nicht meine große Liebe.«

Ich antwortete nichts. Aber ich war völlig ratlos. Wie

kann diese schöne, begabte, reiche Frau einen so schönen, begabten, reichen Mann wie den Willem weniger lieben als diesen lappigen Edwin, diesen schulterlosen Lutscher mit hängender Fliege und hängenden Mundwinkeln, der zudem verheiratet ist und nur ein armseliger Klavierspieler, der einen gebrauchten grauen Kastenwagen fährt und darin alte Cembalos transportiert, und kein BMW Cabrio, aus dem er coole Sporttaschen fischt. Wie kann sie nur!

Um allen Missverständnissen von vorneherein vorzubeugen, schlug ich vor, dass sie wegen der Kinderfrau doch eine Annonce in die Zeitung setzen solle!

»Klar«, sagte Marie leichthin. »Das kann Willem machen. Der kennt den Verleger der Berliner Tagespost.«

Diese Marie scheint überhaupt keine Probleme zu haben, jedenfalls keine, mit denen sich Otto Normalbürger so herumzuschlagen pflegt. Dafür macht sie sich eigene.

Bevor ich mich verabschiedete, sagte Marie mir noch, dass Echtwein mich an Stelle von Matthäus in seine Pianistenklasse aufnehmen werde. Dann könnte ich unterwegs bei Echtwein Unterricht bekommen, ohne dass ich mein Studium vernachlässigen müsse. Ist das nicht super?! Jetzt bin ich eine Echtwein-Schülerin! Ich bin schon ganz oben!

Von Matthäus habe ich dann später im Konservatorium endlich erfahren, wer Maximilian von Otten ist, beziehungsweise war: ein steinreicher Vanille-Eis-Fabrikant. Ganz Deutschland schwört auf sein sahneweiches Eis. »Kennze dat Vanille-Eis denn nich? Is doch dat eigentliche Waazeichen vonne Stadt!« Der Werbeslogan sei doch in aller Munde! *»Von-Otten-Eis macht Kenner heiß!«* und: *»Gourmets letzter Wille: Von-Otten-Vanille!«*

Kannte ich wirklich nicht, die Sprüche. Matthäus sagte, das sei eine schlimme Bildungslücke. Vor einigen Wochen sei in einer Illustrierten dazu aufgerufen worden, neue Werbereime für Von-Otten-Eis zu dichten. Der erste Preis war eine Reise nach Paris. Matthäus hat gedichtet: *»Von Ottens Vanille-Bomben sind Gift für meine Plomben, doch hab ich's in der Schnauze, ist es auch Gift für meine Plauze!«* Sie hätten seine Einsendung aber nicht preisgekrönt, erstaunlicherweise, bedauerte er, leider. Er habe sich bisher immer für einen begabten Dichter gehalten. Deshalb will er jetzt, wo er nicht mehr Pianist wird, voll ins Werbegeschäft einsteigen, sagt er. Das würde seinen Talenten echt viel mehr gerecht werden als die ewige Klavier-Klimperei. Und damit würde er echt mal viel Geld machen. Vielleicht würde er aber auch mal ein Musical komponieren, nicht so 'ne Scheiß-Kitsch-Geschichte wie Weißes Rössl und Wolfgangsee und so, sondern was Geiles, was auf der Reeperbahn spielt. Wo nur Nutten und Zuhälter und Säufer und Zocker drin vorkommen. Und der Schauplatz ist 'ne Würstchenbude. Er ist echt ein netter Kerl, der Matthäus.

Mir ist ja doch immer ein bisschen schlecht beim Fliegen. Der Imbiss, den die Stewardess mir eben gebracht hat, erinnert mich an Essen drei: matschiges Weißbrot mit so einer fettigen braunen Paste drauf. Marie und Edwin sitzen am Fenster, zwischen uns ist der Gang. So kann ich ungestört schreiben. Edwin hat gerade zum dritten Mal Champagner bestellt. Die beiden kichern und turteln herum, als gingen sie auf Hochzeitsreise. Ich muss sie beaufsichtigen. Willem war überraschenderweise am Flughafen, mit Maximilian auf dem Arm. Edwin hat sich am Ticketschalter herumgedrückt und so getan, als gehörte er gar nicht dazu. Ich wusste auch nicht, zu wem ich mich gesellen sollte, zu der glücklichen Familie, die sich mit vielen Umarmungen verabschiedete, oder zu meinem Klavierprofessor, der mich irgendwie gar nicht beachtet. Ich stand verlegen zwischen den beiden Parteien und habe auf meinen Koffer geguckt. Wie bin ich da nur rein geraten? Ich will doch Pianistin werden. Papa sagt, ich solle mich nicht abbringen lassen von meinem großen Ziel und üben, üben, üben. Und sonst gar nichts. Wenn der wüsste, dass ich jetzt im Flugzeug sitze und Olivenpaste auf Weißbrot verspeise! Dann würde er seine großzügige monatliche Unterstützung sofort einstellen. Auch Mama hätte keinerlei Verständnis für meine Eskapaden. Keinerlei.

Willem kam am Abfertigungsschalter zu mir und sagte: »Passen Sie gut auf meine Frau auf, Karla!«

Ich fand es rührend, dass Willem mich Karla nannte, und überhaupt wollten mir die Tränen kommen. Ich hab den Mann auf Anhieb ins Herz geschlossen, warum, weiß ich auch nicht.

»Geht klar«, habe ich gesagt, aber natürlich geht nichts klar. Ich werde mir reichlich überflüssig vorkommen auf dieser Reise. »Wer bleibt denn jetzt bei Maximilian?«, habe ich gefragt.

»Ich bleibe bei Maximilian«, hat Willem gesagt. Das dicke Baby riss mir die Bordkarte aus der Hand und ließ sie auf die Erde fallen. »Da!«, sagte es zufrieden.

Als ich sie aufheben wollte, stieß ich mit Willem zusammen, der sich trotz des dicken Babys auf seinem Arm gebückt hatte. Wir guckten uns an und lächelten.

Hoffentlich kann ich noch üben! Echtwein hat es mir versprochen.

Abends im Hotel einer hessischen Kleinstadt. Alles erinnert mich stark an Bad Orks. Marie und Echtwein haben geprobt, auf der verstaubten Bühne einer Mehrzweckhalle! Ich war Mädchen für alles, durfte Kaffee besorgen und beim Hausmeister um besseres Licht bitten und die Nebengeräusche in Form einer ununterbrochen laufenden Klospülung abstellen lassen. Dazu musste ein Klempner aus dem Nachbarort bestellt werden. Ich wartete derweil in der Hausmeisterwohnung. Dort im spießigen Wohnzimmer entdeckte ich ein Klavier. »Darf ich mal etwas auf Ihrem Klavier spielen?«, fragte ich, nachdem der Hausmeister den Hörer aufgelegt hatte. »Freilisch, Frolleinsche«, sagte der Hausherr erfreut und hob stolz den Deckel ab, als wolle er mir sein Neugeborenes im Kinderwagen präsentieren.

Das Klavier hatte ziemlich viel Karies – es fehlten ihm verschiedene Tasten und die verbliebenen hatten eine ähnlich gelbe Farbe wie die Gebisse der Mähren im Übehaus in Berlin. Ich spielte vorsichtig einen C-Dur-Dreiklang. Das Klavier gab einen gequälten Laut von sich, der lange nachschwang.

»Feines alldes Instrument, Frolleinsche. Von meinä Muddä selisch. Fast net gespielt, is fast völlisch neu!« Ich starrte den Mann irritiert an. Wenn das ein Scherz sein sollte, erwartete er sicher beifälliges Gelächter. Aber so, wie er da stand und stolz an einem Hirschhornknopf seiner Joppe drehte, hatte er das ernst gemeint. »Muddä, komm emol nei!«, brüllte er dann in Richtung Küche und ich fürchtete, seine totgeglaubte Mutter wäre unter dem jaulenden C-Dur-Dreiklang wieder auferstanden. Aber es war seine Frau, die er gerufen hatte. Sie hatte einen Wirsingkopf in der einen Hand und in der anderen ein Küchenmesser.

»Hör emol, Muddä, das Frolleinsche kann wunnäba Klavier spiele!«, sagte der Vaddä.

Die Muddä wischte sich mit dem Kittelärmel die Nase und legte den Wirsing auf den Wohnzimmädisch. »Aber ich habe doch noch gar nichts gespielt!«, beteuerte ich.

»Doch, Sie wädde es uns scho zeige, dass Se spiele könne! Se gehöre doch zu denne drei Künstlä da drauße in de Mehrzweckhall!«

Um nicht zuzugeben, dass ich nur die Blätterfrau bin, setzte ich mich auf den ächzenden Hoggä und spielte meinen Beethoven.

Ich muss dazu bemerken, dass die ganze Zeit dabei der Fernseher lief, und das war bisher nicht so störend gewesen, weil Nachrichten gesprochen wurden. Nun war aber ein Zeichentrickfilm mit viel Gekreisch und Gequietsche auf der Mattscheibe.

Ich versuchte, mich nicht irritieren zu lassen, und spielte den ganzen ersten Satz. Kurz vor der Fermate wurde allerdings ein großes fettes Tier von einem Felsen geschubst und knallte dermaßen geräuschvoll in einen Sandhaufen, dass der Fernseher nun entschieden lauter war als der Muddä selig verstimmtes Klavier. Ich hörte also mitten im Stück auf zu spielen.

»Ganz wunnäbaa, Frolleinsche, ganz wunnäbaa!«, schwärmte der Hausmeister und die Muddä klatschte Beifall. Derweil wurde das fette Tier durch einen Fleischwolf gedreht und kam in Gulaschschnipseln unten wieder heraus. »Wo habbese das nur gelernt?«, wollte der Hirschhornknopfdreher wissen.

»Im Klavierunterricht!«, brüllte ich gegen den Lärm des Fleischwolfes an. »In Bad Orks!«

»Wänä, ei mach dochemol de Fernsehä leisä«, sagte tadelnd die Muddä. »Man versteht ja sei eigenes Wodd net!«

Das Gulasch verschwand vom Bildschirm und ich erhob mich.

»Ei spiele Se doch noch was! Kenne Se das ›für Else‹? Des hat mei Muddä immä gespielt.«

»Für Elise, Wännä!«, berichtigte seine Frau.

Ich setzte mich wieder hin und spielte für Elise. Das ist für einen Pianisten so leicht wie das Naseputzen für einen gewöhnlichen Stäbblichen, aber das wollte ich dem Hausmeister nicht auf die Nase binden, und seiner Frau auch nicht.

»Ei, das könne Se!!«, freute sich das Hausmeisterehepaar kindlich.

Es klingelte an der Haustür. Leider war es nicht der Klempner, der lang ersehnte, sondern Edwin.

Scheiße, er erwischte mich dabei, wie ich auf dem verstimmten Klavier des Hausmeisterehepaares meine eigenen Lorbeeren mit so einem Anfängerstück einheimste, anstatt zum Blättern anzutreten, wie das doch vertraglich festgelegt war.

»Nur herei, Meisdä, das Mädsche spielt ja ganz wunnäbaa!«, strahlte ihn der Hausmeister an.

Edwin war jedoch nicht zum Scherzen aufgelegt. »Wo bleiben Sie denn, die Klospülung rauscht immer noch! Marie ist vollkommen mit den Nerven fertig!«

»Von mei Dochtä der Freund dem sei Schwesdä, die kann auch Klavier spiele, abbä doch net so wunnäbaa wie Ihre kloi Kolleschin, Maisdä!«, sagte der Hausmeister. »Wollese net neikomme, e kloi Schnäpsche tringe! Des heitert Se allemol widder uff. Des andere Frolleinsche, was so schön singe kann, soll au neikomme uff e Schnäpsche!« Edwin wollte kein Schnäpschen.

»Kümmern Sie sich um Marie«, sagte er barsch zu mir. Es kam mir wirklich so vor, als wäre er überzeugt davon, dass ich an Maries Nervenzusammenbruch schuld sei. Mit hängenden Schultern ging ich hinter Edwin in die Mehrzweckhalle zurück. Der Hausmeister rief noch verwundert hinter uns her:

»Ei sollisch de Klempnä gloi widder abbestelle?!« Edwin murmelte, er könne sich den Klempner sonst wo hinstecken. Marie war nicht zu sehen.

»Sie ist wahrscheinlich in der Garderobe«, sagte Edwin. »Ich gehe jetzt ins Hotel zurück. Sorgen Sie dafür, dass Marie gleich nachkommt. Und schließen Sie dann den Flügel ab, bevor dieser Waldheini von Hausmeister ihn noch mit Schnaps poliert. Legen Sie mir den Schlüssel in mein Fach. Ich will später noch üben. Haben Sie alles verstanden?«

»Ja, Herr Professor Echtwein«, sagte ich artig.

Eigentlich wollte ich noch einwenden, dass ich selber gerne üben würde, besonders in Anbetracht der Tatsache, dass ich doch jetzt seine Schülerin sei und er doch viel von Fleiß und Strebsamkeit halte. Ich hielt den Moment aber für unpassend und stellte mein eigenes Bedürfnis zurück. Schließlich geht es ja auf dieser Reise um Marie. Sie ist die Hauptperson.

Als ich Marie in der Garderobe fand, zwischen hochgestellten Stühlen, ein paar ausrangierten Geigenkästen und zwei sehr verfilzten Puderperücken, hatte sie ganz offensichtlich schon etwas Alkoholisches zu sich genommen.

»Was ist los, Marie, geht es dir besser?«, fragte ich beim Eintreten.

»Diese Scheiß-Klospülung!«, heulte Marie. Ich fand sie in diesem Moment wunderschön, ihre großen, grünen Augen schwammen in Tränen, ihre langen schwarzen Wimpern waren feucht verklebt, und ihr schwarzes langes Haar hing wirr um ihr ovales, schön geschnittenes Gesicht. »Der beschissene Flügel ist völlig verstimmt«, jammerte Marie, »und die verdammte Klospülung rauscht!«

»Aber das erledigt doch bis morgen der Klempner«, tröstete ich sie.

Marie heulte noch lauter. »Es ist nicht nur wegen der Klospülung, es ist wegen …«

»Edwin?«, fragte ich ahnungsvoll.

»Ja, Edwin, dieser … Schuft, dieser Feigling!«

Ich prallte zurück. »Ich dachte, du magst ihn sehr, und er, er ist ganz bestimmt verliebt in dich, Marie!«

Marie hob erstaunt den Kopf. »Meinst du?«

»Aber ja! Er betet dich an, das sieht doch ein Blinder!«

»Warum will er mich denn dann nicht heiraten!«

Ich zuckte zusammen. »Aber Marie, du bist doch verheiratet!«

»Das tut nichts zur Sache«, behauptete Marie trotzig. »Er soll seinen Mann stehen und sich nicht so schofel aus der Affäre ziehen!«

»Was erwartest du denn von Edwin?«

»Dass er sich scheiden lässt, der Feigling!« Marie kramte in ihrer Handtasche und zog ein Taschentuch heraus.

»Und du willst dich auch scheiden lassen, Marie? Wegen Edwin?« Ich dachte an Willem, diesen Traummann. Marie musste blind sein. Wie konnte sie nur Willem verschmähen?

Marie wollte sich scheiden lassen, natürlich nur für den Fall, dass Edwin sich auch scheiden ließ. Dies war also der Inhalt der Probe in der Mehrzweckhalle gewesen, und die Klospülung hatte die Diskussion noch angeheizt.

Heute haben sich die Wogen wieder geglättet. Marie und Echtwein waren stundenlang bei der Probe in der Mehrzweckhalle. Ich durfte gehen, nachdem die Klospülung nicht mehr lief und die Birne in der Notenlampe ausgewechselt war. Sie meinten, in der Probe bräuchte ich nicht zu blättern, ich solle mich ausruhen für heute Abend, da müsse ich in Hochform sein und ausgeschlafen. Sie müssten sich jetzt auch konzentrieren, und ich solle nicht böse sein, aber eine dritte Person würde im Moment nur stören. Ich solle mir die Stadt ansehen, die wäre doch sehr nett!

Die Stadtbesichtigung war in zwanzig Minuten erledigt, weil die Stadt lediglich aus renovierungsbedürftigen kleinen Häusern, Hinterhöfen und buckligen Stiegen besteht. Die Einkaufsmöglichkeiten sind auch begrenzt: ein Lebensmittelladen, ein Handarbeitsgeschäft für die gelangweilte Hausfrau, mit Brokatbezügen zum Selberbesticken, und dann gibt es noch einen Laden, in dem man Gießkannen, Gartenzwerge und Rührschüsseln erstehen kann. Ich habe das alles ausführlich besichtigt und sitze nun wieder im Hotel »Zur Gans«. Mein Zimmer ist ganz oben unter dem Dach, und das Klo ist auf dem Gang neben der Treppe, wo es nach Meister Proper und Schlachtplatte riecht.

Es ist im Moment vielleicht ein ganz kleines bisschen unbefriedigend, dass ich nicht Klavier üben kann. Leider gibt es in diesem Dorf kein Instrument außer dem verstimmten von der Muddä seelisch und natürlich dem Flügel in der Mehrzweckhalle. Ob ich heute Nachmittag wohl dort etwas üben kann? Sonst wird mir der Tag hier sehr lang werden, besonders, weil es draußen in der wenig interessanten und kaum besichtigungswerten Innenstadt ein wenig kalt und windig ist. Wie gut, dass ich in solchen Momenten die Kladde Regina habe. Sie hilft mir über manchen toten Punkt hinweg. Aber wenn ich ehrlich bin, fühle ich mich hier genauso überflüssig und untätig wie in Bad Orks an der Musikschule. Nur mit dem Unterschied, dass ich hier kein Geld verdiene, kein Zuhause habe, Papa und Mama weit weg sind und ich keinem kleinen Bengel die C-Dur-Tonleiter beibringen kann. Hier gibt es noch nicht mal eine Regina, die einen am Ärmel zieht und am Weitergehen hindert. Ich sehne mich heute sogar nach den Gernot-Geschichten. Ich glaube, ich werde krank.

Drei Stunden später: Marie und Echtwein haben unten in der Gaststube zu Mittag gegessen. Jetzt haben sie sich zwecks Konzentration und Entspannung zu einem Mittagsschlaf zurückgezogen. Ich werde also versuchen, in die Mehrzweckhalle einzudringen. Mir brennt es auf den Nägeln, mindestens vier Stunden zu üben! Schließlich ist mir meine Karriere unheimlich wichtig! Marie ist mein Vorbild, was das betrifft. Die lässt sich nicht beirren, die hat ihr Karriereziel klar vor Augen, die begibt sich in keinerlei emotionale Abhängigkeit.

Es war deprimierend. Die Mehrzweckhalle war leer und tot und vor allen Dingen abgeschlossen. Ich ging mehrmals darum herum, klopfte an Türen und Fenster und drückte mir die Nase platt, um wenigstens einen Blick auf den Flügel zu werfen, der einladend auf der Bühne stand und zu stundenlangen Beethovensonaten einlud. Ich hätte vor Sehnsucht heulen können. Entschlossen ging ich zur Hausmeisterwohnung. Der freundliche, begeisterungsfähige Mensch mit dem hessischen Akzent würde mir doch bestimmt den Schlüssel geben!

Auf mein Klingeln hin öffnete ein dickes Mädchen mit einer Rührschüssel in der Hand, aus der es heißhungrig mit dem Suppenlöffel Pudding verschlang. Dabei kamen ihre Pferdezähne zum Vorschein, die sie offensichtlich völlig erfolglos hinter einer Zahnspange zu bändigen versuchte.

»Hallo«, sagte ich, »ich hätte gern den Schlüssel für die Mehrzweckhalle. Ist der Hausmeister da?«

»Mai Vadder isch net da und isch waiß kai Bschaid«, sagte das Mädchen zwischen zwei Löffeln Pudding. Dann knallte sie mir wortlos die Tür vor der Nase zu, um ihre Mahlzeit ungestört fortsetzen zu können.

Tja, das war's.

Gegen sieben Uhr abends endlich war der öde Tag zu Ende. Marie klopfte an meine Tür und verlangte, frisiert zu werden. Nicht dass ich im Haaretoupieren besonders begabt wäre, aber als angehende Pianistin kann es mir gar nicht schaden, mich mit der Materie einmal zu befassen. Außerdem war ich unendlich dankbar, endlich aus meiner Kammer rauszudürfen. Seit zwei Stunden schon hatte ich fertig angezogen auf dem Bett gesessen und das Blättern geübt! Wir gingen dann nervös schweigend und innerlich aufgewühlt hinter Echtwein her, der mit langen Schritten über das Kopfsteinpflaster vorausschritt, zur Stätte seines künstlerischen Wirkens und Schaffens. Marie trippelte auf hochhackigen Lackschuhen mit gerafften Röcken hinterher und ich trug die vielen schweren Noten. Wie wir da so unter den misstrauischen Blicken der Einheimischen im Dunkeln über den Marktplatz eilten, kam ich mir ungeheuer wichtig vor. Wir Künstler! Wir haben jetzt eine Aufgabe vor uns, deren Größe und Bedeutung ihr nicht mal zu erahnen imstande seid, niederes Volk, Hühner fütterndes!

In der staubigen Garderobe mit den alten Perücken und hochgestellten Stühlen sang Marie sich dann ein. Die Übungen waren mir schon vertraut. Ehrlich gesagt hatte ich mir heute Nachmittag die Langeweile damit vertrieben, sie auszuprobieren. Zum Singen braucht man kein Klavier, und der Frust, dass solche Instrumente nicht erreichbar oder abgeschlossen sind, ergibt sich beim Singen nicht.

Wir traten auf. Marie war sehr angespannt, als ich sie aus ihrer Garderobe holte. Mit gefasstem Gesicht schritt sie vor uns her auf die Bühne hinaus, gefolgt von Echtwein mit hängender Fliege und mir, die ich die Noten und die Last der Verantwortung trug. Ich hatte den Eindruck, dass sie den ganzen Tag gestritten hatten.

Schrecklich. So eine Sängerin braucht doch Ruhe und Harmonie. Hätte ich Marie vor Echtwein beschützen sollen? Und mit ihr den Tag verbringen? Nein. Papa und Mama haben mich gelehrt, mich niemals irgendwo aufzudrängen. Willst du was gelten, so komme selten. Sagt Mama immer. Marie sang:

Auch kleine Dinge können uns entzücken
Auch kleine Dinge können teuer sein
Bedenkt wie gern wir uns mit Perlen schmücken
Sie werden schwer bezahlt und sind nur klein
Bedenkt wie klein ist die Olivenfrucht
Und wird um ihre Güte doch gesucht
Denkt an die Rose nur Wie klein sie ist
Und duftet doch so lieblich Wie ihr wisst!

Leider war es im Publikum recht spärlich besetzt.

Auch halb volle Säle können uns entzücken, auch ein Dutzend Zuhörer können teuer sein.

Hier ist es nun schon wesentlich städtischer, in diesem hübschen Marktflecken am Neckar. Es gibt einen historischen Marktplatz und eine Fußgängerzone, die ungelogen an die siebzig Meter! lang! ist! Die Mehrzweckhalle hier ist schon seit Tagen ausverkauft, sagte der hiesige Hausmeister! Allerdings fasst sie auch nur knapp hundert Menschen, aber eben welche mit Kunstverstand! Dementsprechend angespannt sind auch meine beiden zu betreuenden Künstler. Ich verhielt mich also den ganzen Tag still und unauffällig. Inzwischen ist mir klar, wie wichtig es für Künstler ist, dass ihr Betreuer zwar ständig anwesend, aber doch weitgehend unsichtbar ist.

Nur, wenn der Künstler etwas braucht, muss der Betreuer sofort zur Stelle sein, mit Rat und Tat. Ansonsten hat er sich in Luft aufzulösen.

Echtwein habe ich seit dem Mittagessen nicht mehr gesehen. Er war wortkarg und übellaunig. Ich muss wirklich versuchen, mich selbst nicht so wichtig zu nehmen. Wenn die ersten Konzerte vorbei sind, kann ich sicher auch mal selber üben.

Heute haben sie bei der Probe plötzlich aufgehört. Sie waren gerade bei dem Lied von Hugo Wolf.

Wir haben beide lange Zeit geschwiegen
Auf einmal kam die Sprache wieder
Die Engel die herab vom Himmel fliegen
Sie brachten nach dem Krieg den Frieden wieder
Die Liebesengel kamen über Nacht
Und haben Frieden meiner Brust gebracht

Da haben sie die Probe nicht mehr fortgesetzt. Jedenfalls nicht mehr auf der Bühne der Mehrzweckhalle. Vielleicht in ihrem Hotelzimmer, das mag schon sein. Leider schloss Echtwein im Liebestaumel den Flügel ab, sodass ich wieder nicht üben konnte.

Es war ein riesiger Erfolg gestern Abend! Marie sah nicht nur aus wie eine Königin, sie sang auch wunderschön.

Ich war sehr stolz auf Marie. Nachher war noch ein Empfang beim Bürgermeister. Ich war aber nicht eingeladen. Vielleicht hatte es Marie nur versäumt, mich mitzunehmen. Da habe ich meine Chance gewittert und mich in den Saal zurückgeschlichen. Der Flügel war noch nicht abgeschlossen und ich habe geübt! Es war wundervoll. Noch ganz angefüllt von Maries letzten Klängen habe ich auch mal diese Carmen-Arie versucht. Ganz leise natürlich, nur für mich. Die Klavierbegleitung ist einfach. Die Akustik in dem städtischen leeren Saal war berauschend und ich habe für mich selbst ein richtiges Konzert gegeben: statt meine Sonaten und Etüden zu spielen, habe ich einfach Maries Liederprogramm nachgesungen. Es war ein fantastisches, befreiendes Gefühl, noch nie habe ich so einen Glücksrausch erlebt! Ich stellte mir vor, dass der Saal bis auf den letzten Platz besetzt wäre, und meine Eltern säßen ganz vorn in der ersten Reihe! Nachher war ich so glücklich, dass ich mich in alle Richtungen verbeugt und selber laut »Bravo!« gerufen habe.

Gestern Abend nach dem Konzert hat mich Marie gefragt, ob ich Lust habe, mit ihr essen zu gehen. Echtwein müsste noch ein paar Arpeggien üben. Ich glaube aber, sie hatte einfach keine Lust auf ihn. Wir gingen in so ein gutbürgerliches Restaurant, wo vorne am runden Stammtisch der Männergesangsverein Bier trinkt und weiter hinten die Leute ihr Abendessen einnehmen. Marie sah umwerfend aus, selbst in Jeans und Pulli. Alle Leute guckten hinter ihr her. Es hingen Hirschgeweihe an den Wänden und Bilder von toten blutenden Gänsen und von bissigen Kötern, die mit hängender Zunge durchs hohe Gras hetzen, um Hasenkadaver zu apportieren. Ich fragte Marie, ob es ihr nun wieder gut gehe. »Es geht mir blendend!«, strahlte Marie und bestellte mit lauter Stimme eine Flasche Champagner. Das irritierte nicht nur den dicken Wirt, sondern auch den gesamten

Männergesangsverein. Champagner wird hier vielleicht nicht so häufig bestellt.

»Ist das nicht ein bisschen zu teuer?«, fragte ich.

»Aber nein, den setzt Edwin von der Steuer ab!«, frohlockte Marie.

»Was gibt es denn zu feiern?«, fragte ich Marie, als wir das Essen bestellt hatten.

»Das Leben!«, strahlte Marie. Dann erzählte sie mir, dass auf dem Empfang neulich in der schwäbischen Kleinstadt am Neckar ein Mann gewesen sei, der Marie eindeutige Avancen gemacht habe. Ein Generalmusikdirektor aus Fulda, der sie im Konzert gehört – und vor allen Dingen gesehen hatte. Ich fragte Marie, ob sie ähnlich für diesen Mann empfinden würde wie er für sie, und sie antwortete nicht, sondern küsste nur ihr Champagnerglas.

Schließlich verriet mir Marie, glücklich kichernd, er sei Generalmusikdirektor und hieße mit Vornamen Robert und hätte sie eingeladen, bei ihm ein Hauskonzert zu geben. Er habe ein großes Anwesen mit einem Goldfischteich und einem Tennisplatz.

Etwas erstaunt fragte ich, was denn mit ihren heftigen Gefühlen für Edwin sei, aber sie winkte nur ab und machte »ph!«, und selbst dieses »ph!« war noch voll korrekt im Stimmsitz – etwa auf dem zweigestrichenen d. Es hätte eine Arie daraus werden können.

Ich brachte das Thema aus purer Neugier auf Willem. Willem deshalb, weil ich den Mann echt gut leiden kann. Ob sie sich schon bei ihm gemeldet hätte.

»Nein, warum?«

»Willst du denn nicht wissen, wie es Maximilian geht?«

»Dem wird es schon gut gehen bei Willem.«

»Hast du denn keine Sehnsucht nach deinem Baby?«

»Wieso? Ich bin auf Konzerttournee und ich konzentriere mich voll auf meine Aufgabe!«

»Ach, ich dachte nur so«, erwiderte ich kleinlaut. »In Romanen und Filmen haben Mütter immer Sehnsucht nach ihren Kleinkindern.«

»Ich definiere mich über mich und meine Kunst, nicht über meinen Mann oder mein Kind«, ließ Marie mich wissen. »Das tun die Hausfrauen aus Wanne-Eickel und deshalb ist diese Welt auch so schrecklich spießig.« Sie deutete an, sich übergeben zu müssen.

»Liebst du Willem eigentlich nicht?«, fragte ich mit klopfendem Herzen.

»Doch, irgendwie liebe ich ihn auch«, sagte Marie.

Mir sank das Herz in die Hose.

Die letzten Blätter fegen nasskalt von den Bäumen und ich sehne mich nach einem warmen Zuhause, einer Wärmflasche und einer Kuscheldecke. Stattdessen sitzen Echtwein und ich in einem zugigen Bahnhofsrestaurant und warten auf Marie. Sie weilt wohl immer noch bei dem Generalmusikdirektor aus Fulda. Echtwein ist die Übellaune in Person. Mein zweiter Pfefferminztee reißt ein ziemliches Loch in meine Reisekasse.

Gestern war das Konzert in der Wandelhalle eines Kurortes. Es war mehr ein Open-Air-Festival, weil alle Leute, die in der Wandelhalle wandelten, auch mal zehn Minuten bei Marie stehen blieben und erfreut mit den Köpfen wackelten. Draußen goss es in Strömen und der Sturm peitschte die kahlen Äste gegen das gläserne Wandelhallendach. Die schwarzgrauen Wolken jagten über unseren Köpfen, als Marie ihre Lieder von Liebe und Frühling sang. Das war irgendwie ein Reinfall, und ich glaube, die Organisation war nicht gut. Wie konnte man Marie singen lassen, wenn nebenan lautstark Kegel umgesäbelt wurden und Pensionäre in Triumphgeschrei ausbrachen?

Marie war vollkommen fertig vor Aufregung, nachdem sie Ententeich-Robert erblickt hatte. Sie konnte ja Edwin nichts davon sagen, und so hat sie es mir in der Pause diskret mitgeteilt, wobei sie glücklich kicherte und rote Flecken am Hals bekam: »Er ist da!!«

»Wer?«

»Robert! Der Generalmusikdirektor!«

In der zweiten Halbzeit habe ich ihn dann entdeckt: Er sieht aus wie ein Realschullehrer für Erdkunde und Geschichte im Ruhestand. Wenig Haare, jedoch grau meliert der verbliebene Rest, den er sich vom linken Ohr über die Glatze bis zum rechten Ohr gekämmt hatte. Die Schuhe hatten braune Bommel, höchstens Größe 38. Ein interessanter Mann, ohne Zweifel. Unerfreulich war nur, dass dieser Robert Marie nach dem Konzert rote Rosen in die Garderobe brachte und sie dann mit seinem Ferrari-Cabrio »nach Hause« fuhr. Wir hatten darunter verstanden, dass er sie ins Hotel bringt, aber da ist sie bis heute Morgen nicht aufgetaucht. Ihr Bett war unbenutzt und ihr Abendkleid hing noch nicht wieder im Schrank. Nun sitzen Edwin und ich ziemlich verloren im Bahnhofsrestaurant. Edwin trinkt schon den vierten Jägermeister. Ich mache mir Sorgen um Marie. Sie ist so flatterhaft! Sie wird doch diesem kleinwüchsigen Generalmusikrobert nicht verfallen sein?! Sie hat Mann und Kind zu Hause! Und ich hab die Verantwortung! Auch

Echtwein tut mir Leid. So fertig wie der heute Morgen ist, würde er mir glatt eine Klavierstunde geben, falls so ein Kasten im Bahnhof aufzutreiben wäre. Aber er trinkt einen Jägermeister nach dem anderen und starrt vor sich hin. Ich denke, ich sollte mich etwas mit ihm unterhalten. Der Mann hat ja sonst niemanden.

Marie ist aufgetaucht, am Arm von Robert, dem Generalzwerg. Ihre Augen leuchteten, ihre Haare hingen wirr und sie hatte immer noch das Abendkleid von gestern an. Allerdings hatte der Robin Hood der Kleinwüchsigen ihr seine Lodenjoppe geliehen, von edlem Garn und mit lindgrünem Kragen. Er selbst trug einen weiten Mantel und einen albernen Jägerhut mit Gamsbart dran. Wahrscheinlich braucht er solcherlei Zierrat am Kopf, um von der jämmerlichen Leere in und auf demselben abzulenken. Er brachte sie zum Zug, als wäre es absolut selbstverständlich. Edwin und ich standen wie begossene Pudel auf dem Bahnsteig und beobachteten voller Eifersucht die Szene. Ich schleppte zwei Koffer, Maries und meinen. Beim Einpacken von Maries Sachen heute Morgen konnte ich es mir nicht verkneifen, dies oder jenes Dessous von Marie einmal vor mich zu halten. Mir steht so was natürlich nicht. Matthäus würde sich kaputtlachen! Karla Breitarsch in einem schwarzen Geilmacher von der Vanille-Königin! Ich habe es schnell in den Koffer gelegt. Meine Unterwäsche ist weiß oder hautfarben und aus dem Einkaufszentrum daheim, natürlich heruntergesetzt. Mama sagt, Unterwäsche muss wärmen und darf in der Kochwäsche nicht einlaufen, das ist alles.

Draußen stürmt und gießt es wie aus Eimern. Ich hab kein trockenes Paar Schuhe mehr. Wie Papa es mir beigebracht hat, habe ich die nassen Schuhe über Nacht mit Zeitungspapier ausgestopft. Hat aber auch nicht viel gebracht. Schrecklich. Dass so ein Novemberwetter einen so herunterziehen kann. Mein Hotelzimmer unter dem Dach war feucht und kalt, das Klo war eine Etage tiefer.

Marie sprang in den Zug und lachte, als käme sie gerade aus der Achterbahn. Robert reichte ihr eine Thermoskanne und eine rote Rose durch das Abteilfenster hinein. Marie war ausgesprochen aufgekratzt und kicherte herum wie eine Zwölfjährige auf Klassenfahrt. Sie küsste die Thermoskanne launig und winkte Robert nach, bis dieser ohnehin kleine Mensch die Größe einer Erbse erreicht hatte. Wir saßen auf unseren Erste-Klasse-Plätzen und schwiegen betreten. Ich reichte Echtwein ein Stück von meiner Käsestulle, die ich heute Morgen am Buffet habe mitgehen lassen, aber er lehnte ab. Später, auf der Fahrt durch Westfalen, fing Marie an zu weinen und warf uns vor, wir hätten uns gegen sie verschworen. Ich beteuerte ihr, dass wir dazu überhaupt keine Gelegenheit gehabt hätten.

»Keiner gönnt es mir, wenn ich mal ein bisschen glücklich bin«, weinte Marie. »Meine Mutter nicht, mein Mann nicht, mein Kind nicht, und ihr beide schon erst recht nicht! Und ich dachte, ihr wäret meine besten Freunde!«

Dieses unerwartete Kompliment machte mich von einer Sekunde auf die andere total glücklich.

»Oh doch, wir gönnen es dir«, beteuerte ich, während Echtwein verbissen schwieg. »Wir lieben dich, Marie, das weißt du doch!«

»Keiner liebt mich«, schluchzte Marie. »Noch nicht mal ich selbst!«

»O doch«, beteuerte ich. »›*Wer mich liebt, den lieb ich wieder, und ich bin geliebt.*‹ Singst du doch jeden Abend! Hat Hugo Wolf extra für dich geschrieben!«

Marie weinte jedoch und wollte sich nicht aufheitern lassen. Dabei hatte sie immer noch die alberne jägergrüne Joppe von Robert an, und ihr zerknittertes Abendkleid.

Edwin erhob sich und schwankte in den Gang, um eine zu rauchen. Ich schob die Tür hinter ihm zu, damit er nicht hörte, was wir sprachen.

»Aber natürlich gönnen wir es dir, wenn du glücklich bist, Marie«, sagte ich so einfühlsam, wie es mir möglich war. »Wir sonnen uns in deinem Glück wie Gänseblümchen im Schatten einer Rose!«

»Na, du vielleicht, aber Edwin nicht«, heulte Marie.

»Edwin kann es nicht verwinden, dass du diesen Robert mit an den Bahnhof gebracht hast«, sagte ich tadelnd. »Das wäre vielleicht nicht nötig gewesen.«

»Was bildet Edwin sich eigentlich ein?«, brauste Marie auf. »Hat er vielleicht ein Recht auf mich?«

»Natürlich nicht. Aber er liebt dich. Und das weißt du.«

»Edwin ist kein MANN! Aber Robert ist ein MANN!«, begehrte Marie auf. »Er will mich heiraten!«

Ich überlegte ein bisschen. Klar, dass jeder zweite Mann Marie heiraten will. Schon aus optischen Gründen. Was diesem Robert fehlte, war eine vor Temperament und Charme nur so sprudelnde Frau wie Marie, die ab und zu mal eine Blumenvase gegen den Spiegel warf.

»Wieso ist Robert ein Mann und Edwin nicht? Das

musst du mir mal erklären.« Beide nämlich entbehren völlig dem umwerfenden Reiz des Männlichen, wie zum Beispiel Willem ihn hat. Steige da noch einer durch.

»Na ja, er hat so viel Kultur und er lebt so naturverbunden und stilvoll, dass er eine echte Ente hält. In einem naturbelassenen Biotop. Im Garten.« Ihr Gesicht hellte sich auf. »Und jetzt will Robert eine zweite Ente anschaffen, damit das Pärchen dann Eier legt, und im nächsten Frühjahr schlüpfen sie dann aus und er hat lauter kleine gelbe, süße Küken im Garten herumlaufen …«

»Und seine Frau?«, unterbrach ich ihr kindliches Schwärmen für Robert.

»Die ist in Japan und macht Zen-Buddhismus.«

»Und Edwin?«, fragte ich, nur der guten Ordnung halber.

»Edwin ist ein Warmduscher.«

Nun sind wir hier in Osnabrück. Ich sitze in der Rezeption und warte auf die Zimmerschlüssel. Marie ist in den Konzertsaal rübergegangen, üben. Mit dem Warmduscher.

Diesmal war das Hotelmanagement nicht auf einen Mann mit zwei Frauen eingestellt: es gab nur ein Doppel- und ein Einzelzimmer. Da Marie und Echtwein in der Probe waren, habe ich eigenmächtig entschieden, dass Marie und ich in das Doppelzimmer gehen und Echtwein in das Einzelzimmer. Ich konnte doch nicht Marie mit einem Warmduscher in das Doppelzimmer stecken! Oder? Als die beiden wiederkamen, waren sie jedoch ganz und gar nicht einverstanden mit der Zimmeraufteilung. Marie sagte, sie wolle wirklich jetzt ihre Ruhe haben, ob wir eigentlich begreifen würden, wie anstrengend das sei, jeden Abend einen zweistündigen Liederabend zu bestreiten, und sie beanspruchte das Einzelzimmer für sich. Da sah ich aber alt aus! Edwin warf mir einen vernichtenden Blick zu und merkte an, dass er ohne Mittagschlaf heute Abend nicht spielen könnte. Jeder von ihnen raffte einen Zimmerschlüssel an sich und verschwand. Also habe ich mich verdrückt. Meine schüchterne Frage, ob ich inzwischen etwas üben könnte, verneinte Echtwein: der Flügel müsse noch gestimmt werden, und der Klavierstimmer käme am Nachmittag.

Ich ging also durch den eiskalten trostlosen Ort und dachte nach. Damals, so gegen die Jahrhundertwende, war es bestimmt üblich, dass feine Herrschaften mit ihrer Zofe reisten. Aber die hatte wenigstens ein Bett oder ein Lager auf Heu und auf Stroh. Schließlich ist Marie hier die Hauptperson. Ich brachte Maries Abendkleid in die Reinigung – es sah von der Übernachtung bei Robert doch etwas mitgenommen aus – und wartete dann eine Stunde dort, um es gleich wieder mitzunehmen. Ehrlich gesagt war ich froh, in einer wohl riechenden, warmen Reinigung sitzen zu dürfen, wo mich niemand wegscheuchen konnte. Danach klopfte ich vorsichtig an das Einzelzimmer, das Marie für sich beansprucht hatte. Von Marie keine Spur. Das Bett war nicht benutzt. Ihr Koffer war nicht ausgepackt. Ich erledigte das für sie. Sie hat wunderbares Schminkzeug. Vorsichtig öffnete ich ihre Beauty-Box aus echtem Krokodilleder, die unzählige Tübchen, Döschen und Gläschen enthielt, auch Pinsel und Stifte jeglicher Farbe. Es roch nach allen Düften des Vorderen Orients. Alles sah so fein und appetitlich aus. Weil ich sonst nichts mit mir anzufangen wusste, öffnete ich einige Tübchen und Döschen und probierte deren Inhalt auf meinem Gesicht aus. Es war wunderbar, so in aller Stille mit der Beauty-Box herumzuspielen und mir vorzustellen, einmal so hübsch und bezaubernd auszusehen wie Marie! Nachdem ich nun schon einige Male an Marie beobachtet habe, wie sie sich schminkt, habe ich es einfach mal ausprobiert. Darüber muss wohl einige Zeit verstrichen sein. Gerade als ich fand, dass ich doch eher wie ein Straßenmädchen aussah, kam Marie herein. Sie war bleich und zerzaust, aber aufgekratzt und mit den Gedanken ganz woanders. Mir sank das Herz in die Hose.

Aber sie bemerkte gar nicht, wie ich aussah. »Karla«, sagte sie und ihre Augen hatten diesen typischen Glanz, »er ist einfach der Wahnsinn! Ich liebe ihn doch!«

»Wen?«, fragte ich und wischte mir schnell mit dem Handrücken über die knallroten Lippen.

»Edwin!«

»Ja, aber Robert!«, begehrte ich auf.

Marie machte eine wegwerfende Handbewegung. »Ach der! Ein Gartenzwerg ist er, ein Kleingärtner! In jeder Hinsicht, hahaha, wenn du verstehst, was ich damit sagen will!« Sie kicherte vergnügt.

»Aber du fandest ihn doch so toll!« Ich war völlig irritiert.

»Ach, ein kümmerlicher Typ war das, und so verbissen, so bemüht um Erfolg, du weißt schon, was ich meine, so ganz ohne Humor, so langweilig!« Marie ließ sich auf das Bett fallen, auf dem ich ihre ganzen Utensilien ausgebreitet hatte. Da erst merkte sie, was ich getrieben hatte.

»Was hast du denn versucht?« Ich dachte schon, sie

würde schimpfen wie früher die Mama: »Wie siehst du denn aus, wer hat dir das erlaubt, geh dich waschen, du Ferkel, und dann ab ins Bett und ohne Abendessen!« Aber Marie nahm ein Kleenex-Tuch aus der ledernen Box, spuckte drauf und rieb mir auf den Wangen herum. »Viel zu dick aufgetragen«, sagte sie und schrubbte energisch. »Guck mal in den Spiegel. So, nur ein Hauch, und dann schräg halten den Pinsel, von oben nach unten. Bei deinen breiten Wangenknochen …«, sie sah mich kritisch an, »ist es ratsam, du nimmst eine unauffällige Farbe. Eher pastellfarben, niemals rosa. Dieses hier ist wahrscheinlich gut für dich. Ich schenke es dir, und den Pinsel auch.«

Marie arbeitete noch eine ganze Weile an meinem Gesicht herum, wischte, putzte, malte, radierte aus, zupfte und tupfte. Ich starrte die ganze Zeit auf ihren Schwanenhals und den Fürstin-von-Monaco-Busen.

Als sie fertig war, war ich ganz schwindelig von ihrem Parfüm.

»So, jetzt schau mal in den Spiegel. So sieht das schon nach was aus!« Marie hielt mir den Spiegel vor.

Ich lächelte unsicher und sagte: »Danke. Ich denke, ich kann von dir viel lernen.«

»Das kannst du bestimmt«, sagte Marie, setzte sich aufs Bett und sagte: »Jetzt muss ich aber wirklich schlafen. Geh noch ein bisschen spazieren und mach dir einen schönen Nachmittag, ja?« Ich fragte, ob ich eventuell ein bisschen üben könnte, auf dem Flügel in der Stadthalle.

»Nein«, sagte Marie. »Edwin übt.«

»Ach so, ja, dann geht es natürlich nicht«, sagte ich bedrückt.

Marie wollte schlafen und sich für das Konzert ausruhen. »Ich muss meine Stimme jetzt schonen«, sagte sie. »Geh noch ein bisschen spazieren, ja? Sie haben unten bestimmt einen Schirm für dich.«

Gestern Abend, das war echt peinlich. Der verliebte Robert saß nämlich in der ersten Reihe. Marie hatte aber inzwischen absolut keinen Bock mehr auf Robert. Vor dem Auftritt hatte sie durch den Vorhang gelugt, und als sie ihn erspähte, bekam sie Brechreiz: »Karla, schaff mir diesen Zwerg vom Hals! Ich kann nicht singen, wenn er in der ersten Reihe sitzt!«

»Was soll ich denn mit ihm machen?«, fragte ich.

»Ist mir egal, sag ihm, dass er abhauen soll!«

»Und wenn er sich von mir nicht beeindrucken lässt?«

»Karla, du bist doch ein intelligentes Mädchen. Tu bitte irgendwas. Ich ertrage diesen Anblick nicht. Wenn ich singen soll und dieser pomadige, kleinwüchsige Spießer sitzt in der ersten Reihe, muss ich mich übergeben!«

Das wollte ich nun doch verhindern. Ich trat also entschlossenen Schrittes vor den Vorhang. Die Leute klatschten Beifall, weil sie dachten, es geht jetzt los. Verlegen hüpfte ich von der Bühne und ging zu Robert, der neben sich auf dem freien Sitz einen Rosenstrauß und seinen albernen Jägerhut deponiert hatte.

»Kann ich Sie mal sprechen?«

»Ja, was gibt es?« Robert rutschte irritiert auf seinem Stuhl umher.

»Würden Sie bitte mit mir kommen?«, fragte ich schlau.

Robert sprang auf, knöpfte sich die lächerliche Trachtenjoppe zu und wollte zuerst die Blumen mitnehmen, aber dann ließ er sie doch liegen. Draußen im Flur fragte er noch mal: »Was gibt's?«

»Ich bin im Auftrage von Frau von Otten zu Ihnen gekommen«, sagte ich höflich und seine Jägeraugen begannen zu leuchten.

»Sie bittet Sie, nicht im Saal zu sein, während sie singt«, meldete ich vieldeutig.

Robert war argwöhnisch. »Wo soll ich denn sein, wenn sie singt?«, fragte er.

Ich war etwas ratlos. »In Ihrem Porsche«, schlug ich vor und dachte, dass er damit inzwischen ja nach Fulda fahren könnte, zu seiner Ente. Aber Robert hatte mich gründlich missverstanden. Und nachdem Marie nun während des ganzen Konzertes auf die Rosen und den Jägerhut hatte schauen müssen, was sie als ungeheure Zumutung empfand, erblickte sie Robert als Erstes auf dem Parkplatz in seinem schnittigen Kleinwagen sitzend, als sie das Gebäude verließ.

»Edwin, mir wird schlecht«, hauchte sie und rannte ins Innere des Veranstaltungsgebäudes zurück. Dort verschanzte sie sich in der Künstlergarderobe und schloss von innen ab.

»Was hat sie denn nun schon wieder?«, fragte Edwin mich erstaunt.

»Der Entenzüchter sitzt auf dem Parkplatz«, erklärte ich. Edwin verstand natürlich nicht und folgte Marie. Ich stand auf der Treppe. Der Jäger lugte in den Rückspiegel. Entschlossen stand er auf, schälte sich aus dem Flitzer und kam auf mich zu. »Wo ist Marie?«

Ich stand auf der Treppe und wollte vor Peinlichkeit vergehen. Wieso musste ich diesem Kerl jetzt erklären, dass Maries Leidenschaft für ihn verloschen war? »Marie ist noch einmal mit ihrem Begleiter proben gegangen«, sagte ich. Der phantasielose Kerl konnte sich darunter nichts vorstellen.

»Hat sie meine Blumen gesehen?«

Vermutlich lagen die Dinger mitsamt dem Jägerhut immer noch in der ersten Reihe. Deshalb erbot ich mich freundlich: »Soll ich sie Ihnen holen?«

Robert wurde blass. »Wen, Marie oder die Rosen?«

»Die Rosen.«

Robert begann zu schwanken und ich hielt ihn automatisch am Jägerärmel fest. »Ist Ihnen nicht gut?«

»Nein, mir ist ganz und gar nicht gut. Ich bin 400 Kilometer gefahren, habe eine Orchesterprobe ausfallen lassen, nur um Frau von Otten zu sehen …« Ganz zu schweigen von der Ente, dachte ich. Wie er das arme Tier vernachlässigt, das ist schon ein Fall für den Tierschutzverein.

»Frau von Otten möchte Sie aber nicht sehen«, antwortete ich fest und fühlte mich plötzlich ungeheuer stark. Wie leicht man Männer zum Weinen bringen kann!

»Sie will mich nicht sehen?«, fragte Robert bleich.

»Ich glaube nicht, nein«, sagte ich und empfand eine grausame Lust daran, ihn zu quälen. So fühlt sich also Marie immer, wenn sie die Männer in Verwirrung stürzt! Großartig!

»Überhaupt nicht mehr?«, fragte Robert matt.

»Da bin ich mir ziemlich sicher«, sagte ich schadenfroh. Und konnte mir nicht verkneifen, hinzuzufügen: »Sie ist anderweitig liiert.« Das war auf jeden Fall nicht gelogen.

»Dann habe ich hier keine Zeit mehr zu verlieren«, sagte Robert in plötzlicher Hast. Sein männlicher Stolz kehrte zurück. Ich erbot mich nochmals, ihm seine Rosen zu holen. Von dem albernen Hut wollte ich nicht sprechen. Doch Robert lehnte dankend ab.

»Wissen Sie was!«, sagte er im Weggehen über seine schmale hängende Schulter hinweg. »Nehmen Sie sich die Rosen.«

Wer hätte das gedacht. Robert hat ungeahnte Qualitäten. Ich habe die Rosen allerdings nicht mitgenommen, sondern im städtischen Abfalleimer im Hof der Mehrzweckhalle entsorgt. Alles andere wäre Verrat an Marie gewesen.

Zu Hause in Bad Orks.

Es ist sehr merkwürdig, wieder zu Hause zu sein. Ist ja auch nur für einen Tag. Mama und Papa waren am Bahnhof, und Marie war ganz überrascht, dass ich abgeholt wurde. »Ich wusste gar nicht, dass du Eltern hast«, sagte sie erstaunt und alle lachten über ihre nette Bemerkung. Ist sie nicht wahnsinnig originell?

Mama fragte mich, wie ich denn Marie kennen gelernt hätte. Ich erklärte Mama, dass Marie die Frau vom Vanille-Eis-Fabrikanten von Otten ist und dass sie ziemlich viele Kinderfrauen, Haushälterinnen und Gärtner beschäftigt. Dass ich selbst ihre Zofe bin, fand ich unnötig, zu erwähnen. Papa hätte nur wieder die Augenbrauen hochgezogen über so einen Unsinn, und Mama hätte gesagt, dass es mir ganz gut täte, auch mal kochen und backen zu lernen. Mama war begeistert, und auch mein bescheidener Einwand, dass Marie dennoch über keine Ente auf einem Teich verfüge, konnte ihre Freude nicht schmälern. »Da kommt doch unsere Karla wenigstens in die richtigen Kreise«, freute sich Mama. »Vielleicht lernt sie in diesem Hause auch mal einen Mann kennen.«

Ich vermied es zu erwähnen, dass ich in diesem Hause schon einen Mann kennen gelernt habe, weil das alles zu kompliziert gewesen wäre für meine Eltern. Papa interessierte sich allerdings mehr für meine Fortschritte im Klavierspielen.

Ich sagte, ich sei neuerdings eine Meisterschülerin von Echtwein, dem begehrtesten Professor der ganzen Berliner Hochschule, und sie könnten heute Abend ja einen Eindruck von meinem Lehrer bekommen. Mama holte gleich eine Packung Vanille-Eis aus dem Hause von Otten und legte mir eine große Portion neben den Pflaumenkuchen. Und noch einen dicken Klecks Sahne.

Papa schüttelte missbilligend den Kopf über solchen Unsinn, aber er verkniff sich seine üblichen Belehrungen. Das finde ich bewundernswert an Papa. Er hat in fünfundzwanzig Ehejahren gelernt, dass es gar nichts bringt, Mama zu belehren. Da kann man genauso gut einer Fensterbank predigen.

»Dass unsere Karla in solchen Kreisen verkehren darf …«, fing Mama wieder an. Papa ließ sich nicht irritieren: Ob Echtwein ein guter Klavierlehrer sei. Ja, Papa lässt sich kein V für ein U vormachen, und Titel und Markennamen beeindrucken ihn überhaupt nicht. Ich trank noch eine dritte Tasse Kaffee und ging auf die Frage bezüglich Echtweins Qualitäten als Klavierlehrer gar nicht ein.

Schrecklich gern hätte ich geübt, wenigstens hier, in meinem Elternhaus, wo niemand mich gehindert hätte! Aber nach der vielen Sahne und dem Kuchen und dem Eis konnte ich nichts dergleichen mehr tun.

Die Reise ist zu Ende. Der Abschied von den Eltern war richtig rührend. Sie haben mich eigenhändig hierher gefahren, zum Frankfurter Flughafen. Marie und Edwin sind derweil mit dem Flughafenexpress gefahren. Es war schön, die Eltern heute noch mal für mich zu haben, denn gestern Abend haben sie nur Marie angebetet. Natürlich, ich kann das verstehen, weil ich Marie ja auch verehre. Sie ist einfach zauberhaft, witzig, originell, unterhaltsam und klug.

Ich hab in Penna einen Liebsten wohnen,
in der Maremme einen andern …
… und wieder einen hab ich in Maggione,
vier in Bad Orks – zehn in Castiglione

Marie kann so spontan sein, und mit dem kleinen Scherz »Bad Orks«, den sie augenzwinkernd einwarf, brachte sie alle Zuhörerherzen zum Schmelzen. Selbst Papa, der von diesem Gunther-Sachs-Niveau, wie er es nennt, normalerweise nichts hält, war völlig aus dem Häuschen. Mama hat wahrscheinlich den Rest des Konzertes darüber nachgedacht, wer diese vier Liebhaber in Bad Orks denn wohl sein könnten. Sie nimmt immer alles wörtlich und bei ironischen Scherzen ist sie meistens überfordert.

Das Konzert war völlig ausverkauft, und ich guckte unauffällig im Publikum herum, weil ich ja in der Kulturszene meiner Heimatstadt eine Menge Bekannte habe. Doch niemand hatte ein Auge für mich, alle waren nur hin und weg von Marie, und das ist auch verständlich. Sie hatte ein neues Abendkleid an – ein dunkelblaues Samtkleid, mit schwarzem Taft, der bei jeder Bewegung knisterte – und sang so zauberhaft und geheimnisvoll wie nie zuvor. Ich blätterte dem Echtwein mit feuchten Händen die Noten um. Wahrscheinlich war ich am aufgeregtesten von allen. Mama und Papa saßen im hinteren Drittel; ich hatte doch keine Karten mehr für sie besorgen können; aber sie waren wahnsinnig stolz und glücklich, dass ich für eine so außergewöhnliche Sängerin umblättern durfte. Nur Papa hatte nachher so einen Blick drauf. Wahrscheinlich kann er es kaum erwarten, dass ich selbst Marie am Klavier begleiten darf. Warte nur, Papa. Meiner Karriere steht praktisch nichts mehr im Weg. Ich finde, ich habe bis jetzt einen supersteilen Weg gemacht, zielstrebig und konsequent. Auch vom Zuhören lernt man, das hast du selbst immer gesagt.

Nachher gab Marie drei Zugaben, davon zweimal die Habanera. Wie strahlend ihr das hohe Fis gelingt! Gestern blieb sie fast zehn Sekunden drauf, bis man im Saal schon die Luft anhielt. Fast wären die gläsernen Scheiben zersprungen, so eine Intensität hatte das. Und dann: tosender Beifall! Ich bin richtig rot geworden vor Stolz. Nachher beim Noten-Einsammeln hab ich's vor mich hin geträllert, und plötzlich meinte Mama, ich hätte aber auch eine schöne Stimme. Ich wurde rot und winkte ab, und Papa sagte klug: »Schuster bleib bei deinem Leisten.« Wir saßen dann noch zusammen in Müllers Weinstuben, wo Mama extra einen großen Tisch bestellt hatte. Marie erzählte Schwänke aus ihrem Leben und Mama und Papa hingen an ihren Lippen und lachten so laut, wie ich es bei ihnen noch nie erlebt hatte. Edwin saß ziemlich unbeteiligt daneben und trank wieder Jägermeister.

Eine kleine Begebenheit lohnt sich vielleicht noch,

erwähnt zu werden: Robert war wieder da. Also nicht Papa, der heißt ja auch Robert, sondern der Tierquäler. Diesmal saß er weiter hinten und ich konnte ihn gar nicht sofort sehen. Marie hat ihn mit Sicherheit überhaupt nicht entdeckt, denn sie hat ihn nicht erwähnt oder mich beauftragt, ihn des Saales zu verweisen.

In der Pause, als ich mir gerade auf der Toilette die Hände wusch, stand er plötzlich vor der Klotür und rief: »Kann ich Sie mal sprechen?«

Ich ging hinaus in den Korridor, und da stand er mit einem Bündel Kleinblumen.

»Fleißiges Lieschen«, sagte er. »Die sind für Sie!«

Ich kehrte mit den Fleißigen Lieschen auf die Toilette zurück, wo ich sie unauffällig liegen ließ. Robert war genauso schnell verschwunden, wie er aufgetaucht war. Und irgendwie war das symbolisch dafür, dass meine Zeit in Bad Orks unwiderruflich vorbei war. Ich gehörte hier nicht mehr her.

In meiner Kasse ist Ebbe – wollte die Eltern nicht schon wieder um Geld bitten, und die Reise hat meine letzten Ersparnisse aufgebraucht.

Kaum war ich in meinem schäbigen Doppelzimmer angekommen und hatte festgestellt, dass mein Fach im Kühlschrank in der Gemeinschaftsküche völlig leer ist, da klopfte Frau Fink, die Heimleiterin, an die Tür. »Telefon für Sie!«

Zu meinem stürmischen Herzklopfen war es Willem, Maries Ehemann. »Tag, Karla, war die Reise schön?«

»Ja!«, hauchte ich.

»Fühlen Sie sich in dem Studentenheim wohl?«, erkundigte sich Willem fürsorglich.

Ich warf der Fink einen Blick zu. Sie stand abwartend an der Bürotür und spreizte ihr Gefieder. Private Telefonate in ihrem Büro sind gänzlich unerwünscht.

»Wie meinen Sie das?«

»Marie vermisst Sie.« Ich errötete vor Glück.

»Könnten Sie sich vorstellen, zu uns zu ziehen?«, fragte Willem.

Ich schwieg in den Telefonhörer. Frau Fink beobachtete mich beim Erröten.

»Karla? Sind Sie noch dran?«

»Ja«, krächzte ich heiser.

»Wir haben oben eine Mansardenwohnung frei. Sie ist ausgestattet mit einer kleinen Küche, einem Wohnraum, einer Schlafcouch und natürlich Dusche und WC«, sagte Willem. Er sagte »WC«, wie ein Hotelprospekt, nicht etwa »Klo« oder »Scheißhaus« oder so.

»Was wären denn meine Aufgaben?«, fragte ich an. »Zum Blättern wird mich Marie doch nicht Tag und Nacht brauchen?«

»Darüber müsste man reden«, sagte Willem. »Selbstverständlich machen wir eine Art Vertrag, damit von Anfang an keine Missverständnisse auftreten.«

Ich war mir bewusst, dass er so mit jeder Kinderfrau und jedem Gärtner und jedem Vanille-Eis-Verpacker sprach.

»Ich bin eigentlich Pianistin«, sagte ich leise. Frau Fink nickte.

»Marie hat einen schönen weißen Konzertflügel«, merkte Willem an.

»Aber den dürfte ich ja wohl nicht benutzen?«

»Darüber müssten wir sprechen«, sagte Willem. »Ich denke, das wird sich bei Bedarf einrichten lassen.«

In dem Moment riss ihm Marie den Hörer aus der Hand. »Karla! Du kommst doch, ja? Ich brauche dich! Und Maximilian auch! Er mag dich!«

»Wie geht es Maximilian?«, hauchte ich.

»Wunderbar. Also, was ist jetzt? Können wir mit dir rechnen?«

»Wann soll ich denn?«

»Ich hole Sie ab«, sagte Willem. »In einer Stunde, wenn Sie es bis dahin schaffen zu packen.«

»Ich schaffe es in fünf Minuten!«

Frau Fink hackte noch mit ihrem Schnabel nach mir und zwitscherte hinter mir her, dass das aber so nicht gehe, einfach zwei Wochen vor Weihnachten und mitten im Semester ausziehen, ohne schriftliche Kündigung, sie könne doch jetzt das halbe Doppelzimmer nicht mehr auffüllen, und wer ihr denn die restlichen 375 Mark bis zum Sommersemester bezahle.

»Ich bringe sie vorbei, sobald ich sie habe«, versprach ich ihr im Wegrennen. Endlich frei.

Nun bin ich also eine Angestellte der Vanille-Eis-Fabrik. Habe den ersten Teil meines Gehaltes schon im Voraus bekommen. Willem hat ohne großes Aufhebens den Rest der Semestermiete bezahlt, er hat sogar noch auf fünfhundert aufgerundet. Frau Fink war's zufrieden und legte den Schein stillschweigend in ein hölzernes Kästchen auf ihrem Schreibtisch. Die orthodoxe Griechin habe ich nicht mehr gesehen, nur noch ihre dicken schwarzen Haare im Waschbecken. Das machte mir den Abschied leicht. Nun hat sie ein Einzelzimmer und kann sich hemmungslos Tag und Nacht die Haare raufen.

Willem fuhr mit einem weißen Mercedes vor. Ein Firmenwagen, wie er bescheiden zugab. Ich saß schüchtern neben ihm und schwieg. Vorsorglich hatte ich mir etwas von Maries Rouge ins Gesicht geschmiert, er hat es aber nicht bemerkt. Während der Fahrt sagte er nicht viel. Es schien mir fast, als sei er ein wenig verlegen! Jedenfalls war ich ganz schrecklich nervös und nicht in der Lage, unverbindlich mit meinem neuen Arbeitgeber zu plaudern.

Da saß ich nun neben dem Vanille-Chef in Weiß, starrte auf seine braungebrannten Hände und auf das lederbezogene Lenkrad, und er starrte auf die Ampeln und auf die Zebrastreifen. Schließlich sagte er: »War es schön auf der Tournee?«

»Ja«, erwiderte ich und musste schlucken. Wie provinziell von mir.

»Hat Marie … gut gesungen?«, fragte Willem und ließ eine Oma über den Zebrastreifen gehen.

»Ja, sehr«, sagte ich und schaute auf die Oma. Sie hatte einen Dackel bei sich, der humpelte. Genau wie die Oma.

»Hat Herr … äh«, sagte Willem.

»Echtwein«, sagte ich.

»Sie gut begleitet?«

»Sehr gut. Er ist ja Professor für Klavier. Er ist jetzt mein Lehrer!« Ich wollte das Gespräch in harmlosere Bahnen lenken. Nicht so Willem. Er lachte zynisch: »Er war auch mal Maries Lehrer! So fing alles an!«

»Oh, das tut mir Leid«, sagte ich zerknirscht, als wäre das alles meine Schuld. Wieder eines meiner typischen Fettnäpfchen, verdammt. Willem schwieg. Immer wenn er den Gang wechselte, hatte ich das Gefühl, er wolle lieber Echtwein eine reinhauen.

»Marie hat wunderbar ausgesehen«, versuchte ich den Faden wieder aufzunehmen.

»Ich weiß«, konterte Willem bitter. Ich erkannte schonungslos die Wahrheit: Dieser Vanille-Mann liebte Marie. Ganz klar. Kein Zweifel.

Schließlich sagte mein zukünftiger Arbeitgeber: »So, und nun wollen Sie also zu den Ottens ziehen?!« Er benutzt noch nicht mal seinen Adelstitel! Mama würde sagen: »Da kannst du mal sehen, was der für eine Herzensbildung hat! So ein gediegener, bescheidener Mann!«

»Ja, also ...«, ich schluckte. »Die Idee war doch von Ihnen!«

»Von Marie«, verbesserte Willem.

»Von Marie«, wiederholte ich kleinlaut.

»Marie braucht so etwas wie eine verlässliche Vertraute«, sagte Willem und guckte mich von der Seite an.

Ich dachte daran, dass Robert, der Entenhalter, mit seinen Fleißigen Lieschen bestimmt etwas Ähnliches ausdrücken wollte. »Wer braucht die nicht«, sagte ich und lächelte verlegen.

Ich betrachtete Willem: er trug wieder diese weißen Hosen, weiße Socken und Schuhe, ein weißes Polo-Hemd. Wahrscheinlich müssen Vanille-Eis-Fabrikanten sich so anziehen wie Chirurgen, Zahnärzte und Apotheker. Das macht erst die extravagante Note der Eiscreme aus. Oder er spielt dauernd Tennis, dieser Willem.

»Maximilian braucht auch ab und zu eine Aufsicht«, sagte Willem. »Er kommt jetzt in das Trotzalter.«

»Haben Sie noch kein neues Kindermädchen?«, fragte ich.

»Nein.«

Ich schwieg. Kindermädchen ist eigentlich nicht mein

Berufsziel. Ich würde viel lieber Pianistin werden. Ich habe nämlich die Hochbegabtenprüfung an der Hochschule der Künste als einzige Bewerberin bestanden und bekomme dafür vom Staat ein Stipendium. Darauf wies mich Papa letztens noch hin.

»Marie wird sich jetzt nicht mehr so viel um Maximilian kümmern können«, sagte Willem. »Jetzt nach dem Konzertexamen purzeln die Engagements herein.«

»Klar«, sagte ich. »Sie ist eine fantastische Sängerin.«

»Wenn man Sie nicht gerade zum Umblättern braucht«, lächelte Willem, »würde ich Sie bitten, dass Sie an solchen Abenden Maximilian ins Bett bringen.«

»Aber klar mache ich das«, sagte ich. »Er ist ja so ein süßer kleiner Kerl, den muss man ja lieb haben, und wie er jetzt seine eigene kleine Persönlichkeit entwickelt …« Mir fiel schlagartig ein, dass Willem ja gar nicht sein leiblicher Vater ist. Mama sagt immer, Reden ist Silber, Schweigen ist Gold.

Mama wäre begeistert von diesem Apartment. Kein Vergleich mit meiner Gefängniszelle in der Wurmstraße. Alles ist warm und heimelig. Sitzecke Marke geschmackvoll, aber nicht protzig, Farbfernseher mit Fernbedienung und Kabelanschluss, eine kleine, aber feine Einbauküche mit Mikrowelle, Waschmaschine und Trockner, ein leerer Vogelkäfig, eine kleine Stereoanlage, die ich nicht bedienen kann. Im Bad eine feine Dusche, ein großer Spiegel, der mich unnötigerweise von allen Seiten zeigt, und eine Waschmaschine. Recht luxuriös soweit. Bei mir wächst der Verdacht, dass ich diese Wohnung der Mutter abgestaubt habe: Erna Pfefferkorn. Nun brauchen sie eine Ersatzmutter: mich!

Für Maximilian will ich gerne sorgen. Er ist ein reizender Junge, wenn er schläft. Die Dogge interessiert mich schon weniger. Marie interessiert mich. Natürlich. Und Willem. Ein bisschen. Jetzt muss ich wohl oder übel mal ins Konservatorium fahren, sonst kann ich das Semester ganz vergessen. Ab jetzt wird fleißig studiert, das habe ich Papa am Telefon versprochen.

Kaum war ich unten auf dem Kiesweg, um in die Hochschule zu fahren, erschien Marie sofort am Fenster: »Gehst du weg, Karla?«

»Ja, ich muss üben! Das Semester ist schon halb rum und ich habe noch keine Taste angerührt!«

»Aber das kannst du doch hier tun! Ich habe einen weißen Flügel!«

»Der steht doch bei euch im Wohnzimmer und ich würde dich stören.«

»Aber nein, Karla, du störst mich nicht! Im Gegenteil! Komm rein und übe, so lange du willst! Ich höre dir gern zu!«

Eigentlich hasse ich es, wenn mir jemand beim Üben zuhört. »Ich darf also wirklich üben?«

»Der Flügel wird dir gefallen!« Ich erwartete, sie würde wieder sagen, dass er weiß sei, aber sie betonte es nicht noch einmal. Ich klappte den Deckel auf und strich über die Elfenbeintasten. Vorsichtig ließ ich mich auf dem samtbezogenen, drehbaren Hocker nieder. Ich schlug einen Dreiklang an. Herrlich, dieser Klang, weich und voll und blitzsauber gestimmt. Ich schlug noch einen Akkord an. Wunderbar! Wie ein warmes Bad! Jetzt würde ich üben, stundenlang, ungestört! Ich war selig. Da ruckelte es an meinem Hocker. Ich zuckte zusammen. Maximilian sägte an meinem Stuhl! Er wollte sich aufrichten und auch ein paar Töne spielen. Marie kam mir ein bisschen zu Hilfe.

»Nicht jetzt, Maxi, die Karla will üben!« Sie versuchte, ihn auf den Arm zu nehmen, aber er war zu schwer. Maxi warf sich wütend nach hinten und fing an zu kreischen. Sein Gesicht verfärbte sich dunkelrot und er strampelte trotzig mit den Beinen. Dabei trat er mit solcher Wucht gegen den Samthocker, dass der über das Parkett schlidderte und am Gläserschrank zu Fall kam. Es klirrte.

»Maximilian!«

»Bäääääh!«

Ich hatte Mitleid mit der trotzigen Kreatur auf dem Boden. »Komm, mein Kleiner, du darfst auch mal spielen!«

Maximilian ließ sich willig an seinen Wurstärmchen nach oben ziehen. Marie holte den Hocker und wir wuchteten den prallen Popo in die Senkrechte. Maximilian holte mit beiden Armen aus und schmetterte seine klebrigen Patschhände auf die Tasten. Begeistert von dem Lärm, den er erzeugte, drosch er nun auf den Flügel ein und hinterließ Nutella-Spuren auf dem Elfenbein. Wir ließen ihn gewähren, denn das Kind brauchte ja eine freie Entfaltung, und möglicherweise steckte eine musikalische Begabung in ihm, schließlich trug er ja Erbgut von Echtwein in sich.

Dann entdeckte das musikalische Kind allerdings ein paar Bleistifte und Kugelschreiber, die an der Seite lagen, und er fing an, begeistert in den Zwischenräumen herumzubohren. Marie sagte: »Nein, Maximilian, das darfst du nicht!« Maximilian bohrte weiter. Ich versuchte, seine Arme festzuhalten, aber er war stärker. Wie mit einem Presslufthammer rückte er den Tasten zu Leibe und wollte sie von unten wegstemmen. Das hatte nun nichts mehr mit Musikalität zu tun, würde auch Mama sagen. Das Kind brauchte Grenzen! Wir zerrten Maximilian vom Hocker, der dabei umfiel und auf das Parkett krachte. Maximilian warf sich nach hinten und brüllte. Mit den Kugelschreibern ging er auf Maries Gesicht los.

»Komm mit mir, die Mama hat was Leckeres für dich!«, hörte ich Marie noch sagen, als sie mit ihm in Richtung Küche verschwand.

Dann stellte ich den Hocker wieder auf die Beine, schloss die Tür hinter Marie und dem Horrorkind und setzte mich. Eine Tonleiter. Noch eine. Noch eine. Meine Finger wurden immer schneller, mein Geist immer wacher. Es war wunderbar. Dieser Flügel, diese Akustik, diese Ruhe! Das Telefon klingelte. Marie kam rein, auf dem Arm hatte sie Maximilian, der sich eine Knackwurst mit Senf ins Gesicht schmierte. »Hältst du ihn mal schnell? Das ist für mich!«

Na klar, dachte ich. Für wen denn sonst. Ich stemmte das Wurstkind auf meine Hüfte. »Da«, sagte es und rammte mir die Wurst an die Backe. Es bestand darauf, dass ich von der angelutschten Wurst abbeiße. Ich tat es, um des lieben Friedens willen. Marie hob den Hörer ab, bekam gläserne Augen, wurde rot und fing an zu flöten: »Nein, ich bin im Augenblick nicht allein, aber gleich!«

Taktvoll verzog ich mich. Im Flur ging ich mit Maximilian auf und ab, der seine Wurst in Windeseile in verschiedene sich bietende Öffnungen steckte: Steckdose, Stehlampe, Kapuze an der Garderobe und Blumenvase. Da ich nicht die Kraft hatte, ihn daran zu hindern, ließ er fröhlich grinsend die Wurst in der Blumenvase verschwinden.

Ich musste Frau Perl unbedingt Bescheid sagen, dass sie bei Gelegenheit die Vase säubert, dachte ich und ging mit Maximilian weiter. Der reckte sich mit aller Kraft nach der Vase und brüllte beleidigt: »Daaa!«

»Jaa«, schraubte ich meinen mühsam erarbeiteten Wortschatz auf ein Minimum zurück, »daa, Wurst, weg!«

Maximilian warf sich brüllend nach hinten und ich konnte den Entrüsteten kaum noch halten. Erschöpft setzte ich ihn auf den Fußboden. Er ließ sich sofort fallen und knallte mit dem Schädel auf den Marmorboden. Ohrenbetäubendes Wehgeschrei. Marie kam jedoch nicht aus dem Wohnzimmer geschossen, sondern telefonierte gurrend weiter.

Schuldbewusst hob ich das Kind auf, drückte es an mich, wiegte es und rieb meine Wange an seiner Wange. Der brüllende Kerl stank nach Würstchen mit Senf. Er strampelte mit den Beinen und schlug nach mir.

»Maximilian, nein«, fauchte ich, aber das Kind erklärte befriedigt: »Da!« Dann wendete es sich wieder der Vase zu, aus der Knackwurstdüfte strömten, und mir blieb nichts anderes übrig, als die inzwischen ungenießbare Wurst aus der Vase zu schütteln. Sie fiel neben den Schirmständer.

Drinnen hörten wir Marie in den Telefonhörer turteln. Sie kicherte und alberte herum, sang dann ein paar Takte, lachte. Dann klirrte das Sherryglas. Das konnte dauern. Aber wir hatten ja eine sinnvolle Beschäftigung, Maximilian und ich.

Es fielen noch eine Menge Dinge aus der Vase: ein

Kugelschreiber, ein altes Brötchen, eine Schuhbürste, eine angebissene Frikadelle und ein Terminkalender aus dem Jahr 1984. Maximilian war erfreut, seinem Entdeckungsdrang folgen zu dürfen. Er verzehrte zuerst die steinharte Frikadelle, bevor er in den Terminkalender biss. Ein entzückendes Kind, wirklich. Mama würde sagen, es ist drollig.

Das war es dann mit dem Üben. Sitze bei minus drei Grad mit Maximilian im Park. Er schläft.

Marie kam aus dem Wohnzimmer, mit glänzenden Augen und nicht zu bremsendem Mitteilungsdrang. »Sie haben angebissen!«, jubelte sie und schickte ihrem Spiegelbild eine Kusshand.

»Wer hat angebissen?«, fragte ich und versuchte, Maximilian den Schirmständer aus dem Mund zu ziehen.

»Die Konzertagentur Paulsen!«

»Ja, und jetzt?«

»Sofort muss ich da vorsingen«, rief Marie aufgeregt.

»Wann, sofort? Heute noch?«

»Nein, morgen Nachmittag um vier habe ich einen Termin. Mit Edwin. Er hat mich gerade angerufen.« Sie küsste ihr Sherryglas.

»Toll, Marie«, schrie ich gegen das Gebrüll von Maximilian an, »großartig, ich gratuliere dir.«

»Bleibst du derweil bei Max?«, fragte Marie. Es schien nicht so, als würde sie eine andere Antwort erwarten, als ich sie prompt gab: »Ist doch klar, mach dir keine Sorgen! Wir verstehen uns bestens, nicht wahr. Maxilein!« Das meinte ich auch ganz ehrlich und warmherzig. Schließlich ist Maries Erfolg wohl verdient. Sie kann sich freuen wie ein Kind. Man muss sich einfach mitfreuen. Natürlich passe ich auf das Kind auf. Wäre doch gelacht, wenn dieser Paulsen nicht morgen um 16 Uhr eine bestechend gute Marie in seinem Studio hätte! Marie drehte sich zweimal um ihre eigene Achse.

»Was ziehe ich an, Gott, sag doch bloß, was ziehe ich denn nur an!«

Da sie mit Gott sprach und nicht mit mir, äußerte ich mich nicht dazu. Es hätte uns ohnehin nicht weitergebracht, denn Maximilian schrie, weil er am Schirmständer weiteressen wollte, und Marie hat mich in Klamotten-Angelegenheiten noch nie um Rat gefragt. Mit Recht, möchte ich sagen.

»So, jetzt müsst ihr die Mama aber schön üben lassen«, setzte Marie uns in Kenntnis. »Der Onkel Edwin kommt jeden Moment und dann suchen wir die Stücke für morgen aus. Geht schön in den Garten, oder ins Spielzimmer. Die Karla will bestimmt mal deinen großen Trecker sehen!« Diese Vermutung zielte zwar völlig ins Leere, aber ich wollte Marie in diesem Moment nicht mit unnötigen Informationen verwirren. Sie schob uns in die Halle hinaus, stolperte über den Unrat, der dort sinnlos herumlag, kickte den alten Terminkalender in die Ecke und sagte launig: »Das räumt Frau Perl morgen alles auf.« Damit verschwand sie im Musikzimmer und ich hörte sie aufgekratzt trällern. Merkwürdigerweise knallte dann ein Sektkorken. Kurz drauf erschien Edwin; ich sah seinen Kastenwagen auf dem Kies vorfahren. Aber da war ich schon im Kinderzimmer und quetschte Maximilian in seinen Winterstrampelanzug. Ehrlich gesagt, riss mich der Trecker nicht vom Hocker.

Maximilian sitzt auf dem Fußboden und drischt mit einem Bauklotz auf ein Bilderbuch ein. Er will nicht, dass ich ihm daraus vorlese, von dem kleinen Hündlein, das mit dem kleinen Lämmlein fröhlich am Bache spielt, sondern er will darauf einschlagen.

Marie und Edwin sind heute Morgen weggefahren. Marie war wahnsinnig aufgeregt und steckte uns mit ihrer Hektik an.

»Die nehmen mich nie, niemals nehmen die eine Hausfrau mit Kind in ihre Agentur auf!«, rief sie und wedelte ihre frisch lackierten Fingernägel durch die Luft.

»Aber Marie! Du bist doch keine Hausfrau!«, wandte ich ein. »Und dein Kind sehen sie ja nicht!«

»Ach, du hast ja keine Ahnung! Riech mal, wie meine Finger nach Kartoffeln stinken!«

Ich schnupperte gehorsam an ihren Händen, aber sie rochen nach Handcreme und Nagellack.

»Und zum Üben bin ich überhaupt nicht gekommen gestern«, rief sie weinerlich. Als wenn das meine Schuld wäre! Ich blickte Edwin strafend an. Edwin blätterte in seinen Noten. Er war solche Ausbrüche ganz offensichtlich gewöhnt. Maximilian saß in seinen Hochstuhl gepfercht und verschlang eine Banane. Die Schale warf er auf den Boden und sagte: »Da.«

Dann betrachtete er so interessiert die am Boden liegende Schale, dass er fast mitsamt seinem Hochstuhl umgefallen wäre. Ich hob die Schale auf und legte sie auf den Tisch.

»Daaa!«, brüllte Maximilian und reckte sich danach. Mit der anderen Hand stopfte er allerdings in seinem Mund herum, wo sich noch ein Gutteil unverdauten Matsches befand. Friedfertig reichte ich Maximilian die

Schale. »Da!«, sagte er befriedigt und schmiss sie wieder auf die Erde. Ich zerrte Maximilian unter Schweißausbrüchen aus dem Hochstuhl und setzte ihn neben die Schale. Er nahm sie und warf sie Edwin vor die Füße. »Da!«, sagte er. Edwin sah kurz auf und lächelte ein bisschen.

»Viel Spaß mit dem Kind«, sagte er zu mir. Dann brachen er und Marie auf. Noch in der Auffahrt hörte ich sie lamentieren: »Die nehmen mich nie, ich singe beschissen, ich bin überhaupt nicht eingesungen und die Höhe ist heute gar nicht da ...«

Ich hob die Bananenschale vom Fußboden auf und warf sie dem dicken Baby hin: »Da!« Papa würde sehr bedauern, dass mein Wortschatz immer spärlicher wird.

Das Kind ist im Bett und sagt keinen Ton mehr. Habe die Sprechanlage zu mir heraufgestellt. Eigentlich müsste Willem gleich kommen. Gestern Abend war er nicht da. Das Haus war schrecklich tot und leer. Ich saß vor dem Fernseher und starrte auf sämtliche Kabelprogramme, die ein irres Hirn sich antun kann. Wie gern hätte ich auf dem weißen! Flügel! geübt, aber ich konnte doch das schlafende Kind nicht stören! Meine Beine waren schwer wie Blei und meine Arme hingen an mir wie Lehm. Dieser Maximilian schafft mich. Ich war heute vierzehn Stunden damit beschäftigt, ihn bei Laune zu halten. Wenn mir gar nichts mehr einfiel, habe ich ihn in seinen Buggy-Sack gestopft und bin mit ihm in den Park gegangen. Obwohl es unter zehn Grad kalt ist, schwitze ich pausenlos. Am schlimmsten ist das Spießrutenlaufen: »Ist der dick!«, ist noch das Harmloseste, was übellaunige frierende Passanten mir entgegenschleudern. »Gut im Futter« und »nicht unterernährt« ist schon spitzzüngiger, und die Gemeinsten fangen an, mir Vorwürfe zu machen: »Wie können Sie das Kind so mästen!« und »Der Krieg ist doch vorbei, junge Frau!« muss ich mir dann anhören. Maximilian klemmt derweil in seinem Buggy-Sack, eingepackt bis zum Nasenloch, und sieht wirklich aus wie »Der Mond ist aufgegangen«. Jetzt falle ich ins Bett. Ich kann nicht mehr. Schade, dass Willem gar nicht kommt.

Im Spielzimmer. Maximilian quetscht sein Butterbrot in die Speichen des Treckers. Ich bin schon viel zu geschafft, um ihn daran zu hindern. Heute Morgen um zwanzig vor sechs fing er an zu jammern. Ich bin also im Bademantel und meinen alten Pantoffeln runtergeschlichen, nicht ohne festzustellen, dass es im Treppenhaus nach Willem roch! Er ist also gestern Nacht doch noch nach Hause gekommen!

Maximilian war übellaunig zu dieser frühen Morgenstunde. In Windeseile machte ich ihm seine Flasche, die er in neunzig Sekunden leerte. Frustriert warf er sie von sich und heulte los.

»Psst, leise! Der Papa will noch schlafen!«, raunte ich. Maximilian brüllte. Ich füllte seine Flasche erneut zur Hälfte mit Wasser und tat ein paar Spritzer Süßstoff rein. Maximilian riss sie mir aus der Hand und trank sie in einem Zug aus. Dann rülpste er befriedigt, rollte sich auf die Seite und begann, die unteren Küchenschubladen zu öffnen und zu schließen. Sie rollen ganz leicht auf und zu, selbst ich hatte Spaß daran, wie geräuschlos und leichtgängig sie funktionieren. Wir saßen also auf dem

Fußboden, wir zwei, er in seinem Schlafsack und ich in meinem Bademantel, und verbrachten eine Stunde damit, Küchenschubladen zu öffnen und zu schließen. Maximilian war ganz friedfertig: er holte mir bereitwillig den Pantoffel wieder aus dem Abfalleimer. »Da!«, sagte er freundlich und legte ihn mir neben den Fuß. Ein goldiger kleiner Kerl. Ich hatte ihn richtig lieb. Um kurz vor sieben erschien Willem in der Küche. Maximilian strahlte, reichte ihm zum Morgengruß einen Handfeger und wollte auf den Arm. Willem war sehr liebevoll zu Echtweins Sohn. Er nahm ihn auf den Schoß, wischte ihm ein Bäuerchen vom Schlafsack und ließ ihn an seinen Haaren zupfen. Fettes, kreischendes Gelächter von Maximilian. Ich fühlte mich überflüssig. Ich dachte, ich könnte schnell duschen gehen.

»Würden Sie wohl gerade die Kaffeemaschine anschmeißen?«, fragte Willem mich über die Schulter. Also machte ich Frühstück für Willem.

»Die Zeitung liegt vor der Tür!«, rief er. Als alles fertig war, hob er Maximilians Popo vor seine Nase und sagte: »Der kleine Scheißer braucht eine neue Hose.« Ich nahm das stinkende Bündel, das heftig protestierte und lieber mit seinem Stiefvater frühstücken wollte, und schleppte es in sein eigenes Badezimmer. Allein das Badezimmer von Maximilian ist größer und geräumiger als das, was Papa, Mama, Stefan und ich zwanzig Jahre lang gemeinsam benutzt haben. Die Badewanne ist riesig und oval. An ihrem Ufer lagern ein paar Dutzend Schwimmenten, Eimerchen, Spieltiere und aufblasbare Kaulquappen. Ich putzte Maximilian also den Arsch ab und bereitete dem Luxus-Kind ein Kamille-Baby-Bad. Dann begann das große Spritz- und Plantschfest, das mich und meinen Bademantel völlig durchnässte. Es war fast acht, als Willem seinen Kopf zur Tür rein steckte:

»Na, Maxi, macht das Spaß?«

Maxi drosch auf das Wasser und machte »Ö! Ö! Ö!«, weil er was in die Augen bekommen hatte. Ich wollte mich einmal aufrichten, um Willem nicht immer nur vom Fußboden aus zu betrachten, aber das war nicht möglich. So blickte ich nur wieder aus der Froschperspektive zum Vanille-König hinauf und fragte: »Haben Sie was von Marie gehört?«

»Aber ja«, sagte Willem. »Sie hat in der Firma Bescheid gesagt. Sie hatte Erfolg bei der Agentur und ist sofort angenommen worden. Sie konnte direkt einspringen, in Düsseldorf bei ›Cosi fan tutte‹. Aber wussten Sie das denn nicht?«

»Nein«, sagte ich. »Hier hat Marie nicht angerufen. Ich hatte eigentlich schon gestern mit ihrer Rückkehr gerechnet.«

»Also zwei, drei Wochen wird es wohl noch dauern«, sagte Willem. »Sie muss ja in den Kindervorstellungen auch noch den Hänsel singen.«

»Ach, den auch noch«, murmelte ich mir frustriert in den Bademantel hinein. Das kann ja nichts werden mit meiner Pianistenlaufbahn, wenn das so weitergeht. Mama würde sagen, alles hat seine Zeit. Klavierspielen hat seine Zeit, Kleinkinder beaufsichtigen hat seine Zeit und einen Mann kennen lernen hat auch seine Zeit.

»Wenn Sie nicht klarkommen, können Sie immer Frau Perl um Hilfe bitten. Sie kommt jeden Tag von acht bis drei.«

»Ja, gut«, sagte ich. Dabei hockte ich immer noch im Bademantel ziemlich durchnässt auf dem Boden und blickte zu ihm auf. Er hatte einen tadellos sitzenden Anzug an, mit extravaganter Krawatte. Sein Rasierwasser roch frisch und aufregend nach männlich-kernig-irisch. Leider bückte sich Willem nicht, um mich an ihm schnuppern zu lassen, wie in dieser Fernsehreklame. Auch gab er mir keinen flüchtigen Kuss auf die Wange, wie das junge Ehemänner tun, bevor sie ins Büro gehen. Ich bin für ihn nur eine Hausangestellte, das muss ich mir klar vor Augen führen. Er verabschiedete sich dann von Maximilian und wünschte uns einen schönen Tag. Es würde spät werden und ich solle mir keine Sorgen machen. Weg war er. Ich spürte dieses fiese Kribbeln in der Nase, wenn einem die Tränen kommen und man sich nicht gestatten will, loszuheulen.

Gestern Abend habe ich Mama und Papa angerufen und ihnen meine neue Adresse mitgeteilt. Mama war begeistert, Papa nicht. Das ist typisch: Mama lässt sich blenden von dem Reichtum und der Schönheit, die Marie ausstrahlt. Papa denkt in erster Linie an mich: Ob ich auch meine eigenen Interessen berücksichtigen könne, fragte er.

»Im Moment nicht«, gab ich leise zu.

»Das heißt, du kannst nicht jeden Tag vier Stunden üben?«

»Noch nicht mal eine halbe, Papa«, sagte ich kleinlaut.

»Das ist dann wohl der Preis für die ovale Badewanne«, sagte Papa knapp. »Du musst wissen, was dir der Luxus wert ist. Verkauf dich nicht unter Niveau.«

»Aber Robert!«, hat Mama dazwischengerufen und ihm den Hörer aus der Hand gerissen. »Sei froh und dankbar, dass du in solche Kreise kommst, Karla!«, sagte sie streng. »Andere Mädchen können dich um solche Kontakte nur beneiden. Von Marie kannst du übrigens viel lernen. Sieh dir mal genau an, wie sie sich anzieht und wenn sie sich schminkt. Guck dir ruhig mal etwas davon ab! Und deine Arbeit mit dem Kind ist die beste Möglichkeit, dich auf dein späteres Leben vorzubereiten. Andere Mädchen gehen dafür extra auf eine teure Haushaltsschule!«

Papa sagte im Hintergrund: »Sie will aber doch Pianistin werden und nicht Haushälterin!«

»Ach Robert, du hast ja keine Ahnung! Die Karla hat gar nicht das Zeug zu einer Solistin. Bestenfalls wird sie Klavierlehrerin; da kann sie schon froh sein, wenn sie wieder in einer Musikschule unterkommt. Nein, man muss seine Chancen ergreifen. Es kommt im Leben oft anders, als man denkt. Karla soll sich gut benehmen und Marie fleißig zur Hand gehen. Du sollst sehen, Kind, es zahlt sich aus. Vielleicht lernst du in diesen Kreisen sogar mal einen passenden Mann kennen. Aber Kind, höre auf den wohl gemeinten Rat deiner Mutter: Achte als Erstes etwas sorgfältiger auf dein Äußeres. In diesen Kreisen legt man Wert darauf.«

Ich hatte schon wieder tierisch die Schnauze voll von Mama. Wie hat sie das nur wieder wissen können, dass ich aussehe wie eine Hinterhofschlampe! Auf dem Pulli Spuren von abgewischtem Rotz, auf dem Busen je ein Kakaofleck und ein Milchbäuerchen, auf dem Schoß Kleckse von erbrochenen Keksen und auf dem Schuh ein Rest Durchfall. Das Mondkalb wacht auf. Zwei dicke Speckhändchen erscheinen unter der Wolldecke und wischen in zwei verschlafenen Äuglein herum. Also auf nach Hause und den warmen Kakao gekocht! Schnell. Sonst brüllt er. Und dann stellen mich wieder wildfremde Leute zur Rede, warum ich das Kind so mäste.

Große Überraschung! Matthäus hat mich besucht. Als ich mit Maximilian den Kiesweg raufkeuchte, stand er da in seiner schwarzen Gammeljacke und drehte sich eine Zigarette.

Olga schnuffelte erfreut um ihn herum. Wahrscheinlich roch er nach Marihuana.

»Karla Breitarsch«, hat er mich fröhlich begrüßt. »Man sieht dich ja gaanich mehr inne Übeschlange und beim Essenfassen aunich!«

»Keine Zeit«, sagte ich matt.

»Du biss nächste Woche mit deinem Referat über Schumann dran, haste wohl voll versiebt, woll?«

Ich freute mich so sehr, ihn zu sehen, dass ich ihn umarmt habe. Er roch bittersüß nach kaltem Rauch, Leder und Schweiß.

»Bisse jetzt hier die Anstandsdame oder wat?«, sagte Matthäus, als ich ihn in meine Mansarde geführt hatte. »Dat waa doch wohl ganz klaa die Spelunke vonne Omma!«

»Ja«, sagte ich, »kann schon sein. Der Vogelkäfig wurde jedenfalls nicht für mich angeschafft.«

»Nee, und die Glotze mitn Kabelanschluss aunich, kannze 'n Ei drauf schlagen«, sagte Matthäus. Er drehte sich eine Zigarette. Dann betrachtete er Maximilian, den ich aus seinem Overall geschält hatte: »Meine Fresse, ist der feist!«

Ich lachte. »Ja, nicht? Im wahrsten Sinne des Wortes!«

»Ey, du fette Schnecke«, sagte Matthäus und kitzelte

Maximilian mit seinen langen, nikotingelben Fingern unterm Doppelkinn.

»Da!«, sagte Maximilian und ließ sich auf den Po plumpsen.

»Nix da!«, sagte Matthäus ungnädig. »Nich aufn Aasch fallen lassen und die Kaala kann dich rumschleppen! Auf, auf, du dralle Vanille-Bombe, stell dich maa auf die fetten Stampferchen und dann rumlaufen, wie andere Kinder das auch machen!«

Zu seinem großen Erstaunen wurde Maximilian unsanft auf die Beine gestellt und durchs Zimmer geführt. Er war natürlich nicht begeistert und ließ sich immer wieder auf den Hintern fallen, aber Matthäus gab sich nicht geschlagen. »Auf, du schlapper Sack!« Und aufs Neue zog er ihn unsanft hoch und stellte ihn auf die Beine.

»Der dicke Bengel müsste längst laufen«, sagte Matthäus.

»Woher willst du das wissen?«, fragte ich unsicher.

»Weil ich fünf kleinere Geschwister hab, darum«, sagte Matthäus. Dann ließ er sich das Spielzimmer zeigen und sagte: »So, und du gehs getz ab anne Maschine und kloppst deine Schumann-Träumerei. Ich wette, du hass seit vier Wochen keinen Ton mehr gedroschen.«

»Aber ich kann doch Maximilian nicht einfach alleine lassen«, protestierte ich schwach.

»Isser ja aunich. Is bei Onkel Matthäus bestens aufgehoom. Hau jetz ab, sonz nehmich mein Angebot zurück!« Maximilian spielte ganz versunken mit Matthäus' silberner Haschischdose. Ich verließ die beiden und ging üben: fast zwei Stunden lang. Es war wunderbar.

Als Maximilian im Bett war, habe ich für Matthäus und mich was gekocht. Eigentlich wollte ich mit ihm oben in die Mansarde gehen, aber aus irgendwelchen irrealen Ängsten, wahrscheinlich frühkindlich und unbegründet, blieb ich lieber mit ihm unten. Mama hätte gesagt, kein anständiges Mädchen nimmt einen fremden Mann mit in ihr Zimmer, denn der betrachtet das dann als Aufforderung. Zu was, hätte sie nicht weiter ausgeführt, aber sie geht davon aus, dass ich weiß, was sie meint. Und dann kommen nur unnötige Missverständnisse auf, hätte Papa hinzugefügt: Das muss ja alles nicht sein. Wir saßen also in der großen, tollen Einbauküche, die Frau Perl morgens besonders gründlich sauber gemacht hatte, und mampften Spaghetti mit Ketchup. Dazu gab es den besten Rotwein aus Willems Keller, den Matthäus finden konnte. Matthäus erzählte, was er von Echtwein hält.

»Eigentlich waa dat n ganz feister Typ, so'n ruhiger stiller Zeitgenosse, der hat einfach tierisch gut Klavier gespielt und auch ganz toll unterrichtet. Bis er die Marie kennen gelernt hat. Von da an hat er sich verändert und allet im Leben dreht sich nur noch um die Marie. Er lässt die Schüler sausen und verschwindet im Paakhaus, weil er angeblich zu einer wichtigen Probe muss. Aber ich bin ja kein kleiner Dummkopp.« Er zog sich einen Joint rein und sagte dann knapp: »Die ficken da.«

»Was du nicht sagst.«

»Dabei hat die Marie doch hier so'n geilen Kerl sitzen.«

Ich zuckte zusammen. Obwohl ich das alles schon wusste, klang es doch aus Matthäus' Mund sehr vulgär.

»Ist der Echtwein eigentlich verheiratet?«, brachte ich die Sache auf etwas festeren Boden.

»Klaa«, sagte Matthäus und häufte sich noch einen Schwung Spaghetti auf den Teller. »Kennze vielleicht, die Olle vom Echtwein: sitzt im Vorzimmer vom Direktor.«

»Nein«, sagte ich. »Ich war noch nie beim Direktor.«

»Musse ma hingehn«, sagte Matthäus. »Da kannze die Olle vom Echtwein besichtigen. So ne kleine Dürre mit Brille und kurze graue Haare. Is keine Augenweide, die Frau. Die hat ja bei gaa nix hier geschrien. Also ich an Echtweins Stelle würd auch lieber Marie von Otten bumsen.«

Das war das beste Stichwort, um Willems Eintreten zu einem Erlebnis zu gestalten.

Er musste die letzten Worte von Matthäus gehört haben! Ich dachte, mein Kopf platzt. Da sitzt nun die neue Kinderfrau in der eigenen Küche abends mit einer geklauten Flasche Wein mit einem ordinären Kerl in schmieriger schwarzer Jacke, der nach Marihuana stinkt, und redet über die eigene, geliebte Ehefrau in solch unflätiger Weise. Meine Knie waren so weich, dass ich nicht aufstehen konnte. In Erwartung meiner fristlosen Kündigung senkte ich den Blick.

Willem sagte nur: »Na?« und gab Matthäus die Hand. »Wir kennen uns doch. Sie sind doch der Umblätterer von früher! Wie geht's? Nett, dass Sie unsere Karla mal besuchen!«

»Tach«, sagte Matthäus und wischte sich den Ketchup vom Mund. »Wollense auch'n Schluck?«

»Was habt Ihr denn da? Ach, den 78er? Auf den hatte ich schon lange mal Lust. Ich komme sofort, will nur gerade nach Maximilian sehen. Schläft er schon lange?«

»Seit kurz nach sieben«, sagte ich eingeschüchtert. Willem verschwand. Ich zitterte am ganzen Leibe.

»Feister Typ«, sagte Matthäus und zündete sich eine Zigarette an. »Wieso der dem Echtwein nich mal eins in die Fresse haut!«

Als Willem wieder runterkam, hatte er sich umgezogen. Weißes Polohemd mit Marken-Reptil, weiße Jeans und weiße Schuhe. Er sah wieder aus wie einer aus der Schwarzwaldklinik. Ich fand ihn umwerfend.

Matthäus rülpste und hielt ihm seine Weinflasche hin: »Wollense n Schluck?« Ich sprang auf und holte noch ein Glas. Wir sind keine Proleten, sagte Mama immer. Wir trinken nicht aus der Flasche. Auch nicht zu Karneval.

Willem setzte sich zu uns an den Küchentisch und zelebrierte den Chateauneuf 78, wie man das als Gourmet und Millionär eben macht: schwenkend, schlürfend, kauend, schluckend, nickend. Von so was hat Matthäus natürlich keine Ahnung, der würde noch Champagner runterkippen wie Dosenbier.

»Feistes Gesöff, woll?«, eröffnete er die Unterhaltung mit meinem Arbeitgeber. Ich schwieg beschämt.

Willem war jedoch flexibel und begab sich kurzzeitig auf das Niveau seines Gesprächspartners. »Absolut«, sagte er kameradschaftlich.

Nach zwei bis drei Flaschen von dem feisten Gesöff kamen wir sehr gut drauf, wir drei. Zuerst spielten wir einige Runden Skat, aber ich machte zu viele Fehler und vergaß immer, dass Buben Trümpfe sind. Plötzlich sagte Matthäus zu Willem: »Ey, wieso hauße dem Echtwein nich ma eins in die Fresse?« Ich erblasste augenblicklich und meine Skatkarten zitterten unter der Tischplatte bange vor sich hin.

»Ich glaub, das würde nichts bringen«, sagte Willem.

»Also bei uns in Kastroprauxel tun wir so kleine Missverständnisse auf diese Weise regeln«, faselte Matthäus. »Is gut für dat Selbstweatgefühl.«

Willem knibbelte an seinem Herzbuben herum und sagte nichts. Ich konnte nichts sagen, so trocken war meine Kehle. Hastig goss ich mir noch Wein nach.

»Kumma«, sagte Matthäus. »So Frauen wie Marie, die treiben et so lange mitn Krug, bisser bricht. Wennze der nich beizeiten sachs wo et langgeht, dann macht die dat noch mit achzich. Würdick vorher ma reindreschen, dann hasse klaare Fahältnisse.«

Willem sagte, dass das Dreschen nicht seine Art sei. Matthäus bohrte noch weiter auf dem Thema rum und wollte einfach nicht akzeptieren, dass es Männer gibt, die subtiler und sensibler auf partnerschaftliche Konfliktsituationen reagieren als er selbst. »Wie konnzte denn an sone Frau geraten, wennde selps son durch und durch charaktervollen Heini biss?«, lallte Matthäus.

»Eine Frau wie Marie kann man nicht an die Kette legen«, sagte Willem schlicht.

Aber so etwas begreift ein Prolet wie Matthäus natürlich nicht. Er wollte sich nicht zufrieden geben und entblödete sich nicht, dem armen Willem auch noch weitere Andeutungen über Maries Affären aufzudrängen.

»Mit'n Direktor wa ja auma was«, sagte er ungefragt. »Dat weiß ich vonne Vorzimmamaus, wat die Olle vom Echtwein is.«

»Matthäus, halt die Schnauze!«, sagte ich unfein.

»Nee, musser doch wissen, der Gatte! Nich hier einfach Kopp inn Sand stecken un Toleranz heucheln! Jibter bloß nich zu, dat ihm dat stinkt, woll!«

Ich fand Matthäus, gelinde gesagt, reichlich unverschämt, und ich als Hausherr hätte ihm spätestens jetzt eins in die Fresse gehauen, wie Matthäus sich auszudrücken pflegt. Aber Willem ist für so was zu fein. Am liebsten hätte ich Willem auf die Stirn geküsst und ihm beteuert, ich allein wüsste seinen Edelmut zu würdigen, aber dazu war ich zu feige. Willem stand auf und sagte, er müsse morgen früh raus, und es sei ein netter Abend gewesen und wir sollten uns nicht stören lassen und ruhig noch gemütlich weitertagen.

Damit ging er zu Bett. Ich bin hingerissen.

Gestern war der Tag, auf den wir alle sehnsüchtig gewartet haben: Marie ist nach Hause gekommen! Nach drei Wochen.

Gerade als Maximilian seinen Mittagsschlaf machte, fuhr sie mit dem Taxi auf dem Kiesweg vor. Ich habe mich schon gewundert: Taxi und nicht Kastenwagen?!

Ich lief ihr entgegen und buhlte zusammen mit Olga um ihre Aufmerksamkeit. Sie tätschelte zuerst die Dogge zur Begrüßung, dann mich. »Na, Karla, alles gut gelaufen hier?«

»Alles bestens«, sagte ich. »Wie war's?«

»Karla, es war saaagenhaft«, sagte Marie, nahm sich einen Sherry aus der Bar und sank auf ein weißes Sofa im Wohnzimmer. »Komm her und setz dich, ich muss dir alles erzählen.« Der weiße! Flügel! war schon aufgedeckt und die Noten aufgeschlagen, aber es war natürlich klar, dass ich jetzt nicht anfangen konnte zu üben. Es wäre ein völlig unpassender Augenblick gewesen. Mama hätte auch gesagt, Kind, jetzt nimm dich nicht so wichtig und hör erst mal, was Marie erlebt hat. Man muss auch zuhören können im Leben, vom Zuhören lernt man sowieso am meisten.

Marie hatte dieses Leuchten in den Augen. Es war völlig ersichtlich: Edwin war abgemeldet. »Karla, du kennst dich doch in der Opernszene aus«, begann Marie ihre Enthüllungen.

»Na ja«, sagte ich. »Nicht wirklich. Wir haben in Bad Orks keine Oper.«

»Nenn mir mal einen ganz berühmten Bassisten«, drängte Marie wie in einer Quizshow. Sie platzte vor Mitteilungsdrang. Ich wollte die Sache nicht unnötig in die Länge ziehen.

»Rudolf Schock«, riet ich ins Blaue hinein.

»Quatsch!«, entrüstete sich Marie. »Erstens ist der tot und zweitens war er Tenor.«

Ich dachte angestrengt nach. Jetzt bloß keinen Fehler machen. Ein wirklich berühmter Bassist ist doch der dicke Russe mit der Filzmütze. Ivan Reblaus.

»Nein«, brüllte Marie und zitterte wie der Sherry in ihrem Glas. »Nimm mich jetzt ernst, ich ertrage es nicht!«

Ich unterließ es also, Heino oder Roberto Blanco zu nennen, und saß stumm und hörig zu ihren Füßen. »Also wer?«

Marie drehte und wendete sich wie ein Pfau im Kurpark von Bad Orks, wenn er fotografiert wird. Dann gab sie feierlich den Namen preis: »Siegmund Sterz.«

Ich wartete auf eine Erklärung. Nichts. Siegmund Sterz.

»Kenne ich nicht.« Totale Panne. Ich bin kein Insider, szenemäßig.

Pause. Schweigen. Dann Entsetzen: »Du kennst SIEGMUND STERZ nicht?«

»Nein«, bedauerte ich. »Aber du kennst ihn vermutlich.«

»Und ob ich ihn kenne«, schwärmte Marie. Dann erging sie sich in ausgiebigen Schilderungen über den potenten Siegmund, und zwar zuerst, wie er auf der Bühne war, nämlich einzigartig und unverwechselbar, begehrt und zu Höchstgagen engagiert, und dann, wie er im Bett war, nämlich potent bis zum Abwinken, extravagant und reichlich anspruchsvoll.

Da ich mich nicht wieder blamieren wollte, nickte ich nur beifällig. Das führt ja zu nichts, dachte ich, wenn ich jetzt wieder zugebe, immer noch keinen Sex gehabt zu haben. Das würde sie völlig vom Thema abbringen. Es ist ja schon erschreckend, wie wenig ich vom Leben weiß. Weder kenne ich die Millionäre der Stadt noch die angesagten Fünf-Sterne-Hotels, geschweige denn die Suiten mit ihren Badewannen, in denen man Dinge tun kann, die ich gar nicht tun will! Ich habe einfach von nichts eine Ahnung. Meine bürgerlichen Wertvorstellungen engen mich total ein. In einer Sache hat Mama Recht: von Marie kann ich viel lernen.

Siegmund Sterz also. Marie konnte nicht damit aufhören, von seinen sängerischen und auch sonstigen Qualitäten zu schwärmen. Er sei ein ganzer Kerl, ein Baumfäller von einem Mann, über zwei Meter zehn groß und auch zweieinhalb Zentner schwer. Dementsprechend groß seien auch gewisse Körperteile von ihm ... jubelnd küsste sie ihr Sherryglas.

»Na prima!«, sagte ich. »Dann hattest du ja eine schöne Zeit.« Nicht dass so etwas wie Verbitterung in meiner Stimme mitgeklungen hätte. Nein, wirklich nicht. Ich gönnte Marie ihren Spaß wirklich. Um Willem tat es mir ein bisschen Leid. Aber ich spürte ganz genau, dass es nicht der richtige Zeitpunkt war, das Thema auf Willem zu bringen. Marie ließ sich auch nicht im Geringsten die Laune verderben und berichtete mir weiter ausführlich von Siegmund Sterz. Seine Stimme sei so abnorm tief, sagte sie, dass er für einen Sarrastro Höchstgagen auf internationalem Niveau verlangen könnte.

»Na toll«, sagte ich, ehrlich beeindruckt.

»In unserer Aufführung war er der kluge Alte«, sagte Marie. »Der alle Fäden in der Hand hält und die beiden Paare zum Partnertausch verleitet.« Wegen mir hätte er auch der weiße Riese sein können, ich hatte keine Ahnung von der Materie. So oder so nicht. »Ich als Dorabella musste zwar die Geliebte von einem Bariton spielen«, sagte Marie mit einem Leuchten in den Augen, »verliebe mich aber laut Handlung in den Tenor. Aber in Wirklichkeit, also hinter der Bühne, erlag ich dem schwarzen Bass. Da war was los, kann ich dir sagen.«

»Toll«, sagte ich aufmunternd. Schließlich wollte ich ja lückenlos alles erfahren, aber ich brauchte sie gar nicht weiter zu drängen. Sie wollte sich ausschütten vor Begeisterung.

»Mein Gott, was ist das für ein Mann!«

»Hat er eine Ente?«, fragte ich vorsichtig.

»Meinst du, welchen Wagen er fährt? Einen Mercedes XL 250!«

»Nein, ich dachte mehr an das Haustier im Garten«, sagte ich. Schließlich war ihr das vor kurzem noch sehr wichtig.

»Ach so«, sagte Marie erfreut. »Er hat ein Pferd!« Dann erzählte sie mir, dass die Frau von Siegmund auch Sängerin sei, und zwar eine dramatische Sopranistin im Wagner-Fach. Sie sänge immer die Brummhilde in Bayreuth, und auch sie bekäme Höchstgagen. Allerdings, weil sie so fett sei. Wegen der äußeren Umstände sähen sich Siegmund und Sieglinde nicht so häufig. Deshalb hätten sie sich auch für eine offene Ehe entschieden. Ein fantastisches Modell, das in Künstlerkreisen das einzig durchführbare sei. Sie freue sich schon sehr darauf, Sieglinde kennen zu lernen.

»Ja, wirst du sie denn etwa treffen?«

»Ja, ich werde in Bayreuth ein Blumenmädchen sein!« Das war zwar eine schäbige Nebenrolle, aber schon so manche Weltkarriere habe mit dem Blumenmädchen seinen Lauf genommen. Marie schwärmte noch von Bayreuth und Siegmund, den sie spätestens dort wiedersehen würde, weil er dann den Hunding singen würde.

»Den wen?«

»Hunding! Mit seinem Unding!«, kalauerte Marie und wollte sich ausschütten vor Lachen.

Unser Gespräch wurde unterbrochen, weil Maximilian aufwachte. Marie stürzte zu ihm hin und holte ihn aus dem Bett. Ich setzte mich an den Flügel und spielte Johann Sebastian Bach. Das wohltemperierte Klavier. Dabei dachte ich eigentlich nur an den Sex, den Johann Sebastian gehabt haben musste. Er hat nämlich mit zwei Frauen zwanzig Kinder gezeugt. Papa würde »überflüssig« murmeln und Mama würde sagen, dass das aber wirklich ein bisschen übertrieben ist.

Seit Marie wieder zu Hause ist, braucht sie natürlich ihren weißen! Konzertflügel! selbst. Aber ich durfte wenigstens ins Konservatorium fahren und sollte nun endlich meine erste Klavierstunde bekommen.

Als ich zu Echtwein kam, lüftete er gerade und rauchte ein Zigarillo.

»Tag, Chef«, versuchte ich es auf die joviale Art.

»Tag, Karla«, sagte er und warf den Stummel aus dem Fenster. »Wie geht's zu Hause?«

»Oh, Mama und Papa sind wohlauf«, sagte ich beiläufig, »sie freuen sich auf Weihnachten und dass ich und Stefan nach Hause kommen und vierhändig Schubert spielen ...«

»Ich meine, wie geht es Marie!«

»Gut. Was soll ich Ihnen vorspielen? Ich hätte das ganze wohltemperierte Klavier, fünf Beethoven-Sonaten, Schumanns Kinderszenen, das Mozart-Klavierkonzert in Es-Dur und einen Schönberg ...«

»Ist sie gut nach Hause gekommen?«

»Ja, es geht ihr bestens. Also, was soll ich jetzt vorspielen?«

»Karla, hören Sie auf mit dem Unsinn«, fauchte Echtwein mich an. »Sie wissen doch, worum es geht!« Ich schwieg beschämt. Natürlich wusste ich, dass es um meine erste Klavierstunde in diesem Semester geht. Um meine erste Klavierstunde als Hochbegabten-Stipendiatin in Berlin an der Hochschule der Künste. Aber ich war überzeugt davon, dass Echtwein das nicht meinte.

»Was sagt Marie?«

»Dass sie in Bayreuth ein Freudenmädchen sein wird«, informierte ich ihn.

Echtwein lachte ein böses, bitteres Lachen. »Soweit kommt das noch.«

»Blumenmädchen«, verbesserte ich mich hastig.

»Eins wie 's andere«, sagte Echtwein und zündete sich eine neue Zigarette an. »Hat sie erzählt, wie es bei ›Cosi fan tutte‹ war?«, fragte er.

»Schön«, sagte ich. »Also ich beginne mit dem Bach?«

»Sie hat den Sterz näher kennen gelernt«, mutmaßte Echtwein. Ich zuckte zusammen.

»Ach so, den Siegmund«, sagte ich dann. »Apropos Überlänge: ich kann auch zuerst das Mozart-Konzert …«

»Und wissen Sie, was sie mit mir gemacht hat?«, fragte Edwin.

»Nein.« Was sollte sie schon mit ihm gemacht haben?

»Nach Hause geschickt hat sie mich!«

Dann hättest du mir doch schon viel eher eine Klavierstunde geben können, du Arsch, dachte ich. Aber ich dachte mir, dass es nichts bringt, das jetzt laut zu sagen.

»Nicht mehr sehen wollte sie mich!«, schimpfte Echtwein und schüttelte immerfort mit dem Kopf, indem er ratlos aus dem Fenster blickte. »Richten Sie Marie aus, dass ich sie unbedingt sofort sprechen will.«

»Herr Professor …«

»Es geht um eine künstlerische Angelegenheit«, sagte Echtwein. Damit warf er einen weiteren Zigarettenstummel aus dem Fenster und nahm seinen Mantel. »Sie müssen schon entschuldigen, aber ich bin im Moment nicht in Stimmung!«

Damit verschwand er. Durch die Tür. Ich war so verdutzt, dass ich noch nicht mal lachen konnte.

Es weihnachtet sehr. Marie hat täglich Weihnachtskonzerte. Das ganze Haus schwirrt von der wunderschönen Musik aus dem Weihnachtsoratorium von Bach. Ich durfte schon alle ihre Arien und Rezitative begleiten.

Marie spricht von nichts anderem als von Siegmund

Sterz. Sie sitzt immer in der Nähe des Telefons und übt zu allem Überfluss ständig die Partie des Blumenmädchens aus irgendeinem Wagner-Schinken, den ich im Moment völlig unpassend finde. Schließlich ist Bayreuth doch erst im Sommer.

Am schlimmsten findet sie die Aussicht auf ein Weihnachtskonzert im Altersheim, ein gemeinsamer Auftritt mit ihrer Mutter. Es geht da um die prekäre Szene, wo der Engel der Jungfrau Maria klar macht, dass sie schwanger ist, einfach so. Weil Marie mit Edwin im Moment nichts mehr zu tun haben will, soll ich das selten aufgeführte Werk begleiten. Ich habe also schon mit den beiden Sängerinnen geübt. Marie singt die Jungfrau Maria und für die Mutter ist die Rolle des Verkündigungsengels vorbehalten.

Es gibt dafür achtzig Mark. Mal sehen, wie Marie die zwischen uns dreien aufteilen will.

Weil wir nun alle drei künstlerisch so gefordert sind, hat Marie für Maximilian eine neue Kinderfrau eingestellt. Sie ist klein und drall und hat grau-schwarze Dauerwellen. Ich schätze sie auf Anfang sechzig. Sie ist eine Aussiedlerin und hat keine Familie hier im Westen. Sie ist absolut bescheiden und anspruchslos: sie schläft in einem von Maximilians Kinderzimmern und hat noch nicht mal die elektrische Eisenbahn rausgeräumt, die Willem dort für seinen Sohn aufgebaut hat. Sie braucht kein eigenes Bad und keinen Fernseher. Sie stammt wahrscheinlich aus sehr einfachen Verhältnissen; Mama würde sagen, sie hat aber trotzdem Herzensbildung. Sie heißt ausgerechnet Olga mit Vornamen, wie die Dogge, und mit Nachnamen Krotoschyin. Frau Krotoschyin ist nicht viel größer als Maximilian, aber sie hat sich in den

Kopf gesetzt, ihn das Laufen zu lehren. Immerhin ist Maximilian jetzt 20 Monate alt, und Frau Krotoschyin sagt, ein fast zweijähriges Kind darf nicht mehr auf dem Hintern herumrutschen. Unermüdlich spaziert sie mit ihm durch das Haus und kommandiert keuchend: »Eins Bein unds andres Bein!«, und der kleine dicke Maximilian schmeißt seine Stampfer und findet das gut. Ich finde das auch gut.

Zum Üben dieser sturzlangweiligen Mucke über Maria und diesen Erzengel kam Frau Pfefferkorn seit langem mal wieder in unser Haus. Marie war gar nicht begeistert, aber es ließ sich wirklich nicht vermeiden. Frau Pfefferkorn entledigte sich erst einmal ihres Pelzmantels, Hutes, Umhängetuches und anderer winterlicher Utensilien, und dann sang sie sich ein. Dabei fabrizierte sie gewöhnungsbedürftige Töne. Marie verzog schmerzlich das Gesicht und goss sich einen Sherry ein. Ich stand mit Maximilian auf dem Arm am Fenster und betrachtete den Mutterdrachen. Es stimmt schon, dass sie sehr dominant und geltungshungrig ist. Warum sonst würde sie vor unseren Augen und Ohren so ein unnötiges Theater veranstalten?

Nachdem sie mit ihren tremolierenden Übungen fertig war, durfte ich endlich an den Flügel.

Der Engel und Maria waren sich kein bisschen grün, das merkte ich gleich. Maximilian, der, irgendetwas Unnötiges essend, unter dem Flügel herumrobbte, heizte die unterschwellige Aggression noch an. Er kleisterte sein Leberwurstbrot an die goldenen Pedale, und als ich darauf trat, fing er jämmerlich an zu kreischen. Auch wenn das akustisch keine schlimmere Belästigung war als der Gesang von Frau Pfefferkorn, so mussten wir die Probe doch abbrechen.

»Sie könnten mal meine Gesangsschüler im Unterricht begleiten«, bot Frau Pfefferkorn mir bei einem beruhigenden Glas Sherry an.

»Gern«, sagte ich, während ich auf Maximilians getretene Hand pustete.

»Dabei können Sie auch was lernen. Durch die Fehler der anderen lernt man am meisten.«

»Das sagt mein Vater auch immer.«

»Scheint ein kluger Mann zu sein, Ihr Herr Vater.«

Marie warf mir einen warnenden Blick zu. »Am meisten lerne ich aber von Marie«, beeilte ich mich zu sagen.

In dem Moment betrat Willem den Raum. »Hallo, die Damen! Immer fleißig bei der Arbeit?«

»In diesem Hause kann man nicht arbeiten«, brauste Marie auf. »Ich werde hier noch wahnsinnig!«

»Es wird Zeit, dass ihr euch das geeignete Personal anschafft«, sagte Frau Pfefferkorn mit einem Blick auf mich. »Das sind hier alles nur halbe Sachen.«

»Du hältst dich da raus, Mutter!«

»Aber, meine Damen! Wo viel Talent ist, da ist auch viel Temperament! Lasst euch nicht stören, ich nehme den Kleinen und gehe mit ihm in den Park!« Damit verschwand Willem mit dem heulenden Bündel Rotz und Wut.

Danach ging die Probe weiter, aber es war kein Ohrenschmaus. Frau Pfefferkorn bestand darauf, uns noch ihre Version der Carmen vorzusingen. Ich musste sie begleiten. Es war ein völlig überflüssiges Unterfangen.

Später, als Willem wiederkam, ganz rot im Gesicht

und kalt und mit Spuren von Frost in den Haaren, lächelte er mich an und sagte: »Sag mal, Karla, du kannst so toll Klavier spielen. Kannst du zufällig auch noch Tennis spielen?«

»Ein bisschen«, hielt ich den Ball flach.

»Nachdem du meiner Frau, meiner Schwiegermutter und meinem Sohn schon bei so vielen Dingen hilfst: Könntest du es mir beibringen?«

»Ja, spielen Sie denn nicht sowieso schon Tennis?«

»Ich habe noch nicht den richtigen Partner gefunden …«

»Und Sie meinen, ich …?«

»Es käme auf einen Versuch an!«

Jetzt habe ich schon zwei Verabredungen: eine mit Frau Pfefferkorn zu ihren Gesangsstunden und eine mit Willem zum Tennis. Das Leben kann doch schön sein.

Heute war ich zum ersten Mal im Gesangsunterricht bei Frau Pfefferkorn. Sie wohnt in einem renovierten Altbau im sechsten Stock. Zwischen sehr vielen alten gedrechselten und unnötig verzierten Möbeln steht ein oller, schwarzer Flügel. An dem sitzt sie und hackt Tonleitern. Die Schüler stehen vor ihr in der Mulde des Flügels und lassen sich hypnotisieren. Die Töne, die sie aus ihren angstverzerrten Gesichtern hervorbringen, klingen bange und jammervoll und erinnern mich an Wilhelm Busch: »Jedes legt noch schnell ein Ei, und dann kommt der Tod herbei.« Erna schimpft und tadelt, sie droht und stößt wüste Prophezeiungen aus. »Sie werden es nie zu was bringen, wenn Sie weiter so schlampig atmen!« Oder: »Aus Ihnen wird eher ein Metzger als ein Sänger, Sie unsensibler Mensch!« Ich als ihre Schülerin würde im Boden versinken und nur noch ein ängstliches Röcheln hervorbringen. Nicht so die begabten, betuchten und von sich überzeugten Eleven, die natürlich ausnahmslos aus gutem Hause stammen! Da war heute als Erste eine Maid im Dirndlkleid, etwa Anfang zwanzig. Ihr künstlerisches Antlitz zierte eine energische Hakennase, sie sah aus wie ein junger Habicht, und sie zwitscherte Pamina. »Ach ich fühl's, er iiist entschwunden«, begann sie und stellte sich verbotenerweise bei »iiist« auf die Zehenspitzen, weil das der höchste Ton war. Erna drosch mit einem langen hölzernen Lineal dazwischen: »Lassen Sie das Gezappel sein. Sie wollen keine Zirkusartistin werden, sondern Sängerin!« Der Habicht sang unverdrossen weiter. »Fühlst du niiicht der Leber Sehnen!«

»Der LIEBE Sehnen«, schrie Frau Pfefferkorn wütend dazwischen. Der Habicht errötete und sang das Gleiche noch mal. »Fühlst du niiiiicht der Leber Sehnen …«

Ich dachte an Essen drei in der Mensa und musste grinsen.

»Können Sie mit Ernst bei der Sache bleiben«, fuhr die Meisterin mich an. Und zu der Schülerin: »Liebe Sehnen! Man versteht ja kein Wort! Liebe! Wissen Sie, was Liebe ist!«

»O ja!«, freute sich der Habicht.

»Dann singen Sie dementsprechend! Denken Sie an die Liebe!«, fauchte Frau Pfefferkorn.

Ich wiederholte die Stelle auf dem Klavier. Diesmal kam »Fühlst du niiicht der Leber Sehnen« mit einem herzzerreißenden Schluchzen.

Frau Pfefferkorn verdrehte die Augen zum Himmel und schaute auf die Uhr. »Genug jetzt. Sie haben noch viel zu lernen, öffnen Sie das Fenster und rufen Sie mich wegen eines neuen Termins nach Weihnachten an. Am besten erst im Neuen Jahr. Legen Sie sich das Ganze zurecht und denken Sie darüber nach.«

Der Habicht öffnete das Fenster und flog davon.

Frau Pfefferkorn kochte uns Kaffee, bis zum nächsten Schüler war ja noch gut eine halbe Stunde Zeit.

»Marie war die Einzige, die Talent hatte«, sagte Frau Pfefferkorn und streute zwei Süßstoffpillen in ihre Tasse.

»Wieso hatte?«, fragte ich.

»Na ja, was macht sie denn damit!«, rief die Mutter entrüstet. »Sie haben wohl noch an keinen Mann ihr Herz verloren.«

Es würde zu nichts führen, wenn ich ihr anvertraute, dass ich mein Herz an ihren Schwiegersohn verloren hatte, deshalb sagte ich schlicht: »Nicht dass ich wüsste.«

»Ach Kind, Sie sind so unschuldig und naiv«, sagte die Mutter. »Marie fühlt sich krankhaft zu den Männern hingezogen. Das liegt mit Sicherheit daran, dass sie keinen Vater hatte.«

Frau Pfefferkorn hat mir dann die ganze Geschichte erzählt. Vor dem Krieg war sie im Staatsopernensemble. Und da sei ein junger Repetitor gewesen, berichtete Frau Pfefferkorn, der mit ihr gearbeitet habe. Ich übersetzte für mich: der den Chor eingepaukt hat. Er sei der Vater von Marie, sagte Frau Pfefferkorn sachlich, aber er wisse nichts davon. Inzwischen habe er im Ausland als Kapellmeister großen Erfolg. »Wollen Sie sich nicht bei ihm melden?«, fragte ich gespannt. Sie wolle den geeigneten Zeitpunkt noch abwarten, sagte Erna Pfefferkorn.

Aber im richtigen Moment, da werde sie Marie den Weg bahnen, den sie selber wegen des unehelichen Kindes nie hätte einschlagen können. Marie sei ihr in vielen Dingen verblüffend ähnlich, aber das mit dem unehelichen Kind hätte sie, Erna Pfefferkorn, ja noch im letzten Moment abbiegen können. Willem sei ein Bild von einem Ehemann, und wenn ich ihre persönliche Meinung hören wolle, dann sei er sogar viel zu schade für Marie. Willem hätte eine Frau verdient, die ihn von Herzen liebt und ihm ein nettes Leben macht.

Ich nickte. Das war der einzige Punkt, in dem wir einer Meinung waren.

Gestern war der sagenumwobene Auftritt von Mutter Pfefferkorn, Marie und mir im städtischen Altersheim.

»Marie, du bist ja die Jungfrau Maria, du stehst also hier hinten«, sagte die Mutter und schob Marie neben die Durchreiche zur Küche. Leider wurden hier ständig Tassen und Teller durchgeschoben, sodass die Jungfrau Maria etwas behindert wurde.

»Ich bin ja der Verkündigungsengel und komme von der anderen Seite«, sagte Frau Pfefferkorn. Sie verschwand hinter einer Dialeinwand.

An mir war es nun, einsam mitten auf der Bühne am Klavier zu sitzen und das Vorspiel zu hämmern. »Zu laut, viel zu laut«, rief der Verkündigungsengel und flatterte hinter der Leinwand hervor.

»Das sollen himmlische Harfenklänge sein!« Das mit den himmlischen Harfenklängen war jedoch ziemlich schwierig, weil die meisten alten Leute sowieso schwerhörig waren.

Unterdessen kamen die ersten Altersheimbewohner

an ihren Stöcken oder am Arm ihrer Pfleger in den Saal. Ein geräuschvolles Platznehmen und Stühlerücken begann. Es war eine Stunde vor unserem Auftritt und wir fühlten uns zugegebenermaßen ein wenig gestört. »Bitte Ruhe da unten im Saal«, rief Mutter Pfefferkorn streng und ungehalten.

»Was sacht das Mädchen?«, fragte ein glatzköpfiger kleiner Opa mit erstaunlich hoher Stimme.

Marie stand an der Durchreiche und fühlte sich offensichtlich unwohl. Klar, das hier war nicht Bayreuth, und weit und breit war kein toller Mann zu sehen. Um alles schnell hinter uns zu bringen, begann ich noch einmal mit meinem Vorspiel. Es gelang mir ein erstaunliches Piano, sehr gefühlvoll und sehr harfengleich für die akustischen Verhältnisse des Saales. Leider registrierte das aber niemand. Es wurde laut geredet und mit Geschirr geklappert. »Kaffee Hag, Schwester Ilse, für mich nur Kaffee HAG!« Und: »Gibt es wieder den schlesischen Streuselkuchen? Immer nur schlesischen Streuselkuchen!«, »Haben Sie an meine Diabetiker-Plätzchen gedacht?«

Der Erzengel Erna bat noch einmal energisch um Ruhe. »Hier ist eine PROBE!«, herrschte sie die Schwester an. »Können Sie nicht bitte einmal um Ruhe ersuchen?«

»Kinder, bitte, hier wird geprobt!«, rief die Schwester. Die Kinder hörten sofort auf zu klappern und stellten ihre Hörgeräte auf Empfang. Wir begannen mit einem Durchlauf. Der Erzengel Erna kam hinter der Leinwand hervor und flatterte zur Durchreiche. Marie hatte sich inzwischen etwas nützlich gemacht und ein paar Tassen weitergereicht. Hastig unterließ sie das, als ihre Mutter singend auf sie zukam.

»Fürchte dich nicht, Maria. Siehe, du wirst schwanger werden und einen Sohn gebären …« Marie stellte die Tassen ab und fürchtete sich doch. »Wie soll das zugehen, sintemal ich von keinem Manne weiß?«

Die alten Leute versuchten eifrig, etwas von dem komplizierten Geschehen aufzuschnappen. Marie indessen stimmte eine freudige Jubelarie an, mit viel Hallelujah und »Siehe ich bin die Magd des Herrn, mir geschehe wie du gesagt hast, amen.« Als sie fertig war, brachen die alten Leute in frenetischen Beifall aus.

»So ein süßes Kind«, sagte der Opa mit der Sopranstimme.

Damit war die Probe beendet. Die alten Leute waren sowieso alle überzeugt davon, dass dies schon die Aufführung gewesen sei, und wollten das Ganze kein zweites Mal über sich ergehen lassen. Sie klapperten so lustvoll mit den Tassen und ließen ihre Kuchengabeln mit so viel Freude auf den Tellern klirren, dass die ganze Verkündigung mit der Jungfrauensache doch im allgemeinen Kaffeetrinken unterging. Trotzdem bedankte sich die Leiterin des Heimes hinterher mild und wortreich. Wir wurden alle noch an den Tisch gebeten und mussten Streuselkuchen und Kaffee Hag probieren.

Frau Pfefferkorn wollte dann unbedingt noch die Carmen-Arien singen. Ich musste sie begleiten. Die Opas und Omas kamen richtig in Stimmung. Viel mehr als bei der frommen Verkündigungskacke, wie Matthäus sich ausgedrückt hätte.

Marie wollte dann aber ganz plötzlich nach Hause. Ich weiß auch nicht wieso, aber ihre Laune war ohne ersichtlichen Grund umgeschlagen. Die Mutter blieb noch da, um den allgemeinen Beifall und die wohlwollenden

Bemerkungen der Heiminsassen zu genießen. Im Auto kriegte Marie einen Weinkrampf.

»Ich hasse meine Mutter«, schrie sie schluchzend und hämmerte auf das Lenkrad ein. »Sie ist so geltungssüchtig, dass ich kotzen muss!«

»Aber Marie«, versuchte ich sie zu beschwichtigen. »Sie wollte den alten Leuten eine Freude machen!«

»Sie will sich selbst profilieren, sonst nichts!«

»Ach, lass ihr doch den harmlosen Spaß!«

»Harmloser Spaß! Am Vortag des Heiligen Abends die Carmen-Arien singen! Sie ist fast siebzig!«

»Aber ihr Publikum war teilweise neunzig!«

»Weißt du was? Sie will mir nur die Show stehlen!«

Ich musste zugeben, dass sich auch bei mir dieser Eindruck aufdrängte. Sie schien sich selbst als ernst zu nehmende Konkurrentin ihrer Tochter zu sehen und Marie ließ sich auch noch auf diesen Unsinn ein. Es war ein nicht nachvollziehbares Gerangel. Mutter und Tochter wollten sich gegenseitig in den Schatten stellen.

Meiner Mama jedenfalls fiele es nicht ein, mich von meinem Klavierhocker zu schubsen, um selber zu spielen. Egal, wie alt das Publikum ist. Meine Mama säße immer in der ersten Reihe. Und wäre stolz auf mich.

Entgegen aller Vorhersagen bleibt Frau Krotoschyin nicht über die Feiertage bei Maximilian. Also muss ich Mama und Papa anrufen, um ihnen zu sagen, dass ich diese Weihnachten nicht komme. Sie werden traurig sein, besonders Mama, die sich so darauf gefreut hat, dass Stefan und ich vierhändig Schubert spielen. Aber ich kann Marie nicht im Stich lassen. Sie muss in der Mitternachtsmette singen, am ersten Weihnachtstag die

Krönungsmesse und am zweiten Feiertag eine Bachkantate. Ganz zu schweigen von der Silvestergala und dem Neujahrskonzert. Nein, nein. Mitgefangen, mitgehangen.

Heute Nachmittag, als Willem mit Maximilian bei seiner Mutter war, passierte etwas Spannendes. Marie, die mir eigentlich versprochen hatte, dass ich noch etwas üben könnte, schlich mit diesem seltsamen Leuchten in den Augen um das Telefon herum, und richtig: Freund Kammersänger rief an. Siegmund Sterz. Erst dachte ich, er wolle nur frohe Weihnachten wünschen, aber ganz offensichtlich war er in der Stadt. Marie war aufgekratzt wie nie zuvor. Sie zog sich ihr rotes Fähnchen an, schminkte sich mit aller Sorgfalt und stellte eine Flasche Champagner kalt. Dann küsste sie den Kühlschrank.

»Marie, du willst doch nicht …«

»Doch, Karla, und du hältst bitte den Mund.«

»Ist klar«, sagte ich und trollte mich auf meine Mansarde.

Kurz darauf kam Siegmund Sterz mit seinem Mercedes angefahren. Ich konnte nicht widerstehen, durch das Fenster zu starren und mir dieses Wunder an Potenz und Stimmgewalt anzuschauen. Er ist ein unmenschlich großer, dicker Kerl mit strähnigen Haaren und blatternarbigem Antlitz. Solche findet man im Wachsfigurenkabinett in Berlin auf dem Ku'damm in der Abteilung für Monster. Einmal mehr muss ich mich über Maries Geschmack wundern. Nun ja, es geht mich ja nichts an, habe ich gedacht und mich meinem Tagebuch gewidmet; es war der Beitrag über Marie als Jungfrau Maria, die von keinem Manne weiß. Man hörte unten nichts außer eiligen Klapperschritten über den Marmorflur, als

Marie den Champagner holte. Dann wurde es bedenklich still. So still, dass ich sehr genau hören konnte, wie Willem mit Maximilian zurückkam: Autotüren klappten, der Buggy wurde aus dem Kofferraum gehoben … Zuerst stand ich wie ein toter Hase hinter dem Fenster, doch dann kam Leben in mich: Ich stürzte die Treppe runter, schnappte mir meinen Mantel und rannte Willem entgegen, den Kiesweg hinunter.

»Marie hat noch eine Probe für die Mitternachtsmette«, keuchte ich und zeigte auf den Mercedes vom Sterz. »Ein Dirigent ist da und arbeitet mit ihr. Es ist anscheinend ein wichtiger Mann. Marie bittet uns, dass wir absolut nicht stören.«

Ich hatte so rote Backen vom vielen Lügen, dass ich dachte, jetzt tut sich die Erde unter mir auf. Fast wünschte ich, Willem würde mir eine Ohrfeige geben. Aber er sah mich nur mit einem fragenden Willem-Blick an:

»Also gehen wir noch etwas spazieren?«

»Au ja, dazu hätte ich große Lust. Ich war heute überhaupt noch nicht an der frischen Luft!«

Olga, die Dogge, kam schwanzwedelnd angerannt, begrüßte Willem freudig, schnupperte an Maximilian, der immer noch in seinem Kindersitz auf der Rückbank klemmte, und inspizierte dann den Sterz'schen Mercedes. Misstrauisch schnüffelte sie an der Fahrertür, hob dann das Bein und pinkelte in hohem Bogen an den Kotflügel.

»Olga können wir ja mitnehmen«, sagte Willem. »Ich gehe schnell rein und hole die Leine.«

»Die Leine habe ich bei mir oben«, behauptete ich und raste ins Haus zurück. Vor der Wohnzimmertür, hinter der auffällig wenig gesungen wurde, blieb ich stehen und brüllte: »Willem und ich gehen noch etwas spazieren, wir wollen bei der Probe nicht stören!« Dann schnappte ich mir die Leine und stürzte mit zitternden Knien wieder nach draußen.

Wir gingen den üblichen Weg in den Park; Olga zerrte Willem hinter sich her und ich schob keuchend den Kinderwagen durch den Schnee. Solange es bergauf ging, sagten wir nichts. Das war mir auch ganz recht so. Mir hämmerte immer wieder durch den Kopf, dass ich eine ganz gemeine Komplizin und Anstifterin zur Vielmännerei bin und dass ich mich gegen Willem im Einzelnen und gegen alle Ehemänner im Allgemeinen strafbar mache. Im Park hörten wir dann langsam auf zu keuchen. Unsere Gesichter waren rot vor Anstrengung und unser Atem war in der kalten Luft zu sehen. Willem bückte sich und warf Stöckchen für Olga. Die Dogge schoss wie ein Berserker durch den Schnee und hinterließ Bremsspuren von fünf Metern, wenn sie den Knüppel gefangen hatte. Maximilian zappelte in seinem Lammfellsack herum und wedelte mit den Ärmchen. »Da! Da! Da!«, feuerte er Olga an. Willem hatte ungeheure Energie und schleuderte den Stock bestimmt hundertmal weg, bis Olga schließlich weißen Schaum vor dem Maul hatte. »So, jetzt ist es genug, Olga«, keuchte Willem. »Einmal muss Schluss sein!«

Langsam spazierten wir über die gestreuten Parkwege.

»Was ist das für ein Dirigent?«, fragte Willem zögernd.

»Ich weiß nicht, keine Ahnung, ich habe ihn gar nicht gesehen …«

»Mit dem … Pianisten … arbeitet sie wohl nicht?«,

fragte Willem, verlegen darum bemüht, mich nicht in Verlegenheit zu bringen.

»Du meinst, mit Echtwein«, sagte ich und merkte zu meinem Schrecken, dass ich ihn geduzt hatte. Peinlich berührt guckte ich auf die Fußspuren im Schnee.

Willem hatte es nicht bemerkt.

»Ja, mit dem Edwin Echtwein«, sagte er. »Die haben wohl in letzter Zeit recht wenig Kontakt?«

»Ich habe lange nichts von ihm gehört«, sagte ich.

»Hattest du etwa immer noch keinen Unterricht?«

Ich sah ihn von der Seite an. Mir klangen noch seine Worte in den Ohren, die Olga galten: »Einmal muss Schluss sein.«

»Nein, Herr Echtwein hatte noch keine Zeit.«

»Dann werde ich ihn anrufen und das veranlassen«, sagte Willem energisch. Mir fiel wieder ein, wie er mich damals von Frau Fink losgekauft hatte, einfach so, ohne große Worte zu machen. Es tut so gut, dass sich wenigstens einer um mich kümmert! Längst war es dunkel und die Laternen beleuchteten den weihnachtlichen Schnee. Maximilian war in seinem Lammfellsack eingeschlafen und Olga trabte zahm wie ein Lamm hinter uns her. Es war ein herrlicher, friedlicher Heiligabend-Nachmittag, sicher der schönste, den ich bisher erlebt habe. Als wir lange nach sechs wieder an der Villa ankamen und Seite an Seite den Kiesweg hinaufschoben, war der braune Mercedes mitsamt seinem bepinkelten Kotflügel weg.

Gestern Abend saß ich noch lange an meinem Kammerfenster und starrte hinaus in den Park. Außer Olgas schneebeladener Hütte war jedoch nichts zu sehen. Ich weiß nicht, ob ich ein verwöhntes und eingebildetes Mädchen bin, aber ich habe mir schrecklich gewünscht, dass Marie oder Willem mich fragen, ob ich Lust habe runterzukommen. Sind sie überhaupt nicht auf die Idee gekommen, dass ich allein oben in der Mansarde hocke, ohne Weihnachtsbaum und ohne Braten? Je länger ich wartete, desto trauriger wurde ich. Um halb 12 gingen unten die Lichter aus; sie beleuchteten nicht mehr die Tannen neben der Einfahrt und die Hundehütte. Alles war unendlich still und dunkel. Und plötzlich bohrten sich egoistische Gedanken in mein Herz: Eigentlich bin ich in die große Stadt gekommen, um Karriere zu machen! Ich will doch Pianistin werden und nicht Dienstmädchen! Ich heulte und fühlte mich richtig ausgenutzt! Wenn man bedenkt, dass andere Dienstmädchen doch immerhin noch einen schmalen Wochenlohn bekommen, oder sogar ein paar Groschen Weihnachtsgeld. Oder ein Geschenk! Na ja, man sollte nicht undankbar sein. Schließlich darf ich hier wohnen und in ihrem Umfeld leben. Das ist mehr, als andere unverheiratete junge Mädchen von sich behaupten können. So würde jedenfalls Mama jetzt zu mir sprechen. Ich sollte mich nicht so gehen lassen. Weihnachten werden die Leute immer so rührselig.

Heute Vormittag war ich wieder bei Erna Pfefferkorn, Gesangsschüler begleiten. Die Schülerin war eine dicke Schwammige im überlangen Skipullover und ausgeleierten Hosen. Sie war zum ersten Mal da.

Sie sang aus dem Elias von Mendelssohn: »Sei stille dem Herrn«.

»Das würde ich Ihnen auch raten«, schnaubte die Meisterin, kaum dass die Dicke begonnen hatte. »Shut up, shut up. Wieso singen Sie so blechern? Wer hat Ihnen gesagt, dass Sie die Stimme färben sollen wie ein Kerl? Why do you sing so deep?«

Frau Pfefferkorn war im Englischen drin oder vielleicht wollte sie der dicken Schülerin auch ihr internationales Niveau auf diese Weise nahe bringen.

Die Dicke schwieg stille dem Herrn. Die Schnurrbarthaare auf ihrer Oberlippe zitterten leise. »Ich hätte auch noch eine andere Arie anzubieten«, sagte sie mit baritonaler Stimme.

»Und welche?«

»Schöne Jugendtage«, sagte die Dicke.

»Na, dann man los! Come on.«

Ich bekam die Noten aufgebaut: Sie waren fleckig und speckig und eselsohrig wie ihre Besitzerin.

»O schöhöne Jugendtage«, brummte die Dicke los.

»Nicht so fett«, keifte Frau Pfefferkorn dazwischen. »Sing slim! Singen Sie schlank, auch wenn Sie es nicht sind!«

Die Dicke ließ sich nicht bremsen. Sie drehte noch ein paar Phon auf. Der alte Flügel schepperte.

»Sie wollen wohl ganz hoch hinaus!«, merkte die Lehrerin spöttisch an. »Je lauter, je doller!« Diesen launigen Spruch konnte sie auf die Schnelle nicht ins Englische übersetzen.

Die Dicke ließ sich nicht unterbrechen. Bei »O Wonne-Wooonnne-schöne Zeit« schnaufte sie sich noch fünf Zentimeter Luft in den Busen und trompetete den hohen Ton, dass einem die Ohren wegfliegen wollten. Mir brach der Schweiß aus. Zitternd spielte ich das Nachspiel, aber Frau Pfefferkorn schlug nach mir, ich sollte sofort aufhören mit dem Quatsch.

»Mädchen«, sagte sie zu der dicken Schülerin. »What are you thinking about you are making with your voice?«

»Singing, what else«, sagte die Schülerin sehr tief und sehr selbstbewusst. »Sie können Deutsch mit mir sprechen.«

»Wer hat Ihnen gesagt, dass ›laut singen‹ auch ›schön singen‹ ist? Sie haben ein kräftiges Organ, aber Sie müssen es pflegen und hegen wie ein widerspenstiges Gewächs, das nach allen Seiten ausufern will. Sie müssen es festbinden und täglich die überhängenden Blätter abschneiden. Nur der Kern ist wahr und schön. Und den müssen wir suchen und fördern.«

»Very interesting«, sagte die Schwammige verwirrt.

»Nun wollen wir mal ganz klein anfangen«, sagte Frau Pfefferkorn. »Für das Literatur-Singen ist es noch viel zu früh. Sie sind Ihrer eigenen Stimme noch gar nicht gewachsen. Zuerst müssen wir wohl mal das Atmen üben. Legen Sie sich flach auf den Teppich!«

Ich rutschte interessiert auf meinem Klavierhocker herum. Hier konnte ich doch noch was lernen! Singing for beginners in six easy lessons. First lesson: to lay on the floor and to take breath.

Die Dicke rollte sich auf dem Teppich aus. Ich sah unter ihre Wanderschuhe: Größe 43!

Frau Pfefferkorn stellte ihrerseits ihren schmalen graubestrumpften Fuß auf den dicken Bauch ihrer Schülerin und sagte: »Jetzt atmen Sie mal!«

Die Dicke schnaubte.

»Nein, viel zu viel! Vorsichtig atmen! Wie durch einen Strohhalm! Saugen, nicht schnaufen! Ja, und jetzt ganz fein ausatmen, als wollten Sie eine Pusteblume wegblasen!«

Die Schülerin blies, dass der Flügel beschlug.

»Vorsichtig blasen! Sie pusten mich ja um! Mein Gott, Sie haben Knoblauch gegessen! Stehen Sie mal wieder auf!«

Das war nicht so einfach. Die Dicke musste erst mit den Beinen Schwung holen, um sich auf die Seite rollen zu können. Dann wälzte sie sich auf die Knie und von dort zog sie sich am Flügel hoch, um schwankend vor der Meisterin stehen zu bleiben.

»Meine Güte, was sind Sie behäbig! Ja, wollen Sie denn gar nicht mal etwas abnehmen?«

»Nein.«

»Nein?«

»Nein. Ich brauche mein Körperfundament für meine Stimme.«

»Was? Wer hat Ihnen das denn eingeredet?«

»Niemand. Alle berühmten Sängerinnen sind dick. Montserrat Caballé …«

»Wie können Sie sich mit einer solch begnadeten, hoch musikalischen und stimmbegabten Künstlerin vergleichen!«

Die Dicke knallte mir einen Wagner vor die Nase. Es wimmelte von schwarzen Tasten und schrecklich unlogischen Akkorden. Die Arie hieß »Weiche Wotan, weiche!«, und sie legte dermaßen los, dass ich selber gern gewichen wäre. Frau Pfefferkorn gab sich geschlagen. »Gar nicht so schlecht war das jetzt. Die Atemübungen haben doch geholfen. Sie lernen schnell, wahrscheinlich liegt das an meinem guten Unterricht. Wie war doch gleich Ihr Name, meine Liebe?«

»Sieglinde Sterz.« Mir blieb das Herz stehen. Woher kannte ich diesen Namen? Sterz! War das etwa die Frau vom potenten Siegmund? Marie hatte gesagt, Siegmund habe ein Pferd. Dass es ein Flusspferd ist, hatte sie nicht gesagt.

»Ja, aber doch nicht DIE Sieglinde Sterz?«, hauchte Frau Pfefferkorn und sank auf die Sessellehne.

»DIE Sieglinde Sterz«, sagte Sieglinde Sterz mit eisiger Kälte.

»Ja, aber … was treibt Sie zu mir? Wie kommen Sie dazu, gerade bei mir Unterricht zu nehmen?«

»Sie haben einen außergewöhnlichen Ruf«, sagte Sieglinde und ihre Schnurrbarthaare zitterten.

»Karla! Sie sind mein Zeuge! Ich habe die Schülerin nach bestem Wissen und Gewissen behandelt!«

Ich nickte artig.

»Ich wollte Sie einfach mal kennen lernen«, sagte Sieglinde Sterz kalt lächelnd. »Man hört eben viel von Ihnen.« Sie raffte ihre Noten zusammen. Erst jetzt fiel mir auf, wie abgegriffen sie waren. So sehen keine Anfängernoten aus.

»Sehr viel habe ich über Sie gehört«, fuhr Sieglinde Sterz fort. »Am meisten habe ich aber über Ihre Tochter gehört. Marie von Otten. Eine ernst zu nehmende Konkurrenz!«

Ich zuckte zusammen.

»Tja. Das Talent hat sie von mir. Die Begabung, die Stimme, das Aussehen, alles hat sie von mir. Und den ersten Unterricht hatte sie natürlich auch bei mir. Alles hat sie von mir.«

Sie bemerkte nicht, dass Sieglinde Sterz schon im Gehen begriffen war. Sie stopfte den letzten vergilbten Notenband in ihre Tasche und sagte: »Auch den fiesen Charakter, was?« Mit diesen Worten zog Sieglinde türenknallend ab. Mir tat Frau Pfefferkorn auf einmal Leid. So was Peinliches aber auch. Abwartend saß ich auf meinem Hocker.

Frau Pfefferkorn unterrichtete an dem Tag nicht mehr. Ich durfte gehen und unten einen Zettel an die Tür heften: »Pfefferkorn krank, bitte nicht klingeln.«

Ich habe nichts zu tun. Meine Karriere liegt auf Vanille-Eis. Beim Windelwechseln stand Marie plötzlich hinter mir.

»Karla, was ist vorgefallen? Warum hat meine Mutter mich so angeschrien? Was hast du ihr über mich erzählt?«

»Nichts, ehrlich, Marie, kein Wort!«

»Aber woher weiß sie dann von meiner Beziehung zu Siegmund?«

»Nicht von mir, Marie, ich schwör's!« Ich sah mich dann doch genötigt, Marie davon zu erzählen, dass die dicke Sieglinde bei ihrer Mutter Gesangsunterricht genommen hatte. Anders kam ich ja aus dieser Nummer doch nicht wieder raus. Marie brach in lautes Weinen aus. Sie warf sich auf Maximilians Bett und vergrub ihr Gesicht in seinem Kuscheltier.

»Er hat es seiner Frau erzählt!! Sie haben zusammen den Plan ausgeheckt, dass Sieglinde zu meiner Mutter geht! Auf MEINE Kosten haben sie sich amüsiert! Siegmund Sterz, dieser widerliche, perverse, gefühllose Kerl!«

Ich musste Marie dann noch mehrmals schildern, wie dick und wie ungepflegt Sieglinde Sterz war und wie sehr sie nach Knoblauch roch. Als ich ihr dann auf dem Kinderzimmerteppich vormachte, wie Sieglinde versucht hatte aufzustehen, fing Marie schon wieder an zu lachen.

»Ich habe mich heimlich mit ihr verglichen!«

»Ein völlig unnützes Unterfangen«, tröstete ich sie. »Man kann keinen Schwan mit einem Flusspferd vergleichen.« Sie schimpfte, lachte und heulte und sah in ihrem Zorn unbeschreiblich entzückend aus. Maximilian warf sich über sie, weil er mitspielen wollte. Ich holte ihr von unten einen Sherry. Nach dem dritten hatte sie sich beruhigt und amüsierte sich immer mehr. Am Ende wälzte sie sich sogar mit Maximilian vor Lachen über den Teppich. Der Kleine quietschte vor Wonne.

So erlebt er seine Mutter ja selten.

Heute, am Silvesterabend, wollen Marie und Willem zum Ball der Vanillebarone. Marie muss um Mitternacht singen: »Ich lade gern mir Gäste ein …«

Marie ist den ganzen Tag mit ihren Haaren und ihrem Make-up beschäftigt. Im KaDeWe hat sie sich ein fantastisches, tief ausgeschnittenes Abendkleid in Weinrot gekauft. Frau Perl und ich haben ihr etwa hunderte von glitzernden Perlen darauf genäht. Willem wird einen Smoking tragen. Die anderen Gäste werden geblendet sein von dem schönen Paar und die Berliner Boulevard-Presse wird sich wieder irgendwas aus den Kugelschreibern saugen müssen! Der Vanillekönig und die schöne Nachtigall im schillernden Gefieder. Leute wie Frau Krotoschyin und Frau Perl und ich werden uns den Zeitungsausschnitt einrahmen und in den gläsernen Wohnzimmerschrank stellen. Solche Leute dürfen wir kennen, werden wir sagen. Für solche Leute dürfen wir arbeiten. Das tun wir auch gerne ohne Geld.

Habe ich schon erwähnt, dass ich über sieben Kilo abgenommen habe? Marie hat es schon gemerkt und ich bin überglücklich darüber. Sie hat gesagt, dass sie in Kürze mal ihren Schrank ausmisten will, da mir doch jetzt sicherlich einige ihrer Sachen passen. Marie ist eine wahre Freundin.

Was zeigt uns Karlotta, unser rassiges vollschlankes Model auf der heutigen privaten Silvestergala? Sie gestatten, meine Damen und Herren, dass sie sich zuerst ein Gläschen Wein genehmigt. Nun geht sie aber schon wieder festen Schrittes in ihre Garderobe. Die Friseuse und die Kosmetikerin stehen schon bereit. Hier muss nur noch eine kleine Änderung am Make-up vorgenommen werden: dann zeigt uns Karlotta einige Abendkleider. Diese schwarze Robe aus reinem Samt ist hochgeschlossen und edel. Raffiniert und aufregend der weite Rückenausschnitt: der lange schlanke und makellose Rücken unseres Models darf natürlich nicht durch einen Grauschleier-BH verunstaltet werden. Unser Model nimmt rasch noch einen Schluck Wein, um dann das Ganze noch einmal ohne Büstenhalter vorzuführen. Nein, meine Damen und Herren, sehen Sie selbst, wie unvorteilhaft dieser Rückenausschnitt für die vollschlankere Dame ist. Wir raten unserem Model vom öffentlichen Tragen der »schwarzen Rose« ab. Preis ohne Gürtel: 5000 Mark.

Unser Model trinkt sich etwas Mut an, bevor sie sich Ihnen, meine Damen und Herren, erneut präsentiert. Karlotta wählt als Nächstes ein völlig trägerloses Schalenkleid in Papageiengrün. Das üppige Dekolleté wird von einer soliden Korsage gestützt. Der Busen hebt und senkt sich beim vorsichtigen Ein- und Ausatmen auf reizvolle Weise. Karlotta trägt zu diesem Cocktailkleid unsere raffinierten Strumpf-Strapse aus dem Hause »Palmers«. Das lange vollschlanke Bein wird unterstrichen durch einen hochhackigen Lackschuh in Knallrot, mit samtener grüner Schleife. Dazu wählt Karlotta ein schrilles Make-up, farbenfroh und sinnlich. Die Haare wurden durch Gel zum Stehen gebracht. Frech und witzig. Unser Model wirkt temperamentvoll und unternehmungsfreudig. Welcher Mann auf der Straße wird sich nicht nach dieser eigenwilligen Schönheit umsehen … Karlotta leert ihr Weinglas in einem Zuge. Jetzt ist doch sehr viel Lippenstift am Glase kleben geblieben. Karlotta zieht sich kräftig die Lippen nach und malt dann spielerisch ein großes Herz auf den Schlafzimmerspiegel. Zwei Buchstaben zieren es: »K« und »W«. An wen mag unser molliges Model sein Herz verschenkt haben …?

Es mag so gegen halb elf gewesen sein, als ich bereits sternhagelvoll war und Maries Schlafzimmerspiegel mit Lippenstift beschmierte. Eigentlich fühlte ich mich ganz prima und wollte nun gerade zu Maries spizenbesetzter fliederfarbener und schwarzer Unterwäsche übergehen, als es an der Tür klingelte. Die Bodys und Strapse mussten warten. Ich knüllte sie unters Bett, stakste zur Sprechanlage und fistelte: »Hier ist eine geschlossene Gesellschaft: Haben Sie eine Einladung?«

Irgendwie dachte ich, es sei Matthäus. Ich plante bereits, ihn in Willems Frack zu zwängen und dann mit ihm auf die Straße zu gehen, um das alte Jahr heiter ausklingen zu lassen. Es war aber nicht Matthäus. Es war mein Nicht-Klavierlehrer, Prof. Echtwein. Ich sah ihn durch die Überwachungskamera an seinem Kastenwagen lehnen. Blass, verfroren und mager. So konnte man den armen Kerl doch nicht in der Kälte stehen lassen! Ich riss also die Tür auf und schrie: »Edwin, alter Freund, Sie sind in diesem Hause natürlich immer ein gern gesehener Gast. Kommen Sie herein, mein Lieber, und trinken Sie einen schönen Wein mit der Dame des Hauses!« Edwin kam unsicher und blass in den Flur und guckte sich suchend nach der Dame des Hauses um. Auf so einen Empfang war er ganz offensichtlich nicht eingestellt.

»Legen Sie doch ab, mein Bester! Wer wird denn in so einer kalten Nacht in einem so schäbigen Mäntelchen herumlaufen!« Ich riss ihm den nassen Mantel von den Schultern und schob ihn ins Schlafzimmer. Dort prallte er entsetzt vor der großen Unordnung und vor dem knallroten Herz auf dem Schlafzimmerspiegel zurück.

»Ist … sie da? Ist sie zu Hause?«, waren seine ersten Worte, die er an mich richtete.

»Aber nein!«, frohlockte ich. »Außer der Dame des Hauses ist niemand da, das Gesinde hat frei, heute ist ja Silvester!« Edwin sah die leere Flasche auf dem Toilettentisch und die Utensilien aus Maries Beauty-Köfferchen, die ich zugegebenermaßen etwas wahllos verstreut hatte.

»Sie sind ja betrunken!«

»Ach was, mein lieber Edwin, das kleine Fläschchen Wein kann doch einer Dame von Welt nichts anhaben!«, rief ich und kippte gleichzeitig von meinen – also Maries – hohen Schuhen. Reflexartig hielt ich mich an Echtwein fest und kreischte dabei: »Aber Edwin! Nicht so stürmisch! Der Abend ist doch noch lang!« Echtwein befreite sich von meinen rot lackierten Krallen und setzte sich auf Maries Samtkleid, das über einem Stuhl lag.

»Edwin!«, kreischte ich hysterisch. »Mein Kleid!«

»Wie sehen Sie denn aus?«, fragte er mich vorwurfsvoll.

Lässig fingerte ich in Maries Handtasche nach einer Zigarette. »Rauchen Sie eine mit mir, Edwin?« Edwin schob das Päckchen beiseite.

»Mir ist nicht zum Feiern zumute«, sagte er barsch. »Ich muss sofort mit Marie sprechen. Wo ist sie? Weiß sie überhaupt, was Sie hier treiben?«

Ich blies gelassen den Rauch durch Mund und Nase und sagte: »Ich treibe doch nichts!« Dann warf ich ihm einen verächtlichen Blick zu. »Mit wem auch!«

»Karla, sagen Sie mir jetzt bitte, wo Marie ist!«

Ich nahm erfreut zur Kenntnis, dass er sich an meinen Namen erinnerte. Immerhin bin ich ja seine persönliche Nicht-Studentin.

»Marie ist mit ihrem Gatten auf dem Ball der Vanillebarone. Davon können Sie morgen in der Zeitung lesen, falls Sie sich eine kaufen können.«

»Kommen Sie mit in die Küche«, sagte er, säuerlich lächelnd. Wahrscheinlich hatte er das Schlafzimmer auf andere Weise lieb gewonnen. »Kochen Sie uns einen Kaffee und dann reden wir vernünftig miteinander.«

Ich drückte die Zigarette in Maries Waschbecken aus und stakste vor Edwin her.

»Wenn es denn sein muss!« Da ich absolut keine Lust auf Kaffee hatte, zwang ich Edwin einen Cognac auf. Ich selber köpfte eine Flasche Champagner. Schließlich war Silvester.

»Was gibt's, Echtwein?«, fragte ich sachlich, nachdem

ich ein großes Glas hinuntergekippt hatte und die Storchen-Strumpf-Beine übereinander geschlagen hatte.

»Wollen Sie sich nicht zuerst was anziehen?«, fragte Echtwein.

»Wieso, gefällt Ihnen Maries Unterwäsche nicht?« Ich zog an den Strapsen, die zugegebenermaßen nicht bis oben hin reichten.

»Schon gut«, sagte Echtwein. Er fummelte nach einer Zigarette und ich gab ihm Feuer. Meine roten Krallen spiegelten sich in meinem Glas. Ich war die extravaganteste Schönheit, die mir je im Dunkeln begegnet ist. Schließlich rückte Echtwein mit der Sprache raus. »Es geht um eine weitere Konzerttournee«, sagte er.

»Hatte das denn nicht Zeit bis nächstes Jahr?«, rügte ich ihn.

Edwin rutschte gequält auf dem Küchenstuhl hin und her. »Es geht am zweiten Januar los. Also streng genommen übermorgen. Und noch strenger genommen: fast schon morgen. Ich muss wissen, ob Marie mit von der Partie ist.«

»Also ich bin es auf jeden Fall«, sagte ich freundlich. »Auf mich können Sie zählen.«

Echtwein lächelte säuerlich. »Wer auf der Tournee blättert, ist der Agentur letztlich egal«, sagte er. »Sie wollen Marie. Ohne Marie findet die Tournee nicht statt.«

Er verschwand in seinem Cognacglas. Als er wieder herauskam, sagte er: »Vielleicht haben Sie mitgekriegt, dass ich längere Zeit nicht im Lande war.«

»Ja, irgendwie schon«, sagte ich und wippte mit dem Fuß. »Jetzt, wo ich darüber nachdenke, fällt mir auf: ich hatte in letzter Zeit kaum Unterricht bei Ihnen. Eigentlich noch nie!«

Echtwein grinste schief. »Ist ja schon gut, Karla. Ich hole das alles nach. Sämtliche Klavierstunden, die Ihnen zustehen, werden Sie auch bekommen. Aber jetzt geht es doch um Wichtigeres: es geht um Marie!«

Das sah ich ein. Marie ist wichtiger. Meine blöden Klavierstunden können warten. »Bis jetzt sind es ja erst 48 Klavierstunden, die wir im Rückstand sind«, lenkte ich ein. »Die können wir ja mal an einem verregneten Wochenende nachholen.«

»Karla, ich verspreche Ihnen …«

»Ist klar«, unterbrach ich seine überflüssigen Beteuerungen. »Marie geht vor.«

Dann erzählte mir Echtwein bei weiteren drei Gläsern Cognac, dass er und Marie auf der letzten Reise, auf der ich nicht dabei war, weil ich Maximilian gehütet habe, einen großen Streit gekriegt haben. Marie wollte, dass Echtwein sie heiratet.

Echtwein hat ihr erklärt, dass es zwei Gründe gibt, die dagegen sprechen: Marie ist schon verheiratet und Echtwein ist es auch. Marie wollte diese Argumente nicht gelten lassen. Sie warf ihm vor, dass er ein unheimlich kleinkarierter, angepasster Spießer sei, und dann kam das Gespräch auf diesen Riesenkerl aus Bayreuth, der allerdings auch schon verheiratet war.

Ich überlegte, ob ich Echtwein jetzt sagen sollte, dass ich das alles schon wusste, aber ich dachte, das bringt doch jetzt nichts, so kurz vor Jahreswechsel. Nachher sind wir mitten am Diskutieren und dann ist es zwölf und draußen geht das Krachen los, und dann muss ich mich sowieso um Maximilian kümmern. Apropos Maximilian: der Streit zwischen Marie und Echtwein mündete darin, dass sie ihm vorwarf, dass sie nur wegen ihm einen Klotz am Bein hat und deswegen bis jetzt noch keine große Karriere gemacht hat. Er war darüber ganz zerknirscht und gab zu, in seinem Leben bisher alles falsch gemacht zu haben. Daraufhin hat Marie ihn einen »Schlappschwanz« geschimpft und ihn weggeschickt. Und seitdem ist sie nicht mehr mit ihm aufgetreten. Sondern mit mir. Und das bringt Echtwein noch ins Grab.

Ich trank zwei Gläser Champagner und nickte verständnisvoll.

Echtwein kam nun auf seine eigene Ehefrau zu sprechen.

»Die graue Vorzimmermaus mit den Sauerkraut-Locken, die bei nichts hier geschrien hat«, sagte ich weise nickend. Echtwein wollte mich wohl fragen, woher ich wusste, dass sie eine graue Vorzimmermaus ist, aber ich wollte Matthäus jetzt nicht ins Spiel bringen. Das würde sowieso nicht weiterführen, dachte ich, wo es doch gleich Mitternacht ist. Aus dem Augenwinkel beobachtete ich die Küchenuhr.

»Jedenfalls«, so eröffnete Echtwein mir beim feierlichen Heben seines Cognac-Glases – es schlug in dem Moment zwölf und draußen auf der Straße gingen einige Nonnenfürze und andere Kleinraketen knatternd in die Vorgärten der feinen Villen los –, jedenfalls habe er das Hindernis jetzt behoben und sich scheiden lassen. Und deshalb sei er hier. Die Türen für Marie stünden weit offen.

»Von der grauen Vorzimmermaus?«, stieß ich mitleidig hervor.

»Mein Gott, sagen Sie doch nicht immer Vorzimmermaus zu Erika«, sagte Edwein gekränkt. »Schließlich war sie ja mal meine Frau.«

»Ist klar«, sagte ich und nippte an meinem Champagner. Echtwein begann sich zu verdoppeln. Seine Arme sogar zu vervierfachen. Was für ein schöner Mann, dachte ich in diesem Moment, und so edel. Lässt sich für Marie scheiden. Nun kann dem jungen Musiker-Glück ja nichts mehr im Wege stehen. Alle Konzertflügel dieser Welt stehen den beiden offen. Vielleicht finden sie auch noch einen Bescheuerten, der ihnen blättert. Ich jedenfalls werde im neuen Jahr an meine eigene Karriere denken. Als Vanille-Eis-Kronprinzessin eventuell.

Ich war meiner Sprache nicht mehr ganz mächtig, aber die Entwicklung der Ereignisse sowie der ungewohnte Konsum von so viel Alkohol auf nüchternem Magen hatten mich aus der Fassung gebracht.

»Hey, Echtwein«, lallte ich erfreut. »Wennde die Marie heirates, kannich ja den Willem trösten. Wie finnze das?«

»Das ist Ihre Sache, nicht meine!«, sagte Echtwein.

»Mensch, sei doch nicht so steif! Lach doch mal! Du kriss die Marie und ich nehm den Rest!« Ich schlug mir auf die Knie vor Begeisterung. »Den Panz übernehm ich. Faires Angebot!« Echtwein erhob sich schwankend.

»Sagen Sie Marie, was ich Ihnen erzählt habe. Dass die Konzerttournee in sechsunddreißig Stunden losgeht. Die Gage ist fünfstellig. Und das mit meiner Scheidung hätte ich ihr zwar lieber selbst gesagt …«

»Ich mach das schon, Echtwin, ähm, Edwein!« Ich unterdrückte ein Bäuerchen. »Ich sach der Marie, sie kann ruhig im Kastenwagen übernachten, weil die graue Maus da gaanix mehr gegen unternehmen kann …« Ich muss wirklich sehr betrunken gewesen sein. Echtwein ging kopfschüttelnd von dannen. Eines aber habe ich in meinem Rausch noch hingekriegt: Ich habe den Schlafzimmerspiegel geputzt. Meine Güte, war ich blau. Maximilian hat übrigens durchgeschlafen. Das fällt mir erst jetzt auf, wo ich darüber nachdenke.

Als ich Marie die Neuigkeiten brühwarm auftischen wollte, sagte sie, sie hätte den Direktor vom Konservatorium auf der Silvesterparty getroffen. Der hätte ihr alles gesagt: seine graue Vorzimmermaus hat sich scheiden lassen, und Echtwein kann in den nächsten Wochen wieder nicht unterrichten, weil er mit Marie auf Tournee geht. Marie hat den ganzen Abend mit dem Direktor der Hochschule getanzt.

»Und Willem?«

»Der hat zugeguckt!« Marie küsste ihr Glas.

Ich überlegte, ob es sinnvoll wäre, wenn ich ihr sagen würde, dass Matthäus mir verraten hat, dass sie mal was mit dem Direktor der Hochschule hatte. Aber ich dachte, sie weiß selbst, mit wem sie schon was hatte, und dass ich ihr sage, dass ich das weiß, bringt uns jetzt auch nicht weiter.

Marie war bester Stimmung. Na bitte. Dann würde doch die Nachricht von Echtweins Heiratsabsichten sie jetzt erst recht glücklich machen. Das war es schließlich, was sie immer wollte. Aus welch unverständlichen Motiven auch immer.

»Du hattest gestern Abend Besuch.«

»Hat der in meinen Schränken rumgewühlt?«

»Oh nein«, beeilte ich mich zu sagen. »Ich habe nur nach dem schwarzen Kleid gesucht, das du mir immer zum Umblättern geliehen hast. Ich wollte sehen, ob es in die Reinigung muss.«

»Na gut, und wer war zu Besuch? Meine Mutter etwa?«

»Nein, nein.«

»Sterz?«

»Echtwein«, sagte ich genüsslich.

Marie sank auf einen Stuhl. »Edwin? Was wollte der denn?«, rief Marie und ihre Augen bekamen wieder dieses Leuchten.

»Na ja, er wollte dir das mit der Scheidung sagen«, ließ ich die Bombe platzen. »Edwin will dich nämlich heiraten.«

»Ich weiß«, sagte Marie geschmeichelt. »Er hat mir gestern einen Brief hinter den Spiegel im Gästeklo gesteckt.«

Ich sackte zusammen. Nie, niemals kann ich Marie mal imponieren, immer nur sie mir. Ich holte tief Luft. »Und? Heiratest du ihn?«

Marie lachte und tippte sich mit den Gästeklopapierbrief an den Kopf. »Was denkt der sich eigentlich? Ich bin doch verheiratet!«

Überrascht erwiderte ich, dass sei mir nicht neu. Aber so wie Echtwein gestern Abend geklungen hatte, sei es doch Maries dringendes Anliegen, mit ihm, dem Vater ihres Kindes, verheiratet zu sein.

»Völliger Blödsinn«, sagte Marie und goss sich ein Glas Champagner ein. »Der soll sich bloß nichts einbilden. Dafür ist es nun zu spät.«

»Wie, du willst ihn gar nicht mehr heiraten?« Ich sank auf einen Küchenstuhl.

»Im Moment will ich einen ganz anderen heiraten«, kicherte Marie und küsste ihr Glas.

»Den Direktor?«, fragte ich ahnungsvoll.

»Genau. Heyko Zurlinde.« Marie verdrehte verzückt die Augen.

Was sollte ich dazu sagen! Das war eine unerwartete Richtungsänderung!

Maries Augen leuchteten immer verdächtiger. »Wir sind uns gestern Abend wieder sehr nahe gekommen.«

Verheißungsvolles Schweigen.

»Aber der hat doch was mit einer Orgelpfeife von der Kirchenmusikschule, sagt Matthäus«, stammelte ich. Ich überlegte kurz, ob ich noch erwähnen sollte, dass Matthäus mir auch erzählt hatte, dass der Direktor sowieso verheiratet sei. Seit zwanzig Jahren. Aber ich dachte, das bringt jetzt nichts. Solche bürokratischen Dinge haben Marie noch nie gestört.

»Gehabt«, sagte Marie mit erhobenem Zeigefinger.

»Aber das heißt doch nicht ...«

»Aber nein!«, lachte Marie mich aus. Sie differenziert wirklich kritisch, das muss man zugeben.

»Nein«, sagte ich. »Ist klar.« Aber dann wollte ich unbedingt noch auf dem Thema Echtwein herumreiten. »Was sagst du denn jetzt dazu, dass er sich hat scheiden lassen?« Das konnte sie doch nicht einfach so kommentarlos im Raume stehen lassen, Zurlinde hin oder her!

»Na ja«, sagte Marie gedehnt, »wenn sie sich halt nicht mehr verstanden haben ...«

»Aber Marie, er hat sich doch wegen dir scheiden lassen!«

»Ach was«, sagte Marie.

»Doch«, brüllte ich aufgeregt. »Er hat es mir genau so gesagt!«

»Das ist sein Problem«, sagte Marie. »Etwas voreilig von ihm, findest du nicht?«

»Aber wolltest du denn nicht ... ich meine, ich dachte, du liebst Echtwein?«

»Ja, irgendwie liebe ich ihn auch, den guten alten Edwin«, rückte Marie mein Weltbild wieder zurecht.

»Aber ich liebe ihn natürlich nicht allein.«

Ich dachte mit Schrecken an den Generalmusik-Robert mit der Ente, an den potenten Siegmund mit der Übergröße, an den mächtigen Direktor Zurlinde. Die konnte sie doch nicht alle lieben?

»Willem«, sagte sie und strahlte mich an. »Den liebe ich auch.«

Diesmal klappt alles vorzüglich: Der neue Agent mit Namen Paulsen hat alles sehr professionell organisiert. Der Saal ist groß und modern, ausgestattet mit Klimaanlage und idealer Beleuchtung. Die Künstlergarderoben sind elegant und luxuriös. Es tropft kein Wasserhahn und keine Klospülung läuft. Die Probe verlief ungestört von allen äußeren Einflüssen. Herr Paulsen saß die ganze Zeit einsam im Parkett und hörte sich alles an. Marie war schrecklich aufgeregt. Edwin saß mit unbewegtem Gesicht am Flügel und spielte sehr gut. Ich war nur eine Randfigur, niemand wird mich bemerkt haben, und ich blättere so unauffällig wie möglich. Dabei überlege ich, ob der Agentenheini Marie gefallen könnte. Er sieht zwar völlig unscheinbar aus, aber so etwas hat Marie ja noch nie davon abgehalten, sich Hals über Kopf zu verlieben. Außerdem überlegte ich, ob ich dem Agentenheini mal vorspielen sollte. Vielleicht hätte er sogar ein Engagement als Pianistin oder Begleiterin für mich? Die Frage ist nur, wie ich das bewerkstelligen soll. Wo mich hier doch sowieso niemand wahrnimmt. Außerdem könnte es Marie verletzen, wenn ich so etwas täte.

Wir haben alle eine eigene Garderobe, auch ich. Eben kam ein Angestellter der Stadt herein und fragte, ob ich noch einen Wunsch hätte. Ich erwiderte: »Was für einen Wunsch?«

»Möchten Sie vielleicht noch etwas trinken oder möchten Sie noch mal telefonieren?«

Vielleicht wurde ich ja gleich hingerichtet? »Meinen Sie, ich sollte noch schnell meine Angehörigen verständigen?«, fragte ich bange.

»Zum Beispiel, ja«, sagte der Angestellte ohne Emotionen. »Manche Künstler tun das.«

»Aber ich bin doch kein Künstler«, sagte ich bescheiden.

Er trat einen Schritt nach draußen und blickte auf das Schild an der Tür.

»Karla Umweg, das sind Sie doch?«

»Ja.«

»Also sind Sie Mitwirkende des heutigen Abends?«

»Ja.«

»Dann stehe ich Ihnen den ganzen Abend lang zur Verfügung.« Ich lehnte dankend ab, leider hätte ich keine Zeit, zu meinem Bedauern. Vielleicht ein anderes Mal. Er stutzte, ging noch einmal raus, um mein Namensschild zu lesen, und verschwand dann kopfschüttelnd. Schade, ich hab da vielleicht was verpasst. Mama sagt doch immer, in diesen Kreisen lerne ich vielleicht mal einen Mann kennen.

Aber Marie brauchte mich heute schon den ganzen Tag. Erst habe ich Aspirin für sie geholt, dann sollte ich einen Friseur-Termin für sie abmachen. Dann musste ich ihn wieder absagen, weil sie Kopfschmerzen hatte. Dann wollte sie absolut nicht gestört werden, von niemandem. Dann kam sie verweint aus ihrem Zimmer und sagte: »Karla, ruf den Agenten an. Ich sing nicht. Ich kann's nicht. Ich schaffe es nicht.« Dann stürzte Echtwein ebenfalls aus ihrem Zimmer und sagte: »Karla, rufen Sie nicht an. Bringen Sie uns einen starken Kaffee und einen Cognac. Geht auf Rechnung von der Agentur.« Und so ging es weiter. Bis vor zehn Minuten, da sollte ich ihr noch das Kleid zumachen, aber so, dass der Rückenausschnitt gerade runter ging. Der Kaffee hatte ihr gut getan und sie hatte wieder dieses Leuchten in den Augen. »Er ist da!«

»Wer ist da?«

»Heyko!«

»Welcher Hey… Zurlinde? Der Direktor?«

»Ja«, strahlte Marie. »Ich wusste, dass er kommt, ich wusste es!«

In Anbetracht der Tatsache, dass Marie kurz vor einem wichtigen Auftritt war, habe ich nicht gefragt, ob er seine oder überhaupt eine Frau dabeihatte. Das hätte ja auch nichts gebracht. Marie wäre nur wieder unnötig nervös geworden und dann hätte Echtwein mir böse Blicke zugeworfen.

Er hat sie bestimmt nicht dabei. Männer wie Heyko Zurlinde bringen ihre Frauen nicht mit.

Es stimmte. Heyko Zurlinde war ohne seine Frau da. Leider. Marie war außer sich vor Entzücken darüber und wollte absolut mit Zurlinde hinterher alleine sein.

»Karla, kannst du nicht mit Edwin essen gehen? Geht auf Rechnung der Agentur.«

Eigentlich tue ich Marie gern jeden Gefallen, wirklich, jeden. »Marie, wegen mir gern, aber ich fürchte, Echtwein will nicht mit mir essen!«

»Oh, er wird es müssen.« Damit verschwand sie in Edwins Garderobe. Der Angestellte, der ihm vielleicht gerade beim Öffnen seines Frackgebindes geholfen hatte, kam dienstbeflissen heraus. Als er mich sah, guckte er demonstrativ auf die Plakate an der Wand.

Da erschien auch schon der Direktor der Hochschule. Ob er mich kannte, weiß ich nicht. Da ich im ersten Semester bin und noch nie Unterricht hatte, nehme ich an, er kennt mich nicht. Auch wenn er mir vor vier Monaten das Hochbegabten-Stipendium zugespochen hat.

Ich fing Zurlinde ab und wies ihm den Weg in Maries Garderobe. »Hier hinein, bitte! Frau von Otten kommt sofort.« Zurlinde fasste mir ans Kinn und sagte: »Schön geblättert.« Dann verschwand er mitsamt seinem Blumenstrauß.

Kurz darauf kam Marie. »Ist er drin?«

»Ja. Mit Blumen.« Marie umarmte mich schnell.

»Wie sehe ich aus?«

»Toll!«

»Und von hinten?« Sie drehte sich um.

»Fantastisch.«

»Ganz ehrlich?« Sie kicherte und küsste ihre Noten. »Warte hier, Edwin wird gleich kommen.« Dann huschte sie in die Garderobe. Ich stand genauso blöd wie der Angestellte an der Wand und beguckte die Plakate. Drinnen hörte ich ein Kichern und dann knallte ein Sektkorken. Der Angestellte zuckte zusammen. Er überlegte wohl, ob er hineingehen sollte und beim Eingießen helfen, aber ich sagte: »Die schaffen das allein!« Der Angestellte trödelte noch eine Weile vor der Garderobe herum und trat dann an Echtweins Tür. Als er klopfte, kam es ungehalten von drinnen: »Jaja, ich komme ja! Nun warten Sie es doch ab!« Er meinte mich, ganz klar. Der Angestellte verkrümelte sich mutlos. Keiner wollte seine Dienste in Anspruch nehmen.

Echtwein kam heraus, verschwitzt und bleich, den Frack über dem Arm. »Seien Sie doch nicht so ungeduldig. Nun kommt es auf ein paar Minuten auch nicht mehr an.«

Ich wusste nichts zu sagen. Wie angewurzelt stand ich da.

»Also kommen Sie schon, wenn es unbedingt heute Abend sein muss«, sagte Echtwein und ging vor mir her, den Gang entlang zur Bühne.

Verdattert trabte ich hinter ihm her. Der Angestellte war gerade dabei, den Flügel von der spärlich beleuchteten Bühne zu schieben.

»Halt, den brauchen wir noch!«, sagte Echtwein. Und dann geschah etwas Unvorstellbares: Er gab mir eine Klavierstunde.

Zurlinde ist uns seit drei Tagen auf den Fersen. Marie schwebt im siebten Himmel und sieht bezaubernd aus, selbst morgens, wenn sie noch nicht geschminkt ist und ich ihr beim Kaffeetrinken Gesellschaft leiste, weil sie vor Mitteilungsdrang platzt.

»Heyko ist einfach wahnsinnig toll«, sagte sie und streute viel Zucker in ihren Kaffee. »Er ist ein Mann von Welt. Nicht irgendein klavierspielender Waldwiesenzwerg, der seine Tasteninstrumente im Kastenwagen in die Vorstadtkonzerte transportiert! Er ist Vorsitzender von allen möglichen Gremien und Vereinen. Ein wichtiger Mann, ein einflussreicher Mann. Wahnsinnig einflussreich!«

»Aha«, sagte ich. »Und deshalb liebst du ihn.«

»Nein, doch nicht deshalb!«, sagte Marie erstaunt. »Das sind alles Äußerlichkeiten, die mir gar nicht wichtig sind.« Dann fuhr sie fort: »Er hat zwei erwachsene Söhne, mit denen er den Garten selbst angelegt hat und im Winter Ski läuft. Mit ihnen hat er sein Haus ganz allein gebaut, Stein auf Stein. Ist das nicht toll? Welcher Hochschuldirektor kann schon Fliesen legen und Heizungsrohre einbauen?«

»Keiner«, sagte ich andächtig. »Und wie ist er so?«

»Unheimlich super«, schwärmte Marie. »Und vor allem ganz schön fit für sein Alter.« Sie lachte und küsste ihre Kaffeetasse.

»Was liebst du eigentlich an Willem?«, fragte ich beiläufig.

Sie betrachtete ihre Tasse, und ich wartete herzklopfend darauf, dass sie sie küssen würde. »Dass er mich liebt«, sagte Marie. Sie küsste ihre Tasse nicht.

Um Echtwein sinnvoll zu beschäftigen, hat Marie es eingefädelt, dass ich zurzeit täglich eine Klavierstunde kriege. Zweckmäßigerweise findet sie erst nach dem Konzert statt.

»Warum sagst du Echtwein nicht einfach, dass du nichts mehr von ihm willst?«, fragte ich Marie heute Morgen. »Dann könnte ich meine Klavierstunden ganz normal tagsüber haben.«

»Wer sagt denn, dass ich nichts mehr von ihm will?«, fragte Marie verblüfft. »Wer sagt denn das?«

Ach so, Echtwein ist also nur auf Eis gelegt. Ich bin das Eis. Die Klavierstunden mit mir lassen den armen Liebhaber erkalten. Dementsprechend lustlos ist mein Lehrer bei der Sache.

»Haben Sie geübt?«

»Ja, vor drei Wochen, als Marie in Düsseldorf war.«

»Das reicht nicht. Der Bach klingt genauso dürftig wie alles andere.«

»Es tut mir Leid«, wagte ich aufzubegehren, »an den Flügel war kein Rankommen. Erst haben Sie geprobt, dann musste Marie sich einsingen, dann kam der Klavierstimmer und dann war bereits Einlass im Saal. Wann soll ich denn üben?«

»Mädchen, seien Sie doch nicht so unbeweglich«, sagte Echtwein müde. »Wer sagt denn, dass Sie auf diesem Konzertflügel üben müssen? Meinen Sie, ich hätte nur auf Konzertflügeln geübt?«

»Nein, aber Sie hatten vermutlich ein Zuhause ...«

»Nun werden Sie mal nicht gleich persönlich«, sagte Echtwein sauer. Und dann schlug er mir vor, doch einfach in das nächstgelegene Gemeindehaus zu gehen, beim Pfarrer anzuklingeln und um den Schlüssel zum Klavier zu bitten. Vormittags wäre in Gemeindehäusern doch nie was los. Er würde mir ein Bittschreiben an den Pfarrer verfassen, wenn ich mich schon selbst nicht trauen würde. Ich komme mir etwas blöd vor, aber ich werde es wirklich tun. Sonst wird ja nie was aus mir.

Mit einem handschriftlichen Zettel »Diese junge Pianistin bittet um ein Klavier, damit sie üben kann, gez. Prof. Echtwein« ging ich zur nächsten Kirche. Ich kam mir vor wie eine Asoziale. »Bin arbeitslos, obdachlos und habe Hunger«, hätte genauso gut auf dem Zettel stehen können. Während ich auf die Kirche zuging, war ich aufgeregt wie ein Kind. Außerdem dachte ich daran, dass Marie jetzt im Bett sitzt und frühstückt und sich entweder von Edwin oder Heyko die gestrige Kritik vorlesen lässt. Der Konzertflügel steht unbenutzt auf der großen Bühne, die Akustik im leeren Saal ist phantastisch, aber ich darf mich nicht daran wagen. Ich muss betteln gehen. Ob alle Karrieren so anfangen? Fast wäre ich umgekehrt, aber ein langer Tag im Hotel ist noch viel öder, wenn man nur einen einzigen Wunsch hat: zu üben! Ich klingelte also am Pfarrhaus, es war kurz nach zehn. Die Haushälterin kam raus. Sie hatte ein Staubtuch in der Hand und ein Witwe-Bolte-Tuch um den Kopf geschlungen. Ich machte einen artigen Knicks und zeigte ihr den Zettel. Sie hatte ihre Brille nicht dabei und ging wieder hinein, um sie zu holen. Als sie wiederkam, sagte sie streng: »Wir kaufen nichts, junge Frau!«

»Nein, nein, lesen Sie bitte nur diesen Zettel«, stammelte ich und mir wollten die Tränen kommen. Sie las ihn, runzelte die Stirn, las ihn noch einmal und schüttelte dann den Kopf. »Das Klavier ist abgeschlossen«, meinte sie. Sie wollte schon die Tür wieder zuschlagen. Ich rechnete blitzartig hoch, wie viele Kirchen mit Gemeindehäusern es in dieser Stadt gibt, und stellte meinen Fuß zwischen die Tür und die Schwelle.

»Dann könnte man es doch eventuell aufschließen?«, schlug ich schüchtern vor.

Die Haushälterin guckte mich von unten bis oben an. »Hä Pfarrä!«, rief sie dann über die Schulter nach drinnen, ohne mich aus den Augen zu lassen. »Komme Se doch emol här! Da is ä junge Frau, die will an unsä Klavier!«

Ein glatzköpfiger, gutmütiger Pfarrer kam in Pantoffeln an die Tür. Er war sehr katholisch gekleidet, also mit dieser unvermeidlichen weißen Halsbinde über der Strickjacke, aber der Rest, besonders die Füße, war in Zivil, sprich in Filzpantoffeln.

»Was will das Mädchen?«, fragte er die Haushälterin gütig. »Geben Sie ihr was zu essen, und aus der Kleidersammlung ist auch noch was da.«

Ich erklärte ihm, dass ich mit zwei Künstlern auf Tournee sei und selbst auch Pianistin werden möchte. Einer der beiden Künstler sei mein Lehrer und hätte mir geraten, tüchtig Klavier zu üben. Dann zeigte ich ihm den Zettel. Der Pfarrer las ihn und lächelte freundlich. Er nahm mich bei den Schultern, drehte mich in Richtung Neubausiedlung und wies dann mit dem ausgestreckten Arm direkt an meiner Nase vorbei.

»Da vorne an der Laterne«, sagte er, und ich hoffte, dass er mir jetzt den Weg zum Klavier erklären würde und nicht zur öffentlichen Toilette, »da biege Se links ab. Dann gehe Se noch gut fünfhunnät Medä in so ne kleine Weg nei, un wenns da rauskomme, dann isses genau vis à vis.«

»Das Klavier?«

»Das Sozialamt«, sagte der Pfarrer. »Die sind für solsche Fälle zuständisch.«

Die Haushälterin lachte schrill und schlug mir die Tür vor der Nase zu. Den verdammten Zettel hatte der Pfarrer immer noch.

Ich setzte mich auf die vereisten Steinstufen vor der Kirche und heulte. Ich hasste Echtwein, ich hasste Marie, ich hasste alle Männer, die sie liebten, und ich hasste den Tag, an dem ich mein Klavierstudium für Marie an den Nagel gehängt hatte. Wie ungerecht von mir. Ich war eben kurzzeitig emotional blockiert.

Für einen Januartag war meine Beschäftigung nicht so geeignet. Mein Popo schien anzufrieren auf den Kirchenstufen. Ein Mütterlein im Wintermantel ging zum Beten an mir vorbei, es kam nach drei Rosenkränzen gestärkt und innerlich aufgewärmt wieder heraus. Es sah nicht so aus, als hätte es zu Hause ein Klavier, deshalb zog ich kein Gespräch mit der Frau in Betracht. Sie aber offensichtlich auch nicht mit mir. Sie machte geradezu einen Bogen um mich. Wie lange ich da so in meinem Selbstmitleid auf den kalten Stufen gesessen habe, weiß ich nicht. Jedenfalls kam ein junger Mann des Weges, er hatte Ähnlichkeit mit einem langhalsigen Vogel und trug einen überdimensionalen Adamsapfel unter dem Kinn. Er blieb bei mir stehen und reichte mir ein Taschentuch.

»Weinen Sie?«

»Nein, ich schneide Zwiebeln.«

»Kann ich Ihnen helfen?«

»Wohl kaum«, sagte ich und schnaubte Rotz und Wasser in sein Tuch. Dann reichte ich es ihm zurück.

»Danke trotzdem.« Er sagte lächelnd, dass ich es behalten dürfe.

»Oh, ja, natürlich«, sagte ich und knüllte es mir in die Manteltasche.

»Gehen Sie ein Stück mit mir?«, fragte der Vogel. »Vielleicht erzählen Sie mir, warum Sie so traurig sind.«

Ich war schon auf den Stufen festgefroren und der langhalsige Vogel musste mich regelrecht loseisen. Er tat das, indem er ein Feuerzeug an meinen Hintern hielt.

Ich stand dankbar auf und trabte neben ihm her. »Ich habe auch sonst nichts mehr vor heute.«

»Sie wohnen nicht in der Stadt?«

»Nein, ich bin erst seit gestern hier und wir reisen auch morgen wieder ab.«

»Wer ist wir?«

Ich erzählte ihm, wer »wir« ist. Echtwein, Marie, Zurlinde und ich. Und wir sind alle vier sehr eigenwillige Künstler. Jeder will etwas anderes und das ist nicht immer einfach.

»Also, wenn ich richtig verstanden habe, wäre ein Klavier genau das, womit sich Ihre Laune wieder aufbessern ließe?«

»Ja«, sagte ich matt.

»Kommen Sie«, sagte der Vogel. »Ich bin Lehrer hier an der Grundschule. Im Musikraum steht ein Klavier. Soviel ich weiß, ist da jetzt niemand drin.«

Er führte mich in ein verklinkertes Gebäude, wo überall bunte Bilder an den Wänden hingen. An niedrigen Garderobenhaken hingen aufgereiht Mäntelchen an Mäntelchen. Richtig entzückend. Ich kam mir vor wie Schneewittchen, das jetzt vom Froschkönig ins Land der siebenhundert Zwerge geführt wird, weil da der Schatz vergraben ist, der sie erlösen kann vom Zauber der schönen Königin, ihrer Mutter hinter den sieben Bergen und ihren vielen Untertanen und Jägermeistern.

Da war der Musikraum. Der Vogel schloss ihn auf, er war leer. Helle freundliche Bänke, die nach Kindheit rochen, standen da, eine Tafel, auf der große runde bunte Noten waren, und: ein kleines hellbraunes Klavier.

Es sah genauso aus wie in meinem Unterrichtsraum in der städtischen Musikschule in Bad Orks. »Ein Klavier, ein Klavier!« Ich ging hin und fasste es an. Es war echt.

»Na bitte«, sagte der Vogel. »Üben Sie, so lange Sie wollen. Sagen Sie mir nur nachher Bescheid, damit ich wieder abschließen kann.«

Ich bedankte mich strahlend und hielt meine steif gefrorenen Finger auf die Heizung.

»Wollen Sie zuerst einen Tee?«, fragte der Lehrer.

Eigentlich hätte ich gern einen gewollt, aber ich wollte den Mann nicht unnötig von seiner Arbeit abhalten. »Geht schon so, vielen Dank.«

Als er hinausging, rief ich noch mal »Vielen, vielen Dank« hinter ihm her.

Der Vogellehrer wehrte bescheiden ab und stakste davon. Ich spielte vorsichtig ein paar Tonleitern. Es war kein Bösendorfer. Nur ein ganz normales leicht verstimmtes Kleinklavier. Aber es hatte weiße und schwarze Tasten. Und es gehörte mir. Mir ganz allein. Ich war so selig, dass mir Freudentränen in die Nase stiegen. Ich schnaubte noch einmal in des Vogels Taschentuch und übte dann vier Stunden Bach.

Heute bin ich früh um sieben aufgestanden und zu der Schule gegangen. Um zehn vor acht schon saß ich wieder an dem Klavier und habe bis nachmittags um vier geübt. Zwischendurch musste ich ein paar Mal unterbrechen, weil mehrere Dutzend Kinder reinstürmten und mit dem langhalsigen Vogel »Der Kuckuck und der Esel« sangen, aber nach einiger Zeit stürzten sie allesamt wieder raus. Der Vogel heißt Ludger Thiesbrummel und hat mir heute einen Tee gekocht. Jetzt ist es später Nachmittag und wir fahren weiter. Leider. Es sind hundertfünfzig Kilometer. Ich überlege schon, ob ich morgen einfach zurückkommen soll, um hier noch einmal zu üben. Ludger Thiesbrummel hat mir zum Abschied die Hand gegeben und gesagt, ich könnte immer gerne wiederkommen.

Es ist kurz nach sechs in der Früh und Marie würde mich für verrückt erklären. Ich sitze im Intercity zweiter Klasse und fahre zurück in die Stadt von gestern. Da gibt es nämlich ein Klavier. Endlich hab ich ein Ziel im Leben! Gegen Viertel vor neun wird Ludger Thiesbrummel angestakst kommen. Er hat heute erst zur zweiten Stunde Unterricht. Ich freue mich schrecklich darauf, an meinem geliebten Kleinklavier mit den bunten Noten im Hintergrund zu üben. Auch wenn ich zwischendurch mal unterbrechen muss für »Der Kuckuck und der Esel«, das macht nichts. Da Thiesbrummel nur ganz wenige Akkorde spielen kann und meistens auch noch an der falschen Stelle anwendet, habe ich mir überlegt, ihm anzubieten, das Lied heute mal selbst zu begleiten. Aber nur, wenn er sich in seiner Autorität als Lehrer nicht untergraben fühlt. Und auf Thiesbrummel freue ich mich auch. Ich hab mir überlegt, dass ich ihn heute zum Essen einladen werde. Irgendwie muss ich mich ja erkenntlich zeigen, das gehört sich so. Mama wäre auch total dafür. Sie wäre überhaupt begeistert von der ganzen Angelegenheit: Siehst du, Kind, ich habe immer gewusst, dass du in solchen Kreisen mal einen Mann kennen lernst.

Nun bin ich also im Begriff, eine eigene Beziehung aufzubauen, völlig ohne den geistigen Beistand von Marie. Echtwein hat mir jetzt vier mürrische Mitternachts-Klavierstunden gegeben. Ich musste mir Noten kaufen, die ich sowieso zu Hause schon habe. Echtwein hat gesagt, das müsste mir die Sache aber wert sein. Andere Leute würden für eine Klavierstunde bei ihm dreistellige Summen zahlen. Keine Ahnung, wieso ich den Typ nicht mag.

Mir fällt auf, dass ich über Maries Konzerte noch gar nichts geschrieben habe. Also: Weltklasse! Das findet auch Zurlinde. Diesmal ist alles bestens organisiert. Der Agent ist immer einen Tag vorausgereist und hat alle Säle inspiziert, alle Verantwortlichen angespitzt, dass sie gut heizen, dass es nicht ziehen darf und dass der Flügel genau unterm Licht stehen muss. Auch die Hotels sind Spitze. Zwei Einzelzimmer liegen immer nach hinten heraus und sind nebeneinander: die nehmen Marie und Echtwein. Ich habe immer ein kleines Zimmer unter dem Dach oder neben dem Aufzug oder zur Straße raus, und ich hege heimliche Ängste, eines Nachts mein Bett für Zurlinde räumen zu müssen. Schließlich ist er der Direktor der Hochschule, auf der ich studiere, und ich schätze, es würde sich negativ auf mein Examen auswirken, wenn ich meinen Direktor nachts im Regen stehen lasse.

Gestern hab ich zum ersten Mal den Versuch gemacht, auswendig zu blättern. Ich klebe nicht mehr wie ein Kaninchen in Panik an den Noten, sondern ich lehne mich zurück und meditiere die Töne. In meiner Entspanntheit hege ich den Gedanken, aus Rache einmal nicht umzublättern, sondern mir in der Nase zu bohren oder den Schuhsenkel zuzubinden. Einmal habe ich gefährlich lange gewartet. Echtwein ist auf seinen Frackschößen rumgerutscht, als wenn er dringend aufs Klo müsste. Dann kam das Kopfnicken. Super war das, wie er voller Panik mit seinem Kopf nickte. Ich ließ ihn nicken. Die Augen wollten ihm schon aus dem Kopf quellen, die Haare fielen ihm wirr in die Stirn. Erst im allerletzten Moment, als er schon die linke Hand von den Tasten genommen hatte, hab ich mich gnädig erhoben. Bei der nächsten Seite hat er schon vier Takte zu früh genickt, der Trottel.

Marie sang wie immer auswendig ihr zweieinhalbstündiges Programm. Sie geht so darin auf, dass man sie privat nicht wiedererkennen würde. Sie ist absolut souverän, sie zelebriert jedes Lied und turnt elegant auf jeder Koloratur herum. So müsste man singen können! Ihre Mimik ist ebenso mitreißend wie ihr Gesang. Besonders die Carmen-Arien und die Tamburin-Szene, wo sie auf dem Tisch tanzt und nur »lalalalalalalalalala« singt, ist so hinreißend, dass die Leute im Saal toben. Sie klappert mit Kastagnetten und wippt mit den Hüften, dass einem die Schauer der Wollust über den Rücken laufen. Mir ist schon klar, warum alle Männer Marie verfallen. Ich verfalle ihr ja selbst. Immer wieder kriege ich an bestimmten Stellen eine Gänsehaut. Echtwein dagegen begleitet sie mit unbewegtem Gesicht. Aber er muss als Klavierbegleiter toll sein. Marie schwört auf ihn. Manchmal ertappe ich mich bei der Vorstellung, ich würde Marie begleiten. Und Echtwein würde blättern. Dann laufen mir wahre Wonneschauer den Rücken runter.

Nachher: stehende Ovationen, vier Zugaben. Anschließend Sektempfang. Echtwein muss sich da immer sehen lassen, während ich mich schon am Flügel warm spiele. Manchmal singe ich heimlich ihre Arien, weil die Akustik im Saal so toll ist. Sogar die Tamburin-Szene auf dem Tisch habe ich schon versucht, ganz heimlich, still und leise. Wenn ich Echtwein kommen höre, schmeiße ich mich sofort auf den Klavierhocker und präludiere einen Bach oder hämmere einen Bartok, aggressiv und laut. Dann schmeißt er seine Fliege und seinen Frack von sich, dünstet Schweißgerüche aus und beginnt übellaunig mit dem Unterricht. Ich graues Nachtschattengewächs im Vergleich zu der blutroten Rose Marie – völlig klar, dass Echtwein keine Lust zum Unterricht hat! Zumal Marie diese sternklaren Winternächte gern mit Zurlinde verbringt. Sie erzählt mir am nächsten Tag immer, wo sie waren, was sie gespeist haben, wen sie getroffen haben, über wen geredet wurde. Zurlinde ist eine wichtige Persönlichkeit in allen kulturellen Vereinen und Institutionen. Alle Welt kennt ihn und schätzt sein Urteil. Zum Beispiel ist er Vorsitzender vieler Gremien, Ausschüsse und Wettbewerbe. Nun hat er Marie angeboten, sie in die Jury des internationalen Mozart-Gesangwettbewerbes nach Salzburg mitzunehmen. Das Finale wird im Fernsehen übertragen. Marie als jüngstes Jurymitglied könnte auch etwas singen, außerhalb der Konkurrenz sozusagen. Er möchte, dass sie international bekannt wird. Marie jubelte und sprang auf ihrem Bett herum und küsste ihren Zahnputzbecher.

Sie kann so losgelöst ihre Emotionen herauslassen! Man muss sich einfach mit ihr freuen!

»Ich werde Tag und Nacht mit Zurlinde zusammen sein«, jubelte sie. »Außerdem darf ich über den internationalen sängerischen Nachwuchs mitbestimmen. Es wird wahnsinnig interessant! Denk nur, vor einem Jahr bin ich selber noch zu Wettbewerben gefahren, als Kandidatin! Grässlich war das, erniedrigend und fürchterlich!«

»Hast du keine Preise gemacht?«

»Doch, natürlich. Fast jedes Mal. Aber einmal, da wollten sie mich mit einem ›Lobenden Förderpreis‹ abspeisen! Da hab ich vielleicht geheult! Fix und fertig war ich! Damals hab ich Zurlinde angerufen und der hat mit dem Vorsitzenden telefoniert und dann bekam ich doch den Zweiten. Ein Erster wurde gar nicht vergeben.«

Unverschämtheit, wie sie Marie behandelt haben. Also auch ihre Karriere begann steinig und dornenvoll. Was für Erniedrigungen man sich gefallen lassen muss, bevor man internationale Anerkennung findet! Ich halte es übrigens nicht für unklug, so ein paar einflussreiche Hobbymaurer und Entenhalter zu kennen. Von daher ist Thiesbrummel, der »Kuckuck und der Esel« singende Volksschullehrer, auf Dauer kein adäquater Umgang für mich. Das würde Mama auch verstehen.

Von meiner heimlichen Beziehung zu Ludger Thiesbrummel, der sowohl Ähnlichkeit mit einem Kuckuck wie auch mit einem Esel hat, darf Marie natürlich nichts wissen. Erst mal, weil er mir intellektuell und vom künstlerischen Anspruch überhaupt nicht im mindesten gewachsen ist, und dann auch so, weil sie darüber lachen würde.

Ludger hat allerdings gewisse Absichten mir gegenüber: Gestern nämlich, als der Musikraum besetzt war und die Kinder dreißigstimmig und sehr atonal »Ein Vogel wollte Hochzeit machen« intonierten, konnte ich beim besten Willen nicht üben. Nachdem ich alle fünfzig Strophen begleitet hatte und mir die Ohren schepperten vor so vielen falschen Tönen, die die Kinder in meinen Nacken geplärrt hatten, war ich ganz schön erschöpft. Nun hatte ich die lange Bahnfahrt umsonst gemacht. Das wollte Thiesbrummel nicht auf sich sitzen lassen. Spontan und selbstlos fuhr er mich in seinem hellblauen Käfer mit den alternativen Umweltschutz-Aufklebern zu seiner Tante Hella, die in einem biederen Mietshaus am Rande einer Schrebergartensiedlung wohnt und ein Klavier im muffigen Wohnzimmer stehen hat. Dort durfte ich stundenlang üben, nur ab und zu kam die Tante rein und wählte, vor Mitteilungsdrang platzend, eine Telefonnummer, hielt dann kommentarlos den Hörer an das alte Klavier und ließ den Teilnehmer am anderen Ende schier verzweifeln. Triumphierend jauchzte sie dann, dass sie es sei, Hella, und dass der andere einmal raten solle, wer da bei ihr im Wohnzimmer sitze und auf ihrem Klavier spiele. Eine Pianistin! Und Ludger sei mit ihr bekannt!! Eine Künstlerin sei ich, und ein sehr nett aussehendes Mädel dazu! Wie ihr Ludger sie doch überrasche! Den Rest des Gespräches musste ich nicht mehr mit anhören, weil sie das Telefon immer wie einen Hund an der Leine hinter sich herzerrte in den Flur, wo sie weitertelefonierte. »Lasse Se sisch net störe!!«, beschwor sie mich immer wieder, und das tat ich dann auch nicht. Karrieren beginnen steinig und dornenreich. Tante Hella war eine von diesen Dornen. Zum Schluss sang ich ihr noch die Carmen vor und klapperte mit zwei Kochlöffeln dazu, da fiel ihr schier das Gebiss raus vor Begeisterung. Und Ludger stand stumm dabei.

Gegen Mittag erschien der Dornenvogel wieder. Mit ihm wehte ein heftiger Grünkohlgeruch in die gute Stube.

Es wäre der Tante eine große Ehre, wenn ich mir etwas von dem Grünkohl reinziehen würde, und ihn, Ludger, tät's auch echt freuen. Was sollte ich machen? Seit Tagen, was sage ich, Wochen, habe ich nichts Warmes mehr gegessen. Ich ging also mit in die Küche, wo Tante Hella gerade liebevoll den Grünkohl in eine blassblaue Schüssel goss, aus der er dann mit einer bayerisch verzierten Schöpfkelle wieder entnommen werden würde. Ich durfte auf der bayerisch verzierten Eckbank sitzen und ein großes Glas H-Milch mit besonders üblem Nachgeschmack trinken. Ludger tat das auch mit Hingabe und sein Adamsapfel vollführte wahre Loopings dabei.

Die Tante war sehr aufgeregt über »der selldene Besuch aus Künstläkraise« und berichtete über die Resonanz ihrer morgendlichen Anrufaktion. Dann musste ich den grünen Brei mit Hilfe einiger fetter durchwachsener Speckschwarten auf die H-Milch in meinem Magen kippen und zum Nachtisch gab es Pflaumenkompott mit wieder hervorzubringenden Steinen. Schade, dass Papa nicht da war. Er macht doch so was mit Leidenschaft. Auch Ludger hatte eine gewisse Übung im Hervorbringen von Pflaumenkernen und sein Kehlkopf vollführte auch hierbei Freudensprünge. Das verwaschene, blassblaue Hemd, das er anhatte, hatte exakt die Farbe seines VW-Käfers, und das machte ihn noch viel blasser und magerer, als er ohnehin schon war. Sein Haar, was sehr lieblosen Friseuren in die Hände gefallen sein muss, ist stumpf und strähnig und nahm mit der Zeit jene blassblaue Farbe an, die auch das Geschirr von Tante Hella hatte. Aus ähnlich blassblauen Kaffetassen gab es dann noch Pulverkaffee mit H-Milch und zur Feier des Tages spendierte Tante Hella dazu die vertrockneten Überreste eines angebrochenen Weihnachtsstollens. Ich war gerührt und dankbar über so viel wahre Gastfreundschaft, und mir wollten schier die Tränen kommen, als Ludger seiner Tante Hella beim Abtrocknen half! Wie er da so mit seinen langen, mageren Fingern das blassblaue Geschirrtuch um die blassblauen Teller schlang, da schaute er mich einen tiefen, innigen Moment lang aus seinen blassblauen Augen an.

Da wusste ich: es ist um ihn geschehen.

Tante Hella, in ihrer feinen, hellhörigen Subtilität, wusste das auch. Mit harmlosem Unterton schlug sie ihrem schlaksigen Neffen vor, mich doch nach Heidelberg zu fahren, wo wir heute Abend auftreten. Ich wehrte bescheiden und heftig ab, ich hätte den beiden doch schon genug Arbeit und Umstände gemacht und ich könnte doch ebenso gut mit dem Zug fahren. Doch Tante Hella wurde energisch: »Der Junge fährt Sie nach Haidlbärsch!«

Das tat er dann auch. In seinem blassblauen, alternativen Käfer mit den Umweltschutz-Aufklebern drauf. Atomkraft nein danke und so. Marie hätte heftigen Brechreiz gekriegt. Ich hatte ganz anders gelagerte Probleme: heftigen Pupsreiz. Mein Magen ist ja nichts mehr gewöhnt und meine Verdauungsorgane schliefen seit Wochen einen friedlichen Winterschlaf. Nach dem vielen Grünkohl mit Speckschwarte war mein Gedärm alles andere als friedfertig gestimmt. Übellaunig und zornig randalierte es in meinen Innereien vor sich hin und heftige Gasbomben verlangten dringend durch den Notausgang zu entweichen. Ich weiß nicht, wie es Ludger ging, aber er schien nicht wie ich ausschließlich damit beschäftigt zu sein, die Pobacken zusammenzukneifen. Er konzentrierte sich auf das umweltschonende Rechtsfahren im benzinsparenden Tempo von 85 km/h. Die Fahrt war entsetzlich lang. Ich hätte doch mit dem Zug fahren sollen, dachte ich, finstere Gedanken an Tante Hella sendend. Selbst zu Fuß wäre ich noch schneller gewesen. Düster ballten sich die Wolken am Horizont, und düster ballten sich auch die Wolken in meinem Inneren und schoben sich, auftürmend und wieder zusammenfallend, von einer Seite auf die andere. Zweimal bat ich um ein kurzes Päuschen, mehr war aus taktischen Gründen einfach nicht drin. Schließlich schlief ich vor Erschöpfung auf dem Beifahrersitz ein. Ist ja kein Wunder, bei den vier Stunden Schlaf pro Nacht! Wie viele umweltbelastende Gase mir währenddessen entwichen sein mögen, weiß ich nicht, aber als wir in Haidlbärsch ankamen, hatte Ludger sein Fenster runtergekurbelt.

So etwas wäre Marie nie passiert! Ich muss noch viel lernen.

Vor dem Hotel war ein grauer, öder Hofparkplatz, und dort stieg ich aus dem blassblauen Käfer, müde und zerschlagen, und sehnte mich nach einer Dusche und einer Toilette. Ich verabschiedete mich also hastig von Ludger und stammelte noch einen Dank für seine wirklich-nicht-nötig-gewesene Freundlichkeit. Dann raffte ich meine Noten vom Rücksitz und rannte auf mein Zimmerlein.

Noch zwei Stunden bis zum Konzert! Diesmal würde ich mich dringend noch etwas entspannen und frisch machen müssen! Als ich gerade mit einem tiefen dankbaren Seufzer nackt unter der Dusche stand, klopfte es an die Tür. Zuerst zaghaft und so, dass ich wünschte, mich verhört zu haben, aber dann lauter und heftiger. Bestimmt sollte ich Marie wieder irgendwelche Brausetabletten oder Verhüterli oder Beruhigungsmittel aus der Apotheke besorgen. »Moment bitte! Ich bin im Bad!« Obwohl ich mich noch ganz und gar nicht entspannt fühlte, stiefelte ich mit Turban und Badehandtuch umhüllt zur Tür, um Marie um einen Moment Geduld zu bitten.

Es war jedoch Ludger Thiesbrummel, der da klopfte und Einlass begehrte. Langfingrig reichte er mir meinen dämlichen, abgekauten Bleistiftstummel. »Der lag noch auf dem Rücksitz.«

»Hm«, sagte ich und kniff schon wieder den Hintern zusammen. »Danke. Wäre nicht nötig gewesen.«

»Tja«, sagte Ludger und sein Kehlkopf hüpfte auf und ab. »Ich dachte, du brauchst ihn noch.«

»Nicht wirklich«, erwiderte ich. »Aber trotzdem danke.«

»Genauer gesagt lag er davor. Er ist wohl unter den Beifahrersitz gerollt.«

»Der Schlingel«, versuchte ich einen Scherz. »Wollte einfach schwarzfahren.«

»Tja«, sagte Ludger wieder. »Dann geh ich wohl jetzt.«

»Ich bin gerade unter der Dusche«, erklärte ich.

»Ach so«, sagte Ludger. »Dann störe ich wohl.«

Da ich ihm nicht widersprach, schwiegen wir.

»Ja also«, sagte ich und blickte mich ratlos in meinem Zimmer um. Das Bett war schon aufgeschlagen, meine Ohropax lagen schon appetitlich rosa auf dem Nachttisch und mein Flanellnachthemd lugte freundlich einladend unter dem Kopfkissen hervor.

»Ich dachte, ich könnte vielleicht noch bis zum Konzert hier bleiben«, sagte Ludger, nachdem auch er meine private Idylle in sich aufgenommen hatte. Ich fand den Vorschlag zum Losheulen schlecht. »Warte hier«, erwiderte ich, ließ die Tür angelehnt und ging ins Bad zurück, um verzweifelt gegen die Kacheln zu boxen. Tränen der Wut und Verzweiflung rannen mir aus den Augen. Ich sah mir dabei im Spiegel zu und fand mich geradezu abstoßend hässlich und verquollen. Nicht einmal in Ruhe pupsen darf der Lakai!, höhnte mein Spiegelbild. Wie bringt Marie es nur fertig, stets göttlich und appetitlich zu sein? Hat sie nie das Bedürfnis, sich mit einem Schokoriegel und einem spannenden Kitschroman ins Bett zu legen? Warum ist sie immer schön und wohl duftend und auf Männer stets gut zu sprechen? Hat sie noch nie einen Verehrer aus dem Schlafzimmer komplimentiert, um mal in Ruhe einen fahren zu lassen?

Nun habe ich endlich mal einen einzigen Verehrer, blassblau zwar und aus kleinbürgerlichen Verhältnissen, aber er reist mir nach und klopft an meine Zimmertür, genau wie die Supermänner mit Ente im eigenen Ziergarten und Hobbykeller mit selbst gezimmerter Hausbar. Warum bin ich der Situation jetzt nicht gewachsen? Warum wünsche ich mir den Ludger meilenweit weg?

Ich bedachte die Möglichkeiten, die ich hatte. Im Badezimmer einfach auf der Klobrille verweilen, während Ludger sich in den Anblick meines geöffneten Koffers versenken würde, war unmöglich. Mit ihm in dem engen Dachkämmerlein herumzusitzen oder gar zu liegen, erschien mir noch unmöglicher. So blieb mir nichts anderes übrig, als mich wieder anzuziehen und mit dem blassblauen Ludger in der Fußgängerzone rumzuschlendern, bis es Zeit war, zum Konzert zu gehen. Ich hatte ihn im Schlepptau wie eine Gans ein Dornenvogelküken, er stakste einfach immer hinter mir her, und dementsprechend übellaunig und unkreativ war ich auch. Voll Unbehagen musste ich mich auch noch an der Abendkasse anstellen und für Ludger einen teuren Sitzplatz bezahlen. Während Marie dann im Konzert das Heidelberger Publikum von den Hockern riss und mit ihren Kastagnetten auf dem Tisch tanzte, saß ich wie ein schwarzer Fettfleck muffig und wütend auf meinem Stuhl. Voller Zorn fetzte ich dem ahnungslosen Echtwein die Noten vor den Augen herum, und meine Lust am Dampfablassen hatte sich noch in keiner Weise gemindert, als Marie die Carmen-Szenen darbot und die Heidelberger zu stürmischen Ovationen hinriss. Der blassblaue Ludger lümmelte in seinem verwaschenen Hemd in der ersten Reihe herum und zerbröselte mit seinen langen Fingern das Programmheft. Natürlich hatte ich ihm während unserer kurzen flüchtigen Bekanntschaft nicht erzählt, dass ich nur die Umblätterin war; er war wahrscheinlich davon ausgegangen, dass ich im Konzert Klavier spiele. Aber ich war davon ausgegangen, dass es uns nicht weiterbringt, wenn ich ihm jede Einzelheit meines Lebens erzähle, und so hatte ich es gelassen. Mit dem Resultat, dass er jetzt total peinlich berührt auf seinem Klappstuhl saß.

Nach dem Konzert klatschte er emotionslos ein bisschen Beifall und saß dann da, stumm und blass und verlegen. Sein ohnehin schon lappiger Hemdkragen hatte sich in seinen langen Hals verkrochen, und mit nüchternem Auge betrachtet, sah er einfach nur noch bescheuert aus. Papa hätte jetzt gesagt: In die Ecke, Besen, Besen, sei's gewesen. Der Saal leerte sich, ich freute mich schon auf meine mitternächtliche Klavierstunde, aber ich fürchtete, dass Ludger nun auch noch eine nächtliche Unterbringung bei meinem Flanellnachthemd erwarten würde. Während Echtwein noch seinen labbrigen Frack auszog, um in seinen Trainingsanzug zu schlüpfen, in dem er mich immer unterrichtete, bevor er damit zu Bett ging, setzte ich mich an den Flügel und spielte mich warm. Herrn Thiesbrummel beschloss ich zu ignorieren. Es war mir egal, dass Ludger Thiesbrummel nun glauben musste, ich ginge ans Klavier, um ihm zu demonstrieren, dass ich auch Klavier spielen kann. Das hatte ich ihm ja bereits in seiner Grundschule und bei Tante Hella demonstriert.

Zuerst perlte ich ein paar Arpeggien und Läufe, dann ließ ich den Bach von den Fingern tropfen, und am Schluss begann ich, lustvoll schwermütig und emotional umwölkt in der Mondscheinsonate zu baden. Alles klappte ganz gut, und ich war schon ganz ungeduldig, Echtwein die Ergebnisse meiner Übestunden präsentieren zu können. Doch selbst nach dem Regentropfenprelude von Chopin war immer noch kein Trainingsanzug auf der Bühne erschienen. Wohl aber saß Ludger wie angewachsen auf seinem Stuhl und blickte fasziniert zu mir herauf. Als ich ihn fragend anguckte, fing er wieder so lappig an zu applaudieren.

Um die ganze Angelegenheit noch ein bisschen hochzuschaukeln, kletterte ich auf den Tisch, nahm mir die Kastagnetten und gab die Carmen-Geschichte zum Besten:

»Lalalalala lalala lalalala …
Die Männer quälten unbeugsam
die Instrumente wie von Sinnen,
was vollends den Zigeunerinnen
Verstand und Atem jetzt benahm
so ward das Lied zum Teufelsritt
in tollem vollem Fieberrasen
auf dem Gipfel dann der Ekstasen
riss sie vollends der Taumel mit
Trallalalaaa …«

Ludger starrte mich mit offenem Munde an. Sein Kehlkopf hatte sich weit unten im Hemdkragen verkrochen, die Hände hatte er unter seine endlos langen Beine gesteckt, wo er sie an seinen Kordhosenbeinen abrieb, bevor er endlich losklatschte wie von Sinnen.

Ich krabbelte von dem Tisch und blieb verlegen stehen. »Ich vermisse meinen Lehrer«, rief ich ihm zu, damit er mit der albernen Klatscherei aufhörte. »Hast du jemanden gesehen?«

»Ja, der Pianist kam herein und ist dann weggegangen«, sagte Ludger und stand erwartungsvoll auf. »Und was machen wir zwei jetzt?«

Ludger im blassblauen Hemd und ich im schwarzen Abendkleid wanderten also wieder schweigend und voneinander gelangweilt durch die Straßen von Heidelberg, die um diese Jahreszeit noch nicht einmal mehr einen bescheuerten Touristen hinter dem Ofen hervorlocken können. Am Hotel angekommen, sagte ich, ich sei jetzt entsetzlich müde und wünsche ihm eine gute Heimfahrt. Er blieb stehen und sah mir dabei zu, wie ich beim Nachtportier klingelte. Der Nachtportier in Gestalt eines pechschwarzen Afrikaners kam herbeigeschlurft, um mich hereinzulassen. Man sah in der Dunkelheit des Treppenhauses nur das Weiße in seinen Augen, und auch ein paar weiße Zähne, als er den Mund öffnete, um mir Guten Abend zu sagen. Vielleicht machte ich einen überraschten oder gar verängstigten Eindruck, kann sein, dass ich sogar im ersten Affekt nach Ludgers Hand griff. Ludger jedenfalls kam unschlüssig mit in die Hotelhalle.

»Der hier auch schlaffen?«, fragte der Schwarze unlustig. Ich sah Ludger fragend an. Schlaffen oder nicht schlaffen? Das ist hier die Frage.

»Ich weiß nicht«, sagte er. Tante Hella hätte ihn geschubst und gesagt, der Junge schläft hier. Aber Tante Hella war nicht dabei. Der Grünkohl in meinem Magen war immer noch nicht ganz verdaut. Ich wollte in Ruhe und Abgeschiedenheit endlich das tun, wozu ich den ganzen Tag noch nicht gekommen war. Zum Glück erwies Ludger sich als entscheidungsfreudig und entschloss sich nach einigem Zaudern zur Heimreise. Ich atmete hörbar auf und der Schwarzafrikaner verkroch sich wieder in seine Portiersloge. Ludger reichte mir die kalte schlaffe Hand zum Abschied.

»Sieht man sich wieder?«, fragte er und sein Kehlkopf zuckte zusammen über so viel Kühnheit der eigenen Sprechmuskeln.

»Klar«, sagte ich jovial und strich ihm ein bisschen über die bartlose Wange. »Ich melde mich!« Dann schob ich ihn zur Tür hinaus und rannte in meine Dachkammer. Hier lag mein geliebtes Flanellnachthemd, dort die Ohropax-Kügelchen. Wie ich sie doch liebte, und den Verdauungsriegel aus der Notapotheke in meiner Nachttischschublade dazu! Endlich allein!

Ich glaube, ich bin ein ausgesprochen beziehungsunfähiges altjüngferliches Wesen.

Wir sind wieder in Bad Orks, weil das eine kulturell so wichtige und unumgängliche Zwischenstation einer jeden Konzerttournee ist. Ich wohne bei Papa und Mama, das findet Marie okay. Als Mama mir mit ihrem Gemüseeintopf kam, überkam mich eine nie gekannte Abwehr gegen dieses labbrige Zeug. Ich glaube, das ist die unterbewusste emotionale Ablehnung einer bürgerlichen Tochter gegen die Alleinherrschaft ihrer Eltern. Jedenfalls konnte ich das Zeug nicht essen und mochte auch Papa nicht länger beim Hervorwürgen der Kompottkerne zusehen. Auch die Art, wie er die gefaltete Stoffserviette über den Mund zieht, konnte ich nicht ertragen und bat um ein Glas Wasser.

»Kind, was bist du abgemagert«, sagte Mama ungehalten. »Das Leben an der Seite dieser … Zigeunerin tut dir nicht gut.«

»Aber Mama«, sagte ich. »Du warst doch so begeistert von ihr!«

»Sie lebt ja nicht gerade solide!«, zürnte Mama und schob mir den Gemüseteller wieder gegen den Bauch. »Iss, Kind, du brauchst Vitamine, gerade jetzt in der Aufbauphase!«

Mama sprang auf und holte die zuckersüßen Blutorangen. Mit dem Küchenmesser schälte sie sie und schob mir einige tropfende Blutorangenschnitze hin. »Du brauchst Vitamin C! Jetzt, in der nasskalten Jahreszeit!«

Ich weiß auch nicht, was sich seit meinem Grünkohlessen in meinem Innenleben tut, auf jeden Fall fand ich die Orangenschnitze ekelhaft und mochte sie nicht essen, weder mit noch ohne Kerne, und erst recht nicht, nachdem Mama sie so beherzt geschlachtet hatte, dass sie tatsächlich bluteten. Papa dagegen steckte sich einen nach dem anderen gewissenhaft und treffsicher in den Mund, um die ausgelutschte Schale samt vielen kleinen Kernen wieder auszuwürgen und in Reih und Glied schön ordentlich auf seinen Tellerrand zu legen. »Ich mag wirklich nicht, Mama. Hab im Moment überhaupt keinen Appetit!«

»Alles überflüssig«, triumphierte Papa. Ich war nun ganz sicher, überhaupt keinen Hunger mehr zu haben, und verließ mit einer leichten Übelkeit das Esszimmer. Eigentlich stand das Klavier im Wohnzimmer und wartete auf mich, aber auf einmal hatte ich nicht mehr die leiseste Lust, meinen Eltern etwas vorzuspielen. Ich wollte nur noch weg von hier.

Papa und ich haben einen langen Spaziergang gemacht. Mama muss nach dem Essen immer die Beine hochlegen und dabei die Beschaffenheit der Nachbargärten prüfen, deshalb hockt sie in der Mittagszeit am Wohnzimmerfenster. Zurzeit prüft sie die Beschaffenheit der vom Schnee geräumten Zufahrten zu den einzelnen Garagen, und das kann dauern. Papa ist ein Wandervogel und schreitet gern aus, besonders innerhalb des Kurparkes auf den gefegten Wegen mit den beschnittenen Hecken. Dort schritten wir also aus, wegen des unbeständigen Wetters immer um die Tennisplätze herum, auf denen heute natürlich kein einziger Kurschatten sein unsportliches Wesen trieb. Ein kalter Wind vom nahen Gebirge her blies uns ins Gesicht. Ich erzählte Papa von meinem Dasein als Hausmädchen und Kinderfrau, und dass ich eigentlich nur ätzende Typen kennen gelernt hätte, außer natürlich der göttlichen Marie.

»Ein rassiges Weib, fürwahr«, antwortete Papa und schritt freudig aus. »Was führt sie denn für eine Ehe?«

»Eine überflüssige«, sagte ich.

Papa blieb stehen und ich musste einige Meter zurücklaufen, um wieder auf seiner Höhe zu sein. »Na ja«, sagte ich entschuldigend. »Sie ist nie zu Hause und kann sich nicht um ihr Kind kümmern, und um ihren Mann kümmert sie sich auch irgendwie nur sporadisch.«

Papa musterte mich erschüttert. »Du meinst, sie vernachlässigt ihre Pflichten als Frau und Mutter?«

»Papa«, sagte ich, »sie macht Karriere. Das willst du doch von mir auch, oder nicht?«

Papa schüttelte entrüstet das Haupt. »Eine Frau ist an erster Stelle für die Rolle der Mutter und Ehefrau geschaffen«, stellte er klar. »Wenn dann noch Platz ist, kann sie Karriere machen. So sehe ich das!« Damit schritt er wieder entrüstet aus. Ich hoppelte hinter ihm her.

»Klara Schumann, die hatte sechs Kinder und war eine weltberühmte Pianistin«, sagte ich.

»Weiß ich«, schnaubte Papa. »Die solltest du dir zum Vorbild nehmen, nicht diese Marie!«

»Aber sie hatte was mit Schumann und mit Brahms.«

»Überflüssig.«

»Aber Papa, eben warst du doch noch so begeistert von Marie!«

»Nicht, wenn sie wegen ihrer Karriere ihren Mann und ihr Kind vernachlässigt! Das gilt auch für dich, Karla! Steig lieber aus dem Geschäft aus und komm zurück nach Bad Orks. Hier kannst du ein solides geregeltes Leben führen und kommst nicht auf moralische Abwege. Glaub mir, Karla: Die Großstadt ist nichts für dich!«

»Ist sie doch«, begehrte ich auf. Es wird Zeit, dass ich allen zeige, wie falsch sie mich einschätzen!

»Und einen Mann kannst du immer und überall kennen lernen. Zum Beispiel dieser Johannes. Der ist ein ganz grundsolider Junge mit einem geregelten Lebenswandel. Der hat schon zweimal nach dir gefragt.«

»Den finde ich ätzend«, sagte ich. Dann erzählte ich Papa von Matthäus, um ihn ein bisschen anzustacheln. Papa war nicht erfreut und fand meine detaillierten Schilderungen überflüssig.

Bei unserer elften oder zwölften Tennisplatzumrundung erzählte ich Papa dann von Willem. Nur mal so als Beispiel dafür, dass es durchaus den einen oder anderen Mann gibt, über den es sich nachzudenken lohnt. Ich vergaß wahrscheinlich zu erwähnen, dass Willem Maries Ehemann ist, denn Papa war sichtlich erfreut über meinen Bekannten und sein gutes und stabiles Auskommen und auch über seinen gediegenen Charakter und sein gepflegtes Äußeres. Ich muss wohl ein bisschen ins Schwärmen gekommen sein, jedenfalls schlug Papa mir vor, doch Willem zu heiraten!

»Aber Willem ist doch verheiratet, mit Marie, Papa«, sagte ich.

»Was?«, zürnte Papa, als wenn ich selbst diese Ehe verschuldet hätte, und darauf fand er meine gesamte Schilderung der letzten sechs Tennisplatzumrundungen überflüssig. Missmutig kehrten wir nach Hause zurück. Wenigstens wisse er nun, sagte Papa sauer, warum ich auf dem besten Wege sei, magersüchtig zu werden. Weil ich den Ehemann meiner Freundin liebe, wo es denn so was gäbe, das seien ja übelste Verhältnisse.

Mama hatte inzwischen die Inspektion der gefegten Garagenzufahrten beendet und die Kaffeemaschine angeworfen. Wie immer gab es selbst gekauften Pflaumenkuchen mit wieder hervorzubringenden Kernen, den ich verschmähte. Darüber geriet Mama nun in große Missstimmung. »Hast du dem Kind klar gemacht, dass man an Magersucht sterben kann?«, fragte sie ihren Gatten gereizt. Papa versicherte, er habe es mir soeben nicht nur klar gemacht, sondern auch schon die psychologisch nur schwer zu durchdringenden Hintergründe meiner Krankheit aufgedeckt. Klar. Papa hat eine große Menschenkenntnis. Er konnte Mama in wenigen klar gegliederten und doch leicht zu begreifenden Sätzen darlegen, dass ich erstens unglücklich in einen verheirateten Mann verliebt sei, zweitens dem Werben eines soliden und ledigen Mannes nicht gewachsen sei, der mit dem ersten leider nicht identisch sei, und drittens eine berufliche Krise durchlebe, da ich einsehen müsse, dass man als Frau nicht gleichzeitig Karriere machen und Männer bedienen kann. Daraus ergebe sich meine grundsätzliche Ablehnung gegen alles Essbare, was aus einer bürgerlichen Küche stamme. Er betrachte dies jedoch als vorübergehenden Zustand, da ich, Karla, sicherlich in Kürze nach Bad Orks zurückkehren werde, um wieder einem geregelten und für eine Frau geeigneten Lebenswandel nachzugehen. Zum Beispiel mit einem Mann wie Johannes.

Papa schwieg und schaute stolz in die Runde. So erfasst und analysiert man eine Situation, und so interpretiert man in kurzen, knappen und allgemein verständlichen Sätzen einen jungen Menschen, der auf Irrwege geraten ist! Genüsslich führte er sich den Pflaumenkuchen zum Munde. Wieso ich anfing zu heulen und türenknallend aus dem Haus rannte, verstand niemand, auch ich selber nicht. Jedenfalls zog ich noch für diese eine Nacht zu Marie und Echtwein ins Hotel.

Marie und Willem sind mit Maximilian zum Schilaufen nach Zürs gefahren, in ein Fünf-Sterne-Hotel. Dort brauchen sie mich nicht, haben sie gesagt, denn das Hotel stellt ein Kindermädchen. Frau Krotoschyin und Frau Perl haben frei. Ich muss mich um Olga, die seibernde Dogge, kümmern, die man leider nicht in das Fünf-Sterne-Hotel mitnehmen kann. In meinem Elend gestern Abend setzte ich mich an meinen Schreibtisch in der Mansarde und schrieb einen Brief an Ludger Thiesbrummel. Wenn ich heute so überlege, warum ich einen so abwegigen und sinnlosen Gedanken in die Tat umsetzte, kann ich nur sagen: Damit wenigstens noch ein Mensch an mich denkt. Ich hätte Sport treiben sollen oder Klavier üben oder ein Bad nehmen! Stattdessen schrieb ich an Thiesbrummel, dass es mir schrecklich Leid täte, ihn so behandelt zu haben, aber es habe sich um einen akuten Krankheitsfall gehandelt und ich würde ihm das alles gern erklären, wenn es noch mal zu einem Wiedersehen kommen würde, was ich sehr hoffen würde. Das habe ich alles geschrieben. Und meine Adresse. Nachdem ich den Brief eingeworfen hatte und die sabbernde Dogge mich auf den üblichen Rundgang gezerrt hatte, wusste ich eigentlich nichts mehr mit mir anzufangen. Es stimmt schon, dass ich im Moment recht appetitlos bin und ziemlich erfreulich an Gewicht verliere. Für eine angehende Karrierefrau ist es auch unheimlich wichtig, in knappe enge Leinenkostüme zu passen und die mageren Beine im VIP-Wartesaal der Flughäfen wirkungsvoll übereinander schlagen zu können. Dicke Pianisten erwecken den Anschein, als würden sie beim Klavierüben Lila-Pause-Riegel knabbern. Nur der ausgemergelte Künstler gilt als strebsam!

Ich vermisse Marie und Willem schrecklich. Tagsüber geistere ich durch das leere große Haus und betrachte die Möbel und Bilder, öffne auch schon mal dieses oder jenes Fotoalbum, überfliege auch den ein oder anderen Brief … was soll ich machen ohne meine Herrschaft? Außer dem Auszerren der Dogge habe ich nichts zu tun, als das Haus zu hüten. Ich könnte nun ungestört auf dem weißen! Flügel! üben. Aber das ist wie mit dem Essen; wenn man es sich erst einmal abgewöhnt hat, mag man überhaupt nicht mehr damit anfangen. Man verfällt in eine gewisse Lethargie. Tagsüber ziehe ich mich gar nicht mehr richtig an, sondern walle in einem von Maries Negligés durch die Zimmer. Nur wenn ich mit der Dogge gehe, muss ich schon was Solides, Reiß- und Spuckefestes anhaben. Ich rede mit keinem Menschen, außer mit der goldenen Kladde von Regina, die jetzt schon zur Hälfte voll ist. Wenn das Regina wüsste! Dass sie mir ein unentbehrliches Utensil geschenkt hat, damals, als ich Geburtstag hatte und von meiner Selbstfindung noch gar nichts wusste. Echtwein hat per Postkarte mitgeteilt, dass er für unbestimmte Zeit nach Amerika geht. Ich habe die Postkarte natürlich gelesen, wie ich alles lese, was für Marie ankommt. Könnte ja mal was Wichtiges dabei sein. Der Warmduscher ist ausgewandert. Da hat er also das Handtuch geschmissen. Was aus seinen Schülern wird, ist ihm völlig piepegal. Der denkt nur an sich. Ein egozentrischer Waschlappen. Wie ich soeben feststelle, spielen sich die meisten Schimpfwörter für untaugliche Männer in der Badezimmersprache ab.

Da fällt mir ein: Matthäus hat angerufen. »Wat machste denn ohne dem Echtwein seine künstlarische Unterweisung?«, fragte er interessiert. »Weisse ja, dat de demnächs ne Zwischenprüfung machen muss, wennze weiter anne Hochschule der Künste immatrikuliert sein wilz!«

»Matthäus«, sagte ich cool, »ich bin vollkommen autark.«

»Willze nimmähr auf Staatskosten studiern? Bisse beklopp? Kriss doch Bafög, oda nich! Oda hassen reichen Macker an Land gezoogn?«

Ich dachte voll Sehnsucht an Willem, natürlich nicht an sein Geld, sondern nur daran, dass er der Mann meiner Träume ist, aber davon sagte ich Matthäus nichts.

Abends trafen wir uns in seiner bevorzugten Stehimbissbude in Kreuzberg. Wir wollten mal wieder richtig gepflegt zusammen ausgehen. Das hatten wir eigentlich noch nie getan, aber jetzt war es an der Zeit, auch mal aus meinem goldenen Käfig rauszukommen. Sagte jedenfalls Matthäus. Er wüsste da ein feistes Szenelokal, ich sollte mir wat Geilet an den Leib hängen.

Ich vertauschte das Negligé gegen ein Paar von Maries knackigen schwarzen Lederhosen und einen von Maries Sechshundert-Mark-Pullovern und malte mich mit Maries Schminkzeug echt feist an. Das Einzige, was von mir selber war, war meine Unterhose. Ich sah verändert aus, als ich die Imbissbude betrat, und Matthäus, der schon bei der dritten Dose Bier angelangt war, starrte mich an, weil er mich kaum erkannte.

»Hasse dir de Haare gefärbt oda ne neue Brille oda wat?«

Zugegeben. Ich habe mir auch die Haare gefärbt, in dem gleichen Ton, den Marie hat: mahagonifarben.

Matthäus bestellte sich sein übliches Menü, nämlich das, was in der Mensa unter Essen zwei läuft: Currywurst und lappige Pommes mit roter Schuhcreme drauf. Ich selbst war an dem Abend relativ appetitlos, besonders, wenn ich Matthäus beim Essen zusah, und deshalb bestellte ich mir nur einen Viertelliter Weißwein. Es gab auch Gläser, wenn ich auch, gesellschaftspolitisch anpassungsfähig, aus der Flasche trank.

»Wat machse denn getz? Bisse Hausmädchen oder Anstandsdame gewordn? Man sieht dir überhaupt nimmähr inne Mensa. Hasse am Studiern getz aufgehöat?«

Ich erzählte ihm geduldig, dass sich das wahre Studium des Lebens und der Dinge in mir selbst abspiele, und dass ich rein Klavier mäßig schon längst auf dem Stand sei, wo die internationale Karriere beginnt. Es komme jetzt nur noch auf das Outfit an, an dem ich zurzeit ziemlich intensiv arbeite, und auf ein paar sachdienliche Connections, aber als Frau sei es nicht schwer, welche zu bekommen.

»Du quatscht ein Schaiß!«, sagte Matthäus und bohrte sich im Ohr. »Kannze als Schlagergöre machen, watte da vorhass, aba nich wennze fanünftige Musik machen willz.« Ich sagte milde lächelnd, dass ich ja hautnah durch Marie erlebte, wie frau sich auf Weltklasse-Milieu zu bewegen habe. Er möge mir bitte ersparen, in Einzelheiten zu gehen. Jedenfalls gebe es keinerlei Probleme, sich beruflich zu etablieren, wenn man als Frau gewisse Spielregeln der Gesellschaft einhalte.

»Wat mainze damit?«, fragte Matthäus, der begriffsstutzige Prolet. »Bumsen oder wat?«

Ich errötete, weil mir der Umgang mit solcherlei Vokabular relativ fremd ist.

»Klappt garantiert nich!«, frohlockte Matthäus schadenfroh. »Is kein Rezept für gutes Klavierspielen! Entweda du kannz dat oda nich. Wobei es nich von Nachteil is, wenn de keine fette Landpomeranze mit Pickeln und n breitgesessenen Aasch bis.« Er grinste gönnerhaft. »Dat hasse ja schon inne Tat umgesetzt.« Er stellte seine Bierdose auf den Tresen und kniff mir mit der frei gewordenen Pranke an die Wange. »Waaß au schomma abstoßender!«

Ich errötete schon wieder, diesmal über das charmante Kompliment und die erotisch stimulierende Berührung.

»Wennde ausgetrunken has, könnwa gehn«, sagte Matthäus ohne Überleitung. »Meine Bude is hier umme Ecke.« Ich dachte, dass Marie einer solchen Situation bestimmt gewachsen sein würde, aber mir kam im Moment nicht in den Sinn, auf welche Weise.

Ich trank also meinen Weißwein aus und folgte Matthäus in seine Behausung. Sie erwies sich als feuchte Absteige im fünften Stock eines Altbaus, den man nur über zwei Hinterhöfe erreichte. Das Treppensteigen kostete meine geschwächten Knie einige Mühe. Die Wohnungstür war nicht abgeschlossen, dafür baumelte ein Totenkopf an einem Strick davor. Kaum ein Penner oder eine Ratte hätte noch Interesse an einem Einbruch gehabt. Der Flur war nasskalt und zugig, das lag daran, dass die Etagenfenster, die mit Persilkästen verklebt waren, nicht ganz zuverlässig abdichteten. Auf der Fensterbank war ein rege benutztes Taubenklo. Die Kleckse zogen sich von den Persilkästen bis auf den Fußboden. Wir traten ein.

Matthäus sagte großzügig: »Setz dich«, aber ich musste diese originell eingerichtete Junggesellenwohnung erst mal in Ruhe besichtigen. Auf dem Fußboden stapelten sich etwa tausend alte Illustrierte, und zwar lückenlos sämtliche Nummern vom »Kicker« seit 1965 und fast vollständig die letzten zweihundert Exemplare des »Playboy«. Es gab aber auch eine reiche Auswahl alter eselsohriger Telefonbücher, vierundzwanzig Bände Karl May und alle Jahrgänge »Das Beste« von 1958 bis 1972. Die jeweils oben aufliegende Ausgabe wies eine so beachtliche Staubschicht auf, dass man nur noch mühsam das Titelblatt erkennen konnte. Hinter den Zeitschriftenbergen stand das Bett. Es war beladen mit Kabeln, Schnüren, alten Werkzeugen, kaputten Haushaltsgeräten und einigen zerschlissenen Stofftieren. Der guten Ordnung halber waren die zerbrochenen Schallplatten und kaputten Tonbänder, aus denen die meterlangen, verhedderten Schnüre hingen, in einem Pappkarton mit der Aufschrift »Rama macht das Frühstück gut« untergebracht, der auf dem Kopfkissen stand. Selbiges mag nicht mehr ganz frisch gewesen sein; zirka zwei bis zweieinhalb Jahre alt war der Bezug sicherlich, das war an der tiefgrauen Färbung deutlich zu erkennen. Weiter unten auf dem Bett war ein Wäschedepot eingerichtet und dem Geruch nach war es vermutlich gebrauchte Wäsche. Auf den Socken lag ein kaputtes Bügeleisen, was ich für unzweckmäßig hielt. Soviel ich weiß, hören Socken nicht auf zu stinken, wenn man sie bügelt. Rechts unter dem anderen Taubenklo stand der Schreibtisch. Er war vermutlich gleichzeitig als Hobelbank benutzt worden, denn er wies tiefe Kerben auf und wirkte irgendwie angefault. Die Dinge, die auf ihm standen, ließen ihn tief in die wackeligen Knie sinken. Ein Synthesizer, leicht verstaubt, ein Computer, kaum verstaubt, ein Brotkasten, offen, mit Besteck darin. Ein Werkzeugkasten, sehr verstaubt, ein Kofferradio, ein tragbarer Fernseher mit abgebrochener Antenne und ein Vogelbauer mit zwei Plastikattrappen. Die Attrappen waren am verstaubtesten. Wahrscheinlich fütterte Matthäus sie zu selten und ließ sie nie fliegen. Auf dem Boden links neben dem Schreibtisch stand ein sehr großes, sehr vermodertes Aquarium. Inhalt: vier Liter grüne Brühe mit Taubenklecksen drin. Ein Laufrad für einen Hamster, kaputt, schwamm obenauf. Ich spähte vorsichtig nach Überlebenden, ob Hamster oder Goldfisch, aber ich konnte keine entdecken. In der Küche gab es einen Kühlschrank, der mit Bildern von nackten Frauen beklebt war. Obwohl der Griff des Kühlschranks sehr verklebt war, gelang es mir, ihn zu öffnen. Eine ziemlich unerfreuliche Wolke von saurer Milch, verwestem Hackfleisch und verschimmelter Leberwurst mischte sich mit dem Duft der Marmelade, in der einige hundert Ameisen ihr Domizil errichtet hatten. Es muss sich um eine ganz besondere kälteresistente Ameisensorte gehandelt haben, denn obwohl der Kühlschrank kaputt war, mochte die Marmelade kaum zehn Grad Celsius gehabt haben. Das lag daran, dass die ganz Wohnung von Matthäus eher kühl war; die Heizung, auf der ein zerschlissener Wolldeckenfetzen und zwei Unterhosen lagen, war nämlich defekt. Der Herd war mit einer Spanplatte abgedeckt, auf der eine schimmelige Kaffeemaschine stand. In der Kanne war eine schwarze Brühe, auf der weißgrüne Kreise schwammen. Wahrscheinlich war der Kaffee schon einige Jahre alt. Die Bierdosen unter dem Spülstein und auf dem Radio waren weder verstaubt noch schimmelig. Sie machten einen astreinen Eindruck und Matthäus bot mir sofort eine an. »Trinken wa vorhea noch wat?«

Es war richtig rührend, wie er mir die Dose öffnete, so als kleinen Anregungs-Trunk. Wie nett und wohl erzogen er doch sein konnte!

Meine Inspektion führte mich noch ins Bad, wo außer einem bestialisch stinkenden Klo auch noch ein großes Sortiment an Wäscheklammern, leeren Bierflaschen, Pornoheften und Unterhosen anzutreffen war. Letztere lagen etwas verwahrlost in der braun verkrusteten Badewanne, wo sie sicherlich vor geraumer Zeit einmal gewaschen werden sollten. Die Dusche war defekt, dafür baumelte wieder ein Totenkopf an einem Strick von der Klospülung. Der Spülstein war leider belegt mit einem angebissenen Osterhasen, einer verklebten Zahnbürste mit nur noch wenigen Borsten, einem zinkenlosen Kamm und zwei Paar Turnschuhen ohne Schnürbänder. Auf der Konsole lag ein halb verzehrter Hamburger, der einen relativ frischen Eindruck machte, da er nicht außergewöhnlich stank. Auf der Klobrille lag eine Fernsehzeitschrift neben seiner Lederjacke. Das war alles.

Ich fand es originell und zweckmäßig eingerichtet. Wieso ich nun trotz dieser heimeligen Atmosphäre keinerlei Lust verspürte, mich hier längere Zeit niederzulassen, weiß ich nicht. Matthäus versuchte noch zwei, drei Mal, mich zum Bleiben zu bewegen, indem er mich auf seine Werkzeugkiste im Bett schubste und Maries Paillettenpullover zerdrückte, aber irgendwie war ich trotz all seiner Herzlichkeit nicht in der Stimmung auf körperliche Nähe. Ich weiß auch nicht, warum.

Marie und Willem sind wieder da, endlich! Ohne sie hatte ich kaum noch einen Sinn in meinem Dasein entdecken können. Es bereitete mir tiefe innerliche Befriedigung, ihre Koffer auszupacken, ihre Schneestiefel zu putzen und die schmutzige Wäsche nach Farben und Pflegeleichtigkeit im Wäschekeller zu sortieren. Es ist doch schön, wieder für jemanden sorgen zu können!

Marie erzählte mir mit strahlenden Augen, dass sie in Zürs nicht nur Besuch von Heyko Zurlinde, sondern auch von dem Agentenheini erhalten habe, der mit Vornamen Rainer heiße. Rainer Paulsen aus Düsseldorf. Ich fragte, was dieser Agentenrainer ihr bedeute.

Marie kicherte beglückt. Da sie gerade kein Champagnerglas küssen konnte, küsste sie Maximilian. Danach hatte sie allerdings Kakao im Gesicht. Trotzdem sah sie reizend aus, so braun gebrannt und strahlend und gut erholt. Nachdenklich wischte ich Maximilian mit dem Spüllappen durchs Gesicht und reichte ihn anschließend Marie. Ich dachte an das Lied von Hugo Wolff, das mit »Und wer mich liebt, den lieb ich wieder, denn ich bin geliebt« endet. Das bringt Marie immer am Ende des ersten Teils. Es spiegelt auf verblüffende Weise ihre tatsächliche Einstellung zum Leben. Ganz zu schweigen von dem Carmen-Kram, besonders dem mit der Triangel und den Kastagnetten auf dem Tisch.

»Sag mal, wenn ich dich da mal was fragen darf …«

Maximilian wollte vom Schoß herunter und robbte über den Küchenfußboden.

Marie strich sich den Pulli glatt und nahm sich eine Tasse Kaffee. »Ja?«, munterte sie mich auf. »Frag ruhig!«

»Hm«, sagte ich und sprang auf, um Maximilian das rohe Ei wegzunehmen, das er in den Abfalleimer schmeißen wollte, »ist es eigentlich so, dass du alle Männer, die dich lieben, also, wie soll ich es ausdrücken …« Maximilian hinderte mich am Ausdrücken, weil er schrie und mir das Ei gegen das rechte Auge schlug. Es zerplatzte und rann aus. Das Ei, glücklicherweise, nicht das Auge.

Marie lachte und küsste ihre Kaffeetasse. Ich gab Maximilian statt des Eies ein Auto und ein Stofftier und begann, die Schweinerei auf dem Küchenboden aufzuwischen.

»Ich meine, liebst du sie in dem Moment eigentlich auch oder schmeichelt es dir nur, wenn sie dich lieben?« Maximilian warf das Auto in den Schlitz zwischen Herd und Kühlschrank. Marie schaute versonnen auf die Küchenwand. Dann kicherte sie verschmitzt und senkte den Blick in die Tasse. Ich holte einen Kochlöffel aus der Schublade und versuchte, das Auto aus dem Schlitz zu fischen. Dabei entwand mir Maximilian den Kochlöffel und drosch mir damit an die Schläfe.

»Irgendwie liebe ich jeden Einzelnen von ihnen«, stellte Marie klar.

Ich hielt mir die schmerzende Schläfe und nahm Maximilian den Kochlöffel weg. Er biss mich ins Handgelenk.

»Immer den, der gerade bei mir ist«, ergänzte Marie mit verklärten Augen. Maximilian schlug mir mit dem

Kochlöffel ans Knie. Ich konnte ihn ihm abnehmen, jedoch krallte er seine Fingernägel in meinen Unterarm.

»Ich frage deshalb«, sagte ich und versuchte aufzustehen, damit Maximilian mich losließ, »weil ich an mir die Erfahrung gemacht habe, dass mir die Männer gar nicht besonders angenehm sind.« Maximilian nahm das Stofftier und stopfte es ebenfalls in die Lücke zwischen Spülmaschine und Herd. Es gelang mir, mich zu befreien und auf die Füße zu stellen. Mir war ein bisschen schwindelig.

»Du hast bestimmt noch nicht den Richtigen getroffen«, sagte Marie verständnisvoll.

»Doch«, entfuhr es mir, »da gäbe es einen. Einen Einzigen. Alle anderen finde ich ätzend.«

»Und?«, fragte Marie unternehmungslustig. »Will er nicht oder kann er nicht?«

»Er will nicht und er kann nicht«, sagte ich. Maximilian räumte inzwischen den Inhalt einer Zwiebacktüte aus: die Guten ins Kröpfchen, die Schlechten in den Schlitz zwischen Kühlschrank und Herd.

»Alle Männer können, wenn sie wollen«, sagte Marie stolz. »Man muss ihnen nur die Gelegenheit geben!« Sie kicherte erfreut in Erinnerung an die Gelegenheiten, die sie Prof. Echtwein und Heyko Zurlinde, dem überlangen Siegmund Sterz und dem Agentenrainer aus Düsseldorf gegeben hatte.

»Wie hast du es denn geschafft, dich mit Zurlinde und dem Agentenrainer in Zürs zu treffen, wo doch Willem dabei war?«

Marie erklärte mir, dass Willem täglich stundenlang Ski gefahren sei, mit einem befreundeten Architekten aus Emmerich. Der sei übrigens auch ein ausgesprochen charmanter und wohlhabender Mann, so um die vierzig und getrennt lebend. Dann sagte sie, dass sie selber nicht Ski fahren könne und auch keinen Spaß daran habe, auf rutschigen Brettern durch die Gegend zu schliddern, ständig hinzufallen und mit kalten Füßen zwischen schniefenden Leuten am Lift Schlange zu stehen. Sie habe sich im Hotel und auf der Sonnenterrasse ausgeruht. Maximilian sei bei der Kindertante im Hotel gut aufgehoben gewesen. Die habe so nett mit ihm gespielt, dass sie wirklich einmal Zeit für sich gehabt habe.

»Aber wenn du zwei Männer zu Besuch hattest, hattest du doch eigentlich keine Zeit für dich!«, konnte ich mir nicht verkneifen. Einer von beiden stand wahrscheinlich so oft im Schrank, dass die Motten schon seine Kleidung angefressen hatten.

»Doch«, sagte Marie. »Sie waren nicht gleichzeitig da. Ein bisschen Organisationstalent gehört schon dazu.« Maximilian hatte nun alle Zwiebacke in den Schlitz gesteckt und schrie nach neuer Kreativanleitung. Da Marie ihn gar nicht beachtete, schlug er auf mich mit meinem eigenen Pantoffel ein.

»Wann kommt eigentlich Frau Krotoschyin zurück?«, brüllte ich.

Marie zuckte die Achseln. »Ich muss mich jetzt fertig machen, ich habe in der Stadt einen Arzttermin. Meine Periode bleibt aus, ich muss was unternehmen. Tschüss, ihr zwei, und räumt die Schweinerei neben dem Herd schön wieder weg!«

Willem ist gestern Abend zu mir heraufgekommen.

»Hast du mal einen Moment Zeit?«

Ich lief vor Anspannung ganz steif in die Küche und

holte ihm ein Bier. Mit zitternden Händen stellte ich ihm ein Glas daneben.

»Sie ist in letzter Zeit so aufgekratzt. Im Urlaub war sie total launisch. Mal war sie bester Stimmung, mal lag sie auf dem Bett und heulte, mal wollte sie nicht in den Speisesaal gehen. Meinst du, sie denkt viel an diesen Pianisten?«

»Echtwein?«, fragte ich und lachte Hohn. »An den denkt sie kein bisschen!« Wohl aber an den Direktor und an den Agenten, und der nächste Architekt aus Emmerich steht auch schon auf der Matte, wollte ich sagen, aber ich dachte, das bringt uns jetzt auch nicht weiter.

Willem guckte mich lange an, so richtig Auge in Auge. »Du meinst, sie hat nichts mehr mit … dem Klavierspieler?«

»Nein«, stammelte ich. »Da bin ich sicher. Der ist sowieso in Amerika.«

Wir schwiegen und machten weiter mit der In-die-Augen-Guckerei. Mein Magen zog sich zusammen, meine Pupillen auch, und mein Gaumen vertrocknete wie ein vergessener Vogel im heißen Wüstensand. Ich trank einen Schluck Wein. Nach dem Schluck Wein gefiel mir die Situation noch besser.

Ich musste einen Moment lang den Blick senken, weil ich sonst in Ohnmacht gefallen wäre.

»Du weißt also auch nicht, was mit Marie ist?«

»Sie ist ein Paradiesvogel.«

»Meinst du, dass sie jemand anderen kennen gelernt hat?«, fragte Willem in mein Verzücken hinein.

»Ganz bestimmt nicht. Das hätte sie mir erzählt.« Die elende Heuchelröte kroch mir ins Gesicht und biss sich darin fest.

»Du würdest es mir sagen, oder?«

»Klar«, sagte ich. »Sofort!«

»Man muss ein bisschen auf sie aufpassen, sie ist ziemlich labil«, sagte Willem freundlich. »Erst die Sache mit ihrer Mutter, die ihr nicht verraten will, wer ihr Vater ist, und dann das ungeplante Kind von diesem ... Mann ... und jetzt die Karriere ... Sie hatte es nicht immer einfach.«

»Nein«, sagte ich. Mein Herz wollte gar nicht aufhören zu hämmern. Sollte ich es ihm sagen? Übrigens, könnte ich lässig bemerken, falls du es genau wissen willst: Deine Frau betrügt dich pausenlos, und dabei ist sie nicht wählerisch, sie nimmt jeden, der mehr als zwei Sätze an sie richtet, aber wie wär's denn mit uns beiden? Ich würde dir treu ergeben die Polohemden waschen, mit Feinwaschpulver, damit das Reptil nicht das Gesicht verzieht.

Nein. Ganz ausgeschlossen. Nie würde ich so plump meine Gefühle offenbaren. Mama und Papa haben mir beigebracht, dass ein feines Mädchen seine Gefühle stets für sich behält. Ich muss Willem Zeit lassen, alles selbst zu durchschauen. Männer brauchen Zeit. Frauen sind da zum Glück mit Geduld und Weitsicht ausgestattet. Ich werde ihn mir erwarten, den Willem. Papa sagt auch immer, Warten will gelernt sein, und wer warten kann, wird auch glücklich werden. Willem muss von selbst darauf kommen, dass ich ihn liebe. Wenn ich es ihm jetzt sagen würde, wäre er nur emotional blockiert. So eine Liebe muss wachsen. Sagt Mama auch immer. Ihre Liebe zu Papa, die musste auch erst wachsen. Der Grundstein ist gelegt. Ich lebe unter seinem Dach. Ich bin seine Vertraute. Mit seinen Problemen kommt er zu mir.

»Spielen wir bald mal Tennis?«, fragte ich, um von Marie abzulenken.

»Gerne, ja«, sagte Willem und stand auf. Das Reptil auf seiner Brust guckte mich schadenfroh an.

»Und denk dran, mich zu informieren, wenn du etwas über Marie weißt«, sagte Willem an der Tür. Zum Abschied schenkte er mir noch einen unvergesslich tiefen und klaren Blick aus blauen, nachdenklichen Augen.

Dann ging er. Als ich die Tür hinter ihm geschlossen hatte, lehnte ich noch minutenlang an dem kühlen Holz. Seine Schritte waren schon lange auf der Treppe verhallt, als sie noch in meinen Ohren nachklangen. Scheiße, tut das weh, verliebt zu sein.

Echtwein ließ mir durch einen Schüler einen Zettel zukommen. Der Zettel war zerknüllt und aus einem Notenheft herausgerissen. Auf der Rückseite war eine ungültige Einkaufsliste: Zwieback, Tee, Tabak, Rei in der Tube, Eier, Zahnpasta, Schnaps.

Die Botschaft auf der Rückseite des Einkaufszettels lautete: »Erwarte Sie zum Unterricht morgen früh, zwölf Uhr dreißig. Echtwein.«

Das war sehr freundlich und persönlich formuliert. Auch dass zwölf Uhr dreißig im unmittelbaren Zusammenhang mit »früh« steht, zeugt davon, dass er auf meine studentischen Gewohnheiten Rücksicht nimmt. Ihm liegt etwas an mir, das merkte ich gleich! Er hält auch viel von meinem Fleiß und meinem Talent, da bin ich sicher. Ich freute mich unbändig auf ihn. Jedenfalls beschloss ich, anstandshalber noch ein wenig zu üben. Seit Wochen hatte ich ja keine Taste angerührt.

Leider wurde aus dem Üben nichts, weil Marie ins

Wohnzimmer kam und mir einen Sherry und eine Zigarette anbot. Sie wollte reden.

Die Fingerübung erstarb unter meinen Händen, die Töne tropften von den Tasten ab.

»Hast du mal einen Moment Zeit?«, fragte Marie.

»Klar«, sagte ich. »Für dich immer, Marie.«

»Ich habe über mich nachgedacht.« Plötzlich schien es mir, als würde ihre Stimme schwanken.

»Ja?«, fragte ich aufmunternd. »Und jetzt?«

»Du hast mich da zu etwas angeregt«, sagte Marie und tatsächlich tropfte eine Träne neben das Sherryglas. Bestürzt stand ich vom Hocker auf und kniete mich zu ihren Füßen.

»Aber Marie! ICH? Was habe ich denn getan, dass du so traurig bist?«

»Du hast mich darauf gebracht, dass ich vielleicht nicht normal bin«, schluchzte Marie. Sie war wie immer, wenn sie weinte, unbeschreiblich schön. Komisch, dass es mir nie gelingt, so wunderbar und entzückend auszusehen, wenn ich flenne. Ich sehe dann eher aus wie eine aufgeplatzte Einkaufstasche.

»Ich war bei einem Psychotherapeuten!«

»Aber doch nicht wegen mir!«

»Doch. Du hattest ja Recht. Mit mir ist etwas nicht in Ordnung.«

»Aber was sollte denn mit dir nicht in Ordnung sein, Marie?«

»Ich kann mich emotional nicht an einen Menschen binden«, fasste Marie ihre missliche Lage zusammen. »Das hat mein Therapeut mir auf den Kopf zu gesagt!« Sie schnäuzte sich.

»Ja, und jetzt?«

»Er will mit mir eine gründliche Gesprächstherapie machen«, sagte Marie unglücklich. »Zuerst bedarf es einer ausführlichen und lückenlosen Analyse. Das kann Jahre dauern!«

Sie schluchzte. Dass es aber auch so schlimm um sie bestellt war!

»Du darfst Willem keine Silbe davon verraten!«, beschwor mich Marie. »Er würde sich nur unnötig Sorgen um mich machen.«

»Keine Silbe, Marie!«, versprach ich. Ich drückte ihr die kalte Hand. »Ehrenwort. Unter Frauen.«

Sie lächelte mich dankbar an. »Willem würde bloß eifersüchtig. Er will nicht, dass ich über unsere Beziehung mit Außenstehenden spreche.«

Und dabei hat er doch schon selbst über seine Beziehung gesprochen, mit mir nämlich. Aber ich werde schweigen wie ein Grab. Die kluge Frau wartet ab und schweigt, würde Papa sagen.

Marie erwähnte abschließend noch, dass dieser Psychotherapeut ihr in einer ausführlichen Sitzung über ihre moralischen Bedenken hinweggeholfen habe, was die Abtreibung betrifft: sie ist erst in der neunten Woche und es handele sich in ihrem Fall ganz klar um eine soziale Indikation.

»Wieso sozial? Du bist doch verheiratet.«

»Das hat damit nichts zu tun. Ich baue mir gerade eine Karriere auf. Ein zweites Kind würde mir alles vermasseln, wofür ich seit Jahren hart gearbeitet habe.«

»Sagt der Therapeut das?«

»Mehr oder weniger.« Sie küsste ihr Sherryglas und dann sang sie Carmen. Ich durfte sie dabei begleiten.

Echtwein war noch bleicher und lappiger, als ich ihn in Erinnerung hatte. Sein ehemals weißes Oberhemd hatte Form und Farbe von zerkochtem Spargel. Er saß gerade am Klavier und kritzelte etwas auf einen Zettel. Wahrscheinlich wieder eine Einkaufsliste. Ich fühlte mich unheimlich gut in Form; frisch geschminkt und in einem T-Shirt von Marie. Meine Finger waren bestens präpariert; ich hatte einen ganz schrillen Nagellack aufgetragen. Auch von Marie, natürlich. Alles an mir erinnerte den armen Echtwein an Marie, das tolle Make-up in ihren Farben, sogar das Parfüm, das ich seit einiger Zeit benutze. Er war richtig zu bemitleiden! Allerdings spürte ich da schon unterschwellig, dass die Echtwein-Katastrophe ihren Anfang nahm. »Hallo«, sagte ich beschwingt und knallte meine Noten auf den Flügel.

Der Spargel kritzelte noch seinen Einkaufszettel zu Ende. Ich beschloss, sein sinnloses Tun komplett zu ignorieren, und setzte mich ungefragt auf den Klavierhocker. Dabei flog sein Einkaufszettel zu Boden. Er bückte sich danach, weil ich es nicht tat. Dann sagte er auch Hallo, vielleicht nicht ganz so fröhlich wie sonst. »Sie haben sich ja angemalt«, tadelte er an mir herum.

»Lieber im Gesicht bemalt als vom Leben gezeichnet. Nett, dass Sie wieder im Lande sind«, begann ich unsere freudlose Konversation. »Ich muss nämlich langsam an meine Zwischenprüfungen denken!«

»Wie geht es Marie?«

»Sie war im Skiurlaub und sieht gut erholt aus. Willem und Maximilian waren natürlich auch dabei. Maximilian hatte ein hoteleigenes Kindermädchen und dabei war auch noch ein befreundeter Architekt aus Emmerich …«

»Danke, das reicht«, sagte Echtwein.

Er sollte doch bloß wissen, dass er es mit einer intakten, glücklichen Familie zu tun hat, die keinerlei Störung von außen vertragen kann.

Damit hielt ich das Thema für erledigt. Ich schlug meine Noten auf und rutschte auf den Klavierhocker.

»Bach oder Bartok?«

»Hat sie nach mir gefragt?«

»Nein«, sagte ich. Dann blickte ich ihn erwartungsvoll an, wie das meine Schüler in Bad Orks auch immer getan hatten. Wie ich diese Klavierstunden-Anfänge gehasst hatte!

»Sie hat überhaupt nicht nach mir gefragt?«

»Nein.« Ich begann mit dem Bach-Präludium in As-Dur.

»Lassen Sie das doch!«, sagte Echtwein genervt.

»Wieso?«, fragte ich, ohne mein Bach-Präludium zu unterbrechen. »As-Dur hatten Sie mir vorletztes Mal aufgegeben!« Provokant klimperte ich weiter.

»Ist mir egal, was ich Ihnen aufgegeben habe, Mensch!«, rief Echtwein und ging zum Fenster, um es unwirsch aufzureißen. Wahrscheinlich konnte er Maries Parfumgeruch nicht mehr ertragen. Ich spielte immer noch weiter, denn de jure stand ich da wie eine Eins. Ich war seine Studentin, er hatte mir das As-Dur-Präludium aufgegeben und ich spielte es ihm fehlerfrei vor. Von nebenan ertönten Beschwerden: »Fenster zu! Ruhe! Hier ist Klausur!«

Ich hörte auf zu spielen. Echtwein begann nervös zu rauchen.

»Ich gehe vielleicht für immer nach Amerika«, sagte er. »Sagen Sie Marie, dass ich sie sprechen muss!«

»Herr Echtwein«, sagte ich und räusperte mich, weil meine Stimme nicht fest im Sitz war. »In Anbetracht der Tatsache, dass Sie vielleicht bald für immer nach Amerika gehen, hätte ich jetzt gerne noch die restlichen 78 Klavierstunden, die mir bis zur Zwischenprüfung zustehen. Das ist an einem langen Wochenende nicht zu schaffen.«

»Ihre Klavierstunde interessiert doch jetzt keinen Menschen!«, brauste Echtwein auf.

»Meine Klavierstunde interessiert mich selbst, immerhin«, hackte ich auf meinem Recht herum.

»Mein Gott, die kriegen Sie bei Gelegenheit schon mal!«, schnauzte Echtwein und warf das morsche Fenster wieder zu. »Ich bin jetzt nicht in der Stimmung, sehen Sie das nicht!« Sein barscher Ton ließ all meine Lässigkeit zunichte werden. Ich fand es unendlich schade: Endlich hatte ich mal einen Flügel, der in der richtigen Stimmung war, da war der Lehrer nicht in der richtigen Stimmung. Ich verlor die Fassung.

»Sie haben mich doch extra zur Klavierstunde herbestellt!«, heulte ich. »Wenn Sie nach Amerika gehen, dann habe ich noch weniger Unterricht!«

»Menschenskind, wenn ich auswandere, dann gebe ich Ihnen überhaupt keine Klavierstunden mehr, begreifen Sie das doch!«

»Dann wandern Sie doch aus«, schniefte ich, »wandern Sie, wohin Sie wollen! Nur kapieren Sie doch endlich mal, dass ich Karla Umweg bin und nicht der Schatten von Marie!«

Echtwein sah mich erstaunt an. Von dieser Warte hatte er das noch gar nicht gesehen. »Aber Mädchen, jetzt heulen Sie doch hier nicht rum! Das hat mir gerade noch gefehlt!« Er riss das Fenster wieder auf, zündete sich eine Zigarette an und blies den Rauch in den Winternebel. Dann wendete er sich plötzlich zu mir herum. »Sie haben doch einen klugen Verstand. Sie wissen doch genau, warum ich Sie in meine Klasse aufgenommen habe. Sie wissen auch, warum Sie bei Marie wohnen dürfen, ohne Miete. Sie wissen auch, warum Sie all diese Reisen machen.« Er knallte das Fenster zu, weil es ihm eiskalt in den Rücken blies.

»Nein«, sagte ich, »warum?«

»Ja, liebes Kind, meinen Sie denn, Sie hätten alle diese Vergünstigungen, weil Sie so außergewöhnlich hübsch sind? Oder vielleicht eher, weil Sie Marie und mir in gewisser Weise von Nutzen sind? Überlegen Sie das mal, bevor Sie hier weitere Forderungen stellen!« Er drehte sich wieder zum Fenster und riss es erneut auf. Ich war sehr kleinlaut.

Gibt es eigentlich in meinem armseligen Leben noch einen Menschen, der mich zufällig mag, so wie ich bin?

Ludger. Der ist der Einzige.

Welch eine Fügung. Als ich von der Klavierstunde zurückkam und mich heulend auf mein Bett warf, wo ich Maries Wimperntusche auf das Kopfkissen schmierte, fand ich just auf dem verschmierten Kopfkissen einen Brief vor. Von Ludger Thiesbrummel. Er schreibt, dass er dringend auf eine Erklärung von mir gewartet habe, aber nun gerne bereit sei, mir mein »merkwürdiges Verhalten« zu verzeihen. Sicherlich sei auch eine große Portion Unsicherheit schuld an meiner plötzlichen Zurückhaltung gewesen und das könne er sehr gut verstehen; sei er doch selber kein Draufgänger, sondern eher ein

Müßiggänger, was das Ankurbeln von Beziehungen zu Frauen anbelangt. Seine Mutter sei nämlich schon früh gestorben und seine Tante Hella hätte leider versäumt, ihm rechtzeitig einen zwanglosen Umgang mit dem anderen Geschlecht zu ermöglichen. Sein Vater sei im Krieg geblieben. Deshalb sei auf ihrer Seite die Freude auch so groß gewesen, dass er nun endlich die Bekanntschaft eines so natürlichen und unverdorbenen Mädels gemacht habe, das obendrein auch noch so fabelhaft Klavier spielen könne! Tante Hella fragte nun täglich nach mir und hoffte doch, mich bald mal wieder zum Mittagessen in ihrer Küche erwarten zu dürfen!

Bei der Lektüre dieser Stelle musste ich innehalten. Erstens wegen dieser emotionalen Überschüttung und zweitens wegen akuter Unlust, Tante Hella jemals wiederzusehen. Ich zwang mich, mal richtig Tabula rasa mit meinem Leben zu machen. Schluss mit lustig, dachte ich, jetzt und hier, Butter bei die Fische. So geht das nicht weiter. Ich bin jetzt erwachsen und muss selber entscheiden, was ich mit meinem Leben anfangen will.

Was willst du denn nun eigentlich, Karla Umweg?

Du kannst deine Rolle als Zofe von Marie akzeptieren. Das hat durchaus viele Vorteile: ein Dach über dem Kopf, ein nicht langweiliges Leben, immer wieder spannende Geschichten von originellen Männern im Lodenmantel, mit Federhut, Ente auf dem Teich oder selbstgezimmerter Kellerbar. Das beinhaltet auch, bei zeitweiser Zugeneigtheit von Marie, Echtweins Lakai zu sein. Wenn du Pech hast, musst du sogar mit seinen Einkaufslisten zum Aldi. Im allerschlimmsten Falle könnte es dazu kommen, dass du in der Apotheke nach Kondomen anstehst. Aber gut. Wenn du dich dafür entscheidest, wirst du es gut machen.

Oder du siehst dich schlicht als Kinderfrau und Haushälterin in diesem Hause. Dann wäre eventuell sogar ein schmales Gehalt drin. Dann kannst du Echtwein und die Klavierstunden allerdings vergessen. Das beinhaltet natürlich erfreulicherweise auch den Dienst am Hausherrn. Du wirst seine Polohemden bügeln und das Reptil mit Fleckentferner behandeln dürfen. Du wirst den übergewichtigen Sohn des Hauses bei Laune halten und die seibernde Dogge in die Grünanlagen führen. Du hast ein geregeltes Einkommen und Mama würde das sehr freuen. Immerhin lernt man in solchen Kreisen ja sicher auch mal einen Mann kennen.

Oder du siehst dich auf Dauer als Lebensgefährtin von Ludger. Dann wird Tante Hella in deinem Leben eine nicht unwesentliche Rolle spielen. Du wirst bei ihr in der Küche sitzen und H-Milch trinken, von anderen unverdaulichen Gerichten ganz zu schweigen. Du wirst durch ihren Telefonhörer Klavier spielen, damit Tante Hellas Bekannte merken, was Tante Hella für einen Umgang hat. Das beinhaltet natürlich, dass du Ludgers blassblaue Hemden bügeln und seine körperfeindliche Erziehung ausbaden darfst. Im Vergleich zum täglichen Umgang mit Marie und ihren Liebhabern erscheint mir diese Alternative vergleichsweise reizlos.

Oder, und das ist die allerletzte Lösung, du gehst nach Bad Orks zurück und schämst dich gründlich. Dann kannst du, wenn du Glück hast und deine Stelle wiederkriegst, wieder auf dem Flur stehen und Reginas unerträgliche Ergüsse über ihre Probleme mit Gernot anhören. Und du wirst wieder von trägen Klavierschülern mit Dreckrändern unter den Fingernägeln erwartungsvoll angegafft.

Nein. Kommt nicht in Frage.

Ich gehe auf keinen Fall nach Bad Orks zurück.

Als ich heute Morgen mit Olga zum Park hinauf keuchte, kam Willem mir mit seinem weißen BMW nachgefahren. Er ließ die Scheibe heruntergleiten – Männer wie Willem kurbeln nicht, die lassen gleiten! – und fragte mich, was denn mit unserem Tennisspiel würde. Augenblicklich klopfte mein Herz höher. Sollte Willem etwa mit mir Tennis spielen wollen, weil ich eine hübsche Nase habe? Oder will er mit mir über seine Probleme mit Marie sprechen?

Hastig ließ ich Olgas Leine los, weil sie so zerrte und weil ich in Ruhe mit Willem sprechen wollte. Olga raste sofort Richtung Park davon; wahrscheinlich musste sie eine dringende Notdurft verrichten. Weil wir den Verkehr aufhielten, sagte Willem, ich solle einsteigen, er würde mich zum Park fahren, damit ich Olga dort wieder einfangen könnte. Unterwegs verabredeten wir uns für heute Nachmittag um drei in der Tennishalle auf dem Werksgelände. Er hat mir erklärt, wie ich da hinkomme, und dabei zweimal aus Versehen meine Hand berührt. Es war wahnsinnig toll, neben ihm im Auto zu sitzen und sein unglaublich irisch-männliches Rasierwasser einatmen zu dürfen. Ich war den Rest des Tages ganz benommen von ihm und seinem Duft und dem Hauch seiner Berührung auf meiner Hand. Das blöde Olga-Vieh hatte keinerlei Sinn für meine romantische Stimmung und seiberte mir wie immer auf die Schuhe. Später habe ich mit Maximilian den gleichen Spaziergang noch mal gemacht, nur um auf den Spuren meiner Romantik zu wandeln. Wenn ich Marie doch von meinen Gefühlen für Willem erzählen könnte!

Aber sie würde sich über mich kaputtlachen. Nein, niemandem kann ich erzählen, dass Willem der Mann meines Lebens ist, ihm leider auch nicht. Er hätte kein Verständnis für solche Verwirrungen des Herzens, und die unliebsame Folge wäre höchstens, dass er mir nahe legen würde auszuziehen. Dann säße ich da und die ganze Sache hätte nichts gebracht. Nein, ich muss es mit Autosuggestion versuchen. Eines Tages ist er mein! Mit Mathe, damals im Gymnasium, da hat das mit der Autosuggestion jedenfalls geklappt. Ich hab mir immer wieder eingeredet, dass ich es nicht kann, und es hat funktioniert.

In der Tennishalle. Ich hocke auf einer Bank in der Ecke der leeren Werkshalle. Es ist alles ganz unwirklich und gespenstisch. Komme mir vor wie ein Flüchtling, der den letzten Zug in den Westen verpasst hat. Hätte ich eben den Lichtschalter nicht gefunden, säße ich jetzt hier im Stockdunkeln. Anscheinend spielt Willem hier nicht so oft Tennis, denn an der Wand steht ein gekritzelter Spruch von einem offensichtlich frustrierten Mitarbeiter: »Der Chef behandelt uns wie rohe Eier. Er haut uns in die Pfanne.« Aber vielleicht gilt der Spruch dem verstorbenen Senior-Chef.

Hoffentlich kommt Willem pünktlich. Fühle mich schrecklich verloren in dieser riesigen grünen Halle. Marie hat mich eben gefragt, ob ich üben gehe, als ich mich gegen halb drei davonschleichen wollte. Willem hat ihr also nichts davon erzählt, dass wir verabredet sind! Ich habe dann gesagt, ich hätte den Kommilitonen von der Gesangsklasse versprochen, dass ich sie begleite, damit Marie mich auch auf jeden Fall gehen ließe. Sie hat nicht an der Richtigkeit meiner Aussage gezweifelt und sich mit Olga beschäftigt, als ich das Gartentor hinter mir zumachte. Wieso ich mit einer großen ausgebeulten Sporttasche zu der Gesangsstunde gehe, hat sie nicht gewundert. Marie bemerkt solche Kleinigkeiten nicht, wenn sie nicht unmittelbar sie selber angehen.

Willem kam um Punkt drei, den Tennisschläger in der Hand, in kurzen weißen Hosen und mit super muskulösen, behaarten, braun gebrannten Beinen. Ich möchte mal wissen, wieso ein Mann mitten im Februar so braune Beine haben kann. Vielleicht ist er in Zürs mit kurzen Hosen Ski gefahren? Er hat erst mal verlegen gelacht und gesagt, dass er im Tennis noch ein Anfänger sei und dass es ihm peinlich wäre, hier vor seinen Mitarbeitern zu spielen. Deshalb hätte er sich einen Termin ausgesucht, wo die Mitarbeiter alle beschäftigt sind. Und keiner würde wissen, dass er jetzt hier sei. Noch dazu mit einer so jungen, hübschen Frau. Das sei ihm alles etwas peinlich. Ich habe innerlich frohlockt, denn das war doch schon mehr als ein Geständnis! Ich hatte rasendes Herzklopfen.

Willem fragte, ob alles in Ordnung sei und ob es mir gut gehe, ich mache einen so abgemagerten Eindruck. Ich hätte gern gesagt, wer verhungert schon gern bei reichlich gedecktem Tisch, aber ich entschied, das führt jetzt zu nichts, und so sagte ich, alles bestens, und wir könnten loslegen. Wir haben dann gespielt, und ich habe gleich begriffen, dass er nur ganz seichte Hausfrauenbälle vor die Vorhand serviert bekommen darf, sonst kriegt er den Ball nicht. Rückhand ist überhaupt nicht vorhanden, er sagt, so weit sei er in seinem letzten Urlaub auf den Kanarischen Inseln nicht gekommen. Und Marie spielt ja leider nicht Tennis, sie zieht es im Urlaub vor, sich im Hotel mal richtig zu entspannen, während er Sport treibt.

Ich habe ihm dann eine Stunde lang die seichten Muttibälle vorgelegt, die ich schon in Bad Orks den kurschattenlosen Damen serviert habe, und er hat sie alle mehr oder weniger krumm zurückgeschlagen. Keine Ahnung vom Tennis hat der, wirklich nicht. Aber ich fühlte mich wie im Himmel in dieser schmucklosen, kalten, dunkelgrünen Tennishalle. Eine ganze Stunde lang war ich mit Willem allein! So glücklich habe ich mich seit meinem Auszug aus Bad Orks noch nie gefühlt. Es war wahrscheinlich die schönste Stunde meines Lebens, sieht man mal von dem Spaziergang mit Willem Heiligabend im verschneiten Stadtpark ab. Da konnten wir uns nämlich zusätzlich noch unterhalten, was natürlich nicht möglich war auf die Entfernung heute. Um vier kamen einige Leute rein, und Willem beeilte sich, ungesehen zu verschwinden.

»Sammel du die Bälle ein, Karla!«, rief er mir verschwörerisch zu. »Du weißt ja, dass ich inkognito hier war!« Ich lief dann mit zitternden Knien herum und sammelte die zweihundert Bälle ein, die wir verschleudert hatten.

Bei Licht besehen: Ich spinne rum. Eigentlich war ja gar nichts zwischen uns. Wir haben nur ein bisschen Hausfrauentennis gespielt. Völlig ohne Emotionen eigentlich.

Und berührt haben wir uns kein einziges Mal. Aber dass er Marie nichts davon gesagt hat! Wenn ich sein kleines Geheimnis bin, dann muss doch einfach was dahinterstecken! Willem ist ein Gentleman. Der würde niemals einen plumpen Annäherungsversuch machen. Der ist cool, der Willem. Bei dem hat das nichts mit Körperfeindlichkeit zu tun.

Die Sache mit Willem hat mir den totalen Auftrieb gegeben. Das hat mich dazu angestachelt, Ludger ziemlich von oben herab auf seinen Brief zu antworten, ähnlich wie Marie mir das mal geraten hat. Männer sind wie Waschmaschinen, hat Marie gesagt, wenn man sie anmacht, drehen sie durch. Wenn man einen Mann im Netz zappeln lässt, wird er immer verrückter. Die Männer wollen zappeln, das sind die Spielregeln. Ludger ist ein gutes Studienobjekt. Ich kann ja Willem nicht ohne jede Erfahrungen mit seinem Geschlecht gegenübertreten. Lieber Ludger, habe ich mir also aus der Feder gesogen, nett, dass du so viel Verständnis für meine Launen aufbringen konntest! Ich bin nämlich keine Frau für die erste Nacht. Im Moment habe ich wahnsinnig viel Stress, weil ich mit Marie einige Auftritte vorbereite und außerdem täglich mit meinem Chef Tennis spiele. Du kannst ja bei Gelegenheit mal vorbeikommen und dir anschauen, wie ich hier so wohne. Mein Chef ist Fabrikbesitzer, die Villa etwa fünfhundert Quadratmeter groß, der Fernseher dreht sich von selbst, wenn man ihn per Fernbedienung einschaltet, und das Gartentor öffnet sich auf Knopfdruck geräuschlos. Nur die Schwiegermutter kann er noch nicht wegzappen. Kleiner Scherz, hahaha. Nun muss ich schließen, weil ich echt wahnsinnig viel zu tun habe, aber grüße deine Tante Hella schön. Tschauli und Bussi aufs Borstenbauchi.

Ich wusste gar nicht, wie cool ich sein kann.

Mittags half ich Marie beim Zusammenstellen eines neuen Liederabendprogramms. Sie hat sich Schumanns »Frauenliebe und Leben« ins Programm genommen und dieser Stoff bietet sehr viel Anregung zum kritischen Hinterfragen der Rolle der Frau. Während ich so die fünfzig kopierten Blätter ausschnitt, klebte und heftete, versuchte ich, mit Marie darüber ein Gespräch zu führen.

»›Seit ich ihn gesehen, glaub ich blind zu sein‹«, las ich vor. »›Wo ich hin nur blicke, seh ich ihn allein.‹ Ist das nicht Schwachsinn?«, und dachte dabei, dass ich genau das fühle, wenn ich an Willem denke.

Marie war aber zu sehr mit ihrer eigenen Rolle in ihrer eigenen Gesellschaft beschäftigt.

Ihr Therapeut, sagte sie, würde sie ganz brutal mit ihrer eigenen Kindheit konfrontieren. Das müsste einfach sein, auch wenn es sehr grausam sei, die ganze seelische Unterdrückung durch Erna Pfefferkorn noch mal zu durchleben. Ihre Mutter sei, so habe der Therapeut herausgearbeitet, ihre einzige Konkurrentin. Das wird sich aber ändern, Marie, dachte ich. Warte mal, bis ich die Gesellenprüfung abgelegt habe. Kann sich nur noch um Jahre handeln.

Aber die Quelle allen Unglücks sei natürlich einzig in ihrer freudlosen, spartanischen Kindheit und ihrer körperfeindlichen Erziehung zu entdecken, ganz klar. Das haben Marie und ihr Therapeut nach vielen stundenlangen Sitzungen erkannt. Ich habe mich ein bisschen gewundert, denn bei Ludger bewirkt die körperfeindliche Erziehung langfristig das glatte Gegenteil von dem, was sie bei Marie bewirkt hat.

»›Er der Herrlichste von Allen, wie so milde, wie so gut‹«, las ich aus den Schumann-Noten vor. Und musste schon wieder an Willem denken. Und an seine miserable Rückhand.

Marie plant eine Karnevalsfete und hat lustige Einladungen verfasst, die ich heute Morgen mit Olga und Maximilian zum Briefkasten gebracht habe. Olga durfte die Einladungen tragen, nachdem Maximilian sie immer wieder mit dem provozierenden Wörtchen »Da!« in den Schnee geschmissen hatte. Ich konnte sie nicht tragen, weil ich mit einer Hand Olga an der Leine hielt und mit der anderen Hand den Kinderwagen schob. Da mich der Teufel ritt, habe ich auch eine an Ludger Thiesbrummel geschickt, ohne ein einziges persönliches Wort. Bin mal gespannt, ob der es fertig bringt, hier plötzlich aufzutauchen. Es sähe besser aus, habe ich mir überlegt, wenn ich auch eine männliche Figur bei mir hätte. Damit geraten Willem und ich in keinerlei Verdacht. Marie wird so mit sich selbst beschäftigt sein, dass sie den Bluff nicht bemerken wird. Sie wird denken, dass Thiesbrummel mein Freund ist, und keinerlei Verdacht bezüglich Willem und mir schöpfen. Das Klavierüben kommt wirklich etwas zu kurz. Aber dafür ist ja jetzt mein Privatleben umso aufregender. Was soll ich Tonleitern üben, wenn der Mann meines Lebens mit mir unter einem Dach wohnt und es nur noch eine Frage der Zeit ist, bis er sich auch offiziell zu mir bekennt!

Tatsächlich. Thiesbrummel hat angebissen. Heute kam ein Brief von ihm. Wie oft er in letzter Zeit an mich dächte und wie sehr er schon die Tage zählte, bis er sich auf den Weg machen könnte, um mich wiederzusehen. Staunen wird er, der liebe Ludger, bin ich doch schlank und rank wie nie zuvor und im Besitz von knallengen Jeans und Cowboystiefeln! Meine Haare werden auch immer länger und gestern habe ich mir sogar mit Henna eine sündige rote Strähne reingemacht. Wahrlich. Ich bin nicht mehr die kleine blasse Blättermaus mit den hundekackebraunen halblangen Haaren und dem dicken Popo vom vielen Sitzen auf dem Klavierhocker. Das wird Thiesbrummel sich schon hinter die Ohren schreiben müssen. Aber ich sollte nicht über ihn lästern. Ich brauche ihn noch. Als Studienobjekt. Fühle mich so supergut drauf, dass ich heute Abend unbedingt ausgehen muss. Ich werde mal Matthäus anrufen, ob wir uns nicht treffen können.

Matthäus und ich waren gestern Abend in verschiedenen Kneipen und haben uns köstlich amüsiert. Der quarzt sich ja was zusammen, der Kerl! Kaum hat er eine Zigarette ausgedrückt mit seinen gelben, abgenagten Fingern, da dreht er sich schon die nächste. Wenn der mal an Lungenkrebs stirbt, wird Greenpeace gegen seine Beerdigung protestieren. Aber er ist ein netter Kerl, soweit. Ich hatte mich echt feist rausgeputzt: mit allem, was Marie mir schon geschenkt hat. Maries Make-up, die neuen mariefarbenen Haare mit der knallroten Strähne, die hautengen Jeans mit den Cowboystiefeln und Maries sehr lässigen lila Kaschmirpulli. Marie fragte völlig erstaunt, wo ich hinginge und was ich vorhätte, so als Marie zwei. Im Moment ist sie noch die Goldmarie und ich die Pechmarie, aber das wird sich eines Tages umkehren. Da ich ja diesmal nichts zu verbergen hatte, habe ich nicht etwa leise und unauffällig den Abgang gemacht, sondern bin extra noch mal rein zu ihr in die Küche, um mich ganz unverbindlich zu verabschieden und allseits einen schönen Abend zu wünschen. Marie saß gegenüber von Maximilian, der in seinem Hochstuhl klemmte, und stopfte ihm Nudeln mit Tomatensauce in den gierig aufgesperrten Schnabel. Da Maximilian inzwischen selbst einen Löffel halten kann, sah es in der Küche aus wie nach einer blutigen Schlacht. Marie sah blass und überarbeitet aus. So eine Abtreibung schlaucht ganz schön, kann ich mir vorstellen.

»Da!«, sagte Maximilian, als er mich sah, und warf mir eine Hand voll Nudeln vor die Füße. Ich konnte gerade noch zurückspringen, sonst wäre es an meinen engen Jeans kleben geblieben. Mit Matthäus habe ich dann einiges getrunken und mindestens zehn von seinen selbst gedrehten scheußlich schmeckenden Zigaretten geraucht. Aber anders könnte ich seinen Geruch nicht ertragen. Es war ein irres Gefühl, so ganz in der studentischen Szene integriert zu sein. Gesprochen haben wir diesmal eigentlich überhaupt nichts Zusammenhängendes. Irgendwie war Matthäus verlegen, weil ich so gut aussah. Er kam auch nicht auf die Idee, mich Karla Breitarsch zu nennen! Die Sache mit seiner Wohnung haben wir auch überhaupt nicht mehr angesprochen. Da ist Hopfen und Malz verloren.

Es hätte auch gar nichts gebracht und wäre nur schade gewesen um die Wirkung, die mein Outfit bei ihm ausgelöst hat. Er hat mir das Bier bezahlt und eine Zigarette nach der anderen angeboten, ansonsten bemühte er sich den ganzen Abend redlich darum, mich zum Lachen zu bringen, was ihm natürlich auch gelang. Matthäus hat so Sprüche drauf wie »Wer im Glashaus sitzt, sollte im Keller pinkeln«. Er hat alle Dozenten vom Konservatorium nachgemacht, wie sie reden und wie sie Klavier spielen. Dann hat er Sänger imitiert, in deren Gesangsstunden er neuerdings begleitet, und spätestens da konnte ich mich nicht mehr halten vor Lachen. Er hat das wirklich sagenhaft gut drauf, Leute zu imitieren. Genau die Schwächen der Leute kann er hervorragend rausarbeiten. Über die Vorzimmermaus, die Geschiedene vom Echtwein, hat er gesagt: Als die Dauerwelle erfunden wurde, hat man erst mal Tierversuche gemacht. Erst an Pudeln und dann an dem Echtwein seiner Ollen. Fand ich echt gemein. Eigentlich ist es ein bösartiges und schadenfrohes Lachen, zu dem er mich den ganzen Abend angeregt hat, aber es tut ungeheuer gut und kommt so richtig aus der Magengegend. Außerdem: je lauter ich lachte, desto mehr Leute von den Nachbartischen guckten zu uns rüber! Wie er den Echtwein nachmacht, das ist schon zum Brüllen. Setzt sich ganz krumm und rückgratlos auf eine Stuhlkante und bläst griesgrämig Ringe in sein Bierglas. Oder Zurlinde, den Gesangsprofessor! Wie eitel er im Raum rumwandert und seinen Schülern dabei was vorknödelt! Dabei schlägt er sich auf die Brust wie ein Gorilla. Dann hat er Marie nachgemacht, wie sie lacht. Da hat's mich vom Stuhl gehauen. Er hat sie haargenau studiert. Auch du, mein Sohn Brutus.

Marie hatte mal wieder Besuch von Echtwein!

Ich musste sofort Maximilian übernehmen, weil Frau

Krotoschyin gerade einen Behördengang unternahm, wegen ihrer polnischen Verwandten. Sie will sie, glaube ich, alle rüberholen in den Westen, weil es hier so viele Möglichkeiten im Dienstleistungsbereich gibt. Keiner von den Westbürgern will die Drecksarbeit mehr machen. Matthäus sagt, in der Hochschule gibt es nur noch so wenige Putzfrauen, dass der Hausmeister schon wieder mit seiner eigenen Frau schlafen muss.

Echtwein und Marie verschwanden im Wohnzimmer und knallten mir die Tür vor der Nase zu. Dass Marie die halbe Portion überhaupt noch zu empfangen bereit war! Nachdem er sich wochenlang nicht um sie gekümmert hat! Andererseits begibt sich Marie durch ihre Vielseitigkeit und Variabilität in keinerlei seelische Abhängigkeit. Das ist ihr Geheimnis. Sie hat es überhaupt nicht nötig, sich von einem Mann vernachlässigen zu lassen.

Als Edwin ging, war Marie wieder so gut drauf wie eh und je. Keine Spur von Verzweiflung, Trauer, Selbstmordgedanken und Schuldgefühlen. Sie strahlte und kicherte und ihre Augen leuchteten und sie sang und trank Sherry und tat geheimnisvoll. »Edwin geht vielleicht nach Amerika!«, platzte sie dann bald heraus.

»Also jetzt doch? Und da freust du dich?«

»Er will mich ja mitnehmen«, vertraute Marie mir kichernd an.

»Wann … fahrt ihr denn?«, fragte ich hoffnungsvoll.

Marie lachte. »So schnell geht das nicht«, sagte sie. »Edwin hat dort eine Professur in Aussicht. Das Gremium hat sich aber noch nicht endgültig für ihn entschieden. Seine finanziellen Forderungen sind ihnen zu hoch!« Sie amüsierte sich köstlich. »Er will glatt das Doppelte wie die anderen.«

Klar, wenn eine halbe Portion das Doppelte will wie die anderen, kommt unterm Strich wieder eins raus.

Marie und Edwin nach Amerika. Und Willem?

»Und Willem?«, fragte ich, nachdem ich mich dazu durchgerungen hatte. »Und Maximilian?«, fügte ich schnell hinzu.

»Die müssen natürlich mit!«, sagte Marie.

»Wie, mit?« Meine Zunge fühlte sich an wie Leder.

»Wenn ich drüben große Karriere mache, dann kann Willem den Betrieb hier locker verkaufen. Das will er sowieso schon längst. Die ganze Vanille-Kacke stinkt ihm schon lange. Weißt du, wie günstig der Dollar im Moment steht?«

»Nein.«

»Money is all you need!« Sie lachte wieder herzlich. Sie kann so entzückend sein, wenn sie aufgekratzt ist!

»Ja, glaubst du denn, Willem geht wegen Echtwein nach Amerika?«, fragte ich, ehrlich entrüstet.

»Nicht wegen Echtwein«, sagte Marie künstlich betont, »Willem geht natürlich wegen mir. Was hast du denn gedacht?«

Und dann lachten wir beide, dass uns die Tränen kamen. Besonders mir.

Marie ist dauernd mit irgendetwas beschäftigt, und zwar aushäusig. Sie erzählt mir nicht mehr alles, das stimmt mich besorgt. Hat sie einen Verdacht? Traut sie mir nicht mehr? Was macht sie? Sind es Proben mit Echtwein, Therapiesitzungen mit dem Analysewütigen, sind es Besprechungen mit dem Gremium, Pläne mit Rainer, dem Agenten aus Düsseldorf, oder sogar Gesangsstunden bei Zurlinde? Jedenfalls ist sie nicht da, während ihr

Gatte jeden Abend pünktlich erscheint, um Maximilian ins Bett zu bringen. Ich mache mich immer nett zurecht und halte mich unauffällig im Hintergrund zur Verfügung, falls er ein Bier will oder für Maximilian ein frisches Badehandtuch braucht. Vielleicht berät sich Marie ja schon mit einem Scheidungsanwalt – was bedeuten würde, dass sie mit dem Scheidungsanwalt zuerst eine Affäre hat. Das kann dauern. Oder sie bereitet die Überfahrt in die Staaten vor. Ich spüre, dass bald eine Bombe platzt. Willem braucht jetzt eine Frau, die für ihn da ist. Jeden Tag kann der schwere Schlag der Trennung über ihn hereinbrechen. Ich bin bereit.

Heute habe ich einen mutigen Schritt nach vorn getan: ich habe Willem ein paar Schnittchen geschmiert. Ob das zu viel von meiner Zuneigung preisgegeben hat? Jedenfalls hat er fast alle Schnittchen gegessen, auch ein hart gekochtes Ei, aber ohne Senf, ich glaube, da ist er zu sehr Feinschmecker. Wir haben uns recht nett unterhalten, allerdings über Unverfängliches. Jeden Abend fragt er mich, ob ich weiß, wo Marie ist und wann sie nach Hause kommt, aber ich kann nur sagen: Ich weiß es nicht! Denn sie will ja nicht, dass Willem die Sache mit dem Psychoanalyseheini erfährt.

Ich soll nun mit Maximilian unter Kinder gehen, weil er in das Alter kommt, wo er von der polnischen Frau Krotoschyin nicht unbedingt die deutsche Sprache lernt. Er meinte auch noch, dass Maximilian jetzt mal soziales Verhalten lernen soll, und das kann er bei Frau Krotoschyin wirklich nicht, weil sie ja sein Lakai ist und nicht sein soziales Umfeld. Es gibt hier im Stadtteil eine Krabbelgruppe, die ist zwar schon längst ausgebucht, aber Willem hat einen Tausender gespendet und nun ist sie doch nicht mehr ausgebucht. Für einen übergewichtigen unerzogenen Millionärssohn ist zufällig gerade noch ein Plätzchen frei. Wer hätte das gedacht. Morgen gehe ich also mit Maximilian krabbeln und soziales Umfeld abchecken.

»Was ist übrigens mit deinen Amerika-Plänen?«, habe ich Marie gestern gefragt.

»Amerika? Das wäre eine Flucht vor meiner Vergangenheit!«, hat Marie geantwortet und sich genüsslich einen Sherry eingegossen. »Mein Therapeut nimmt mich täglich mehrere Stunden in Anspruch mit der Aufarbeitung meiner Vergangenheit. Es ist hochinteressant, was dieser Mann alles aus mir herausgearbeitet hat!«

Also erst mal nix mit Amerika. Das ist man von Marie ja schon gewöhnt. Die wechselt ihre Meinung wie andere ihre Unterhosen. Das soll mal kein Grund zur Sorge sein.

Ich lehnte mich entspannt zurück, um Marie über ihre Probleme mit ihrer Vergangenheit zuzuhören.

Maximilian robbte derweil zu der Schale mit den Pralinen, die auf dem niedrigen Tisch am weißen! Sofa! steht, und war beschäftigt mit dem Auslutschen und Ausseibern von Pralinés und dem Beschmieren des weißen! Sofas! mit Nugatspucke.

»Herr Doktor Holzapfel«, sagte Marie, »macht etwas aus seinem Leben, er ist ein ganz besonderer, außergewöhnlicher Mann. Nicht so ein Hänger wie Edwin, oder so ein Spießer wie Heyko, oder so ein Spinner wie Robert, oder so ein Angeber wie Siegmund Sterz, und auch nicht so ein Rumfaseler wie Rainer, der Agent aus Düsseldorf. James ist ein Phänomen, in jeder Hinsicht!«

Sie lachte und küsste ihr Sherryglas.

Ich nahm an, dass ich das psychotherapeutische Weiterbildungsdiplom letztlich aber doch genauso einstufen kann wie die Ente auf dem heimischen Tümpel, die selbst gezimmerte Heimsauna im Keller, die überlangen Stimmbänder und die Vanilleeisfabrik.

»Wer ist James?«, fragte ich, obwohl ich es ahnte.

»Eigentlich heißt er Hans, aber das ist ihm zu profan. Freunde nennen ihn James. Er macht Psychoanalyse nach C. G. Jung. Das kann dauern!«

Marie trank Sherry und lehnte sich entspannt zurück. Wie viel neue Lebensfreude ihr dieser Heimpsychologe schon vermittelt hat!

»Was ist mit Edwin?«, fragte ich, als ich die Zigarette ausdrückte.

»Edwin weiß natürlich nichts von James«, sagte Marie und steckte sich eine neue Zigarette an. »Du darfst ihm auf keinen Fall etwas sagen!«

»Ist klar. Mit Edwin führe ich sowieso keine Privatgespräche. Ich wollte nur wissen, was mit seinen Amerika-Plänen ist.«

»Ach so«, sagte Marie. »Weiß ich auch nicht. Ist mir auch völlig schnuppe, ehrlich.«

Gestern war ich mit Maximilian in dieser unglaublich alternativen Krabbelgruppe. Die Institution nennt sich »Saubären-Bande e. V.« und über dem Eingang steht: »Staatlich und privat geförderte Institution zur Förderung frühkindlicher Entwicklung«.

Ich schleppte Maximilian also zu den staatlich geförderten Saubären. Da er mit 22 Monaten immer noch nicht laufen kann, trug ich ihn im Schweiße meines Angesichtes die zwei Treppen hinauf bis in die Krabbelstube, setzte ihn mitten in den Raum auf den Fußboden und wischte mir erst einmal den Schweiß von der Stirn. Dann versuchte ich, aus dem Saubären-Knäuel eine Erzieherin oder Kindertante herauszufinden, was nicht so einfach war. Es waren ziemlich viele Erwachsene da, die eigentlich dem Stadium des Krabbelns entwachsen sein sollten. Aber alle wälzten sich auf dem Boden oder lagen auf dem Bauch. Maximilian saß ratlos in der Mitte und guckte sich staunend um. Niemand beachtete uns. Ich ging mir den Mantel ausziehen und schälte dann auch Maximilian aus seinem weißen Zürs-Skianzug. Ein bärtiger Mann im T-Shirt und mit Latzhose wälzte sich an uns vorbei. Ich hoffte, es würde jemand Notiz von uns nehmen. Doch die Saubären wälzten und suhlten sich und gingen vollkommen darin auf. Maximilian robbte auf dem Popo zu einem Regal und zog sich einen Trecker heraus. Mit dem machte er »brumm brumm«, wie wir das zu Hause immer tun. Ich setzte mich neben ihn und ließ die zwanglose Atmosphäre auf mich einwirken. An der anderen Wand saßen einige Frauen, die ihre selbst gestrickten Pullover hochgeschoben hatten und runzelige Säuglinge stillten. Eine hatte völlig cool Zwillinge an der Brust; an jeder eins. Lässig, so stereo stillen. Sie hatte keine Hand frei für eine Zigarette, deswegen reichte ihre hilfsbereite Nachbarin ihr eine an die Lippen. Außer den Stillfrauen waren noch andere Mütter mit Babys da, die hatten sie sich bäuchlings auf die Knie gelegt und hauten ihnen rhythmisch auf den Popo, während sie sich miteinander unterhielten. Die Säuglinge waren nicht, wie ich das von Milupa-Werbebroschüren her kenne, in hellblaue oder rosafarbene Strampelanzüge mit Schleifchen gehüllt, sondern hatten grob gestrickte graue Wollpullover an und unten einfach nur einen Sack, in dem sie die optimale Beinfreiheit hatten. Auf dem Kopf hatten sie auch selbst gestrickte Mützen, obwohl es in dem Raum ziemlich warm war. Die größeren Kinder, also die eigentlichen Krabbelkinder, spielten und suhlten sich auf dem Fußboden herum. Die Erwachsenen, die keine Babys stillten oder beklopften, tobten ebenfalls auf der Erde herum. Es waren wie gesagt auch Männer dabei, nur konnte man die von hinten nicht so ohne weiteres erkennen, da sie genauso gekleidet und frisiert waren wie die Frauen. Also, frisiert waren sie eigentlich nicht, aber sie hatten einen ähnlichen Haarwuchs. Als ich es schon aufgegeben hatte, eine Kindergärtnerin ausfindig zu machen, kam eine bebrillte Frau im karierten Wollrock und mit einem Dreieckstuch über den Schultern rein und rief: »Ey, Leute, hört mal her, könnt ihr mal bitte eben alle aufstehen und euch vernünftig hinsetzen! Heute kommt dieser Millionärssohn, wo der Alte einen Tausender gespendet hat, mit seiner Kinderfrau. Ich finde es gut, wenn die nicht gleich einen Schreck bekommen. Wir könnten doch versuchen, jetzt mal was Ruhiges zu spielen. Oder der Jö liest uns 'ne Geschichte vor. Ich finde es besser, wenn der Millionärssohn nicht gleich rückwärts wieder rausfällt!«

Die Erwachsenen hörten auf zu toben und setzten sich im Schneidersitz auf den Boden. Die Zwillingsmutter hörte auf zu rauchen und die Popoklopferinnen nahmen ihre Kinder hoch. Die Saubären tobten unvermindert laut weiter und Maximilian fing an zu weinen. Ich nahm ihn tröstend in den Arm und stemmte ihn hoch. Da entdeckte man uns. »Ey, Leute, ihr könnt euch wieder ganz zwanglos geben, sie sind eh schon da!«, beschied die Chefin. Die Erwachsenen stürzten sich wieder zu den Krabbelkindern auf den Fußboden. »Konnte ich ja nicht wissen, dass du schon da bist«, sagte die Erzieherin zu mir. »Der Kleine wird sich schon noch an uns gewöhnen.«

Ich tröstete Maximilian und ging mit ihm in den Flur, wo es etwas ruhiger war. Maximilian brüllte wie am Spieß. »Ey, wenn du den Kleinen hinlegen willst, hier haben wir Matratzen«, sagte die Kindergärtnerin und öffnete eine Tür. Drinnen war es dämmrig und stickig. Zwei Schmuddelkinder pennten fest.

»Nicht nötig«, sagte ich, »der beruhigt sich schon wieder. Er ist halt nur keine Kinder gewöhnt.«

»Das ist echt Scheiße«, sagte sie. »Die Kids können gar nicht früh genug soziales Verhalten lernen.« Im Weggehen drehte sie sich noch um und rief mir zu: »Ich bin übrigens die Connie. Ich und der Holger leiten das hier. Wenn du Fragen hast, kannste zu mir oder zum Holger kommen.« Damit verschwand sie in der Küche.

Ich lief mit Maximilian im Flur auf und ab, bis er sich beruhigt hatte. Nach einer halben Stunde war er so weit, dass wir wieder reingehen konnten. Drinnen in der Krabbelstube wurde gerade ein Riesen-Gebilde aus Knetgummi gebaut. Maximilian streckte seine Speckärmchen danach aus.

»Von bleiben!«, brüllte eine Frau mit schwarzen Gel-Strähnen und rot umrandeter Brille. »Von wen is denn det dicke Monster?«

Ich hielt Maximilian fest. Er schrie und wand sich trotzig und drosch auf mich ein, und auf das am Busen nuckelnde Lumpenbündel meiner Nachbarin drosch er gleich mit.

»Maximilian!«, kreischte ich und riss ihn weg.

»Lassen doch, ey«, sagte die Mutter von dem Bündel. »Das muss der abkönnen, der Daniel. Muss er alles lernen.« Und dann, mit einem Blick auf Max: »Ist der so fett oder haste den ausgestopft?«

»Aufgepumpt«, sagte ich.

»Wat machste denn mit dem, damit er nicht platzt?«, fragte mich die Frau.

»Ich lasse abends immer ein bisschen Luft raus«, sagte ich.

»Mensch, ey, du bist in Ordnung, ey«, sagte die junge Mutter. »Biste neu hier?«

»Ja. Heute zum ersten Mal.«

»Du, die Saubären sind echt die beste Krabbelgruppe in ganz Berlin«, sagte sie. »Du hast echt Schwein, dass du hier noch einen Platz gekriegt hast für dein Michelin-Männchen. Eigentlich sind die immer schon auf Jahre im Voraus ausgebucht.«

»Quasi direkt nach dem Vögeln musste dich hier schon anmelden«, sagte die eine.

»BEIM Vögeln«, sagte die zweite.

»Am besten vorher«, rief die dritte.

»Und wie hast du den Platz gekriegt, du?«, fragte ich die stillende Mutter.

»Der Daniel ist ja schon mein viertes Kind, da kriegste Geschwisterrecht.«

Ich hatte sie im Verdacht, dass sie nur deshalb so viele Kinder bekam, damit sie ungestört jahrelang in dieser Krabbelgruppe rumhängen konnte.

»Och«, entfuhr es mir, »wie alt bist du denn?«

»Warum fragst du das, du?«, antwortete sie.

»Du, ich dachte nur«, sagte ich.

»Wieso, wie alt bist du denn?«, fragte sie mich zurück.

»Vierundzwanzigeinhalb.«

»Da hatte ich schon drei«, sagte sie. »Jetzt bin ich sechsundzwanzig.«

»Boah«, sagte ich. »Reife Leistung.«

»Vom Rüdiger«, sagte sie. »Dem seine Leistung ist reif.«

Das musste ich zugeben, ohne Rüdiger zu kennen. »Was macht denn dein Rüdiger so beruflich?«, wollte ich wissen.

»Du, warum fragst du das?«

Langsam ging mir dieses nervtötende Hin- und Hergefrage auf den Geist. Kam ja unterm Strich doch nichts Sinnvolles dabei raus. Papa hätte schon längst gesagt »Überflüssig« und hätte sich aus dem Staub gemacht. Aber ich wollte noch nicht aufgeben.

»Weil mich interessiert, wie der Rüdiger die ganze Familie ernährt«, sagte ich und ärgerte mich über mein altmodisches Gefasel.

»Du, der Rüdiger kümmert sich um die Kinder, genau wie ich«, sagte meine Nachbarin. »Da ist er!«, und zeigte auf den Knetgummipenis.

»Welcher?«

»Also, der mit der roten Strumpfhose ist der Benjamin, die mit dem braunen Pullover ist die Nena, die daneben mit der Rotznase ist die Julia und dies hier ist der Daniel«, sie zeigte auf das Lumpenbündel mit der Wollmütze auf ihren Knien, »und der Rüdiger ist der mit der Latzhose und den langen Haaren.«

»Ach!«, sagte ich und Rüdiger guckte kurz rüber und grinste, bevor er weiter an dem Penis modellierte.

»Ey, Rüdiger, wisch mal der Julia die Nase«, sagte meine Nachbarin.

Rüdiger zog sich den Zipfel seines T-Shirts aus der Latzhose und fuhr damit Julia durchs Gesicht.

»Ich bin die Ulrike«, sagte die Frau von Rüdiger. »Und du?«

»Karla«, sagte ich. »Ich bin die Karla.«

»Und du bist also ne Millionärsfrau?!« Sie sah mich kritisch an.

»Quatsch«, sagte ich. »Ich bin die Kinderfrau. Ach was, auch Quatsch. Ich bin Pianistin.«

Ulrike war begeistert. »Ey, Rüdiger«, rief sie und der Latzhosenkerl drehte sich unwillig zu uns um. »Kuck mal, die hier ist Pianistin!«

»Scheiß ich doch drauf«, sagte Rüdiger und zog die Nase hoch. Maximilian hatte die ganze Zeit artig auf meinem Schoß gesessen und den anderen Kindern beim Matschen zugesehen, aber jetzt wollte er unbedingt runter.

»Du, Ulrike, was soll ich ihm denn zu spielen geben?«, fragte ich ratlos.

»Ey, Rüdiger, zeig der Karla mal die Fingerfarben!«, sagte Ulrike.

»Mach du doch, ey«, sagte Rüdiger und knetete weiter. Seine drei Kinder kneteten Mini-Penisse und klebten sie unten an den großen Penis dran.

Ulrike legte das Lumpenbündel entschlossen auf den Fußboden und stand auf. »Ey, hier liegt der Daniel!«, schrie sie in den Lärm hinein, aber niemand beachtete sie.

»Komm mit«, sagte sie, und ich flötete: »Maximilian,

komm, die Tante zeigt uns was!« Die Tante zeigte uns dann in einer völlig verschmierten Ecke des Raumes die Fingerfarben. Einige Kinder standen bis zu den Waden in den Farbtöpfen und kleckslen selbstvergessen die Farbe auf Stühle, Matratzen und an die Wände. Maximilian robbte mit seiner weißen Designer-Skihose in den Matsch hinein, zeigte auf die Farbtöpfe und sagte: »Da!« Ich konnte ihn getrost alleine lassen.

»Willste 'n Kaffee, ey?«, fragte Ulrike und wir gingen zu Connie in die Küche. Sie hatte gerade Tee gekocht, für die Kinder Salbei- und Brennnesseltee und für die Erwachsenen Ostfriesentee. Ulrike holte ein Paket Nicaragua-Kaffee aus dem Schrank und sagte zu mir:

»Sechzig Pfennig pro Tasse, wie viele trinkste?«

»Ey, der Alte von ihr hat einen Riesen berappt«, sagte Connie und zeigte Ulrike einen Vogel. »Die braucht hier nix für den Kaffee zu blechen.«

»Doch«, sagte ich. Und legte ein Zweimarkstück auf den Tisch. Das letzte Bargeld, das ich besaß.

Habe Marie von den Saubären erzählt und sie fand es gut, dass Maximilian jetzt unter Kinder kommt. Dann erzählte sie mir von James. Zurzeit sind sie in einer unheimlich intensiven Phase der Kindheitsanalyse angekommen.

»James ist tief in mich gedrungen.«

»– – –?«

»James hat herausgefunden, dass meine Mutter an total vielen Sachen schuld ist, weil sie so herrschsüchtig und selbstherrlich ist.«

»Ach was«, staunte ich. Darauf wäre ich nie gekommen. Jedenfalls nicht nach so kurzer Zeit.

»Und sie hat einen krankhaften Drang zur Selbstdarstellung.«

»Ach was?«

»Meine Mutter wollte immer was Besseres darstellen, als sie ist«, sagte Marie und steckte sich eine Zigarette an. Ich nahm auch eine. »James meint, sie projiziert jetzt in mich all das hinein, was sie selber gern gehabt hätte. Zum Beispiel meine Ehe mit Willem und unsere kleine Familie mit Maximilian, und unser Haus mit den ganzen Dienstboten und so, das macht sie alles madig und schlecht, weil sie selber nie eine Ehe und nie einen Sohn und keine Dienstboten und keine Villa hatte.«

»Interessant«, sagte ich.

»In meinem lebenslangen Kampf gegen meine Mutter«, philosophierte Marie weiter, »musste ich mich ständig mit ihrem Neid und ihrem Geltungsdrang auseinander setzen. Deshalb neige ich auch zum Ausbrechen, sagt James. Das wäre typisch für Frauen wie mich, sagt er, dass sie an einen ganz soliden Mann geraten, weil sie die Geborgenheit, die ihnen in der Kindheit gefehlt hat, nachholen wollen.«

Das leuchtete mir alles ein.

»James hat Willem und mich zum Abendessen eingeladen«, unterbrach Marie meine Gedanken. »Morgen Abend will er für uns Französisch kochen.« Sie kicherte in freudiger Erwartung. »Menage à trois!«

Ich begreife es nicht. Aber, habe ich Marie je begriffen?

Frau Krotoschyin war heute mit Max in der Krabbelgruppe und kam völlig aufgelöst und entrüstet wieder: in so einen Dreckstall brächten sie keine zehn Pferde mehr. Alle Kindergärten Polens seien sauberer und gepflegter als dieses Loch, und das sollte schon was heißen. Marie hatte gerade keine Zeit, weil sie telefonierte.

Nach ihrem Telefonat kam Marie in meine Mansarde herauf. Sie war aufgeregt und platzte vor Mitteilungsdrang. Zurlinde hatte angerufen und ihr mitgeteilt, dass es geklappt hat! Sie ist als jüngste Jurorin Europas in den großen internationalen Gesangswettbewerb nach Salzburg eingeladen und muss bereits nächste Woche an den Ausscheidungswettbewerben teilnehmen.

»Edwin begleitet die Vorlauf-Runde, und ich will, dass du blätterst. Du weißt schon warum.«

»Nein«, sagte ich. »Warum?« Ich bin nämlich jetzt in einem Stadium angekommen, wo ich Anweisungen von Marie hinterfrage.

»Weil ich den Kontakt zu Edwin nicht ganz verlieren möchte«, sagte Marie. »Er hat schon seit Tagen nichts von sich hören lassen. Ich finde es total unfair von ihm, dass er immer einen auf beleidigt macht. Der ist eine so armselige Wurst ...«

»Möchtest du das denn, jetzt, wo du mit James ...«

»Aahh!«, sagte Marie und ließ sich auf meinem Sofa nieder. »Ich habe dir noch gar nicht von dem Abendessen bei James erzählt!« Sie kicherte in Vorfreude auf ihre eigene Schilderung und nahm sich eine Zigarette. Ich holte die Sherryflasche, die ich für solche Überraschungsbesuche von Marie auf der Fensterbank stehen habe, und setzte mich ihr zu Füßen auf den Boden.

»James hat mit absolut undurchdringlicher Miene mit Willem über Sigmund Freud und dessen Theorien über frühkindliche Erotik geredet. Willem war sehr beeindruckt von meinem Psychoanalytiker und hat gesagt, er sei ein kluger Mann. Er freut sich total für mich, dass ich endlich jemanden gefunden habe, der mir zuhört und sich um mich kümmert. Wie findest du das?«

Ich antwortete nicht, sondern reichte ihr nur ein Glas Sherry.

»Ich könnte mich kaputtlachen!«, sagte Marie. Und dann küsste sie das Glas.

Abends um zehn klopfte es an meine Mansardentür. Es war zu meiner großen freudigen Überraschung Willem. Er sah müde und abgearbeitet aus.

Ich fragte, ob er schon was gegessen hätte. Müde verneinte er. Ich sprang auf und machte ihm sofort ein Steak mit Kräuterbutter. Er hatte wie üblich eine Flasche Wein dabei.

»Kann ich dich mal sprechen?«, fragte Willem, als wir den Wein geköpft hatten und das Steak in der Pfanne brutzelte.

»Aber immer!«, sagte ich jovial.

»Es geht um Marie«, sagte Willem. Das war keine besonders große Überraschung.

»Wir waren da gestern Abend bei so einem Doktor zum Essen eingeladen«, begann Willem und ich hockte mich auf die Sofakante, jederzeit bereit, aufzuspringen und ihm ein Taschentuch zu holen oder das Steak zu wenden.

»Hat Marie dir von dem Mann erzählt?«

»Sie hat ihn erwähnt.«

Willem rutschte in seinem Sessel hin und her und begutachtete das Weinglas von allen Seiten. »Glaubst du, er bedeutet ihr was?«

»Aber nein!«, rief ich aus. »Wie kommst du darauf!«

»Sie hat sich ganz merkwürdig benommen, so hysterisch und aufgekratzt«, sagte Willem zu seinem Weinglas. »Ich kenne sie ja gut genug, um zu merken, dass sie etwas zu verbergen versuchte! Und du, Karla ...«, und dabei sah er mich an, mit seinen großen, warmen blauen Augen, die um Hilfe flehten, »... du kennst sie doch auch! Karla, bitte sag es mir: weißt du etwas?«

Ich starrte ihn wortlos an. Mein Herz raste irgendwo unter der Zunge, und die war trocken und ledern wie das Steak, das unbeachtet vor sich hin schmorte. Ich sprang auf und trat zum Herd. »Das Steak ist verbrannt«, stammelte ich mit letzter Kraft.

»Lass es, ich kann sowieso nichts essen«, sagte Willem.

Ich wankte zu seinem Sessel und kniete mich zu seinen Füßen. Genauso habe ich heute Morgen vor Marie gehockt und ihr anbetend gelauscht, als sie von James Pokerface erzählt hat! Willem fing leise an zu sprechen und blickte über meine rot gefärbten Strähnen hinweg zur Wand. »Marie hat immer andere Männer gebraucht«, sagte er wie zu sich selbst. »Ich habe gedacht, dass sich das mit der Zeit schon einrenkt und sie irgendwann zu mir findet, aber sie bricht immer wieder aus.« Er schüttelte verträumt lächelnd den Kopf und fügte hinzu: »Wie ein Wildpferd, das sich nicht anbinden lässt.«

Ich sah ihn an.

»Sie hat keinen Vater gehabt«, sagte Willem düster. »Er ist irgendein Dirigent aus Frankreich. Er hat Maries Mutter nur sehr kurzzeitig zu seinen Geliebten gezählt. Anscheinend liegt das in der Erbmasse von Marie, dieses flatterhafte Wesen ... sie findet nie zur Ruhe ... Wir könnten so glücklich sein miteinander ...« Jetzt weint er gleich, dachte ich hoffnungsvoll und äugte auf die Tempopackung im Regal, die ich ihm unauffällig reichen wollte, wenn mein großer Auftritt gekommen sein würde.

»Ich liebe sie nämlich«, sagte Willem und guckte an mir vorbei auf den leeren Vogelkäfig. Wenn ich jetzt im Nachhinein und in meiner Verzweiflung über alles nachdenke, erwacht doch wieder ein Hoffnungsschimmer in mir: er wird sich von Marie abwenden.

»Und wie geht es jetzt weiter?«, fragte ich nach einigen Minuten, heiser vor Anspannung.

Blöderweise habe ich seine Antwort überhaupt nicht wahrgenommen. Ich stellte mir vor, wie Willem hinter der Gardine steht und auf mich wartet, mich, Karla, die Konzertpianistin. Wie ich aus dem Auto steige, dem Chauffeur dankend zurufe, dass ich ihn nicht mehr brauche, Willem dann in die Arme fliege und mit ihm Champagner trinkend auf das weiße! Sofa! sinke, er mir die spitzen Schuhe vorsichtig auszieht und bewundernd über meine schlanken Beine streicht, mir vielleicht eine Zigarette anzündet und sie mir zwischen die Lippen steckt und sagt:

»Ich habe heute jeden Ton deines Konzertes im Radio verfolgen können, Liebling. Maximilian hat fest geschlafen.«

Dann sah ich uns, Arm in Arm und vor zuckendem Blitzlichtgewitter über einen roten Teppich schreiten, hinein in die Berliner Philharmonie, wo ich heute Abend mein Debüt gebe, unter der Leitung von Sir Georg Solti, und Willem steht lachend da und genießt es, mit mir gemeinsam fotografiert zu werden, und Maximilian, unser Sohn, schreitet artig in einem tadellos sitzenden Maßanzug vor uns her und faltet ein Programmheft zu einer Schwalbe …

Wie gesagt, ich habe über diesen Gedanken seine Antwort akustisch nicht wahrgenommen. Wie ärgerlich. Sonst wüsste ich jetzt vielleicht, wie es weitergeht.

Willem ist dann gegangen und hat sich bedankt, dass ich ihm zugehört habe. In der Tür hat er sich noch umgedreht, auf meine Füße geguckt und gesagt, dass er noch nie im Leben so offen mit einem Menschen geredet hätte, er sei nicht so begabt im Mitteilen wie seine Frau.

Dann ging er. Ich stand noch minutenlang an der Tür und hoffte, er würde zurückkommen. Er kam aber nicht.

Marie ist voll im Stress. Erst mal muss sie sich jetzt intensiv auf diesen Wettbewerb vorbereiten, weshalb sie gestern und heute stundenlang im Büro von Prof. Zurlinde war. Die Vorzimmermaus, Edwins geschiedene Frau mit der viel belachten Dauerwelle, durfte keine Anrufe durchstellen und außer einem trockenen Sherry auch nichts zu ihnen hineinbringen. Dann haben sie ausführlich den Wettbewerb vorbereitet – Pflichtstücke für jede Stimmgattung festgelegt und eine Liste von Wahlstücken aus dem Bereich Oper, Konzert und Lied. Die Auswahl wurde dann über die Sprechanlage der Vorzimmermaus mitgeteilt, die wiederum die unangenehme Aufgabe hatte, diese an Edwin, ihren geschiedenen Mann, weiterzugeben. Marie hat sich köstlich amüsiert über diese Verwicklungen und herzlich gelacht. Nach den Sitzungen bei Zurlinde hatte sie Sitzungen bei Dr. Holzapfel, James, dem Undurchschaubaren, dem sie die Sachlage genau erklärte und dann gemeinsam mit seiner fachkundigen Hilfe analysierte. Klar, dass sie keine Zeit für Maximilian hatte. Dafür war ich mit ihm bei den Saubären, damit Frau Krotoschyin in Ruhe die Vorbereitungen für die Karnevalsfete treffen kann. Das ist Maries zweite Belastung im Moment: wen kann sie alles einladen, ohne mit einem Affektmord rechnen zu müssen? Sie bat mich im Wohnzimmer um ein Gespräch zu diesem Thema. Ich, mordlüstern und sensationsgeil, war natürlich dafür, dass Marie sie alle einlädt, allesamt, wenn möglich sogar Robert, den Entenhalter. Marie lachte ihr helles Sängerinnen-Lachen und rauchte nervös. Frau Krotoschyin hangelte derweil mit ihren kurzen dicken Beinchen auf einer Hausleiter herum und verteilte Luftschlangen und Papierlaternen an der Decke. Sie war viel zu konzentriert darauf, als dass sie uns hätte zuhören können, zumal sie noch gar nicht so gut Deutsch versteht.

Habe Marie gebeten, auch Matthäus einzuladen, damit ein bisschen feiste Stimmung aufkommt. Marie war einverstanden. Sie ist überhaupt sehr großzügig.

»Was ist mit Echtwein?«, fragte sie mich. »Kann ich das riskieren?«

Sie sah übrigens wieder super aus gestern. Die Haare steckt sie seit den Therapiestunden bei James Holzapfel immer in sehr raffinierter Weise hoch. So habe ich sie kennen gelernt, damals, bei ihrem Konzertexamen in der Aula der Hochschule der Künste. Die schwarzen Löckchen, die so wirr herumhängen, machen sie verspielt und unschuldig. An den Ohren hat sie immer ein paar todschicke Gehänge, die ihr Temperament unterstreichen, indem sie heftig baumeln, wenn sie spricht. Sie ist immer perfekt geschminkt, auch wenn sie nur im

Wohnzimmer singen übt oder Maximilian füttert, und selbst im Morgenrock sieht sie aus wie Liz Taylor zu ihren besten Zeiten. Also Echtwein wird eingeladen, und zwar von mir. Ich werde ihm ganz cool einen Einkaufszettel geben oder so was.

Unter »Tee, Tampons, Zahnpasta, Kaugummi, Bildzeitung« werde ich mit Bleistift kritzeln: »Erwarte Sie zur Karnevalsparty bei Marie, Rosenmontag, ab 19 Uhr.« Wetten, dass sein Kastenwagen um fünf vor sieben über den Kiesweg rollt?

Über Sterz haben wir lange diskutiert. So ein großer blatternarbiger Kerl mit Überlänge würde sich gut machen auf einer Verkleidungsparty, fand ich, aber Marie meinte, mit dem hätte sie nichts mehr zu tun und außerdem wäre er zurzeit ganz bestimmt nicht in der Stadt, bei den vielen Verpflichtungen, die er hat. Außerdem müsste sie dann anstandshalber auch seine Frau Sieglinde Sterz einladen und dann wäre das Wohnzimmer schon voll. Wir lachten herzlich, und Frau Krotoschyin lachte auch auf ihrer Leiter, obwohl sie bestimmt nichts verstanden hatte! Sie lachte wahrscheinlich aus purer Höflichkeit. Dann brachte ich das Thema auf Robert mit der Ente, und Marie fand es eine ausgezeichnete Idee, den Kontakt zu diesem wichtigen Mann der städtischen Kulturszene des Großraums Fulda doch wieder aufzunehmen. Auch das sollte ich bitte tun und ihn als Maries Sekretärin offiziell anschreiben. Mit Maries Briefkopf, und drunter schreiben: nach Diktat verreist. Wir fanden die Idee toll und lachten wieder laut los. Frau Krotoschyin auf ihrer Leiter sagte: »Fröllische jung Mädschen, dobsche, dobsche!«

Wir kamen dann zum Thema Heyko Zurlinde. Keine

Frage, sagte Marie, dass man den einladen müsse, da sie zurzeit nicht unwesentlich von ihm gefördert würde und die Beziehung zu ihm im Moment sehr intensiv sei. Sie war sogar bereit, Zurlinde persönlich einzuladen, damit hätte ich nichts zu tun. Sie schwärmte dann ein bisschen von ihm, wie handwerklich begabt er sei und wie erfindungsreich, dass er mit seinen Söhnen auf einer selbst gezimmerten Tischtennisplatte Turniere veranstalte und in einem selbst angebauten Garten in selbst gefertigten Biotopen sein geschicktes Unwesen treibe. Ich fragte sie, ob sie es für ratsam hielte, die Söhne auch einzuladen, aber Marie meinte, dass die Söhne noch zu jung seien.

Von seiner Frau war irgendwie nicht die Rede, schade, ich hätte sonst angeregt, dass man sie einlädt. Aber vielleicht hätte Marie die Idee sowieso nicht gut gefunden. James, der Besserwisser, muss natürlich eingeladen werden. Keine Frage. Schon aus Therapiegründen ist das unerlässlich. Er soll sich doch mal ein Bild machen können von seiner Patientin und ihrem häuslichen Ambiente. Aus Paritätsgründen wollte Marie auch noch den Agentenrainer aus Düsseldorf einladen, aber er könne sowieso nicht kommen, da er schon wieder für eine Tournee Vorbereitungen treffen müsse. So fragte ich zum Schluss noch, ob ich auch einen Bekannten einladen dürfe. Wenn sie nein gesagt hätte, hätte ich alt ausgesehen, denn schließlich habe ich Ludger den Thiesbrummel ja schon eingeladen, sogar schriftlich, und seine Zusage ist schon zwei Wochen alt. Aber Marie freute sich und lächelte: »Hast du denn auch einen Verehrer?«

»Na ja«, gab ich bescheiden zu und Marie fragte nicht mehr weiter nach.

So verspricht die Karnevalsfete ja ziemlich nett zu werden. Wenn ich es recht überlege, haben wir überhaupt keine Frau eingeladen. Noch nicht mal zum Schein. Hoffentlich merkt das keiner.

Marie hat mich angewiesen, beim Partyservice im KaDeWe ein Buffet zu bestellen. Frau Krotoschyin könne das nicht, sagte Marie, sie würde kein Verhältnis haben zu den westlichen Konsumansprüchen. Und mit hart gekochten Eiern und roter Kohlsuppe sei es in diesem Falle nicht getan. Marie war in Eile, sie musste noch zu Heyko Zurlinde, um die letzten modernen Pflicht- und Wahlstücke mit ihm durchzusprechen. Weil Frau Krotoschyin nach wie vor mit den Luftschlangen und den Luftballons beschäftigt ist – inzwischen ist sie in den oberen Räumen angekommen –, habe ich mir Maximilian geschnappt und bin mit ihm per U-Bahn zum KaDeWe gefahren. Telefonisch wollte Marie nichts bestellen, sie findet, dass man das Angebot erst mal sehen muss. So macht das Zurlindes Frau auch immer, und diesen Service vom KaDeWe hat Zurlindes Frau Marie empfohlen, da sie keine Ahnung davon hat, dass ihr Gatte selber davon kosten wird. Zurlindes Frau ist eine Dame von Welt, sagt Marie. Sie hat ständig Gäste internationalen Ranges, weil ihr Mann Heyko ja Mitglied in allen möglichen Ausschüssen und Gremien ist, von Wuppertal bis Korea. Deshalb greift sie schon aus schierer Notwendigkeit immer zu dem Partyservice, der kalte und warme Platten auf Silbertabletts auf die Minute pünktlich ins Haus bringt. Und sehr delikat zubereitet, wie Frau Zurlinde Marie telefonisch versicherte. Marie sagt, sie hätte sich wirklich amüsiert, als

Frau Zurlinde so altklug mit ihr telefoniert hätte, und sie könnte ganz sicher sein, dass Eva Maria, so heißt Heykos Gattin, keine Ahnung von ihrem Verhältnis mit ihrem Mann hätte. Ich also bin tapfer und wild entschlossen mit dem dicken Bündel unter dem einen und dem zusammengeklappten Buggy unter dem anderen Arm die Treppen zur U-Bahn hinabgestiegen. Es war gerade Berufsverkehr und die grauen Menschenmassen drängelten sich auf den Bahnsteigen und auf den Rolltreppen. Keine leichte Sache, mit 22 Kilo Baby und 8 Kilo Buggy einen Weg da durch zu bahnen! Als ich dann endlich die richtige Bahn erwischt hatte, war sie viel zu voll, als dass ich mich hineingetraut hätte. Außerdem gab es keinen Moment, in dem ich eine Fahrkarte hätte lösen können, denn für so einen Automaten braucht man zwei Hände, Kleingeld und zur Stoßzeit auch noch zwei Ellenbogen. Ich hatte also den wilden Entschluss gefasst, schwarzzufahren, aber nun ließ man mich gar nicht! Mein Arm wurde lahm und ich musste Maximilian auf den schmutzigen Bahnsteig setzen, wo er sofort wild entschlossen zu robben anfing und den Gleisen gefährlich nahe kam. Zum Buggyaufklappen brauche ich nur fünfzehn Sekunden, aber zwei Arme, von denen keiner lahm und taub wie ein Staubwedel an mir herunterhängt. Ich war also völlig hilflos dem Gutdünken eines älteren Herrn ausgeliefert, der mir den Buggy aufstellte mit den Worten: »Da hat sich Mutti wohl übernommen, was?« Ich raste hinter Maximilian her, der gerade in einer Bierpfütze herumhantierte, und schleifte ihn kraftlos zu dem Buggy, in den ich ihn mit letzter Kraft hineinwuchtete. Der ältere Herr half mir noch beim Festbinden des um sich schlagenden und wütend schreienden Maximilians und sagte kopfschüttelnd: »So'n fetten Brumma kannste doch nich inne U-Bahn schleppen, Mädchen!«

Ich murmelte, dass mir als allein erziehender Sozialhilfeempfängerin gar nichts anderes übrig bliebe, und da half er mir auch noch beim Einsteigen und verscheuchte zwei junge Türken, die sich auf dem Mutter-mit-Kind-Sitz lümmelten. Es gebe wirklich genügend charakterfeste Männer, merkte er noch witzig-sein-wollend an, die Frauen nicht sitzen lassen. In der U-Bahn.

Das Aussteigen war einfacher, weil die entgegenkommenden Einsteiger gezwungen waren, sich selbst den Weg frei zu schaffen und deshalb schon die Hände nach dem Buggy ausstreckten. Größtes Problem war dann noch die Treppe von 166 Stufen wieder ans Tageslicht hinauf. Die Rolltreppe war nicht in Betrieb. Ich schnaufte und keuchte oben so sehr, dass ich bunte Sterne sah und geschlagene fünf Minuten brauchte, um wieder zu mir zu kommen. Dann bahnte ich mir einen Weg über den überfüllten Ku'damm zum KaDeWe, in dem Frau Zurlinde immer ihre kalten Platten zu bestellen pflegt. Die fährt wahrscheinlich mit dem Taxi vor oder lustwandelt mit einer fuchsschwanzbehängten Freundin durch die fünfte Etage, diese Schlemmermeile, um hier mal wieder ein Lachshäppchen und ein Gläschen Champagner zu konsumieren. Wie ungerecht doch diese Welt sein kann. Auch der Gedanke an Marie, die jetzt wahrscheinlich gerade im Sprechzimmer von Heyko oder in der Praxis von James kichernd ihr Glas küsste, konnte mich nicht aufheitern. Maximilian schrie wie am Spieß, weil er schwitzte in seinem dick gefütterten Wintersack. Ich putzte mir die Nase und Maximilian auch und fingerte nach dem ausgespuckten Schnuller, auf den sofort zwei Dutzend Schulkinder traten, und stopfte ihn Maximilian in den Mund, nachdem ich ihn zuerst abgelutscht hatte. Dann kämpfte ich mich auf den überfüllten Rolltreppen in die fünfte Etage. Dort lungerten einige reiche Witwen mit Hüten und Fuchsschwänzen am gläsernen Tresen herum, tranken Champagner und vertrieben sich die Langeweile, indem sie Lachshäppchen und Kaviar in sich hineinstopften. Alle starrten auf mich und das fette Baby, das schrie wie am Spieß und sich zornig im Buggy hin und her warf, und man hörte auf zu kauen und zu tratschen. Jedenfalls zog ich mich mit einer sehr dezent geschminkten Dame, die nach Kölnischwasser roch, in ein Hinterzimmer zurück, um gemeinsam mit ihr den hauseigenen Prospekt durchzublättern, in dem halbe Schweine mundtot, aber geschmückt wie ein Christbaum dem Betrachter entgegengrinsten. Ich fand sämtliche Abbildungen sehr appetitlich. Die Dame fragte sehr dezent nach meinen Preisvorstellungen, und ich dachte, dass Marie bestimmt nichts dagegen hätte, wenn ich ihr diesen Spaß was kosten ließe. Maximilian jedoch fand es zum Heulen, dass man diese Frikadellenberge und Schinkenröllchen nicht rauspflücken und sofort verspeisen konnte. So brach er in verzweifeltes Wehgeschrei aus und schleuderte seinen Schnuller von sich. Um ihn zu beruhigen, musste die dezent geschminkte und aufdringlich duftende Dame mindestens drei Fleischwurstscheiben aus der Glasvitrine holen, die Maximilian sich gierig und ohne die geringste Dankesgeste in den Mund schob. Um der ungemütlichen Sitzung ein Ende zu bereiten, bestellte ich ein »Gourmetensemble fünf Sterne mit Champagner, Kaviar und Canapé de Luxe« für 12

Personen. Nicht zuletzt deshalb, weil Ludger Thiesbrummel ruhig einmal sehen soll, in welchen Kreisen ich verkehre.

Der Rückweg war so grauenhaft, dass ich nur ungern daran zurückdenke. Nachdem ich dem unwirsch brüllenden Maximilian und mir einen schmalen Pfad durch ziellos dahintreibende nasse Mäntel gebahnt hatte und es mir endlich gelungen war, mitsamt dem brüllenden Bündel Übergewicht in die U-Bahn einzusteigen, wurden wir nämlich beim Schwarzfahren erwischt, Maximilian und ich. Gerade als ich unglaublich schnaufend und völlig erschöpft auf den Mutter-und-Kind-Sitz gesunken war und Maximilian heftig mit einer alten Frau flirtete, sprang ein Mensch im schlecht sitzenden Trenchcoat auf, verstellte den Ausstieg und rief, er sei der Fahrkartenkontrolleur und ob er mal die Fahrausweise sehen könnte. Ich wurde leichenblass unter Maries Make-up und tat verwundert: Der Fahrschein sei doch eben noch in meiner Tasche gewesen!

»Das stimmt nicht!«, sagte eine dicke Frau mit ausgebeulter Einkaufstasche hinter mir. »Die Person hat überhaupt nicht entwertet!«

Ich stammelte, dass ich vor lauter Erschöpfung noch nicht zum Entwerten gekommen sei, weil mein Kind so schwer die Treppen runter zu tragen gewesen wäre, aber der Wachtmeister wies mich an, bei der nächsten Station mit ihm auszusteigen. Dann sagte er etwas in sein Sprechfunkgerät, blieb neben mir stehen, damit ich nicht flüchten konnte und die Leute um uns herum setzten sich aufseufzend in entspannter Haltung hin. Nur die olle Petze mit der ausgebeulten Tasche hielt ihren

Fahrschein demonstrativ noch in der Hand, bis wir ausstiegen. Der Kontrolleur musste wohl oder übel am Kinderwagen mit anfassen.

»Wo bringen Sie mich hin?«, fragte ich meinen Bewacher im Trenchcoat.

»Ins Hauptgebäude der Stadtwerke«, sagte er herablassend, »das ist nur fünfhundert Meter von hier.« Da packte mich die nackte Wut, und nachdem ich zum Losheulen viel zu zornig war, sagte ich zuckersüß, dass er doch bitte den Kinderwagen die Treppen rauftragen solle, ich hätte keine Kraft mehr dazu.

Der Robin Hood der Unterwelt schleppte dann schwitzend und mit zusammengepressten Lippen Maximilian mitsamt Buggy an die 100 Stufen hoch, weil auch hier keine Rolltreppe funktionierte. Oben keuchte er ausgiebig und Schweißperlen standen ihm auf der Stirn.

»Fetter Brocken, was?«, sagte ich schadenfroh. Maximilian klatschte in die Hände und freute sich an den vielen Lichtern der Großstadt.

Der Kontrolleur sagte plötzlich, dass er eigentlich keine Lust hätte, durch das Menschengewühl bis zum Hauptgebäude zu gehen, zumal es davor noch mal eine Treppe gäbe. Er wollte es bei einer mündlichen Verwarnung belassen und ich könnte jetzt meinen Weg fortsetzen.

Damit verließ er mich und verschwand wieder im U-Bahn-Tunnel. Nun stand ich einsam oben im Menschengewühl; Maximilian fing an zu quengeln, weil er müde und überreizt war, und warf sich zornig in seinem Buggy hin und her. Um mich herum rannten und drängelten eilige Menschen. Es war inzwischen dunkel geworden. Autos hupten. Es fing an zu regnen. Nicht zehn Pferde hätten mich wieder in den U-Bahn-Schacht gebracht. Ich blieb oben stehen und heulte. Kein Mensch kümmerte sich um mich oder fragte, ob er helfen könne. Kein Mensch. Alle hasteten vorbei. Ich drängelte mich vor Aggression und Wut stumpf im Kopf zu einer Telefonzelle, stand Schlange, bis ich dran war, ließ Maximilian einfach draußen stehen (er brüllte inzwischen, dass die Telefonzelle wackelte) und rief Willem in der Firma an.

»Der Herr Direktor ist in einer Besprechung.«

»Egal. Soll rauskommen. Es geht um seinen Sohn!«

Hastiges Klicken in der Leitung, dann: »Ja?«

»Bitte, Willem, hol uns ab!«

»Ich hab Großstadtpanik!«, schluchzte ich in den Hörer.

»Wo bist du genau?«, fragte Willem, ganz männlicher Beschützer. Maximilian brüllte zur Untermalung der Dramatik. Leute, die vorbeigingen, schüttelten tadelnd den Kopf. Ich rothaarige Schlampe aber auch. Telefoniere seelenruhig mitten in der Stadt und lasse mein Kind unbeaufsichtigt. Willem versprach, sich sofort ins Auto zu setzen. Ich solle mich nicht von der Stelle rühren, er wäre in zwanzig Minuten da.

Ich rührte mich allerdings doch noch mal von der Stelle, um meine Notdurft zu verrichten, und schlängelte mich und den überladenen Buggy zu diesem Behufe in einen randvollen McDonald's-Laden. An einem Tisch, wo zwei Frauen saßen und mit beiden Backen genüsslich kauten, ließ ich ihn einfach stehen und rempelte mich durch zur überfüllten Bedürfniszelle. Als ich sehr erleichtert und frisch geschminkt wieder rauskam, saß Maximilian fröhlich kauend neben den Frauen. Sie stopften ihn mit ihren Resten voll.

»Ist der süüüß!«, rief die eine mit vollem Mund.

»Und sieht so hungrig aus!«, spottete die zweite. Ich bedankte mich artig fürs Aufpassen und drängelte mich mitsamt dem Buggy wieder hinaus.

Kurz darauf sah ich Willem in seinem Firmenwagen im Halteverbot parken. Ich rannte mitsamt Buggy und kauendem Maximilian auf ihn zu. Er half uns beim Einsteigen, wischte Maximilian mit seinem Taschentuch den Ketchup aus dem Gesicht und schnallte ihn dann auf dem Kindersitz fest. Unendlich erleichtert und entspannt saß ich dann neben ihm. Seine lederbehandschuhten Hände lenkten uns sicher durch den abendlichen Verkehr.

Ich erzählte von der Delikatessenabteilung im fünften Stock des KaDeWe und dass ich für zwölf Personen das teuerste Kaviarbuffet de Luxe bestellt hätte.

»Das hast du fein gemacht, du bist ein tüchtiges Mädchen.« Willem sah kurz zu mir herüber und strich mir mit der Rückhand im Lederhandschuh flüchtig über die Wange.

Maximilian auf dem Kindersitz schnarchte bereits. Er roch nach Ketchup und Kinderpipi.

Ein Glücksgefühl durchströmte mich. So könnte es immer sein! Ich würde von meinem Mann nach einem Einkaufsbummel in der Innenstadt abgeholt, wir führen nach Hause, steckten unseren kleinen Racker in die Badewanne und setzten uns dann mit einem Glas Rotwein auf das weiße! Sofa! Wir streckten unsere Beine aus, legten sie auf den Rand des Wohnzimmertisches und kuschelten uns aneinander. Wir fragten einander: Wie war dein Tag? Und erzählten es uns dann. Wäre das nicht himmlisch? Was muss ich denn noch tun, damit er begreift, wie nahe er an seinem Glück ist?

Gestern war die große Karnevalsfete. Außer Marie und mir war überhaupt keine Frau anwesend, bis auf das Dienstpersonal natürlich. Frau Perl und Frau Krotoschyin hatten weiße Schürzen um und altmodische Dienstmädchenhauben auf dem Kopf. Marie hatte diese Kostüme aus dem Theaterfundus geliehen. Das war ja schon mal originell und reizend, fanden auch die Gäste. Ich selbst hatte lange überlegt, mit welcher Verkleidung ich mein momentan so vorteilhaftes Äußeres überhaupt noch verbessern kann. Marie hatte zwar auch für mich eine Dienstmädchenschürze mit Rüschen bereitgelegt, aber ich fand, dass die Querstreifen dick gemacht hätten. Ich ging also in knallengen Jeans, ganz lässig, mit Flicken drauf, dazu Turnschuhe mit Bommeln daran und ein geringeltes T-Shirt mit übergroßen aufgemalten Hosenträgern, echt witzig gestylt! Der Clou war eine rote Clownsnase. Ich fand mich total lässig. Ich hatte darüber nachgedacht, etwas anzuziehen, das weiblich und sexy ist, aber dann den Plan sofort verworfen. Gegen Marie kann man nur verlieren, und so arbeitete ich meine wahren Vorzüge heraus: den lustigen, umkomplizierten Kumpeltyp, mit dem man Pferde stehlen kann. Marie ging als Paradiesvogel. Ihr schwarzes Samtkleid mit dem tiefen Rückenausschnitt war mit hunderten von glänzenden Pfauenaugen aus echten Pfauenfedern verziert. Frau Krotoschyin hat genäht bis zum Umfallen! Auch auf dem Kopf war Marie mit echten Pfauenfedern dekoriert. Sie sah umwerfend gut aus. Und sehr schrill geschminkt. Eben ein richtiger Paradiesvogel.

Als Erster kam Edwin Echtwein in seinem Kastenwagen. Darauf hatte ich gewettet. Er war überhaupt nicht verkleidet und zog sich sofort Maries Missbilligung zu. Ich wurde mit ihm in Maries Schlafzimmer geschickt, um ihm wenigstens die Krawatte abzuschneiden und ihn ein bisschen anzumalen. Marie blieb unten, um die Gäste zu begrüßen. Während ich Echtwein den albernen Stofffetzen abschnitt, der vom Design her sowieso nicht zu seinem lappigen Spargelhemd passte, fragte er mich, ob ich bei dem Wettbewerb blättern würde.

»Wenn Marie mich nicht für Hausarbeiten oder für Maximilian braucht«, sagte ich und bemalte seine eingefallenen Wangen mit Blümchen.

»Ich brauche dich zum Blättern«, entschied Echtwein, während ich ihm ein paar angedeutete Schnurrbartborsten unter die Nasenlöcher malte. »Marie ist besser drauf, wenn du dabei bist.«

»Aha«, sagte ich und piekte ihm noch einige übel aussehende Bartstoppeln auf die Backe. Ich beschloss, Edwin nicht weiter in meine Gedankengänge und Beweggründe einzuweihen, und klopfte ihm auf den Kopf: »Fertig!« Dann drückte ich ihm noch eine Seemannskappe aufs Haupt, die wohl Willem immer beim Segeln aufsetzte.

Edwin machte sich nicht die Mühe, in den Spiegel zu schauen oder mir für meine maskenbildnerische Tätigkeit zu danken, und marschierte wieder hinunter. Marie begrüßte gerade Heyko Zurlinde mit ihrem üblichen Blick. Als sie Edwin auf der Treppe sah, brach sie in wieherndes Gelächter aus.

Der Versuch, ihn zum verwegenen Piraten zu stylen, war jämmerlich gescheitert. Er sah aus wie ein Penner, der sich aus verschiedenen Mülltonnen seine Utensilien zusammengeklaubt hat.

»Herrn Prof. Echtwein brauche ich Ihnen ja nicht vorzustellen, Herr Professor«, sagte Marie, um Beherrschung ringend.

»Ach, Sie sind's. Echtwein, ich hätte Sie nicht erkannt«, sagte Zurlinde. Er selbst kam als Tonangeber. Das war in jeder Hinsicht originell. Er hatte einen schwarzen Frack an, eine schwarzweiß karierte Weste darunter, ein Monokel am Auge, weiße Handschuhe, mit denen er lässig herumwedelte, und einen Zylinder auf dem Kopf. Obwohl Frau Perl in ihrer Hausmädchentracht die Hände danach ausstreckte, wollte Zurlinde ihn nicht abnehmen. Der Clou war nämlich eine Stimmgabel, die er sich auf den Zylinder drapiert hatte. Sie stand aufrecht in die Höhe und blinkte im Licht. Es war wirklich sehr symbolträchtig.

Marie bat mich, die beiden Herren in den Salon zu begleiten und ihnen Champagner anzubieten, denn es läutete schon wieder an der Tür. Olga bellte pausenlos. Im Wohnzimmer unter den Luftballons standen bereits zwei Männer. Der eine war Ludger Thiesbrummel, der als Seemann ging: blassblaues Hemd und eine Schirmmütze aus Papier für zwei Mark fünfzig. Einfach und doch so schlicht. Der andere Mann war mir nicht bekannt. Es musste sich um James Holzapfel handeln. Er war nämlich kleinwüchsig und trug eine Kochmütze. Weil ich Ludger nicht sofort herzlich begrüßen wollte, sagte ich »Hallo, Doktor, Sie sollten auch mal in die Tiefen meiner rabenschwarzen Seele schauen!« zu dem Fremden und stellte ihm die zwei Professoren mitsamt ihren Professorentiteln großkotzig vor. Sämtliche albern verkleideten Akademiker gaben einander dienernd die Hand. Natürlich wollte ich Ludger damit ein bisschen imponieren, obwohl ich das nicht nötig habe, denn ein langhalsiger Dornenvogel-Volksschullehrer, halb Kuckuck, halb Esel, mit Nullachtfuffzehn-Papierschiffchen auf dem Kopf ist mir auf jeden Fall ein paar Nummern zu klein. Es handelte sich aber bei dem Mann mit der Kochmütze nicht um James den Unerschrockenen, sondern um den Lieferanten der Delikatessenfirma aus dem KaDeWe, der soeben damit fertig war, das »Fünf-Sterne-Champagner-Kaviarmenü de Luxe« aufzubauen. Wie peinlich, dass ich ihn so unprofessionell verwechselt hatte! Thiesbrummel schien aber gar nichts davon bemerkt zu haben. Er starrte mich nur erwartungsvoll an und ließ seinen Adamsapfel wahre Freudensprünge vollführen.

»Du hast dich verändert, Karla«, rang er sich von den spröden Lippen. Die beiden Professoren demonstrierten ihr Desinteresse an unserem ohnehin belanglosen Gespräch, indem sie betrachtend die klugen Häupter über das Buffet senkten. Dabei stieß der Kopf von Herrn Prof. Zurlinde mit seiner Stimmgabel an den fünfarmigen Kerzenleuchter, der zum Fünf-Sterne-de-Luxe-Buffet gehörte, woraufhin ein lupenreines »a« ertönte.

»Du dich nicht, Ludger«, sagte ich freundlich. »Du bist immer noch der Alte.« Das fasste Thiesbrummel vermutlich als lieb gemeintes Kompliment auf, denn er lächelte selig. Dann gaben wir uns die Hand. Als das vorbei war, gab Ludger mir noch einen kleinen Kuss auf die Wange, denn wegen meiner Pappnase konnte er mich leider nicht auf den Mund küssen. Wir standen so im Wohnzimmer herum und er wand sich vor

Verlegenheit. Die beiden Profs hatten damit begonnen, sich Kaviarhäppchen und Olivenspießchen in den Mund zu schieben. Nicht gegenseitig natürlich. Jeder sich selbst.

Die Tür ging auf und Marie kam rein, mit Siegmund Sterz im Schlepptau! Wer hätte das gedacht, dass sie den viel beschäftigten Sänger doch noch zum Kommen hatte bewegen können! Sterz hatte irgendein völlig lumpiges und zerfetztes Kostüm aus der Oper an, er sagte, es sei aus »Turandot«, das gerade hier gespielt würde, und wo er die Basspartie singen würde. »Normalerweise gehört zu diesem Kostüm noch ein abgeschlagener Kopf!«, röhrte er. Er hatte wirklich eine rabenschwarze, tiefe Stimme, wenn er sprach. Seine Erscheinung war so imposant und furchterregend, dass wir alle unwillkürlich einen Schritt nach hinten traten, um ihn eintreten zu lassen. Auch ohne Kopf wäre er noch bei weitem der Größte im Raum gewesen. »Aah«, donnerte er und sein rabenschwarzes Stimmorgan schallte an den Fenstern wider, »etwas zu essen gibt es also auch!« Mit diesen Worten lud er sich sogleich drei Kilo von dem grinsenden Schwein auf den Teller.

»Da ist er ja, der abgeschlagene Kopf«, sagte Thiesbrummel schräg hinter mir. Ich wusste nicht, was ich antworten sollte. Hielt er Sterz für ein Schwein? Oder sich selbst für einen guten Witzemacher?

»Karla, kümmere dich bitte um unsere Gäste«, sagte Marie und rannte schon wieder nach draußen, weil es geläutet hatte.

Es gab aber nichts zu kümmern, weil die Profs und Sterz mit vollen Backen kauten und Ludger nur glubschäugig an der Wand stand und sich an seinem Glas

Mineralwasser festhielt. Ich holte den Champagner und drängte jedem ein Glas davon auf. »Prost, meine Herren«, sagte ich fröhlich. Keiner nahm Notiz von mir, nur Ludger, der nun in jeder Hand ein Glas hatte und sich an beiden festhielt, guckte mich an. Wahrscheinlich überlegte er immer noch, inwiefern ich mich verändert hatte, aber ich dachte gar nicht daran, die Pappnase abzunehmen.

Marie kam nun mit einem kleinen dünnen Mittfünfziger hinein, und ich fürchtete, es könnte der Doktor sein, James Holzapfel. Seine Verkleidung bestand nämlich aus einem Stethoskop, das er sich um den Hals gehängt hatte, und einem kleinen Rückspiegel auf der Halbglatze.

»Dr. Holzapfel«, sagte Marie stolz. Sie führte ihn dann zu jedem der einzelnen Honorigkeiten, die alle den Mund voll hatten und, um ihn artig zu begrüßen, die Essensberge in die Backentasche schieben mussten. Ludger musste zwar nichts in die Backentasche schieben, aber dafür hatte er keine Hand frei, um James den Arzthelfer zu begrüßen, und deswegen ließ er ihn an seinem rechten Ellenbogen schütteln. Dabei schwappte der Champagner in seinem Glas über, und Ludger versuchte, den Schaden zu beheben, indem er an seinem rechten Handrücken lutschte. Marie schickte mir einen Blick voll heiteren Erstaunens, den ich erwiderte, aber sie fasste ihn falsch auf und schickte mir einen Blick des Triumphes. So waren wir denn alle vollständig bis auf Matthäus.

»Wo bleibt denn der werte Gatte?«, dröhnte Sterz, nachdem ziemlich lange niemand etwas von sich gegeben hatte.

»Der testet das Vanille-Eis auf Spermizide«, murmelte Zurlinde. Keiner nahm Notiz von ihm. Ludger und ich, wir standen völlig ratlos zwischen diesen ganzen unmoralischen Menschen und fühlten uns wie Statisten in einer Oper. Im wahrsten Sinne des Wortes Zaungäste waren wir. Da ich ja zurzeit absolut nichts esse und Ludger sich anscheinend nicht traute, die beiden Gläser irgendwohin zu stellen, um sich ein Häppchen vom Buffet zu nehmen, standen wir die ganze Zeit hinter dem weißen! Flügel! und beobachteten das bunte Treiben des Paradiesvogels inmitten seiner Anbeter. Marie kokettierte, sprühte, lachte, erzählte Geschichten, über die sie selbst am lautesten jubelte, imitierte Abwesende, erntete Lacher, rauchte elegante Zigaretten an langen Mundstücken und bot uns allen einen unvergesslichen Eindruck.

Nach einiger Zeit beschloss ich, mich doch einmal etwas um den armen, abseits stehenden Ludger Thiesbrummel zu kümmern, schließlich hatte er eine weite Anreise in seinem blassblauen VW-Käfer hinter sich, von Heidelberg nach Berlin, mit 85 Sachen auf der rechten Spur. Vermutlich war er sogar noch langsamer gefahren, denn in der Karnevalszeit ist mit verstärkter Polizeistreife auf der Autobahn zu rechnen, und ein solches Risiko geht Ludger erst gar nicht ein. Ich hätte es unfair gefunden, ihn völlig zu ignorieren. Er kann nichts für seine feuchten Hände, und auch nicht dafür, dass er Schuppen hat. Ich hörte also auf, ihm den Rücken zuzudrehen, und wollte irgendein unverbindliches, aufheiterndes Gespräch mit ihm anfangen, damit er sich nicht so verloren vorkäme. Aber er stand gar nicht mehr hinter mir! Er hatte sich an die andere Wand gestellt, damit er Marie von vorne sehen konnte! Er hatte sich näher an sie herangepirscht, um ihre Geschichten besser verfolgen zu können.

Aha, stellte ich erfreut fest: Wenigstens entwickelt er Eigeninitiative. Ich ging zu ihm hin und fragte ihn gönnerhaft, ob er sich gut amüsiere, und er antwortete mit glasigem Blick, dass diese Marie sagenhaft sei. Schon auf der Bühne hätte er sie total bewundert, aber als Privatmensch sei sie ja erst recht der Hammer.

»Ist ja auch meine Freundin!«

Er antwortete nicht, sondern starrte sie nur an, und sein Adamsapfel tanzte Polka. Ich stellte mich trotzdem fürsorglich neben ihn, schließlich kann er sich emotional nicht so fallen lassen wie andere Menschen. Marie verzückte uns nun, indem sie ankündigte, etwas aus ihrem letzten Programm vorzusingen. Echtwein ließ sich bewusst lange bitten, sie zu begleiten, denn es stank ihm, dass Marie schon wieder mal zum allgemeinen Mittelpunkt geworden war. Aber als Zurlinde sich schon bereitmachte und den Klavierschemel auf passende Höhe runterdrehte, klopfte er doch seine Pfeife aus und schnellte hinzu.

»Lassen Sie nur, ich hab es ja doch auswendig drauf.« Er stieß seinen Vorgesetzten fast vom Hocker. Zurlinde rückte den Zylinder mit seiner leise klingenden Stimmgabel wieder zurecht und trat gönnerhaft in den Hintergrund. Er war sich seines alleinigen Besitztums von Marie ganz sicher. Wie alle hier im Raum.

Marie sang uns was ganz Trauriges vor:

Ich weiß nicht, zu wem ich gehöre, ich bin doch zu schade
für einen allein

wenn ich jetzt nur dir Treue schwöre, wird wieder ein
andrer ganz unglücklich sein.
Ja, soll denn etwas so Schönes nur einem gefallen
Die Sonne die Sterne gehör'n doch auch allen ...
Ich weiß nicht, zu wem ich gehöre, ich glaub, ich gehöre
nur mir ganz allein.

Natürlich musste Edwin noch ein langes Nachspiel von sich geben, weil er es nicht ertragen konnte, dass er wieder einmal nur der Begleiter gewesen sein sollte. Wir warteten alle ungeduldig, dass er endlich aufhörte, weil niemand so richtig wusste, wann er nun endlich in frenetischen Jubel ausbrechen konnte. Endlich aber war es so weit und Marie lächelte.

»Bravo!«, sagte jemand heiser und schon brach der Beifall los. Ludger wurde auf der Stelle rot, weil er einfach »Bravo« in die Stille gesagt hatte.

Als man Marie genug bejubelt und beklatscht hatte und sich die Begeisterung im allgemeinen Kauen und Schlürfen verlief, trat ich zu Ludger. Schließlich hatte er sich spontan und öffentlich zu seinen Gefühlen bekannt. Ich fragte ihn, wie er gesellschaftspolitisch zu dem Inhalt dieses Liedes stehe. Er hatte nur glasige Augen, und sein Adamsapfel wanderte ruhelos hinter seinem obersten Hemdknopf hin und her, der unzweckmäßigerweise geschlossen war. Toll hat er es gefunden, super, und irre. Mehr war aus dem armen, verstörten Männerhirn nicht mehr herauszubekommen.

Während Maries Vortrag kam übrigens noch Robert der Entenhalter zur Tür hineingeschlichen. Er hatte einen Jägerhut auf und eine Flinte in der Hand und verzog künstlich verschämt den Mund, weil er ja nicht stören wollte, hach aber auch! Dabei hat er es ganz genau geplant, zu spät zu kommen, ganz klar. Männer wie Robert brauchen ihren Solo-Auftritt, nur um ihre Kleinwüchsigkeit zu überspielen!

»Der wird bei Ikea im Kinderparadies abgegeben«, brummte Sterz und Zurlinde verschluckte sich fast vor Lachen an seinem Käsehäppchen.

Ich selbst fühlte mich übrigens plötzlich recht unwohl in meiner lächerlichen Verkleidung mit meiner Pappnase und meinem Ringel-T-Shirt. Logisch, dass alle auf Marie flogen und keiner auf mich! Ich bin dann hinaufgeschlichen in meine Mansarde und habe eine halbe Stunde lang rumprobiert, bis ich eine Verkleidung gefunden hatte, die mein Äußeres positiv herausarbeitete. Zu einem schulterfreien, figurbetonten knappen Fummel zog ich schwarze Glitzerstrümpfe und hochhackige Stiefel an, toupierte mir die Haare echt wild auf und streute mir Flitter über die Schultern und ins Dekolleté. Anschließend bemalte ich mich sehr auffällig sinnlich. Frisch gestylt und mit gestärktem Selbstbewusstsein mischte ich mich wieder unter die Gäste. Inzwischen war noch Matthäus angekommen, und zwar als Punk verkleidet. In seine übliche stinkende Lederjacke gehüllt, mit Gel im Haar und mehreren Ketten um die Brust lehnte er an der Tür und schob sich flaschenweise Bier zum Mund.

Marie war inzwischen bester Stimmung. Irgendwie braucht sie das, dass die Männer sich um sie scharen! Ich beobachtete sie intensiv, wie sie lachte, sich die Haare von den Schläfen strich, wie sie sich Feuer geben ließ, wie sie vertraulich die Hand auf des einen oder anderen Rockaufschlag legte, wie sie das Champagnerglas mit langen gepflegten Fingern auf den weißen! Flügel! stellte. Eigentlich kann man sich den ganzen Abend damit beschäftigen, Marie anzustarren, weil es wirklich sehr kurzweilig ist. Ludger tat das übrigens auch. Seit sie dieses klagende Lied zum Besten gegeben hatte, war er nicht mehr zu einem Gespräch mit mir zu bewegen. Sein einziger Beitrag zum Gelingen des Abends war es, mit seiner lächerlichen Pocketkamera ein paar Schnappschüsse von Marie zu machen. Ich kam jedenfalls nicht so recht in Stimmung. Keine Ahnung, woran das lag! Vielleicht hätte Ludger anstandshalber seine Pocketkamera auch einmal auf mich richten können, nur so, als freundliche Geste. Das hätte mich eventuell etwas aufgemuntert. Ich hasse es, tatenlos und ohne meinen Charme versprühen zu können in einer Gesellschaft herumzustehen, insbesondere, wenn die Gesellschaft hauptsächlich aus Männern besteht, die sich ruhig höflichkeitshalber ein bisschen für mich interessieren könnten. Nach drei Gläsern Champagner, die ich mir nur zum Zeitvertreib zu Gemüte geführt hatte, beschloss ich, in den Flur hinauszugehen und ein bisschen zu weinen. Spätestens dann würde Ludger bestimmt mit der albernen Knipserei aufhören und mir folgen, um mir sein von Tante Hella gebügeltes Taschentuch an die Wange zu drücken! Wer mir allerdings nicht hinterherkam, war Ludger. Stattdessen kam Matthäus, drückte mich an seine kalte, speckige, nach Rauch stinkende Lederjacke und klopfte mir auf den Rücken, dass seine Harley-Davidson-Ketten klirrten.

»Tschuldige, ich wollte echt früher kommen, um dir in dieser irren Gesellschaft beizustehen. Aber bin ich nicht ein Pechvogel? Ich wollte noch schnell in den Aufzug furzen und dann ist er stecken geblieben.«

Ich lachte und heulte gleichzeitig. »Die anderen bemerken mich gar nicht!«

»Is doch klaa, ey. Marie ist ja auch da drin. Wat sollen die noch wen anderes bemerken?« Matthäus sah die Wahrheit glasklar. »Und wenn du dir ne Feder an Aasch stecks und splitternackt durchs Zimma läufst«, sagte Matthäus. »Hasse keine Schanx. Brauchse dir nix einbildn.«

»Warum nicht, Matthäus?«, heulte ich und nahm mein Gesicht aus der muffigen Lederjacke, um nicht zu ersticken.

»Ganz einfach«, sagte Matthäus. »Weilde nich Marie biss. Musse einfach begreifen. Un nich versuchen, auch so ne Marie zu sein. Bisse nich, wirße nich, also vergisset.« Damit zog er sich eine weitere Bierflasche aus der Speckjacke und entkorkte sie mit den Zähnen. »Komm getz da rein«, sagte er aufmunternd, »un zieh dir 'n Blüsken an, sonz erkälteste dir.«

Ich ging nach oben, um mir das Gesicht zu waschen und mich umzuziehen. Als ich wieder runterkam, stand Matthäus schon wieder im Flur.

»Wat sind dat allet für Waldheinis? Is ja kein einziges Gerät bei!«

Mit Gerät meint Matthäus Frau. Ich sagte, dass Frauen auf der Fete nur gestört hätten.

»Wenn die alle rumgeheult hätten, nur weil se nich so schön sind wie Marie, dann hätten se gestört«, sagte Matthäus. Dann gingen wir rauf in meine Mansarde.

»Hassen Bier da?«

»Klar.«

In der Hoffnung, hier einmal Willem bewirten zu können, hatte ich ein Bier da. Und die Sportzeitung, die Willem immer liest. Ich hatte sie extra oben auf den Wohnzimmertisch gelegt. Außerdem hatte ich Salzgebäck bereitgestellt und zwei Steaks im Kühlschrank.

Die vertilgte nun Matthäus, griff danach mit der freien Hand, die nicht das Sportmagazin hielt, in den Salzgebäcktopf, bis er leer war, trank noch drei Flaschen Bier und schlief dann laut schnarchend auf meinem Sofa ein. Da war es lange nach Mitternacht. Ich räumte auf, leerte den Aschenbecher mit den zwanzig krümeligen selbst gedrehten Kippen aus, spülte, zog mich um und schminkte mich ab. Als ich gerade ins Bett gehen wollte, überkam mich die Neugier, wer wohl alles noch unten wäre. Ich ging also nachgucken. Im Wohnzimmer saß Echtwein am Flügel und improvisierte selbstvergessen vor sich hin. Dazu tanzte Marie mit dem blatternarbigen Sterz Wange an Wange, wobei sie allerdings auf dem kleinen Beistelltisch stehen musste, auf dem sonst immer die Sherryflaschen stehen. Beide rauchten; er kaute an einer Zigarre und sie an einem langen dekadenten Mundstück. Auf dem Sofa saß Ludger, fraß Salzstangen und erklärte Robert dem Jäger seine Pocketkamera. Am Buffet stand Zurlinde und vertilgte zusammen mit dem undurchschaubaren James die Reste. Sie waren alle noch da! Ich zog leise die Tür wieder hinter mir zu, hörte jedoch noch die Stimme von Dr. Holzapfel sagen: »Marie, die Haushälterin war gerade da!«

Und Marie sagte: »Soll ins Bett gehen, kann morgen aufräumen.«

Da klappte die Haustür. Willem!

»Hallo, so spät noch auf?« Er legte seinen Autoschlüssel auf das kleine Bord in der Halle und zog sich die Jacke aus.

»Na ja, ich habe mich gefragt, wo du so lange bleibst …«

»Wieso, ich war doch nicht eingeladen!«

»Aber es ist dein Haus …«

»Marie hat gesagt, es sei eine Single-Party. Oder war etwa dein Partner dabei?«

»Nein.«

»Und?« Willem schaute mich so merkwürdig an. »Da ich da drinnen nicht willkommen bin, gehen wir noch auf ein Bier zu dir rauf?«

Mein Herz hämmerte. Es nahm Formen an! Die Sache hatte nur einen Haken. Matthäus.

»Das geht leider nicht, Willem, ich habe … Besuch.«

Willems Augen flackerten für den Bruchteil einer Sekunde. »Macht nichts«, sagte er dann und straffte die Schultern. »Weißt du was? Ich schlafe heute Nacht bei meinem Sohn.«

Und damit verschwand er im Kinderzimmer.

Gestern musste ich mit Frau Perl die Bude aufräumen. Als wir die Gläser spülten und die wenigen Reste einfroren, sagte Frau Perl, dass es eine sehr ungewöhnliche Feier gewesen sei. »Gar keine Frauen waren dabei, nur das Dienstpersonal.«

Ich lächelte schmallippig und pflückte die welken Orangenscheiben von den matschigen Poulardenbrüstchen.

»Jaja«, seufzte Frau Perl, »der ihr Gatte hat es auch nicht immer einfach.«

»Wie meinen Sie das?«

»Na, gut, dass Sie jetzt da sind«, sagte Frau Perl. »Sie glätten immer die Wogen.«

Ich ließ die Poulardenbrüstchen in Ruhe und schaute sie erwartungsvoll an.

»Seit Sie da sind, fliegen hier nicht mehr die Fetzen«, erklärte Frau Perl. »Sie hätten Marie mal früher erleben müssen! Und auch den Herrn von Otten! Wie sie sich angeschrien haben! Aufeinander losgegangen sind sie! Mit dem Telefonhörer hat die gnädige Frau ihren Mann angegriffen! Mit dem Lockenstab hat sie ihn bedroht! Und sogar ihre elektrische Zahnbürste hat sie nach ihm geworfen! Nein, schlimme Zeiten waren das!«

Ich überlegte ziemlich lange, was ich antworten sollte. Dann sagte ich, das hätte ich ja gar nicht gewusst.

»Oh doch«, antwortete Frau Perl, »so war es. Ich habe immer gedacht, dass hier jemand im Haushalt fehlt, der ein ausgeglichenes Wesen hat und es mit beiden gut aushalten kann. Am schlimmsten hat es die alte Frau Pfefferkorn getrieben …« Frau Perl hielt inne und erging sich in grässlichen Erinnerungen. »Es ist kaum zu glauben«, fuhr sie sinnend fort. Sie polierte die Gläser, bis sie blitzten. »Die Mutter hat dem Herrn Willem dauernd schöne Augen gemacht. Sie hat gesagt, sie sei auch mal hübsch gewesen, und sie könne auch singen, und kochen könne sie obendrein! In einer Tour hat sie ihn umschmeichelt und an ihrer Marie kein gutes Haar gelassen. Nicht zu glauben ist das! So was will 'ne Mutter sein!«

»Was hat sie denn noch gesagt?«, fragte ich sensationslüstern.

»Sie hat einfach alles versucht, um sich bei ihrem Schwiegersohn beliebt zu machen. Sie hat ständig von früher erzählt, was für eine begabte Sängerin sie gewesen ist und wie aufopferungsvoll sie ihre Karriere für

Marie aufgegeben hat und wie viele Männer sie aus Rücksicht nicht geheiratet hat. Und dann hat sie immer mit so einem bestimmten Blick gesagt, dass ihr nur jemand wie Willem gefehlt habe unter den ganzen Bewerbern, den hätte sie auf der Stelle geheiratet.«

»Und was pflegte Willem zu solchen Liebeserklärungen zu sagen?«

»Zuerst hat er sich gefreut und geantwortet, dass er jetzt wenigstens die Tochter der berühmten Erna auf Händen tragen darf. Aber dann hat er gemerkt, dass das der Erna gar nicht recht war. Sie wollte selber auf Händen getragen werden. Sie hat immer schlechter von Marie geredet, hat an allem herumgemäkelt, wie Marie sich anzieht und wie sie sich schminkt, und dass sie morgens gerne lange schläft und so was, und schließlich hat sie behauptet, Marie wäre eine schrecklich schlechte Hausfrau.«

»Das ist ja total aus der Luft gegriffen«, schnaubte ich entrüstet.

»Ja, und dann die ganze Erziehung von dem Kind!«, stöhnte Frau Perl. »Zuerst hat Marie sich überhaupt nicht um das Baby gekümmert. Die Pfefferkorn schleppte es Tag und Nacht mit sich herum und spielte Amme und Glucke und Heilsarmee in einem und machte sich damit schrecklich wichtig. Dann ist es ihr aber zu anstrengend geworden und der Herr Willem musste die Arbeit übernehmen. Die Frau Marie war ganz selten zu Hause, weil sie es bei der Mutter nicht aushalten konnte. Die Frau Pfefferkorn trieb ihr eigenes Kind aus dem Hause, und wenn Sie mich fragen, trieb sie die Marie immer wieder in die Arme anderer Männer. Es gab viel Krach, sehr viel Krach, ja, ja!« In

Erinnerung an den vielen Krach wischte sie sich die feucht gewordenen Augen.

»Und weiter?«, drängte ich neugierig.

»Weiter, ja …«, überlegte Frau Perl und ließ das Augentupfen sein. »Dann begann die Karriere von der Frau Marie. Zuerst übte sie für ihr Singexamen. Himmel, nein, was war das monatelang für eine Aufregung hier im Haus! Niemand durfte laut sprechen, das Kind musste immer weggeschafft werden, der Herr von Otten schlief im Gästezimmer, mit dem Kleinen. Dem gab er nachts die Flasche. Frau von Otten musste täglich sechs Stunden üben und den Rest der Zeit schlafen. Oft war sie aber auch gar nicht zu Hause, weil sie mit ihrem Lehrer … so einem Professor … oder auch mit einem Pianisten … so einem Klavierspieler vom Konservatorium …« Sie hielt inne und sagte nichts mehr.

»Ja?«, sagte ich aufmunternd.

»Na ja«, sagte Frau Perl. »Üben musste sie jedenfalls viel.«

»Und da?«

»Die Mutter hat so viel böse Dinge gesagt gegen ihre Tochter, dass der Herr Willem sie einfach vor die Tür gesetzt hat. Die Mutter, meine ich. Sie wohnte ja oben in der Mansarde, die Sie jetzt haben.«

»Ja, ja«, sagte ich ungeduldig. »Ist alles bekannt.«

»Unter lautem Geschrei ist die Mutter dann ausgezogen«, erinnerte sich Frau Perl und fing schon wieder an zu tupfen, »Wörter hat sie noch gerufen!« Das Tupfen ging in Wischen über und ihre Stimme brach unter der Last der Erinnerung an die schlimmen Wörter.

»Und Marie?«

»Ja, die Frau Marie«, sagte Frau Perl und ihre Stimme

gewann wieder an Festigkeit, »die hat auch Wörter gerufen.«

»Was für Wörter?«

»Die kann ich hier wirklich nicht wiederholen.«

»So richtig ordinäre Wörter?«

Frau Perl nickte und schniefte.

Ich wartete noch ein bisschen darauf, dass Frau Perl die ordinären Wörter von sich geben würde, aber sie schwieg und putzte sich mit dem Küchenhandtuch die Brille. »Kurz nach ihrem Singexamen sagte die Marie, sie hätte jetzt das passende Kindermädchen gefunden. Eines, das tut, was man ihr sagt, und das keinen Ärger macht und bedingungslos zur Verfügung steht, Tag und Nacht, und kosten würde es auch nichts.«

»Und wo ist dieses trottelige Kindermädchen, bitte schön? Warum kann ich nicht endlich Klavier studieren, mit meinem Hochbegabten-Stipendium, hä?«

Frau Perl lächelte mich warmherzig an. »Seit Sie da sind, gibt es keinen Streit mehr. Der Herr Willem ist viel ruhiger geworden, und die Frau Marie auch. Und der kleine Maximilian hat Sie auch so gern. Wir haben Sie alle so gern.«

Damit beendete sie das Gespräch, indem sie mit den Poulardenbrüstchen und dem übrigen Zeug in der Vorratskammer verschwand. Drinnen putzte sie sich geräuschvoll die Nase.

Ich machte mich ans Gläserspülen und dachte nach. Eigentlich wollte ich ja von Bad Orks weggehen, um meine wahre Identität zu finden und an meinem musikalischen Talent zu arbeiten.

Ich bin doch zum Lakai für alle geworden! Für Willem zum Diplomaten, Anstandswauwau, Tennislehrer,

Privatdetektiv und Steakbrater. Für Maximilian zum Lastenschlepper, Alleinunterhalter, Windelnwechsler und Brummkreiseldreher. Für Edwin zum persönlichen Sklaven, Umblätterer, seelischen Abfalleimer und Pseudo-Schüler. Für Frau Perl und Frau Krotoschyin zur billigen Vertretung. Und für Marie schlechthin zum Schatten ihrer selbst.

Matthäus erzählte beim Lesen des neuesten »Playboy« und gleichzeitigem Verzehr von Kartoffelchips, dass er quasi auf der Straße sitzt, weil er kein Bafög mehr bekommt. In der Hochschule ist er rausgeflogen, weil er keinen Lehrer für das Hauptfach mehr nachweisen konnte. Er jobbt jetzt in Kreuzbergs alternativen Kneipen herum und spielt ab und zu was Fetziges auf dem Klavier, wenn er besoffen genug ist, und sein Publikum auch, aber davon kann er sich gerade mal die Jugendherberge leisten, in der er zurzeit lebt. Trotzdem geht es ihm nicht schlecht, sagte er. Seine Freiheit sei ihm lieber als die totale Abhängigkeit. Dabei lugte er hinter der Zeitung hervor und bedachte mich mit einem zweideutigen Blick. Ich rechtfertigte mich gleich, dass ich aus freien Stücken hier lebe und aus purer Freundschaft, und dass mir kein Zacken aus der Krone fiele, wenn ich den ein oder anderen Handgriff im Haushalt täte. So haben Papa und Mama es mir beigebracht, so was steht einem jungen Mädchen gut an. Ich habe mich auch damit gebrüstet, dass ich hier keinen Pfennig Miete bezahle für meine kleine Luxuswohnung mit Kabelanschluss. Und dass ich in einer luxuriösen Villa lebe, und im Sommer den Swimming-Pool mit benutzen darf, wenn ich auf Maximilian aufpasse. Und dass ich hier wahnsinnig viel Musik höre, und dass man auch beim Zuhören viel lernt. Und dass ich hier in ganz tolle Kreise gekommen bin, in denen man vielleicht auch mal einen Mann kennen lernt. Matthäus hat nichts mehr gesagt und den »Playboy« wieder zwischen uns gehalten. Ich hätte nicht gedacht, dass er ein so schlechter Verlierer ist.

Der Wettbewerb hat begonnen. Es waren hauptsächlich singende Hausfrauen dabei, die anscheinend alle unter dem seelischen Zwang leiden, sich vor aller Öffentlichkeit lächerlich machen zu müssen. Das steht vielleicht bei denen im Horoskop: »Pluto steht im Merkur. Gehen Sie deshalb heute nicht ans Bügelbrett, gehen Sie lieber auf die Bühne und machen Sie sich lächerlich.«

Tatsächlich wird einem hier Unvorstellbares geboten, mit kaum zu überbietender Grausamkeit. Ich guckte oft schmerzverzerrt zu Marie hinüber, um ihr mein musikalisches Empfinden und mein sensibles Gehör zu demonstrieren, aber sie war ausschließlich damit beschäftigt, sich auf die Unterlippe zu beißen und dabei mit Zurlinde zu flirten. Unter dem Tisch drückte ihr der Herr Vorsitzende schon mal väterlich mahnend das Knie. Meistens vergaß er, die Hand wieder wegzunehmen, was den Herrn Begleiter am Klavier des Öfteren zu einem furioso con aggressione infernale hinriss. Echtwein hätte sich wirklich etwas mehr Mühe geben können mit seinen Sängern. Schließlich verdient er hier richtig viel Kohle. Aus lauter Faulheit hat er mich beauftragt, den Sängern beim Einsingen zur Verfügung zu stehen. Obwohl das ganz klar sein Job ist! Echtwein meinte aber zu mir, dass ich dabei eine Menge lernen könne. Ich solle doch froh sein, wenn ich endlich mal Klavier spielen dürfe. Darauf sei ich doch immer so scharf.

Frau Pfefferkorns Schülerinnen waren die schlimmsten. Die Meisterin brachte sie mir persönlich in den Einsingeraum.

»Hier, Karla, Sie wissen ja, was Sie zu tun haben! Spielen Sie leise, subtil und hören Sie auf die Stimmen! Es sind meine besten Schülerinnen!«

»Immer her mit den Stars von morgen«, murmelte ich.

»Und machen Sie mir diese jungen Talente nicht kaputt!«

Mit diesen spitzen Worten verschwand Erna mitsamt Nerz und ließ die Mädels verschüchtert bei mir zurück.

»Also, wer ist die Erste?«, fragte ich und schaute zwischen den aufgetakelten Hühnern in die Runde, die verschüchtert auf der Fensterbank hockten. Alle waren vor Lampenfieber halb tot. Frau Pfefferkorn hatte sie wohl hypnotisiert. Mir war klar, dass von diesen armen Seelen keine einzige in die zweite Runde kommen würde, solange Marie in der Jury saß. Um die Sache hinter uns zu bringen, bestimmte ich dann eine, die anfangen sollte.

»Was haben Sie mir denn anzubieten?«, fragte ich. Die Frau war bestimmt älter als ich und ich behandelte sie wie eine Klavierschülerin aus Bad Orks. Sie sang dann mit dünner, zittriger Stimme, dass sie die Christel von der Post sei, und ich drosch energisch auf den alten wackeligen Flügel ein. Ich wusste genau, dass Marie sich vor Lachen biegen würde, und entschied, dass die Christel von der Post jetzt eingesungen sei. Die Nächste war eine Fromme mit Brille und einem langen Zopf, der sich an ihrem ausladenden Hintern herabwölbte. Sie sang eine Kirchenarie von Hugo Haumichtot Skalpelli aus dem frühen 17. Jahrhundert, die keine Sau interessierte, mit italienischem Text in deutscher Aussprache. Ihre Stimme war in einen Hauch von Luft und Asthma eingebettet und wagte sich nur an lauteren Stellen ans menschliche Ohr. Ich sagte ihr, dass sie etwas mehr auf Textverständlichkeit achten solle, da die Arie sicher der Jury unbekannt sei, und sie bestätigte mir mit sorgenzerfurchtem Antlitz, dass das auch immer der Arbeitsansatz von Frau Pfefferkorn sei, jedes Mal! Ich überlegte kurz, ob ich ihr sagen sollte, dass sie nicht den geringsten Hauch einer Chance hat, und dass sich die Jury nur über sie kaputtlachen wird, besonders Marie und der erste Vorsitzende, aber ich dachte, dass das sowieso nichts bringt. Sie würde sich nicht vom Vorsingen abhalten lassen, das sah man gleich.

Die Nächste war sehr dick und hatte einen Hüftschaden. Trotz oder gerade wegen ihres Gehfehlers machte sie einen auf selbstsicher, als sie um den Flügel herum humpelte, um ihre Noten vor mir aufzubauen. Es handelte sich um eine Fotokopie von etwa 26 Seiten, die sie alle aneinander geklebt hatte, mit Tesafilm, damit ich nicht umblättern musste. Der Nachteil an dieser technischen Raffinesse war, dass die zweieinhalb Meter langen Noten wegen ihres Gewichtes mehrmals geräuschvoll zu Boden raschelten. Ich bedauerte, sie auf diese Weise nicht begleiten zu können, aber sie sagte fröhlich, dass Herr Echtwein die Arie der Eboli bestimmt auswendig spielen könne, da sie sehr bekannt sei. Ich habe dann zusammen mit einer Kandidatin, die schon ausgeschieden war, das meterlange Notenwerk ganz langsam an

Edwin vorbeifahren lassen; sie zog und ich schob. Währenddessen gab die unvorteilhaft gekleidete Dicke vorne schwankenden Schrittes eine unglaublich mitreißende Vorstellung, in der sie von Rache, Tod und Verzweiflung kreischte. Marie krallte sich unter dem Tisch an Zurlindes Hosenbein fest und Zurlinde tätschelte ihr beruhigend das Knie. Diesmal bemerkte Edwin nichts davon, weil er mit dem Entziffern des fotokopierten Notensalates voll beschäftigt war. Wie alle Pfefferkorn-Schüler schied Eboli mit dem Gehfehler erwartungsgemäß sofort in der ersten Runde aus.

Bleibt zu erzählen von der jüngsten hoffnungsvollen Pfefferkorn-Schülerin. Sie war eine Meisterin des natürlichen, unverspannten Singens, was sie mir schon in der Einsingeprobe durch einige Gymnastikübungen während meines Vorspiels bewies. Sie sang die schlichte Volksweise: »Sah ein Knab ein Röslein steh'n«. Ich hielt diese Auswahl für unklug, weil man an diesem einfachen Lied eigentlich nicht viel zeigen kann. Es hat drei völlig gleiche Strophen und keinerlei technische Schwierigkeiten wie hohe Töne oder Koloraturen. Aber genau das schien die Natürliche zu bevorzugen. Sie turnte und hampelte die ganze Zeit während des Singens, lockerte den Unterkiefer, schlabberte mit den Pausbäckchen, streckte die Zunge heraus, rollte mit den Augen und schlenkerte mit den Armen. Ich nahm natürlich an, dass sie das im Ernstfall nicht machen würde, aber genau das tat sie. Sie trat also auf, legte Echtwein die Noten vor die Nase, zu blättern gab es nichts, weil das Ding nur eine Seite lang ist und sich immer wiederholt, trat vor das Klavier und breitete erst mal die Arme aus wie ein Flugzeug. Edwin hatte schon die Finger auf den Tasten, aber ich raunte: »Warten Sie, sie entspannt sich noch.« Die Natürliche wippte dann mit den Füßen, schleuderte ihre Hände aus, als hätte sie in kaltes Wasser gefasst, lockerte ihren Kiefernapparat durch Malmen und Knacken, zog die Schultern mehrmals auf und nieder und legte den Kopf in den Nacken. Marie in der Jury kicherte erfreut und Zurlinde fasste ihr aufs Knie.

»So«, sagte Edwin, »jetzt fangen wir mal an.« Er spielte das Vorspiel, aber die Natürliche war noch lange nicht am Ende mit ihren Gymnastikvorführungen. Sie beugte sich rückwärts über den Flügel, um ihr Zwerchfell zu dehnen, und ihr Busen ragte gegen die Decke. Marie begann lauthals zu lachen.

»Bitte, Fräulein ... sind Sie jetzt bereit?«, fragte Zurlinde väterlich, indem er Marie beruhigend auf den Rücken klopfte.

»Sofort«, sagte das natürliche Fräulein. »Wenn ich verspannt bin, kann ich nicht das Letzte geben!« Sie stellte sich wieder gerade hin und schnaubte wie ein überarbeitetes Pferd, um die Lippen zu entspannen. Dann verdrehte sie noch einmal kräftig die Augen, wie jemand, der sich über einen Idioten lustig macht, und sagte dann gnädig: »Jetzt können wir es mal versuchen.«

»Sie wissen ja, dass Sie nur einen Versuch haben«, sagte Zurlinde milde mahnend.

»Ja, ja«, erwiderte sie und machte schnell noch ein paar Liegestütze am Flügel. Echtwein verdrehte die Augen und fummelte nach einer Zigarette. Marie hing, vor Lachen schon ganz schlapp, über Zurlindes rechter Schulter. Die anderen Jurymitglieder räusperten sich. Leider gelang es der Kandidatin während des ganzen Vortrages nicht, mit der Turnerei aufzuhören. Marie krallte sich hilflos an ihre grüne Krokodillederhandtasche, die restlichen Jury-Mitglieder hielten sich an ihren Stühlen fest oder suchten angestrengt in ihren Akten nach Notizen, um ihre Gesichter zu verbergen, und Zurlinde hielt seine väterlichen Hände vors Gesicht, sodass man nur noch seine Augenbrauen zucken sah. Ich selbst hatte die Vorstellung ja schon im Einsingeraum erlebt, weshalb es mir gelang, völlig ernst zu bleiben. Edwin jedoch ließ sich ebenfalls aus der Fassung bringen: als er Marie so hilflos lachen sah, stierte er sie an und ließ seine Finger einfach allein weiterhopsen. Zum Glück ein wirklich leichter Klavierpart. Ich hätte auf jeden Fall einspringen können, falls Echtwein keinen Bock mehr gehabt hätte oder seine ohnehin spärliche Selbstbeherrschung verloren hätte. Leider kam auch die Natürliche nicht in die zweite Runde, wenn auch Marie sich unter Lachtränen ganz entschieden dafür einsetzte.

Erna Pfefferkorn war unbeschreiblich beleidigt, dass ihre Tochter sie dermaßen brüskierte, sprach von künstlerischer Unreife und persönlichen Rachemotiven und drohte mit einer einstweiligen Verfügung, damit dieser nicht objektiv geleitete Wettbewerb abgebrochen werden müsste.

Nach dem ersten Durchgang haben wir noch Edwins Geburtstag gefeiert. Er wurde genau vierzig – ist also um einiges älter als Willem, der demnächst fünfunddreißig wird! – und hat alle Jury-Mitglieder zum Essen eingeladen. Um keinen Ärger zu bekommen, hat Marie mir befohlen, mitzugehen in das Dachrestaurant eines sehr feinen Hotelschuppens. Esplanade heißt der Laden. Von dort oben hat man einen fantastischen Blick über die Stadt.

Ich kam neben einem älteren Kammersänger in Ruhe zu sitzen, der nur noch Ehrenpöstchen innehat wie das Verleihen von Jodeldiplomen und das Voraussagen großer Karrieren. Seine Gattin, eine Musikkritikerin, saß an seiner anderen Seite. Eigentlich wollte ich wegen meiner Abnehmerei überhaupt nichts essen; ehrlich gesagt, ich kann gar nichts mehr essen. Frau Pfefferkorn hatte behauptet, ich wäre mager wie eine Ziege geworden, aber das würde sie nicht verwundern, jetzt wo ich die Familienverhältnisse der von Ottens miterleben müsste. Der alte Kammersänger war aber sehr angetan von mir: »So was Zartes, Schlankes, Junges hatte ich schon lange nicht mehr an meiner Seite«, sagte er. Und dann nahm er die mit Ringen beladene Hand seiner Gattin zur Linken und fügte hinzu: »So ein junges Pflänzchen war sie auch mal, als ich sie zu meiner Frau nahm, vor vielen Jahren. Jetzt ist sie ein welkes Herbstblatt.« Die Gattin aß ungerührt weiter. Sie war zugegebenermaßen schon über sechzig, aber ich hatte nicht gewusst, dass es ein Vorrecht der Männer ist, das Altsein an sich selbst zu ignorieren. Ich starrte ihn fassungslos an. Er war nämlich mindestens eine knochige hölzerne Wurzel, wenn nicht ein kahler magerer Ast. Ich konnte es nicht fassen, dass er so von seiner Frau redete, und dabei noch ihre Hand hielt! Das nur nebenbei. Marie hatte es sowieso nicht mitbekommen. Sie saß zwischen Echtwein und Zurlinde und lieh jedem von ihnen unter dem Tisch einen Fuß. Sie ist kein welkes Herbstblatt. Sie ist eine unbeschreiblich schöne, langstielige rote Rose. Und ich bin ein Fleißiges Lieschen, das in ihrem Schatten wächst.

Mein gestriger Eintrag war vielleicht etwas melancholisch. Ich hatte aber auch allzu viel Wein getrunken da droben im Dachrestaurant, weil ich sonst diese Atmosphäre der Selbstbeweihräucherung alternder Diven und Stars von gestern nicht ertragen hätte. Sie waren allesamt so schlimm wie Erna Pfefferkorn, auch wenn sie tatsächlich mal berühmte Größen gewesen sein mögen. Ich, Karla Umweg, die kleine Blätterfrau, war natürlich ein Niemand. Bis auf den alternden Kammersänger schenkte mir keiner Beachtung und darauf hätte ich auch verzichtet. Nur zu gern wäre ich gegangen, aber ich hatte die Verantwortung für Marie und musste ihr am Schluss den väterlichen Zurlinde vom Leib halten, weil sie sich diesmal, zur Feier des Tages, noch von Echtwein in der Tiefgarage im Kastenwagen verabschieden wollte. Schließlich war er das Geburtstagskind. Wie sich herausstellte, hatte Zurlinde viel zu viel getrunken, um noch alleine heimfahren zu können. Deshalb musste ich ihn wie einen Jungen am Ärmel packen und nach unten auf die Straße geleiten. Am Taxistand fing er an zu lamentieren, er hätte irgendwas vergessen abzugeben, aber er wüsste nicht mehr was.

Der Taxifahrer fragte ungeduldig: »Soll es jetzt losgehen oder sollen wir hier Wurzeln schlagen?«

Ich schob Zurlinde in das Taxi und stopfte noch seinen langen Schal und seinen Mantelzipfel hinterher und fragte ihn: »Wo wohnen Sie denn?«

»Ich hab noch was vergessen abzugeben«, sagte Zurlinde.

»Was wollen Sie denn abgeben?«, fragte der Taxifahrer gereizt. »Wenn Sie sich übergeben müssen, dann aber nicht in meinem Wagen hier.«

»Er muss sich nicht übergeben«, sagte ich. »Wo wohnen Sie?«, wiederholte ich und schüttelte Zurlinde am Ärmel.

»Mensch, Mädchen, fahr mit, ich hab keine Lust, seine Kotze aufzuwischen«, sagte der Taxifahrer.

Ich stieg ein. Zurlinde sagte ziemlich deutlich seine Adresse und fügte dann hinzu, dass er noch etwas abzugeben hätte.

»Was haben Sie denn abzugeben?«, fragte ich besorgt. Vielleicht drücken Professoren der höheren Künste sich immer so aus, wenn sie kotzen müssen. Vorsichtshalber kramte ich ein Taschentuch hervor.

Der Taxifahrer fuhr los und sagte:« Das können Sie doch zu Hause abgeben, wenn Sie solange noch warten können, guter Mann.«

Zurlinde betonte, dass er das auf keinen Fall seiner Frau geben könne, und dass er sich in große Schwierigkeiten bringen würde. Ich schwieg und hielt mein Taschentuch griffbereit.

»Ich will nur noch vergessen«, sagte Zurlinde.

»Was wollen Sie vergessen?«

»Ich weiß es nicht mehr.« Ja, der war echt durch den Wind, der Mann. Als Zurlinde zu Hause war, zahlte ich das Taxi und geleitete ihn noch bis zum Kiesweg seines Anwesens. Er murmelte nur, dass es Schwierigkeiten geben könnte, wenn seine Frau bemerken würde, dass er etwas bei sich hatte, was er nicht rechtzeitig abgegeben hatte, und schwankte dann beherrscht zu seinem adretten selbst gezimmerten Bungalow hinauf. Ich wartete, bis er im Haus verschwunden war.

Zurück fuhr ich mit der U-Bahn, weil der Taxifahrer schon abgehauen war.

Heute Morgen hat Marie schon um halb acht an meine Tür geklopft. Sie hatte den gewohnten verwegenen Blick drauf und dazu noch ganz viele rote Flecken im Gesicht.

»Karla, wo ist die Handtasche?«

»Welche Handtasche?«

»Na, meine grüne Handtasche, die Zurlinde dir gestern Abend noch gegeben hat!«

»Welche Handtasche hat Zurlinde mir gestern Abend noch gegeben?«, murmelte ich schlaftrunken.

»Na, die grüne Handtasche, die ich gestern bei mir hatte. Ich habe sie in seinem … Besprechungszimmer … vergessen.«

»Ach, das war es also, was er noch abgeben wollte«, sagte ich. »Und ich dachte schon, er müsste sich übergeben.«

»Er hat meine Handtasche mit nach Hause genommen? Zu seiner Frau?«

»Ich weiß nicht«, sagte ich müde und dachte nach: »Er faselte immer davon, dass er noch was abzugeben hätte, aber er hätte vergessen, um was es geht. Deine Handtasche hat er nicht erwähnt!«

»Verdammter Mist«, sagte Marie. »Ich habe ihn gebeten, sie dir auf jeden Fall noch zu geben, weil Edwin sie nicht sehen sollte!«

»Warum sollte Edwin deine Handtasche nicht sehen?«

»Weil sie ein Geschenk von Heyko ist, verdammt!«, sagte Marie.

»Und woran erkennt Edwin das?«

»Heyko hatte seine Sekretärin beauftragt, sie zu kaufen. Die Sekretärin ist doch Edwins Geschiedene. Und die hatte einen Riesenspaß dran, Edwin diese Handtasche zu zeigen, und den Inhalt gleich dazu.«

»Was war denn der Inhalt?«, fragte ich und setzte mich auf.

Marie kicherte. »Na, was halt so in Handtaschen drin ist …«

»Versteh ich alles nicht«, sagte ich. »Du kannst doch von deinem Vorgesetzten so viel Handtaschen und Kondome geschenkt bekommen, wie du willst. Was geht Edwin das an?«

»Er macht mir Vorwürfe, dass er sich umsonst hat scheiden lassen«, erklärte Marie. »Ich musste ihm schwören, dass ich nicht mit Zurlinde schlafe.«

»Warum hast du ihm das geschworen?«, fragte ich. »Das bringt dich doch nur in Schwierigkeiten!«

»Weil er sich in der Tiefgarage das Leben nehmen wollte«, spielte Marie ihren letzten Trumpf aus. »Er sagte, wenn ich mit Zurlinde schlafe, dann lässt er seine Abgase heute Nacht in den Kastenwagen strömen und ist heute Morgen tot.«

»Dann gäbe es ja in meinem Leben keinen Sinn mehr«, sagte ich. »Wegen dem Noten-Umblättern.«

»Karla, du musst diese Tasche holen, und zwar bevor seine Frau etwas merkt.«

»Echtweins Frau?«

»Zurlindes Frau! Wenn sie die Tasche sieht mit den Kondomen drin …«

Nach all der Zeit bei Marie hatte ich gelernt, wann man zwei Drittel von der Dramatik abstreichen konnte, aber jetzt wusste ich auch, dass es Zeit war, ihre Bedürfnisse ernst zu nehmen.

Ich erklärte mich bereit, die Tasche zu holen, wies sie

aber fürsorglich darauf hin, dass Edwin ganz bestimmt von Zurlinde und ihr wüsste, da sie sich ja dauernd unter dem Jury-Tisch ans Knie fassten.

»Ich dachte, das kann er nicht sehen, wenn er Klavier spielt«, sagte Marie. Dann gab sie mir zwanzig Mark für ein Taxi und rief noch hinter mir her: »Das Wichtigste ist, dass seine Frau nicht aufwacht!«

»Weiß ich«, brummelte ich und machte mich ohne Frühstück auf den Weg.

Bei Zurlinde öffnete niemand, so höflich und ausgiebig ich auch am selbst gezimmerten Gartentor läutete. Schließlich wagte ich mich unter das geöffnete Küchenfenster und rief: »Hallo?«

»Ja, bitte?«, sagte eine Frauenstimme, ohne dass jemand am Fenster erschien. Ich hoffte, es war die Putzfrau. Marie hatte gesagt, Zurlinde hätte gesagt, dass Frau Zurlinde immer gern lange schläft und frühmorgens immer die Putzfrau kommt.

»Guten Morgen, ich bitte die Störung zu entschuldigen«, fing ich an zu stammeln und hoffte, dass währenddessen die Putzfrau im Fenster erscheinen möge.

»Ja und?«, fragte die Stimme. Ich hörte eine Kaffeemaschine aufgeräumt vor sich hin rülpsen.

»Ähm, ich würde gern Herrn Professor Zurlinde einmal kurz sprechen«, sagte ich zu dem leeren Fenster.

»Worum geht es bitte?«, fragte die Stimme und wurde etwas frostiger.

»Das würde ich ihm gerne selbst sagen«, antwortete ich. Die Kaffeemaschine verschluckte sich fast vor Empörung und brodelte vor Hohngelächter.

»Wer sind Sie bitte?«, sagte die Stimme eiskalt.

Meine Furcht, dass es sich nicht um die Putzfrau handeln würde, nahm konkrete Formen an.

»Karla Umweg«, sagte ich. »Bitte entschuldigen Sie die Störung!« Mir war es entsetzlich peinlich, morgens um zwanzig nach acht vor dem Küchenfenster der Professorengattin zu stehen und sie mit meinem Gefasel zu belästigen.

»Muss ich Sie kennen?«, fragte die Gattinnenstimme drohend.

»Nein, ich glaube nicht«, flüsterte ich matt. Gerade als ich wieder davonschleichen wollte, um hinter der Hecke in Tränen auszubrechen, erschien nun endlich die Gattin am Fenster. Ich erschrak und zuckte zusammen, denn sie hatte das ganze Gesicht voll Quark. Deshalb hatte sie also nicht am Fenster erscheinen wollen. Verständlich, von ihrer Warte aus gesehen.

»Also?«, sagte das Quarkgesicht.

»Entschuldigen Sie die Störung«, hauchte ich.

»Ja, ja«, sagte die Quarkmaske. »Das haben Sie jetzt dreimal gesagt.«

»Kann ich bitte Ihren Gatten …«

»Was wollen Sie denn von ihm?«, herrschte mich die Gattin an. Ich konnte unmöglich sagen: »Eine grüne Krokodilhandtasche mit Kondomen drin.« Deshalb schwieg ich.

Die Kaffeemaschine hatte aufgehört zu gluckern, fast so, als wollte sie die Pointe unseres Gesprächs nicht verpassen. Schließlich sagte die Quarkmaske böse: »Mein Mann ist in der Oper, bei einer Bühnenprobe. Ist vor zehn Minuten losgefahren.«

»Hatte er eine Handtasche dabei?«, fragte ich voreilig und biss mir auf die Lippen.

»Er hat immer seine Handtasche dabei, warum?«, fragte die Gattin. Ich wagte nicht, nachzufragen, ob er außer seiner eigenen auch noch eine grüne Krokodillederhandtasche dabeigehabt hätte, bedankte mich für die freundliche Auskunft und ging über den Heckenweg zurück. Hinter mir wurde das Küchenfenster zugeknallt.

Ich latschte ziemlich lange, bis ich ein neues Taxi fand.

Am Hintereingang der Oper saß ein Pförtner und las Zeitung. »Guten Morgen«, sagte ich.

»Morgen«, sagte der Pförtner in seine Zeitung hinein. Hinter mir gingen mehrere Schauspieler, Sänger und Tänzer ein und aus und alle sagten »Morgen« zu dem Pförtner, und er sagte jedes Mal »Morgen« zu seiner Zeitung.

»Ist Herr Professor Zurlinde im Haus?«, fragte ich die Rückseite der Zeitung.

»Weiß ich doch nicht«, sagte der Pförtner, ohne freundlicherweise die trennende Papierwand zwischen uns zu senken.

Ich entschuldigte mich, dass ich ihn belästigt hatte, und ging einfach hinein. In einem langen halbdunklen Gang liefen geschäftig Leute herum, die alle irgendwie in Eile waren. Ich traute mich nicht, sie durch meine dämlichen Fragen von der Arbeit abzuhalten. Nachdem ich eine Viertelstunde durch halbdunkle Gänge gegangen war und Leute pfeifend und singend an mir vorbeigekommen waren, gelangte ich wieder zum Pförtner. Welch ein Glück, er las nicht mehr Zeitung, er frühstückte. »Ich habe eben schon mal gefragt, ob Herr Professor Zurlinde im Haus ist«, sagte ich entschlossen.

»Wer sagten Sie gleich, ist im Haus?«

»Professor Zurlinde.«

»Den gibt es hier nicht.«

»Auch nicht heute?«

»Nicht heute, nicht gestern und auch nicht morgen.«

»Man sagte mir, dass er heute hier sei.«

»Wer sagt das?«

»Seine Frau.«

»Na, die muss es ja wissen.« Er biss in ein hart gekochtes Ei und schüttete sich aus einer Thermoskanne Milchkaffee ein. Dann äugte er wieder auf die Zeitung.

»Wo könnte er denn wohl sein?«, ging ich ihm penetrant auf die Nerven.

»Mädchen, das weiß ich doch nicht«, sagte der arme überarbeitete Pförtner in einem Ton, als hätte ich gefragt, warum der Mond rund ist. Ich wartete geduldig, bis er das Ei zu Ende gegessen hatte, dann wagte ich es erneut, ihm einen Vorschlag zu unterbreiten.

»Man könnte doch mal auf den Probenplan schauen«, hob ich an, »vielleicht kann man daraus etwas entnehmen.« Der Pförtner guckte mich über seine Brillenränder hinweg an, als hätte ich ihn aufgefordert, alle Buchstaben aus seiner Zeitung einzeln auszuschneiden. Dann langte er mit gnädiger Geste hinter sich, pflückte den Probenplan von der Wand und knallte ihn mir vor die Jacke. Ich sah sofort, dass Zurlinde auf der Probebühne drei war, von acht bis zehn. Jetzt war es zehn vor zehn.

»Wie komme ich zur Probebühne drei?«

»Gar nicht. Ist kein öffentlicher Zugang.« Irgendwie beschlich mich das Gefühl, dass ich dem Pförtner nicht sympathisch war. Der nächste pfeifende, geschäftige Mensch, der an uns vorbeiging, musste aber dran glauben.

»Erwin, nimm das Mädchen mit zur Drei, aber pass auf, dass sie nichts anfasst.«

Erwin nahm mich mit.

Um fünf vor zehn war ich am Ziel: ich stand dem lebendigen und leibhaftigen Professor Heyko Zurlinde zum Greifen nahe gegenüber: nur ein riesiges Schiff aus Pappmaché trennte uns noch voneinander. Zurlinde stand mit dem Rücken zu dem Schiff und sagte gerade: »Du musst die Phrase viel länger durchhalten, Sylvia. Deine Luft muss reichen bis ›Grausamer, Elender, nimm meinen Dolch‹.«

»Das schaff ich nie«, sagte Sylvia.

»Stell dich hier an die Wand und halt dich fest, dann hast du eine bessere Stütze.« Ich räusperte mich.

Sylvia holte tief Luft und fing an zu kreischen. »Grausamer, Elender, nimm meinen …« Aber da musste sie Luft holen und aus dem Dolch wurde nur noch ein tonloser zittriger Molch, der sich aus ihrem Munde schlängelte, um noch während des freien Falls zu sterben.

»Hallo, Entschuldigung, bitte!«, rief ich dazwischen.

»Dolch«, schrie Sylvia und rannte mit ihrem Pappknüppel auf Zurlinde los.

»Nein, alles Mist«, sagte Zurlinde. »Du singst ohne Unterleib.«

»Herr Professor!«, rief ich halblaut.

»Ich schaff's nicht bis zur Premiere«, sagte Sylvia und ließ den Kopf hängen.

Zurlinde griff ihr unter das Kinn, sah ihr tief in die Augen und sagte: »Hol dir die Stütze aus dem Becken, dann kannst du bei ›Dolch‹ schon zustoßen. Noch mal jetzt. Reiß dich zusammen.« Sylvia ging rückwärts zu ihrem Ausgangspunkt zurück, holte tief Luft und wiederholte die Szene. Sie rannte wie eine Furie auf Zurlinde los, drosch mit dem Pappknüppel auf ihn ein und schaffte es ohne zu atmen bis »Dolch«. Dann ließ sie sich auf den Boden fallen.

»Na bitte, das war es doch«, sagte Zurlinde und beugte sich zu ihr runter. Ich hielt diesen Zeitpunkt für angemessen, hinter dem Schiff aus Pappe hervorzukommen.

Sylvia kreischte noch viel lauter als zuvor, so sehr hatte sie sich erschrocken, und auch Zurlinde entfuhr ein Schrei.

»Entschuldigen Sie …«, begann ich. Ich wusste schon gar nicht mehr, zum wievielten Male ich mich heute Morgen schon entschuldigt hatte, für eine Sache, die ich doch gar nicht verbrochen hatte.

»Was zum Teufel spionieren Sie hier herum? Hat Marie Sie geschickt?«

»Ja, allerdings …«

»Das ist ja ein starkes Stück! Gestern schickt sie mir Sie im Taxi nach und heute beobachten Sie heimlich meinen szenischen Unterricht …«

»Ich wollte eine Handtasche abholen«, sagte ich. Zurlinde sagte zu Sylvia, sie solle sich gut entspannen und tief durchatmen, gleich würden sie die Szene noch einmal wiederholen. Dann bugsierte er mich zu seiner Garderobe, wo er die Handtasche aus seinem verschlossenen Spind hervorholte.

»Wie haben Sie mich gefunden?«

»Ihre Frau sagte …«

»Wie, Sie waren bei meiner Frau?« Zurlinde wurde grau wie der Spind und musste sich setzen. »Was hat sie gesagt?« Er warf eine Brausetablette in ein Glas Wasser.

»Dass Sie heute Morgen hier sind. Stimmt doch«, verteidigte ich mich. Die Brausetablette vollführte einen hektischen Tanz. Fast wie den, den Marie immer mit ihrer Triangel auf dem Tisch vollführt, wenn sie fröhlich »tralalalala« singt, als könne sie kein Wässerchen trüben.

»Was haben Sie zu meiner Frau gesagt, wer Sie sind?«

Zurlinde setzte den Brausebecher an den Mund und schüttete sich das Katerfrühstück rein.

»Sie hat mich nicht gefragt«, sagte ich.

»Und weshalb Sie Maries Tasche wollen?«

»Ich habe nichts von Maries Tasche gesagt. Nur allgemein wurde das Wort Tasche erwähnt. Einfach nur: Tasche. Sonst nichts.«

Zurlindes Gesicht bekam wieder etwas Farbe. »Und meine Frau, wie hat sie reagiert, ich meine, wie sah sie aus?«

»Weiß«, sagte ich.

»Wie, weiß? Vor Zorn?«, fragte Zurlinde und krallte sich angstvoll an seinen Brausebecher.

»Weiß vor Quark«, sagte ich.

Zurlinde gab mir die Tasche. »Dass Sie mir das nicht noch einmal tun«, sagte er streng. »Meine Frau darf sich überhaupt nicht aufregen! Und nun machen Sie, dass Sie hier rauskommen! Wir sehen uns später im Wettbewerb!« Damit verließ er die Garderobe. Ich stand da und starrte die Tasche an. Wer war denn jetzt schuld an der ganzen peinlichen Angelegenheit? Ich oder Zurlinde oder Marie? Hängenden Kopfes verließ ich mit der Tasche die Oper. Der Pförtner las Zeitung. Trotzdem sagte er mitleidig: »Wenn das Vorsingen nicht geklappt hat, versuchst du es einfach woanders.«

Um zehn vor elf war ich wieder bei Marie. Sie ging gerade aus dem Haus, mit einer anderen Tasche.

»Nimmst du sie gerade mit hinein und legst sie auf mein Bett? Ich muss dann! Bis später!« Und stieg in ihren Jaguar.

Marie hat mich um einen Gefallen gebeten, den ich ihr besonders gern erfüllte: Ich sollte Willem vom Flughafen abholen. Sie selbst hatte keine Zeit dazu, weil sie in wichtigen Besprechungen mit Zurlinde war. Voller Herzklopfen fuhr ich also mit dem tollen Firmenwagen zum Flughafen. Willem abholen. Heim zu Frau und Kind. Wie schön.

Er war braun gebrannt, als käme er aus dem Urlaub, dabei war er auf einer Geschäftsreise gewesen! Ich bewunderte ihn, wie er da so schlank und lässig am Kofferband lehnte. Als er mich sah, fragte er mich als Erstes: »Wo ist Marie?«

Ich sagte, dass sie es unendlich bedauert hätte, nicht selbst kommen zu können, weil der stressige Beruf sie mal wieder abgehalten habe.

»Du hättest mich nicht extra abholen müssen«, sagte Willem.

»Ich habe es aber gern gemacht …«

Er schnappte sich mit sicherer Hand seine weiße Segeltuchtasche und wir gingen ins Parkhaus, wo ich seinen weißen Firmenwagen vorschriftsmäßig abgestellt hatte. Durch die Tür ließ er mich sogar vorgehen! Er schloss mir die Beifahrertür auf und ich warf mich langbeinig auf den Sitz. Als wir im Berufsverkehr standen, ließ seine angespannte Konzentration nach. Er begann ein Gespräch mit mir.

»Marie hat mir erzählt, dass du dein Herz verloren hast?«

Ich wurde knallrot. Zuerst konnte ich gar nichts sagen. Dann brachte ich schließlich heraus: »Woher weiß sie das?«

»Na, du hast doch den jungen Mann sogar zu uns nach Hause eingeladen.«

Ich schaute auf meine nervös verknoteten Finger. Dann lachte ich: »Ach, der Matthäus! Der hat nur bei mir gepennt, weil er zu besoffen war ... den kennst du doch! Der hat früher für Echtwein geblättert!«

Willem wollte aber nicht über Echtwein sprechen und winkte ab. »Wer war denn der junge Mann im Matrosenanzug, der auf der Karnevalsfete so viel fotografiert hat? Marie hat mir von ihm erzählt.«

»Och, der«, sagte ich, nun wieder abwinkend. »Ein Freund meiner Schulzeit. Hat keinerlei Bedeutung, wirklich nicht.«

Willem heftete einen Augenblick lang seinen Blick nicht auf den Stadtverkehr, sondern auf mich.

»Marie findet, dass er gut zu dir passt.« Er lächelte mich freundlich an und schaute dann wieder nach vorn.

Mich überfiel ein eiskalter Schauer.

»Findet sie das wirklich?!«, fragte ich entsetzt.

»Du nicht?«

»Nein«, erwiderte ich und blickte dann stur geradeaus. Ich finde nämlich, dass Willem zu mir passt! Und ich zu ihm. Wenn er doch endlich darauf kommen würde!

Willem und ich haben dann noch so über dies und das geredet, aber er war merkwürdig zurückhaltend und sagte am Schluss, dass ich jetzt wohl besser mit Ludger Tennis spielen würde. Ich versicherte ihm, dass ich keinerlei Interesse an Ludger hätte, aber Willem lächelte taktvoll.

Abends haben er und Marie sehr feierlich zu zweit zu Abend gegessen, bei Kerzenschein und mit frischem Lachs. Ich war oben in meiner Mansarde und beobachtete den Kerzenschein unten an der Tanne. Bis zwei Uhr haben die beiden bei klassischer Musik aus der Stereoanlage Champagner getrunken, dann sind sie ins Schlafzimmer gegangen.

Ich sollte Ludger vielleicht mal schreiben.

Von einem Tag auf den anderen ist die Luft mild und weich, der Himmel zartblau, die Vögel zwitschern aus Leibeskräften und die Gärtner unten im Garten pflanzen Stiefmütterchen. Frau Krotoschyin hatte ein liebreizendes Frühlingskleidchen mit Erdbeeren drauf an, das sie vor Jahren selbst geschneidert hat. Da muss sie etwas schlanker gewesen sein, denn jetzt sehen die Erdbeeren aus wie Tomaten. Der Buggysack von Maximilian ist auf dem Sperrmüll gelandet und der Knabe selbst steckt in richtigen Spielhöschen. Ganz allerliebst! Er sagt jetzt »Mama«, allerdings hauptsächlich zu mir. Papa würde »ulkige Verwechslung« dazu sagen.

Er kann jetzt laufen, endlich. Also Max, nicht Papa. Allerdings tapert er überall hin, wo es für ihn gefährlich ist, und ich renne den ganzen Tag hinter ihm her. Wenn ich ihn aufhalten will, schlägt er mich. Manchmal wünsche ich mir die Zeiten zurück, wo ich ihn noch schleppen durfte. Aber sonst hab ich den dicken kleinen Schlappsack echt lieb. Stelle erstaunt fest, dass ich mich sehr an ihn gewöhnt habe. Könnte ihn mir aus meinem Leben nicht mehr wegdenken. Bin allein erziehende Putzfrau. Stelle entsetzt fest, dass ich mich damit abgefunden habe! Muss Klavier üben.

Ludger hat angerufen! Ich war gleich am Telefon, weil ich als Einzige zu Hause war. Er hat ziemlich erfreut gesagt, dass die Bilder von Karneval fertig seien und wo denn Marie sei.

»Sie ist in der Stadt, Genaueres weiß ich nicht.« Ich kam mir vor wie eine graue Vorzimmermaus.

»Grüße sie ganz besonders herzlich von mir«, sagte Ludger. Dann ließ er sich zu der persönlichen Frage herab, wie es mir denn ginge.

»Meinst du mich?«, fragte ich gereizt zurück.

»Ja klar«, kam es verwundert aus dem Hörer.

»Danke, dass der Herr sich dazu herablässt, auch mal nach mir zu fragen, nicht immer nur nach der gnädigen Frau!« Nicht dass ich beleidigt gewesen wäre, aber ich hatte gerade keinen Sinn für seine hohle Konversation.

»Ist irgendwas?«, fragte Ludger. Er telefonierte aus einer öffentlichen Telefonzelle, man hörte die Groschen fallen.

»Nein, was soll denn sein?«

»Ich dachte, du wärest vielleicht irgendwie gekränkt …«

»Ich, gekränkt?«, wieherte ich Hohngelächter in den Hörer.

»Na ja, ich habe mich auf der Party nicht gerade viel um dich gekümmert.«

»MOMENT mal!«, bölkte ich erzürnt. »WER hat sich hier um WEN nicht gekümmert? Das wollen wir doch mal ganz klar stellen!! ICH habe mich um DICH nicht gekümmert, nicht umgekehrt! Bilde dir bloß nicht ein, DU hättest dich um MICH nicht gekümmert! Das ist ein frommer Wunsch von dir, aber ICH habe mich um DICH nicht gekümmert, das ist die ganze Wahrheit!!«

Er schwieg betroffen.

»Hat sich denn wenigstens Marie um dich gekümmert, ja?«, fragte ich hämisch.

»Soweit es ihre Zeit zuließ«, sagte Ludger kleinlaut. »Sie ist ja eine sehr begehrte Dame!«

»Genau das ist sie«, sagte ich lässig. »Und deshalb weiß ich auch nicht, ob ich ihr deine Grüße so einfach ausrichten soll. Sie hat wirklich viel zu tun. Wenn da jeder kommen wollte! Diese Grüßerei ist wirklich zeitraubend, weißt du!«

Er sagte lange nichts. Ich hörte die Groschen nur so fallen. Leider fällt bei ihm der Groschen nicht. Ist der dumm, der Kuckucksesel!

»Na, dann will ich dich nicht länger aufhalten«, kam es schließlich aus der Leitung.

»Dann tu es auch nicht«, sagte ich eisig und legte auf. Hinterher habe ich ein bisschen rumgeheult. Vielleicht war es falsch, den armen hilflosen Ludger so zu behandeln.

Gestern im Park, als es dämmrig und kühl wurde und die properen Muttis mit ihren nicht mehr so properen Kindern nach Hause gingen, kam Olga, die große schwarze Dogge des Hauses, auf mich zugeschossen und stob verbotenerweise im Sandkasten herum, bis ich sie mit üblen Beschimpfungen dazu gebracht hatte, ihr Geschäft woanders zu verrichten. War sie ausgerissen?

Doch da sah ich ihn, den Herrn und Gebieter über Olga und alle anderen weiblichen Wesen meines Umkreises: Willem, die Leine schwingend und nach mir Ausschau haltend. Nach MIR! Oh, wie genoss ich es, unter den bewundernden Blicken der anderen Muttis von einem solchen Mannsbild am Sandkasten abgeholt zu werden!

Ich verharrte in Hockstellung bei Maximilian im Sand, um den Grund seines Kommens zu erfahren. Willem hatte Sehnsucht nach seinem Sohn gehabt, sagte er, und noch immer mussten alle anderen Muttis glauben, Willems Sohn sei auch mein Sohn! Willem spielte also mit Maximilian im Sandkasten und machte sich dabei seine weiße Vanille-Eis-Hose ganz schmutzig. Ich selbst widmete mich Olga, dem liebebedürftigen Tier, und schleuderte ein paar Knüppel wiesenwärts, auf dass die Dogge ihren Jagdinstinkt auslebe. Irgendwie macht es mir bald nichts mehr aus, meine eigenen Bedürfnisse zu vergessen. Hauptsache, meinem Mann, meinem Kind und meiner Dogge geht es gut. Mama würde sagen, ich bin auf dem richtigen Weg.

»Für einen Mann, den ich liebe, würde ich all meine beruflichen Interessen aufgeben«, sagte ich beiläufig, als wir den Buggy und die keuchende Dogge heimwärts schoben. Willem fragte überrascht, wie ich auf so einen Gedanken käme.

»Och, nur so.« Unter seinem Blick sank ich augenblicklich errötend in die Knie. »Marie hat ganz Recht, wenn sie sagt, dass es einen Mann in meinem Herzen gibt.«

Willem erwiderte nichts, weil er sich darauf konzentrieren musste, von Olga nicht in die Gosse gezerrt zu werden.

Ich beschloss, etwas konkreter zu werden. »Weißt du,

Willem«, bekannte ich, »bis vor einiger Zeit habe ich zum Beispiel noch von einer Karriere als Pianistin geträumt. Ich merke aber, dass meine Aufgaben in ganz anderen Bereichen liegen.«

Willem blieb stehen. Die Dogge hörte irritiert auf zu zerren.

»Willst du etwa nicht mehr studieren?«

»Und wenn es so wäre? Würdest du dich darüber freuen?«

»Aber was habe ich denn mit deinem Studium zu tun! Dieses Gespräch solltest du mit Echtwein führen!«

»Ich möchte nur noch zum Wohle meiner Familie leben.«

»Welcher Familie?«

»Meiner zukünftigen Familie«, sagte ich sanft.

»Bist du schwanger?« Überrascht blieb er stehen.

»Aber nein! Von wem sollte ich denn schwanger sein!«

»Keine Ahnung ... aber willst du denn heiraten? Gehst du weg?«

»Nein«, erwiderte ich strahlend, »ich bleibe! Ich weiß doch, wo ich hingehöre!«

»Na, dann ist es ja gut«, sagte Willem und ging weiter.

Er schaute noch am Zeitungsständer, ob die neuen Fußballergebnisse schon da waren, aber es gab noch keine.

»Freust du dich, dass ich bleibe?«

»Natürlich«, sagte Willem. »Wir haben uns alle an dich gewöhnt. Nicht wahr, Maximilian?« Maximilian grinste und haute mit seiner Schippe nach mir. Olga zerrte keuchend weiter.

Viel redeten wir auf dem Heimweg nicht mehr. Willem sagte nur, dass Maximilian jetzt schon vier Schritte alleine gehen könne und wirklich immer süßer würde. Und dass Olga wirklich ein anstrengender Hund sei, aber dass sie natürlich auf einen starken Wachhund angewiesen seien. Ich sagte zu allem ja und amen und dachte, das bringt jetzt wahrscheinlich nichts, wenn ich ihm sage, dass ich ihn liebe.

Zurlinde hat mich gestern völlig überraschenderweise von seiner grauen Vorzimmermaus in sein Büro im Konservatorium bestellen lassen. Ich ging mit zitternden Knien hin, weil ich fürchtete, Frau Quark hätte ihm doch noch eine Szene gemacht und ich bekäme jetzt den Zorn des Göttervaters auf mein Haupt.

Zurlinde wollte sich jedoch nur bei mir bedanken. »Sie haben da neulich eine delikate Angelegenheit für Ihre Freundin geregelt«, sagte er und malte mit seinem Edel-Kugelschreiber infantile Zeichnungen auf sein Briefpapier.

»Nicht der Rede wert«, wehrte ich bescheiden ab.

»Ich fürchte, ich habe Sie damals nicht gebührlich behandelt«, sagte der Herr Direktor zu seinen albernen Strichmännchen.

Die graue Vorzimmermaus steckte ihren Kopf zur Tür herein und verkündete, dass ein Gespräch auf Leitung drei sei. »Tokio«, sagte sie, »wollen Sie von nebenan sprechen?«

Zurlinde lächelte unendlich großväterlich und sagte, dass Tokio sich einen Moment gedulden solle. Ich war mir meiner wahnsinnigen Wichtigkeit in dem Augenblick bewusst.

»Kann ich irgendetwas für Sie tun?«, fragte er mich über den Rand seiner Lesebrille hinweg.

»Wie meinen Sie das?«, fragte ich zurück. Ich dachte, er könnte vielleicht Marie heiraten, damit ich Willem bekomme, aber da Tokio auf Leitung drei war, wagte ich nicht, ihm solch einen zeitraubenden Vorschlag zu unterbreiten.

»Nun, wenn Sie mit Ihrer Klavierprüfung Schwierigkeiten haben sollten«, sagte der Herr Direktor, »oder wenn Sie vielleicht den ein oder anderen Leistungs-Schein für Ihre Zwischenprüfung brauchen …« An dieser Stelle erhob er sich, schließlich wartete Tokio auf Leitung drei, und schritt zur Tür. »Sie können es sich gerne überlegen«, zwinkerte er mir zu, »vielleicht haben Sie zurzeit nicht so viel Gelegenheit zum Üben. Bei Ihrer Zwischenprüfung könnte ich ein bisschen nachhelfen.« Damit verschwand er im Nebenzimmer, um Tokio entgegenzunehmen. Ich sah durch die Tür einen Schimmer von der grünen Handtasche und den dazu passenden grünen, hochhackigen Pumps. Marie wird im Konservatorium also als Tokio auf Leitung drei gehandelt.

Marie hat sich im Wohnzimmer eingeschlossen und stundenlang geübt. Sie war fürchterlich aufgeregt und hat immer wieder gerufen: »Ich kann das nicht, ich kann überhaupt nicht singen, seid doch ruhig im Haus, der Maximilian macht mich wahnsinnig, geht denn niemand mit ihm in den Sandkasten?« Leider regnet es wieder und der Sandkasten ist ein Schlammloch. Ich gehe also wieder mit Max zu den Saubären.

Vorher musste ich Marie noch Beruhigungstabletten

aus der Apotheke holen. Sie nimmt sie immer mit Sherry, das lockert ungemein auf, sagt sie, und dann hat sie nicht mehr solche Versagensängste.

Den Unsinn mit den Versagensängsten hat ihr wohl der Holzapfel eingeredet, denn bevor sie mit dem Mann stundenlange Selbstergründungssitzungen hatte, hatte sie nie welche. Er hat ihr so ein Zeug aufgeschrieben, von dem sie heiter und gelassen wird. Davon nimmt sie jetzt vor den Auftritten immer eine kleine Dosis.

Frau Pfefferkorn hat angerufen und mich gefragt, ob ich wieder einmal bei ihr Gesangsstunden begleiten will. Also habe ich wieder im altbackenen Wohnzimmer mit den unnötig mit Deckchen verzierten Möbeln und den Stolperfallen von Teppichvorlegern auf dem Klavierhocker gesessen und mir die Tonleiter und Stimmübungen angehört.

In der Pause bot sie mir sofort einen Pulverkaffee mit Süßstoff an. »Mädchen, was sind Sie mager geworden! Sie wirken ja richtig ausgehungert!«

Ich kann es nicht mehr hören.

»Kriegen Sie denn bei den von Ottens gar nichts zu essen?«

Um die Missbilligung der Mutter zu schmälern, erzählte ich freudestrahlend von dem neuesten Vertrag für Marie. Sie soll die Abschlussarien singen. Als besonderer Stargast. Der Dirigent hat sich die Carmen-Szene gewünscht. Mitsamt Kastagnetten auf dem Tisch.

»Na, das kann sie ja«, sagte Frau Pfefferkorn.

Die Höhe der Gage erwähnte ich nicht, aber ich nannte mit einem Stolz den Namen des französischen Staatsopernchefs, der das Salzburger Festspielorchester dirigiert.

»Eugen Paterne von der Pariser Staatsoper«, sagte ich fröhlich. »Und wenn Marie ihm gefällt, lässt er sie die Carmen in Paris singen.« Frau Pfefferkorn sank auf den Küchentisch und stellte zitternd und klappernd die Tasse daneben. »Eugen Paterne?«

»Ja«, sagte ich stolz, »ist das nicht eine Riesenchance für Marie? Sie sagt, der Mann kann ihr Türen und Tore öffnen.«

»Eugen Paterne!«

Die Pfefferkorn'schen Augen hinter den Brillengläsern wurden klein und schmal und dunkel.

»Frau Pfefferkorn?«, fragte ich vorsichtig. »Ist alles in Ordnug?«

»Eugen Paterne«, sagte Frau Pfefferkorn. Sie wiederholte den Namen noch mehrere Male und plötzlich wurde mir klar: Das musste er sein, der Erzeuger von Marie. Ich war nun genauso aufgeregt wie Frau Pfefferkorn und stellte meine klappernde Tasse zitternd neben ihre.

»Ich wusste es. Eines Tages wird er wieder auftauchen. Ich wusste es.«

Ich überlegte, ob es jetzt was bringen würde, sie zu fragen, warum sie nicht einfach schon viel früher Kontakt zu ihm aufgenommen hätte, aber das war jetzt wohl nicht angebracht.

Frau Pfefferkorn murmelte noch mehrmals, dass sie es gewusst habe, dass er eines Tages wieder auftauchen würde, dass jetzt der Tag kommen würde, auf den sie so lange gewartet habe, und dass nun die Abrechnung beginnen würde. Ich wollte sie bei ihrem Gemurmel nicht stören und ging ins Wohnzimmer. Schließlich stand da ein Klavier, auf dem ich ungestraft herumspielen durfte, solange Frau Pfefferkorn in der Küche mit dem Murmeln beschäftigt war.

Dann kam ein Schüler – es war der näselnde Tenor, der immer so ungewaschen roch und stets in alternativen, selbst gestrickten Wollpullovern steckte – und wir mussten uns zusammenreißen. Er sang »Fremd bin ich angezogen, fremd zieh ich wieder aus« oder so ähnlich. Frau Pfefferkorn unterbrach ihn nicht ein einziges Mal. Er durfte alle vierundzwanzig Lieder der Winterreise vor sich hin knödeln, ohne dass sie mit ihm schimpfte. Als er fertig war, war die Gesangsstunde um. Frau Pfefferkorn vergaß sogar, ihm auf den Flur zu folgen und die üblichen fünfzig Mark bar auf die Hand zu fordern. Auch mich schob sie anschließend zur Tür hinaus.

»Sie sagen Marie kein Wort davon, ist das klar?«

»Na gut«, sagte ich.

Als ich schon im Treppenhaus war, rief sie mich noch einmal zurück. »Und auch sonst keine Silbe zu niemandem!!« Dann knallte sie die Tür hinter mir zu.

Das ist natürlich eine qualvolle Zumutung. Hoffentlich kann ich mich jetzt wochenlang beherrschen! Marie wird doch pausenlos von diesem Eugen Paterne schwärmen. Wenn sie anfängt ihr Glas zu küssen, muss ich mir ernsthaft Sorgen machen.

Matthäus hat einen neuen Job, auf einem Ausflugsdampfer auf der Spree. Er sagt, er spielt dort für die saufenden Touristen humba täterää und ich kann jederzeit gerne mitkommen. In der Post war ein Brief von Ludger. Blöderweise hat Willem bemerkt, dass ich Post von Ludger gekriegt habe. Er hat mir den Brief mit spitzen Fingern die Treppe raufgereicht und gesagt: »Ein Liebesbrief für Karla!« Ich hätte den Brief gerne vor seinen Augen aufgegessen, aber ich dachte, das bringt jetzt auch nichts mehr. Ludger schrieb, dass ich mich doch als Frau von Gefühl und Reife herauskristallisiert habe.

»Noch nie ist mir eine so zwiespältige und doch rührend ehrliche Frau begegnet wie du, Karla«, schreibt er. »Ich spüre jeden Tag mehr, wie ich dich aus meinem Leben gar nicht mehr wegdenken mag.« Und so weiter. Obwohl sein Brief am ersten April geschrieben ist, scheint er es nicht als Scherz gemeint zu haben. Dagegen hilft nur noch eine Fahrt mit Matthäus auf einem Ausflugsdampfer. Und viel Alkohol.

Matthäus saß an so einem Alleinunterhalter-Tasteninstrument und dudelte alle Melodien des zwanzigsten Jahrhunderts herunter, die auch nur entfernt mit Stimmungsmache zu tun haben. Einige Touristen schwenkten mit ihren dicken und frohgemuten Muttis über die winzige Tanzfläche. Ich saß hinten am Bullauge und trank Bier aus einem Pappbecher. Matthäus hatte gesagt, es ginge alles auf seine Rechnung.

Als er Pause hatte, setzte er sich zu mir. Er hatte alte verfilzte Klamotten an und roch nach defekter Dusche. »Karla Breitarsch, wat is los?«, fragte er, als er mein Gesicht sah. »Bisse nich mehr im Dienst von Ihre Durchlaucht?«

»Doch«, sagte ich, »aber ich habe eine Identitätskrise.«

»Meinze, du wärs für ne Putzfrau zu musikalisch?«, fragte Matthäus und leerte seine Bierflasche in einem Zug.

»Das auch. Und außerdem weiß ich überhaupt nicht, wozu ich nütze bin.«

Matthäus haute mir seine schmutzige Pfote auf die Schulter und tröstete mich: »Ich hab auch keine Ahnung, zu was ich nütze bin.« Er lachte. »Jetzt biste schon genauso weit wie ich.«

»Wie meinst du das?«, fragte ich ganz entsetzt.

»Du hast das Studium geschmissen, verdienst kein Geld, hast keine Beziehung und keine Freunde. Du bist nichts von Beruf und lebst so in den Tag hinein«, sagte Matthäus. »Genau wie ich. Und bist am Saufen.«

Ich wollte einwenden, dass ich im Unterschied zu ihm regelmäßig dusche, aber ich dachte, das führt jetzt zu nichts.

»Muss jetzt wieder spielen«, sagte Matthäus. »Freu mich echt, dass du da bist. Wir sind aus einem Holz, du und ich.«

Das gab mir sehr zu denken. Ich knibbelte an einem eingeweichten Bierdeckel herum und starrte hinaus auf den schmutzigen grauen Fluss. Matthäus spielte gerade das alberne Entenlied, bei dem die Leute sich immer bemüßigt fühlen, mit den Armen zu wedeln und mit dem Hintern zu wackeln. Ich wäre gern ausgestiegen, weil ich diese dümmliche Fröhlichkeit nicht aushalten konnte, aber das Schiff fuhr weiter. Ende gegen ein Uhr, hatte es auf der Schiefertafel draußen an der Anlegestelle geheißen. Bis dahin musste ich durchhalten, wohl oder übel.

Da gesellte sich ein Mensch zu mir, der wohl meinte, ein Mädchen wie ich dürfe beim Ententanz nicht fehlen. »Wollemer danze?«, fragte er mich und ich schüttelte den Kopf.

»Warum net?«, fragte der Mensch.

»Darum net«, sagte ich knapp.

Der Mensch setzte sich neben mich auf die abgewetzte Holzbank. »Was tringese?«, fragte er. Er roch nach billigem Rasierwasser und hatte einen Pickel auf der Schläfe. Eigentlich war es eher eine Warze, was darauf schließen ließ, dass sich sein äußerer Zustand über kurz oder lang nicht ändern würde.

Ich erklärte ihm, dass ich nicht zum Tanzen hier sei, sondern dass ich gewissermaßen zum Personal gehöre.

»So a süßes Mädele sitzt muffelig in dr Eck und will net tanze!«, wunderte sich der Vergnügungsreisende. »Derf mer sich denn e Weilsche dazusetze?« Ich gestattete es ihm großmütig, da er sowieso schon saß. Es entwickelte sich dann ein Nullachtfuffzehn-Gespräch von der üblichen Sorte, und als wir uns nach kurzer Zeit nichts mehr zu sagen hatten, tanzte ich doch noch etwas mit ihm. Er packte mich ungeschickt bei den Schultern und knickte unrhythmisch in den Knien ein, wobei er intensive Billigparfumwolken ausdünstete. Als Matthäus schäbig grinsend eine langsame Weise spielte, presste er mich an seine schmale Brust und schob mir sein Bein an den Beckenknochen. Ich war froh, als Matthäus endlich wieder eine Pause machte.

»Wat waa dattenn fürn Aasch?«, fragte er mich, als wir an unseren hinteren Tisch gegangen waren. Er öffnete zwei Bierflaschen mit den Zähnen und drehte sich danach eine krumme krümelige Zigarette. »Willze auch eine?«

»Nein danke, mir ist schon schlecht.«

»Kaala, warum hasse dich dem Schwachkopp abgegeehm?«

Ich trank mein Bier und sagte nichts. »Der einzige

Schwachkopp, mit dem de dir weiter abgeehm sollz, bin ich, klaa?«

Er knallte sein Glas auf den Tisch. Dann ging er wieder an seine Alleinunterhalterorgel. Ich verbrachte den Rest der Schiffsreise allein oben an Deck und starrte auf die vorbeiziehenden Lichter und auf den schwarzen Fluss. Drinnen im Bug wurde gejubelt und geklatscht.

Warum kann ich nicht wie Marie sein? Woran fehlt es mir denn?

Willem hat uns gestern wieder am Sandkasten abgeholt. Ich hatte unbändiges Herzklopfen, als ich Olga mit schäumendem Maul auf uns zurasen sah. Willem hatte wieder seine weiße Vanille-Eis-Kluft an. Er setzte sich zu mir auf den Sandkastenrand.

»Ich möchte mit dir reden, Karla.«

Jetzt, dachte ich, jetzt. Und schloss die Augen, falls er mich küssen würde.

Er sagte aber: »Ich habe Marie gebeten, dich mitzunehmen auf ihre Konzertreise.«

Ach so, dachte ich. Er fängt keinen Satz an, in dem nicht das Wort »Marie« vorkommt.

»Wirst du diesmal auf sie aufpassen?«, fragte Willem, und seine Augen waren so groß und traurig wie die von Olga, die mit tropfenden Lefzen neben uns stand und trübe gestimmt war, weil niemand ihr ein Stöckchen warf.

»Ist klar, mach ich«, sagte ich und Willem tätschelte mir den Kopf. Dann stand er auf und warf Olga einen Knüppel über dreißig Meter weit.

Marie ist entsetzt. Frau Pfefferkorn kam gestern unangemeldet vorbei und fragte sehr scheinheilig und um Beherrschung ringend nach Maries Salzburg-Plänen. Marie erzählte natürlich kaum etwas darüber, weil sie es nicht ausstehen kann, wenn ihre Mutter sich immer einmischt.

»Was singst du denn eigentlich in Salzburg, Kind?«, begann sie ihr geschicktes Abfragemanöver.

»Carmen wahrscheinlich«, sagte Marie.

»Was ziehst du denn an?«, fragte die Mutter.

»Das Grüne wahrscheinlich«, sagte Marie.

»Und wer singt noch?«

»Siegmund Sterz wahrscheinlich.«

Die Mutter schluckte. An den Namen wollte sie nicht erinnert werden. »Wie hoch ist denn die Gage?«, fragte sie weiter.

»Mutter, das geht dich nichts an«, brauste Marie auf.

»Du könntest dich auch mal bei mir revanchieren«, begehrte Frau Pfefferkorn auf. »Du schwimmst hier in Millionen und hast noch nie darüber nachgedacht, wie ich meine Miete bezahle.«

»Du kassierst pro Gesangsstunde fünfzig Mark auf die Hand«, lachte Marie höhnisch. »Sei froh, dass das Finanzamt sich nicht dafür interessiert!«

»Und wer dirigiert das Ganze?«, kam die Mutter wieder zum eigentlichen Thema zurück.

»Kennst du nicht«, sagte Marie.

»KENN ich nicht?!?!«, zürnte Frau Pfefferkorn und holte tief Luft.

»Mutter, es ist doch nicht so wichtig! Warum interessierst du dich ausgerechnet für den Auftritt in Salzburg? Sonst sind dir doch meine Konzerte auch egal!«

»Dieses ist mir nicht egal!«, erwiderte die Mutter streng. »Du wirst nicht die Carmen singen.«

»WAS?« Marie blieb der Mund offen stehen. »Mutter, ich wüsste nicht, was du mir noch vorzuschreiben hättest!«

Ich stand die ganze Zeit mit meinem Staubwedel am Wohnzimmerschrank.

»Karla hat gesagt, es dirigiert der Chef der Pariser Oper … wie heißt er gleich …«

»Paterne«, sagte Marie. »Eugen Paterne.«

Frau Pfefferkorn schluckte. Marie hatte den Namen ihres Vaters zum ersten Mal ausgespochen.

»Unerträglich«, sagte sie und suchte nach einem Sessel.

»Und was ist daran so unerträglich?«, schnaubte Marie. »Herr von Karajan war eben schon ausgebucht!«

»Kind«, sagte Frau Pfefferkorn und griff sich ans Herz, »ich werde mitkommen nach Salzburg, wann genau ist der Termin?«

Nun verlor auch Marie die Beherrschung. »Das kommt überhaupt nicht in Frage!«, heulte sie los. »Karla! Was stehst du da herum! Hilf mir doch! Sag Mutter, dass sie auf keinen Fall mitkommen soll!«

»Sie sollen auf keinen Fall mitkommen, Frau Pfefferkorn«, sagte ich freundlich zu Frau Pfefferkorn, die im Sessel zusammengesunken war.

»Karla, sagen Sie meiner Tochter, dass ich auf jeden Fall mitkommen werde!«, zeterte sie.

»Marie, deine Mutter sagt …«

»Ich HÖRE, was meine Mutter sagt! Ich SCHEISS drauf, was meine Mutter sagt! Sag meiner Mutter, sie soll mein HAUS verlassen, und zwar SOFORT!«, brüllte

Marie und rannte aus dem Zimmer. Draußen schrie sie noch: »Wenn sie in Salzburg auftauchen sollte, singe ich keinen Ton! Bestell das meiner Mutter!« Ich stand starr und tief betroffen mit meinem Staubwedel neben dem Sessel.

Frau Pfefferkorn wischte sich mit einem Damasttüchlein die Augen und die Nase. »Rufen Sie mir ein Taxi, Karla.«

»Natürlich. Sofort.« Als ich Frau Pfefferkorn unter hysterischem Gebell von Olga in den Wagen schob, gab ich ihr die Schachtel mit dem Beruhigungsmittel, das Marie neuerdings nimmt. »Die werden Ihnen helfen!« Dann schrie ich überflüssigerweise in den Lärm hinein: »Kommen Sie nicht nach Salzburg, Frau Pfefferkorn!«

Sie schrillte zurück: »Halten Sie sich da raus! Was gehen Sie unsere Familienangelgenheiten an!« Und dann zum Taxifahrer: »Auf was warten Sie denn noch!«

»Dass Sie mir sagen, wohin ich fahren soll.« Die Mutter schrie ihm ihre Adresse um die Ohren, und ich trollte mich an der vor Zorn sich fast selbst zerfleischenden Olga vorbei ins Haus, um weiter Staub zu wedeln. Frau Pfefferkorn hatte Recht. Was gehen mich ihre Familienangelegenheiten an?

Jetzt geht's raketenmäßig los mit Maries Karriere. Ein Wahnsinns-Einspringer! Für eine erkrankte Kammersängerin, eine berühmte. Marie kriegt einen Fernsehauftritt! In einer Quiz-Show! Die sehen zwölf Millionen Zuschauer, im Bestfall, sagt Marie. Und was das für ihre weitere Karriere bedeute, sagt Marie, das sei sensationell. Und zwar hat der kleine dralle Tenor, mit dem sie gestern in der Probe zu einem städtischen Oratorium so herzlich lachte, eine Freundin, die als Statistin beim Fernsehen arbeitet. Durch deren Beziehungen dürfen drei Mitglieder der städtischen Kulturszene in einer Show auftreten. Der Produzent einer Unterhaltungssendung wünscht eine Dame, einen Herrn und einen Geiger. Von jedem Geschlecht also einen.

Der Tenor, der Clemens Matulka heißt, hat augenblicklich Marie dazu auserkoren, zusammen mit ihm in der Show aufzutreten. Als Geiger kommt eigentlich nur Harald Gernhaber in Frage, weil er einem solchen Instrument recht wohl klingende Töne zu entlocken vermag. Ganz klar: die drei sind ein Team. Der Produzent ließ durch seine Assistentin ausrichten, dass das beliebte Duett »Mich/Dich gibt's nur einmal, Ich/Du komme/kommst nicht wieder« aus der Operette von Eberhard Kahlmann mit dem viel versprechenden Titel »Der treue Husar« thematisch gut in seine Quizsendung passen würde, da der Kandidat sich auf das Leben und Treiben jenes beliebten Operettenkomponisten spezialisiert habe und mit seinem Wissen ein Reihenhaus zu gewinnen trachte.

Marie und Matulka begaben sich also augenblicklich in das Gemeindehaus der städtischen Kulturszene, um ihr Duett zu proben. Ich bot ihnen an, sie am Klavier zu begleiten, doch beide meinten, sie müssten szenisch arbeiten. Dabei muss es zu außermusikalischen Zwischenfällen gekommen sein. Jedenfalls habe ich die abwechslungsreiche Aufgabe, jenem Herrn Clemens Matulka die Strumpfhose von Marie wieder abzutrotzen, die er als Trophäe mit zu seiner Statistin in die gemeinsame Altbauwohnung genommen hatte.

»Geh zu Matulka und behaupte, es sei deine«, beauftragte mich Marie beim Verzehren des Frühstückseies am Tag nach jener Probe. »Dann kommt der arme Clemens erst gar nicht in die peinliche Lage, seiner Freundin erklären zu müssen, woher die Strumpfhose stammt!«

»Meinst du, ihm fällt keine passendere Ausrede ein?«

Es kommt selten vor, dass Marie sich um Leute Sorgen macht, die nicht zufällig Marie von Otten heißen.

»Du weißt doch, dass Tenöre dumm sind«, sagte Marie und widmete sich wieder ihrem Ei.

»Ja klar«, sagte ich, »das ist bekannt.«

Es war gar nicht schwer, mit Hilfe meines ausgeprägten Intellekts an die Strumpfhose zu gelangen. Als ich nämlich todesmutig die Klingel der Altbauwohnung betätigt hatte, schnellte schon der Arm der Statistin heraus und knallte mir die Strumpfhose vor den Wanst. Viel unkomplizierter also als die Szene vor dem selbstgezimmerten Zurlinde'schen Bungalow! Gut, dass ich mich diesmal nicht verbal mit ihr anlegen musste!

Ich stand im Treppenhaus und atmete tief durch. Das war ja noch mal glimpflich abgegangen! Man stelle sich vor, die wasserstoffblonde Statistin hätte einen Wortbeitrag von mir gefordert! So aber konnte ich Marie die Trophäe alsbald ins Hotel bringen. Sie würdigte das mit einem Lächeln. »Das ist meine einzige Reißfeste«, sagte sie und stopfte die Strumpfhose in ihre grüne Handtasche.

Mal sehen, was ich ihr als Nächstes wiederbringen darf. Vielleicht wirft sie mal ihren Ehering in einen Fluss? Ich würde mich freuen, danach tauchen zu dürfen.

Weil sie gerade so guter Dinge war, informierte sie

mich noch über den Geiger. Er habe eine geradezu unheimliche Wirkung auf sie, gestand sie mir bei einem Glas Sherry aus ihrer Minibar. Heute habe er bei der Probe ein dermaßen traumhaftes Improvisato aus seinem Holzkasten gezaubert, dass ihr ganz wunderlich ums Herz geworden sei. Harald Gernhaber gedenke, eine ähnliche Aneinanderreihung von Tönen in der Fernsehshow abzulassen, insbesondere, wenn er dabei Marie in die Augen schauen dürfe. Auf diese Weise wolle er ihr vor zwölf Millionen Zuschauern seine Liebe offenbaren. Marie war verständlicherweise völlig bezaubert. Der Tenor, Clemens Matulka mit der Strumpfhose, war anscheinend bereits vergessen. »Ach, der Clemens ist doch reichlich pubertär«, sagte Marie versonnen, »seine Witzchen locken doch niemanden, der bis drei zählen kann, hinter dem Ofen hervor.«

Wenn es etwas gibt, was ich an Marie bewundere, dann ist es ihre Flexibilität.

Heute war die Aufzeichnung für die Fernsehshow. Weil Marie sich der geballten Männlichkeit von Clemens Matulka und Harald Gernhaber nicht gewachsen fühlte, durfte ich mit. Fernsehluft schnuppern! Es war aufregend. Wir fuhren zu viert im Taxi zur Sendeanstalt. Marie saß natürlich vorne und ich quetschte mich zwischen ihre beiden Anbeter. Es war wirklich ziemlich eng, besonders, weil Gernhaber sich weigerte, seine Stradivari in den Kofferraum zu legen. Er hielt sie auf dem Schoß wie ein Kleinkind und schnallte sich sogar mit ihr zusammen an. Clemens Matulka erzählte die ganze Zeit aufgekratzt Schülerwitze, so nach dem Motto: »Viele Eltern gehen in den Zoo, wenn ihre Kinder Geburtstag haben, und bewerfen den Storch mit Steinen«, und Marie trällerte auf dem Beifahrersitz Tonleitern. Schließlich waren wir da. Wir wurden von einer Assistentin empfangen, die Marie und mich in die Damengarderobe führte und die Herren Matulka und Gernhaber in eine benachbarte Herrengarderobe. Dort mussten die Akteure nachtblaue Gewänder anlegen, die alle Jahre wieder zu beschaulichen klassischen Musikbeiträgen aus dem Garderobenfundus geholt werden. Auch für mich wurde augenblicklich ein solches nachtblaues Stoffrequisit bereitgelegt. Ich lamentierte laut, ich sei nur als Mitgebrachte hier, aber der Regisseur fand das prima, zwei Damen und zwei Herren, ich könne im Hintergrund auf einer Wolke schweben und so tun, als ob ich sänge. Marie hatte nichts dagegen. Ich erklärte mich also nach einigem unnötigen Geziere damit einverstanden, auch aufzutreten, und schritt unternehmungslustig mit Marie in die Maske. Hier waren einige Damen versammelt. Eine streichelte ihren Pudel, die zweite kämmte Harald Gernhabers graulockige Haarpracht, die dritte strickte an einem Mohairschlauch und die vierte räumte gerade ihre Handtasche auf.

»Welche von Ihnen singt wirklich?«

»Ich«, sagte Marie.

Sie wurde daraufhin von der Maskenbildnerin, die ursprünglich ihren Pudel gestreichelt hatte, bevorzugt behandelt. Ich musste mich gedulden, bis die Dame, die strickte, ihre verlorenen Maschen wieder aufgenommen hatte.

»Setzen Sie sich schon mal«, gestattete sie mir jedoch und wies mit ihrer Stricknadel auf einen Friseurschemel, der vor einer großen Spiegelwand stand. Auf der Konsole davor lagen nicht nur Kamm und Bürste, Lockenwickler und Haarspray, sondern auch Puder, Rouge und sonstige geheimnisvoll aussehende Döschen, ansonsten ähnlich wie beim Zahnarzt Tupfer, Spiegel, Pinzetten und andere Martergeräte, mit denen sie einem womöglich die Augenbrauen rausreißen oder Pickel ausquetschen.

»Ich bin nur ein Statist«, sagte ich deshalb schnell.

»Dann werde ich mal an Ihnen nicht groß rummachen«, sagte die Strickerin. »Sind ja gar nicht groß im Bild.« Ich lehnte mich entspannt zurück. Schräg hinter mir stylten sie Marie, und sie hielt regen Blickkontakt zu Harald Gernhaber, dessen Hände soeben in Palmolive gebadet wurden, da diese wahrscheinlich groß im Bild sein würden. Nun erschien auch noch Clemens Matulka, der stets zum Scherzen aufgelegte Tenor, und wurde von der letzten Maskenbildnerin sofort hinter einen Vorhang gezerrt. An ihm musste begreiflicherweise eine Sonderbehandlung durchgeführt werden, und er war deshalb mit solcher Verspätung in der Maske erschienen, weil man ihm zwölf Zentimeter Specksohle unter die Schuhe geklebt hatte. Marie fragte nervös, wo sie sich bis zum Beginn der Aufzeichnung denn noch einsingen könnte, sie fühle sich heute etwas indisponiert. Verständlich, nach der technischen Probe im Gemeindehaus.

Die vier Maskenbildnerinnen kannten sich aber offensichtlich in dieser Sendeanstalt nicht aus, sie konnten Marie jedenfalls nicht weiterhelfen. So trällerte sie während des Schminkens nervös vor sich hin. Ich wusste, das ist jetzt nicht der Zeitpunkt, sie anzusprechen. Der Regieassistent, oder was immer er für einen wichtigen

Posten bekleidete, steckte sein unrasiertes Gesicht zur Tür rein und fragte, ob der Geiger schon fertig sei. Harald Gernhaber badete jedoch immer noch in Palmolive und auch seine widerspenstigen graumelierten Locken hatten noch nicht in Ordnung gebracht werden können. Deshalb schickte man als Erstes mich mit dem Regieassistenten weg.

»Was singen Sie?«, fragte er mich auf dem Gang. Ich stöckelte unbeholfen neben ihm her.

»Nichts«, sagte ich. »Ich kann gar nicht singen.«

»Das sind wir hier nicht anders gewöhnt«, sagte der Regieassistent, »dann kommen Sie vor die Windmaschine.«

»Wie Marylin Monroe auf dem Entlüftungsschacht?«, fragte ich ungläubig. Er lachte. Er führte mich durch sehr dunkle, sehr verstaubte Flure und Gänge, bis wir auf einer Plattform angelangt waren, die in grelles Scheinwerferlicht getaucht und von Glühbirnen jeglicher Farbe umgeben war.

»Backgroundsängerin ist bereit!«, rief er in das Dunkel hinein und verschwand. Ich blieb hilflos stehen und sah mich um. Der Saal war überraschend klein, höchstens fünfzig Zuschauer fanden hier Platz, aber die Kulisse kam mir sehr bekannt vor: »Der große Scherz« stand überall geschrieben, und ich erinnerte mich an meine Kindheit, in der jeder zweite Donnerstag im Monat dieser Sendung gewidmet war.

Mama und Papa haben ihren Fernseher ja im Wäschekeller stehen, weil sie so ein profanes Ding nicht im Wohnzimmer haben wollen. Deshalb habe ich auch einen ganz erheblichen Teil meiner Jugend im Wäschekeller verbracht, so auch jeden zweiten Donnerstag im

Monat, wo wir zwischen feuchten Bettlaken und Papas Oberhemden, die auf der Leine hingen, »Der große Scherz« mit Tim Wolke geguckt haben.

Nun stand ich also einsam und geblendet mitten in der leeren, verwaisten Kulisse dieser meiner Kindheitsdonnerstage. Aus dem Dunkel ertönte eine Stimme: »Wen haben wir denn da?« Ich wusste nicht, wem die Frage galt, wohl aber, dass es die mir bestens bekannte Stimme von Tim Wolke persönlich war! Weil niemand antwortete, fragte ich: »Sprechen Sie mit mir?«

»Jaha!«, rief fröhlich Tim Wolke aus dem Nichts. Ich grinste erfreut über meine unerwartet private Zusammenkunft mit einem der beliebtesten Showmaster in diesem unserem Lande und rief:

»Karla Umweg! Freue mich, Sie kennen zu lernen!«

»Ganz meinerseits, Fräulein Umweg!« Die Stimme näherte sich, und da stand er vor mir und reichte mir die Hand! Ein sehr kräftiger, großer Mann mit warmem, festem Händedruck.

Ich war tief beeindruckt, besonders, weil er meinen Namen ausgesprochen hatte! Schade, dass diese unvergessliche Szene nicht live auf Sendung war! Was wären Papa und Mama doch stolz gewesen!

Zu gern hätte ich Herrn Wolke die Sache mit dem Wäschekeller erzählt, doch Herr Wolke war verständlicherweise sehr an einem raschen Ablauf der Aufzeichnung interessiert.

Da tauchten aber auch schon die beiden Herren Operettenstars auf, frisch geschminkt und toupiert, und machten einen etwas verunsicherten Eindruck. Die beiden Herren drückten ebenfalls Herrn Wolke die Hand und machten artige Diener, wie man das eben macht, wenn man von prominenten Menschen die Hand gedrückt bekommt.

»Sind Sie jetzt vollständig, können wir Sie postieren?«, fragte Herr Wolke leicht gestresst und lugte unauffällig auf seine Armbanduhr.

»Die Hauptperson kommt noch«, strahlte Clemens Matulka und kicherte freudig erregt.

»Na gut, wir können ja schon mal anfangen!«, rief der Showmaster ins Dunkel und sofort stürmten einige Menschen herbei, die auffallend ungeschminkt und auf abstoßende Weise normal gekleidet waren.

»Haben Sie eine Geige dabei?«, wurde Herr Gernhaber gefragt.

»Natürlich! Ich spiele nur auf meiner Stradivari!«, entrüstete sich dieser und hielt immer noch seine Hände mit den Fingern nach oben in die Luft, damit sich kein Staubkorn ungefragt darauf niederließe.

»Willi?!«, brüllte jemand. »Er hat selbst eine dabei!«

»Interessiert nicht!«, kam die Antwort aus dem Dunkeln.

»Er soll auf jeden Fall die goldene nehmen!«

Jemand brachte eine kitschgoldene Geigenattrappe und überreichte sie Herrn Gernhaber. Dessen frisch geschminktes, übertünchtes Gesicht fiel in sich zusammen. Entrüstet stieß er hervor: »Sie glauben doch nicht, dass ich darauf spielen werde …«

Herr Wolke lachte jovial. »Aber nein, mein Lieber! Darauf können selbst Sie vermutlich nur Katzenmusik machen! Unsere Zuschauer fallen immer wieder darauf rein! Wir spielen hier alles vom Band. Sie sollen nur so tun als ob!«

In diesem Moment erschien Marie. Sie sah umwerfend

aus! Ich freute mich für Herrn Wolke, dass er einmal eine solche Schönheit in seiner großen Scherzsendung hatte.

»Ich bin immer noch nicht vernünftig eingesungen!«, sagte Marie bedauernd und klapperte mit ihren vier Zentimeter langen künstlichen Wimpern.

»Man hört es in der Sendung sowieso nicht. Sie können beruhigt sein!«, sagte Herr Wolke und gab auch Marie jovial die Hand. »So, liebe Leute, nun lasst uns mal zu Potte kommen! In einer halben Stunde kommt Sonja Ritter zum Aufzeichnungstermin! Also bitte!«

Es war klar, dass wir als unscheinbare, kurzfristig zusammengewürfelte Operettengruppe nicht Sonja Ritter, die weltberühmte Schlagersängerin, warten lassen durften. Wir verzichteten also darauf, unsere eigene Musikalität in die Sendung einbringen zu wollen, sondern beschränkten uns darauf, rein playbackmäßig den Mund auf und zu zu machen, wie sich das für wahre Profis vor der Kamera gehört. Frau Pfefferkorn hätte mit Sicherheit darauf bestanden, selber singen zu dürfen, und alle Donnerstags-Zuschauer hätten ihr schrilles Timbre schonungslos ertragen müssen, aber Marie ist auf ihre Weise ganz bewundernswert flexibel und spontan. Sie war nach einem kurzen nervösen Lachen völlig damit einverstanden, zur Stimme der Operettensängerin Annemarie Blauhügel den Mund auf und zu zu machen.

Clemens Matulka hatte übrigens als Einziger gewusst, dass es sich um eine reine Playbackmaßnahme handelte, aber er hatte in der Eile völlig vergessen, uns darüber zu informieren. Allein Harald Gernhaber kämpfte mit sich, ob er diese goldfarbene Pappgeige an die Wange drücken solle, aber Marie schenkte ihm einen ihrer unvergesslichen Blicke und so überwand er tapfer seine künstlerischen Bedenken. Mit einem wehmütigen Blick auf seine Stradivari, die optisch mit der goldenen Pappgeige nicht mithalten konnte, trennte er sich von seinem musikalisch tief empfundenen und bis ins äußerste Detail durchgeplanten Improvisato, das er eigens für Marie fiedeln hatte wollen, und bewegte den Bogen gehorsam auf und nieder zu Klängen, die aus dem Lautsprecher kamen und nichts mit seiner Liebe für Marie zu tun hatten. Marie bewegte sich und ihre Lippen ganz hervorragend zur Stimme von Annemarie Blauhügel, und Clemens Matulka schwänzelte um sie herum, himmelte sie an und bewegte dazu den Mund zur Stimme von Herbert Blei, was ihm wohl gefiel, denn aus Clemens Matulkas Munde kommen normalerweise nicht annähernd so satte tenorale Klänge; es war absolut natürlich und ungekünstelt, völlig spontan und alles in allem total mitreißend! Ich hatte allerdings die schwierige Aufgabe, einen Sechzig-Mann-Chor zu ersetzen, der im Refrain immer sang: »Er ist der Husar, hurra, er ist der Husar!« Wie versprochen stand ich vor einer Windmaschine, und ein paar beängstigend wirkende Propeller sorgten dafür, dass mir mein blaues Beinkleid nur so um die Ohren flog, wenn der Refrain ertönte. Ich wippte begeistert mit den Hüften und schrie: »Er ist der Husar, hurra, er ist der Husar!«

Clemens Matulka, der ganz zweifellos eben jene Rolle des Husars gestaltete, sollte innerhalb der zweieinhalb Minuten, die unser musikalischer Beitrag dauerte, in Maries Armen sterben, sodass die letzte Strophe unbedingt lauten musste: »Er WAR der Husar, hurra, er WAR der Husar!«

Herr Wolke beobachtete unseren Probedurchlauf und war's zufrieden.

»In Ordnung, bitte Ruhe, Aufnahme!«, rief er, und schon blendeten uns die Scheinwerfer und die köstliche Musik erschallte aus unsichtbaren Lautsprechern von allen Seiten.

Marie legte sich ins Zeug, tänzelte und wackelte mit den Hüften, als Annemarie Blauhügel die erste Strophe sang: »So ein Husar in schmucker Tracht, die Mädels schon ganz kirre macht! Rote Hosen, Schnurrbart frisch gewichst, Sakko schief und Augen ganz verflixt!« An dieser Stelle kam Clemens Matulka groß ins Bild, und einige Millionen Fernsehzuschauer werden morgen live miterleben, wie er versucht, seinen wässrigen Augen unter den gezupften Augenbrauen einen ganz verflixten Ausdruck der Männlichkeit zu verleihen! Gleichzeitig bearbeitet Harald Gernhaber die goldene Pappgeige, dass ihm die Schweißtropfen auf der Stirn stehen und die Zigeunertroddeln an seinem Kostüm hektisch umeinander wirbeln.

Genauso hat das der Regisseur beabsichtigt, genau so! Großartig! Beim Refrain: »Er ist ein Husar, HURRA, er ist ein Husar!«, wusste ich, dass nun meine Sendeminute geschlagen hatte, und tanzte wüst durch den Nebel, der meine Waden umhüllte. Papa und Mama werden von ihren Fernsehsesseln zwischen der Buntwäsche aufspringen, wenn sie das sehen! Sie haben es ja gewusst, werden sie einander versichern. Dass ich in Berlin Karriere mache.

Inwischen starb Clemens Matulka durch einen Paukenschlag vom Band und Harald Gernhaber entlockte seiner goldenen Pappgeige augenblicklich Klänge in

Moll, wobei auch er leidend das Gesicht verzog und seine Schweißtropfen sich mit Tränen des Mitgefühls mischten. Sein ganzes tiefes künstlerisches Empfinden lag in diesem Ausdruck, der hinter der Schminke nur noch schmerzlicher, echter und tiefer empfunden wirkte. Es war mitreißend.

Marie klagte nun: »Den gab's nur einmal, der kommt nicht wieder!«

Angestachelt durch so viel künstlerischen Ausdruck sang ich mit unvermindert temperamentvollem Hüftschwung, dass er der Husar gewesen sei, hurra, er war der Husar! Ich swingte und rockte noch, als der Nebel um meine Waden sich längst gelichtet hatte und die Windmaschine ihren Propeller ruhen ließ. Völlig außer Atem hielt ich inne.

»Danke, gestorben!«, rief Tim Wolke und stob aus seiner Ecke, um die soeben am Horizont erschienene Sonja Ritter zu begrüßen.

Marie bekam erwartungsgemäß eine entsetzliche Krise, kaum dass wir mit unserem Auftritt fertig waren. Schon im Auto fing sie fürchterlich an zu weinen und schrie uns an, dass wir alle wie billige Prostituierte gehandelt hätten: unsere Seele verkauft, für sechshundert Mark unsere Musikalität verleugnet, uns hinreißen lassen, zur Stimme der Blauhügel den Mund zu öffnen und auf einer PAPPGEIGE – hier überschlug sich ihre Stimme so sehr, dass der Taxifahrer hilflos an den Rand fuhr und darauf wartete, dass sie sich beruhigen würde – zu geigen, nur weil sie golden war!!

Wozu sie, Marie, seit zehn Jahren täglich Singen übte, ihren Mann und ihr Kind vernachlässigte – hier stellte ich erstaunt fest, in welchem Zusammenhang sie diese Tatsache erstmalig erwähnt! –, wenn das Ergebnis ihrer Bemühungen sei, dass sie nur stumm den Mund auf und zu klappen müsse, für das profane Volk einer Donnerstagabend-Show!! Ich vermied zu erwähnen, dass meine Eltern das Ganze sogar im Wäschekeller anschauen – das würde die unendlich trostlose Profanität der ganzen Sache noch unterstreichen. Matulka stieg aus dem Taxi und meinte, wenn der hysterische Anfall vorbei wäre, würde er wiederkommen, und sie hämmerte mit den Fäusten gegen die Scheibe und schrie, ER hätte ihr diese unendliche Demütigung eingebrockt! Sie habe sich auf das Niveau irgendwelcher billigen Windmaschinen-Nutten begeben – damit meinte sie hoffentlich nicht mich – und Tim Wolke habe sie hinterher gar nicht mehr beachtet, was ich bezeugen kann. Er habe nur an Sonja Ritters Hand herumgeküsst und Marie sei ein Niemand für ihn gewesen. Das war bitter. Gernhaber schlug sich gedanklich sofort auf Maries Seite, indem er schweigend und leidend seine Stradivari streichelte, als handele es sich um eine überfahrene Katze. Dann trat ein, was ich die ganze Zeit gefürchtet hatte. Der Taxifahrer forderte Marie auf, seinen Wagen zu verlassen. Betrunkene, Randalierende und hysterische Weiber, äußerte er unpassend, sei er nicht verpflichtet zu transportieren.

Marie sprang aus dem Wagen, Gernhaber hinterher, und ich wollte auch gerade Fersengeld geben, als der Taxifahrer mir seine Pranke auf die Hand schlug und sagte: »Hier geblieben, Fräulein. Einer zahlt.«

»Gehen wir noch zu mir und üben die Solo-Arie«, wandte sich unterdessen Gernhaber an Marie. »Das wird dich auf schönere Gedanken bringen.«

Und während ich noch in meinem Portemonnaie, das ich in der Jeanstasche bei mir trug, nach dem passenden Kleingeld suchte, waren die beiden bereits in ein anderes Taxi gesprungen.

»Nimm's nicht so schwer, Kleine«, sagte der Taxifahrer, nachdem auch ich seinen Wagen verlassen hatte. »Du warst am Ende in dem Spiel die Gewinnerin!«

Also, wenn ich in dem Spiel die Gewinnerin war, wie sieht dann erst ein Spiel aus, bei dem ich die Verliererin bin?

Nun sind wir schon wieder zwei Wochen unterwegs. Marie ist bester Laune. Sie liebt dieses Konzertleben und die Turbulenz einer solchen Reise. Nach der gemeinsamen Probe mit Gernhaber, dem sensiblen Geiger, ist der ganze Stress wegen Sonja Ritter vergessen. Marie ist wieder obenauf und das ist für mich gleichbedeutend mit: »Die Sonne scheint wieder.«

Der städtische Chor und das städtische Orchester werden in drei großen Bussen transportiert, und auch die anderen Solisten – besonders der volksverbundene Tenor Clemens Matulka – fahren Bus, aber Marie und ich reisen im Intercity erster Klasse. Geht alles auf die Spesenrechnung ihrer Agentur, sagt Marie. Sie denke gar nicht daran, mit so einem riesigen, ständig sinnloses Zeug schwatzenden Menschenpulk stundenlang im Bus zu sitzen und womöglich auch noch Privatgespräche mit diesen öden Leuten führen zu müssen. Da sitzt sie lieber mit mir im Zug.

»Findest du, ich lebe in Sünde?«, fragte sie mich eben im Zug, während wir unseren Sekt tranken und schon wieder mit dem Zugbegleiter flirteten.

»Ach was, Marie, du bist so, wie du bist«, tröstete ich sie. Aber ich glaube, sie hätte gern gehört, dass ihr Leben eine einzige Sünde ist. Sie hat immer wieder nachgefragt. Sogar, ob sie meiner Meinung nach in die Hölle komme, wollte sie wissen. Ich habe ihr versichert, dass sie doch nur immer lieb zu allen Menschen ist und dass man für so was nicht in die Hölle kommt. Das schien sie zu enttäuschen. Ich glaube, sie wollte von mir hören, dass sie ein durch und durch schlechter Mensch ist, der mit Sicherheit in der Hölle schmoren wird.

Da würde sie nämlich ihre ganzen Liebhaber alle auf einen Schlag wiedertreffen. Und sich vermutlich blendend amüsieren.

Als wir ankamen, stand Ludger am Bahnhof. Er hatte kein blassblaues Hemd an, sondern zur Feier des Tages ein großkariertes Flanellhemd in Dunkelgrün-Hellgrün gemustert. Dazu trug er braune Stoffhosen und graue Schnürschuhe mit Specksohle. Er sah wie immer völlig uncool aus und ich fragte mich erneut, wieso ich, wenn überhaupt, nur das von den Männern bekomme, was in der Filtertüte oben schwimmt. Sein Adamsapfel vollführte wahre Loopings vor Aufregung und Glück, zwei Frauen wie uns in Empfang nehmen zu dürfen. In der Hand hielt er eine gelbe Rose und eine rote. Nachdem er ungeschickt unsere Koffer an sich gerissen hatte, versuchte er, uns die Rosen zu überreichen. Für Marie war die gelbe Rose und für mich die rote. Da er die Hände mit den Koffern voll hatte, stemmte er die Rosen mitsamt Koffern zu uns empor. Es war eine hilflose Geste ungeschickter Unmännlichkeit. Ach Gott, der ganze schlappe Leptosom ist eine einzige Verwirrung der Natur.

Ich nahm ihm dann meinen Koffer wieder ab, damit er sich überhaupt fortbewegen konnte.

Er wuchtete unser Gepäck in seinen blassblauen VW-Käfer, in dessen Kofferraum es eng und stickig war. Außer einem Reservereifen und einer verbeulten Sporttasche passt eben überhaupt nichts in so einen VW-Kofferraum. Mein Koffer wurde deshalb auf den Rücksitz gestemmt, wobei der Adamsapfel von Ludger Thiesbrummel fast aus dem Flanellhemd sprang vor Anstrengung. Hinten war es dann so eng neben meinem Koffer, dass ich mich fühlte wie eine Makrele in einer Konservendose. Marie saß vorne neben Ludger. Er fuhr uns ins Hotel, half Marie beim Aussteigen und trug ihr den Koffer in die Halle. Erst dann kümmerte er sich um mich. Ich saß eingezwängt auf der Rückbank und konnte meine Füße nicht mehr bewegen, weil sie eingeschlafen waren. Als Ludger mir heraus half, spürte ich, dass sein Flanellhemd nicht weichgespült war. Es war kratzig und lud nicht zum Verweilen ein.

»Was machen wir jetzt?«, fragte Ludger unschlüssig, als ich den Zimmerschlüssel bekommen hatte.

»Komm mit rauf«, sagte ich großzügig. Die Diva lässt bitten! Ludger trug mir den Koffer rauf. Wir hätten auch den Fahrstuhl nehmen können, aber ich war absichtlich die Treppe vorangegangen. Ich wollte, dass Ludger sich für mich anstrengt. Das tun Maries Männer für Marie schließlich auch. Ludger stand dann wie Falschgeld in meinem Hotelzimmer und lebte die Peinlichkeit des Momentes aus.

»Sitz«, sagte ich aus Versehen, wie ich das sonst zu Olga sage, und ging erst mal ausgiebig ins Bad.

Als ich wieder rauskam, nach etwa 25 Minuten, stand

er am Nachttisch und blätterte in der hoteleigenen Bibel.

»Willst du was trinken?« Ich öffnete lässig die Minibar.

»Ein Wasser«, sagte Ludger und blätterte weiter in der Bibel. Ich selber genehmigte mir zur Überwindung der Peinlichkeit einen Sekt. Marie tut das auch immer.

Ich hatte mich etwas nett zurechtgemacht und Lippenstift aufgelegt und mir Parfum von Maries geschenkter, fast leerer Sprühflasche an den Hals gesprüht. Ich fand mich unwiderstehlich. Viel zu schade für Ludger.

Ludger nippte an seinem Mineralwasser und blätterte mit der anderen Hand in der Bibel.

Ich ließ ihn blättern. Schließlich braucht doch so ein Junge Zeit. Wochenlang hat er sich auf mich gefreut und mir mehr oder weniger originelle Liebesbriefe geschrieben. Im letzten hatte er die verunglückte Formulierung gewählt: »Ich bin mir nicht sicher, ob ich dich liebe, aber ich glaube, ich liebe dich.« Selig, der da glaubet.

Nun schien er sich doch nicht mehr so sicher zu sein und suchte nach dem Spruch über Glaube, Hoffnung und Liebe. »Vierter Korinther, Vers 13«, sagte ich.

Ludger suchte die Stelle, las sie und stellte sein Mineralwasser auf die Konsole.

»Das ist eine sehr schöne Stelle«, sagte er und sein Adamsapfel wanderte ruhelos hinter dem Flanellhemdkragen auf und ab. »Magst du auch so gern die Paulusbriefe?« Ich hätte gern geantwortet, dass sie wesentlich geistvoller seien als die Ludger-Briefe, aber stattdessen hauchte ich errötend: »Ja. Sehr gern.«

Nun hatte ich die Sache meiner Meinung nach wirklich gut vorbereitet, zumal ich mit meinem Sektglas inzwischen halb liegend auf dem Bette lümmelte. Ludger hätte sich nur der Bibel entledigen müssen und schon wären wir in einer halbwegs gelungenen Ausgangsposition gewesen.

Aber Ludger blieb sicherheitshalber auf der schattigen Seite. »Möchtest du die Barlach-Ausstellung im Museum mit mir ansehen?« Er drehte an seinem obersten Hemdknopf.

Ich richtete mich wieder auf. »Jetzt, sofort?«

»Ja. Um 17 Uhr schließt das städtische Museum.«

Warum finde ich keinen Mann, der mich glutvoll verehrt, der pausenlos versucht, mir zu imponieren, der die Taschen voller Geld hat und den Kopf voller sprühender Ideen? Und der mindestens zweimal am Tag mit mir schlafen will? Was macht Marie anders?

Gestern war ich mit Ludger bis 17 Uhr im Museum. Es war ganz nett. Danach sind wir in ein Café am Rathausplatz gegangen und haben Tee getrunken. Eigentlich hätte ich mir lieber einen Sherry oder ein Glas Champagner bestellt, aber ich war mir nicht sicher, ob Ludger die Rechnung bezahlen würde. Und richtig: er war für getrennte Kasse.

»Wie gefallen dir die Barlach-Figuren?«, fragte er.

»Toll.« Ich zog kurz in Erwägung, ihn zu fragen, wie er meine Figur fände, kam jedoch zu dem Schluss, dass Marie so etwas nie fragen würde.

»Haben sie dir etwas gegeben?«, fragte Ludger und öffnete den obersten Hemdknopf, um seinem Adamsapfel etwas Auslauf zu gönnen.

»Ja, klar«, sagte ich und ekelte mich vor dem Adamsapfel.

»Mir gibt Barlach immer wahnsinnig viel«, sagte Ludger.

»Mir auch«, sagte ich.

»Auch sonst scheinen wir gemeinsame Interessen zu haben«, sagte Ludger.

»Ja«, sagte ich und rührte in meinem lauwarmen Tee. Wir schwiegen lange.

»Kommst du heute Abend ins Konzert?«, fragte ich, um dieses unerträgliche Schweigen zu brechen.

»Wenn du willst«, sagte Ludger.

»Es ist tolle Musik«, sagte ich. »Bach. Matthäuspassion. Echt feist.«

»Aha«, sagte Ludger.

»Also dann kommst du?«, fragte ich. Mehr Interesse wollte ich ihm nun aber auf keinen Fall mehr entgegenbringen.

»Wenn du meinst«, sagte Ludger. »Dann lasse ich eben meinen Volleyball heute Abend sausen.«

Er ging dann mit ins Konzert und saß in der dritten Reihe neben mir. Zu zweit hielten wir ein Textblatt. Ich kann den Text ja schon auswendig und brauche kein Textblatt mehr, aber für Ludger hatte ich extra eines mitgenommen.

»Heiliges Kanonenrohr, ist das lang«, raunte Ludger, als er es durchblätterte.

»Ja, dreieinhalb Stunden«, sagte ich schadenfroh.

Ludger rutschte unwohl auf seinem studentenermäßigten Holzschemel hin und her. Vielleicht hatte er Blähungen? Ich hätte es ihm gegönnt.

»Ich habe nichts zu Abend gegessen«, flüsterte er. »Ich werde Hunger kriegen!«

»Bei der tollen Musik vergisst du den Hunger«, sagte ich.

Dann trat der Chor auf und das Orchester und es wurden die Instrumente gestimmt. Ich kenne jetzt schon jedes Gesicht und jede Gewohnheit dieses Orchesters. Am meisten beobachte ich den stillen und ernsten Harald Gernhaber, der immer mit viel Sorgfalt das a von der Oboe abnimmt und dann an seine Kollegen weiter fiedelt.

Dann traten die Solisten auf und der Dirigent.

Marie sah umwerfend aus. Sie zwinkerte mir bedeutungsvoll zu, als sie Ludger neben mir sitzen sah.

Dann ging es los. Spätestens nach der Buß-und-Reu-Arie begann Ludgers Magen zu knurren. Unerträglich der Gedanke, sein Magen würde jetzt noch zweieinhalb Stunden knurren. Maries Erbarme-dich-Arie näherte sich. Ich konnte die Spannung kaum ertragen. Schon als der Gernhaber aufstand und sein Notenpult hochschraubte, war ich schweißnass vor Spannung. Ludger beschäftigte sich mit dem Falten und Knicken seines Textblattes. Das Rascheln, das er dabei verursachte, bereitete mir körperliche Schmerzen. Als dann auch noch sein Magen laut und lang anhaltend dazu rebellierte, hätte ich ihm an die bewegungsfreudige Gurgel springen mögen.

Harald Gernhaber stellte sich in Positur und begann mit dem Vorspiel. Dabei schloss er die Augen. Marie stand da gerade und schön und konzentriert. Dabei schloss auch sie die Augen. Es war wahnsinnig beeindruckend. Ihr Atem ging rasch, aber beherrscht, und die Pailletten auf ihrem Busen glitzerten und blitzten. Das halbe Orchester starrte Marie an und vor lauter

Spannung musste ich mich irgendwo festhalten. Ludger schreckte zusammen, als ich seine langfingrige knöcherige Hand nahm. Marie begann zu singen. »Erbarme dich, mein Gott, um meiner Zähren willen.« Das war so leidenschaftlich und so intensiv im Ausdruck, dass meine Augen feucht wurden. Ludger zuckte zusammen, als er es bemerkte, aber dann kramte er mit seiner freien Hand nach einem Taschentuch. Er scheint immer eines für heulende Weiber bei sich zu haben, wie schon damals auf der Kirchentreppe. Marie sang und klagte und schluchzte so mitreißend, dass ich in dem Moment glaubte, sie betet um Verzeihung für alle ihre Sünden. »Schaue hier, Herz und Auge weint vor dir …« Ich weinte noch ein bisschen mehr. »Weint vor dir bitterlich – erbarme dich!« Am meisten aber weinte ich darüber, dass ich selbst keine Sünden zu beweinen habe.

Ludger hatte das Textblatt nunmehr zu einer knautschigen feuchten Scheibe verarbeitet. Er räusperte sich unruhig und rutschte von einer Pobacke auf die andere. Ich ließ seine Hand wieder los, weil sie inzwischen schweißnass war. Stattdessen fummelte ich meine ganze emotionelle Geladenheit ins Taschentuch. Es war umwerfend. Ein ganz tolles fundamentales gemeinsames Erlebnis für Ludger und mich. Wir haben wirklich viele Gemeinsamkeiten, Ludger und ich. Jedenfalls finden wir beide Marie toll.

Nach dreieinhalbstündiger Aufführung saßen wir erschöpft, aber erfüllt im Wirtshaus. Das ganze Orchester und der Chor sehnten sich nach dem ersten Schluck Bier. Marie kam später – sie hatte sich noch frisch machen müssen – und wurde mit frenetischem Beifall begrüßt.

Ich hatte ihr wie immer einen Platz freigehalten, aber sie setzte sich zum Orchester: neben Harald Gernhaber! So konnte ich Ludger heranwinken, der bis dahin am Tresen gestanden hatte, und ihm den Platz anbieten. »Wenn Marie allerdings kommt, müsstest du bitte aufstehen.«

»Natürlich«, sagte Ludger. Dann vertiefte er sich in die Speisekarte. Lange und schweigend.

Marie sah ich nur von der Seite. Manchmal wurde sie von Harald Gernhaber verdeckt. Was ich aber trotzdem bemerkte, war dieses Leuchten in ihren Augen. Es ging also schon wieder los. Ich dachte kurz an Willem, aber das brachte in dieser Situation auch nicht viel.

Ludger entschied sich für einen Sauerbraten mit Klößen und Apfelmus. Ich selber aß wie immer nichts, trank aber reichlich Bier. Schließlich wollte ich für meine erste Liebesnacht locker sein. Ludger trank jedoch nur Mineralwasser.

»Wie fandest du es?«, fragte ich ihn.

»Toll«, sagte er.

»Hat dir das Konzert etwas gegeben?«, fragte ich und schlug meine Beine übereinander, gerade so, wie Marie es eben getan hatte.

»Ja klar«, sagte Ludger und ignorierte meine Beine.

»Mir gibt Johann Sebastian Bach immer wahnsinnig viel«, sagte ich.

»Mir auch«, sagte Ludger.

»Da scheinen wir ja wirklich gemeinsame Interessen zu haben«, sagte ich.

»Ja«, erwiderte Ludger und trank einen Schluck von seinem stillen Mineralwasser.

Wir schwiegen. Ich schaute herüber zu Marie, weil ich doch von ihr lernen will. Marie warf gerade die Haare in den Nacken, lachte laut und ließ sich von Herrn Gernhaber Feuer für ihre Zigarette geben. Ich fragte einen älteren Mann, der zum Chor gehörte, ob er eine Zigarette für mich hätte. Er hielt mir sein Päckchen hin. Es waren filterlose, krümelige Zigaretten. Nun warf ich ebenfalls meinen Kopf in den Nacken, lachte laut und wandte mich Ludger zu, damit er mir Feuer geben möge. Ludger starrte auf seinen aufgeweichten Bierdeckel. Der Mann, der schon sein Feuerzeug gezückt hatte, schüttelte den Kopf und ging weiter.

»Ludger«, sagte ich und lachte wieder. »Gibst du mir bitte Feuer?«

»Ich finde Rauchen bescheuert«, sagte Ludger. »Folgerichtig habe ich auch kein Feuer.« Ich war also gezwungen, aufzustehen und hinter dem alten Trottel aus dem Chor herzurennen, der seinerseits nun am Tresen stand. Er gab mir Feuer, wenn auch nicht gerade galant. Als ich wieder neben Ludger saß, bekam er gerade seinen Sauerbraten. Ich versuchte, ihm nicht auf den Teller zu gucken, aber er fühlte sich doch ganz offensichtlich gestört. Ich schaute zu Marie hinüber. Sie bekam gerade von Harald Gernhaber eine Gabel voll Käsehäppchen in den Mund geschoben. Es war eine ausgesprochen vertraute Geste. Sie hielt seine Gabel fest und sah ihm einen Moment mit diesem gewissen Leuchten in die Augen. Ich entledigte mich meiner Zigarette, weil mir davon ganz übel wurde, und wendete mich wieder Ludger zu. Nicht dass ich auch nur die geringste Lust auf seinen Braten hatte, aber ich wollte mit ihm eine vertrautere Basis erreichen. So hungrig und gierig ich aber auch auf sein Essen guckte, er kam nicht auf die Idee, mir eine Gabel davon in den Mund zu schieben.

Schweigend zerkleinerte er das graue, sehnige Fleisch und zerkaute es konzentriert und penibel. Sein Adamsapfel vollführte einen Salto nach dem anderen. Irgendwie war ich doch ganz froh, keinen Sauerbraten mitessen zu müssen. Ich bestellte mir ein viertes Bier. Marie legte nun ihre Hand auf Harald Gernhabers Schulter, weil sie sich vorbeugte und ihr Gegenüber etwas fragen wollte. Ich tat das auch. Ich legte meine Hand auf Ludgers Schulter, quetschte meine Brust zwischen ihn und seine Sauerbratengabel und fragte mein Gegenüber, ein pubertäres dickes Mädchen mit Brille und strähnigen Haaren: »Was tust du denn so, wenn du nicht im Kirchenchor singst?«

»Ich tu halt schaffe«, sagte die Dicke und widmete sich dann wieder ihrer Schweinshaxe. Hilfe suchend blickte ich zu Marie hinüber. Sie hob gerade ihr Glas und sah Herrn Gernhaber tief in die Augen. Herr Gernhaber hob auch sein Glas und sah Marie auch tief in die Augen. Genaueres konnte ich nicht feststellen, weil ich ihn ja nur von hinten sah. Ich nahm also mein Bierglas und sah Ludger tief in die Augen. Dazu musste ich mich ziemlich tief vorbeugen, denn er kratzte gerade mit Vehemenz auf seinem Apfelmusteller herum.

»Wusste gar nicht, dass du schreibst«, sagte er zwischen zwei Löffeln Apfelmus unvermittelt. Ein Gespräch bahnte sich an!

»Ach nein?«, sagte ich erfreut.

»Was schreibst du denn?«

»Tagebuch«, sagte ich und warf ihm einen geheimnisvollen Blick zu.

»Komme ich darin vor?«, fragte Ludger.

»Klar«, erwiderte ich schadenfroh.

»Ich habe auch mal Tagebuch geschrieben«, sagte Ludger und tupfte sich mit der Serviette den Mund, die Stirn und die Nase ab. »Da war ich aber noch ein kleiner Junge.«

»Aha«, sagte ich.

Marie stand nun auf und Herr Gernhaber zog ihr den Stuhl zurück. Lachend und winkend verabschiedete sie sich. Der Chor und das Orchester zollten ihr nochmals frenetischen Beifall, diesmal durchsetzt mit anerkennenden Pfiffen. Die Männer am Tresen johlten. Herr Gernhaber brachte Marie zur Tür und hielt sie ihr auf. Marie winkte noch einmal kurz und zwinkerte mir zu. Herr Gernhaber winkte und zwinkerte nicht. Aber er verließ mit Marie das Lokal.

»Es waren hauptsächlich Gedichte«, sagte Ludger. »Wenn du willst, lese ich sie dir vor.«

Für meinen letzten Beitrag habe ich drei Tage gebraucht. Ich konnte eben immer nur dann schreiben, wenn Marie mich gerade nicht brauchte. Als Erstes brauchte sie mich dazu, Willem für sie anzurufen und ihm zu sagen, dass alles bestens sei. Sie selbst war an dem Tag absolut nicht in der Lage, mit Willem zu telefonieren, weil sie sich »echt ganz irre in den Harald verknallt« hatte. Es kostete mich schreckliche Überwindung, Willem zu sagen, dass alles in Ordnung sei. Aber insgeheim sah ich meine Chancen bei Willem wachsen. Eines Tages verlässt ihn Marie. Da bin ich mir absolut sicher.

Der Tenor, Clemens Matulka, hat sich eine Stimmbandentzündung zugezogen und ist mit seiner Freundin, der wasserstoffblonden Statistin, vorzeitig abgereist. Vielleicht hatten sie auch eine Beziehungskrise, mutmaßt Marie. Die Statistin fand es nämlich gar nicht partnerschaftlich von Clemens, Marie statt ihrer mit zu Herrn Wolkes großem Scherz zu nehmen. Mindestens die Rolle der Refrainsängerin vor der Windmaschine hätte dienstgradmäßig ihr zugestanden, hat sie argumentiert.

Marie hat sich angewöhnt, während der Aufführung zu kichern. Ich finde das unprofessionell, aber andererseits erreicht Marie dadurch eine erhöhte Aufmerksamkeit. Raffiniert! Jedenfalls guckt Harald Gernhaber sie nun pausenlos an, während er geigt, außer bei der Solo-Arie, weil er da die Augen schließt.

Marie hat mir erzählt, dass sie so eine intensive innerliche Spannung noch nie vorher bei einem Mann erlebt habe. Harald habe ihr durch sein Geigenspiel von der ersten Minute an unheimlich starke Erotik signalisiert.

»Und du hast trotzdem dauernd mit Herrn Matulka geschäkert«, wunderte ich mich.

»Ach, der Clemens«, wehrte Marie ab, »das ist ein ganz unreifes, albernes Bürschchen. Und die Witze, die er erzählt hat! Er kann nicht Auto fahren, sagt er, er hält den Auspuff für ein Etablissement am Ortsausgang und solche Scherzchen. Na ja, er hat eben das Niveau eines Dreizehnjährigen. Aber seine kleine Freundin, die Statistin, die passt zu ihm.«

»Finde ich auch«, pflichtete ich ihr bei.

»Der Harald hingegen …« Marie bekam glasige Augen. »Er ist unwahrscheinlich reif und ernsthaft. Ein ganz tief empfindender, wertvoller Mensch.«

»Na, das lässt ja hoffen.«

»Wie meinst du das?«

»Ach, nur so …«

»Apropos«, fügte sie noch hinzu, »was macht eigentlich dein Ludger?«

Ich wollte aber nicht über Ludger sprechen und lenkte das Gespräch wieder zurück auf Harald Gernhaber, den beseelten Geiger.

»Baut er sich seine Stereoanlage selber?«

Marie lächelte verträumt. »Nein, er hat überhaupt keine.«

»Hat er wenigstens eine Ente auf dem Teich?«, bohrte ich nach.

»Nein. Stell dir vor, er haust in einem winzigen, schäbigen, möblierten Zimmer, das voll gestopft ist mit Geigen.«

»Geigen? Und sonst nichts?«

»Na ja … ein Bett natürlich«, sagte Marie. »Aber die Bude sieht aus! Entsetzlich unaufgeräumt, staubig und muffig. Harald wohnt seit fünfundzwanzig Jahren dort, und ich bin überzeugt davon, dass er noch nicht ein einziges Mal das Bett gemacht hat.« Ich dachte an Matthäus und wurde wachsam. »Und das findest du toll?« Marie ist doch immer wieder für Überraschungen gut.

»Kennst du das Bild vom armen Poeten? Es ist von Spitzweg«, sagte Marie. »Genauso haust der Harald. Absolut fern von allen irdischen Bedürfnissen. Ein Bett, ein Stuhl, eine Kochplatte, die er nie benutzt, und überall liegen seine Stradivaris rum.« Sie kicherte aufgedreht. »Sogar auf dem Klo!«

»Und wenn er mal muss?«, blieb ich gedanklich auf unromantischem Terrain.

»Dann räumt er sie vorübergehend in die Badewanne«, erklärte Marie verzückt.

Ich überlegte, ob ich Matthäus interessanter gefunden hätte, wenn statt der Unterhosen ein Klavier in der Wanne gewesen wäre. »Das ist aber nicht gut für die Geigen«, beckmesserte ich. »Feuchtigkeit schadet dem Holz.«

Marie lachte begeistert. »Die Badewanne ist seit fünfundzwanzig Jahren nicht mehr in Betrieb. Es liegen nur Geigen darin. – Natürlich mit Kasten!«, sagte sie, als sie mein entsetztes Gesicht sah. »Deshalb ist die Badewanne auch völlig schwarz. Die Geigenkästen haben im Laufe der Jahrzehnte ziemlich abgefärbt.« Matthäus' Badewanne war auch schwarz. Wo lag da der Unterschied?

»Ach so«, sagte ich abwartend.

»In der Küche liegen auch nur Geigen«, fuhr Marie fort. »Sogar im Brotkasten war eine – eine Viertelgeige! Die war so süß und winzig!« Sie zeigte mit den Händen, wie süß und winzig die Viertelgeige gewesen war. »Und auf dem Küchentisch, auf dem Küchenschrank und auf der Kochplatte. Auf dem Kühlschrank lag eine Bratsche.« Ich wartete auf den angebissenen Osterhasen oder wenigstens die halb leer gegessene Thunfischbüchse. Ganz zu schweigen von einem alten Hamburger oder einem Pizzarest.

»Und wo isst dein Harald?«

»Gefrühstückt haben wir im Bett«, sagte Marie. »Er hatte Zwieback und Pulverkaffee. Es war unvergleichlich romantisch.«

»Keinen Champagner?«, fragte ich erstaunt.

»Harald trinkt niemals Alkohol. Er ist ein Vertreter des absolut natürlichen und einfachen Lebens.«

Ich nickte. Konsequenter Typ, der Harald. Wer keinen Alkohol trinkt, muss auch niemals in eine Stradivari pinkeln. Ich überlegte ein bisschen, dann fragte ich Marie: »Und du fandest das Ganze nicht etwas … unappetitlich? Ich hätte mich wahrscheinlich ein wenig geekelt.« Und dann erzählte ich ihr von Ludger. Obwohl er sich zu waschen pflegt und sein Bett frisch bezogen war, habe ich mich schrecklich geekelt. Marie wollte sich kaputtlachen. Wovor ich mich denn geekelt hätte?

»Vor allem eigentlich«, sagte ich.

»Na ja«, sagte Marie, »ein Cary Grant ist er wirklich nicht!« Ich wagte nicht zu erwidern, dass ihre sämtlichen Liebhaber, die ich kennen gelernt hatte, noch nicht einmal den Schönheitsgrad von Woody Allen erreichten, von Willem natürlich abgesehen.

»Wie war denn die Nacht mit Ludger?«, fragte Marie. Wir saßen wieder mal bei einem Gläschen Piccolo im Erste-Klasse-Abteil. Matthäus zu erwähnen hatte ich mich nicht getraut.

»Also, er nahm mich mit nach Hause«, leitete ich die zähe Geschichte ein.

»Das ist doch prima!«, freute sich Marie. »Und weiter?« Sie kicherte erwartungsvoll.

»Zu Hause zeigte er mir seine Wohnung. Er hat ein Aquarium mit drei Goldfischen darin. Im Wohnzimmer steht ein Tisch mit vier Stühlen, ein Fernseher und eine Stereoanlage. Nichts von allem hat Ludger selbst gebastelt. Es stehen Bücher im Regal mit Titeln wie: ›Die Angst des Lehrers vor seinem Schüler‹, ›Die antiautoritäre Erziehung und ihre Folgen‹, ›Der Lehrer ist immer der Dumme‹. Allerdings gibt es auch eine private Abteilung mit Krimis, Science-Fiction-Romanen, Kochbüchern für Singles und Bildbänden über das Bergwandern.«

»Aha«, sagte Marie. »Und weiter?« Komisch, dass sie für die Inneneinrichtung seiner Wohnung kaum Interesse hatte.

»Also wir haben dann eine Schallplatte angehört«, sagte ich.

»Sitzend oder liegend?«, fragte Marie.

»Er stand und ich saß.«

»Und weiter?«

»Es war eine ziemlich öde Schallplatte mit nicht enden wollendem Unterhaltungsorchester. Im Hintergrund zwitscherte ein Spatz. Unentwegt. Das sollte wohl romantisch sein.«

»Ja und? Wann seid ihr endlich ins Bett gegangen?« Marie wurde langsam ungeduldig.

»Wir haben erst mal geredet«, sagte ich.

»Auch wichtig«, meinte Marie.

»Wir haben über Körperfeindlichkeit geredet«, berichtete ich. »Ludger hatte eine körperfeindliche Erziehung, deshalb hat er auch noch keine gelöste Einstellung zu seinem Körper. Er arbeitet noch daran.«

»Also ihr habt zusammen an seinem Körper gearbeitet?«, drängelte Marie.

»Ja«, sagte ich. »Wir haben lange darüber geredet.«

»Geredet?« Marie war ehrlich irritiert.

»Ich habe ihm erzählt, dass ich eine körperneutrale Erziehung hatte«, sagte ich. »Bei uns zu Hause wurde überhaupt nicht über so etwas gesprochen. Es war ein ganz neutrales Thema. Kein Für und kein Wider. Ganz einfach egal.«

»Ja und weiter?«

»Ludger hat festgestellt, dass er wegen seiner körperfeindlichen Erziehung bis jetzt noch keinerlei Drang verspürt hat, mit einer Frau den Geschlechtsverkehr zu vollziehen.«

Marie begann zu husten. »Und das hat er so gesagt?«

»Genau so. Und dann habe ich herausgearbeitet, dass ich selbst wegen meiner körperneutralen Erziehung und den körperfreundlichen Einflüssen meiner momentanen Umgebung nun durchaus bereit bin, Geschlechtsverkehr mit einem Mann zu haben.«

»Hast du ihm das so gesagt?«, jauchzte Marie.

»Genau so. Warum?«

»Da war er bestimmt bestens in Stimmung! Und weiter?«

»Wir haben also beschlossen, dass wir die Körperlichkeit erst langsam angehen lassen wollen, schon aus Rücksicht auf Ludgers körperfeindliche Erziehung.«

»Also Knutschen«, sagte Marie. »Das ist doch schon mal was.«

»Nein«, sagte ich. »Das wäre entschieden zu viel gewesen. Wir haben nur beschlossen, uns nebeneinander ins Bett zu legen.«

»Wie ungeheuer erotisch!«, spottete Marie.

»Na ja«, räumte ich ein. »Ich hatte es mir anders vorgestellt.«

»Was hast du dir anders vorgestellt?«

»Ja also, als ich da so neben Ludger im Bett lag, fand ich es eng und ungemütlich. Er wollte seine Füße nicht in die Decke einwickeln, sondern kalten Wind von unten an den Beinen haben. Ich selbst muss meine Füße aber immer einwickeln, sonst kann ich nicht schlafen. Außerdem hatte Ludger einen schwarzweiß gestreiften Pyjama an, der nicht weichgespült und ungebügelt war und den er bis zum Hals zugeknöpft hatte.«

Marie kreischte und strampelte mit den Beinen. Dabei verschüttete sie den Rest von dem Champagner. Meine Schilderungen schienen sie wirklich zu begeistern.

»Und dann hatten wir eine lange Diskussion darüber, wer an der Wand schlafen musste. Ich hatte darum gebeten, weil ich doch Gast war, dass ich außen schlafen dürfte. Falls ich lieber aussteigen wollte. Aber Ludger hat gesagt, er müssse nachts mehrmals austreten, weil er eine schwache Blase hat, und deshalb müsse er darauf bestehen, dass er außen schläft. Da lag ich also an die grau-gelb gemusterte Tapete gedrückt und hatte keine Wahl, als mit eiskalten Füßen dem Morgen entgegenzuharren. Das Schlimmste aber war«, sagte ich nachdenklich, »dass der Ludger nach Zahnpasta roch. Es war so eine aufdringlich frische Sorte, die ich nach wenigen Minuten nicht mehr ertragen konnte.«

Marie war nun so begeistert, dass sie sich die Tränen aus den Augen wischte. »Du armes Kind«, stöhnte sie schwach vor Lachen, »das muss ja eine scheußliche Nacht gewesen sein!« Ich fand, dass es jetzt genau der richtige Moment war, Marie danach zu fragen, wie sie es immer anstellt, so aufregende und romantische Liebesnächte zu verbringen. Leider kam in dem Moment eine Dame ins Abteil, die uns böse musterte und dann »Das Beste« las, und so mussten wir unsere Unterhaltung vertagen. Schade. Aber ich war schon ganz nah dran: Marie ist bereit, mich in die Kunst des Männerverführens einzuweihen.

Wir sind wieder zu Hause. Maximilian kann richtig laufen!! Als wir mit dem Taxi auf dem Kiesweg vorfuhren, torkelte er gerade zwischen dem Springbrunnen und

Willem hin und her – mindestens sieben Meter! Wir waren begeistert und sind auf der Wiese herumgesprungen und haben Maximilian immer wieder zum Brunnen und zurück laufen lassen und dabei Beifall geklatscht und »Bravo« gebrüllt. Nun will Maximilian für jeden Schritt, den er geht, Beifall haben. Das ist ziemlich anstrengend.

Die Pfingst-Feiertage waren ruhig und gemütlich. Marie war einige Male bei Dr. Holzapfel, weil sie nun die Gernhaber-Affäre mit ihm analysieren muss. Jeden Morgen um neun hat sie den Harald für zehn Minuten getroffen. Er ist ihr nämlich nachgereist, wie sich das für echte und wahre Liebende gehört. Marie hat, wie sie zugibt, nicht ganz unabsichtlich, ihr kleines Necessaire bei ihm im Badezimmer stehen lassen. Harald hat sich sofort per Anhalter auf den Weg gemacht, um ihr das unersetzliche Kleinod zu bringen. Schwanzwedelnd stand er am Bahnsteig, als wir ankamen, um Marie ihr Täschchen zu überreichen. Es war mir ganz recht, dass er die Sache selber in die Hand genommen hat, sonst hätte Marie womöglich wieder mich geschickt. Harald hat sich in einem ganz kleinen schäbigen Hotel einquartiert und kommt täglich zu der Telefonzelle neben den Altpapier- und Flaschencontainern am Stadtpark, nur um Marie kurz zu sehen. Sie gehen dann in gebührlichem Abstand nebeneinander durch die Grünanlagen, ohne Hund oder Kind, einfach nur so, um sich auszutauschen und das unbändige Gefühl ihrer starken Zuneigung auszuleben. Da Doktor Holzapfel Marie dringend davon abgeraten hat, Willem von Harald zu erzählen, macht sie ein inniges Geheimnis daraus. Aber genau das macht ihr natürlich wahnsinnigen Spaß: sie findet es ungeheuer romantisch, auf so einfachen Wegen der Liebe zu wandeln, so schlicht und so naturverbunden, wie in vielen Generationen vor ihr die jungen Frauen auch mit ihren Geliebten durch Feld und Flur gewandelt sind. Ich finde es toll von Marie, dass sie in der Lage ist, von ihrem Luxus-Niveau mit feinsten Hotelsuiten und Galadiners herabzusteigen auf das schlichte Niveau eines naturverbundenen Stradivari-Sammlers. Sie muss diesen Harald Gernhaber wirklich gern haben.

Am Tag nach Pfingsten hatte Willem noch frei. Da Marie wieder mit Herrn Zurlinde über den Wettbewerbsvorbereitungen saß, hat Willem plötzlich Lust bekommen, mit mir Tennis zu spielen. Es war unsere zweite Tennisstunde und es war wunderbar. Ach, wie sieht Willem doch gut aus in seinen Tennisshorts und seinem weißen Polohemd! Er trug nagelneue Adidas-Turnschuhe und sein Schläger war genau von derselben Marke. Selbst die Socken hatten das gleiche Zeichen, und die Schweißbänder an seinen Handgelenken auch. Sein Rasierwasser war herb und männlich, und als ich mich hinter ihn stellte, um ihm die Schlägerhaltung zu zeigen, schnupperte ich heimlich an ihm. Wir übten den Aufschlag, aber Willem ist nicht besonders begabt. Als er alle sechzig Bälle verschlagen hatte, war er ganz schön geschafft. Ich habe gesagt, er solle sich ausruhen, und habe die sechzig Bälle wieder aufgesammelt. So ging die Stunde mit Willem leider viel zu schnell vorbei. Nachher fragte er mich, ob ich mit ihm noch etwas trinken wolle. Einen Sprudel oder so. Und ob ich wollte!

Wir saßen in der Werkskantine; weil wegen der Pfingstferien ja niemand da war, konnte sich Willem ruhig mit mir hintrauen. Als er sich mit seinem Sprudel aus dem Automaten mir gegenüber setzte, lächelte er mich herzlich und warm an. Ich glaubte, nicht mehr weiteratmen zu können. Jetzt! Jetzt war der Moment da, wo er sagen würde: Karla, ich spüre, dass ich mich von Marie befreie. Warte noch ein bisschen, dann werden wir ein Paar sein. Er sagte jedoch nach dem Lächeln nur: »Du bist eine geduldige Tennislehrerin. Macht Spaß mit dir!«

»Mit dir aber auch«, entgegnete ich heiser. »Du bist ein begabter Schüler!« Das war gelogen, aber ich wollte ihn auf keinen Fall in seinem sportlichen Ehrgeiz kränken. Wo Willem sowieso so viel einstecken muss.

»Na, na«, erwiderte Willem, »ich weiß, dass ich im Tennis eine Niete bin. Aber es macht mir trotzdem Spaß – mit dir!« Mein Herz wollte sich überschlagen vor Glück. Jetzt? JETZT!?!

»Wie war die Reise?«, fragte Willem.

»Schön«, sagte ich matt.

»Hat Marie gut gesungen?«

»Phantastisch. Ganz toll, wie immer!«

»Und … sonst? War sie brav?«

Ich überlegte keine Sekunde. »Klar«, beteuerte ich.

»Bist ein ganz lieber Kerl!«, sagte er zu mir, als er sich erhob und seine Flasche artig zum Automaten zurücktrug. »Ich bleibe noch hier und arbeite. Du kannst doch mit der U-Bahn nach Hause fahren? Sag Marie, dass ich zum Abendessen komme und dass ich mich auf sie freue. Tschüs, Karla!« Damit drehte der Halbgott in Weiß mir den Rücken zu und verschwand pfeifend mit seinem Tennisschläger aus der Kantine. Was habe ich nur wieder falsch gemacht? Außerdem, wieso bin ich ein Kerl?

Im Flugzeug nach Salzburg. Marie liest wieder die »Femme fatale« und möchte im Moment nicht gestört werden. Sie macht gerade den Test »Passen Sie zu Ihrem Partner?«, und ich finde es verständlich, dass sie sich nun auf die achtfache Beantwortung der Testfragen konzentrieren muss. Die arme Marie. Sie hat wirklich Stress. Wir waren ja nur wenige Tage zu Hause, und statt sich jetzt in Ruhe auf den Wettbewerb und ihre Abschlussarie im Fernsehen zu konzentrieren, musste Marie sich mit den üblichen Alltäglichkeiten einer völlig unterprivilegierten Hausfrau abgeben. Frau Perl wollte wissen, ob sie eine Vollwertkostwoche im Hause veranstalten dürfe, Frau Krotoschyin wollte ausgerechnet während unserer kurzen Anwesenheit einen freien Nachmittag, Willem schleppte Marie trotz heftiger Proteste und Tränenausbrüche ihrerseits zum Juwelier, damit sie sich ein passendes Collier aussuchte, das sie bei ihrem Fernsehauftritt tragen kann. Letzteres darf man Willem eigentlich nicht übel nehmen, er hat es sicherlich gut gemeint. Trotzdem war es auf rührende, typisch männliche Weise ungeschickt, Marie jetzt mit solchen Lappalien zu belästigen!

Maximilian war unbegreiflicherweise weinerlich und gereizt, nur weil er die fremde, schwarzhaarige Frau, die immer so viel Wirbel verbreitet, nicht mehr gewöhnt war. Zu allem Überfluss stand jeden Morgen pünktlich um neun Harald Gernhaber an der verabredeten Straßenecke bei den Altpapiercontainern, um in beschaulicher Zweisamkeit mit Marie die übliche Runde in den städtischen Grünanlagen zu drehen. In dieser Hinsicht bewundere ich Marie!! Obwohl sie sicherlich andere Dinge im Kopf hat, bewies sie Geduld und Ausdauer mit Harald. Gegen Abend hastete sie immer in die Stadt, um ihre Situation mit Dr. Holzapfel zu analysieren, was wiederum zeitlich begrenzt wurde durch tägliches Proben mit Edwin Echtwein, der unermüdlich und stetig mit ihr die Partie der Carmen einstudierte. Irgendwie schaffte Marie es sogar noch, auch Heyko Zurlinde täglich zu treffen, um mit ihm die Wettbewerbs-Angelegenheiten zu besprechen. Niemals kam sie vor zwei Uhr nachts nach Hause, wo dann auch noch Willem seinen Ehepflichten unbedingt nachkommen wollte. Arme Marie. Ich wollte, ich könnte sie etwas entlasten.

Wir sind im Hotel Sacher mit Blick auf die Festung und die Salzbachbrücke, darunter tun wir es ja nicht, weil wir zwei Marken-Frauen erster Klasse sind. Ich kann mir nicht vorstellen, jemals in anderen Herbergen als solchen Nobel-Hotels übernachtet zu haben. War das wirklich ich, die frierend und bescheiden zwischen nassen Mänteln in der Übeschlange des Konservatoriums saß, nur um zwei lächerliche Stunden lang auf einem alten verstimmten Kleinklavier im vierten Stock eines fensterlosen Übehauses Etüden spielen zu dürfen? Mein Gott, was war ich für eine anspruchslose, durchschnittliche Mittelschichtpomeranze! Heute verfüge ich über das hintere Zimmer einer Suite des besten Hotels am Platze und tanke das Leben so wie es ist und sein sollte aus erster Quelle! Marie nimmt soeben ein Bad. Sie singt übrigens nicht in der Badewanne. Profis singen nicht, wenn sie baden, sagt Marie.

Sie erzählte mir erfreut, dass ihr Stress sich vermutlich kaum mindern wird: in ihrem unmittelbaren Gefolge befinden sich nämlich so ziemlich alle ihre Liebhaber.

Zurlinde und Sterz sitzen in der Jury, Echtwein ist der Klavierbegleiter der Kandidaten. Harald Gernhaber will unbedingt in ihrer Nähe sein, weshalb er einen Kursus für Geigenbau an der Salzburger Sommerakademie belegt hat. Clemens Matulka, der stets zu Scherzen aufgelegte Tenor, singt bei den Salzburger Festspielen den Ersten Geharnischten, eine Nebenrolle die nicht ohne Tücke ist, und James Holzapfel besucht einen Gynäkologen-Kongress am Wolfgangsee. Roland, der kleinwüchsige Entenhalter, hat seit Jahren ein Festspielabo und wird über kurz oder lang ebenfalls durch die Getreidegasse schlendern. Bleibt nur noch zu hoffen, dass auch Willem den Weg in diese gastliche Festspielstadt finden wird! Ich wüsste nicht, was mich glücklicher machen würde als eine Pferdekutschfahrt mit Willem durch diese bezaubernde, völlig unverdorbene Kleinstadt an der Salzach! In »Sound of Music« kriegt das Kindermädchen am Schluss auch den Vater. Und sie singen dabei ohne Ende. Das Frappierende an dieser ohnehin schon frappierenden Ähnlichkeit zu meiner eigenen Geschichte ist, dass Julie Andrews anfänglich ebenso beruflich irrte wie ich: sie wollte es im Kloster zu etwas bringen und ich auf dem Konservatorium. Dabei ist das Geheimnis so schlicht und einfach: man nehme sich den stinkreichen, gut aussehenden Mann einer untauglichen bzw. toten – im Film ist sie tot – Ehefrau, hüte dessen Kleinkind – okay, im Film waren es gleich sieben auf einen Streich – und überzeuge durch Schlichtheit, Charme und Anmut den gehörnten – bzw. verwitweten – Ehemann. Die Hochzeitsglocken läuten dann in Mondsee. Aber ich moduliere ins Weinerliche.

Ich komme zurück zur Hauptperson meiner Geschichte: Marie. Um mich geht es hier ja nun wirklich nicht. Marie also will bei all diesem Stress den Stardirigenten Eugen Paterne kennen lernen, der ihr die lang erträumte Weltkarriere endlich erschließen wird. Wie gut, dass ich in dieser Festspielinszenierung nur eine Statistenrolle innehabe. Das kann sich übrigens ändern, wenn Willem endlich den Weg zu mir findet. Es kann sich eigentlich nur noch um Wochen handeln. Na ja, meinetwegen können es Monate werden. Oder Jahre. Ich bleibe dran.

Marie lud mich abends zum Essen ein. Sie hatte sich wahnsinnig in Schale geworfen und sah umwerfend aus. Wir gingen in eines der teuersten Feinschmecker-Restaurants in Salzburg: den Hirschen. Das hatte die Festspielleitung den Juroren empfohlen.

»Morgen ist hier offizieller Empfang mit Paterne und ich wollte den Laden vorher schon einmal gesehen haben«, sagte Marie nervös.

»Wieso willst du den Laden vorher schon einmal gesehen haben?«

»Wegen der Lichtverhältnisse«, klärte sie mich auf. »Es kommt unheimlich auf den ersten Eindruck an, den ich mache. Ich muss versuchen, dort unter dem Kronleuchter zu sitzen. Das Grüne werde ich anziehen. Das sieht in diesem Licht irre gut aus.«

Maries Augen sind grün, und wenn der Kronleuchter sie anstrahlt, kann das schon sehr effektvoll sein.

»Auf wen willst du denn Eindruck machen?«, fragte ich dümmlich. »Ist der Harald Gernhaber denn schon angekommen?« Zugegeben, ich stellte mit Absicht so eine dumme Frage. Harald Gernhaber würde nie so einen teuren Laden betreten. Vermutlich ließen sie ihn mit seinem Rucksack und seinen Atomkraftneindankestickern auch gar nicht rein.

Marie verzog den Mund: »Weißt du, Karla, nichts gegen den Harald, wirklich. Aber hier in Salzburg wird er mir vielleicht lästig sein. Ich finde es zwar wahnsinnig süß von ihm, dass er mir nachreisen will …«, sie kicherte und drehte ihr Campari-Glas im Lichtschein des Kronleuchters gedankenvoll hin und her, »… aber ich wäre hier lieber ungestört. Außerdem ist der Hirsch nichts für Haralds Geldbeutel. Der bleibt lieber in seiner Jugendherberge oben auf der Burg.«

»Klar«, sagte ich. »Kann ich verstehen.« Marie bestellte beim Oberkellner ein ausgedehntes Menü. Sie hatte sich bereits vorher beraten lassen, was in diesen teuren Hallen zu speisen Usus sei. Der Oberkellner im Frack dienerte und sparte nicht mit vielen überflüssigen Floskeln. Hier in Salzburg scheint ein solcher Umgangston aber üblich zu sein. Er schämte sich jedenfalls nicht, dass ihm so viele »gnädige Frauen« entwichen. Auch hatte er mir die Hand geküsst, die ich ihm eigentlich nur schütteln wollte. Endlich verschwand er.

»Karla, es gibt einen bestimmten Grund, weshalb ich heute Abend mit dir allein sprechen will«, sagte Marie, als der Kellner außer Hörweite war.

»Ja?« Vielleicht wollte sie mir nun mitteilen, dass sie sich von Willem zu trennen im Begriff war? Es wäre ein günstiger Zeitpunkt.

»Du bist doch meine beste Freundin«, begann Marie. Ich freute mich halb tot und hielt mir in dem Moment auf meine ständige Wachsamkeit, die Befindlichkeiten von Marie betreffend, durchaus etwas zugute.

»Klar!!«

»Du verstehst mich doch und du kennst mich wie kein anderer.« Ich nickte sprachlos vor Glück. Zum ersten Mal sprach Marie aus, was ich schon die ganze Zeit fühlte. Es herrscht eine unbeschreiblich tiefe Verbundenheit zwischen uns. Nun hat es endlich auch Marie bemerkt. Wie lieb und aufmerksam von ihr, mich deswegen zu einem stilvollen Essen einzuladen!

»Es geht um … eine Gefälligkeit, um die ich dich bitten möchte.«

JETZT!! Jetzt würde sie sagen, ich solle ihr den Willem vom Hals schaffen, weil sie mit Harald Gernhaber in seiner muffigen Zweizimmerwohnung mit vierzig Stradivaris in der Badewanne glücklich werden wolle. Und Vanille-Eis, Prunk und weiße! Konzertflügel! stören bei so einem Entschluss bedenklich. Mir schlug das Herz bis zum Hals.

»Es gibt hier jemanden, für den ich mich sehr interessiere«, begann Marie.

Mit solchen Situationen gehe ich inzwischen gelassen um. Der Oberkellner erschien und baute verschiedene Wein- und Wassergläser vor uns auf. »Ist recht so, gnä' Frau?«, fragte er Marie. Ich hätte ihn gern von der Bildfläche gewinkt, aber Marie schenkte ihm ein gnädiges Lächeln und nickte. Als er sich entfernt hatte, trank Marie einen weiteren Schluck von ihrem Aperitif und fuhr fort: »Es geht diesmal natürlich ausschließlich um meine beruflichen Interessen.«

»Natürlich.«

»Du hast doch schon den Namen Eugen Paterne gehört?«

»Ja«, sagte ich. Düstere Vorahnungen beschlichen mich.

»Er ist ja der Dirigent und Schirmherr dieses Wettbewerbes und der einflussreichste Mensch der ganzen Salzburger Musikszene, sieht man von Karajan einmal ab.«

»Jaja«, sagte ich und schluckte. Der eifrige Oberkellner kam schon wieder herbei. Diesmal brachte er eine bauchige Flasche, drehte sie Beifall heischend vor Marie hin und her und fragte dann: »Darf ich?«, bevor er eine winzige Pfütze davon in eines der bauchigen Gläser goss.

Marie kostete, lächelte wiederum ihr Gnädige-Frau-Lächeln und wartete geduldig ab, bis der Kellner zuerst ihr, dann auch mein Glas gefüllt hatte.

Wir tranken und prosteten uns zu und nahmen den vierten Anlauf zu einem halbwegs zusammenhängenden Gespräch.

»Also, der Paterne«, sagte Marie.

»Ja«, sagte ich. »Ganz klare Sache. Kein Thema.«

»Er ist ja hier der Schirmherr. Und auch sonst. Sehr einflussreich.«

»Ich weiß«, sagte ich. Ich überlegte kurz, ob es an dieser Stelle angebracht wäre, ihr zu sagen, dass er nicht nur der Schirmherr, sondern auch ihr Erzeuger sei, aber ich entschied, dass uns das im Augenblick vom Thema abbringen würde.

»Und er dirigiert das Abschlusskonzert«, nahm Marie den Faden wieder auf. »In dem ich ja bekanntermaßen die besten Szenen und Arien aus Carmen singe.«

»Ich habe so etwas läuten hören«, sagte ich mit erhobener Stimme. In diesem Moment kam nämlich bereits wieder dieser unverschämte Kerl von Oberkellner und drängte sich rüde zwischen uns, indem er uns einen

»Gruß aus der Küche« vor die Brust balancierte. Statt sich aber diskret zu verziehen, zeigte er auf jedes noch so unwesentliche Detail auf dem ohnehin schon übersichtlich gestalteten Teller und erläuterte ungefragt die abenteuerliche Lebensmittelzusammenstellung, die sich darauf befand. Da weder Marie noch ich die ganze Angelegenheit bestellt hatten, schlug das meiner Meinung nach dem Fass den Boden aus. Ich war fest entschlossen, diesen Versuch, unser vertrauliches Gespräch zu stören, nicht durchgehen zu lassen, und machte die müde Herrenmenschen-Geste, mit der schon Marie den Kellner vorhin aus dem Bild gefegt hatte. Er aber blieb stehen, bis wir mit dem Gruß aus der Küche fertig waren, und fragte, ob die Vorspääsn nun serviert werden dürften. Schreck lass nach, dachte ich, das WAR noch gar nicht die Vorspeise! Wir warteten also die Vorspeise ab und aßen sie, vor Ungeduld schon ganz aggressiv, auch hastig auf. Der Oberkellner lauerte mit, wie ich finde, bösartigem Blick in der Ecke unter einem Hirschgeweih, was ihn kurzfristig wie einen gehörnten Ehemann erscheinen ließ. Schon wieder drängte sich mir die Assoziation Willem auf. Ich wollte endlich Schwung in die Sache bringen.

»Paterne«, sagte ich, als die Wachteleier im Spinatnest verschluckt waren.

»So, ja. Paterne«, sagte Marie und trank einen großen Schluck Wein.

»Schirmherr, Dirigent, Carmen, Paris, Weltkarriere«, half ich ihr auf die Sprünge.

»Ich habe läuten hören«, sagte Marie hinter vorgehaltener Hand, »dass er für seine nächste Carmen-Inszenierung in Paris noch nicht festgelegt ist. Die Berganza und die Baltsa haben beide abgesagt. Sogar die Ernakova und die Simmeonato. Es wäre die Chance meines Lebens!!«

Antworten konnte ich nicht, da der Kellner die Vorspäsn-Teller abräumte und sich der Frage nicht enthalten konnte, ob's rreecht gwesn sei. Ich zischte »Pscht!«, wie im Kino, wenn einer mit der Popcorntüte raschelt.

»Du die Carmen? In PARIS?«, fragte ich laut und wichtig, damit der Oberkellner nur ja nicht so schnell wiederkehren würde.

»Schrei nicht so«, zischte Marie und guckte verstohlen um sich. »Das ist eine völlig inoffizielle Angelegenheit. Paterne veranstaltet hier in Salzburg ein Vorsingen. Er will sich die besten Teilnehmerinnen aus dem Wettbewerb anhören.«

»Ja, aber du bist doch hundert Mal besser als die Mädels vom Wettbewerb! Du bist in der Jury!! Du singst im Abschlusskonzert die Zugabe! Wieso hast du Angst, er könnte dich nicht für gut befinden?«

»Ach, Karla, du hast keine Ahnung«, seufzte Marie. »Bei solchen Entscheidungen geht es nicht nur darum, welchen Rang man als Sänger innehat. Der Dirigent urteilt natürlich auch nach dem äußeren Erscheinungsbild! Und ich bin bei so etwas krank vor Lampenfieber!«

»Dann nimm doch von dem Beruhigungszeug, das dir der Dr. Holzapfel verschrieben hat.«

»Nein, das macht müde. Ich muss geistig wach sein!«

Ach so, dachte ich. Also keine Beruhigungsmittel.

»Ich muss ihm als Frau gefallen, weil ich ihm als Carmen gefallen muss«, startete sie erneut einen Versuch, mein Verständnis zu erringen. Aha, dachte ich, sie ist zäh. Sie will mir meinen Segen abringen, mit ihrem eigenen Vater zu schlafen. So weit sind wir also schon.

Es wäre jetzt vielleicht an der Zeit, ihr reinen Wein einzuschenken, überlegte ich. Aber das besorgte schon der aufdringliche Kellner. »Noch a Schluckerl vom Wäißen?«

Na, meinetwegen, dachte ich. Wir tranken.

»Auf Paterne«, sagte Marie mit leuchtenden Augen.

»Ja, und auf meinen Papa auch«, sagte ich und küsste das Glas. Marie lachte.

»Du bist wirklich süß …«

Nun war es aber Zeit für einen neuen Auftritt des Oberkellners. Schließlich hatten wir schon vier zusammenhängende Sätze gesprochen, ohne dass er uns in grober Weise dazwischengefahren war. »Creme de Bouillon vom Stäänbutt«, bemerkte er ungefragt, als er zwei winzige Tässchen mit einer bräunlich trüben Brühe vor uns absetzte.

»Ist ja gut«, sagte ich zu ihm. Er entfernte sich gekränkt.

»Du willst Paterne also gefallen«, hob ich an. »Als Frau und Sängerin und Carmen. Grüne Augen und grünes Kleid unter diesem Kronleuchter hier.«

»Stell dir vor, du willst einem Menschen gefallen, warum auch immer, und du wirst aber pausenlos von irgendwelchen Männern verfolgt«, sagte Marie, »die mit dir im Stadtpark oder an der Salzach oder wo auch immer spazieren gehen wollen. Da bist du doch schon gleich unten durch.«

»Im Zweifelsfall geht Taktstock über Wanderstock«, musste ich zugeben. Ich dachte an die heiteren Skatabende mit Papa und Stefan früher in Bad Orks, als Papa uns die Sache mit den Jungs, die Trümpfe sind, so geduldig erklärte und im Wäschekeller nichts Vernünftiges kam.

»Ach so, der Harald, ja, der ist das eine Problem«, sagte Marie und begann, die lauwarme Fischbrühe zu vertilgen. »Das zweite und weitaus größere Problem ist aber mein lieber Vorgesetzter und Jury-Chef Heyko Zurlinde.«

Harald, der Herz-Bube, Zurlinde immerhin Pik. Echtwein vermutlich nur Karo. Paterne der Kreuz-Bube. Klar. Durchblickt. Der Rest alles Luschen.

»Wieso? Der war doch bis jetzt immer sehr nett zu dir«, reizte ich über achtzehn.

»Darum geht es doch nicht!«, wehrte Marie ab. Der Kellner näherte sich vorsichtig. Ich guckte ihn bitterböse an. »Sie wünschen?!«

»Die Tossn, bittschön wenn's recht ist!«, sagte der Kellner. Ich reichte sie ihm ungeduldig an und hielt ihm noch die Löffel hin. »Da!« Völlig pikiert machte sich der Kellner davon, nicht ohne seiner starken Irritation durch heftiges Kopfschütteln Ausdruck zu verleihen.

»Wären wir doch in eine Frittenbude gegangen«, schimpfte ich. »Dann könnten wir vermutlich ungestört miteinander sprechen.« Marie trank einen Schluck Wein und leerte ihr Glas. Der aufdringliche Kellner wollte sich schon wieder nähern, da schnappte ich mir die Flasche aus dem Kübel und schüttete Marie das Glas bis zum Rand voll.

»Der soll in seiner Ecke bleiben«, grunzte ich drohend. »Also, warum ist der Zurlinde ein Problem? Abgesehen von seinen heimwerkerischen Fähigkeiten: Er kann dich doch fördern und seine Connections spielen lassen!«

»Ja, das tut er normalerweise auch«, räumte Marie ein.

»Nur?«

»Nur ist der Heyko inzwischen in einem Stadium angelangt, das man getrost mit ›besitzergreifend‹ bezeichnen kann. Er will nicht, dass ich nach Paris gehe. Weil ich dann nicht mehr in seiner Obhut bin, darum!«

»Aus rein egoistischen Gründen will er dir deine Karriere vermasseln?«

»Ja. Er sagt, dass er zu Hause alle Türen und Tore für mich öffnen wolle, aber er könne es nicht ertragen, wenn ich nach Paris ginge.«

»So ein Schwein«, sagte ich fassungslos. Dieses Stichwort nutzte der Oberkellner, um das legendäre Wiener Schnitzel vor uns abzustellen. Umständlich fingerte er an den Bratkartöffelchen herum, bis er sie einigermaßen gerecht auf unseren Tellern verteilt hatte. Er machte das alles sehr hastig und verzog sich unmittelbar, wobei er sich verkniff, uns darüber aufzuklären, was genau sich nun auf unseren Tellern befand. Das sahen wir ja. Schnitzel mit Bratkartoffeln. Zu vierstelligen Summen. In Schilling.

Es war ein lernfähiger Oberkellner, wie ich zufrieden feststellte. Wir machten uns über das Essen her und hatten es in drei Minuten vertilgt.

»Was also soll ich tun?«, fragte ich Marie, die noch kaute.

»Nimm mir Zurlinde ab.«

»Wie – ab?«

»Na, mach irgendwas mit ihm«, sagte Marie. »Du bist doch ein sehr hübsches Mädchen. Du weißt dich zu kleiden und du kannst dich inzwischen sehr gut bewegen. Zurlinde wird Gefallen an dir finden. Du musst ihn nur erst drauf bringen.«

»Worauf?«

»Na, dass du … auch etwas für ihn wärest!« Ich schluckte. Das war das erste Mal, dass Marie mir einen ihrer Liebhaber anbot, leihweise.

»Aber … er wird mich nicht wollen!«, stammelte ich und dachte an die unromantischen Nächte mit Edwin Echtwein auf staubigen Konzertbühnen, wo er mir im Trainingsanzug Klavierstunden gab, nur damit Marie sich mit Zurlinde amüsieren konnte.

»Klar wird er dich wollen! Du musst ihm eben nur das Gefühl geben, dass du … ihn auch willst!«, sagte Marie und trank schnell einen großen Schluck Wein. »Außerdem gibt er dir alle Leistungsscheine, die du für die Zwischenprüfung brauchst.« Ich überlegte. Eigentlich ist es immer nett, wenn man für ein nicht vollzogenes Studium die Diplome hinterhergeworfen kriegt. Aber das war es gar nicht, was mich reizte. Eigentlich war es ein großes Kompliment von Marie an mich, dass sie mich um diesen Gefallen bat. Erstens fand sie mich attraktiv genug für Zurlinde, zweitens schien ich auch genug Grips im Kopf zu haben für einen Professor, und drittens war es natürlich ein ganz großer Vertrauensbeweis, dass Marie ausgerechnet mich fragte. Sie hatte doch sicher ganz andere Freundinnen, mit mehr Stil und Format, meine ich. Aber jetzt, wo sie mich gefragt hatte, wollte ich sie auch nicht enttäuschen. Ich trank ebenfalls einen großen Schluck Wein, blickte ihr tief in die Augen – sie leuchteten schon wieder – und versprach ihr, mich ab morgen ganz intensiv um Zurlinde zu kümmern, damit sie freies Schaffen mit Paterne hatte. Sie wollte den Kontakt mit ihm nur beruflich. Und sobald der hergestellt war, konnte ich mich getrost von Zurlinde abwenden und meinen eigenen Interessen nachgehen. Außerdem: das alles übt ungemein!

Als der Oberkellner den Nachtisch brachte, war er herzlich willkommen. Er steuerte mit Erdbeeren in Baiserhälften und Moccaböhnchen schüchtern auf uns zu. Als ich ihm aufmunternd zunickte, entschied er sich für ein Grinsen.

»Nur keine falsche Scham«, rief ich ihm fröhlich zu. »Nur herbei mit der ganzen Pracht!« Marie kicherte.

»Du kannst großartig sein, Karla!«, rief sie, während der verstörte Kellner die Nachspeise vor uns ablud. »Auf ältere Männer hast du eine besonders anziehende Wirkung!«

Der leidgeprüfte Kellner zuckte zusammen und machte sich davon. Wir tranken dann noch sehr fröhlich eine weitere Flasche Wään und äfften den albernen Akzent des Oberkellners nach, der nun einem Tränenausbruch nahe war. Weil wir beide kein bisschen satt geworden waren, bestellten wir noch etwas mit viel Kalorien.

»Määnens an Palatschinkn?«, fragte der Oberkellner schüchtern. Marie wollte keinen Schinken.

»Etwas Süßes!«, sagte Marie sehr ungehalten.

»A Möhlspääsn?«, fragte der Kellner. Ein Schweißtropfen glitzerte auf seiner Oberlippe.

»Kenne ich nicht«, sagte ich streng. »Haben Sie nicht irgendetwas mit viel Zucker und viel Kalorien?«

In diesem Moment näherte sich ein Gast vom Nachbartisch, der unserer kleinen Inszenierung schon länger amüsiert zugeschaut hatte. »Ich höre, die Damen kennen sich in der österreichischen Küche nicht so aus«, sagte er. »Mein Herr Schwiegerpapa und ich wären sehr erfreut, wenn die Damen mit uns zusammen eine Spezialität des Landes verspääsn würden.« Eigentlich wollten Marie und ich uns lieber in Ruhe unterhalten, und die Sache mit dem österreichischen Kavalier vom Nachbartisch kam mir nun gar nicht so gelegen, zumal der Schwiegervater einen scheintoten Eindruck machte. Aber Marie schien großen Gefallen an diesem Herrn zu finden und deswegen zogen wir zu ihnen an den Tisch um. Der Schwiegerpapa war Anfang neunzig und völlig zahnlos. Erfreut wackelte er mit dem spärlich behaarten Haupt, als er der überraschenden Errungenschaft seines Schwiegersohnes gewahr wurde.

»Zwei fesche Hasen!«, krähte er vergnügt und wackelte mit dem Kopf.

Der Schwiegersohn stellte sich vor und sagte, dass er der Solo-Cellist im Festspielorchester sei. Ob wir hier auch zufällig mit Musik zu tun hätten!? Marie kreischte begeistert. Und ob sie mit Musik zu tun hätte! Sie sei die jüngste Jurorin des internationalen Gesangs-Wettbewerbs und sänge im Abschlusskonzert die Carmen! Unter Eugen Paterne!

Der Schwiegervater hatte offensichtlich nichts verstanden, freute sich aber, weil wir uns freuten, und hob sein Glas. Das wackelte im gleichen Rhythmus wie sein Kopf. Der Schwiegersohn freute sich noch mehr. Sie hätten heute ihre erste Orchesterprobe mit Eugen Paterne gehabt. Es sei sehr aufschlussreich gewesen. Paterne sei streng, aber gerecht. Die ganze Probe habe auf Französisch stattgefunden.

»Spricht er etwa kein Deutsch?«, fragte ich ahnungsvoll. Ich stellte mir Erna Pfefferkorn vor, wie sie sich vor dreißig Jahren auf Französisch mit ihm verständigte. Leider konnte ich diesen schlüpfrigen Gedanken nicht mit Marie teilen – schade um den schönen Gag. Der Schwiegersohn räumte ein, dass Paterne sehr wohl Deutsch spreche, dass er aber aus reiner Arroganz von seinem Orchester erwartet habe, dass es ihn verstünde. Marie war begeistert. »Was für ein Mann!« Der Schwiegervater fragte, ob er auch wissen dürfte, was gesprochen würde, und der Schwiegersohn brüllte ihn an, dass es eigentlich bis jetzt noch nichts gäbe, was ihn inhaltlich interessieren könnte.

»Mein Schwiegervater ist ein bisschen schwerhörig«, brüllte er uns dann an. Wir schrien zurück, dass er nicht so zu schreien brauchte. Dann bestellte der Schwiegersohn doch einen Palatschinken. Wir redeten noch über dies und das, aber weil das Reden den Schwiegervater langweilte, gingen wir dazu über, uns von den beiden verschwägerten Herrschaften das Bein tätscheln zu lassen: Marie sich von dem Solo-Cellisten und ich mir von dem Tattergreis. Marie sagte später im Taxi, dass das leider vonnöten gewesen sei, denn mit Hilfe des Solo-Cellisten könne sie leichter an Eugen Paterne herankommen, möglichst noch vor dem offiziellen Vorsingen. Ich sagte ihr, dass sie sich nicht entschuldigen müsse, da ich selbst aus dem heutigen Abend nur hätte lernen können. Schließlich war der Tattergreis genau das richtige Versuchskaninchen, um mich auf einen mittelalterlichen Professor einzustellen. Und letztendlich kann ich es dann mit Willem aufnehmen.

Marie hat sich natürlich postwendend mit diesem Cello spielenden Hartmut getroffen, der sich des Nachnamens »Rosenmondt« mit dt erfreut. Ich bin mir nicht sicher, ob Marie diesen Menschen deshalb so anziehend findet, weil er so charmant und musikalisch ist, oder weil er ihr eventuell die Bekanntschaft mit ihrem Herrn Vater ermöglichen kann. Wobei Marie ja nicht im Geringsten ahnt, dass es sich bei Paterne um ihr eigen Fleisch und Blut handelt, aber ich werde mich laut Pfefferkorn'scher Weisung aus den Familienangelegenheiten heraushalten. Es liegt mir auch völlig fern, Marie davon abzuhalten, ihren eigenen Vater zu verführen, wenn ich dadurch Willem einen entscheidenden Schritt näher komme.

Marie betrat also mit dem üblichen Leuchtblick meine hintere Hotelzimmerkemenate mit Blick auf das Landestheater und das Österreichische Hauptpostamt und fragte beiläufig, ob sie störe. Ich hatte nämlich gerade einen Brief an Ludger angefangen, den ich aber hastig zu meinen Abführteebeuteln in die Nachttischschublade gleiten ließ. Natürlich störte sie nicht, lieferte sie mir doch wieder neuen Stoff für mein Tagebuch, welches sich schon krümmte vor Neugier auf die Geschehnisse der letzten Nacht! Marie hat, wie ich ihr nicht lange aus der Nase ziehen musste, mit Hartmut Rosenmondt einen Spaziergang durch die nächtlich schwach beleuchtete Stadt gemacht, um, endlich des zahnlosen Schwiegervaters ledig, ein paar Informationen über Eugen Paterne zu erhalten. Hartmut Rosenmondt jedoch hatte nur spärliches Interesse daran, seine wenigen schwiegervaterlosen Minuten damit zu verplempern, über seinen arroganten Orchesterchef zu sprechen. Ihm lag vielmehr daran, mit Marie die einschlägigen Nachtlokale der Stadt heimzusuchen, da er in Begleitung des Schwiegervaters dort inzwischen Hausverbot hat.

Marie erzählte mir dann anschaulich und kurzweilig, welche Shows sie Salzburgs Nachtleben entlocken konnten und wie teuer eine Flasche Champagner in solchen Etablissements ist. Sehr freudig erregt stellte sie klar, dass Hartmut Rosenmondt ein gut verdienender Cellist sei, da er auch vor der dritten vierstelligen Rechnung – in Schilling – nicht zusammenzuckte, sondern lässig seine goldene Kreditkarte rüberwachsen ließ. Schon wieder ein Mann von Welt! Dass Marie aber auch grundsätzlich an so tolle Typen gerät! Ludger hat sein Flanellhemd ganz bestimmt im Sonderangebot im Einkaufszentrum erstanden und schätzungsweise nicht mit der goldenen Kreditkarte bezahlt. Ich bin mir nicht sicher, ob ich mit Ludger einen günstigen Fang gemacht habe. Das nur nebenbei. Nicht ganz unvorhergesehenerweise wollte Hartmut Rosenmondt dann allerdings auch noch mit Marie gemeinsam nächtigen, und mit Rücksicht auf meine schlafende Wenigkeit ging man in das Hotel des Cellisten, der glücklicherweise nicht das Zimmer mit seinem zahnlosen Schwiegervater teilt.

Marie sah sich genötigt, dem ungeduldigen Drängen des Herrn Solo-Cellisten nachzugeben, und gab sich ihm hin, was ja völlig gegen ihre eigentliche Natur ist, aber sie tat es ausschließlich, wie sie mir glaubhaft versicherte, um Informationen über Eugen Paterne zu erhalten. Das Ergebnis war trotz besagter Investition von enttäuschender Magerkeit: Herr Rosenmondt war nämlich nach dem anstrengenden Abend nicht mehr fähig und willens, Marie irgendwelche anderen Auskünfte zu erteilen außer der, dass er sie liebe und dass er sie zu ehelichen gedenke.

»Aber das ist doch toll!«, rief ich erfreut, weil ich weiß, wie viel Wert Marie darauf legt, dass Männer, die sie schon länger als eine halbe Stunde kennen, sie auch heiraten wollen.

»Ach Karla, du bist geradezu entsetzlich naiv!«, tadelte sie mich aber auf meinen Wortbeitrag hin. »Ich will doch von dem Typ nicht geheiratet werden! Stell dir nur mal vor, was für einen Schwipp-Schwiegervater ich mir dann einhandeln würde!« Wir lachten beide herzlich, und insgeheim war ich Marie dankbar, dass sie meine Dämlichkeit so auf die leichte Schulter nehmen kann.

Jedenfalls hat sie überhaupt nichts anderes erreichen können als heute einer Orchesterprobe für das Abschlusskonzert beiwohnen zu dürfen, wobei sie ganz leise und ganz unauffällig im Saal sitzen muss, aber sie wird ihn sehen: Eugen Paterne! Also, ich denke, dass sich der Aufwand für Marie auf jeden Fall gelohnt hat.

Marie ist erschüttert: Herr Paterne hat sie keines Blickes gewürdigt! Obwohl sie direkt hinter seinem Rücken saß, zwei volle Stunden lang! Marie sagt, so was sei ihr noch nie passiert, dass ein Mann sie einfach nicht zur Kenntnis nimmt. In ihren ganzen dreißig Lebensjahren sei ihr das noch nicht passiert. Sie weinte herzzerreißend. Ich versuchte sie zu trösten, indem ich ihr sagte, dass mir in meinen ganzen vierundzwanzig Lebensjahren noch nie passiert sei, DASS mich ein Mann zur Kenntnis nimmt, aber sie fand den Scherz nicht gelungen genug, um mit dem Weinen aufzuhören. Nun bleibt das Essen heute Abend abzuwarten, wo Marie unter dem Kronleuchter sitzen und das grüne Kostüm anhaben wird. Es ist völlig ausgeschlossen, dass Paterne Marie diesmal nicht bemerken wird. Das sagte ich Marie, und sie hörte auf zu weinen, sah mich mit funkelnden Augen an und fragte: »Meinst du? Glaubst du wirklich, er wird mich bemerken?«

Ich versicherte ihr noch mehrmals, dass er gar nicht

umhinkönne, eine so schöne, grünäugige und grün gekleidete kronleuchterbeschienene Frau zu bemerken, und daraufhin wurde sie sehr fröhlich und erzählte mir noch weitere Details von der Nacht mit Hartmut, dem Rosenmondt mit dt. Ich habe beschlossen, mir fortan jede Kleinigkeit genauestens zu merken, damit ich beispielsweise mit Ludger aus meinem Wissen Kapital schlagen kann. Hartmut Rosenmondt sei, und das sagte Marie mir hinter vorgehaltener Hand, nicht gerade ein Ausbund an Potenz!

Ich nickte. »Ach nein?«

»Weißt du, ich glaube, Männer, die pausenlos in Nachtlokale gehen und mit ihren Scheckkarten protzen und die Mädels in Lokalen ansprechen, die haben eigentlich ernsthaft Schwierigkeiten im Bett«, sagte Marie.

»Ach ja?«

»Du weißt ja, dass ich inzwischen bei Dr. Holzapfel eine Therapie gemacht habe«, sagte Marie, »und ich habe dadurch gelernt, die spezifischen Situationen, in denen sich Menschen befinden, kritisch zu analysieren.«

»Ach was.«

»Und deshalb fiel mir sofort dieser Hartmut auf, der sich a) mit seinem alten, völlig neutralen (da viel zu alten) Schwiegervater umgibt und b) an ausländischen Mädchen vergreift, die seine Scheckkarte imposant finden. Alles Indizien dafür, dass er sich minderwertig fühlt! Ein Mann mit einem gesunden Selbstbewusstsein, also auf Deutsch gesagt, mit einer funktionierenden Potenz, hat solcherlei Imponiergehabe nicht nötig!«

Ich staunte, wie klar und kritisch Marie inzwischen die Männer analysiert. Dieser Dr. Holzapfel ist wirklich ein riesiger Gewinn für ihr Leben. Das sagte sie auch selbst.

»Weißt du, Karla, ich spiele mit dem Gedanken, James zu bitten, vom Wolfgangsee herüberzukommen – das ist nur eine halbe Autostunde entfernt – und mit mir die kritische Situation hier und jetzt zu analysieren. Denkst du, er wäre bereit dazu?«

»Natürlich!«, rief ich aufmunternd. »Nur zu! Ich bin übrigens sicher, dass dieser James nur deshalb an den Wolfgangsee gefahren ist, weil er sich in deiner Nähe aufhalten will!«

Marie errötete bescheiden. »Meinst du wirklich?«

Ich bin erstaunt, wie wenig logisch Marie manchmal denkt. Also für mich besteht da kein Zweifel! James Holzapfel will nur wachsam sein, deswegen ist er überhaupt in Österreich! Wir beendeten unser Gespräch, nachdem ich Marie versprochen hatte, mich gegebenenfalls auch um Hartmut Rosenmondt zu kümmern, falls er ausgerechnet dann nicht von ihr ablassen wolle, wenn sie gerade mit James Holzapfel wichtige Analysen aufzuarbeiten habe.

Die größte Panne aller Zeiten! Paterne hat Marie auch bei dem Begrüßungsessen nicht bemerkt! Obwohl sie das Grüne anhatte UND unter dem Kronleuchter saß! Wir sind beide fix und fertig. Was soll nur werden? Für Marie ist diese Carmen in Paris lebenswichtig, das braucht sie einfach für ihr künstlerisches Selbstwertgefühl, sagt sie, und auch ich würde es begrüßen, wenn sie für längere Zeit nach Paris ginge. Also dieser Blindgänger Paterne! Wo war der nur mit seinen Gedanken, dass er seine eigene Tochter einfach übersehen konnte!! Ich war ehrlich betroffen über Maries unverdienten Misserfolg. Wir waren beide völlig ratlos und schwer frustriert und hatten keinerlei Eigeninitiative zur Lieferung brauchbarer Lösungsversuche dieses scheinbar unüberwindbaren Problems. Marie war die Erste, die wieder sprach.

»Was auch passiert«, beschwor sie mich, »du musst mir alle lästigen Verehrer abnehmen, falls ich mit Paterne zusammentreffe. Alle.« Sie weinte ein bisschen, wegen der unverdient starken Überbelastung ihrer Nerven.

»Ja ja, die ich rief, die Geister …«, blödelte ich, aber Marie hatte keinen Sinn für Lyrik in diesem Moment. Ich versprach ihr also, alle Geister von ihr fernzuhalten, falls Paterne in ihre Nähe käme, und da war sie's zufrieden und lachte wieder. Außerdem, sagte sie heiter, sei die letzte Nacht mit Zurlinde auch nicht zu verachten gewesen. nach dem Empfangsessen sei sie mit ihm ins Spielcasino gefahren und habe dreitausend Schillinge verjubelt! Auf seine Kosten! Er habe nur väterlich gelächelt über ihre Spielsucht und gesagt, dass jeder Mensch diese Phase mal durchmacht. Marie findet Zurlinde wirklich überwältigend gütig und großmütig, und sie erzählte mir, dass er heimwerkerisch sehr begabt sei und zu Hause mit Hilfe seiner Söhne und des Sohnes seines Hausmeisters eine eigene Pergola gebastelt habe! Zurlinde ist ein häuslicher, ein väterlicher Mann. Und das gefällt Marie eben an ihm, dass er so warmherzig, tolerant und familiengerecht lebt.

Ich unterließ es, zu erwähnen, dass ich über die heimwerkerischen Vorlieben des Herrn Direktor bereits im Bilde sei, weil ich Marie nicht kränken wollte und weil sie gerade im Begriff war, wieder fröhlich zu werden.

Trotz alledem wünsche ich ihr, dass Paterne sie endlich bemerkt und sie sich ganz fürchterlich in ihn verknallt.

Marie ist schrecklich aufgeregt, weil das Vorsingen bei Herrn Paterne näher rückt. Gestern hatte sie eine Besprechung mit den Jury-Mitgliedern, da das Wettbewerbs-Finale morgen beginnt. In seiner väterlichen Art hat Herr Zurlinde wohl gütig und warmherzig erwähnt, dass in Paris die Stelle der Carmen vakant ist und Herr Paterne eine Carmen in Salzburg zu finden hofft. Dabei hat er milde lächelnd den Arm um Marie gelegt. Die anderen Jury-Mitglieder haben wohl wollend genickt, und eine ältere Kammersängerin hat zu Marie gesagt, dass sie ihr sehr viel Glück wünscht, weil sie selbst vor fünfunddreißig Jahren unter Eugen Paterne die Carmen gesungen habe und sich nur zu gern an diese nette Zeit erinnere. Marie fragte sofort, was für ein Typ Paterne denn sei, und die alte Dame fragte lächelnd, ob sie den Dirigenten Paterne meine oder den Mann Paterne? Marie errötete, lachte glockenhell und sagte mit einer wegwerfenden Handbewegung, dass sie sich ausschließlich für Paterne als Dirigenten interessiere! Man müsse das Berufliche vom Persönlichen doch trennen können! Die Dame lächelte immer noch und sagte, dass eine wirklich tief empfindende Künstlerin in ihrem Dirigenten auch ihren Meister sehe, und zwar in jeder Hinsicht. Zurlinde hüstelte väterlich und sagte, dass Marie doch mit solcherlei fragwürdigen Thesen verschont bleiben solle, schließlich sei sie eine verheiratete Dame und Mutter noch dazu! Die alte Dame hat sich lächelnd entschuldigt und hat das Thema gewechselt. Während dieser Konversation hat Marie bemerkt, dass Siegmund Sterz aufgestanden und zum Telefon gegangen ist. Ob das eine Bedeutung haben mag? Jedenfalls ist Marie aufgeregt, weil sie nun nichts mehr zum Anziehen hat für das Vorsingen. Das Grüne kenne er ja schon, meinte sie.

Sie ist also zum Einkaufen in die Getreidegasse gegangen und sagte, es könnte länger dauern, weil sie auch noch zum Friseur will. Ich fragte, warum denn das, ihre Frisur sei doch spitze! Keine Ahnung hätte ich, hat Marie verächtlich gesagt. Wenn ihre Frisur spitze wäre, hätte Paterne sie bemerkt. Das habe ich eingesehen. Eine Frau ist immer so schön, wie die Männer sie finden.

In diesem Moment meiner Niederschrift klopfte es bei Marie an die Zimmertür. Ich ging nachschauen, und da stand Clemens Matulka, mit einem Tulpengebinde. Er wollte mich gerade stürmisch umarmen, als er gewahr wurde, dass ich nur ich war und nicht Marie.

»Wo ist Marie?«, war seine Begrüßung, und ich muss sagen, ich fange an, diese Frage zu hassen.

»Beim Friseur«, sagte ich lässig.

»Bei welchem?«, fragte Matulka.

»Weiß nicht, vermutlich bei dem Teuersten«, sagte ich.

»Okay, ich werde sie schon finden«, sagte Matulka und stob mit seinen Tulpen davon. Er wollte sie ihr beim Friseur überreichen, gerade wenn sie unter der Haube saß. Wie romantisch.

Kaum hatte ich mich wieder an mein Tagebuch gesetzt, klingelte Maries Telefon. Marie hatte mich gebeten, grundsätzlich dranzugehen und ihre Anrufe entgegenzunehmen, es könnte ja mal etwas Wichtiges sein.

»Rosenmondt«, sagte eine Stimme. »Ist Marie da?«

»Nein. Sie ist beim Friseur.«

»Aha«, sagte Herr Rosenmondt, »und wann kommt

sie wieder?« Ich dachte an Matulka, der jetzt sicherlich alle Friseurläden der Stadt abklapperte und unter alle Trockenhauben schaute, ob er vielleicht Maries Gesicht unter einer von ihnen erspähte.

»Das kann dauern«, sagte ich grausam.

»Welcher Friseur?«, fragte Rosenmondt, weil er sich nicht so abspeisen lassen wollte.

»Der Teuerste«, sagte ich und rieb mir heimlich die Hände, dass nun auch Rosenmondt unter sämtliche Trockenhauben der Stadt lugen würde.

»Kann ich was ausrichten?«, fragte ich noch scheinheilig, aber Rosenmondt hatte bereits den Hörer aufgelegt.

»Die ich rief, die Geister«, sagte ich frölich vor mich hin und setzte mein Schreiben fort. Jetzt musste ich am Ball bleiben, denn ich hatte das Gefühl, die Angelegenheit spitzt sich zu.

»Kaum eine halbe Stunde später meldete ein Zimmerboy, dass ein Herr Sterz Marie zu sprechen wünsche. Er stehe unten in der Hotelhalle.

»Ich lasse bitten«, sagte ich.

Sterz kam auch schon hereingepoltert. Sehr groß und breit und blatternarbig. »Wo ist Marie?«

»Beim Friseur«, sagte ich, »beim Teuersten der Stadt.«

»Aha, macht nichts«, sagte Sterz und ließ sich auf Maries Bett nieder. Es ächzte gequält und die Tagesdecke verzog sich grämlich unter seinem Gewicht.

»Paterne sucht eine Carmen?»Sterz lümmelte sich bequem auf Maries Bett, zündete sich eine Zigarette an und hielt mir das Päckchen anschließend unter die Nase.

»Weiß von nichts«, sagte ich schüchtern. »Marie ist beim Friseur.«

»Das sagtest du bereits», sagte Sterz und steckte seine Zigaretten wieder ein. »Ihr unterhaltet euch doch über alles. Will sie dem Alten vorsingen, ja oder nein?«

»Weiß nicht«, sagte ich völlig eingeschüchtert, »Marie ist beim Friseur!«

»Ist ja gut, Mädchen! Sie ist beim Friseur! Soll ich da etwa hinrennen oder was?!« Ich hatte eigentlich gedacht, dass er keinen anderen Gedanken hegen würde als den, alle Friseure der Stadt abzuklappern, wie das die anderen ja auch machten, aber Sterz flegelte sich auf Maries Bett und machte keinerlei Anstalten diesbezüglich. Ich sah unter seine riesigen Schuhe, an denen noch das Preisschild klebte: Schuhgröße 51!

»Pass auf«, sagte er zu mir und schnippte seine Asche auf den Fußboden. Er schien es nicht opportun zu finden, auf Maries Tagesdecke zu aschen.

»Pass auf, kleine Sklavin. Ich will wissen, ob Marie scharf auf die Carmen ist!« Sklavin! Was erlaubte sich Sterz!

»Marie wird die Carmen in Paris singen«, sagte ich todesmutig zu diesem überdimensionalen Lümmel. »Es gibt auf dem ganzen Wettbewerb keine Konkurrenz für sie. Das müssten Sie doch wissen, wo Sie in der Jury sitzen!«

»Das kann schon stimmen«, sagte Sterz und zupfte sich einen Tabakkrümel von der Zunge. »Im Wettbewerb ist kein hoffnungsvoller Nachwuchs zu finden. Aber es gibt andere Sängerinnen, die es mit Marie aufnehmen können! Bestell ihr das, ja, Kleine?« Er richtete sich mit solcher Lässigkeit auf, dass ich dachte, er stellt das Bett hochkant. Um ihn ein bisschen zu provzieren, sagte ich: »Sprechen Sie etwa von Ihrer Frau Sieglinde?« In dem

Moment fiel mir ein, dass es eine erdige Kartoffel gibt, die diesen schönen Namen trägt, und musste wegen der akustischen wie optischen Ähnlichkeit kichern.

»Allerdings«, sagte Sterz. »Ich habe sie schon informiert. Sie kommt direkt aus Bayreuth hierher. Du kannst Marie ausrichten, dass meine Frau ihr Konkurrenz macht!« Er lachte zynisch. Was für ein Kerl! Völlig klar, dass Marie eine Zeitlang im Begriff war, ihm zu verfallen. Wie gut, dass ich gegen Schwächen dieser Art vollkommen gefeit bin. Aus diesem Vorteil zog ich Kraft und Mut, es mit diesem Koloss an Dreistigkeit aufzunehmen. David gegen Goliath. Für Marie tue ich alles.

»Geben Sie sich keinerlei Mühe«, sagte ich lässig. »Ihre Frau kann sich die Reisekosten sparen, Marie kriegt die Rolle. Da gehe ich jede Wette ein.«

»Wieso bist du dir da so sicher?«, fragte Sterz argwöhnisch. »Schläft sie mit ihm oder was?«

»Etwas viel Tieferes verbindet die beiden«, sagte ich wichtig.

»Soso«, dröhnte Sterz. »Da bin ich aber gespannt.«

»Sie ist seine Tochter, wenn Sie es genau wissen wollen.«

Der Räuber Hotzenblotz war ausnahmsweise sprachlos. »Woher wissen Sie das?«, fragte er schließlich, wobei er gar nicht merkte, dass er mich auf einmal wieder gesiezt hatte! Ich weidete mich an seiner Überraschung.

»Von Maries Mutter«, sagte ich lässig, »und die muss es ja wissen.« Da fiel mir plötzlich ein, dass ich Frau Pfefferkorn hatte schwören müssen, das ich dieses Wissen für mich behalte! Ein furchtbarer Schreck fuhr mir in die Glieder. Ich stand stocksteif da und hoffte, es wäre alles nur ein Traum und der Zyklop wäre überhaupt niemals in diesem Zimmer aufgetaucht. Aber er lümmelte in voller Größe und mit strähnigen Haaren auf Maries Bett.

»Weiß sie das?«

»Natürlich!« Jetzt half nur nach die Flucht nach vorn. »Sie posaunt es bloß nicht in der Welt herum, wie andere das vielleicht tun würden«, ereiferte ich mich. »Womöglich würde man ihr dann nachsagen, sie bekäme die Rolle nur deshalb, weil Paterne ihr Vater ist!«

»Genau«, sagte Sterz langsam. »Das wird man ihr wohl nachsagen, wenn sie die Rolle kriegt!«

Ich zuckte zum zweiten Mal ganz fürchterlich zusammen. War das etwa schon wieder ein Eigentor gewesen? Wo ich doch pausenlos versuche, Marie alles recht zu machen!!

»Kein Schwein wird ihr das nachsagen«, sagte ich matt. »Es weiß ja schließlich niemand!«

»Doch«, sagte Sterz mit drohender Miene, »ICH weiß es!«

»Aber Sie halten doch den Mund!«, schrie ich, und als er sich plötzlich vor mich stellte, sackte ich halb vor ihm zusammen und fügte noch ein »Bitte!«, hinzu.

»Fürs Mundhalten werde ich nicht bezahlt«, sagte Sterz und knipste den Zigarettenstummel in Kniehöhe ins Waschbecken. Ich starrte ihn entsetzt an.

»Im Klo schwimmt die Kippe drei Tage oben«, entschuldigte er sich zynisch grinsend. Damit ging er zur Tür. Er musste sich richtig bücken, um an die Klinke zu kommen!

»Herr Sterz«, rief ich flehend hinter ihm her. »Bitte, lieber, lieber Herr Sterz!«

Aber der liebe, liebe Herr Sterz latschte bereits auf

seinen Tretern Größe 51 meinem und Maries Untergang entgegen.

Marie kam an dem Abend überhaupt nicht mehr nach Hause. Ich saß stundenlang in meinem Gram vor dem Tagebuch und sann meiner Dummheit nach. Zwischendurch presste ich ein paar Tränen der Reue hervor. Was, wenn Sterz jetzt gleich zu Marie ginge und ihr sagte, was er wusste? Marie würde den hysterischsten aller Heulkrämpfe kriegen, ihre Mutter anrufen, diese auf das Wüsteste beschimpfen, und natürlich würde sie auf mich losgehen, vermutlich im Affekt mit Haarnadeln oder Heißluftbürsten oder was immer ihr im Moment in die Hände fiele. Ich wartete lange auf meine Hinrichtung, aber nichts passierte, und auch das Telefon blieb stumm. Es war zum Verzweifeln. Tausendmal formulierte ich Ausreden und Erklärungen, damit Marie mir verzeihen würde. Aber mir war völlig klar, dass Marie mir nie und nimmer so eine unglaubliche Hintertriebenheit verzeihen wird. Mit Schimpf und Schande werde ich hier rausfliegen, vielleicht bin ich heute Abend schon nicht mehr in meinem Bett. Es ist zum Verzweifeln! Dadurch, dass Marie überhaupt nicht gekommen ist, weiß ich auch nicht, was vorgefallen ist! Hat Sterz sie beim Friseur gefunden und ihr brühwarm gesagt, dass Paterne ihr Vater ist und dass sie sich die Carmen an den Hut stecken soll? Oder ist alles ganz harmlos, und sie ist mit Clemens Matulka scherzend und lachend ins Kino gegangen? Oder hat vielleicht Herr Rosenmondt sie sogar zu einem heimlich organisierten Treffen mit Paterne geleitet und sie liegt jetzt längst in den Armen ihres Vaters, ohne zu wissen, dass in diesen

Armen ihr eigenes Blut fließt? Ach, es ist zum Verrücktwerden! Warum kommt denn niemand und klärt mich über den Gemütszustand von Marie auf? Die Minuten schleichen. Ich muss hier raus. Ich werde einfach einen Spaziergang machen. Vielleicht lassen sich dabei die Gedanken besser ordnen.

Marie ist aufgetaucht! Als ich von meinem Spaziergang zurück kam, saß sie fröhlich auf ihrem Bett, trank Sherry und musste mir unbedingt sofort von diesem wahnsinnig verrückten Nachmittag und Abend erzählen, den sie gestern verbracht hat, obwohl sie nichts anderes geplant hatte, als zum Friseur zu gehen! Gerade nämlich, als sie zahlen und das Etablissement verlassen wollte, stürzte Matulka herein, der ein Tulpensträußchen bei sich hatte. Er war überglücklich, Marie gefunden zu haben und freute sich über seine Cleverness, auf Anhieb den richtigen Friseur ausgekundschaftet zu haben. Mit seiner wasserstoffblonden Statistin sei es aus, stieß er strahlend hervor, und da habe er sich sofort auf den Weg zu Marie gemacht. Da soll noch einer sagen, Tenöre wären dumm! Marie ist dann am Arm von Clemens Matulka durch die Getreidegasse geschritten, um sich ein Vorsingekostüm für Paterne zu kaufen, und sie ließ Matulka glauben, dass sie auf sein Urteil, was das Vorsingekostüm betraf, größten Wert legte. Matulka war stolz und überglücklich zugleich, Marie bei einem Einkaufsbummel begleiten zu dürfen, und als die beiden da so daher schritten, begegnete ihnen Echtwein, der gerade mit den Kandidaten sein Wettbewerbsprogramm geprobt hatte und sich nun einen großen Braunen im Café Tomaselli genehmigen wollte. Marie kam sich nun ausgesprochen deplaziert vor am Arme des stolz geschwellten, dümmlichen Tenors, noch dazu mit dessen Tulpenstrauß in der Hand, und sie ließ Matulka stehen und rannte zu Edwin. Mit dem trank sie dann Kaffee im Café Tomaselli, ließ die Tulpen dort auf dem Stuhl liegen und begab sich noch mit Edwin zu einer Klavierprobe ihrer Carmen-Arien. Herr Matulka hatte das Nachsehen, der Arme. Marie hatte dann eine wunderschöne, ausführliche und sehr erquickliche, szenische Probe ihrer Carmen auf dem Tisch mit Edwin Echtwein in einem abgelegenen Klavierzimmer, und erst gegen 23 Uhr, als der Pförtner schlüsselbundrasselnd über die Flure ging, kam man wieder zu sich und verließ einträchtig das Gebäude. Vor dem Mozarteum stand einsam und unbeweglich ein Mann mit einem Geigenkasten. Harald Gernhaber! Marie verabschiedete sich hastig von Edwin und versprach ihm, morgen wieder mit ihm zu proben, gesellte sich zu dem schon ganz steif gefrorenen Harald Gernhaber und wandelte mit ihm an der Salzach entlang. Hierbei gestand er ihr seine Liebe, schwor ihr, dass nicht eine einzige Geige in seiner muffigen Wohnung existiere, die auch nur annähernd so wohl tönend singe wie Marie, und redete sogar davon, alle seine Stradivaris einem städtischen Museum zu überantworten, wenn er dadurch Marie ein adäquates Leben bieten könnte. Marie lachte geschmeichelt und ehrlich gerührt, man blieb auf der Brücke stehen und sah sich tief in die Augen, als Marie aus dem noch nicht in Harald Gernhabers Bann gezogenen Augenwinkel am Ufer deutlich die riesige, unübersehbare Gestalt von Siegmund Sterz erkannte! Hier stockte mir nun der Atem, ich hörte auf, sensationslüstern zu nicken.

»Sterz? Siegmund Sterz? Meinst du, er war es wirklich?«

»Karla, ich schwöre es dir. So riesig und schwergewichtig kommt nur er daher! Und wie er in die Gosse gespuckt hat, das war hundertprozentig der Siggi!«

»Und?«

Marie lachte. »Ich hatte für gestern irgendwie genug geleistet«, sagte sie. »Immerhin habe ich heute einen anstrengenden Tag. Natürlich hätte ich den Harald stehen lassen und zu Siggi gehen können. Aber was hätte es gebracht? Ich muss mich für das Vorsingen schonen. Nein, es war schon besser, mich hinter Harald zu verstecken. Harald ist auch eher lyrisch, weißt du, er steht nicht darauf … Er ist da sehr …« Sie suchte nach passenden Worten.

»Ja?«, sagte ich und mein Herz klopfte wieder etwas normaler.

»Er hat Zeit«, sagte Marie knapp. »Dem läuft nichts davon.«

Bleibt zu erwähnen, was ich selbst gestern bei diesem Spaziergang erlebt habe: Beim Verlassen des Hotels gewahrte ich James Holzapfel, der sich unauffällig hinter einer Zeitung drapiert hatte und unentwegt auf den Aufzug starrte. Weil ich gerade so verzweifelt war und mein Problem nicht mehr für mich behalten konnte, setzte ich mich neben ihn. Er erkannte mich natürlich nicht.

»Ja bitte?«, sagte er und guckte mich irritiert an. »Herr Dr. Holzauge?«, sagte ich und wurde sehr rot. Fiel mir doch im gleichen Moment ein, dass der Mann »Apfel« heißt und nicht »Auge«! »Apfel«, sagte James der Undefinierbare. »Woher wissen Sie meinen Namen?«

»Von meiner Freundin Marie von Otten, Herr Doktor«, sagte ich, und sofort sprang er auf und wies neben sich auf das lederne Sitzelement, ich möge mich doch bitte setzen und was ich zu trinken wünsche. Ich sagte, dass ich eigentlich keinen Durst hätte, wohl aber ein großes Problem, und ob ich es ihm anvertrauen dürfe. Dabei ging mir durch den Kopf, dass Arzthelfer und diese ganze Berufssparte doch der Schweigepflicht unterliegen.

»Wenn Sie mir etwas über Frau von Otten zu sagen haben«, sagte Holzauge und faltete seine Zeitung zusammen, »dann kann ich ihnen versichern, dass die Informationen bei mir bestens aufgehoben sind. Ich bin nämlich ihr Arzt und weiß sowieso über alles Bescheid. Außerdem unterliege ich der ärztlichen Schweigepflicht.«

»Wer unterliegt der heute noch«, entgegnete ich wehmütig. Dann erzählte ich ihm, was passiert war. Dass ich mein Versprechen gebrochen und Sterz dieses alles entscheidende private Detail aus Maries Leben erzählt habe. »Habe ich irgendeine Möglichkeit, den Sterz am Reden zu hindern?«, fragte ich den Herrn Doktor.

»Nein«, war seine akademisch erschöpfende Antwort. »Herr Sterz unterliegt keinerlei Schweigepflicht. Sänger haben keine Schweigepflicht. Im Gegenteil …« Er lachte herzlich über seinen wenig gelungenen Scherz.

»Was aber, wenn Marie es auf diese Weise erfährt?«, fragte ich.

»Dann wird sie ärztlichen Beistand bitter nötig haben«, sagte Holzapfel selbstzufrieden und stand auf. »Bedenken Sie, was Frau von Otten eine Vaterfigur bedeuten könnte!«

»Vielleicht geben Sie Ihr im Notfall irgendetwas zur Beruhigung«, schlug ich lasch vor. »Sie hatten da doch letztens so ein wirksames Zeug …«

»Mädchen, das lassen Sie mal meine Sorge sein«, sagte James der Undurchschaubare.

Im Nachhinein bin ich mir nicht sicher, ob es richtig war, es gleich zwei Leuten zu erzählen, das Marie釉Paternes Tochter ist. Dieser Holzapfel sieht mir nicht so aus, als könne er den Mund halten, ärztliche Schweigepflicht hin oder her. Wenn der was hat, womit er Marie imponieren kann, dann packt der aus, der eitle Typ. Genau wie ich. Wir Menschen sind doch alle die gleichen Schwächlinge. Außer Willem. Willem kann schweigen.

Das große Finale hat stattgefunden, die Sieger stehen fest! Marie hat nicht das Geringste zu befürchten; unter den Preisträgerinnen ist überhaupt keine Dame, die nur entfernt an die Carmen erinnern würde. Die einzige Mezzosopranistin stammt aus Colorado, kaut Kaugummi und sagt: »Isn't it wonderful, Mom and Dad?« zu ihren auffallend bunt gekleideten Eltern in kurzen Hosen und Sandalen, die in ihrer Begleitung sind und ihr dadurch zwangsläufig die Karriere versauen. Sie kauen nämlich auch Kaugummi und finden es auch wonderful. Edwin Echtwein hat sehr gut Klavier gespielt, ich habe sehr gut geblättert. Mein letzter Job in dieser Hinsicht, wird doch das Preisträgerkonzert mit Orchester stattfinden. Ich habe jetzt nichts mehr zu tun und könnte eigentlich heimfahren, wäre da nicht Maries Auftrag, ihr sämtliche Liebhaber vom Hals zu schaffen, wenn Eugen Paterne in ihre Nähe kommt. Morgen werden die Proben für das Preisträgerkonzert beginnen. Spätestens da wird er Marie bemerken müssen. Ich habe jedenfalls noch nie davon gehört, dass ein Dirigent seine Solo-Sängerin nicht bemerkt, während er ihre Arie dirigiert!

Die Mitglieder der Jury haben ein Abschiedsessen im Hotel Prinzregent gegeben. Eingeladen waren die Preisträger und die lobend erwähnten Förderpreise. Der Pianist war auch eingeladen, und dank Maries vehementer Fürsprache auch die Blätterfrau, die so zuverlässig bei sechsundvierzig Kandidaten die Noten umgeblättert hat. Das war ich! Ich hätte vor Stolz zerspringen können. Alle Juroren nahmen an dem Essen teil, es gab geschwenkte Wildschweinkeule Louis Kääns in Pfeffersauce mit Trüffelchen in Sherry mit dem Rahm einer Eule. Der Vorsitzende der Jury, Herr Professor Zurlinde, klopfte beim Nachtisch mit einem Löffel an sein Puddingschälchen und hob an, eine Rede zum Besten zu geben. Die Preisträger schauten andachtsvoll zu ihm hinauf, wagten auch nicht, weiter auf ihren Tellerchen herumzukratzen, und auch kein Oberkellner in der näheren und weiteren Umgebung rührte sich klappernd oder sonst wie geschäftig von der Stelle.

»Meine lieben jungen Kollegen!«, sagte er zu den Preisträgern, und schon hatte er die Lacher auf seiner Seite. »Dieses Jahr war ein gutes Jahr!«, (Hahaha, lachten die Preisträger, und HAHAHA, lachten die Juroren!) »Der Weinstock hat gute, saftige Reben hervorgebracht, und die Weinkeller der Intendanten werden in Kürze um die allerbesten Jahrgänge bereichert werden« Die Preisträger erröteten vor Stolz und die Juroren erröteten vor Scham. Nur Echtwein und ich, wir erröteten nicht, sondern ließen eine Schokoladenzehe auf der Zunge zergehen, allerdings geräuschlos, das gebietet der Anstand in solchen Situationen.

»Wir haben dieses Jahr wieder die Besten unter den Besten auswählen dürfen«, gab Zurlinde seinen Lieblingskalauer zum Besten, »und es war eine dankbare, eine lohnende Aufgabe!« Marie bugsierte nun auch eine Schokoladenzehe auf ihren kleinen Löffel, weil sie sich die zusammengeschwindelte Rede des Herrn Zurlinde versüßen wollte. »Morgen nun wird für uns alle die eigentliche Krönung des Wettbewerbes stattfinden« – er sah sich Beifall heischend um – »morgen werden wir alle dem großen, in seiner Art einzigartigen Meister des Taktstockes gegenüberstehen, und, meine lieben jungen und älteren (er hüstelte) Kollegen – das sind die Augenblicke im Leben eines Sängers, die er hinüberretten wird in das Schatzkästlein seiner Erinnerungen, nicht die Höhe der Gage, nicht die Anzahl der Beifallsbezeugungen (nicht das Geschwafel des Vorsitzenden), nein, die erste Begegnung mit diesem sagenumwobenen, ja, ich möchte sagen, Unikum auf seinem Gebiet … Sie wissen alle, von wem ich spreche … Meine lieben jungen Kolleginnen … (den Rest ließ er weg, also die alten Kolleginnen und die Kollegen schlechthin), bitte, denken Sie an meine Worte, wenn sie ihm morgen gegenüber stehen werden … verlieren Sie alle Scheu, wie sie ja auch vor der Jury Ihre Scheu verloren haben, als sie merkten, dass Sie Ihren Stimmbändern, Ihren sonstigen Fähigkeiten vertrauen dürfen … Er ist ein Mensch wie Sie und ich, meine Damen und Herren, und er ist vielleicht ebenso gespannt auf die erste Begegnung mit seinen jungen Interpreten des diesjährigen Preisträgerkonzertes, wie Sie auf ihn. Sicherlich ist auch für einen Dirigenten von solchem Rang und Namen die erste Begegnung mit seinen Künstlern unendlich wichtig, ja, ich denke, wir sollten alle daran denken, wenn wir ihm morgen zum ersten Mal gegenüberstehen. Zeigen Sie, dass Sie Profis sind, meine lieben Preisträgerinnen und Prsstrgr … (trink nicht soviel, Mann! dachte ich besorgt), und darauf einen Dujardin!« Er war froh, seine Rede glücklich in die Endkurve gebracht zu haben und hob sein Glas. Die jungen preisgekrönten Stimmbänder – und -innen lachten und klatschten. Marie aß Pudding. Sie dachte wahrscheinlich darüber nach, ob es Zweck hatte, die Nacht mit einem beschwipsten väterlichen Professor zu verbringen und seinen Heimwerkererlebnissen zu lauschen oder ob sie sich nicht zweckmäßigerweise für ihre erste Begegnung mit Eugen Paterne schonen sollte. Echtwein warf ihr einen glasigen Blick zu. Ob er noch mit ihr proben wollte? Jedenfalls war es ein würdiger, ein stilvoller Abend, und die Rechnung ging sowieso an den Bundesmusikrat e.V.

Heute Nacht passierte etwas Schreckliches. Marie erlag einem Anfall von Husten, Schüttelfrost und Hysterie. Ich versorgte sie, so gut es ging, mit Aspirin und kalten Halswickeln, aber es half nichts: Heute Morgen hatte sie über 39,5 Fieber. Wie ungerecht doch die Welt sein kann! Wo sie doch gestern Abend nach einem sehr kurzen Spaziergang mit Echtwein zu dessen Hotel sofort nach Hause gekommen ist! Na gut, zugegeben, sie hat noch bis zwei Uhr mit Dr. Holzapfel ihr Innenleben analysiert, aber dann war sie auch schon im Bett! In welchem, ist mir momentan nicht bekannt. Morgens um fünf jedenfalls hatte sie Durchfall und Erbrechen, und ich kümmerte mich um sie. Zweckmäßigerweise rief ich um acht Uhr den diensthabenden Arzt, Herrn Dr. Vettelhuber, Franz Alois, und stand besorgt und zitternd vor Panik vor dem Zimmer, während Dr. Vettelhuber Marie den Puls fühlte und ihre Zunge besichtigte und auf ihrem Bauch herum drückte und was ein Doktor der Medizin sonst noch so zu tun pflegt. Mir gingen schreckliche Gedanken durch den Kopf: Marie ist krank und kann im Preisträgerkonzert nicht auftreten. Sie wird niemals ihrem Vater begegnen, sie wird niemals nach Paris gehen und niemals die Carmen singen. Ich werde niemals Willem bekommen und niemals glücklich werden. Gut, dass Dr. Vettelhuber nach einer halben Stunde wieder herauskam und mir ein ellenlanges Rezept in die Hand drückte. Ich besorgte in der Apotheke all das Kraut, was der federhutgeschmückte Doktor Vettelhuber in wilder Hast aufgeschrieben hatte, und setzte mich dann neben Maries Bett. Sie erbrach sich noch ein paarmal, aber Durchfall hatte sie keinen mehr. Sie fieberte und phantasierte vor sich hin. Entsetzlich, elendiglich, und ganz und gar ungerecht! Wieso traf es Marie ausgerechnet jetzt, wo sie anständig gewesen war und im Begriff, auf völlig neutrale Weise ihren Vater kennen zu lernen?

Müde und frustriert sank ich auf meinen Stuhl nahe der Lagerstatt. Meine Gedanken übertrafen sich gegenseitig an Schwärze. Marie reist ab, weil sie sterbenskrank ist. Willem begleitet sie in ein Sanatorium, wo sie trotz Vanille-Eis-Beuteln auf ihren Stimmbändern stirbt. Willem errichtet ein Grabmal ganz aus Vanille-Eis welches ständig durch Kühlelemente unter minus fünf Grad gehalten werden muss. Diese Maßnahme schafft Arbeitsplätze für alle vierzig Familienmitglieder von

Frau Krotoschyin. Marie und Harald Gernhaber sterben eng umschlungen in einem Gemeinschaftsschlafraum der Jugendherberge. Nur eine einsame Geige aus Harald Gernhabers Brotkasten hält klagend Totenwache. Marie stirbt in den Armen von Heyko Zurlinde in seinem selbstgebastelten Büro. Die Söhne hämmern einen Sarg zusammen. Die graue Vorzimmermaus ruft ein Bestattungsinstitut an. Dabei verwählt sie sich und fängt an zu lachen. Marie stirbt in der Umklammerung von Siegmund Sterz auf der Bühne. Sie wird geradezu zerquetscht. Tausende von Zuschauern brüllen vor Wonne. Die Sterbearie hat Überlänge. Das Publikum spendet tosenden Beifall. Marie wird von dem kindischen Tenor Clemens Matulka in den Orchestergraben geschubst, wo sie an einem Kontrabass zerschellt. Der zahnlose Schwiegervater lacht sich kaputt, und Rosenmondt mit dt spielt auf seinem Cello ein Scherzo. Marie wandert unerkannt und stimmlos mit Edwin Echtwein als blinder Passagier nach Amerika aus. Dort stirbt sie in der Wüste von Death Valley an Unterernährung und Halluzinationen. Echtwein spielt auf einem Klavier, das gar nicht existiert. Marie stirbt durch die Eifersucht von Robert, dem Entenhalter, der sie ins offene Küchenmesser von James Holzapfel laufen lässt. Marie stirbt durch einen Sturz vom Barhocker, als sie gerade mit Rainer dem Agentenheini aus Düsseldorf einen Tango tanzen will.

Nach über einer Stunde dieser trüben Gedanken kam Dr. Vettelhuber gedankenvoll an mir vorbei geschritten. »Marie schläft jetzt. Sie sollen sich das grüne Kostüm anziehen und zu Paterne gehen. Vermeiden Sie es, ihm vorzusingen, aber überzeugen Sie ihn davon, dass Marie die beste Carmen aller Zeiten ist!«

Ich tat, wie geheißen und ließ mich im hoteleigenen Rolls Royce zu Paternes Landsitz im Salzkammmergut fahren. Eine Haushälterin in weißer Schürze öffnete die Tür. Ich hieß den Chauffeur warten und warf ihm einen Geldschein lässig auf den Schoß. Er tippte an seine Mütze.

Paterne stand in seinem Musikzimmer und dirigierte einige Enten, die vor seinem Fenster auf dem See quakten. In der anderen Hand hielt er eine Partitur. Es war »Carmen«.

»Frau von Otten, treten Sie näher«, sagte Paterne und legte die Partitur auf den Flügel. Ich trat näher.

»Legen Sie ab«, sagte Paterne und die Haushälterin zerrte an Maries Nerzmantel.

»Den lasse ich an«, sagte ich. »Mir ist letztens in einem ähnlichen Etablissement schon ein Ozelot weggekommen!«

»Wollen Sie nicht zuerst Platz nehmen«, sagte Paterne. Die Haushälterin schob mir einen Sessel in die Kniekehlen. Ich sank darauf nieder. Paterne ging zum Flügel und spielte ein paar Takte der Habanera. Er sah ganz gut aus für einen Mann Mitte sechzig. Weiße Haare, leichte Fönwelle, Hausjoppe in weinrot und Jeans. Der total lässige Freizeitlock für den weit gereisten Dirigenten. »Ich denke an dieses Tempo«, sagte Paterne und pfiff das Tempo, an das er dachte.

Ich nickte. »Prima Tempo!«

»Und die Seguedilla«, sagte Paterne und spielte das andere Motiv.

»Ist gebongt«, sagte ich.

Paterne blickte mich verwundert an. »Die Kartenarie …«, sagte er und wollte wieder einige Takte spielen.

»Geht auch klar, die Kartenarie«, sagte ich lässig. »Gar kein Problem. Egal welches Tempo.«

Paterne stutzte.

»Ich meine, ich singe sowieso alles, was Sie wollen!«

Herr Paterne hörte auf, an seinem Flügel Leitmotive aus »Carmen« zu klimpern und sagte zu der Haushälterin, sie möge eine Erfrischung bringen.

»Sie sprechen ja doch deutsch!«

»Wie meinen, gnädige Frau?«

Ich blickte mich suchend um, aber es war keine gnädige Frau zu sehen. »Na ja, Hartmut, das ist der Solo-Cellist aus Ihrem Orchester, der sagt, Sie sprechen nur französisch, weil sie ein arroganter Hammel sind.«

»Frau von Otten, ich denke, wir sollten jetzt ein wenig über Sie sprechen und nicht mehr über mich«, sagte Paterne.

»Ist klar, machen wir«, sagte ich. Bis jetzt, fand ich, hatte ich Marie großartig vertreten. Es sollte noch soweit kommen, dass Paterne überhaupt nicht merken würde, dass ich gar nicht Marie war! Ich beschloss, ihn in eine Plauderei zu verwickeln, sodass er das Vorsingen völlig vergessen würde.

»Also?«, fragte Paterne. »Was hatten Sie für eine Ausbildung?«

»Eine prächtige!«, beeilte ich mich zu sagen und lächelte ihn an.

»Was wollen Sie damit sagen?«

»Na ja, Abitur habe ich ›glaub‹ ich nicht, aber meine Mutter hat mir das Singen beigebracht und mein Gatte hat eine Vanille-Eis-Fabrik«, sagte ich selbstbewusst und schlug die Beine übereinander.

»Wo haben Sie studiert?«

»Am Konservatorium«, wusste ich wahrheitsgemäß zu antworten.

»Bei wem?«

»Ein väterlicher Professor. Er ist ein begnadeter Heimwerker. Erst letztens hat er mit Hilfe seiner Söhne in der Garage einen Weinkeller …«

«Frau von Otten, ich möchte Sie doch um vollständige Beantwortung meiner Fragen bitten!«

»Ja, mach ich, ist klar. Also Heyko Zurlinde hieß der Mann. Ist aber nicht mehr wichtig.«

»Der Vorsitzende der Jury?«

»Ja, ja«, spielte ich die Sache herunter.

»Aber Himmel, wieso ist der Mann nicht wichtig?«

»Och«, sagte ich und wippte mit den Fußspitzen. »Darüber möchte ich im Moment nicht sprechen.«

»Hatten Sie künstlerische Differenzen?«

»Künstlerische eigentlich nicht.« Paterne schwieg und schüttelte den Kopf. Kann sein, dass er jetzt drauf gekommen ist, dass Marie was mit Zurlinde hatte! Mist. Das wollte ich doch gerade verhindern! Die Haushälterin brachte Sherry. Ich trank zwei Gläser davon hintereinander aus.

»Frau von Otten, ich möchte Sie bitten, dass Sie mir einige Takte vorsingen!«

»Ist klar, mach ich«, sagte ich. »Aber erst trinken wir noch einen!« Ich dachte, dass ich eventuell besser bei Stimme sein würde, wenn ich etwas betrunkener wäre.

»Kastagnetten fliegen bei euch in der Küchenschublade wahrscheinlich nicht rum?«, wandte ich mich an die Haushälterin. Um Paterne von seinem unguten Vorhaben abzulenken, brachte ich das Thema auf Echtwein. »Mein künstlerischer Begleiter«, lallte ich, »das ist auch kein Mann von Wichtigkeit.«

»Na und?«, fragte Paterne.

»Nur damit Sie Bescheid wissen«, sagte ich und goss mir einen weiteren Sherry ein. »Ich bin im Moment ganz frei für Veränderungen!«

»Sie arbeiten also nicht mehr mit Ihrem Herrn … Begleiter?«

»Echtwein ist ein Weichei«, sagte ich und unterdrückte einen Schluckauf.

»Mein Mann spielt dafür sehr gern Tennis«, fuhr ich ungefragt fort. Paterne guckte starr auf mein Gesicht. »Er kriegt zwar keinen Ball übers Netz, aber er hat den gleichen Schläger wie Boris Becker.« Ich trank noch einen Sherry. »Mein Sohn ist ein fetter Brocken und meine Mutter eine hysterische, alte Hexe. Sie war mal im Chor, und sie behauptet, sie hatte mal was mit Ihnen.«

»Frau von Otten, ich denke, es ist besser, wenn Sie jetzt gehen!«, sagte Paterne und stand auf. Die Haushälterin kam herbeigelaufen. Sie hatte keine Kastagnetten gefunden. Sie schwankte merkwürdig, so als würde sie nicht auf der Erde stehen.

»Ich kann Ihnen auch gern noch was singen!«, sagte ich, als ich den Nerzmantel um mich schlang. Er war mir viel zu groß.

»Singen Sie nichts, verschwinden Sie bloß! Und Ihrem Sohn ziehe ich die Ohren lang«, brüllte Paterne und die Haushälterin riss dem Nerzmantel büschelweise Federn aus. Es waren lauter Pfauenfedern, und plötzlich hatte Paterne eine Stimmgabel auf dem Kopf. Ich kippte hastig noch zwei Sherry herunter. Draußen auf dem Kiesweg war kein Rolls-Royce zu sehen. Einige fette Enten watschelten schadenfroh schnatternd den Weg herauf.

»Engagieren Sie doch eine von denen!«, rief ich schadenfroh. »Sie werden schon sehen, was Sie davon haben!«

»Sagen Sie Ihrer Mutter, ich werde ihr die Rechnung schicken!«, schrie Paterne und schlug mit einer Peitsche nach den Enten. Die Federn von den Enten und die Federn von meinem Nerzmantel flatterten über den Kiesweg.

»Keine einzige von diesen dummen Gänsen hat so viel Klasse wie Marie!«, heulte ich. »Hundertfünfzig Liebhaber in einem Jahr! Sie ist die einzige Carmen auf der Welt!«

Die Haushälterin schrie: »Sie sollten doch die Schnauze halten!«, und plötzlich war es Frau Pfefferkorn. Sie nahm Paterne am Arm und schob ihn ins Haus zurück. Als sie sich noch einmal umdrehte, keifte sie: »Und sagen Sie Marie, wir werden ihr die Rechnung schicken!!« Ich muss sagen, ich war froh, als ich aufwachte. Es war ein scheußlicher Traum.

Marie geht es besser. Sie kann schon wieder Tee trinken und kichern und ihre Tasse küssen.

Dr. Vettelhuber war da und auch Dr. Holzapfel, den Marie, kaum dass sie ihrer Sinne wieder mächtig war, in St. Wolfgang am Wolfgangsee angerufen und zur Kontrolle der Vorgehensweise seines österreichischen Kollegen herbeibestellt hat. Ich war zugegebenermaßen wie zerschlagen von der Nacht auf dem Stuhl und bat darum, mich in mein Hinterzimmer zurückziehen zu dürfen. Ich sollte mich jedoch zur Verfügung halten, falls Marie Verwendung für mich hat. Dr. Vettelhuber händigte mir ein Beruhigungsmittel aus, das ich Marie im Notfall geben soll. Das mache ich sehr gerne. Es ist wichtig, dass Marie jetzt Schlaf kriegt. Im Schlaf erholt sich der Körper. Würde Mama jetzt sagen. Und die hat immer Recht.

Marie hat Eugen Paterne vorgesungen. Ich musste draußen warten, weil Marie ganz allein mit Paterne sein wollte. Das ist verständlich, nach so vielen Jahren. Leider musste aus rein praktischen Gründen ein Pianist dabei sein, und das war natürlich Edwin Echtwein. Ich stand laut Anweisung von Marie vor der Tür des Vorsingeraumes, um gegebenenfalls eine Klavierstunde bei Edwin zu fordern, falls Marie mit Paterne allein sein wollte. Aber sie kam schon nach kurzer Zeit wieder raus, mit Echtwein.

»Wie war's?«, fragte ich atemlos.

Marie und Echtwein blickten einander vielsagend an. Marie kicherte schließlich nervös. »Gut war's, glaube ich. Oder?« Sie sah fragend auf Edwin, der sich eine Zigarette angesteckt hatte.

»Hm«, sagte er, den Rauch ausblasend.

Ich blickte von einem zur anderen. »Soll ich … gehen?«

»Hm«, sagte Edwin und blies wieder Rauch aus.

»Soll sie?«, fragte Marie Edwin. »Sie geht sofort, wenn man ihr das sagt.«

Edwin wand sich etwas hin und her. Dann ließ er sich zu folgender Erklärung hinreißen: »Gleich kommt noch eine, die muss ich auch begleiten.«

Wir starrten ihn sprachlos an, besonders ich, weil ich ja wusste, wer da noch kommen würde. Die mehlige Kartoffel mit dem klingenden Namen Sieglinde.

»WAS?«, schrie Marie ihn an. »Das ist nicht dein Ernst. Sag, dass das nicht dein Ernst ist!«

Echtwein rauchte und schaute versonnen seinen Schwaden nach. »Ich bin hier auch nur angestellt«, sagte er schließlich entschuldigend zu Marie. »Es ist doch nur eine reine Formsache. Ich begleite schnell die andere und dann gehen wir beide noch zu mir … proben.«

»Ich probe nicht mit dir, wenn du gerade von einer anderen kommst!«, schluchzte Marie und rannte davon.

Das violette Kostüm sah unwahrscheinlich gut an ihr aus, besonders, wenn sie rannte.

Edwin guckte mich böse an. »Na, laufen Sie ihr schon nach! Auf was warten Sie!«

»Ich hatte den Eindruck, Marie erwartet das Gleiche von Ihnen«, wagte ich zu stammeln.

»Mensch, sind Sie schwer von Begriff! Ich muss hier noch begleiten!«, fuhr er mich an.

Mich durchzuckte ein Geistesblitz. »Ich kann doch die Sterz begleiten!«, sagte ich eifrig zu Echtwein.

Das ließ er sich nicht zweimal sagen. »Endlich kommt von Ihnen mal was Brauchbares!« Bevor er davon stürmen konnte, drückte ich ihm noch das Beruhigungsmittel in die Hand, das Dr. Vettelhuber mir – also ihr – verschrieben, und das ich immer noch in meiner Handtasche hatte.

»Nur falls sie sich unnötig aufregt«, rief ich dem Wegeilenden nach. Das wird sie mir bestimmt niemals vergessen, dass ich so umsichtig und spontan gehandelt habe. Zugegeben, ich hätte selber ein Beruhigungsmittel gebraucht, als ich da so allein auf dem Flur stand und nicht wusste, ob ich Herrn und Frau Sterz sowie Herrn Kapellmeister Paterne als Pianistin auch willkommen sein würde. Aber um mich ging es ja nun wirklich nicht. Hastig trommelte ich einige Fingerübungen auf die Fensterbank. Zugegeben, ich habe seit Monaten keine Taste mehr angerührt, aber vom Zuschauen lernt man doch auch etwas, hat jedenfalls Echtwein behauptet, damals, als er mich überredete, mit auf die Konzerttournee in die Provinz zu gehen. Und die Carmen-Arien habe ich ungelogen schon zweihundertmal umgeblättert.

Da hörte ich auch schon Stimmen und Schritte auf der Treppe. Herr und Frau Kammersänger wälzten sich wie Panzer auf soeben erobertes Gebiet! Ich räusperte mich, fuhr mir noch schnell durch die Haare und zupfte an meinem Pullover. Seit ich mich wie Marie kleide und bewege, sehe ich fast selbst wie Carmen aus. Carmen für die Armen.

Ohne mich auch nur eines Blickes zu würdigen, walzten Siegmund und Sieglinde Sterz an mir vorbei, rissen ohne anzuklopfen die Tür auf und verschwanden im Vorsinge-Raum. Drinnen hörte ich Stimmen; sie begrüßten sich und rückten Stühle und räusperten sich und sogar ein kleiner, ungezwungener Scherz zur Auflockerung der förmlichen Situation wurde gemacht. Dann wurde es still. Ganz ohne Zweifel vermisste man Echtwein. Ich stand wie ein Kaninchen, das aus Versehen aus seinem Stall ausgebrochen ist, steif und panisch vor der Tür und traute mich nicht, hinein zu gehen. Ich wollte mich in Bewegung setzen, aber meine Beine gehorchten mir nicht. Meine Hände waren so schweißnass, dass ich mir nicht im Geringsten vorstellen konnte, sie gleich zum Spielen der drei Carmen-Arien benutzen zu können. Ausgeschlossen. Am liebsten wäre ich weggelaufen, ganz heimlich und feige, aber selbst dazu war ich nicht fähig.

Die Tür wurde aufgestoßen und Sterz erschien, sich bückend, im Rahmen. »Wo ist dieser Klavierspieler?« An den Wänden und vom Treppenhaus her hallte seine Stimme wieder. Das Treppengeländer drohte aus den Fugen zu geraten, als Sterz sich suchend darüber beugte. Endlich mochte Herr Kammersänger Sterz sich nicht mehr mit seinem Echo zufrieden geben und geruhte, sich meiner Wenigkeit zuzuwenden. »Wissen Sie, wo dieser Echtwein ist?«, dröhnte er mich an. Ich schätze, er erinnerte sich nicht daran, mir jemals im Leben begegnet zu sein.

Stumm und eingeschüchtert schüttelte ich den Kopf.

»Aber Sie stehen doch hier schon eine ganze Weile«, intonierte er drohend. »Sie müssen ihn doch gesehen haben!« Zehen haben – Zehen haben …, schallte das Echo aus dem Treppenhaus.

»Weggegangen«, war das Einzige, was ich in meiner Verwirrtheit auszustoßen imstande war.

»Kommt er wieder?«, bollerte Sterz mit rabenschwarzem Timbre. Ich zuckte die Schultern. »Vielleicht … morgen irgendwann …« Sterz bückte sich, um wieder durch den Türrahmen in das Innere zu gelangen. Hinter sich ließ er die Tür zuscheppern. Ohne größere Anstrengung konnte ich verstehen, was drinnen gesprochen wurde.

»Da draußen steht die bescheuerte Kleine, die immer bei der Otten ist, und sie behauptet, der Echtwein wäre weg und käme erst morgen wieder.«

»Ja, aber das ist doch …«, sagte eine wesentlich leisere Männerstimme, also vermutlich die von Herrn Paterne. Dann hörte ich die Stimme von Prallgunde, Siegfrieds

Weib, staunend, aber nicht piano sagen: »Die Kleine von der Otten? Die kenne ich! Die kann Klavier spielen! Holt sie rein!« Noch einmal versuchte ich, mich in Luft aufzulösen oder einfach zu Stein zu werden, aber da kam der Riese schon wieder und sagte, wobei er einen seiner rechten Backenzähne zynisch grinsend entblößte: »Ich höre, Sie können Klavier spielen?« Mit diesen Worten nahm er mich am Arm und schob mich vor sich her.

»Eigentlich nicht besonders gut«, versuchte ich mir Gehör zu verschaffen, aber da saß ich auch schon auf dem Klavierschemel. Sieglinde knallte mir die Noten vor die Nase, genau wie damals bei Frau Pfefferkorn. Diesmal hatte sie keine Wanderschuhe an, sondern dunkelviolette U-Boote mit Schleife vorne drauf, sehr apart. Den Oberkörper hatte sie in ein zitronengelbes Zelt gezwängt, welches sehr eindrucksvoll ihren üppigen Busen umgab, und darunter steckte sie in schwarzen Hosen, schätzungsweise Größe 56. Ausführlicher konnte ich sie leider nicht betrachten, denn schon sollte ich mit dem Spielen beginnen. Glücklicherweise ist die Habanera wirklich nicht schwer, und die d-moll-Akkorde am Anfang kann jedes Kind. Ich spielte sie ohne Fehler und baute sogar noch die Echtweinschen Raffinessen ein.

Sieglinde atmete sehr gründlich ein, wie sie das damals auf dem Pfefferkornschen Teppich gelernt hatte, und schmetterte dann los, dass sich die Balken bogen. Zwischendurch war ich mir nicht sicher, ob ich noch spielte oder nur lautlos die Tasten einer Attrappe runterdrückte, wie damals die orthodoxe Griechin im Studentenheim, so sehr gellten mir ihre Töne um die Ohren. Es war eine außerordentlich überernährte, wuchtige und fett timbrierte Carmen, die da von leerem Gestühl widerhallte, und Siegmund, der Gatte, lümmelte zufrieden in der fünften Reihe und kratzte sich im Hemdausschnitt herum, während Herr Paterne ruhelos im Saal herum wanderte, wahrscheinlich, weil er den Krach sonst nicht ertragen hätte.

Es kommt nun wirklich darauf an, ob Paterne wirtschaftlich rechnet. Für dreimal so viel Masse und fünfmal so viel Lautstärke auf der Bühne muss er rein theoretisch genauso viel Gage zahlen wie für Marie, die tatsächlich nicht besonders laut singen kann. Anders gesehen: Paterne kann wohl nicht umhin, sein Orchester gründlich zu verstärken, wenn es überhaupt noch eine Chance haben soll, aus dem Graben heraus vernommen zu werden. Im Endeffekt wird Sieglinde mit Sicherheit teurer kommen, da werden die Pariser Steuerzahler sich aber bedanken! Außerdem: welcher Tenor oder Bass will es denn mit Sieglinde aufnehmen? Nicht nur stimmlich, meine ich, sondern auch rein von der Darstellung her. Es wirkt einfach nicht besonders glaubhaft, diese Matrone blind vor Liebe zu umarmen und wegen ihr sogar einen Eifersuchtsmord zu begehen. Da tippen sich die Opernfreunde doch an die Stirn!

Als die fette Sieglinde ausgeschnaubt hatte und das leere Gestühl noch unter ihren letzten Tönen nachvibrierte, sagte Paterne, seine Wanderung unterbrechend: »Exzellent, Madame!« Warum er dabei mich anschaute, weiß ich nicht. Siegmund Sterz nickte gönnerhaft mit dem strähnigen Haupt und ich blickte verlegen auf meine zitternden Finger. Das Nilpferd kletterte von der Bühne, und der Busen schwappte mehrmals unter dieser Erschütterung. »Tja«, sagte Paterne, und jetzt erst sah ich ihn zum ersten Mal richtig, »Nun bin ich vor eine schwere Entscheidung gestellt.«

Er sah gut aus, viel besser als in meinem Traum. Ich fand sogar, dass er eine gewisse Ähnlichkeit mit Marie hat, er fabrizierte auch dieses Strahlen in den Augen und verzog so schelmisch den Mund. Jedenfalls hatte er graumeliertes, üppiges Haar, war schlank und mittelgroß und hatte eine sehr gepflegte, leicht gebräunte Haut. Gekleidet war er in eine Art weißen Russen-Kittel mit Stehkragen und Stickereien am Bündchen, etwas Ähnliches hatte mal Frau Krotoschyin für Maximilian genäht. Nur in klein, versteht sich. Eugen an sich: Ein Rasse-Mann für die reifere Frau. Marie wird total auf ihn abfahren.

»Inwiefern schwere Entscheidung?«, gurrte Sieglinde und ordnete ihre Noten.

»Vorhin hat mir bereits eine andere Dame vorgesungen«, teilte Paterne uns mit. »Sie erwies sich auf völlig andere Weise als Sie – ebenfalls als sehr geeignet. Die eine ist was fürs Auge, die andere was fürs Ohr. Bitte Letzteres nicht persönlich zu nehmen.« Er tätschelte Sieglindes Arm. »Ich möchte mir die ganze Sache noch einmal reiflich überlegen.«

»Wie lange wird das etwa dauern?«, fragte Sieglinde und schenkte ihm ein inniges Lächeln.

»Sie hören in Kürze von mir«, sagte Paterne, küsste Sieglinde die fette Patschhand und klopfte Siegmund jovial auf die Schulter. Dieses war nur möglich, weil Sterz nach wie vor saß.

Ich trat zu Sieglinde, die sich gerade aus dem schweren Gestühl auf die Beine quälte. Dabei geriet sie mehr ins Keuchen als bei den Arien zuvor.

»Ähm, ich hab hier was gegen Lampenfieber und unnötigen Stress«, sagte ich.

»Was soll ich denn damit?«, rief Sieglinde im vorderen Nasen-Stimmbein-Sitz.

»Bevor ich auf die Bühne gehe, trinke ich ein, zwei doppelte Whisky!«

»Tja, aber sicher ist sicher«, sagte ich und steckte ihr das Briefchen mit den Pillen in die Handtasche. »Kann ja sein, dass Sie doch noch Verwendung dafür haben.«

Paterne verabschiedete die Sterzens nun freundlich, aber bestimmt.

»War schön, Sie wieder mal zu sehen«, sagte er. »Ich würde mich freuen, wenn es wieder zu einer Zusammenarbeit kommen würde!«

»Geht nicht, ich bin bei Kurz und Knapp noch drei Jahre fest!« Siegmund klaubte sich die Zigarette hinter dem Ohr hervor, die er dort deponiert hatte. Jetzt steckte er sie an. »Scheiße mit den Agenturen!«

»Tja«, sagte Paterne und hob die Achseln. »Da kann man nichts machen. Aber die gnädige Frau wäre frei?« Sieglinde beteuerte, sie sei flexibel und könne sich gegebenenfalls sofort nach Paris begeben. Damit war das Vorsingen beendet und man verließ freundlich plaudernd den Raum.

Von mir nahm niemand der drei Notiz. Ich nehme an, sie hatten mich einfach vergessen, das kann ja vorkommen. Glücklicherweise hatte keiner von den dreien einen Schlüssel, sodass niemand mich aus Versehen einschloss. Eine ganze Zeitlang saß ich vor dem Flügel, unfähig, auch nur einen Ton darauf zu spielen. Ich hatte nichts anderes im Kopf als die Angst, Sterz könne Paterne jetzt erzählen, dass Marie seine Tochter ist.

Endlich, nach einer kleinen Ewigkeit, wie mir schien, fing ich an, die Carmen-Arie vor mich hin zu klimpern. Es machte Spaß, mal wieder einen herrlich gestimmten, wertvollen Konzertflügel unter meinen Fingern zu haben. Nach einer Weile begann ich, die Melodie mit zu singen. Dabei imitierte ich zuerst Marie, dann Sieglinde. Ich fing an zu kichern. Mit dem Timbre von Marie und der Lautstärke von Sieglinde schmetterte ich alle drei Carmen-Arien, bekam sogar die hohen Töne ohne Mühe, und das, obwohl ich noch niemals ernsthaft etwas gesungen habe! Wahrscheinlich gerade deshalb, begab ich mich gedanklich in nebeliges Terrain, und erinnerte mich schemenhaft an die Aufkleber im Übehaus des Konservatoriums: »Wer übt, kann nichts.«

Schließlich hatte ich mich so in Rage gesungen, dass ich auf den Tisch kletterte und das Triangel-Lied sang. Ich stampfte mit den Beinen und klatschte in die Hände, ich schnippte mit den Fingern und wippte mit den Hüften.

Ach, das tat wohl, endlich mal alle meine Sorgen zu vergessen. Gut, dass mich niemand gesehen und gehört hat. Jetzt ging es mir wirklich besser.

Gestern war Marie nicht mehr zu finden; ich nahm an, sie sei bei Echtwein in dessen Hotel, obwohl Echtweins Hotel mindestens drei Sterne weniger hat als unseres! Aber Marie ist nicht so materiell eingestellt. Wenn ihr jemand gefällt, dann kann er auch ein ganz armer Mann sein, nur untadelig muss er sein und meistens auch irgendwie originell. Robert mit der Ente zum Beispiel, oder Harald Gernhaber, die hatten doch was Eigenes, die waren durchaus außergewöhnlich in ihrer Lebensweise. Auch Zurlinde mit seinem Heimwerken macht ja auf Marie nachhaltigen Eindruck, und James Holzauge in seiner Undurchdringlichkeit schließlich auch. Clemens Matulka ist in seiner Art ein sorgloser Scherzbold, den muss man einfach mögen. Dass Siegmund Sterz gewisse außergewöhnliche Qualitäten hat, habe ich wohl schon mal erwähnt. Einzig, was sie an Echtwein findet, ist mir bis heute nicht klar. Ich werde sie bei Gelegenheit mal fragen. Natürlich. Sie hat einen Sohn von ihm. Wenn sie das auch niemals erwähnt. Aber so etwas verbindet natürlich. Ich selbst vergaß noch zu erwähnen, dass ich Zurlinde im Festspielhaus an der Vorverkaufskasse getroffen habe. Er fragte mich, wo Marie sei, eine Frage, die mich inzwischen langweilt. Als ich sagte, ich wisse es nicht genau, ließ er sich zu der sorgenvollen Bemerkung herab: »Sie macht mir einen sehr angeschlagenen Eindruck. Ist wohl alles in letzter Zeit ein bisschen viel für sie.«

»Sie weiß nicht, dass Paterne ihr Vater ist«, sagte ich so ganz nebenbei. Zurlinde fiel der Unterkiefer herunter. Ich berichtete ihm, dass Dr. Vettelhuber ihr erst vor kurzem ein Beruhigungsmittel verschrieben habe. Ich streckte ihm ein Briefchen zu und er bot sich an, ihr bei Gelegenheit etwas davon zu geben. Dann trennten sich unsere Wege, weil Herr Direktor Zurlinde noch Premierenkarten für seine Gremiumsmitglieder kaufen musste.

Nachmittags erschien Marie. Sie hatte immer noch – oder, was wahrscheinlicher ist, schon wieder – ihr violettes Vorsinge-Kostüm an und wollte erst einmal ausführlich duschen und im Morgenrock in ihrer Suite umherlaufen. »Rate, wen ich getroffen habe!«, sagte sie schließlich und hatte dabei wieder dieses Leuchten im Blick. »Echtwein?«, fragte ich, weil das nahe lag.

»Nein, Quatsch! Edwin ist ein totaler Versager! Ich war wahnsinnig wütend auf ihn. Weißt du, was der Schwächling getan hat? Mir nachgelaufen ist er, und hat einfach nicht das zweite Vorsingen begleitet! Hinter mir her gerannt kam er wie ein kleiner Junge und hat gestammelt, er könne ohne mich nicht leben und solche Albernheiten! Ich habe gesagt, er soll endlich nach Amerika auswandern und nicht immer nur davon reden, oder er soll wieder zu seiner Erika gehen und ihr das Gleiche sagen, dann weint sie bestimmt vor Glück! Das ist ja das Letzte, dass er den Paterne einfach hängen gelassen hat! Unmöglich, völlig unprofessionell ist der!« Ich nickte mit offenem Mund.

»Oder findest du das etwa männlich?«, fragte sie mich böse.

»Nein«, beeilte ich mich zu sagen. »Der Echtwein ist 'ne absolute Flasche.«

»Ja, nicht wahr?«, freute sich Marie. »Der Meinung bin ich auch.« Dann erzählte sie, sie habe Echtwein absolut cool stehen gelassen und sei zum Hotel gelaufen, um sich zu entspannen und Willem anzurufen. In der Hotelhalle habe allerdings James Holzapfel gewartet. Ob das nicht unglaublich rührend sei, dass dieser Mann stundenlang in der Hotelhalle auf sie gewartet habe?

Ich bekam schon wieder fürchterliches Herzklopfen. Blass vor Schreck merkte ich an, dass ich es auch sehr rührend von Herrn Dr. Holzapfel fände, dass er sich so zeitintensiv um sie kümmere, und was er denn gewollt habe? Sie lachte beglückt.

»Ja, was wohl?!« Ich blickte beschämt zu Boden. Dass ich da aber auch immer so auf der Leitung stehe!

»Und dann?«, fragte ich, Beklemmungen unterdrückend. »Habt ihr euch unterhalten?« Marie machte ein Gesicht, als könnte sie mich wegen meiner Dämlichkeit nur noch bemitleiden. »Natürlich haben wir uns unterhalten! Dieser Mann ist Psychologe, weißt du! Wir haben grundsätzlich hoch interessante Dinge zu besprechen! – Er hat mir aber auch ein Medikament gegeben, gegen Panikattacken und so was. Ist er nicht süß?«

Ich nickte zerknirscht.

»Seine Doktorarbeit handelt von Panikattacken bei Kindern, die von ihren Eltern verlassen wurden.«

»Aha.«

»Er ist wie ein Vater zu mir«, sagte sie gerührt.

»Bitte?«

»Na, er kümmert sich um mich, flößt mir Säfte ein …«

»Was für Säfte?« Mir wurde ganz schwindlig.

»Vitamine, Mineralstoffe und Spurenelemente. Lebenselixiere eben. Er weiß genau, was mir fehlt.«

»Was fehlt dir denn?« Außer einer Tracht Prügel, hätte ich am liebsten hinzugefügt, aber es hätte ja sowieso nichts gebracht.

»Liebe.«

»LIEBE? Dir fehlt Liebe?«

»Ja, klar. Meine Mutter hat mich nie geliebt, und mein Vater natürlich auch nicht. Deshalb hole ich mir die Liebe ja auch anderswo. Voll logisch, oder?« Sie strahlte, als hätte sie das Ei des Kolumbus erfunden.

Nachdem Marie mir von ihren Abenteuern der letzten Nacht erzählt hatte, fiel ihr nämlich ein, wonach sie mich schon die ganze Zeit hatte fragen wollen: »Wie hat denn die andere gesungen?«

»Grauenvoll.«

»Wirklich? Ganz ehrlich?«

»Absolutes Pianisten-Ehrenwort! Der Flügel sei mein Zeuge!«

»Und wie findest du ihn?«

»Super! Er war wirklich blitzsauber gestimmt, und samtweich im Anschlag und die schwarzen und weißen Tasten waren genau da, wo ich sie in Erinnerung ha …«

»IHN!! Eugen Paterne! Wie findest du ihn?«

»Nun ja, er ist ein berühmter Dirigent …«

»Und als Mann?«

»Als Mann … nun ja, das ist sicherlich Auffassungssache«, faselte ich und überlegte, wie ich Paterne als Mann finden würde, sollte ich mir darüber jemals Gedanken machen müssen.

»Ist er nicht UNWAHRSCHEINLICH???«

»Unwahrscheinlich was?«

»Ach Karla, du bist eben noch schrecklich jung«, sagte Marie mitleidig. »Komm du erst einmal in mein Alter. Es ist völlig klar, dass du dich nur für Typen wie Ludger interessierst. Völlig klar. Hab ich in deinem Alter auch getan.«

Ich wollte entgegnen, dass ich mich gar nicht für Ludger interessiere, aber Marie war bereits damit beschäftigt, sich darum zu sorgen, was sie bei der Klavierprobe mit Paterne anziehen sollte, jetzt wo er doch schon das Grüne UND das Violette kennt. Also ließ ich sie allein, weil sie sich konzentrieren musste. Wie gut, dass ich meinen Vater schon gut genug kenne, und mir nicht jedes Mal, wenn ich ihn sehe, ein neues Kostüm kaufen muss.

Marie wollte, dass ich bei der Klavierprobe umblättere. Sie hatte ihr blassgelbes Reisekostüm an, als sie in Echtweins Kastenwagen stieg, um zur Klavierprobe zu fahren. Ich bot mich schnell an, mit öffentlichen Verkehrsmitteln zu fahren, weil ich das Gefühl hatte, Marie und Echtwein müssten erst ihren jüngsten Konflikt ausdiskutieren, bevor sie in der Lage waren, noch eine weitere Person in ihrem Kastenwagen zu dulden. Es hätte mir auch nichts ausgemacht, mit dem Bus oder der Pferdedroschke zu fahren, wie das hier in Salzburg üblich ist, aber Marie war überraschenderweise strikt dafür, dass ich im Kastenwagen mitfahre. Sie hatte keine Lust auf Streit mit Echtwein, weil sie ihre Stimme schonen musste.

Paterne hatte wieder diesen weißen Künstlerlook an, mit Stehkragen und folkloristisch bunter Zierstickerei am Saum. Ausgesprochen apart und außergewöhnlich kleidet sich dieser Mann, und ich bin ziemlich sicher, dass Marie von dem Russenkittel sehr beeindruckt war. Echtwein fiel in geradezu provozierend schlampiger Weise gegen ihn ab, im lappigen Hemd mit beigefarbenen Cordhosen, echt billig und fantasielos. Er ist eben kein Künstler, sondern bloß ein Handwerker. Sagt Marie auch immer. Das ist der feine Unterschied, der sich nur dem musikalisch Eingeweihten offenbart. Ein echter Künstler latscht niemals mit beigefarbenen Cordhosen daher und raucht völlig normale Filterzigaretten auf dem Flur. Echtwein ist kein bisschen außergewöhnlich. Von wegen Ente auf dem Teich oder tausend Stradivaris in der Heimwerkersauna. Der doch nicht! Was Marie nur an ihm findet! Jedenfalls zischte sie mir zu, dass ich mich gegebenenfalls um Echtwein kümmern solle, falls Paterne mit ihr in Ruhe und unter vier Augen die Carmen-Partie künstlerisch anlegen wolle. Ich hob kurz und knapp den linken Daumen, als Zeichen unserer wortlosen Eingeschworenheit.

Dann begann die Probe. Paterne hüpfte überraschend sportlich vor Echtwein auf und nieder, um ihn zu dirigieren. Das hatte er gestern auch mit mir gemacht, und wir hatten uns prima verstanden, Paterne und ich. Nur Sieglinde hatte dabei gestört. Marie war aufgeregt und räusperte sich und schüttelte über ihre mangelhafte sängerische Leistung immer wieder den Kopf und ich dachte, wann versteht Paterne denn endlich die Botschaft und bricht die Probe ab und sagt, dass die liebe gnädige Frau blass aussieht und vielleicht eine Kleinigkeit mit ihm essen gehen will?

Zum ersten Mal sang Marie die Arien auf französisch. Extra für Paterne und Paris! Wie intellektuell und klug sie doch ist! In der Originalfassung hört sich das Ganze auch viel erotischer an, finde ich, und außerdem sollte jede Darstellerin der Carmen in Zukunft nur noch ein blassgelbes Reisekostüm tragen. Es putzt ungemein.

Paterne war wie erwartet sehr angetan. Er sagte nämlich zu Marie, dass er gern über die Gestaltung der Rolle mit ihr allein sprechen wolle, und dass der Herr Pianist gehen könne. Echtwein litt wie ein Wurm.

Mit hängenden Schultern schlichen wir davon, der Herr Pianist und ich, störten wir doch nur die künstlerisch geladene Atmosphäre. Für mich ist das ja nichts Neues, ich komme schon recht gut damit klar, dass ich irgendwo störe und mich unauffällig verdrücken muss, aber für Echtwein ist das nach wie vor eine unbeliebte Übung. Es ging ihm dermaßen an seine männliche

Eitelkeit, dass er tatsächlich begann, mit mir zu reden. Freiwillig! Er sprach mit mir! Privat, meine ich! Ich war dermaßen überrascht, dass ich ihn in seine bevorzugte Kneipe begleitete, ein gläsernes Bistro mit dünnbeinigen übertrieben hohen Höckerchen und Tischen, an denen man einen Blattsalat mit Shrimps und solche überflüssigen Neureichen-Delikatessen vertilgen kann. Das taten wir dann auch, aber Echtwein bekam vor lauter Appetitlosigkeit noch nicht mal das tote Meeresgetier herunter. Er tat mir schrecklich Leid, wie er da so ohne Rückgrat wie verkochter Spargel auf dem dünnbeinigen Hocker saß und seinen Salat nicht anrührte.

»Sie kann es nicht lassen, sie kann es einfach nicht lassen!«, stammelte er fassungslos und rührte in seinem Cocktail.

»Was kann sie nicht lassen?«, fragte ich vorsichtshalber, obwohl ich schon weiß, was Marie nicht lassen kann.

»Sie hat ihn richtiggehend provoziert«, sagte Echtwein verbittert.

»Aber nein«, sagte ich tröstend. »Sie hat nur die Carmen interpretiert! Das gehört zum Stück!«

»Quatsch mit Soße!«, grunzte Edwin. »Sie hat noch niemals so die Carmen gesungen! Das war ja ausgesprochen übertrieben! So kriegt sie den Alten auch nicht auf ihre Seite! Ins Bett kriegt sie ihn, aber in Paris nimmt er die Sterz!«

»Aber Herr Echtwein!«, sagte ich tadelnd. »Wie reden Sie denn von Marie! Ich denke, Sie sind befreundet!«

»Be-FREUN-det!«, schnauzte Echtwein mich an und brachte fast sein Cocktailglas zu Fall. »Ich LIEBE sie, schon immer, und das wissen Sie genau!«

»Schreien Sie doch nicht so«, sagte ich leise. »Die Leute verstehen das hier völlig falsch!«

»Kann JEDER hören!«, brüllte Echtwein und schubste im emotionalen Affekt seine Salatschüssel quer über den Tisch. »Ich habe nichts zu verbergen! Ich liebe sie! Ich habe mich für sie scheiden lassen! Weil das die Bedingung war! So ist das!«

Der alternative Edel-Softie hinter dem Tresen hörte auf, Gläser zu polieren und starrte uns an. Ein paar Pärchen an den anderen Tischen blickten gespannt zu uns herüber. Ich wurde sehr rot, weil die ganze Sache jetzt echt die Ausmaße eines ausgewachsenen Missverständnisses annahm.

»Aber Herr Echtwein!«, versuchte ich es noch einmal im Guten. »So mäßigen Sie sich doch!«

»Ich will mich aber nicht mäßigen! Ich liebe sie! Bis zum Wahnsinn! Mein ganzes Leben habe ich für sie hingeschmissen! Und sie? Muss man es denn mit jedem, der einen Schwanz hat, treiben? Das ist unerträglich, UN-ER-TRÄG-LICH!«

»Die Leute denken, Sie sprechen von mir!«, zischte ich. »Haben Sie das Beruhigungsmittel noch? Bitte machen Sie doch Gebrauch davon!«

»Weiber sind doch alle gleich!« Edwin war nun völlig außer sich und schubste auch noch das Cocktailglas weg, sodass es an der Salatschüssel zerschellte.

»Herr Echtwein!«, zischte ich und fasste ihn am Cordärmel. »Herr Professor Echtwein!«, fügte ich hinzu, der Leute und des falschen Eindruckes wegen, den diese durch seinen unkontrollierten Gefühlsausbruch ja bekommen haben mussten. »So kommen Sie doch wieder zu sich!«

Er tat mir so wahnsinnig Leid in seiner ungezügelten Leidenschaft! Plötzlich floss mein Herz über von Mitleid und mein Mund von tröstenden Worten. Vergessen waren die 2, 3, 4 Klavierstunden, die er mir nicht gegeben hatte. »Herr Echtwein«, sagte ich und fuhr mit dem Zeigefinger durch den ausgelaufenen Cocktail auf der Tischplatte. »Sie müssen sich in diesem Fall überhaupt keine Gedanken machen. Marie wird ganz bestimmt nichts mit Herrn Paterne anfangen!«

Echtwein sah mich mit geschwollenen Stirnadern böse an. »Wieso nicht?«, fauchte er beleidigt. »Bis jetzt hat sie noch mit jedem was angefangen, der sie nur nach der Uhrzeit gefragt hat!«

»Weil sie seine Tochter ist«, sagte ich sachlich. Wie schnell mir doch diese äußerst geheime Botschaft inzwischen über die Lippen geht! »Ja! Sie ist seine Tochter.«

Echtwein starrte mich an, als hätte ich einen Frosch ausgespuckt. Der Softie hinter dem Tresen und die anderen Paare starrten auch. Niemand brachte einen Lappen für den Cocktail oder machte sonst irgendetwas, das von der Angelegenheit hätte ablenken können. Ich hätte mir am liebsten die Zunge abgebissen. Ich hatte doch der alten Pfefferkorn geschworen, die Sache nicht weiter zu erzählen! Und nun wussten es schon drei verschiedene Leute! Aus meinem geschwätzigen Munde! Ich wollte doch nur nicht, dass ein Keil zwischen die beiden getrieben wird! Schließlich hatten sie doch ein Kind zusammen! Da wird man sich noch Jahrzehntelang zusammen raufen müssen! Der arme Echtwein musste doch auch an seine Zukunft denken!

Jedenfalls nahm er meinen Finger aus dem Cocktail,

riss ihn an sein Cordhemd und sagte: »Schwören Sie das!«

»Paterne ist Maries Vater, so wahr ich hier sitze«, machte ich mich unnötig wichtig. »Ich weiß es von Frau Pfefferkorn. Marie weiß es nicht. Paterne weiß es auch nicht. Aber wir zwei wissen es.« Ich lächelte selbstzufrieden.

»Aha«, sagte Echtwein. »Paterne also.« Er ließ meinen Finger wieder los. »Klar, der war Ende der fünfziger Jahre bei uns in Berlin an der Oper als Korrepetitor.«

»Na also«, sagte ich fröhlich. »Dann ist ja alles klar. Machen wir uns keine Gedanken und gönnen wir Marie das wohl verdiente Wiedersehen mit ihrem Vater.«

Abwesend starrte Echtwein an mir vorbei. Dann rutschte er plötzlich von dem überlangen Hocker, knallte dem Wirt einen Schein auf den Tresen und verließ die Örtlichkeit.

Ich aß langsam und gedankenverloren seinen Salat mitsamt dem Meerestier auf. Auf einmal war ich mir nicht mehr sicher, ob es richtig von mir war, ihn in Frau Pfefferkorns und mein Geheimnis einzuweihen. Der Mann erwies sich doch als überraschend labil. Vielleicht hätte ich es mir doch lieber verkneifen sollen …? Ich fühlte mich gar nicht wohl in meiner Haut.

Ach, warum musste der Frosch der Geschwätzigkeit auch wieder aus meinem Munde kriechen! Könnte ich ihn doch an die Wand werfen und zum ewigen Schweigen bringen!

Diesmal wollte ich nicht die ganze Nacht im Hotel sitzen und rätseln, warum Marie nicht nach Hause kommt. Ich hielt es einfach nicht aus, alleine und im Unklaren zu sein. Der einzige Mensch, zu dem ich Vertrauen haben konnte, war Gernhaber, dieser Geigen sammelnde Harald, der zur Zeit an einem Seminar über Geigenbau teilnahm. Marie hatte mir erzählt, dass er in der Jugendherberge wohnte, oben auf der Burg, und ruhelos und trostbedürftig lief ich dorthin. Die Jugendherberge schloss um zweiundzwanzig Uhr, und ich hatte Glück, noch eingelassen zu werden.

Harald Gernhaber saß im Gemeinschaftsraum und trank Früchtetee aus einer weißen dicken Tasse. Ein matschiger Teebeutel mit der Aufschrift »Fixbutte« lag zusammengekrümmt auf dem schmuddeligen Holztisch. Gernhaber schlürfte in kleinen Schlucken behaglich das anregende Gebräu und befingerte ein Holzstück, das er vermutlich zu einer Geige umgestalten wollte. Als er mich sah, zog er sich sofort seine Holzpantinen an, die er selbstvergessen unter dem Tisch geparkt hatte, und kam auf mich zu. Einige Jugendliche, die lärmend und schwitzend um die Tischtennisplatte rannten, hielten kurz inne, um mich anzublicken. In solchen Momenten schießt mir immer der eitle Gedanke durch den Kopf, ich sähe vielleicht gar nicht mehr so unattraktiv aus wie früher. Aber für solcherlei Hoffärtigkeit war kein Platz in diesen bewegten Zeiten.

»Hallo!«, sagte Gernhaber. »Wo ist Marie?« Ich erwähnte wohl bereits, dass ich die Frage nicht mehr hören kann.

»Ich weiß es nicht«, sagte ich.

»Ist was mit Marie?«, fragte Gernhaber und legte das Holzstück aus der Hand.

»Wird das eine Geige?«, fragte ich, um die Aufmerksamkeit von Marie abzulenken.

»Das wird eine Zarge«, sagte er.

»Aha, eine Zarge also«, gab ich mich fachkundig. Das gab mir den Mut, nicht zu verzargen. Wer Zargen bastelt, ist auch anderem weltpolitischen Geschehen gegenüber aufgeschlossen.

»Ich habe ein Problem«, leitete ich das Thema des Abends ein. Genug der unverbindlichen Plaudereien. Die führen zu nichts.

»Mit Marie?«, fragte Gernhaber und trug den modderigen Fixbuttebeutel, der auf grausame Weise Ähnlichkeit mit einem gebrauchten Tampon hatte, zu einem Mülleimer, der mit »Atomkraft – nein danke«-Aufklebern übersät war.

»Indirekt schon«, verniedlichte ich die Situation. Gernhaber meinte daraufhin, ich sollte warten, er holte sich nur rasch etwas zum Überziehen. Wir könnten vielleicht hinaus gehen in den Burghof.

Ich wartete also betreten zwischen randalierenden Tischtennisplattenumrundern und betrachtete die Zarge, die Harald Gernhaber so liebevoll geschnitzt hatte. Richtig hübsch war sie geworden, die Zarge, und sie würde auch eines Tages eine Geige im Gernhaberschen Badezimmer zieren, da war ich mir sicher. Harald erschien in einer grauen, grob gestrickten Joppe, nahm die Zarge, steckte sie wie ein junges Kaninchen unter seine wärmende Joppe und ging mit ihr und mit mir in den Hof hinaus. Es war lau und sehr romantisch, und ich begriff nicht, wie man als Jugendlicher ohne Sorgen in so einer Nacht schwitzend und kreischend um eine Tischtennisplatte herumlaufen kann, wenn draußen der Vollmond leuchtet und die Glühwürmchen schwirren. Ich begriff ehrlich gesagt auch nicht, wie man in so einer Nacht bei lauwarmem Fixbuttetee an einer Zarge schnitzen kann, aber das war Haralds Angelegenheit und nicht meine. Ich war einigermaßen dankbar, dass Harald bereit war, seine Aufmerksamkeit vorübergehend mir zuzuwenden und die Zarge zu vernachlässigen.

Zuerst schwiegen wir ein bisschen und lauschten nur den Klängen, die Harald Gernhabers Holzpantinen auf dem mittelalterlichen Kopfsteinpflaster verursachten.

An der Mauer, wo tagsüber Tausende von Touristen stehen und die Dächer der Stadt fotografieren, blieben wir stehen und guckten auf die Lichter. Die beleuchteten Kuppeln des Domes, der Residenz und der Kirchen St. Peter und den anderen bombastischen Bauwerken sahen beeindruckend und romantisch aus. Ob hier schon Wolfgang Amadeus und das Nannerl leise summend gestanden hatten? Die Bäume unterhalb der Mauer auf dem Hügel wiegten sich sanft und leise rauschend im Wind.

»Ich habe da vielleicht etwas Dummes gemacht«, begann ich und blickte auf die Lichter, die vor meinen Augen verschwammen. Harald Gernhaber schwieg und gab mir die Gelegenheit, mich zu fassen und meine Gedanken zu klaren Worten zu formulieren. »Wissen Sie, ich bin Maries beste Freundin«, sagte ich und hoffte, meine Stimme würde aufhören zu schwanken. Harald bejahte, er wisse es. »Ich will immer nur das Beste für Marie!«, beteuerte ich. Auch das wusste Harald, wie er mir nickend zu verstehen gab. Welch einfühlsamer, großartiger Mensch. Kein Schwätzer. Ein Zargenschnitzer durch und durch. Ich gewann immer mehr Vertrauen.

»Nun weiß ich seit einiger Zeit, wer ihr Vater ist«,

brachte ich die Angelegenheit zögerlich ans Laufen, darum bemüht, nicht wieder gleich alles auszuplaudern.

»Marie weiß es nicht, und der Vater weiß es auch nicht.« Gernhaber nickte verständnisvoll. Die Lichter der Stadt blinkten mir freundlich zu. Rede nur, mein Kind, sagten sie. Hier will dich keiner übervorteilen. Du bist ein so liebes Mädchen und führst nichts Arges im Schilde. Rede nur, wenn es dich erleichtert.

»Nur ich weiß es«, wiederholte ich, »und ein paar Vertrauenspersonen, die aber an die Schweigepflicht gebunden sind.«

»Geistliche?«, lenkte Gernhaber die Sache ins Sakrale.

»Ärzte und so«, bog ich das Ganze wieder zurecht.

»Und Marie?«

»Marie weiß es nicht.«

»Magst du es ihr denn nicht sagen?«, fragte Harald gütig.

»Nein«, sagte ich unsicher, »Frau Pfefferkorn hat mich gezwungen zu schwören ...« An dieser Stelle erschien es mir angebracht, ein bisschen zu weinen. Im Grunde bin ich doch ein ganz armes Mädchen. So jung und so überfordert. Ich kann das einfach auf Dauer seelisch nicht verkraften! Ich habe schließlich keinen Mann und keine Freundin, – jedenfalls keine, die sich für meine Belange interessiert –, keinen Liebhaber, keinen Lehrer und keinen Verehrer. Meine Eltern sind weit weg und würden die ganze Sache auch keineswegs gutheißen. Ich habe niemanden.

Gernhaber fand es wohl auch echt bewegend. Er lieh mir ein weißes Schnupftuch, aus dem ein getrocknetes Blümchen fiel.

»Und jetzt wirst du mit dieser Belastung nicht mehr fertig?«, tütete er das Problem ein.

Ich nickte heftig Zustimmung. Er hatte es ohne viel Aufhebens verinnerlicht. Ein Auf-den-Punkt-Bringer aller erster Güte. Ich schnaubte herzhaft in sein Tuch und gab ihm auch das Blümchen wieder, das beinahe von der Burgmauer gesegelt wäre.

»Wer ist denn ihr Vater?«, fragte Harald mitfühlend. »Vielleicht kann ich es ihr sagen! Oder ihm. Oder beiden!«

»NEIN!«, rief ich entsetzt. »Frau Pfefferkorn will es Marie selber sagen, bei passender Gelegenheit!«

»Ja, ist sie denn in Salzburg?«

»Nein«, gab ich zu. »Sie weiß aber, dass Marie ihren Vater hier trifft. Und die Befürchtung ist nicht so abwegig, dass Marie …« Ich schluckte und heulte und konnte mich gar nicht mehr beruhigen.

»Mit ihm schläft?«, fragte Harald.

»Genau«, sagte ich und hörte auf zu heulen.

»Ja dann …«, sagte Harald Gernhaber und kratzte sich den zugewachsenen Nacken.

»Was machen wir denn da?« Wir schwiegen lange.

»Und Sie wollen mir gar nicht sagen, wer Maries Vater ist?«

Doch, doch, genau das wollte ich. Dafür hatte ich mich ja das steile Kopfsteinpflaster hinauf bemüht.

Die Lichter blinkten, und die Bäume rauschten und der Mond leuchtete. Die Zarge lag auf dem Mäuerchen und war grau.

»Paterne ist ihr Vater«, sagte ich. Es war ungeheuer erleichternd, es endlich sagen zu dürfen. Harald Gernhaber antwortete nicht. Ich hatte mit einer ähnlich fassungslosen Reaktion gerechnet.

»Sie dürfen es Marie aber ganz bestimmt nicht sagen!«, rief ich dramatisch. »Das ist Frau Pfefferkorns Geheimnis!«

»Ich kenne diesen Herrn leider nicht«, sagte Harald enttäuscht. »Wie sollte ich es ihr dann sagen?«

»Sie KENNEN Paterne nicht?«, schrie ich den arglosen Zargenschnitzer an. »Eugen Paterne! Den Dirigenten der Pariser Staatsoper!«

»Um Namen und Titel kümmere ich mich nicht«, sagte Gernhaber schlicht. »Mich interessiert nur das Material, das in einem Charakter steckt.« Er blickte auf die Zarge, und mir war nun endgültig klar, dass dieser Typ einfach zu gut ist für diese Welt.

»Aber wie konnten Sie dann an Marie geraten?«, fragte ich ratlos. Gernhaber bewies die Gelassenheit eines echten Zargenschnitzers. »Marie ist ein wundervoller Mensch«, sagte er, und zerrupfte verträumt das getrocknete Blümchen, »ein richtiger Paradiesvogel. Man muss ihn nur fliegen lassen.«

»Ja, aber ich muss dauernd ihre Paradiesvogelscheiße wegmachen«, murmelte ich verdrossen.

Harald Gernhaber wollte solcherlei Dinge nicht mit mir diskutieren. »Ich tue für Marie, was ich kann. Jederzeit, bis ans Ende meines Lebens.«

Etwas anderes hatte ich von Harald Gernhaber auch gar nicht erwartet. So ein Mann wie er liebt ganz und gar, mit Haut und Haaren. »Hier. Das ist was ganz Leichtes, Ungefährliches, Homöopathisches«, sagte ich und steckte Gernhaber ein Briefchen mit den Vettelhuberschen Pillen zu. »Geben Sie es Marie, wenn Sie glauben, sie hat es nötig. Von Ihnen geht eine so beruhigende Wirkung aus.«

Gernhaber steckte die Pillen achtlos ein. »Ich glaube, ich muss jetzt schleunigst zurück in die Jugendherberge, sonst schließt der Herbergsvater die Tür ab und ich weiß nicht, wo ich meine Zarge heute Nacht unterbringen kann. Das Holz verzieht sich nämlich bei Feuchtigkeit und Kälte.«

Damit setzte er sich in Marsch. Die Holzpantinen klapperten über das Kopfsteinpflaster. Ich stand noch ein paar Minuten am Mäuerchen und überlegte, ob ich mich hinunterstürzen sollte. Aber dann kam ich doch zu der Erkenntnis, dass es ungeheuer befreiend und erleichternd für mich war, mich endlich einmal einem Menschen anvertraut zu haben. Ich habe keinen Grund zur Verzweiflung. Morgen ist das Preisträgerkonzert. Marie braucht mich. Ich muss stark sein.

Heute ist Maries großer Tag! Sie singt sich ein, in ihrer apricotfarbenen Badewanne. Obwohl sie behauptet hat, ein Profi singe niemals in der Badewanne, das täten nur Amateure. Aber sie ist sehr glücklich. Sie hat die Nacht mit Paterne verbracht! Paterne sei ein leidenschaftlicher Zocker, sagt sie, und sie seien bis zum Morgengrauen im Spielcasino gewesen. Ich solle es aber niemandem sagen, dass dieser weltberühmte Mann einer Spielsucht unterliegt. Sie findet es unglaublich rührend, dass er so kindliche leuchtende Augen kriegt, sobald sich das Glücksrad dreht. Obwohl er einige Hunderttausend Schilling verloren hat, waren er und Marie die ganze Nacht glücklich. Marie ist hingerissen von Paterne. Ich habe bang gefragt, ob sie ... heute Nacht ... noch etwas anderes getan hätten, als das Glücksrad gedreht. Sie hat mich geheimnisvoll angelächelt und gesagt, ich müsse ja nicht alles wissen.

Ich soll nun weggehen, damit sie ihre Ruhe hat. Bis mittags hat sie geschlafen, weil das die Stimmbänder entspannt. Nach dem Bad will sie noch mal die Carmen-Partie überarbeiten, aber ohne Echtwein! Das ist allerdings schon ein gefährliches Zeichen. Ich habe überall Plakate hängen sehen, von dem großen Preisträgerkonzert. Es sind insgesamt sechs Kandidaten, die ihre besten Arien vortragen werden. Nach der Pause singen die Jury-Mitglieder selbst! Wenn da der Zuhörer nicht übermäßig verwöhnt wird! Zurlinde hat bescheiden auf seinen Auftritt verzichtet und Marie das Feld überlassen. Siegmund Sterz singt natürlich den Alberich und den Rigoletto, zwei sehr unterschiedliche Partien, die stilgerecht interpretiert sein wollen. Und als Krönung des Gespanns: die Sieglinde. Mit Brüllhilde, erster Akt, Prallgunde, zweiter Akt und Schreiholde bis zum Finale. Arme Marie. Abgesehen davon, dass sie zwischen einem Ehepaar steht, was ja schon mal eine Zumutung für sie sein dürfte, muss sie auch noch in Kauf nehmen, dass Sieglinde optisch und akustisch den meisten Platz im Festspielhaus für sich beansprucht. Hoffentlich ändert Paterne seine Meinung nicht. Er will Marie. Ich weiß es. Sieglinde ist zu fett. Nein, nein, ich sollte mir keine Sorgen machen. Marie hat die Carmen schon so gut wie in der Tasche.

Etwa vier Stunden vor Maries Auftritt im großen Festspielhaus passierte etwas Überraschendes: Mutter Pfefferkorn rauschte in ihrem für diese Jahreszeit etwas unpassenden Ozelot-Mantel durch die Hotelhalle, gefolgt von Willem!! Ich war starr vor Schreck und wurde knallrot im Gesicht. Willem! Seit Tagen und Nächten denke ich an niemand anderen! Plötzlich steht er da in der Hotelhalle! Ich hatte gerade in der Apotheke ein paar Tranquilizer für Marie besorgt, die Doktor Vettelhuber ihr vorsichtshalber noch verordnet hatte, nachdem ich ihr davon berichtet hatte, wie laut und ohrenbetäubend fett Sieglinde die Carmen interpretiert. Marie leidet unerklärlicherweise an schrecklichen Panikattacken. Obwohl sie überhaupt keinen Grund dazu hat! Aber natürlich holte ich ihr das Schlafmittel. Auf dem Beipackzettel stand: »Für Lampenfieber, nervöses Herzklopfen, Einschlafprobleme und Sprechangst, bei situationsbedingtem Stottern, Schweißausbrüchen und Prüfungsstress«. Ich bin nicht sicher, ob es vorteilhaft ist, wenn Marie ein Schlafmittel vor dem Konzert nimmt, schließlich wird es live im Fernsehen übertragen. Aber Marie muss es wissen. Sie kennt sich schließlich am besten und hat bis jetzt immer getan, was für sie richtig war. Und dann standen Willem und Frau Pfefferkorn in der Halle! Gerade, als ich aus der Apotheke kam! Mit lauter, tragender Stimme bestellte Frau Pfefferkorn ein Zimmer, »aber ruhig und ohne Klimaanlage«!

»A Doppelzimma?«, fragte das schmucke Dirndl an der Rezeption und schaute verbindlich zwischen Frau Pfefferkorn und Willem hin und her. Willem räusperte sich verlegen und guckte auf seine Tennistasche, die er bei sich hatte.

»Nein, der Herr schläft bei meiner Tochter!«, sagte Frau Pfefferkorn pikiert.

»Aha, und wo befindet sich das Fräulän Doochta?«, fragte die nette Maid und schaute immer noch verbindlich.

»Meine Tochter ist kein Fräulein«, sagte Frau Pfefferkorn etwas zu schrill, »und sie wohnt bereits seit zwei Wochen in Ihrem Hause. Bitte veranlassen Sie das!« Die Maid lächelte nicht eine Spur unverbindlicher als zuvor.

»Was, bittä, gnä Frau, soll i denn jetzt veronlossn?«

»Dass MEIN SCHWIEGERSOHN bei MEINER TOCHTER SCHLÄFT!«, schrie Frau Pfefferkorn völlig genervt. Wahrscheinlich war ihr in dem Pelzmantel etwas warm geworden. Willem, der sich bis jetzt höflich zurückgehalten hatte, sprang der lieben, verehrten Schwiegermama in erwartet galanter Weise bei: »Frau von Otten. Zimmer vier, glaube ich.«

»Ah, die Suitä«, sagte die Maid, und dann zeigte sie auf mich, die ich mit meinem Schlafmittel in der Halle stand. »Die jungä Damä wohnt aber auch bä der gnädigen Fraa! Bittschön, wenns rrecht ist!«

Es war keinem der Anwesenden recht. Ich näherte mich zögernd. Willem! Wie gut er doch aussah! Obwohl er kein Reptil auf der Brust hatte, sondern einen Anzug mit Krawatte trug, wie sich das für den Schwiegersohn von Frau Pfefferkorn gehört, war er wieder mal perfekt gekleidet.

»FRÄULEIN Umweg!«, sagte Frau Pfefferkorn.

»Hallo Karla!«, grüßte erfreut der einzige Mann meines Lebens. Wir gaben einander die Hand und nickten und freuten uns und stammelten, dass wir uns lange nicht gesehen hätten und was der andere denn hier mache.

»Marie ist oben«, sagte ich, als ich mich wieder gefasst hatte.

»Die gnä Fraa hat extra Wäsung gehm, doß nicht gstört werdn wüll«, sagte die Maid.

»Danke!«, erwiderte Frau Pfefferkorn übermäßig liebenswürdig zu der Maid und schleuderte ihr das Pelzcape auf den Tresen. »Ich weiß selbst, wen meine Tochter zu empfangen wünscht und wen nicht!«

Willem war merklich nervös – es zog ihn zu seiner Gattin, wie er unschwer verbergen konnte.

»Mama«, sagte er zu Frau Pfefferkorn, wobei er vornehm das zweite »ma« betonte, nicht etwa das erste, wie es alle deutschen Erdenbürger schon vom Windelalter an tun, »ich würde gern Marie begrüßen gehen. Warte doch bitte mit Karla hier in der Halle.«

Noch bevor der Drache ihm das verbieten konnte, sprang er schon leichtfüßig und sportlich die Treppen hinauf. Dieser Willem. So ein toller, natürlicher Mensch. Sterz und die meisten anderen wären bestimmt in den Fahrstuhl gestiegen. Harald, der Zargenschnitzer, hätte meiner Einschätzung nach wohl auch das Treppenhaus bevorzugt. Ich stand mit der schwitzenden Krähe in der Hotelhalle.

»Wie geht es Maximilian?«, fragte ich mit belegter Stimme, damit das peinliche Anschweigen ein Ende nahm. Frau Pfefferkorn ließ sich auf einem Lederpolster nieder und fächelte sich mit einer Apollinaris-Reklame Frischluft zu.

»Völlig verwahrlostes, verzogenes Kind«, sagte sie. Ich setzte eine fragende Miene auf. »Verwahrlost? Aber es hat doch eine Großmutter!«

»Ja, meinen Sie, ich würde gefragt? Marie fährt einfach in der Weltgeschichte herum, Willem geht jeden Tag in die Fabrik, und der arme Junge wächst bei einer Putzfrau und einer Polin auf!«

Ich sagte mitfühlend, dass das natürlich zwei besonders extreme Randgruppen der menschlichen Gesellschaft seien. Ob er denn schon einen gestörten Eindruck mache.

»Völlig überfüttert ist der Bengel«, höhnte sie, »und sprechen kann er natürlich noch kein Wort! Mit zweieinhalb Jahren! Marie hat in dem Alter schon die ganze Zauberflöte aufgesagt, und die Götterdämmerung, und zwar ohne Fehler!«

Ich unterdrückte das Bedürfnis, Frau Pfefferkorn den gesamten Inhalt meines soeben erworbenen Schlafmittels einzuflößen, und verlegte mich auf schlichtes Nicken. Nur fort, liebe Großmutter, immer heraus mit dem Frust! Karla ist für die ganze Familie da.

»Laufen kann er natürlich auch noch nicht richtig«, fuhr sie in ihrer Litanei fort. »Diese Ausländerin kann ihm weder das Sprechen noch das Laufen beibringen!« Dann guckte sie mich mit ihrem Adlerblick an. »Wann dürfen wir denn mal wieder mit Ihnen rechnen? Was? Oder steht das schöne Apartment jetzt ganz nutzlos leer? Wie? Als was sind Sie denn eigentlich bei uns angestellt? Kriegen Sie Ihre Ferien auch bezahlt?«

Ich teilte ihr liebenswürdig lächelnd mit, dass ich mich nicht als Angestellte des Hauses betrachte, und mich auch zur Zeit nicht in Ferien befinde. Ich sei als Freundin von Marie mit von der Partie.

»Was haben Sie denn da in der Tüte, zeigen Sie mal her!«

Ich zeigte Frau Pfefferkorn bereitwillig das Beruhigungsmittel. Sie riss es an sich, studierte den Beipackzettel und nahm sich dann gleich zehn Pillen raus. »Die kann ich selber ganz gut brauchen!«

Ich sagte ihr, dass ich sie eigentlich Marie geben wollte, gegen das Lampenfieber.

»Papperlapapp! Sie hat kein Lampenfieber, sie will sich nur wichtig machen! Sie haben doch wohl keine Andeutungen meiner Tochter gegenüber gemacht, die Ihnen nicht zustehen«, fragte Frau Pfefferkorn drohend. Ich versicherte ihr, dass ich Marie gegenüber keinerlei Andeutungen über Paterne gemacht hätte. Ehrenwort. Keinerlei.

In diesem Moment erschien Willem niedergeschlagen auf der Treppe. »Sie ist im Moment nicht auf unseren Besuch eingestellt«, sagte er zerknirscht. »So kurz vor ihrem Auftritt … sie hat Panikattacken, die wir durch unsere Anwesenheit nur noch verstärken. Sie möchte außer Karla niemanden sehen.«

»Als Sängerin weiß ich, wie man sich kurz vor einem Auftritt fühlt«, sagte Frau Pfefferkorn. »Als Mutter aber kann ich solche Hysterie auf keinen Fall dulden. Wir haben uns extra auf den Weg gemacht, und ich habe alle meine Schüler abbestellt … Da will uns die Diva nicht empfangen? Kommt überhaupt nicht in Frage!« Sie schob Willem beiseite und trat auf den Fahrstuhl zu.

»Mutter!«, rief Willem leise flehend, und »Frau Pfefferkorn!«, rief ich, und »Gnädige Fraa!«, rief die Maid hinter dem Pelzmantel, doch es half nichts. Die Fahrstuhltür schloss sich hinter dem Mutterdrachen. Arme Marie. So kurz vor einem Auftritt!

Willem und ich waren allein.

»Wie geht es dir?«, fragte ich ihn mit zitternder Stimme. Willem setzte sich auf ein Verweil-Sofa und fummelte an einem silbernen Aschenbecher herum. »Sie war schrecklich kratzbürstig!«, sagte er. Dabei hatte ich ihn gefragt, wie es ihm ging, nicht wie es Marie ging. Aber anscheinend definieren wir uns alle über Marie. Jeder Einzelne von uns.

»Ihr hättet vielleicht nicht unangemeldet kommen sollen«, tröstete ich ihn vorsichtig. »Du weißt doch, Marie kurz vor einem Auftritt … und sie hat diesmal wirklich schreckliches Lampenfieber … seit sie mit diesem Psychologen arbeitet, wird es immer ärger mit ihren Panikattacken.«

Ich zeigte Willem die Tabletten, er las den Beipackzettel und steckte sich dann ein Briefchen mit Pillen ein. »Die kann man ihr ja im Notfall noch schnell einflößen«, sagte er.

»Was ist denn mit diesem … Pianisten?«, fragte Willem und guckte zum Fahrstuhl hinüber. »Korrepetitor«, verbesserte er sich dann, als ob das die Sache erträglicher für ihn mache.

»Nichts! Gar nichts!«, beeilte ich mich zu sagen. »Marie sagt, Echtwein ist ein Waschlappen.«

»Ein Waschlappen?«, Willem hörte auf, den Fahrstuhl anzustarren.

»Ja! Eine halbe Portion! Ein Sockenanlasser und Feinrippträger«, steigerte ich mich in etwas hinein, das mir gar nicht zustand.

Willem starrte mich an.

»Sie sagt, Echtwein ist ein feiger Auswanderer!«, freute ich mich. Willem blickte mir nun direkt in die Augen. Was für ein Erfolg! Ich hatte die richtige Antwort gegeben!

»Du meinst … sie … haben nichts mehr miteinander?«

»Aber nein!«, rief ich. »Die doch nicht!«

»Hat sie was mit … einem … anderen?!«

Diese Frage konnte ich mit Sicherheit verneinen. Nicht mit einem anderen. Mit mehreren. Aber ich wusste, dass es jetzt nichts bringen würde, ihm das zu sagen. Willem stand auf und sah auf die Uhr. »Wo Mama nur bleibt?«

Ich war schrecklich enttäuscht, dass Willem seine Aufmerksamkeit schon wieder von mir abwenden wollte. Damit er nicht etwa aufhören würde, mit mir zu sprechen, oder einfach weg ginge, sagte ich, dass Marie natürlich den einen oder anderen Verehrer hier in Salzburg hätte, aber alles nur ganz kleine Fische, versteht sich! Willem setzte sich wieder hin. Wie ich ihn doch in der Hand hatte!

»Karla! Du wolltest doch auf sie aufpassen!«

Zögernd fuhr ich fort, unter den Salzburger Verehrern sei ja niemand Erwähnenswertes gewesen, bis auf …

»Ja?», sagte Willem und sah mir direkt ins Gesicht.

»Na ja«, erwiderte ich.

»Jemand Bestimmtes?«, fragte Willem ängstlich.

»Ach, es ist sicher nichts von Bedeutung«, sagte ich und kontrollierte meine Fingernägel im Schein der Tischlampe, »aber ich habe so den Eindruck, als hätte Marie nicht unwesentliches Interesse an …« Ich brach ab, weil ich eine kleine Knibbelarbeit an meinem Daumennagel vornehmen musste.

»Karla!«, drängte Willem. Mir lief es kalt den Rücken runter. Wie er meinen Namen auszusprechen imstande war!

»An wem hat sie Interesse?«, fragte Willem.

»An Eugen Paterne«, sagte ich. Einmal musste er doch begreifen, dass seine Frau zu Höherem bestimmt war als zu einer bürgerlichen Ehe. »Aber keine Angst, Willem. Ich kann dich beruhigen. In diesem besonderen Falle liegt eine ganze andere Bindung vor als die, von der du ausgehst.«

»Nämlich?«

»Sie ist seine To … tal uninteressant jetzt.«

Der Fahrstuhl hatte Frau Pfefferkorn ausgespuckt. Sie warf mir einen Drachenblick zu und spuckte Feuer. »Unglaublich! Hysterisch und arrogant! Panikattacke! Lampenfieber! Dass ich nicht lache! Völlig hysterisch! Hintern voll! Sonst nichts! Als wenn sie nicht schon genug Aufmerksamkeit von uns allen bekäme! Komm, Willem! Meines Bleibens ist hier nicht länger!«

»Ja, aber …«, sagte Willem und erhob sich zögernd, »wohin gehen wir denn, Mama?«

»In den Hirschen«, bestimmte Frau Pfefferkorn. »Da wohnen die besseren Leute, Eugen Paterne zum Beispiel!« Damit riss sie der Anmeldemaid ihren Pelzmantel vom Tresen. »Noch nicht mal eine anständige Garderobe gibt es hier!«

»Wie gnädige Fraa määnen«, sagte die Maid verbindlich lächelnd.

Ich stand steif und starr und verschreckt. Willem nahm die Koffer und Taschen seiner Schwiegermama. »Tschüs, Karla!«, sagte er über die Schulter hinweg. Ich sagte nichts.

Das Schicksal nahm seinen Lauf.

Das Konzert habe ich nur noch in schemenhafter Erinnerung. Alles ging so schnell. Ich hatte eines von Maries gewagten Kleidern an, denn in der Eile hatte ich mir kein eigenes mehr kaufen können. Es hatte einen tiefen Ausschnitt, war in der Taille eng, fast gänzlich rückenfrei, natürlich bodenlang und schwarz wie die Nacht. Trotzdem beachtete mich niemand – ein Zustand, an den ich mich schon gewöhnt habe.

Nervös wanderte ich vor dem Festspielhaus auf und ab und versuchte, nicht in die herum liegenden Pferdeäpfel zu treten. Die Herrschaften, die in das Konzert strömten, waren farbenfroh bis extravagant gekleidet. Die einheimischen Festspielhausbesucherinnen steckten alle in prallen, bodenlangen Dirndlkleidern, und die dazugehörigen Eingeborenen hatten tatsächlich Lederhosen an und trugen einen breitkrempigen Sepplhut unter dem Arm. Auch sie vermieden es souverän, mit ihren troddeligen Trachtenschuhen in die Pferdeflatschen zu treten.

Die Menschen, die im ordinären Smoking mit weißer Fliege und blank polierten Lackschuhen erschienen, waren ebenso als ordinäre Touristen auszumachen wie die dazugehörigen Damen in fantasielosen Abendkleidern. Als schon zum dritten Mal das Klingelzeichen ertönte, erschien endlich Willem – im Smoking und mit weißer Fliege. Unendlich männlich und gepflegt sah er aus, wie er da am Arm seiner Schwiegermutter zwischen den Pferdehintern hindurch balancierte! Frau Pfefferkorn hatte einen lila Drachenumhang um, aus reiner Seide, mit vielen blitzenden Pailletten drauf. Sie sah exakt so aus wie die böse Königin der Nacht.

Ich war stolz, mich diesen beiden eleganten Erscheinungen anschließen zu dürfen und fühlte mich bis auf die Knochen durchlaucht, als wir die kleine seitliche Loge besetzten, in der schon Echtwein, Zurlinde, Gernhaber, Holzauge und Siegmund Sterz saßen. Auch Robert, der Entenhalter, und Rainer, der Agentenheini, aus Düsseldorf drückten sich dort herum, was mich nicht weiter verwunderte. Wenn Marie einen Auftritt hatte, versammelte sie gern die Schar ihrer Jünger vollzählig um sich. Matulka sang im Chor, und Rosenmondt mit dt schrubbte das erste Cello.

Alle sprangen auf und rückten zur Seite und gaben Frau Pfefferkorn einen Handkuss, bis auf Siegmund Sterz, der hob nur seine meterlangen Beine etwas an, damit wir ohne zu stolpern darüber steigen konnten. Ich versuchte, neben Willem einen Platz zu ergattern, was mir auch gelang. Frau Pfefferkorn setzte sich zwischen Echtwein und Zurlinde. Harald Gernhaber rutschte auf einen Notsitz im Hintergrund und Sterz nahm anstandshalber die Beine von der Brüstung. Holzauge studierte das Programmheft mit Hilfe eines Augenglases, das ihm an einem Goldkettchen auf der Brust baumelte. Frau Pfefferkorn verströmte einen sehr aufdringlichen Astern-Duft. Er mischte sich mit dem süßlichen Parfüm von Holzapfel und dem Schnäppchen-Rasierwasser von Echtwein. Unten im großen Saal quetschten sich die letzten aufgeregten Konzertbesucher an den anderen vorbei, um auf ihre Sitze zu gelangen. Überall standen große Fernsehkameras. Es war wahnsinnig aufregend. Ich rieb mir die schweißnassen Hände an der samtenen Armlehne ab. Willem starrte vor sich hin. Er roch sehr männlich nach sportlichem Deodorant.

»Alles klar?«, sagte ich mit einem Seitenblick auf Frau Pfefferkorn zu ihm.

Willem vergrub seine Nase zwischen den Zeigefingern. Ein grüblerischer Zug lag um seine Stirn. »Ich denke über diesen Herrn Paterne nach«, sagte er leise.

»Inwiefern?«, fragte ich aufmunternd.

»Maries Mutter hat ihn eben noch aufgesucht«, sagte

er unterdrückt. »Sie ist einfach zu ihm in die Suite gegangen!«

»Und?«

»Sie haben über Marie geredet. Und über ihr Lampenfieber.«

»Dagegen haben wir doch die Vettelhuber-Pillen«, wisperte ich.

In diesem Moment betrat Paterne den Orchestergraben, und Willems Gemurmel erstarb in dem frenetischen Beifall. Ich blickte unruhig zu Frau Pfefferkorn hinüber. Sie klatschte ebenfalls, und ihre Armreifen schepperten gegeneinander. Holzauge klemmte sein Programm zwischen die Knie, um ungestört klatschen zu können. Siegmund Sterz tippte sich mit dem Zeigefinger auf die Backe, immerhin. Gernhaber und Echtwein klatschten überhaupt nicht. Zurlinde klatschte zwar, schaute dabei aber in die anderen Logen hinüber. Ich klatschte ein bisschen, und Willem klatschte auch.

Der ganze erste Teil war ziemlich langweilig; es sangen die Preisträger und die lobend Erwähnten, und ich kannte sie ja alle schon. Bei sämtlichen Proben hatte ich sie begleitet, weil Echtwein sich dafür nicht zuständig gefühlt hatte. Ich dachte an Willem. Was wusste er denn nun? Eigentlich wollte ich ihm nicht sagen, dass Paterne Maries Vater ist, damit er den Gedanken an Marie endlich aufgibt und sich realistischeren Bindungsmöglichkeiten zuwendet; zum Beispiel mir. Andererseits tat er mir so schrecklich, schrecklich Leid! Wie er den Feind da unten anstarrte, wie seine Schläfenarterien hervorstanden und seine Mittelfingerknochen sein Kinn marterten! Vielleicht würde er eine kleine Pistole ziehen und Paterne von hinten in den Rücken schießen! Der Vollständigkeit halber würde er vielleicht noch einmal quer durch die ganze Loge schießen, und Frau Pfefferkorn und mich aus Versehen gleich mit umnieten! Jedenfalls ertrug ich den Gedanken nicht länger und beugte mich zu Willem hinüber.

»Mach dir keine Sorgen!«, wisperte ich an seine wohl riechende glatt rasierte Wange. »Von Paterne hast du nichts zu befürchten!« Mein Herz raste vor Aufregung, saß doch Frau Pfefferkorn mir im Rücken und würde mich bei einem falschen Wort mit ihrer Stola erdrosseln. »Sie sollte ihr Beruhigungsmittel nehmen«, wisperte ich.

Willem verstand wahrscheinlich meine Botschaft nicht und starrte nur weiter auf den Orchestergraben. Ich sah Hartmut Rosenmondt mit heiligem Ernst sein Cello bearbeiten. Paterne dirigierte mit Vehemenz. Sein graues Haupthaar flog ihm um die Ohren. Auf der Bühne versammelten sich alle sechs Kandidaten zum Finale. Sie sangen ein Ensemble aus »Cosi fan tutte«. Alle hatten sich alberne Masken vor die Augen gehalten und sangen nun hektisch durcheinander. Das Stück handelte davon, dass alle allen fremdgingen – und jeder den anderen für so blöd hielt, dass er es nicht bemerken würde. Ein geistloses, oberflächliches Stück. Willem war ebenso wenig wie ich von der Handlung hingerissen.

Der erste Teil des Preisträgerkonzertes war glücklich vorbeigegangen. Wir erhoben uns steif und schritten ins Foyer hinab, um ein wenig zu lustwandeln. Verlegen drückten wir uns an der Sektbar herum. Willem reichte Frau Pfefferkorn und mir je ein Glas von dem preislich stark überschätzten Getränk. Er selbst trank stilles Wasser. Er war einfach nicht gut drauf. Ich beschloss, ihn nicht länger im Unklaren zu lassen. Frau Pfefferkorn schäkerte gerade mit Zurlinde, während Echtwein ins Raucherfoyer entschwunden war. Ich nutzte die Gunst der Minute.

»Willem, ich muss dir was sagen. Es ist wichtig.« Willem stellte sein trübes stilles Wasser irgendwo hin und ging mit mir ein paar Schritte zur Seite.

»Hat es mit Marie zu tun?«

»Ja. Es geht um Paterne.«

»Ja?« Willem blieb stehen und guckte auf seine Lackschuhe. Seine Zehen wippten.

»Paterne ist Maries Vater.« Die Zehen wippten nicht mehr. Willem hob den Blick.

»Woher weißt du das? Hat Marie dir das gesagt?«

»Frau Pfefferkorn hat es mir gesagt.«

»Wann hat sie dir das gesagt?«

»Vor ein paar Wochen. Können auch Monate sein. Ich weiß es schon lange.«

»Und … Weiß Marie es?«

»Von mir nicht!«

»Aber wenn ihre Mutter es ihr gesagt hat …«

»Glaube ich nicht. Nicht so kurz vor ihrem Auftritt. Oder meinst du, ihre Panikattacken kommen davon, dass ihr klar geworden ist …« Ich unterbrach mich schnell.

»Aber wenn sie es Paterne gesagt hat … und er es ihr gesagt hat …«

»Warum sollte sie das tun?«

»Weil sie eine Hexe ist …?«

»Dann muss ich Marie jetzt beistehen …« Er eilte durch den Künstlereingang davon, kam aber kurz darauf schon wieder.

»Sie hat Medikamente bekommen, der Doktor Holzapfel ist bei ihr. Sie ist ganz ruhig.« Ich zupfte Beifall heischend an Willems Ärmel.

»Na also. Sie wird das Konzert schon nicht schmeißen. Komm, wir trinken noch etwas zusammen. Du musst dich auch entspannen, Willem. Ich mache mir Sorgen um dich.«

Es läutete zum zweiten Teil und die Gäste schritten erwartungsvoll die Treppen hinauf. Siegmund Sterz schlenderte gelassen an uns vorbei Richtung Bühneneingang. Wahrscheinlich würde er sich so langsam mal einsingen und das eine oder andere Haupthaar glatt streichen.

Frau Pfefferkorn trippelte aufgeregt hinter ihm her und steckte ihm eifrig redend etwas zu, das er kommentarlos in seine Allwetterjoppe gleiten ließ.

Vielleicht würde er sich zur Feier des Tages womöglich sogar umziehen? Ich konnte mir gar nicht vorstellen, dass er sich nur wegen eines lumpigen Festspielpublikums und einem Dutzend Fernsehkameras eventuell dazu herablassen würde, seinen überdimensionalen Körper in einen Frack zu werfen! Tief beeindruckt blickte ich hinter ihm her, bis er hinter der Tür »Bühnenbereich. Durchgang strengstens untersagt!« verschwand.

Ich wendete mich wieder Willem zu und hielt ihm mein Sektglas hin, und zwar mit der Seite, an der kein Lippenstift klebte. Willem lehnte dankend ab.

»Glaubst du, sie hat mit ihm geschlafen?«, fragte er und blickte wieder auf seine Zehen, weil sie wieder wippten. Der Lack auf seinen Schuhen spiegelte beim Wippen die mannigfache Lichterpracht der Kronleuchter. Ein gigantisches Farbenspiel.

»Nein«, sagte ich. »Eine Frau spürt so was. Es gibt einfach Tabus. Ich würde zum Beispiel nie mit dem Mann meiner besten Freundin schlafen ...« Das kam der Wahrheit nicht wirklich nahe, aber ich wollte, dass Willem mich endlich ein bisschen schätzen lernt.

Die Leute strömten weiter an uns vorbei. Es wurde Zeit, sich ebenfalls wieder logenwärts in Bewegung zu setzen. Weil ich eine Frau bin, die immer die Initiative ergreift, zog ich Willem am Ärmel. Er trabte hinter mir her, die marmorne Freitreppe hinauf. »Nein, das würdest du wirklich nicht tun«, sagte Willem dicht hinter mir. »Weil du eine großartige Frau bist, Karla.« Ich blieb abrupt stehen und drehte mich um. Willem, der wieder auf seine Lackschuhe geblickt hatte, prallte an meinen Busen. Einige Leute, die sich noch auf den Treppen begrüßt hatten, prallten an Willem. Willem prallte noch einmal an mich, und ich stellte erfreut fest, dass das Zusammenprallen mit Willem nicht unangenehm war. Ach, was würden wir noch häufig zusammenprallen, in guten wie in schlechten Zeiten, wenn ich jetzt nur die richtigen Worte fände!

»Willem!«, sagte ich und winkte den irritierten Leuten, sie sollten doch bitte zügig an uns vorbeigehen. Bei einem erneuten Aufprall einer Dame im Dirndl an Willem geriet ich ins Wanken und setzte mich vorsichtshalber auf eine Stufe. Die Leute drängten sich kopfschüttelnd an uns vorbei. Die Logentüren schlossen sich. Wir waren allein.

»Ich gehe jetzt zu Marie und sage es ihr.« Willem schien dem unerträglichen Zustand seiner Ehe ein abruptes Ende setzen zu wollen.

»Willem!«, sagte ich. »Vielleicht nicht gerade vor ihrem Auftritt!«

»Doch«, beharrte Willem. »Oder hat sie jemals auf den richtigen Zeitpunkt Rücksicht genommen?« Zu meiner großen Verwunderung drückte er mir einen Kuss auf den Mund.

Er sprang auf und rannte zu der Tür mit dem Schild »Bühneneingang-Durchgang strengstens verboten«. Einen kurzen Moment überlegte ich, ob ich ihm hinterher laufen sollte, aber ich beschloss, die an diesem Stück beteiligten Personen wenigstens zeitweise sich selbst zu überlassen. Den Genuss des zweiten Teiles wollte ich mir nun wirklich nicht entgehen lassen. Ich schlich also rein in die Loge und mogelte mich, Entschuldigungen murmelnd, auf meinen Platz. Unten auf der Bühne stand eine dicke, gelbe Pampelmuse auf Beinen. Das Orchester spielte gerade das Vorspiel zu »Carmen«.

»Ja, die Liebe hat bunte Flügel.« Auf einmal hörte ich das Stück mit ganz anderen Ohren.

Die! Liebe! Hat! Bunte! Flügel! Fragt! Nicht! Nach! Gesetz! Und! Macht!! Meine Güte, dachte ich, das singt Marie mir seit Monaten täglich vor, und nie habe ich begriffen, was eigentlich dahinter steckt!

Manche Kunstkenner, die das Stück wieder erkannten, murmelten wissend. Die Pampelmuse war oben angeschnitten; das war der üppige Busenritz. Ganz oben quoll ein rosa Marzipanschwein heraus, das war der Kopf von Sieglinde. Das Marzipanschwein öffnete den Mund, der Busenritz bebte, und dann flogen die mächtigen fetten Töne durch den Saal, hallten in unserer Loge wider und prallten an den marmornen Säulen ab. Sieglinde befleißigte sich einer geradezu trotzig-intellektuellen Übersetzung des Stückes. Sie behauptete singend: »Wie ein Wildvogel ist die Liebe, den keiner zähmt, er fliegt doch frei, flattert fort, wenn man will er bliebe, und lockt man, kommt er nicht herbei.« Wenn sie selbst dieser flatternde Wildvogel war, dann Prost Mahlzeit. Vielleicht ein Vogel Strauß? Das ist jedenfalls der dickste Vogel, den ich mir vorstellen kann. Er kann noch so viel flattern, er wird sich nie in die Lüfte erheben, sondern nur mit seinen übergroßen Füßen in der Gegend rum rennen. Der Männerchor, der sich schüchtern im Hintergrund herum drückte, gab nun seinen Senf dazu, und wiederholte im Prinzip, was Sieglinde schon gebrüllt hatte, die etwa sechzig bis achtzig Mann kamen sowieso nicht gegen Sieglinde an. Sie schrie: »Die Liebe folgt nur ihrem Trieb … und lieb ich dich, sei auf der Hut!« Das waren die Kerle aus dem Männerchor. Sie zogen die Köpfe ein und schämten sich ihrer lächerlich schwächelnden Stimmbänder. Clemens Matulka war auch dabei. Keiner von ihnen sah aus, als hätte er Lust, sich von Sieglinde platt walzen zu lassen. Als sie schließlich das hohe Fis in das ausverkaufte Gestühl des Festspielhauses schleuderte, waren auch die letzten Toupets von den Köpfen der Leute geflogen. Es war umwerfend laut. Ich hätte gern an einem Lautstärkeregler herumgedreht, aber es gab keine andere Möglichkeit, als sich die Ohren zuzuhalten. Doch das tut man nicht in einem Festspielhaus. Endlich war sie fertig. Das hohe H am Schluss wollte überhaupt nicht aufhören zu hallen. Operngläser zerschellten, Kronleuchter wackelten, und die Damen fächelten sich Luft zu. Das Publikum erwachte langsam wie aus einer Ohnmacht und begann vorsichtig zu klatschen. Es war mehr so ein zurückhaltendes Gurren: Dickedikuh, Blut ist im Schuh! Die rechte Carmen ist noch daheim! Im Programmheft stand ja schließlich, dass gleich zwei Interpretinnen hintereinander die Carmen singen würden. Und das Publikum solle entscheiden.

»BUUUH!«, brüllte ich und stieß einen schrillen Pfiff aus. Entrüstet sah die Pampelmuse zu uns herauf. Sie verbeugte sich zum Trotz so tief, dass sie nach vorne zu fallen drohte. Aber ich schrie: »Schlecht, BUUUH! Geh nach Hause, du fette Schnecke!« Einige Leute lachten. Angestachelt durch meinen heldenhaften Protest, fingen auch andere an zu lästern: »Die lasse ich in meinem Kuhstall singen, dann geben die Kühe fette Milch!«

Sieglinde schien solcherlei Hohn gewöhnt zu sein. Sie verbeugte sich so oft und so tief, dass man sich wunderte, dass sie immer wieder in die Senkrechte kam. Am Schluss hatte sie sicher sechs Pfund abgenommen. Dann watschelte sie beleidigt von der Bühne. Ich sann mit Grauen darüber nach, was sich wohl zur Zeit hinter derselben abspielte. Ein Blick nach rechts und links ließ mich erschauern: Außer Frau Pfefferkorn und mir war niemand in der Loge!

Nach Sieglindes Auftritt folgte ihr Gatte. Er wirkte wie auf Stelzen, als er auf die Bühne stakste und sein mächtiges Gebrüll anstimmte. Für die Bauern im Saal war das bestimmt ein vertrautes Geräusch: viele von ihnen schießen in ihrer Freizeit Hirsche. Diesmal war das Publikum nicht ganz so verschüchtert. Siegmund Sterz konnte auch nicht so schrill und hoch singen wie seine Gemahlin. Die tiefere Frequenz war für das menschliche Ohr wesentlich erträglicher. Als er geendet hatte, prasselte ganz frenetischer Beifall zu ihm empor. Auch er verbeugte sich so oft, dass man davon ausgehen musste, der Abend könne noch dauern.

Dann war die Bühne leer. Die Leute im Orchester fingen an, ihre Instrumente zu stimmen. Ganz eindeutig wartete man auf Marie. Rosenmondt fiedelte zur Unterhaltung seiner Kollegen etwas auf dem Cello herum, es hörte sich an wie »Hurra, er war der Husar«, die einprägsame Melodie, die wir alle bei Tim Wolke gesungen – beziehungsweise eben nicht gesungen hatten. Dann quäkte die Oboe jämmerlich, ein paar Geigen jubilierten noch wie einsame Amseln auf abendlichen Frühlingsdächern – und dann war es still.

Ganz still.

Im Publikum wurde man unruhig. Die Leute starrten durch ihre Operngläser – was sich als sinnlos erwies, da sie außer den herum tanzenden Staubflocken auf der Bühne nichts Detailliertes erkennen konnten. Andere raschelten irritiert mit ihren Programmheften. Die Kameras suchten verzweifelt nach lohnenden Bildern – auf der Bühne suchten sie jedoch vergebens. Also schwenkten sie planlos im Publikum herum.

Schließlich erschien der Kopf von Paterne unten aus dem Orchestergraben. Die Leute klatschten. Paterne sagte jedoch nichts, was zur Klärung dieser unerwarteten Pause hätte beitragen können, sondern ruderte nur winkend mit den Armen.

Zuerst dachte ich, er wolle einen Kanon mit dem Publikum einstudieren. Dann stellte ich in seiner Gestik eine gewisse Panik fest, etwa wie bei einem Angler, der von der Last eines gefangenen Fisches unter Wasser gezogen wird. Schließlich begriff ich, dass er jemandem winkte. Aber wem?

Die Leute schauten sich um. Ich schaute mich auch um, aber da war nur noch Frau Pfefferkorn. Die Leute starrten hinauf in unsere Loge.

Frau Pfefferkorn verlor jede Gelassenheit. »Ich soll hinter die Bühne kommen! Ich muss einspringen!«

»Sind Sie sicher?«

Frau Pfefferkorn zeigte fragend auf sich, wie jemand, der zum Tanzen aufgefordert wird und das aber gar nicht begreifen kann. Paterne schüttelte den Kopf.

»Carmen!«, rief er nun mit verhaltener Stimme.

Ja, ja, dachte ich. Das fällt ihm aber schnell ein.

»Er meint SIE!«, zischte Frau Pfefferkorn. »Nun gehen Sie schon! Kümmern Sie sich um Marie! Jetzt löffeln Sie mal aus, was Sie meiner Tochter eingebrockt haben!«

Wie in Trance verließ ich die Loge und rannte die Stufen hinunter zu der erwähnten Tür, auf der »Bühneneingang – Durchgang strengstens verboten!«, stand. Ausgerechnet jetzt, als ich Marie zu Hilfe eilen wollte, tat sich jedoch für mich ein völlig unvermutetes Hindernis auf. Der grün gewandete Türsteher im Försterdress wollte mich nicht durchlassen.

»Die Koatn, bittschön«, sagte er fordernd und hielt mich an Maries Abendkleid fest.

Ich schluckte und sagte: »Hein?« Das ist französisch. Er sollte glauben, ich sei Ausländerin von feinster Abstammung und einer Unterhaltung mit einem Pförtnerknecht nicht im Mindesten gewachsen. »Le Billjett, wenn's recht iss, silwuplää!«, schnarrte der Künstlerportalförster.

Mir war wirklich nicht danach, mich mit diesem wichtigen Typen in unnötige Diskussionen zu verwickeln. Schließlich saßen jetzt 2000 Menschen und 12 Fernsehkameras untätig herum und knibbelten an ihren Fingernägeln. Ich musste zu Marie, und zwar sofort.

»Ich will nur hier rein!«, japste ich unfein.

»Na bittschön, wenn's a Berechtigungs-Zetterl hom, könnens sofoat eini!«, sagte der konzessionierte Durchlasser.

»Ich habe aber keines!«, schnauzte ich.

»Dann können's auch net aussa!«

»Aber ich muss da rein!« Wütend schmiss ich mich gegen den unnötig sich wichtig machenden Idioten, der einem schon gründlich den Abend verderben konnte.

»Dös ist nicht gestattet!«, sagte der Türsteher. »Hier hinein gelangen nur Künstler.«

»Ja, aber ich werde soeben zu einer Künstlerin gerufen, der es nicht gut geht!«

»Aaah, sagen's des doch gleich, Sie sind Theaterarzt!«

Egal, was der Freund der Ordnung und Sicherheit mir da vorschlug: ich war damit einverstanden. Er aber nicht. Leider. »Ja, dann zeigen's mir doch mal Ihre Tasche!«

Ich schaute ihn an wie jemand, der im Supermarkt geklaut hat. »Die ist hinter der Bühne.«

»Und woher soll ich glauben, dass Sie a Ärztin san?«

»Sie haben es doch selber gerade behauptet!«

»Aber Sie können es nicht beweisen!«

»Nein, aber Sie auch nicht das Gegenteil!«

Inzwischen spielte das Orchester unter der Leitung von Paterne bereits das mir sehr wohl bekannte Vorspiel zur mir sehr wohl bekannten Carmen-Arie. »Ja, die Liebe hat bunte Flügel …«

»Lassen Sie mich durch, Sie Wortklauber!«

»Zeigen's mir Ihre ärztliche Zulassung, Sie Hochstaplerin!«

»Sie spielen schon das Vorspiel, Sie Ignorant! Hören Sie das nicht?«

»Freilich hör ich das! Das höre ich hier seit vierzig Jahren jede Saison!«

»Ruhe! Hören Sie doch mal!«

Wir lauschten beide. Das Vorspiel zog sich endlos hin. Was der Pförtner nicht wissen konnte: es zog sich aus Not endlos hin. In den Noten steht nämlich nach zwei Takten Vorspiel der Einsatz der Sängerin. Aber Marie setzte nicht ein. Weil sie wahrscheinlich schluchzend an irgendjemandes Brust lag. Wenn sie nicht schon tot war. Oder alle Liebhaber sich gegenseitig niedergemetzelt hatten. Wie in »Carmen«, dachte ich, nur in echt!

Ich nahm Anlauf und rammte dem trotzigen Türsteher meine Ellbogen in den Bauch. Daraufhin sank er nieder wie jemand, der mit allem gerechnet hat, nur nicht damit, von einer jungen Frau im Abendkleid in den Bauch gerammt zu werden.

Ich öffnete die Tür, die praktischerweise nach vorn aufging, stieg über den Pförtner und trippelte auf Maries hohen Schuhen durch die endlos anmutenden Gänge. Zum Glück war überall das Schild »Bühne« zu sehen. So gelangte ich auf relativ unkomplizierte Weise dorthin.

Aber statt Marie fand ich dort einen überraschend gefassten Willem. Er packte mich bei den Schultern und sah mir tief in die Augen.

»Nur noch ein letztes Mal!«, flüsterte er mir zu. »Bitte. Tu es für mich.«

»Was …?« Ich verstand nicht.

»Marie aus der Patsche helfen!«

Aha. Ich sollte also schon wieder Maries Paradiesvogelscheiße wegmachen. »Aber wie …?«

»Toi toi toi!«, sagte er, und ich schaute mich um, wo

denn Marie nun sei, drückte auch die Daumen, wie ich das immer getan hatte, und sagte »toi toi toi«, weil ich dachte, Marie käme jeden Moment aus der Dunkelheit.

»Du kannst das!«, wisperte Willem, und dann sah ich Paterne da unten im Orchestergraben um sein Leben rudern.

»Ich kann WAS?«

»Paterne hat dich gehört, neulich im Probenraum! Und jetzt lauf schon!«

Willem drückte mir einen Kuss auf die Lippen, und die Kameras waren auf mich gerichtet, mit ihren roten Lampen, die »Aufnahme!«, blinkten, und Willem gab mir einen kleinen Schubs, und dann drückte er mich mit beiden Händen an den Schultern, und die Gesichter der Leute da unten im Saal waren nur schemenhaft zu erkennen.

»Ja, wie jetzt«, sagte ich, mich unsicher drehend, aber mehr Zeit zum Denken blieb mir nicht, denn das Publikum klatschte, als hätte es die Mondlandung live gesehen, und Paterne gab mir ganz offensichtlich den Einsatz.

Na gut, schoss es mir durch den Kopf, während ich bereits anfing zu singen, wenn sich dadurch die allgemeine Aufregung legt, warum nicht, die Leute haben bezahlt, und im Programm steht, dass die Carmen-Arien jetzt noch mal kommen, interpretiert von einer gewissen Marie von Otten, und ich bin schon so oft für Marie in die Bresche gesprungen, dass ich das jetzt auch mal eben tun kann, die Arme ist wahrscheinlich nicht gut drauf heute Abend, und ich kenn sowieso jeden Ton und jedes Wort, und solange mich hier niemand hindert, kann ich die kleine Gefälligkeit für Marie ja auch noch übernehmen, auf eine mehr oder weniger kommt es jetzt auch nicht mehr an.

Und so sang ich alle Carmen-Arien, sogar die Szene mit der Triangel und den Kastagnetten auf dem Tisch, ohne mir groß Gedanken darum zu machen. Nein, ehrlich gesagt, stand ich ganz unter dem unbeschreiblichen Glücksgefühl, dass Willem mich gerade auf den Mund geküsst hatte, und das gleich zweimal hintereinander. »Ja die Liebe hat bunte Flügel, sie fragt nicht nach Gesetz und Macht …« Ich sang die Arie aus vollem, verliebten, glücklichen Herzen, und auf dem hohen Fis am Schluss hätte man Geranien pflanzen können.

Dann brach der Beifall los, und ich dachte mir immer noch nichts dabei, als Paterne auf die Bühne kam, den Arm um mich legte und dann meinen Arm hoch riss, als hätte ich einen Boxkampf gewonnen.

Die Leute jubelten.

Ja, Herrschaftszeiten, dachte ich, wollen wir jetzt nicht endlich mal Marie auf die Bühne rufen, das wird ja hier nichts, wenn die Leute jetzt schon klatschen, womöglich rechnen sie dann gar nicht mehr mit ihr?

Aber Marie war nirgends zu sehen.

Paterne war schweißgebadet und riss immer wieder meinen Arm hoch und mit der anderen Hand forderte er das Orchester auf, sich von seinen Plätzen zu erheben, und die Jungs im Orchestergraben standen auf und klopften mit ihren Bögen und ihren Zargen und was sonst noch so alles im Orchestergraben so greifbar ist, auf ihre Notenpulte.

Die Leute wollten sich gar nicht mehr beruhigen vor Freude.

Ich fragte mich die ganze Zeit, was denn vorgefallen

war, dass sie sich so begeistern konnten, und drehte mich immer wieder nach Marie um. Aber da hinten in der Gasse stand niemand als Willem. Und der machte mir unverhohlen Zeichen der Begeisterung: hoch gehobene Daumen in Verbindung mit stolzem Nicken und Augen zusammenkneifen, als hätte ich gerade den Satz des Pythagoras erfunden.

Mir selbst wurde schlecht vor Spannung. Wann trat sie endlich auf? Ich war doch der Pausenfüller gewesen, wie gehabt! Oder nicht?

Aber dann ging der Vorhang runter, und Paterne und ich mussten einen Schritt zurück treten, um nicht von dem schweren, staubigen Ungetüm begraben zu werden.

»Wo ist Marie?«, waren meine ersten Worte an den großen Meister. Normalerweise hatten das immer die anderen mich gefragt, und das war mir am Ende schon ganz schön auf die Nerven gegangen.

»Sie schläft«, sagte Paterne freundlich.

»Sie schläft?? Jetzt?«

»Alle ihre Liebhaber waren hinter der Bühne, und jeder hat ihr ein Beruhigungsmittel gegeben«, erklärte Willem. »Und jetzt wacht sie womöglich gar nicht mehr auf.«

»Der Krankenwagen hat sie schon abgeholt«, sagte Paterne, und dann ging der Vorhang wieder hoch und wir verbeugten uns, als hätten wir etwas auf dem Bühnenboden verloren.

»Das heißt, sie singt heute Abend nicht mehr?«, stellte ich folgerichtig fest.

»Das heißt, sie singt überhaupt nicht mehr, jedenfalls nicht bei mir!«, sagte Paterne, indem er mich wieder zu Boden zog.

Als der Vorhang sich erneut senkte und hob, strömten die anderen Solisten des Abends herbei, fassten uns an den Händen und beteiligten sich am kollektiven Verbeugen, dass es eine Freude war. Willem stand einfach neben mir, hielt meine Hand und ließ sie nicht mehr los und verbeugte sich auch. Ich habe ihn noch nie so glücklich gesehen.

»Heißt das etwa, dass Sieglinde die Carmen in Paris singt?«, fragte ich Paterne, als wir gerade wieder den staubigen Bühnenboden aus nächster Nähe betrachteten.

»Mitnichten«, sagte Paterne, indem er, sich und mich aufrichtend, ins Publikum grinste, als gelte es, Zahnpastawerbung zu machen. »Sie werden in Paris meine Carmen sein!«

»Und in Berlin meine Karla«, sagte Willem, der einfach nicht mehr von meiner Seite wich.

Irgendwann hörte der Beifall dann auf.

Zwanzig Jahre später. Reginas Kladde ist fast voll, aber es reicht noch für einen Epilog. Wo fange ich an?

Paterne hat mir eine fundierte Gesangsausbildung am Conservatoire de Paris ermöglicht; ich war an die tausend Mal auf allen Bühnen der Welt seine Carmen. Sogar in Tokio, Peking und Bad Orks. Ich habe in Covent Garden, der Mailänder Scala, der Met in New York, sogar in Australien und Kanada die Carmen gesungen. Selbst in Fulda und Jena haben wir gastiert. Am schönsten war es aber immer in Frankreich, wo Paterne zu Hause ist. Gerade haben wir erst wieder das Wochenende bei ihm verbracht, in seiner Villa in Cagnes sur Mer, oberhalb von Monte Carlo, wo ich aus steuerlichen Gründen eine Wohnung habe.

Ach so, ich sollte nicht vergessen zu erwähnen, dass Paterne gar nicht Maries Vater ist. Er hat Beweise dafür, dass er zur besagten Zeit vor nunmehr 54 Jahren beruflich in Südafrika war und nicht in Ostberlin an der Komischen Oper.

Matthäus lebt mit Frau und Kind in Hamburg. Er ist Bewährungshelfer und führt Beratungen für illegale Einwanderer durch. Was keiner weiß: in seiner Freizeit komponiert er Musicals, sein jüngstes Werk ist gerade mit Riesen-Erfolg auf der Reeperbahn uraufgeführt worden. Na gut, es ist nicht jedermanns Geschmack, weil hauptsächlich Prostituierte und Luden darin vorkommen, aber es spiegelt das wahre Leben. Ich war schon dreimal drin und habe sehr gelacht.

Ludger Thiesbrummel ist immer noch Volksschullehrer in der Nähe von Heidelberg. Seine Tante Hella lebt im Heim, er selber kümmert sich rührend um sie. Er singt immer noch mit seinen Schülern »Der Kuckuck und der Esel«, und ich glaube, wenn mal wieder eine weinende Pianistin auf den Kirchenstufen sitzt, wird er sie sofort in sein Klassenzimmer einladen, der Esel.

Prof. Heyko Zurlinde ist inzwischen pensioniert. Er ist aber nach wie vor Vorsitzender in verschiedenen Kulturausschüssen und Gremien, zwischen Wuppertal und Korea. Manchmal begegnen wir uns am anderen Ende der Welt, letztens erst in Winsen an der Luhe, wo wir beide in der Jury eines Gesangswettbewerbes saßen, und dann müssen wir lachen: was haben wir nicht schon alles erlebt! Besonders die Sache mit der grünen Handtasche werfen wir uns immer wieder gern im Spaß an den Kopf.

Edwin Echtwein lebt still und zurückgezogen in der Lüneburger Heide, tief im Moor. Er spielt noch dann und wann Cembalokonzerte oder transportiert auch mal für einen Freund eine Gambe in seinem Kastenwagen, aber man hört nicht mehr wirklich viel von ihm. Seine Frau, die graue Vorzimmermaus, trägt keine Dauerwellen mehr. Sie betreut jetzt in Berlin die Anonymen Alkoholiker und ist sehr glücklich mit einem von ihnen verheiratet.

Robert, der Entenhalter, ist nach wie vor Generalmusikdirektor in Fulda. Er trägt immer noch den gleichen Federhut, wenn er zur Chorprobe geht, hat aber nie wieder sein Herz an eine Solistin verloren. Mit den Chordamen allerdings pflegt er regen Umgang: da weiß er, was er hat.

Clemens Matulka singt seit fast vierzig Jahren im Saarbrücker Opernchor im Tenor. Mit seiner wasserstoffblonden Statistin hat er inzwischen sechs Kinder, die alle an der Oper Statisterie machen, um für die Familie ein Zubrot zu verdienen. Manchmal jobbt er als Attrappe in einer Fernsehshow; zuletzt war er der Barkeeper bei »Was uns bewegt« im Dritten. Sein weltweit größter Erfolg war ein Werbespot, in dem er für Ikea einen Weihnachtsbaum aus dem Fenster warf.

Siegmund und Sieglinde Sterz haben sich an den Vierwaldstätter See zurückgezogen. Hier leben sie inmitten von einhundert Warzenschweinen aus eigener Zucht und lassen Tag und Nacht Wagner-Arien auf die Nutztiere nieder dröhnen.

Harald Gernhaber habe ich leider völlig aus den Augen verloren. Er schnitzt keine Zargen mehr – und wenn doch, dann im Untergrund – und auch seine Stradivaris hat man nie mehr gesehen. Schade. Ich mochte diesen Mann.

Prof. James Holzapfel hat nach wie vor seine psychologische Praxis in Berlin, wo er in einem Hinterzimmer Beratungen durchführt und manchmal auch die eine oder andere Patientin mit frischen französischen Zutaten aus dem Bio-Kochstudio verwöhnt.

Tim Wolke ist leider gestorben.

Erna Pfefferkorn wurde schon vor Jahren in eine geschlossene Anstalt eingeliefert: sie war ihrem krankhaften Geltungsdrang zum Opfer gefallen, als sie nachts auf dem zugefrorenen See im Grunewald die Carmen-Arien sang und dabei festfror. Die freiwillige Feuerwehr musste sie im wahrsten Sinne des Wortes loseisen, und nun ist sie im Heim, fühlt sich aber wohl dort und gibt den anderen Patienten Gesangsunterricht.

Meine Eltern leben immer noch in ihrem grauen Reihenhaus in Bad Orks. Zu ihrer goldenen Hochzeit habe ich die Carmen-Arien gesungen, und Regina hat mich am Klavier begleitet. Das hat sie sehr gefreut. Seit sie einen Trockner haben, können sie im Wäschekeller fernsehen, ohne vorher die Oberhemden von Papa zur Seite schieben zu müssen. In letzter Zeit haben sie mich oft im Fernsehen gesehen; sie erwähnen das aber nicht, damit ich nicht anfange, mir etwas darauf einzubilden.

Regina und Gernot unterrichten immer noch an der Musikschule: Regina Klavier und Gernot Fagott. Er ist Vizeminigolfmeister von Hessen geworden, und das mit seiner Allergie hat Formen angenommen. Deswegen haben sie auch keine Kinder bekommen, sagt Regina, damit sich das Ganze nicht vererbt. Aber sie haben jetzt gelernt, damit zu leben, sagt Regina, und sie will nicht mehr darüber sprechen. Das erschüttert mich am meisten.

Marie ist seit achtzehn Spielzeiten im Chor an der Komischen Oper im zweiten Sopran. Sie mischt die Burschen von der Gewerkschaft ganz schön auf, weil sie keinen Bock hat, sich an die ganzen unsinnigen Regeln zu halten, mit Kantinenschluss um 22 Uhr und kein Alkohol vor der Vorstellung und Rauchverbot auf der Bühne. Ihr Mann Heinz, der tätowierte Notenwart, hat sie aber ganz gut im Griff. Wenn es nicht anders geht, sagt er in seiner gutmütigen Art, muss er ihr auch schon mal eine hauen.

Willem und ich sind immer noch glücklich verheiratet. Seit fast zwanzig Jahren. Willem hat den ganzen Vanille-Scheiß im Grunewald verkauft, Marie ausbezahlt und von dem Rest ein Landhaus bei Salzburg für uns gekauft. Die Adeligen und Reichen geben sich bei uns die Klinke in die Hand, und Willem kann jetzt endlich Tennis spielen. Wir lieben es, auf die Berge zu kraxeln, sogar mit Seil und Pickel! Im Winter fahren wir mit unseren Kindern Schi, wir haben eine gemütliche Hütte in Kitzbühel.

Wir haben ziemlich viel Spaß, besonders auf den Salzburger Festspielen.

Unser Sohn Maximilian hat mit seinen zweiundzwanzig Jahren endlich das Abitur geschafft. Er ist ein hervorragender Golfer geworden, hat ein Handicap von eins komma fünf und trainiert in Fuschl am See die Millionärstöchter, für die er sich jedoch noch nicht wirklich interessiert. Aber Golf ist einfach seine Leidenschaft, und Willem sagt, er ist ein Spätentwickler, man muss ihm nur Zeit geben. Über den kleinen runden Ball definiert sich sein ganzes Lebensglück – Wiener Sängerknabe wollte er partout nicht werden.

Wir haben noch zwei kleine Töchter, die uns in Atem

halten: Charlotte ist vierzehn und mitten in der Pubertät, rockt in einer selbst gegründeten Band, macht Jazz-Dance und kann steppen. Sie kann sich vor Verehrern kaum wehren. Sie geht ins musische Gymnasium in Salzburg und hat den schwarzen Gürtel in chinesischem Kampfsport. Wenn sie nachts mit dem Moped heimkommt, tun wir immer so, als hörten wir es nicht. Aber hier auf dem Land fahren die Busse eben so unregelmäßig. Charlotte will Schauspielerin werden, oder wenigstens Popstar. Klassischen Gesang findet sie voll ätzend, aber welche Vierzehnjährige findet das nicht?

Pauline, unser Nesthäkchen, ist neun und beendet gerade die Volksschule. Sie hat eine behütete und ländliche Kindheit, liebt ihr eigenes Pferd und malt ganz beachtlich. Am liebsten fährt sie Trecker oder richtet unsere Hunde ab, keine lebenden Enten aus dem See zu apportieren. Die Geburt der letzten sechs Katzenbabys hat sie jedenfalls ganz allein gedeichselt. Sie will Oberförsterin werden, oder Hebamme. Zur Not auch Schriftstellerin. Auch wenn das eine ziemlich brotlose Kunst ist.

Personen und Handlung dieser Geschichte sind wie immer frei erfunden.

Etwaige Ähnlichkeiten mit lebenden oder toten Enten, Schwiegermüttern, Volksschullehrern oder Korrepetitoren sind völlig unbeabsichtigt.

»Dieses Buch beweist Cindy Chupacks wundervolle Begabung, Liebeskummer in Gold zu verwandeln.«
Sarah Jessica Parker

Single sein ist nicht leicht, aber aufregend, besonders in New York! Voller Selbstironie und Humor beschreibt *Sex and the City*-Autorin Cindy Chupack die Zeit »zwischen den Jungs« nach einer gescheiterten und vor einer neuen Beziehung: vom Herzschmerz über »Sorbet-Sex«, Secondhand-Männer, Déjà-vu-Dates, saisonbedingte Panikattacken bis hin zum unseligen Valentinstag.

»Carrie Bradshaw weiß alles über guten Sex, Cindy Chupack liefert ihr die coolen Sprüche.«
Entertainment Weekly

ZwischenJungs
ISBN-13: 978-3-548-25840-9
ISBN-10: 3-548-25840-9

ULLSTEIN

»Wunderbar romantisch«

Jolie

Kathrin trifft ungern Entscheidungen, liebt ihren Freund Daniel und will beruflich weiterkommen. Mit neunundzwanzig ist die angehende Regisseurin wunschlos glücklich. Bis Eddie in ihr Leben tritt: der neue Anwalt in Daniels Kanzlei.

»Witziges Debüt,
auf jeden Fall lesen!«
Woman

Verlaß ihn
Roman
ISBN-13: 978-3-548-26239-0
ISBN-10: 3-548-26239-2

ULLSTEIN

Ein bißchen Magie schadet nie – im Leben und in der Liebe!

Die quirligen Zwillingsschwestern Alex und Sam teilen sich in Schwabing eine kleine Studentenbude und denken auch kurz vor ihrem 28. Geburtstag nicht daran, vernünftig zu werden. Alex widmet sich der Malerei – Spezialgebiet: männlicher Akt –, während sich Sam neben ihrem Anthropologiestudium eifrig als Kräuterhexe betätigt. Bis ihr Onkel Dietmar auf den Plan tritt: Seine sorgfältig ausgewählten Geburtstagsüberraschungen haben ungeahnte Folgen …

Zauberei für zwei

Roman

ISBN-13: 978-3-548-26284-0
ISBN-10: 3-548-26284-8

ULLSTEIN